TA MOORE

LE LOUP DE LA PROPHÉTIE

TA MOORE

LE LOUP DE LA PROPHÉTIE

Publié par
DREAMSPINNER PRESS

5032 Capital Circle SW, Suite 2, PMB# 279, Tallahassee, FL 32305-7886 USA
www.dreamspinnerpress.com

Le loup de la prophétie
Copyright de l'édition française © 2022 Dreamspinner Press.
Titre original : Wolf at the Door
© 2020 TA Moore.
Première édition : octobre 2020
Traduit de l'anglais par Black Jax.

Illustration de la couverture :
© 2020 L.C. Chase
http://www.lcchase.com.
Conception graphique :
© 2022 L.C. Chase.
http://www.lcchase.com
Les éléments de la couverture ne sont utilisés qu'à des fins d'illustration et toute personne qui y est représentée est un modèle

Édition e-book en français : 978-1-64108-516-8
Édition imprimée en français : 978-1-64108-517-5
Première édition française : novembre 2022
v 1.0

Édité aux États-Unis d'Amérique.

Aux Cinq, qui ont toujours cru en moi.
À maman, qui reçoit toujours le premier exemplaire de mes romans.
À Elizabeth North et Lynn West, qui ont donné à cette série sa chance.

PROLOGUE

POUR LA première fois depuis des générations, le Numitor [1] quitta son repaire, il traversa les eaux sombres du loch et entra en ville. Il était à quatre pattes, trempé, avec de lourds morceaux de glace accrochés à sa collerette épaisse. Il les secoua d'un haussement d'épaules et avança nu dans les rues désertes.

C'était son droit, se souvint-il, venant de celui qui l'avait rejeté.

Les loups vieillissaient plutôt bien. Le Numitor était âgé, la plupart de ceux qui l'avaient aimé étaient déjà morts et enterrés, ses cheveux grisonnaient, mais il se tenait encore droit. Et il restait solide et fort. À chaque pleine lune, il menait la chasse et rares étaient les loups capables de suivre son rythme. Si l'âge se voyait peu sur sa chair et ses os, les années écoulées avaient altéré sa mémoire.

Il gardait cinquante ans, cent ans peut-être, mais au-delà, c'était le grand flou. Il n'avait rien remarqué au début – un premier baiser à un visage qui n'était plus qu'une barbe rousse, l'*idée* de l'amour, une bagarre dont il se rappelait le moindre détail, mais ni le lieu ni le moment, une promesse faite à un personnage assez important pour qu'elle reste ancrée dans ses os, même si tout le reste était du brouillard. Ce qui avait disparu était irrécupérable.

Quand le Numitor faisait le bilan de sa longue vie sanglante, il voyait une très vieille maison dont presque tous les volets étaient fermés pour la nuit. Certaines pièces déjà murées étaient inaccessibles, d'autres restaient faiblement éclairées par une guirlande de souvenirs lumineux. Chaque fois qu'un de ses vieux amis mourait ou qu'une pierre de sa voûte interne s'écoulait sous l'usure du temps, une lampe s'éteignait.

Le givre croûtait sur l'épaisse fourrure qui recouvrait son corps, même sous son apparence humaine, le froid lui gelait les orteils et le bout des oreilles. Il continua néanmoins à avancer à travers les bâtisses abandonnées de Lochwinnoch. La plupart des gens étaient partis après avoir verrouillé la porte et tiré les rideaux. Pendant quelques jours après l'abandon de la

---

1 Chef des loups de la meute écossaise, père de Jack et Gregor.

ville, l'éclairage urbain avait continué à fonctionner, s'illuminant dès que l'obscurité tombait. Mais très vite, le vent avait arraché les pylônes électriques. Certains villageois avaient attendu le dernier moment pour s'en aller, le curé par exemple, ou les vieux qui avaient toujours vécu dans leurs petites fermes et s'imaginaient à tort que ces pierres grises leur appartenaient.

Pour leur démontrer qu'ils se trompaient, le Numitor avait envoyé la Nature sauvage [2] aux loups. La meute avait brisé les portes et massacré les troupeaux, les réserves avaient pourri pendant la nuit, ou germé comme si elles devaient être bientôt plantées pour une prochaine récolte.

Le Numitor ne tenait pas à tuer les habitants de Lochwinnoch. Au cours des décennies écoulées, il les avait trouvé plutôt tolérables discrets, autonomes, peu curieux de ce qui se passait chez les voisins. Et ils ne posaient jamais de questions concernant les enfants maussades et à moitié sauvages qui venaient de l'autre côté du lac à l'école locale afin de faire entrer dans leurs têtes dures des chiffres et des lettres, même si cela les rendait enragés.

Pour le Numitor, les jeunes étaient des loups, mais aussi de futurs hommes. Un loup avait comme atouts ses crocs et sa vitesse, un homme avait son cerveau et ce qu'il mettait dedans. Le Numitor n'avait aucune patience envers les imbéciles incapables de rester au top de leur forme.

Tolérables ou pas, il n'y avait plus de place désormais en ces lieux pour les habitants de Lochwinnoch, sauf au cimetière. L'Âge du Loup débutait et les humains allaient devenir des proies.

La plupart des villageois l'avaient compris d'eux-mêmes. Ils avaient ouvert leurs maisons aux éléments, les allées autrefois entretenues étaient dorénavant couvertes de neige et d'anciennes possessions jadis prisées se craquelaient et périssaient peu à peu sous le froid et le gel. Mais les objets se remplaçaient, pas les gens. Donc, c'était mieux ainsi.

Pour l'instant, en tout cas.

Quant à ceux qui avaient tenté de rester, le Numitor était venu s'en occuper en personne. Il n'était pas bon de déléguer certaines tâches.

Les murs gris de la vieille église étaient tapissés de glace depuis la flèche enneigée jusqu'au pourtour des fenêtres et sur le haut sommet de la porte. Le Numitor colla son épaule nue contre le panneau noir, il poussa

_____

2 *The Wild…*

pour ouvrir et cassa les charnières métalliques givrées. La serrure n'était pas verrouillée. Si elle l'avait été, cela n'aurait rien changé pour lui.

Il vit sur toutes les surfaces des bougies allumées, une épaisse cire jaune dégoulinait en longues traînées le long de l'autel et des parois, projetant des ombres grises et mouvantes sur les murs et les fenêtres.

Le prêtre était toujours là. Vêtu d'une robe noire et d'une lourde parka, il attendait, assis sur l'un des vieux bancs de chêne. Un chapeau noir était enfoncé bas sur ses oreilles et des touffes de cheveux blancs sortaient en dessous.

La tête était posée sur les genoux, entre les bras.

Le prêtre avait été décapité.

Le cou était couvert de sang noirci, la peau déchiquetée, la vertèbre fissurée. Une flaque de sang foncé et caillé par le froid s'étalait autour des bottes du vieillard, tachant les pierres et disparaissant dans les interstices. La mort était récente, le sang encore frais laissait dans l'air des relents salés et métalliques.

La nostalgie douce-amère que le Numitor avait jusque-là portée sur ses épaules comme une cape d'algues du lac se dissipa soudain sous une vague de colère indicible. Ce n'était pas qu'il ait eu particulièrement envie d'assassiner un vieux prêtre ce soir, mais il ne supportait pas l'idée que quelqu'un ait osé lui arracher sa proie. Le sourd grognement qu'il poussa renvoya des échos sur les hauts murs nus.

Le Numitor avança dans l'église et arpenta les allées, ses pieds laissant des empreintes humides sur la pierre. L'air sentait le sang et la cire chaude, mais aussi un encens épicé dont l'amertume lui irrita la gorge. Il toussa et cracha pour la dégager.

— Alors, qui a eu les couilles d'agir ainsi ? demanda-t-il à haute voix. Je présume que tes crocs doivent rayer le plancher ! Tu es resté pour défier le vieux loup ?

Il entendit un grattement de métal contre du métal et se retourna vivement vers le bruit. Au premier pas qu'il fit, il posa le talon dans la flaque de sang et sentit une chaleur inattendue entre ses orteils. Puis il entendit le râle lourd d'une respiration laborieuse venant de l'extérieur.

Plusieurs même. Était-il devenu sénile au point de ne pas avoir remarqué un piège aussi évident ? se demanda-t-il. Mais même ainsi, il sentit s'éveiller dans ses os l'appel éternel de la Nature sauvage.

Il inspira un grand coup – il faisait si froid que ses poumons brûlèrent – et expira en regardant son souffle onduler à travers l'église. Un bref instant, de vieux arbres aux troncs collés par la mousse et le givre remplacèrent les murs ternes. Le bleu pur d'un ciel épargné par le smog brillait au-dessus de sa tête et le crâne à vif d'un cerf, les bois givrés, était pendu aux branches. Des ombres difformes passaient à travers les arbres, le museau enveloppé de la vapeur humide de leur haleine.

En pleine nature, le Numitor reçut leur odeur jusqu'au fond de la gorge : aussi gras que de vieux porcs, ils puaient la pourriture, avec encore un soupçon d'encens. Le vieux loup laissa les bois et les arbres lui échapper et éclater comme des bulles de savon sur la dure pierre tranchante de la réalité. Une brûlure étrange s'attarda sur sa langue, un goût de fumée et de…

Maladie. C'était l'odeur de la nicotine et les relents aigres d'une chambre de malade, ulcères caillés et sueur du désespoir quand la fin approche. Cette puanteur ne fit qu'attiser la colère du Numitor. Une autre odeur traversa cette puanteur fétide, une odeur ô combien familière.

Le loup la sentit se glisser sous sa peau, à la fois chaude et irritante, elle pénétra ses crocs et vrilla douloureusement les os de son crâne.

— Jack, dit-il.

Il aurait dû le comprendre plus tôt. Quel autre loup affronterait la Nature sauvage pour venir le défier ici, maintenant, alors que c'était la fin ? Mais cette puanteur…

Il se passait des choses vraiment étranges dans la Nature ces jours-ci. Peut-être avaient-ils tué une bête répugnante et s'étaient-ils roulés dans ses entrailles ?

— Gregor ? Qui est là ? Lequel de vous deux est revenu au bercail ?

Le choix n'aurait pas dû être aussi facile. Il avait essayé de les aimer tous les deux, il s'était dit qu'il pleurerait le déchu, mais il savait depuis le premier jour lequel de ses fils jumeaux avait le plus reçu de son héritage lupin peaufiné au fil des âges.

La transformation eut lieu. Le loup fendit la peau humaine. Le Numitor ne résista pas quand la fourrure épaisse et dense se hérissa sur ses épaules et descendit jusqu'à ses jointures. Au bout des doigts, les ongles pointus se fendirent pour laisser passer les griffes. Alors seulement, le Numitor bloqua le loup qui voulait jaillir du fond de sa gorge. Il voulait dire adieu à son dernier fils.

Pour la première fois lors d'un défi, il ne tenait pas à gagner. Les loups avaient besoin d'un chef fort, aussi tuerait-il – encore une fois – son enfant s'il le fallait. Mais s'il finissait égorgé, le Numitor ne maudirait pas Jack ou Gregor pour autant.

L'âge avait déjà fermé les fenêtres et barré les portes de sa vie. Peut-être était-il temps pour lui d'éteindre les dernières lumières et de s'en aller avant l'hiver.

— NE ME fais pas attendre, gronda-t-il, le loup toujours emprisonné sous sa langue. Viens serrer dans tes bras un vieil homme avant d'essayer de le tuer.

Une silhouette émergea de l'ombre derrière l'autel. À la lueur des bougies, le crâne scalpé était écarlate, des morceaux de chair carbonisée y collaient encore et un œil injecté de sang fixait le Numitor sous une paupière couverte de cicatrices et de boursouflures.

La bouche s'ouvrit, sanguinolente comme une blessure.

— Si tu insistes, grinça la créature. Prends ça.

L'articulation était difficile, comme si les mots étaient… mouillés

Les fenêtres explosèrent, des éclats de vitraux mitraillèrent toute l'église. Des éclats se plantèrent dans le manteau du prêtre mort et couvrirent la flaque de son sang comme des flocons de givre. D'instinct, le Numitor détourna la tête, une main levée pour protéger ses yeux. Il sentit les tessons se planter dans sa peau.

La voix continua :

— Vieux loup, vieil homme, proie facile.

Le Numitor laissa retomber sa main. Des filets de sang coulaient sur sa paume et dégouttaient sur la pierre. Trois corps informes à la chair déchiquetée sautèrent dans l'église. Les os brisés jaillissaient à des angles étranges, vaguement tenus ensemble par des lanières de muscles, une fourrure emmêlée et fauve poussait là où elle avait trouvé de la place. De vrais muscles gonflaient aux épaules et aux hanches, striées de tatouages noirs et de sutures si serrées que la chair alentour se déchirait et se décollait. Un os émergeait de la bouche sanguinolente, entre les petites dents humaines.

Le Numitor avait déjà vu des monstres. Quand il était jeune, la Nature sauvage était encore courante à travers le monde, éphémère par endroits, à cause de la pierre travaillée et des mathématiques que les marchands ramenaient d'Orient, à d'autres aussi profonde qu'un lac. Des monstres vivaient en ces lieux, des êtres qu'aucun humain les ayant croisés n'avait vécu assez longtemps pour raconter son histoire. Quant aux loups, ils étaient assez intelligents pour tenir leur langue.

Des siècles plus tôt, ces monstres avaient envahi une ville et tout brûlé. Il y avait eu des récits évoquant des os tordus et des morts-vivants, mais les rescapés des villes voisines avaient préféré accuser la peste. Et la vérité, peu à peu, avait été enfouie sous les mensonges.

Sur le cuir qu'une des créatures portait au côté, le Numitor reconnut les tatouages : lui-même en avait marqué la peau de ses fils.

Et ça, c'était une première.

Il ne résista pas plus longtemps à son loup. L'énorme bête grise avait des épaules et des mâchoires destinées à abattre un élan irlandais, à combattre un ours. Elle se rua avec un grondement sauvage vers le monstre qui portait son fils.

Ou qui avait été son fils.

I

Jack

LA LAME fut supportable la première fois qu'elle passa sous sa peau. À ce moment, alors que la vieille garce le découpait d'une hanche à l'autre et l'ouvrait comme un manteau, Jack n'y croyait pas vraiment. Il avait regardé les doigts osseux pincer sa peau et la décoller de ses os, le crépitement odieux des fibres déchirées se perdit vite dans ses hurlements sauvages.

Puis tout repoussa.

Une peau douce, de nouvelles terminaisons nerveuses, une chair vierge.

Puis la vieille salope recommença le processus et là, Jack comprit sa douleur.

Et encore, et encore…

Jack sursauta et tenta d'effacer ce souvenir. Le fond de sa gorge lui semblait durci, plus épais du fait de sa douleur. Il grogna et par habitude chercha ses crocs. Son cœur tambourinait contre son sternum, affolé par le rappel de cette atroce douleur.

Sans réfléchir, Jack tendit la main et chercha Danny.

Il était là, blotti contre son flanc sous un amas de couvertures enchevêtrées. Pendant un moment, Jack lui agrippa l'avant-bras, appréciant le contact de la peau chaude et des muscles sous la laine mérinos râpeuse du pull. Ensuite, il le lâcha et s'assit. La puanteur de sa sueur le fit grimacer. Il nota l'éclat d'un regard de jais qui scintillait de l'autre côté de la voiture. Dans le noir, un loup voyait mieux qu'un humain, mais même non transformé, Jack n'était pas humain. Ses yeux mirent une seconde à s'ajuster. Ensuite, ils se fixèrent sur la silhouette du petit dieu assis en tailleur sur une des caisses. Si lui avait été un dieu, même mineur, il se serait choisi un meilleur réceptacle humain que Nick Blake. Le lourd manteau de laine que portait le pathologiste ne suffisait pas à étoffer sa frêle carrure et le visage au long nez évoquait un furet.

Ou un oiseau.

Certainement pas un loup.

Pourtant, Gregor l'aimait. Jack n'avait pas encore déterminé ce qui le sidérait le plus : que son frère *puisse* aimer ou qu'il ait choisi d'aimer quelqu'un qui avait été – principalement – humain à un moment donné.

— Tu devrais dormir, dit Jack.

Sa voix était râpeuse, sa gorge gardait le goût de sang.

Il s'essuya la bouche sur le dos de la main, soulagé qu'il fasse noir. Il préférait ne pas savoir si ses rêves lui avaient à nouveau mis la gorge à vif.

Nick eut un sourire ironique et passa sa main dans la crête de ses cheveux noirs. Ils étaient devenus plus sombres depuis que le quatuor avait sauté dans le train à Girvan, une teinte qui s'était propagée sur chaque mèche comme un vieillissement inversé.

— C'est aussi ce que dit votre frère, répondit Nick.

Machinalement, Jack jeta un coup d'œil à Gregor, son jumeau, étalé de tout son long comme si, même endormi, il était trop arrogant pour s'inquiéter de l'avenir.

Contrarié, Nick fit claquer sa langue contre ses dents. Quand Jack lui jeta un regard interrogateur, Nick tapota son front de son doigt.

— L'oiseau. Il veut se percher.

— Mais toi, tu veux me regarder dormir ?

Quand Nick sourit, Jack trouva à son visage une ressemblance avec Rose, la vieille garce de Girvan : la bouche était légèrement tordue, le pli de la fossette creusait la joue jusqu'à la mâchoire. Ce n'était pas flagrant, mais ça existait. Parfois, Jack se demandait ce qui le dérangeait le plus chez Nick : son dieu oiseau ou sa grand-mère.

— Vous ne dormez pas non plus, souligna Nick.

Jack grimaça et se releva d'un mouvement fluide. Il aurait voulu se transformer et courir sur quatre pattes, suivre le lent cheminement du train à travers la campagne blanche. La vie était toujours plus facile dans le cœur d'un loup, les regrets et les doutes arrachés comme des dents de lait. Sauf qu'il ne se fiait pas à Danny pour veiller sur Nick, pas après que la vieille garce lui eut si longtemps mis un collier et une laisse, le transformant en chien contre sa volonté. À cette époque-là, Jack, pourtant fils du Numitor, ignorait que c'était possible.

Les prophètes, eux, étaient au courant. Au fil des mois, Jack avait découvert que les prophètes en savaient beaucoup plus que les loups, ce qui lui faisait encore plus détester la société actuelle.

— Qu'est-ce que ta grand-mère t'a dit sur nous ? demanda-t-il.

Nick changea de position.

8

— Rien, répondit-il. Avant Girvan, je la croyais morte. Je ne lui avais plus parlé depuis que j'ai été envoyé comme orphelin dans le système.

Pendant une seconde, son sourire disparut, remplacé par le mépris et l'horreur, ce qui effaça sa ressemblance avec la vieille louve au couteau. Tous les loups vivant sur le territoire du vieil homme savaient éviter les autorités. Ils fréquentaient l'école afin de ne pas alerter les voisins et quand ils devaient se rendre en ville, ils se tenaient à peu près bien… en général.

Les loups écossais se souciaient peu des humains, mais n'étant pas idiots, ils savaient très bien que le nombre était à la fois un avantage et un danger. Apparemment, songea Jack, les prophètes ne l'avaient pas tous compris.

— Et avant ça, elle ne t'a jamais parlé des loups ? Ou des prophètes ? Ou de ses projets ?

Le pétillement disparut des yeux d'oiseau. Nick ressemblait juste à un humain alors qu'il se blottissait dans son manteau, les manches rabattues pour protéger ses mains.

— Elle ne m'a rien dit d'important, répondit-il. Juste des contes pour enfants sur l'Hiver de loup et la meute qui franchira le Mur [3].

— C'est pour ça que tu n'arrives pas à dormir ? demanda Jack. Tu as peur qu'on essaye de te tuer ?

— Les loups n'étaient pas les seuls monstres des histoires de ma grand-mère, vous savez.

Nick jeta un coup d'œil derrière lui, dans l'ombre. Ses yeux scintillèrent comme s'ils avaient perçu un mouvement suspect.

Jack sentit quelque chose de froid lui chatouiller la nuque, un fil de son tee-shirt, une étiquette ou un morceau d'ongle. Il essaya d'ignorer la démangeaison, mais ça ne dura pas longtemps. Avec un grognement de frustration, il se retourna pour vérifier ce qui avait attiré l'attention de Nick. Rien. Même quand il testa la Nature sauvage, il ne perçut que l'odeur froide de la bruyère et un vague relent de viande pourrie et de lait tourné incrusté dans les parois de bois goudronné du wagon.

L'odeur n'était pas là à leur arrivée. Il avait suffi de quelques jours dans la voiture, à tenir les portes fermées pour éviter les inspections sporadiques des escortes armées, pour que Jack connaisse la moindre odeur

---

3 Mur d'Hadrien, fortification de 120 km construite en 122 apr. J.-C. à peu près à la frontière Angleterre-Écosse actuelle pour protéger la province romaine des peuples calédoniens.

de ce wagon : la puanteur de la sueur humaine, le sang frais – enfin, il datait d'hier – du fuyard qui avait tenté de monter en route et avait fini sous les roues.

Pas de lait.

— Qu'est-ce que c'était ? demanda-t-il.

— Rien, prétendit Nick. Une vieille rancune.

Ses yeux semblaient toujours humains, bien que d'une noirceur inhabituelle, sans le scintillement d'obsidienne d'un animal. La bouche était crispée dans une moue triste qui ne rappelait nullement sa grand-mère.

Si Nick n'avait rien vu, sans doute n'y avait-il rien.

Jack se secoua. Il était un loup, donc un des êtres les plus étranges de sa connaissance, mais l'Hiver de loup apportait plus que de la neige et du sang de la Nature sauvage. Peut-être les prophètes le savaient-ils. La grand-mère de Nick avait certainement su comment ouvrir la voie… même s'ils avaient tout arrêté à peine le seuil franchi.

À l'origine, les prophètes avaient été ressentis comme une insulte. Pour réciter des prières, les loups n'envoyaient que la lie de leur espèce, les lâches et les dégénérés, afin de bien montrer ce qu'ils pensaient des dieux. Avec le recul, c'était probablement une erreur. Les prophètes savaient beaucoup plus que ce qu'ils racontaient dans les dogmes ou lisaient dans les augures, et ils n'avaient rien communiqué aux loups.

Au moins, Jack espérait que c'était la vérité, tout en songeant sombrement à l'affirmation de Job [4] : *le vieil homme était au courant depuis le début.*

— Va te coucher, ordonna-t-il. Nous atteindrons Irvine demain et ensuite, plus de transport gratuit. Il va nous falloir marcher.

Nick penchait la tête sur le côté.

— Toi, tu vas marcher.

C'était le dieu qui riait, le dieu qui croassait son amusement.

Ce n'était pas la Nature sauvage que Jack connaissait si bien, celle dont il savait détailler les odeurs et les goûts. Ce qui entourait Nick était… différent. Ça sentait les os calcinés de très anciens défunts – les Sannocks [5] – et les bûchers funéraires sur la plage.

---

4 Prophète mort lors d'une confrontation avec Jack, voir tome 1, *Une vie de chien*, même auteur, même éditeur.

5 Non-humains qui hantaient autrefois la Grande-Bretagne : métamorphes, gobelins et monstres en tout genre.

Et cette entité inconnue effaça Nick pour faire apparaître l'oiseau. Le manteau tomba lourdement sur la caisse au-dessous de lui, une manche vide pendant mollement sur le bord. L'oiseau noir ressemblait à un corbeau couvert d'une épaisse couche de plumes. L'œil noir brillait, le bec était long et très blanc, comme un os de squelette gravé de runes anciennes.

Seuls les dieux humains avaient des problèmes avec les loups, ces êtres qu'ils avaient créés pour les servir et abusés pendant si longtemps. Les dieux de fourrure et de plume, coursiers et festins de leurs maîtres, étaient en général neutres. Mais pas toujours. Et Jack savait être le premier loup depuis des siècles à faire ami-ami avec un dieu-oiseau, donc, il restait sur ses gardes. Il ne se sentait aucun point commun avec un animal qui avait un bec taillé dans l'os.

Peut-être parce que c'était un oiseau.

Au moins, il ne ressemblait pas à la vieille garce.

Jack montrant les dents, rappelant au volatile qu'un loup était avant tout un carnivore – après tout, c'était l'heure du petit déjeuner –, puis il regagna son nid de couvertures où son amant dormait toujours.

En sentant Jack s'étendre contre lui, Danny se retourna et ouvrit un œil endormi.

— Quoi ?

Jack lui passa les doigts dans les cheveux, repoussant en arrière les boucles emmêlées, et déposa un baiser sur son front.

— Rien, dit-il. Ne t'inquiète pas.

Danny grogna son scepticisme, mais il laissa retomber sa tête et se rendormit aussitôt. Jack apprécia la chaleur de son souffle contre sa gorge, comme un métronome pour compter le passage du temps jusqu'à l'aube. Il avait conseillé à l'oiseau de dormir, mais il ne comptait pas le faire, pas avant d'y être contraint et forcé.

Les loups ne rêvent pas comme les humains ou comme des chiens, pensa Jack, qui caressait toujours distraitement les cheveux de Danny. De toute façon, il ne tenait pas à rêver. Il savait déjà ce que la Nature sauvage tenait à lui montrer et il ne comptait pas s'y soumettre.

À Durham, avec Danny dans son lit et Gregor avec lui au lieu d'être à sa poursuite, Jack s'était imaginé retourner en héros dans la meute écossaise. Les loups critiqueraient peut-être son compagnon, mais c'était la Nature sauvage qui avait choisi Danny pour lui. Et ça, même le vieil homme le respecterait.

Mais c'était avant que la garce de prophétesse lui découpe la peau et lui arrache sa fierté sans que la Nature sauvage s'interpose.

Sans ce sceau d'approbation, Jack n'était qu'un simple exilé venu mendier des miettes de son ancienne vie.

Il s'écarta de Danny avec un rire sans joie et fixa le plafond dans le noir. Le bruit des roues sur les rails gelés vibrait à travers ses os et bourdonnait dans son crâne. Il passa sa main sous son tee-shirt et écarta les doigts sur ses muscles durs et sa peau cicatrisée. Non, pas un simple exilé. Il s'était donné la peine d'empirer ce qui dès le départ l'avait rendu indésirable. Jadis, il avait refusé de baiser une des femmes de sa meute, maintenant, il avait pris un chien comme compagnon. Et comme il avait perdu ses tatouages, il ne lui restait plus aucune preuve plus de son rang.

Que pourrait lui faire encore la Nature pour aggraver son cas ?

L'AUBE ÉTAIT à peine levée quand, peu avant Glengarnock, le train s'arrêta dans un crissement de freins hargneux. Le territoire natal de Jack était à quinze kilomètres de là. Le soleil était bas et pâle dans le ciel, comme si le froid avait sapé son énergie, lui ôtant l'envie de monter plus haut. Déséquilibrés, les employés chargés de surveiller le freinage se mirent à grommeler. Ils descendirent sur les voies, un réservoir à propane sur le dos, et activèrent leur lance-flammes pour dégivrer les roues collées au métal. La vapeur crachota et sortit de sous les wagons, évoquant un modèle de train beaucoup plus ancien.

Sans accorder un regard aux travailleurs, les soldats en tenue d'hiver grise et blanche se déployèrent le long des voies, leur arme braquée sur le désert blanc qui s'étendait au-delà. Personne ne parlait. Les envies de bavardages insignifiants s'étaient atténuées depuis le moment où ils avaient dû s'arrêter un moment près de Girvan.

La veille, les soldats étaient descendus deux fois, d'abord pour chasser une meute de chiens agressifs qui avait jailli des buissons. Ces bêtes avaient naguère été des animaux de compagnie choyés, certains gardaient autour du cou des colliers sales dont le strass était tombé, mais la faim et la crasse avaient éradiqué en eux toute trace de domestication. Abandonnés à eux-mêmes, ils s'étaient retrouvés dans la Nature et l'instinct de meute avait pris le dessus, effaçant les différences de leurs éducations respectives. Ils n'avaient pas oublié la loi des hommes, cependant, aussi s'étaient-ils vite dispersés devant des cris de colère et des tirs répétés.

12

Le second agresseur n'avait pas été aussi sensé. Le visage rouge et fiévreux, il avait surgi d'une maison située le long des voies, enveloppé dans une couette en guise de manteau. Il avait tendu à l'ingénieur une enveloppe remplie de billets pour payer son passage, refusant d'accepter les refus répétés que recevait sa requête. Excédés, les soldats avaient fini par lui tirer une balle dans le pied en l'arrachant au wagon. Ils étaient ensuite remontés dans le train tandis que leur victime étalée dans une neige tachée de sang les agonissait d'insultes.

Le dogme des loups annonçait que pendant l'Hiver de loup, «*jamais un homme n'aura pitié d'un de ses semblables*». Oui, les hommes s'entretueraient avant même que les loups aient à user de leurs crocs pour s'en charger. S'agissait-il d'une prophétie ou d'une prédiction? C'était difficile à dire.

— Le train est probablement plein de provisions, murmura Danny. Elles doivent être destinées aux bunkers des riches, les politiciens, les hommes d'affaires et l'entourage de la reine, pour survivre à la catastrophe.

Il bougea d'un pied sur l'autre pour garder son équilibre sur le sol couvert de givre. Lui et Jack étaient coincés entre deux voitures, serrés au coude à coude en attendant une chance de filer jusqu'aux maisons situées derrière le mur de glace, au-delà de la clôture.

Avec un grognement, Jack remonta son sac sur son dos. Il tira sur la sangle pour qu'elle cesse de lui esquinter l'épaule.

— L'attente va être longue, déclara-t-il. L'Hiver durera encore trois ans ensuite, les dieux auront trouvé leur demeure.

En entendant le mot «dieux», Danny fit la grimace. Machinalement, il esquissa le geste de remonter ses lunettes sur son nez, puis ne trouvant rien, il se souvint de ne plus les avoir. N'ayant pas prévu de le laisser redevenir humain, les prophètes n'avaient pas pris la peine de garder ses lunettes. Après l'intervention de la Nature sauvage et des monstres du prophète, Danny s'accrochait à son scepticisme comme un avare à son or.

Il avait toujours su que les loups existaient, il avait aussi vu un Sannock mort aussi clairement que le clair de lune, les tempêtes et la pourriture sur la plage près des bûchers funéraires, mais les dieux? Non, il n'était pas encore prêt à croire en eux, pas avant de les avoir vus de ses yeux.

Et comme il a perdu ses lunettes, pensa Jack avec ironie, il leur faudra être vraiment tout près.

Danny s'appuyait contre lui pour profiter de sa chaleur corporelle. Son haleine formait une buée blanche autour de ses lèvres.

— Maman m'a toujours recommandé de ne pas emprunter d'argent et de ne pas chercher les ennuis, murmura-t-il. Je vais ajouter les dieux à cette liste de trucs à éviter. Je me soucierai d'eux quand... *si* besoin est.

Il n'a pas tort, admit Jack en son for intérieur. Les dieux pouvaient attendre. Pourtant, entendre ces mots dans la bouche de son amant lui semblait étrange. Quand tous deux étaient adolescents, Danny était obsédé par l'avenir. De ce fait, il avait été envoyé chez les humains pour poursuivre l'objectif qu'il s'était donné.

L'avenir était sans doute plus attrayant quand on s'imaginait avoir le pouvoir de le contrôler.

Non loin d'eux, de lourdes bottes firent crisser la neige. Jack se raidit et se colla contre la paroi gelée du wagon. La neige épaisse qui couvrait ses épaules avait suffisamment fondu pour humidifier son tee-shirt. L'adrénaline faisait vibrer sa peau et trembler ses talons. Il exhala un fin brouillard dans l'air glacé.

Il *pouvait* se transformer. L'idée lui vrillant le cerveau, il ne put renier son attrait. Depuis des siècles, les loups évitaient l'humanité. La dernière fois où ils avaient affiché leur vraie nature devant les hommes, ils étaient encore au service de Rome et de l'empereur qui les avait exilés au-delà du Mur. Quelle différence ça ferait-il à présent que Jack se montre à visage découvert ? Il avait déjà été banni, l'autorité de son père était fragile, sinon disparue, et l'âge d'or des hommes arrivait à sa fin.

La tentation monta en lui, puis s'effaça lorsque le soldat apparut. Une cagoule lui couvrait la tête, la laine grise était incrustée de glace autour de la bouche et du nez, là où son haleine s'était figée, et de lourdes lunettes noires lui cachaient les yeux. Il portait un fusil semi-automatique noir, la crosse sous l'aisselle, un doigt ganté plaqué sur la gâchette. Le soldat exsudait des relents d'huile d'arme et de colère aigre quand il s'arrêta devant Jack, le dos tourné, pour scruter le maquis derrière la clôture à la recherche d'un signe de vie.

Jadis, encore jeune loup, Jack avait été chargé et piétiné par un cerf acculé. Il avait eu les côtes brisées et la mâchoire cassée, et il n'avait pas su de qui émanait la terreur qu'il humait, de lui ou du cerf. Il s'en était sorti de justesse et avait réussi à filer à l'abri des arbres d'où son père avait surveillé la scène sans intervenir afin de lui ancrer une leçon dans le crâne : même une faible proie avait des ressources.

Jack ne mourrait pas s'il prenait une balle, mais son loup avait déjà beaucoup donné pour le maintenir en vie sous le couteau de la vieille garce.

Il avait ensuite nagé en mer d'Irlande, dans une eau gelée, pour rapporter jusqu'au rivage un chien à moitié mort. Avec les prophètes à anéantir et son père à affronter, ce n'était pas le moment de tester les limites de sa condition physique. Il guérirait, bien entendu, mais ça lui prendrait plus de temps que d'habitude.

Danny posa le bras sur sa bouche pour cacher la condensation de son souffle et se blottit dans le renfoncement de la porte.

Après une minute ou deux en position, le soldat indiqua dans sa radio :

— Rien à signaler.

Puis il remonta péniblement vers l'avant du train.

Jack attendit que son pas fatigué et son souffle rauque disparaissent avant de tapoter le coude de Danny.

— On y va ? souffla Danny.

Il était déjà prêt à s'élancer. Jack secoua la tête et se pencha pour poser un baiser sur les lèvres froides. Il enfouit les doigts dans les boucles emmêlées de la nuque et attira le long corps maigre contre le sien. Une seconde durant, il goûta la désapprobation sur la bouche de Danny, puis les lèvres s'adoucirent et exprimèrent un tout autre sentiment. Le couple ne s'était plus quitté depuis Girvan. Jack avait des picotements dans le cou chaque fois qu'il perdait Danny de vue pendant plus d'une minute. Les deux amants n'avaient pas baisé non plus, ils avaient trop froid, ils étaient trop fatigués ou trop hantés par les cauchemars.

Jack soupira intérieurement. Bien qu'elle l'en ait souvent menacé, la vieille garce ne lui avait pas coupé la queue. Pourtant, Jack se sentait parfois devenu eunuque. Il ne couchait plus avec Danny, il ne bandait même plus en sa présence ces derniers temps.

Aujourd'hui, sa réaction fut différente. Jack accueillit avec soulagement la chaleur qui lui nouait le bas-ventre, témoignage bienvenu que son attirail était intact. Le moment était sans doute mal choisi, vu que des coups de feu éclataient soudain non loin d'eux, mais quand même.

Et pourtant, marmonna une petite voix sarcastique dans sa tête, à certains égards, ça aurait été… plus simple.

Jack préféra se dire qu'il ignorait la signification de ces mots. Il les repoussa et s'écarta de Danny avec brusquerie. Il montra les dents dans un sourire féroce.

— Maintenant, on y va, dit-il.

II

Jack

DANNY LE fixa d'un air étonné, la bouche encore enflée de leur baiser, les joues rouges d'émotion, de froid, ou les deux à la fois. Jack ne s'en inquiéta pas, sachant que Danny le suivrait, comme toujours. Il s'élança et sauta du wagon, il atterrit dans la neige aplatie par le passage du soldat, compactée en une croûte lisse et glacée. Ses bottes dérapant, Jack faillit s'étaler et perdit une seconde à regretter de ne pas s'être transformé – les pattes d'un loup sont faites pour la neige ! – avant de rétablir son équilibre.

Un cri surpris marqua son arrivée.

— Hé ! Qu'est-ce que… ! Merde ! J'y crois pas ! Il y avait quelqu'un dans le train ! Lieutenant !

La voix apeurée manquait d'autorité. C'était donc celle d'un employé, pas d'un soldat.

Jack filait déjà vers la clôture quand l'instinct le fit regarder vers la droite. Lui et les autres, avant de se séparer, n'avaient pas conclu d'accord particulier quant à l'endroit où ils franchiraient la clôture, mais c'était sans d'importance. Ils avaient tous sauté du train quasiment en même temps et traversaient l'étendue enneigée à la même vitesse.

Sauf que Gregor était seul alors que Danny était sur les talons de Jack.

Ou l'inverse. Un chien de course, même sous forme humaine, battait Jack au sprint. Sous les longues jambes aux foulées rapides, la neige giclait en arcs grisâtres, éclaboussant le visage de Jack, humide et poisseux, encore empuanti des relents de fumée et d'huile du train.

Une nouvelle voix aboya derrière eux :

— Arrêtez ! Arrêtez-vous et levez les mains.

Danny courba les épaules et baissa la tête, comme si cela allait l'aider. Les soldats viseraient au ventre, c'était le tir le plus facile sur une cible mouvante. Les coups de feu ricochèrent sur le sol devant lui, soulevant la neige et projetant alentour des morceaux de béton gris.

Danny s'écarta de la ligne dessinée dans la neige.

16

— Putain ! cracha-t-il. Je pensais au moins arriver chez moi avant qu'on essaye de me tuer !

Il éclata de rire. L'air entra dans ses poumons, aussi froid que de la glace. Il avait déjà oublié la façon cultivée de prononcer les voyelles, acquise dans le Sud, et retrouvait son accent écossais, pur et dur.

— Si vous n'arrêtez pas, aboya l'homme à leur poursuite, nous ouvrons le feu !

Jack jeta un coup d'œil derrière lui et vit les soldats qui tentaient de courir, empêtrés dans leur équipement d'hiver. Les lourdes bottes et les épais vêtements thermiques les gardaient au chaud, certes, mais cela rendait difficile une poursuite dans de la neige jusqu'aux genoux.

L'homme à l'avant s'arrêta et positionna son arme à son épaule pour viser.

Nick tomba du ciel au sens littéral, un énorme oiseau noir qui s'attaqua à la tête du soldat, planta ses griffes dans la cagoule et actionna son bec épais, faisant craquer les os. La Nature sauvage étincelait dans le bleu-noir des plumes des grandes ailes qui battaient pour permettre à l'oiseau de faire du sur-place.

Le soldat hurla de surprise et de douleur, il lâcha son arme pour se protéger la tête et tenter d'en arracher l'oiseau.

Malgré sa méfiance envers Nick et ce qui se passait derrière ces yeux noirs d'obsidienne, Jack éclata de rire. Devant lui, Danny atteignit la clôture. Il sauta, attrapa le haut et se hissa en donnant des coups de pied sur les entretoises métalliques gelées, ce qui délogea des morceaux de glace et de neige. Une balle perdue effleura l'oreille de Jack et frappa un poteau, à quelques centimètres du genou de Danny. Le métal vibra sous l'impact et la gaine de glace se fissura de haut en bas.

Un aigre relent de peur traversa l'air froid. Danny poussa un juron et sauta de la clôture, atterrissant lourdement de l'autre côté, à quatre pattes dans la neige, puis il se remit debout.

Jack se retourna pour exhiber ses dents blanches aux soldats. Il grogna aussi, un son guttural qui n'avait rien d'humain. Dans cette région, la Nature sauvage était atténuée, profondément enfouie sous la terre labourée et les rails de chemin de fer, mais pendant une seconde, Jack la sentit à plein nez. Au loin, il entendit grincer des arbres gelés depuis longtemps et un loup hurler dans le vent.

Un des soldats frissonna et recula, son arme glissant de ses doigts gourds. Il jeta un regard nerveux autour de lui, comme pour chercher un coupable susceptible de justifier sa frayeur. L'autre soldat, sa cagoule arrachée révélant une mâchoire ombrée de barbe et un front ensanglanté, n'eut pas la même conscience du... danger. Il serra les dents et pressa la gâchette.

Son chargeur explosa, projetant des débris de shrapnel qui lui déchiquetèrent la manche et le visage. Le sang coula de multiples coupures. Atterré, l'homme jeta son arme inutilisable au sol.

— Putain ! C'est quoi ce bordel ?

Riant toujours, Jack courut vers la clôture. Il sauta souplement, posa les mains au sommet et se projeta de l'autre côté. Il atterrit accroupi, puis bascula cul par-dessus tête, quand la croûte la neige céda sous lui en une avalanche miniature.

La Nature sauvage donne, l'Hiver reprend, songea Jack, fataliste. Il s'assit pour débarrasser ses cheveux des morceaux de glace et d'herbe.

Danny lui tendit la main pour l'aider à se relever.

— Il faut toujours que tu fasses le mariole ! se plaignit-il.

Bien qu'il ait pu se relever sans aide, Jack accepta la main tendue, il garda les doigts froids dans les siens et entraîna Danny loin des rails. Alors qu'ils longeaient les hauts murs des jardins clos, quelques coups de feu tirés sans conviction retentirent derrière eux. Les soldats avaient utilisé contre eux la même tactique pour chasser les chiens. Jack en fut vaguement offensé, tout en ayant conscience que c'était stupide. Merde, quoi ! Un loup représentait une menace autrement sérieuse qu'un toutou qui avait passé sa vie à bouffer dans une gamelle et à porter un petit manteau en laine pour sortir, même s'il était redevenu sauvage !

Repoussant la tentation de retourner donner une leçon aux soldats, Jack se concentra plutôt sur une porte à forcer. Après en avoir dédaigné plusieurs, il tomba enfin sur ce qu'il cherchait : un endroit de toute évidence abandonné.

Il entendit les soldats discuter de l'autre côté du mur :

— *On laisse tomber ! Ces dingos n'avaient aucun sac, aucune provision, ils vont crever de froid ! Nous avons un horaire à tenir !*

À bout de souffle, Danny se plia en deux, les mains sur les cuisses. La vapeur enveloppait son visage, l'adrénaline laissait une forte odeur sur sa peau. Il se redressa et s'essuya la bouche de sa manche.

— Je suis resté longtemps dans le Sud, marmonna-t-il. Et personne n'a jamais essayé de me tuer.

Jack gloussa, puis il saisit Danny par l'avant de sa veste pour lui donner un baiser rapide et froid.

— On s'emmerde mortellement dans le Sud, grogna-t-il, je l'ai toujours su.

Il goûta sur la bouche de Danny un sourire réticent. Pour la première fois depuis des jours, il eut l'impression d'être redevenu lui-même.

IL AURAIT dû se douter que ça ne durerait pas.

— Putain, marmonna Nick. Ce sont des…

Il avait un lourd accent de Glasgow, comme s'il n'utilisait aucune voyelle. Il se retourna et pressa le dos de sa main contre sa bouche avec un hoquet. Les épaules voûtées, il feignait le dégoût, mais Jack sentait l'avidité et la faim exsuder de lui.

— Oui, coupa Danny, ce sont des chiens.

Apparemment, les soldats du train n'auraient plus de problème avec les meutes sauvages pendant les prochains kilomètres. Les rues de Glengarnock étaient jonchées de cadavres écorchés de chiens massacrés, leur sang gelé éclaboussait la neige souillée et les murs gris des maisons abandonnées. Les pendaient aux panneaux de signalisation ou étaient étalées sur les voitures.

La gorge serrée, Jack marmonna :

— Ta grand-mère nous a laissé un message, Nick. Ou peut-être est un panier-repas pour son petit-fils chéri ?

Gregor lui lança un mauvais regard, ses yeux verts fulgurants derrière leurs cils givrés. Malgré la trêve fragile instaurée entre les jumeaux depuis Durham, toutes ces années de ressentiment et de compétition laissaient des traces et leur relation s'en ressentait souvent. Jack ne parierait pas lourd sur ses chances si Gregor devait faire un choix entre l'oiseau et lui.

D'un autre côté, il ne donnerait pas la priorité à Gregor sur Danny, mais c'était différent. Un, Danny lui appartenait depuis leur première rencontre, deux, Danny n'était pas un dieu charognard caché sous l'apparence d'un homme osseux.

Un rire de Nick, plus tendu que moqueur, brisa le silence.

— Si le repas m'avait été destiné, elle aurait laissé les yeux.

Danny émit un gargouillement venu du fond de la gorge.

— C'est répugnant !

Nick haussa les épaules jusqu'aux oreilles et grimaça.

19

— Je sais.

Sa voix craquait comme de vieux os.

Le cadavre écorché d'un mastiff était recroquevillé au milieu de la rue, il paraissait dormir. Jack l'enjamba et s'accroupit, ce qui tendit son jean serré sur ses genoux.

Il avança la main vers le chien.

— Attention ! s'écria Gregor.

L'avertissement aurait dû être ridicule, mais après ce qui s'était passé au cours des derniers mois, Jack jugea que Gregor avait de bonnes raisons de se méfier. Chaque enfant-loup de la meute écossaise avait grandi avec l'espoir qu'arrive l'Hiver de loup pour marquer la fin de leur long exil. Jadis, depuis qu'Hadrien avait banni tous les loups de ses légions au-delà de son Mur. Tous attendaient le retour de Fenrir [6] pour les diriger et conquérir le monde. Dans les légendes, tout semblait assez simple, mais depuis que l'Hiver de loup était là, rien ne se déroulait comme Jack s'y était attendu. Les prophètes étaient des menteurs sans foi ni loi et même un chien mort pouvait cacher un piège.

Jack effleura le corps. Il était congelé. Voilà pourquoi ils n'avaient pas senti l'odeur du charnier en arrivant. La chair et les muscles des chiens abattus étaient devenus aussi durs que de la pierre et leurs fourrures étaient recouvertes de givre. La chaleur de ses doigts laissa des empreintes rouges et humides sur l'épaule du cadavre.

La mort avait été rapide. L'animal avait eu la gorge tranchée d'une oreille à l'autre avant d'être écorché. La peau avait disparu, ainsi que les canines et les tripes.

Et les yeux.

Son jumeau s'accroupit à côté de lui.

— Un sacrifice ? suggéra-t-il.

À part ses mains, dont le dos était encore criblé d'épaisses cicatrices blanches qui s'effaçaient lentement, Gregor était la copie conforme de Jack. Pendant un certain temps, il y avait eu entre eux des différences que Jack avait à la fois savourées et regrettées, l'effet secondaire de passer trop de temps sous sa forme de loup. Ces nuances s'étaient estompées depuis que les prophètes avaient arraché à Gregor son loup, le réinitialisant comme le modèle d'où tous deux étaient issus. Des jumeaux identiques, donc, interchangeables.

---

6 Dieu loup gigantesque de mythologie nordique.

— Quoi qu'elle veuille, il y aura un prix à payer, insista Gregor.

— Que vaut la vie d'un chien ? demanda Jack.

Gregor haussa les épaules.

— Aux yeux des dieux, qui sait ? répondit-il. Pour moi, rien.

Quand son regard passa par-dessus l'épaule de Jack pour effleurer Danny, son sourire se teinta d'un brin de cruauté. En revanche, il avait baissé la voix, un geste d'une courtoisie inattendue.

— Pour toi, ça reste à déterminer, ajouta-t-il. Nous aurons la réponse quand nous affronterons le vieil homme.

En pensant à leur père, le Numitor, Jack tressaillit. Parfois il oubliait que personne, pas même Danny, ne le connaissait aussi bien que son jumeau. Oh, Gregor ne l'avait jamais compris, mais quand même, ils avaient partagé un ventre et grandi côte à côte. Aucun d'eux n'avait jamais deviné les pensées de l'autre, mais ils n'en avaient pas vraiment eu besoin, car elles étaient écrites sur la même page avec le même stylo.

Pourtant, la réflexion la plus neutre devenait toujours une critique quand c'était l'autre qui l'énonçait à haute voix.

— Va au diable ! jeta Jack à mi-voix.

La bouche tordue dans un rictus amer, Gregor gratta les cicatrices entre ses jointures.

— L'enfer, je connais déjà, signala-t-il. C'est elle, la coupable, c'est sa signature !

Une lueur passa dans ses yeux et le vert lumineux de ses prunelles s'en assombrit un moment. Jack détourna le regard pour ne pas admettre son empathie. Oui, tous deux avaient souffert. Et alors ? Ça ne changerait rien. Un jour, il aurait peut-être à tuer Gregor, il le savait depuis l'enfance, c'était un fait aussi réel que les cycles de la lune ou les claques qu'il recevait de son père. Si l'occasion se présentait, il ne fallait pas qu'une affection inutile le fasse hésiter.

Parce que Gregor, lui, ne le raterait pas, Jack en était certain.

Il se releva. Sa chaleur corporelle avait suffi à dégeler la couche extérieure de givre sur le chien. L'odeur de la viande crue montait dans l'air.

— J'espérais qu'elle reste plus longtemps dans la prison des Sannocks, reconnut Jack. Pour eux, ça a été le cas.

— Les loups sont meilleurs, répondit Gregor. Sinon, la grotte aurait été notre prison, tandis que les Sannocks, nos vainqueurs, arpenteraient le monde en racontant à leurs enfants d'horribles histoires nous concernant. Ça ne peut-être qu'elle, qui d'autre agirait ainsi ?

21

C'était une bonne question. Nombreux étaient ceux qui avaient dû considérer l'absence des jeunes princes comme une opportunité à exploiter. Sans doute apprécieraient-ils peu que les jumeaux du Numitor reviennent revendiquer leurs places.

La meute aurait essayé de les tuer, cependant. Peut-être en montant une embuscade avec les loups les plus faibles en renfort, comme si les jumeaux étaient des proies, un combat honnête d'une certaine façon. Le genre de combat où il n'y a qu'un survivant. Pas… *ça.*

Qui s'amusait à des jeux tordus ? Les *chats* et les vieux prophètes édentés.

— Les gens font parfois des choses terribles, déclara Nick.

Il s'était tourné, le menton levé, les yeux fixés sur l'horizon et non sur le carnage. Les mains dans les poches de son manteau, il frissonnait en remuant nerveusement d'un pied sur l'autre.

— J'ai été pathologiste, enchaîna-t-il. Ma grand-mère est horriblement méchante, mais elle n'est pas le seul monstre au monde avant… que la Nature sauvage prenne une telle expansion.

Sceptique, Jack jeta un coup d'œil à l'abattoir qu'était devenue la rue principale naguère si tranquille. Certains humains aimaient tuer, il l'avait déjà constaté. Et s'ils osaient s'aventurer sur le territoire de la meute, son père les chassait. Parfois même il les faisait abattre avec un calme détachement, comme s'il s'agissait d'un animal atteint de maladie incurable. Glengarnock n'était pas le genre d'endroit où une telle tendance au meurtre pouvait passer inaperçue jusqu'au jour où elle explosait.

— Il a raison, déclara Danny d'une voix dure et distante. Les gens sont parfois pires qu'un loup, mais c'est sans importance désormais.

Du bout de sa botte, il gratta la neige tachée de sang sur un cadavre à sa portée.

Gregor montra les dents.

— Sans importance ? grinça-t-il. Après ce que la garce a fait à Nick ? À Jack ? Tu n'es qu'un chien, je le sais bien, mais même un clébard finit parfois par mordre la main qui se lève sur lui.

Son grognement avait changé, la nouvelle version n'indiquait plus la présence du loup derrière les mots humains [7]. Malgré tout, Gregor réussissait à paraître menaçant.

---

7 Gregor a perdu son loup sous le couteau de la grand-mère de Nick, la prophétesse Rose Blake, voir *Chasser les corbeaux*, tome 2 de la série, même auteur, même éditeur.

Sous l'effet de la surprise, la divinité jaillit du corps de Nick. Ses yeux sombres et indignés abandonnèrent l'horizon pour se fixer, fulgurants, sur le jumeau de Jack.

— Bon Dieu, Gregor ! s'exclama-t-il. C'était…

Un rire amer lui coupa la parole.

— Endurcissez-vous, Dr Blake, déclara Danny. Si vous voulez courir avec les loups, vous entendrez bien pire de leur part. Et quand je disais que c'était sans importance, Gregor, je parlais juste de l'identité du coupable, parce que la connaître ne change plus rien à la donne. Même si Rose et sa peau galeuse échappent à la Nature sauvage, même si un autre fou armé d'un couteau de boucher se lance à la poursuite des chiens, cela ne nous empêchera pas de traverser le loch pour avertir le Numitor que les prophètes se sont retournés contre lui… si tant est qu'ils aient un jour été de son côté. Et nous n'arriverons jamais à Lochwinnoch si nous perdons la journée ici à jouer à *Columbo* sur le cadavre d'un chien.

Gregor lui jeta un regard interloqué.

— Qui est Columbo ? demanda-t-il.

Danny roula des yeux et s'éloigna sans répondre. Il veilla à enjamber les cadavres mutilés, mais il ne put éviter leur sang répandu sur la neige. Très vite, ses bottes et le bas de son jean furent maculés de taches sombres, poisseuses et trempées.

Jack toisa son jumeau.

— Parfois, je regrette de ne pas t'avoir laissé à Durham, déclara-t-il d'un ton sec. Danny a raison.

Gregor se releva et frotta la neige qui collait à ses genoux. Par habitude, il contre-attaqua :

— Je ne suis pas surpris que tu prennes son parti. Je te rappelle que tu as déjà failli crever à cause de ce chien. Manifestement, la leçon ne t'a pas suffi. Tu n'as rien appris.

— Si, répliqua Jack. J'ai appris que je n'étais pas un prophète.

Il gardait au fond de la gorge le goût aigre du breuvage que les prophètes l'avaient forcé à ingurgiter, il sentait encore sur sa peau la brûlure des chaînes qui l'avaient maintenu sous sa forme humaine, comme une chèvre avant le sacrifice [8]. Et la puanteur des monstres créés par les

---

8 Nick a été écorché vif par Rose Blake, qui a utilisé sa peau pour créer des monstres, voir *Une vie de chien*, tome 1 de la série, même auteur, même éditeur

prophètes, ces ignobles créatures écorchées qui souffraient le martyre, le réveillait toujours la nuit, la gorge serrée, le souffle court.

Il avait longtemps pris l'Hiver de loup pour un conte destiné aux enfants, une histoire, un mythe, une légende. Mais quelque part, il avait cru que les loups auraient l'avantage.

— J'ai appris les dogmes, enchaîna-t-il, j'ai détesté les dieux, mais je n'ai jamais parlé aux prophètes et je n'ai jamais assisté à leurs rituels. Tous les autres ont été dans le même cas et c'est comme ça que les prophètes ont réussi pour nous trahir sans que personne ne le remarque. P'pa comprendra peut-être ce que tout ça signifie. De toute façon, un prophète mort ne risque plus de comploter.

Gregor hésita un moment, puis il sourit, une simple grimace sans humour, la bouche dure. Il hocha aussi la tête.

— Sur ce point-là, petit frère, nous sommes d'accord.

— Va te faire foutre, répondit Jack.

Amusé, Gregor poussa un rire rauque qui dérangea les corbeaux postés sur les toits. Ils s'envolèrent en croassant leurs protestations et prirent la direction du loch en créant sur la neige des ombres cruciformes. Une simple coïncidence, espéra Jack, un peu troublé. Il regarda Nick, dont l'attention resta fixée sur les oiseaux jusqu'à ce qu'ils disparaissent derrière la ligne des arbres.

Puis Jack se tourna vers son amant. À son expression, il devina que Danny avait eu la même pensée que lui. Mais comme ni l'un ni l'autre ne pouvait plus rien y changer, espérer ne les aidait pas.

Jack se secoua. Il regrettait quelque chose, mais quoi ? Sans doute le loup qu'il était en quittant le Mur, supposa-t-il. À l'époque, il pensait connaître sa place dans le monde, il se fiait à son père, même après que ce dernier l'avait banni, et il ne se réveillait jamais avec le goût de la peur et du sang – le sien – dans la bouche.

Il aurait beaucoup donné pour récupérer ce loup !

— Marche, Gregor, dit-il d'un ton sinistre. Les prophètes ne vont pas s'entretuer.

— Tu n'en sais rien, répondit Gregor, d'une voix sèche et tranchante. Ils sont censés prévoir l'avenir, pas vrai ? Peut-être choisiront-ils la porte de sortie la plus facile.

Jack espérait que non. S'il tuait assez de prophètes, peut-être retrouverait-il l'assurance qu'ils lui avaient arrachée à la pointe d'un couteau. Après un dernier regard aux chiens morts, au cas où son père connaisse la cause d'une telle boucherie, il descendit la rue derrière Danny.

Derrière lui, il entendit Gregor demander à Nick :

— Qui diable est Colombo ?

III

Danny

SUR LA route de Lochwinnoch, Danny marchait péniblement, enfoncé dans la neige épaisse jusqu'aux genoux. Il serrait la mâchoire, il avait constamment mal aux dents à cause du froid. Son jean mouillé et couvert de gadoue lui raclait la peau, son souffle gelait sur le col de son manteau, créant une fine couche de givre à l'endroit où son menton se cachait derrière la fermeture éclair.

À pied, le trajet de Glengarnock à Lochwinnoch prenait en principe à peine deux heures. Danny avait mis bien moins longtemps le jour où il avait quitté la maison, son sac sur le dos, pour entrer à l'université. Pourtant, il s'était arrêté un nombre incalculable de fois, il avait *presque* failli revenir sur ses pas. Un loup aurait été encore plus rapide, même sous sa forme humaine.

Là, ils marchaient déjà depuis une demi-journée, ralentis par la neige et le vent glacé qui leur gelait les oreilles et traversait leurs vêtements. Il les repoussait même, les obligeant à des contorsions grotesques pour continuer à progresser. Danny essayait de ne pas penser à la chasse de Durham, quand la Nature sauvage l'avait rattrapé dans une bourrasque alors même qu'il courait. Ce qui arrivait aujourd'hui n'était qu'une contrariété climatique. Si la Nature sauvage ne voulait pas d'eux sur le territoire du vieil homme, Jack ou Gregor l'auraient senti.

Or, ni l'un ni l'autre n'avaient rien dit. Au contraire, ils avançaient dans un silence sinistre, creusant un chemin à travers la neige pour faciliter le passage à ceux qui n'avaient pas la chance d'être des loups. Si Danny ne levait pas les yeux, il ne voyait des jumeaux que leurs jeans détrempés et les vieilles bottes éculées qui repoussaient la neige fraîchement tombée à coups de pied. Devant une telle endurance, il culpabilisait de la lassitude qui pesait sur ses épaules et ralentissait son pas.

Il sentait le chien s'agiter en lui. S'il se transformait, sans doute pourrait-il couper à travers bois et avancer plus rapidement. De plus, il serait moins sensible au froid et regretterait moins d'avoir perdu ses lunettes.

En y repensant, Danny grimaça et se frotta l'arête du nez. Il avait commencé à porter des verres à onze ans, assez âgé pour réaliser la vérité : sa mère, obligée d'accepter qu'il soit un chien, n'accepterait de lui aucun autre défaut. Elle lui en voulait de sa myopie, de son allergie au pollen au printemps et même de sa taille excessive qui le faisait remarquer. Elle s'entêtait à croire que Danny pourrait corriger ces «anomalies» s'il s'en donnait la peine.

Il n'avait pas protesté, il n'en avait même pas voulu à Kath, pas trop en tout cas. Elle tenait sincèrement à voir son fils s'épanouir, réussir dans la vie, et d'après elle, l'effort était la meilleure façon d'y parvenir. Mais Danny voulait voir, alors, il avait fait l'école buissonnière pour se rendre chez un opticien.

Découvrir le monde avec netteté avait été une surprise et un émerveillement. Et comme sa mère était suffisamment impressionnée par la capacité qu'avait Danny de décocher un coup de poing au bon endroit, elle l'avait autorisé à garder ses lunettes. Plus tard, à Leeds, il avait essayé les lentilles de contact, mais il ne s'était pas senti à l'aise. Il préférait le poids des lunettes sur son nez, la preuve qu'il n'avait pas sa place dans le monde des loups.

Maintenant, il avait perdu ses lunettes et il se sentait toujours étranger à ce territoire.

En fait, c'était son choix, il *refusait* de faire partie de la meute. Même s'il en avait envie parfois, en particulier quand Jack l'attirait pour l'embrasser ou poser un bras possessif sur ses épaules, cette position de déni était plus facile pour lui. Puisqu'il avait pris sa décision, plus personne ne pouvait faire ce choix à sa place.

Il esquissa encore le geste machinal de repousser ses lunettes sur son nez, se heurta le sourcil et poussa un soupir d'exaspération. Après tout, il ne perdait rien, car il n'avait rien d'intéressant à voir. L'Hiver avait rendu le monde uniforme, vastes étendues blanches striées de traits noirs, comme tracés au crayon, par des troncs nus en bord de route. Dépouillés jusqu'à l'écorce, ils contrastaient sur la neige. La glace recouvrait leurs branches et pendait en longues lances scintillantes. Les arbres gémissaient et craquaient sous le poids. Parfois, un glaçon se détachait et tombait jusqu'au sol où il explosait en un millier d'échardes irisées.

Des voitures abandonnées bordaient la route. Quelques-unes dataient des premiers jours de l'Hiver, elles étaient plus ou moins bien garées avec des portières verrouillées. D'autres avaient été laissées à l'endroit où elles

27

s'étaient arrêtées, les portières souvent ouvertes. La neige avait envahi les habitacles et les pneus étaient gainés de glace.

Danny s'arrêta une seconde près d'une vieille Ford verte. Il y avait quelqu'un à l'intérieur, calé dans le siège du conducteur. Danny tira sa manche sur sa main et frotta la fenêtre pour déloger la neige et la glace afin de voir à travers la vitre.

Le cadavre était celui d'une femme, enveloppée dans une parka et un tartan en laine. Les cheveux d'un roux fané étaient attachés en chignon et les yeux vitreux fixaient le pare-brise opaque. De son vivant, ils avaient été bleus, du moins Danny chercha-t-il à s'en persuader.

— Vous la connaissez ? demanda Nick.

Il avait encore plus de problèmes que Danny à suivre les jumeaux depuis qu'ils avaient quitté le train. Le long manteau noir qu'il refusait d'abandonner était couvert de neige de l'ourlet aux genoux. Le bout de son nez blanchi par le froid, Nick parlait d'une voix détachée, mais pleine d'empathie, comme ceux qui ont l'habitude de côtoyer la mort et d'aborder le deuil, les pathologistes, les directeurs de pompes funèbres, ou les très mauvais médecins. Danny supposa qu'un dieu charognard avait le même détachement poli.

— Peut-être, répondit-il.

Cette femme semblait avoir son âge, aussi avait-il pu l'avoir dans sa classe étant enfant, quand il fréquentait l'école de Lochwinnoch afin de mettre en pratique son humanité et ses amitiés. En Écosse, les rousses, naturelles ou teintes, étaient nombreuses. Danny n'était pas resté en contact avec ses condisciples quand il avait quitté la région. Ça ne lui était même pas venu à l'esprit. Mais il préféra ne pas le reconnaître alors que Nick concentrait son attention sur lui.

— Elle s'appelait Heather, mentit-il. Je suis allé à l'école avec elle.

— Elle n'a pas souffert, déclara Nick.

C'était un mensonge flagrant, et sans doute le réalisa-t-il, car il s'arrêta un moment. Puis il reprit :

— Elle n'a pas souffert longtemps. Si cela peut vous aider.

Devant eux, Gregor et Jack réalisèrent sans doute que personne ne les suivait, aussi s'arrêtèrent-ils et se retournèrent-ils pour écouter la conversation. Les yeux fixés sur Nick, Jack fronça les sourcils. Il s'impatientait souvent contre lui, qu'il parle, qu'il bouge, ou même qu'il respire. Danny comprenait la raison de cette antipathie : lui aussi gardait d'atroces souvenirs de la prophétesse Rose et physiquement, Nick Blake

28

ressemblait à sa grand-mère, il avait en particulier le même visage aux os pointus. Mais cela ne rendait pas l'antipathie de Jack plus facile à supporter au jour le jour.

— Mourir de froid est une très dure façon de partir, déclara-t-il. Nous le savons tous.

Nick secoua son manteau autour de lui, comme un oiseau qui gonflait ses plumes. Il mit les mains dans ses poches et leva les épaules pour remonter son col autour de ses oreilles.

— Cette femme n'est pas morte de froid, rétorqua-t-il. Le décès a été plutôt rapide.

— Il sait certainement de quoi il parle, lança Gregor d'un air suffisant. Il est médecin. Il a fait de vraies études.

Danny se renfrogna. Pourquoi réagissait-il à cette pique ? C'était ridicule. Il n'avait jamais souhaité faire médecine et si Gregor s'était donné la peine de rappeler les études de Nick, c'était pour contredire son jumeau — et l'agacer. Un loup avait rarement besoin de soins médicaux, vu que si une blessure ne le tuait pas sur le coup, il était capable de guérir de quasiment tout, plus ou moins vite en fonction des circonstances. Danny le savait, mais la logique n'avait rien à voir avec son ressenti. Les mots de Gregor avaient ouvert une ancienne plaie.

Danny avait grandi chien parmi les loups. Ses congénères avaient été plus gros, plus forts et ils guérissaient plus vite que lui. Alors, il avait usé de ses deux atouts : il était intelligent et il savait se battre. L'idée de perdre ces avantages au profit de Nick Blake, un homme capable d'aimer *Gregor*, le perturbait.

Mais il n'avait pas oublié une leçon apprise chez les loups : ne jamais laisser voir que son sang coulait.

— J'espère qu'il est bon médecin, alors, déclara-t-il, parce que j'ai envie de le croire.

Nick fixait toujours le visage qui se distinguait à peine derrière le pare-brise obscurci de givre. Il cligna des yeux et détourna la tête d'un mouvement nerveux. Il haussa les épaules et esquissa un bref sourire.

— Ma déduction n'était pas d'ordre médical, déclara-t-il. Mais oui, je suis bon médecin.

— Tu l'étais ! corrigea Jack. Maintenant, tu es mort.

Sa réflexion tomba comme une pierre.

Nick grimaça et d'un geste machinal, il se frotta la poitrine, sa main gantée délogeant la neige qui s'accrochait à son manteau.

— Est-ce que ça compte ? marmonna-t-il. Puisque je suis revenu, je n'en suis pas certain.

Un grognement émana des lèvres de Gregor, un son bien plus tenu que celui dont Danny se souvenait. Gregor prit son jumeau par la nuque et le secoua brutalement. Jack se dégagea aussitôt ;

— Si tu sors une connerie pareille devant le vieil homme, gronda Gregor, notre trêve sera rompue avant même que nous nous attaquions aux prophètes.

Sa menace était sans réelle portée, mais Gregor avait perdu son loup, pas encore ses habitudes de langage.

Danny tressaillit en réalisant la cruauté de sa réflexion, mais avoir pitié de Gregor était… difficile. De plus, exprimer ce sentiment aurait été fort imprudent, car c'était le meilleur moyen de le rendre enragé. Danny préférait donc lui en vouloir, d'autant plus que Gregor s'obstinait à ne jamais l'appeler par son *nom*. Il disait « le chien ».

Bien que Danny ait souffert toute sa vie d'être un chien parmi les loups, il ne parvenait pas à imaginer sa vie sans son alter ego canin. Être seul dans sa peau ? Cette idée lui était si étrangère qu'il ne pouvait se réjouir de la perte de Gregor.

Jack recula en ricanant, la main sur la nuque.

— Tu couches avec un oiseau, souligna-t-il. P'pa le remarquera tout seul, même si je ne lui parle pas de la mort de ton piaf.

Une violence potentielle vibra dans l'air, aussi menaçante que les glaçons qui pendaient des arbres et attendaient de tomber.

Puis Gregor éclata de rire.

— Incroyable ! s'exclama-t-il. Après toutes ces années, je t'ai enfin surpassé. P'pa détestera mon « piaf » plus encore que ton « clébard » !

Bien qu'à contrecœur, Jack ne put résister à cet humour déviant. Il inclina la tête et une petite fossette se creusa sur sa joue, reflet mineur de la profonde entaille en forme de croissant qui marquait l'austère visage de Gregor.

— Dans ce contexte, effectivement, tu gagnes, admit-il.

Nick fit claquer sa langue.

— Je suis heureux de me sentir aussi utile, déclara-t-il sèchement.

Il y avait un soupçon d'agacement dans sa voix. Si Gregor le remarqua, il ne se donna pas la peine de s'en excuser.

De son ongle, Danny gratta un hublot sur le pare-brise. Il vit un flacon vide dans la main serrée de la défunte. *Des médicaments*. Il ne put lire l'étiquette, mais il jugea peu probable qu'il s'agisse de vitamines. Apparemment, Nick disait vrai : la mort avait été rapide.

Jack leva les yeux vers le ciel.

— Nous devrions repartir, déclara-t-il. Si c'est possible, je tiens à arriver à la maison avant la tombée de la nuit. La Nature sauvage devient de plus en plus étrange au fur et à mesure qu'elle se renforce et vous savez comme moi que les monstres préfèrent l'obscurité.

Tous, même Gregor, se tournèrent vers Nick.

Il les toisa d'un œil noir.

— Ma vie était tout à fait normale avant votre arrivée, déclara-t-il.

Gregor lui rit au nez.

— Tu découpais les morts, rétorqua-t-il, tu pesais leur cerveau et tu lisais leur passé dans leurs tripes. En plus, tu aimes un loup. Je vois mal ce qu'il y a de normal là-dedans !

– Pas « un loup », corrigea Danny, *ce* loup !

Du menton, il désignait Gregor. D'instinct, il gonfla ses muscles, prêt à s'enfuir. Oui, être intelligent avait été un avantage, mais il n'avait jamais su fermer sa grande gueule, ce qui lui avait attiré bien des ennuis. Gregor fit un pas vers lui, mais Jack, d'un bras posé sur sa poitrine, l'empêcha de se ruer sur Danny.

— Laisse-le tranquille, dit-il. Il m'a ôté les mots de la bouche.

— Tu es mon frère, que ça te plaise ou non, répondit Gregor. Lui, c'est un chien. Il ne doit pas oublier sa place.

Jack laissa retomber son bras

— Il ne l'oublie jamais, affirma-t-il, ça a toujours été son problème. Laisse-le tranquille.

Gregor plissa ses yeux verts et lança à Danny un regard d'avertissement. Docilement, Danny courba les épaules et baissa les yeux. En bon soumis, il passa la langue sur ses lèvres gercées, ce qui fut douloureux. Gregor accepta alors de reculer.

— D'accord, concéda-t-il. Je me fiche qu'il bavasse à tort et à travers ici, puisqu'il n'y a personne. Mais s'il s'avise de me chercher devant la meute, il n'échappera pas à une raclée, c'est compris ? Tu ne le sauveras pas chaque fois !

Il tourna les talons et s'éloigna, reprenant la route. Nick hésita une seconde, puis il émit un toussotement gêné et le suivit.

— Il a raison, admit Jack. Tu vas devoir tenir ton rôle.

31

Détournant les yeux de la morte qu'il avait peut-être connue, Danny croisa les bras, les mains cachées sous ses aisselles.

— Je sais, grommela-t-il. Ne t'inquiète pas. Je serai un bon chien.

À une époque, Jack aurait accepté ces mots sans arrière-pensée. Aujourd'hui, il était plus expérimenté. Avec un soupir résigné, il attendit que Danny arrive à sa hauteur, il lui empoigna le bras et l'attira contre lui. Son étreinte fut brusque, ses lèvres rugueuses de barbe effleurèrent la bouche de Danny d'un baiser possessif.

— Ne t'en fais pas, grogna-t-il. Tu es resté absent trop longtemps, c'est tout. Une fois à la maison, tu retrouveras vite tes anciennes habitudes.

C'était probablement vrai, pensa Danny. Quelques années plus tôt, il avait presque cru que tant qu'il était avec Jack, il supporterait d'être un chien dans une meute de loups. Cette fois, il ne prévoyait pas de rester aussi longtemps. L'Hiver de loup était arrivé et, comme l'avait dit la grand-mère de Nick en mettant un collier à Danny, un chien n'avait plus qu'un seul rôle désormais : être écorché et abattu pour sa viande.

Il était inutile de l'expliquer à Jack, cependant. À Glengarnock, Danny ne s'était pas non plus donné la peine d'exprimer sa conviction que les chiens morts, quel qu'ait été leur autre usage, avaient été laissés pour lui, en guise d'avertissement.

Il se pressa contre le corps chaud de Jack et grommela :

— En tout cas, tu as raison, les loups détesteront Nick encore plus que moi.

Jack gloussa et se remit en marche, entraînant Danny avec lui. Il ne comprenait pas réellement la situation. Oui, les loups se méfieraient de Nick à cause de sa grand-mère, peut-être même le tueraient-ils comme ils avaient massacré tous les Sannocks de Grande-Bretagne, mais le dieu-oiseau était trop différent d'eux pour qu'ils le *haïssent*. La haine viscérale, c'était réservé à ceux qui vous ressemblaient, mais pas totalement.

Voilà pourquoi les loups détestaient tant les chiens.

ILS N'ARRIVÈRENT pas à destination avant la nuit. Le pâle soleil d'hiver ne donnait guère de chaleur pendant la journée, mais quand il se couchait, le froid s'insinuait jusqu'aux os. Chaque fois que Danny s'arrêtait à l'abri du vent pour reprendre son souffle, il sentait ses vêtements gelés se raidir et se fissurer. Au-dessus de sa tête, la lune était une grosse roue presque ronde, il n'en manquait qu'une bouchée. Danny était tenté de renverser la tête et de hurler, mais le cri restait coincé dans sa gorge.

Le moment n'était pas encore venu.

Il déglutit quand il s'arrêta sur le rivage du loch et regarda l'eau sombre à moitié gelée. Même sans lunettes, il n'aurait probablement pas retrouvé ses repères d'autrefois. Une épaisse couche de neige unifiait le paysage et même le cottage dans lequel Danny avait grandi se perdait parmi les rochers et les bois flottés. En plissant les yeux, il distingua la ferme délabrée du vieil homme, sur le flanc de la colline.

Les murs gris et le toit de tôle ondulée contrastaient avec tout ce blanc. L'odeur lourde et poussiéreuse de plusieurs générations de loups s'incrustait dans le bois de charpente et le mortier des vieilles pierres assemblées à l'ancienne. La maison était pleine de courants d'air, aussi peu étanche qu'une grange, toujours humide et envahie par de la vermine. Les écureuils l'évitaient, affolés par la puanteur du vieux prédateur, mais ni les rats ni les souris ne respectaient la dignité du Numitor. Autrefois, Danny était chargé de poser des pièges dans les chevrons et le sous-sol. Il en récoltait des doigts boursouflés d'avoir déclenché des ressorts et ensanglantés des morsures des rats pas tout à fait morts quand il venait relever ses pièges.

En son for intérieur, Danny, enfant, trouvait que la maison du Numitor faisait bien pâle figure par rapport à celles de ses copains d'école, dotées d'une chaudière, de radiateurs et de four micro-ondes. À présent...

Danny ricana, ce qui émit un souffle blanc comme du givre. S'il avait le choix, il échangerait volontiers tous les blocs de granit sculptés du vieil homme contre de l'eau chaude et un pot de café.

La ferme résisterait à l'Hiver de loup. Le gel fissurerait sans doute le mortier et ferait éclater les vieux tuyaux – en plomb, comme Danny l'avait toujours soupçonné –, mais la structure resterait intacte, parce que rien en elle n'offensait la Nature sauvage. En vérité, le bruit courait parmi les loups que la tanière du vieil homme restait immuable même en pleine Nature sauvage. S'il était possible de localiser cet endroit mythique, bien sûr.

Danny n'avait jamais été tenté de le chercher. Il n'a jamais prévu de revenir ici. À l'université, le rêve des autres étudiants bêta était de rentrer chez eux en BMW avec une belle femme – ou un beau mari – à leur côté pour prendre leur revanche sur leurs insécurités d'antan et ceux qui s'en étaient raillés. Pas Danny.

Les loups n'accordaient aucune valeur à ces frivolités.

Pourtant, maintenant qu'il était de retour, il fixait l'eau noire et au-delà, l'endroit où il avait grandi, et il ne se sentait absolument pas chez lui. À sa surprise, Danny découvrit qu'il ne savait comment interpréter ce ressenti.

Il se retourna vers les autres.

— Je devrais peut-être y aller, dit-il. Seul.

— Non, aboyèrent en même temps Jack et Gregor.

Mal à son aise, Danny cligna des yeux. Il avait toujours différencié les jumeaux sans difficulté. Même s'ils avaient le même visage, ils se comportaient différemment. C'était de les voir agir en clones, comme ils venaient de le faire, qu'il trouvait troublant. Même si leur réaction avait des motivations différentes.

— Et si Rose est là? insista Jack. Ou si les prophètes cherchent à t'empêcher de voir le vieil homme?

— Je ne veux pas courir le risque que tu mettes Jack en valeur, grinça Gregor. Tu vas pousser p'pa à prendre son parti!

Nick nettoya un rocher de la neige qui le recouvrait et s'y assit avec un soupir de soulagement. Depuis qu'ils avaient quitté la route, quelques kilomètres plus tôt, il n'avait cessé de boiter. Ni les oiseaux ni les pathologistes n'étaient de grands habitués de la marche à pied.

Il mit ses mains entre ses genoux et toisa Danny avec curiosité.

— Pourquoi cette proposition? demanda-t-il. À mon avis, le Numitor préférera rencontrer ses fils en priorité, vous ne croyez pas?

Danny esquissa un sourire sinistre, bien que le mouvement lui fasse mal aux joues à cause du froid.

— J'oublie toujours que vous ne le connaissez pas, docteur, répondit-il. Jack a été banni, pourtant, il est revenu. Gregor était censé rester, pourtant, il est parti. Moi, au moins, personne ne m'a ordonné de partir ou de rester. Je doute que le Numitor soit content de me voir, mais il n'en sera pas fâché non plus.

Jack avança jusqu'à Danny et planta un doigt sur son front.

— C'est ce que tu penses, corrigea-t-il. *Pas fâché*? Tu rêves! T'imagines-tu vraiment que les prophètes n'ont pas prévu ton retour? Tu es naïf, Danny-dogue!

Danny détourna la tête dans un élan de contrariété.

— Je sais au moins que le vieil homme déteste qu'on le défie, s'entêta-t-il. Il m'écoutera, du moins au début, et je pourrai le convaincre de vous accorder une entrevue, à toi et à Gregor.

— Et si tu te trompes ?

Parfois, Danny sentait encore le collier que les prophètes avaient serré sur sa gorge à l'étrangler, au point qu'il avait du mal à déglutir et devait retenir ses nausées. Enfant, il n'avait pas intéressé les prophètes. Cette indifférence avait peut-être été simulée. Ou alors, les prophètes avaient fini par croire à leurs rites et rituels. En tout cas, quand Danny avait été leur prisonnier, ils avaient pris grand plaisir à le torturer.

Le chien s'était soumis. Pourquoi ? Danny ne savait trop. Peut-être tout simplement parce que pour la première fois de sa vie, il ne pouvait se défendre. Ou alors il avait compris qu'il allait mourir avant d'être sauvé. Il s'était trompé, bien sûr, mais que se passerait-il s'il retombait aux mains des prophètes ? Allaient-ils repartir à zéro ou reprendre le « dressage » là où ils s'étaient arrêtés la dernière fois ?

Un loup s'en serait mieux sorti. Il aurait survécu sans séquelles, sans cicatrices. Danny cachait les siennes et il ne comptait pas se trahir devant Jack. Il refusait d'être le maillon faible, surtout en sachant que les trois autres avaient davantage souffert que lui.

Il haussa les épaules et laissa tomber son sac sur le sol. Il jeta un coup d'œil aux eaux noires et maussades du loch, à la glace qui croûtait au pied du rivage rocheux.

— Si je me trompe, déclara-t-il, cela te donnera une autre occasion de jouer au héros. Cette fois, s'il te plaît, essaye d'arriver avant que les prophètes me jettent à l'eau.

Jack grogna dans sa barbe et le saisit par la nuque.

— Si tu es à nouveau en difficulté, je ne suis pas sûr que j'irai te chercher, menaça-t-il. Penses-y avant de te jeter la tête la première dans un combat.

À quatre-vingt-dix pour cent, Danny savait que c'était faux. Même enfant, Jack était toujours là quand Danny avait besoin de lui. Il ne pouvait toujours interférer, parce que Danny choisissait parfois certains combats, mais Jack était toujours là pour le remettre sur pieds.

Mais il restait dix pour cent de doute. Ce doute que sa mère avait placé dans son cœur d'enfant en lui recommandant de ne jamais dépendre de Jack. *Tu as besoin de lui, il te veut. Un jour, vous réaliserez tous les deux que ce n'est pas la même chose et ce sera toi qui souffriras, ce sera toi qui saigneras, tout seul.*

Danny avait refusé d'écouter, mais cela ne voulait pas dire qu'il n'avait pas entendu.

Il se déshabilla et se retourna pour dire :

— Ne t'en fais pas, je sais nager. Faites le tour du lac, c'est plus long, mais plus tranquille. Vous saurez très vite en arrivant s'ils m'ont écouté ou pas.

Le chien éternua et se secoua des oreilles à la queue, ce qui projeta des poils gris rugueux sur la neige. *Tout* ce qui inquiétait Danny s'effaça comme une peau morte, trop encombrée de pensées pour s'intégrer dans le crâne d'un chien. L'animal savait où elles étaient – Danny, plus tard, reviendrait les chercher –, mais lui se concentrait sur le présent, sur l'instant. Ce qui comptait, c'était la morsure du froid dans son museau, la démangeaison sur sa patte arrière et la main de Jack qui lui frottait les oreilles. Le passé, le futur, les prophètes et leurs monstres, le chagrin et la nostalgie, il y penserait plus tard.

Le chien se frotta aux jambes de Jack et grogna de joie quand des doigts gantés le grattèrent sous sa mâchoire.

— Sois prudent, dit Jack. Ne te fais pas tuer.

Le chien y pensa une seconde, puis il ajouta cette perspective au lot de Danny. Il savait qu'il était censé traverser le loch et retrouver le vieil homme. Il l'avait déjà fait. Une fois sa mission accomplie, il ferait ce qui était prévu ensuite. S'il était coincé, il se transformerait et laisserait son alter ego humain s'inquiéter de la suite des opérations.

Le chien poussa son nez froid dans la paume de Jack, renifla ses doigts, puis descendit la rive du loch et s'aventura sur la glace. Il sentit l'écho lointain de l'exaspération de Danny quand il se jeta dans l'eau glaciale, mais il l'ignora et se mit à nager vers l'autre rive.

À mi-chemin, il prit conscience d'une autre présence. Un étranger était accroupi sur les rochers, à moitié caché entre eux, son odeur atténuée par le froid et l'eau. Il regardait le chien approcher du rivage.

Le chien aboya, mais le son se perdit dans le vent qui ridait l'eau. Il hésita une seconde, la langue pendant entre ses dents et touchant l'eau alors que le vent le repoussait en arrière.

Le chien avait le même entêtement que l'homme dont il partageait la peau. Il coucha donc ses oreilles à plat sur sa tête, cracha l'eau qui encombrait ses sinus et força ses pattes engourdies par le froid à se remettre en mouvement.

L'inconnu attendait.

IV

Gregor

Il était jaloux.

Debout sur le rivage, les bras croisés, Gregor regardait la tête longue et étroite du chien qui traversait le loch.

Un *chien*. Il lécha ses dents et leur trouva un goût de bile. Voilà à quoi les prophètes l'avaient réduit, voilà ce qu'ils lui avaient laissé !

Des dents, pas de crocs. Il n'était plus qu'un homme. C'était sacrément pathétique !

Cette litanie lui devenait familière. Parfois, les mots changeaient, mais le sentiment restait le même. Gregor n'était plus le loup qu'il avait été et, dès qu'il affronterait la meute, il aurait beau grogner et faire preuve de panache, tous le sentiraient immédiatement.

Il avait été l'héritier présomptif du Numitor – par défaut, sinon par choix. Désormais, il ne serait plus rien. Pas étonnant qu'il se déteste. Les autres feraient pareil.

Il montra les dents dans un grognement silencieux aux relents de résignation apitoyée. Ce sentiment ne lui appartenait pas. Il s'était déjà détesté, sa haine s'adressant aussi bien au visage qu'il voyait dans son miroir qu'à celui de Jack, il en connaissait le goût. C'était le ressentiment et le blâme du bouc émissaire, attachés par des liens de colère sanglante qui aiguisaient ses crocs et serraient ses poings.

Rongé par ses émotions, chagrin, déception, frustration, Gregor, de par sa nature, s'en prenait aux autres plutôt qu'à lui. Il était impatient d'avoir Rose sous son talon et d'arracher à cette vieille chair rance la peau volée, mais aussi de se venger et de prouver enfin à son putain de géniteur que même sans son loup, il était meilleur que Jack, son jumeau. Sa mort serait alors plus noble, même si dans sa crise d'auto-apitoiement, il était tout aussi tenté de partir le plus loin possible en abandonnant le monde à sa perte.

Cette négativité émanait du trou que les prophètes avaient creusé en lui après lui avoir ouvert le ventre. Ils avaient arraché son loup avec des couteaux sales et des dents plus sales encore, lui collant une plaie infectée qui suintait encore sous la fine croûte qui semblait cicatrisée. Dès que Gregor y touchait, comme un enfant incapable de laisser sa gencive tranquille après la chute d'une dent de lait, il sentait le pus émotionnel en jaillir.

Jack tournait en rond sur le rivage d'un pas impatient. Ses bottes avaient tassé la neige en une croûte de glace dure, striée de la boue qui émergeait du sol spongieux. Son odeur tenue mais acérée montait dans l'air froid, emportée par la bourrasque. Elle exprimait la colère aux relents de bruyère brûlée avec une forte note de malheur, eau salée et pierre.

— Et si p'pa n'écoute pas ? demanda-t-il soudain. Jusqu'ici, il tolérait les chiens nés dans la meute, mais c'était aussi parce qu'ils lui étaient utiles. C'est l'Hiver maintenant, il y a plus de factures à payer et les Rangers ont joué leur dernier match.

Gregor ricana.

— Et si ton chien se noie avant d'arriver à bon port ? railla-t-il. Ou si le monstre du loch l'attrape.

Ce n'était pas un monstre, bien entendu, juste une vieille bête trop stupide pour savoir qu'elle était morte et que ses os stagnaient dans la boue et le limon qui couvraient le fond du lac. Tous les enfants de la meute nageaient sous leur forme humaine pour narguer le monstre de leurs petits pieds pâles. Ils glapissaient quand la bête les mordait de sa grande bouche pleine de crocs d'eau froide.

C'était un jeu. Une frayeur pour les pleutres, éventuellement. Rien de plus.

Du moins à l'époque. D'après Gregor, la situation pouvait avoir changé. La Nature sauvage avait déjà permis aux vieux os des Sannocks de revenir dans le monde, alors pourquoi pas aussi ceux-là ?

Comme s'il avait oublié le danger ambiant, Jack posa le pied sur la glace. Elle gémit sous son poids, un soupir plein de menace qui flotta au-dessus du lac. Sans en tenir compte, Jack scruta la surface de l'eau, cherchant le signe d'une agitation suspecte. Rien ne bougeait, mais l'eau était sombre – d'ailleurs, le jeu aurait été moins drôle si les enfants-loups avaient vu le monstre qui fonçait sur eux. Même le long nez de Danny, ou son poil lissé par l'eau était impossible à repérer depuis que les nuages cachaient la lune.

Jack frissonna.

— Dieux et monstres, chuchota-t-il. Voilà ce que la Nature sauvage nous a ramené, pas de vieux poissons.

Sans doute tentait-il de s'auto-convaincre, la seule forme de prière qu'un loup digne de ce nom se permettait.

Il avança encore. Cette fois, la glace changea de ton et émit un craquement fracassant. Gregor prit son jumeau par le bras pour le ramener sur la terre ferme.

Jack se débattit.

— Si la bête est là, tu ne feras qu'empirer les choses, insista Gregor. Elle peut rater un nageur, mais deux, sûrement pas.

— Au moins, j'aurais une occasion de me battre, rétorqua Jack avec agressivité.

Gregor éclata de rire. D'après la légende, le monstre à sa mort ne cessait de grandir. La mâchoire était assez grosse pour gober une voiture, la colonne vertébrale qui pointait à travers la gangue de boue et de varech était aussi épaisse que les épaules d'un loup adulte. Même Gregor ne tenait pas à affronter la bête, en tout cas, pas dans l'eau, son élément à elle. De plus…

— Le chien sait se débrouiller, déclara-t-il. Il l'a prouvé à Durham contre Job, il a aussi survécu à Girvan et il a tenu tête à la meute étant enfant. Si vous faisiez une course pour nager jusqu'à la rive, je parierais sur lui plutôt que sur toi.

Jamais il n'aurait prononcé ces mots en présence de Danny, c'était une frontière qu'il préférait ne pas franchir.

Jack lui arracha son bras.

— Il n'aurait pas dû avoir à courir ce risque, s'entêta-t-il.

— Dans ce cas, il n'avait qu'à mieux choisir son homme, rétorqua Gregor.

Il sourit quand Jack montra les dents, un grondement sourd émanant du fond de sa gorge. Le battement fiévreux de son poison émotionnel s'estompant, Gregor savoura le plaisir simple d'une dispute fraternelle.

— D'accord, concéda-t-il. Nick, dis-moi, vois-tu quelque chose dans le lac ?

Tout en posant sa question, il jeta un coup d'œil à son compagnon et une étrange chaleur se répandit dans la poitrine. Le visage osseux, tout en nez et en forte personnalité, lui plaisait en toutes circonstances, mais il dut admettre que son pathologiste préféré n'était pas au top de sa forme avec son nez pincé, ses lèvres gercées et crevassées, sa peau rougie par le vent. Pourtant, en le regardant, Gregor se mordit les lèvres pour réprimer un sourire, comme s'il venait de voir Fenrir en personne traverser la neige.

Idiot, se fustigea-t-il.

Nick mit les mains devant sa bouche et souffla dessus, puis il quitta son rocher et avança jusqu'au bord du loch. Les bottes sur la glace, il se pencha et scruta les profondeurs obscures. Au bout d'une seconde, il tressaillit et se jeta en arrière.

Gregor l'empêcha de basculer, d'une main pressée contre son épaule. Jetant lui aussi un coup d'œil dans le loch, il perçut le reflet sombre d'un os couvert de varech qui poussait contre la glace – ou à travers elle.

Nick déglutit et recula avec précaution, surveillant l'endroit où il posait les pieds.

— La bête est toujours là, confirma-t-il. Il n'en reste pas grand-chose, pas même la faim. Elle ne tient pas à revivre. Elle veut juste que le lac reste vide. *Il est à moi, à moi.*

Sa voix avait changé de tonalité sur les derniers mots, devenant plus rauque, plus mouillée. Avec un grondement possessif, Gregor resserra les doigts sur l'épaule osseuse.

Nick était *à lui.* Maintenant qu'il avait perdu son loup, Nick était tout ce qui lui restait et Gregor devait déjà le partager avec un oiseau. Pas question de laisser une anguille géante incapable de faire peur aux enfants s'approprier ce qui était à lui.

Il assura sa prise et toisa les yeux noirs de l'oiseau, exigeant le retour du docteur. Après un moment, Nick cligna des yeux et se frotta le visage de la main.

— Peux-tu lui demander de laisser Danny tranquille ? demanda Jack.

Gregor trouvait son jumeau gonflé d'adresser une telle demande à Nick dont il se méfiait depuis le premier jour, sans même prendre la peine de s'en cacher.

Nick secoua la tête.

— Elle est morte, répondit-il. Elle ne peut pas faire de mal à un être vivant, pas encore, du moins.

Jack afficha une mine sombre.

— Ce n'est pas très rassurant !

Nick releva son col et y nicha son menton.

— La vérité l'est rarement, déclara-t-il. Si vous tenez à vous inquiéter, ce n'est pas au vieux monstre du loch qu'il vous faut penser.

— Que veux-tu dire ? insista Jack.

Nick inspira comme s'il avait besoin de courage avant de répondre. À son odeur si particulière, mélange de douceur et de poussière, se mêla à celle plus sinistre de son dieu : la charogne fraîche.

Les mots semblèrent lui échapper presque à contrecœur.

— Je ne sais pas ce que c'est, admit-il. C'est plus ancien. C'est pire. Ça n'est pas encore là, mais ça vient.

Gregor passa le bras autour de Nick et le serra contre lui.

— Mais pas ce soir, déclara-t-il. Laisse le chien prouver sa valeur, Jack. Il s'est plutôt bien débrouillé à Durham pendant toutes ces années et tu ne lui as jamais accordé une pensée.

Tous les deux savaient que c'était à la fois cruel et faux. Pourtant, ce fut efficace. Jack montra les dents et grogna. Après un dernier regard pour chercher une tête de chien au milieu de la glace et des vagues, il se détourna du lac.

— D'accord, grommela-t-il. Nous allons contourner le loch et prendre le chemin le plus long. Ça donnera à p'pa le temps de faire un gâteau pour fêter notre retour à la maison.

Gregor éclata d'un rire sans joie.

— Ou de rassembler la meute pour nous chasser.

Jack haussa les épaules.

— Oui, c'est aussi une option, acquiesça-t-il.

— Vous avez grandi ici ? demanda Nick.

Ils avaient contourné le loch et commençaient à gravir la colline, s'écartant du rivage pour pénétrer sur le territoire de la meute.

Les loups chassaient où ils voulaient, bien sûr, mais c'était là qu'ils dormaient. Les cottages étaient d'anciennes petites fermes, certaines encore couvertes de chaume tandis que d'autres avaient opté pour des toits en ardoises, dispersées au hasard à travers la propriété. Quelques maisons étaient nichées à l'ombre du vieux chalet de pierre du Numitor, mais la plupart avaient été déplacées pierre par pierre, loin du vieil homme, jusqu'aux espaces déserts où la Nature sauvage était plus facile d'accès.

Habituellement, un chemin se distinguait à travers l'herbe, creusé par les lourdes chaussures des randonneurs et des coureurs qui visitaient le loch. Parfois, Gregor s'était amusé à les suivre à travers les arbres, amusé de la facilité avec laquelle il aurait pu les attraper s'il l'avait voulu.

Bien sûr, il le pouvait toujours. Même sans son loup, il restait plus fort et endurant qu'un simple humain, mais la chasse lui demanderait plus d'effort.

41

— Oui, répondit-il sèchement, on a grandi ici, c'est pourquoi on en parle encore en disant « la maison ».

Frappé par la dureté de ses paroles, il chercha comment se rattraper. Il n'avait pas l'habitude de surveiller ses paroles et la violence lui venait naturellement. Mieux encore, son côté abrupt maintenait les gens à distance, ce que Gregor trouvait plutôt satisfaisait.

Mais pas avec Nick. Gregor aurait voulu se montrer plus doux avec Nick, alors pourquoi sa langue n'avait-elle pas reçu le mémo ?

— Pourquoi ? ajouta-t-il, maladroitement. Tu pensais que j'étais né adulte de la Nature sauvage ?

Il avait tenté de faire de l'humour, ses mots sortirent avec un sarcasme prononcé. Furieux contre lui-même, il ravala les excuses qui lui écorchaient la gorge. Il aurait *voulu* être plus gentil avec Nick, dire ce qu'il fallait, se montrer doux parfois. S'il en était incapable, il préférait ne pas révéler qu'il avait essayé.

Nick éclata d'un rire rauque. Il s'arrêta le temps de repousser ses cheveux de son visage, glissa distraitement ses mèches emmêlées derrière ses oreilles et déclara :

— Je viens d'apprendre que ma grand-mère, réputée folle, ne l'était pas du tout, mais qu'elle était en vérité une louve doublée d'une prophétesse maléfique ayant décidé de me sacrifier à un dieu-oiseau.

En dépit de tout ce que la vieille salope avait fait, la voix de son petit-fils exprimait encore un certain chagrin en parlant d'elle.

— Depuis, enchaîna-t-il, j'évite les suppositions.

Jack s'approcha d'eux et les incita à se remettre en route.

— Oui, déclara-t-il avec impatience, Gregor et moi sommes tous les deux nés ici. Et nous avons grandi ici. Nous sommes des loups, pas des Sannocks ou des personnages de contes pour enfants. Nous pouvons arpenter la Nature sauvage, mais ce n'est pas notre vraie place. Ce monde nous appartient autant qu'à toi ou aux autres hommes. Le vrai problème, c'est que les humains refuseraient de partager.

Gregor intervint :

— Maintenant, tout a changé, nous aussi refusons le partage.

Il prononça ce vieil adage avec satisfaction, l'un des rares dogmes presque aussi plaisant à entendre qu'un hurlement à la lune.

Nick regarda autour de lui la campagne blanche et gelée, et voûta les épaules.

— Je suis né à Glasgow. J'ai été élevé là-bas. Je l'ai quittée pour la première fois à dix-huit ans, quand je suis parti faire mes études à l'université. L'idée que quelqu'un ait grandi *ici*? insista-t-il en agitant la main pour englober l'espace désert entre le loch et l'horizon. C'est plus étrange à mes yeux que la Nature sauvage et les Sannocks réunis.

La seule ville où Gregor ait jamais mis les pieds, c'était Durham, et encore, seulement parce qu'il était à moitié congelé par les premiers grands froids de l'Hiver. Il n'avait pas été troublé, considérant les rues et les maisons comme un terrain de chasse différent des landes et des tanières souterraines auxquelles il était habitué. À ces yeux, cependant, ce n'était pas un bon endroit pour vivre. Le macadam était rugueux sous ses pieds et tout, choses et gens, sentait l'humain, sonnait l'humain et avait un goût humain. Les citadins se pensaient-ils capables de tenir la Nature sauvage à l'écart s'ils la noyaient sous leurs productions?

On traversait une ville, on n'y séjournait pas.

Nick ressentait-il le même dépaysement ici? Cette idée déstabilisa Gregor un instant, puis s'en débarrassa d'un haussement d'épaules. C'était la fin du monde, c'était l'Hiver de loup, avec du sang et des crocs, et choisir l'endroit où Nick voulait vivre attendrait qu'ils aient la *certitude* de survivre.

Un jour, cependant, il faudrait prendre une décision.

— Si ta grand-mère est devenue folle, proposa Gregor, c'est peut-être à cause de la ville.

D'une main distraite, Nick frotta sa poitrine à travers son manteau, à l'endroit où se trouvait la cicatrice qui l'ouvrait en deux, juste sous le sternum. Gregor en avait une presque identique, elle restait sensible et marquée alors que le reste de ses blessures était totalement guéri.

— Je ne crois pas, répondit Nick, elle était ce qu'elle est aujourd'hui bien avant Glasgow. Donc, sa folie – si folie il y a – a commencé ici même.

D'abord prêt à le contredire, Gregor opta pour le silence quand il réalisa que Nick et lui avaient tous les deux raison. Peut-être Rose était-elle déjà irrécupérable en partant pour ce long exil jusqu'à Glasgow, mais la graine n'avait pas été plantée ici, sur le territoire du Numitor. Le vieil homme avait seulement permis au prophète Job de résider dans la cabane derrière la maison; le reste de la congrégation allait et venait au gré des besoins. Ce qui les avait rendus déviants ne venait pas de la meute, cela avait dû avoir lieu quelque part ailleurs.

— Et c'est aussi ici qu'elle finira, déclara Jack sans ambages.

Nick soupira, mais ne discuta pas. Il paraissait fatigué et glacé, le vent sapait sans doute la protection donnée par l'oiseau.

Il y avait un mur et une porte au bout du sentier. Le panneau « *attention aux chiens* » avait plus d'années que Gregor, les lettres rouges étaient repeintes chaque printemps dès l'apparition des randonneurs. Plusieurs loups avaient montré les dents en signe de protestation, mais c'était plus facile quand la police se présentait suite à des plaintes concernant des « chiens » énormes et non tenus en laisse.

Quelqu'un avait gratté les lettres à moitié effacées, remplaçant le « attention » par « mort ». *Mort aux chiens*, disait désormais le panneau.

Personne ne vint les accueillir ou les chasser, leur déniant le droit de revenir dans les Hautes-Terres. Pourtant, Danny était passé ici avant eux. Son odeur s'attardait dans l'air, à la fois épaisse et salée – le sang et la peur.

Ce fut au tour de Gregor de tendre le bras devant Jack.

— Découvre d'abord ce qui s'est passé, insista-t-il. Ensuite seulement, tu tueras ceux qui sont impliqués.

Le sang et la peur indiquaient que Danny était vivant. Les morts pouvaient encore vouloir et avoir peur – c'était l'apanage de Nick –, mais ils ne sentaient plus que la viande et la pourriture.

Pendant un moment, Jack se pressa contre son bras, lourd de muscles raidis et de colère fumante prête à exploser. Puis il fit un pas en arrière.

— Depuis quand es-tu devenu aussi raisonnable ? demanda-t-il, la mine sombre.

Sa tentative d'humour était destinée à contrôler sa violence. Il avait toujours eu plus d'aisance que son jumeau à manier les mots.

Gregor ricana.

— Crois-moi, j'en suis le premier choqué, répondit-il. Mais depuis toujours, tu es idiot dès que le chien est concerné.

Jack jeta un coup d'œil à Nick, grimpé sur un rocher pour scruter la colline. Il était sur la pointe des pieds et les pans de son manteau noir battaient autour ses jambes.

C'est l'hôpital qui se fout de la charité, frangin.

Ce n'était pas du tout pareil.

— Je…

Nick lui coupa la parole :

— Quelqu'un arrive.

Gregor et Jack se retournèrent en même temps. La porte de la maison, restée ouverte, révélait le scintillement d'un feu à l'arrière et une silhouette sombre, voûtée pour se protéger du vent, qui remontait sur le chemin.

— Ce n'est pas p'pa, déclara Jack.

Gregor poussa un grognement agacé. Il avait perdu son loup, pas ses yeux. Leur père, deux fois plus grand que celui qui marchait vers eux, était toujours à moitié loup même sous sa forme humaine. De plus, le vieil homme faisait toujours le sale boulot lui-même. Même s'il se contrefichait du sort de ses fils, il n'hésiterait pas à venir en personne donner une leçon à deux… à un loup qui faisait intrusion sur ses terres.

— En plus, il n'est pas seul, annonça Gregor.

Il épia les ombres dans l'obscurité, des loups en manteau d'hiver, les oreilles collées à la tête, qui arpentaient, les pattes raidies, les chemins entre les cottages.

— Je ne sens pas les monstres des prophètes, ajouta-t-il. Et toi?

Naguère, il n'aurait pas eu à poser la question. Il avait passé plus de temps que Jack sous sa forme de loup afin d'affûter son nez et ses crocs. Et pourtant, l'acuité de ses sens s'était estompée bien plus vite qu'il aurait pu l'imaginer.

Jack secoua la tête, les dents serrées, la mâchoire crispée. Les deux frères s'écartèrent de la porte et se positionnèrent dos à dos au milieu du chemin. Nick hésita un moment, son regard passant des jumeaux aux loups étrangers, puis il resta perché sur son rocher. Il changea juste sa position afin de mieux répartir son poids sur les angles glacés de la pierre au moment où le premier loup atteignait la porte et s'y adossait. Le bois gelé craqua sous la pression et une épaisse couche de givre fondit sous ses doigts.

— Lach, dit Gregor.

En reconnaissant le nouvel arrivant, il se détendit. Lach n'avait jamais été un ami, plutôt un allié. Même si l'Hiver de loup n'avait pas rendu urgente la question de la succession, un Numitor ne mourrait jamais de vieillesse. Depuis que les jumeaux avaient reçu leur premier tatouage indiquant leur rang, il y avait eu des tensions dans la meute et Lachlan Givens avait toujours pris le parti de Gregor. Même s'il avait récemment changé d'allégeance, il n'était pas assez loup pour devenir un problème.

— Nous devons parler au vieil homme, insista Gregor.

Un autre loup sauta par-dessus le mur avec fluidité, tout en muscles et en fourrure épaisse. Gregor ressentit le même tiraillement de jalousie amère qu'en voyant Danny devenir un chien, une infection aussi aigre que celle

45

des blessures infligées par les prophètes, pourtant, cette fois, le mal venait de lui.

Le second arrivant était une louve grise avec des stries noires sur la collerette. Elle tourna autour de Nick avec suspicion, les oreilles plaquées sur le crâne, les dents découvertes, un sourd grondement émanant de sa large poitrine.

Jack murmura son nom à l'oreille de Gregor :

— Ellie.

Gregor se souvint alors : venue de Hull, la louve s'était battue pour obtenir une place dans la meute. La plupart du temps, Gregor méprisait les loups du Sud, car même s'ils savaient se battre, ils étaient mollassons, mais cette louve-là l'avait impressionné.

À l'époque. Aujourd'hui, elle l'agaçait en attaquant Nick aux jambes. Elle fit claquer ses dents à deux centimètres des chevilles bottées, troublée par les pans flottants de son manteau noir. Nick tressaillit de surprise, puis il envoya son pied en avant. Le coup frappa Ellie au visage et elle glapit de douleur et recula prestement. Du sang tachait la neige entre ses pattes. Elle secoua la tête et effleura son nez, sans quitter Nick des yeux.

— Peut-être, intervint Lach, mais tu aurais dû l'écouter et lui obéir.

Il croisa les yeux de Gregor avec défi, puis perdit contenance et détourna la tête. Pour sauver la face, il fit semblant de vérifier la position des autres loups.

— Le Numitor ne veut plus de vous sur ses terres, reprit-il. Ni l'exilé ni celui qui est parti. Vous avez perdu votre place dans la meute.

— Je m'en fous, contre-attaqua Jack, il reste notre père. Je veux le voir. Je veux aussi retrouver mon chien.

Lach montra les dents.

— Tu veux, tu veux, et puis quoi encore ? Tu n'es plus un prince-loup, Jack. Tu ferais mieux de t'habituer à ce que tes volontés ne soient pas exaucées, surtout en ce qui concerne ce chien.

Jack poussa un sourd grognement d'avertissement que le vent lui arracha des lèvres. Peut-être Lach ne l'entendit-il pas. Ce qui expliquerait qu'il ait la bêtise de rester planté avec une arrogance injustifiée.

— Tu es sûr de vouloir te battre, Lach ? demanda Gregor.

Il se baissa et attrapa une poignée de neige. Il la fit craquer dans ses mains pour en faire une balle dure, sans se soucier du froid qui se glissait sous ses ongles, et la lança sur Ellie qui cherchait à se rapprocher de Nick, sa langue sanguinolente sortie entre ses crocs. Le projectile frappa la louve au niveau des côtes. Elle poussa un glapissement et bascula sur le flanc sous la force de l'impact, le souffle coupé.

— Laisse-le tranquille ! ordonna Gregor. Si quelqu'un doit le manger, ce sera moi.

Nick éclata de rire, un son sauvage et authentique qui coupa le froid et la tension comme un fil à beurre. Tout le monde se figea pour le regarder. Il déglutit et esquissa une moue d'excuse.

— J'adore cette blague éculée, déclara-t-il.

L'un des loups cachés derrière le muret comprit alors et étouffa un rire entre ses dents blanches. Le visage de Lach s'assombrit et des marbrures rouges apparurent sur ses pommettes : sans doute sentait-il qu'il perdait le contrôle de la situation. Il avait toujours été du genre à se croire la cible de toutes les plaisanteries – une des raisons pour lesquelles il détestait Danny. De toute évidence, il n'avait pas changé.

Il se tourna vers Nick et aboya :

— Nous n'aimons ni les marioles ni les étrangers !

Il regarda ses loups les uns après les autres, comme pour leur rappeler ce fait. Ensuite, il reporta son attention sur Jack et Gregor, les yeux brûlants de dépit et du poids d'une très ancienne rancune.

— Nous n'aimons pas plus les mendiants qui frappent à nos portes, grinça-t-il avec hauteur. Vous n'êtes pas les bienvenus ici.

Nos portes.

Deux loups escaladèrent le muret et s'accroupirent sur les pierres de son sommet. Leur épais manteau d'hiver obscurcissait les lignes de leurs silhouettes, mais ils portaient tous deux des cicatrices fraîches sur le museau et les pattes. Un autre loup, Jamie, qui lui aussi avait toujours été du côté de Gregor, bien qu'il soit un contemporain du vieil homme, à peine au-dessus d'un chien dans la hiérarchie, avait une oreille presque arrachée, seuls des lambeaux de chair restaient attachés à son crâne. Il n'était pas certain que la blessure guérisse complètement. Pour l'instant en tout cas, il n'y avait que du tissu cicatriciel.

Gregor inspira un grand coup, ce qui tendit la peau encore sensible de son ventre. Il fallait… *beaucoup*… pour laisser une telle cicatrice à un loup !

Sans doute Jack avait-il procédé aux mêmes observations et déductions.

— Qu'as-tu fait à ma meute ? demanda-t-il.

La vieille rivalité fraternelle poussa Gregor à se voûter, comme une plaie encore plus sensible que les blessures délibérées que lui avait infligées le couteau des prophètes. Qu'il manque d'arguments pour contester l'accusation de Jack ne fit qu'alimenter son ressentiment.

Pas étonnant qu'il haïsse son jumeau !

Pour la première fois, il se demanda si cette idée venait de lui ou de l'infection qui suppurait en lui. Considérant les circonstances et leur situation, il ravala la bile qui lui irritait le fond de la gorge. Jack n'avait même pas posé la *bonne* question.

D'une voix aussi râpeuse que du papier de verre, Gregor demanda :

— Depuis quand es-tu le porte-parole du Numitor, Lach ?

Lach se lécha nerveusement les lèvres et détourna les yeux. Une fois encore, il vérifia la position de la meute autour de lui, pesa son soutien et carra les épaules. Le menton levé avec défi, il proclama d'une voix qui, consciemment ou non, cherchait à imiter les sonorités basses et profondes du père des jumeaux :

— Je ne suis pas un simple porte-parole, je suis le nouveau Numitor de la meute écossaise. Le vieil homme est mort. Désormais, c'est mon territoire, ce sont *mes* loups. Alors, vous n'avez plus qu'à dégager.

Gregor ricana.

— Toi, un Numitor ? Quelle foutaise !

Le successeur du chef de la meute écossaise avait toujours été un droit de naissance pour lequel Jack et lui se battaient depuis qu'ils avaient quitté le ventre de leur mère. Privé de son loup, Gregor devait céder la pole position, bien à contrecœur, mais il était prêt à mourir pour défendre la position son frère face à un minus habens comme *Lach Givens*.

— Et si le vieil homme était mort, ajouta-t-il avec force, la Nature sauvage aurait proclamé la nouvelle.

Le doute traversa le visage de Lach, puis il chercha désespérément à le repousser.

— Si ! cria-t-il. Il est parti ! Et maintenant, c'est votre tour !

Il sauta par-dessus la porte et se précipita sur eux. Les autres loups suivirent son exemple, les crocs en avant, pleins de grognements et d'agressivité.

Le mieux à faire, pensa Gregor, aurait été de laisser Jack subir le premier assaut. Après tout, il avait toujours son loup et il serait bientôt roi de la meute d'Écosse, mais personne n'avait jamais accusé Gregor d'être réfléchi ou d'agir de façon sensée.

Il se jeta sur Lach et le renversa sans tenir compte de ses grondements.

V

Gregor

Du SANG coula dans les yeux de Gregor. Ce n'était pas le sien. Lach était à califourchon sur lui, les mains crispées sur son tee-shirt et il saignait d'un nez cassé et d'un front entaillé. D'un bras, il plaquait Gregor au sol, le coude planté sur son sternum et l'épaule raidie. Il leva son poing libre et visa le visage de Gregor.

Il atteignit Gregor à la pommette, envoyant une vague de douleur à travers son crâne. Sa vision fut traversée d'éclairs rouges et noirs tandis que Lach écrasait le poing contre son œil.

— Tu es parti ! hurla Lach.

Le vent s'était levé pendant qu'ils se battaient. Tout autour, Gregor entendait des dents claquer, des grognements, des coups. La tempête venant du nord avait été trop rapide pour être naturelle. Poussés par le vent, des nuages aussi violacés qu'une ecchymose s'épaississaient au-dessus de leurs têtes. C'était comme si la Nature sauvage tenait à assister au combat.

Lach leva le bras une seconde fois.

— Tu n'aurais jamais dû revenir, gronda-t-il. La meute est *à moi* maintenant. Ils me l'ont donnée.

Il abattit son poing, mais Gregor s'y attendait. Il esquiva le coup et Lach heurta de toutes ses forces la neige gelée, se fracassant les jointures par la même occasion. Malgré les hurlements du vent déchaîné, Gregor entendit le craquement des os brisés. Le répit ne durerait pas, il le savait, les os d'un loup se ressoudaient vite, mais sous l'effet de la douleur, Lach glapit et serra sa main blessée contre son torse.

Le froid était de plus en plus terrible, Gregor ne sentait plus ses lèvres et ses yeux le faisaient souffrir. Bien sûr, il n'avait plus son loup, mais il sentait bien que ce n'était pas la seule explication à son état. Par un froid aussi extrême, même un loup allait se terrer, tout frissonnant, en attendant des jours plus cléments.

— Tu es incapable de garder longtemps ce poste, persifla Gregor, les lèvres à moitié gelées. Et tu t'es fait damner le pion par un chien.

Il frappa Lach à la gorge et écouta la chair molle céder avec un bruit de plastique froissé. C'était un des coups les plus vicieux de Danny, la défense d'un plus faible conscient d'avoir le dessous.

La bouche grande ouverte, le visage empourpré, Lach se griffait le cou et tentait vainement de respirer. Gregor profita de son désarroi pour le renverser et échanger leurs positions respectives.

Même chez un loup, les articulations mettaient plus de temps à guérir. Parfois, surtout au milieu d'un combat, la régénération se passait mal et l'articulation restait difforme et/ou raidie, les tendons se solidifiaient de travers, les muscles répondaient mal. La solution : un autre loup devait tout recasser avec un marteau, encore et encore, jusqu'à obtenir un résultat satisfaisant.

Gregor prit Lach par le poignet, il le tordit durement et cassa le coude comme on arrache une aile à une carcasse de poulet.

Malgré sa gorge enflée, Lach poussa un gémissement suraigu et se tordit de douleur dans la neige.

— Putain ! hoqueta-t-il.

Il projeta le poing gauche en avant et frappa Gregor à la mâchoire, lui entaillant l'intérieur de la joue. Le sang coula dans sa bouche. Lach le prit à la gorge et rapprocha son visage du sien. À moitié asphyxié par l'odeur effroyable de son haleine, mélange d'ail et de mouton faisandé, Gregor se débattit.

— Nous avons chassé tous les chiens qui souillaient la meute de leur présence, éructa Lach. Nous sommes prêts à accueillir Fenrir.

Gregor lui cracha du sang au visage et se libéra dès que Lach, surpris par son geste, relâcha sa prise sur sa gorge.

Gregor s'écarta de Lach et se redressa. Quand il avait combattu Rose près de l'étang d'eau stagnante des Sannocks, il se souciait peu de vivre ou de mourir, surtout si la Nature sauvage réveillait les morts. Il avait perdu son loup, il croyait son amant mort, la belle légende de l'Hiver de loup qui avait bercé son enfance était souillée, que lui restait-il ?

Aujourd'hui, Nick était en vie et Gregor tenta d'estimer le coût de la perte de son loup en regardant Lach se relever, les jambes vacillantes.

Il était moins fort qu'avant, il guérissait moins vite… La douleur de l'ecchymose qu'il avait à l'œil mettrait des heures à s'estomper, pas de simples minutes, mais ça, il le savait déjà. Bien que diminué, il avait quand même vaincu Rose. Depuis son retour, il s'était souvent demandé s'il avait aussi perdu son mordant, cette colère maussade qui bouillonnait constamment sous sa peau, l'instinct de tueur qui poussait un loup à planter ses dents dans la jugulaire d'un élan, tout ce qui lui avait donné un avantage sur Jack, plus charmeur, plus apte que lui à manier le verbe.

Apparemment, c'était toujours là. La colère restait plaquée à la cicatrice de l'endroit où son loup avait été arraché, comme un cataplasme d'anciens ressentiments et désaccords pour éviter l'infection. Et Gregor ferait tout pour tuer Lach. Ce qui répondrait à toutes ses questions en attente.

Lach essuya le sang de ses yeux et retomba sur le flanc, un coude planté dans la neige pour supporter son poids. Avant qu'il puisse reprendre le combat, Gregor perçut un mouvement du coin de l'œil. Il se retourna sans grâce, enfoncé dans la neige jusqu'aux genoux, au moment où Jamie se jetait sur lui, les dents découvertes.

Délibérément, Gregor tomba à la renverse sous le poids du loup. La neige aurait dû amortir sa chute, mais la différence ne fut pas flagrante. Une bave épaisse et collante coulait des crocs de Jamie et la puanteur de son haleine était à vomir. Gregor évita les dents acérées en écartant de force la tête du loup, ses deux mains enfouies dans l'épaisse collerette de fourrure. Il sentit les muscles du cou se tordre sous ses doigts alors que Jamie se débattait.

Les bras de Gregor tremblaient de tension, prêts à céder. Il grimaça et, dès que Jamie jeta la tête en arrière, Gregor lui lâcha le cou et enfonça son avant-bras dans la gueule rouge et béante. La morsure provoqua une terrible douleur qui remonta de son bras jusqu'à sa colonne vertébrale, suivie par une vive poussée d'adrénaline.

La blessure guérirait… plus ou moins vite. Gregor serra les dents contre la douleur et projeta sa main libre en avant. Ses doigts tâtonnèrent le sol, rejetant un bâton, une plante morte, et se refermèrent enfin sur un des lourds rochers de granit ébréché que les jeunes de la meute empilaient avant de se baigner pour titiller le monstre endormi au fond du loch.

La vie quotidienne changeait peu sur le territoire du vieil homme.

Gregor serra les doigts sur sa pierre, il l'arracha à la neige et la projeta de toutes ses forces sur le crâne de Jamie. Le coup atteignit le loup sur son oreille blessée. Il poussa un cri de douleur et de surprise, et entrouvrit les mâchoires. Gregor le frappa à nouveau. Il avait mieux visé cette fois. La tempe de Jamie, un endroit où la fourrure était trop fine pour amortir l'impact du coup, éclata et l'os se fissura avec un claquement étouffé.

Gregor frappa encore. Et encore.

Au quatrième coup, les yeux de Jamie se ternirent et ses dents lâchèrent complètement le bras déchiqueté. Gregor ne sentait plus ses doigts, sa main était aussi inerte qu'un sac rempli de sable mouillé, mais il réussit à se redresser. Il essuya la bave qui maculait son visage et avança vers Jamie, son rocher à la main, prêt à frapper. Le loup blessé se jeta sur lui. Le bord saillant du rocher, épaissi par la glace, le frappa en plein museau. Le sang jaillit du long nez noir et les dents cassèrent comme des bâtons de glace.

Voilà une blessure qui réclamerait du temps pour guérir.

Jamie recula et voulut s'éloigner, la tête basse, les hanches repliées sous lui. Cette soumission immanquable aurait dû arrêter Gregor. S'il avait été un loup, il l'aurait fait.

Mais sans son loup, il était devenu plus impitoyable encore.

D'un coup d'œil, il vérifia ce que devenait Nick et vit flotter le pan d'un manteau en lambeaux qu'Ellie pourchassait, des morceaux d'étoffe noire plein les dents. Elle haletait et pantelait en courant derrière sa proie tout en évitant les coups de pied. Nick aurait pu mettre ses plumes, un corbeau était moins entravé qu'un loup par des vêtements humains, mais il préférait s'amuser. Du moins, son oiseau préférait. Un choix stupide, pensa Gregor, toutefois rassuré de constater que son amant ne courait aucun vrai danger.

Il resserra les doigts sur le rocher, sa peau s'éraflant sur la surface rugueuse du granit, et avança sur le loup agenouillé. Avant qu'il n'ait le temps de porter le coup de grâce, Jack cria son nom. Deux loups l'avaient mis à genoux, leurs dents plantées dans son avant-bras et sa cuisse. Lach, le sourcil tordu parce que son front avait cicatrisé de travers, soulevait son tee-shirt d'un bras raidi et tirait de sa ceinture un fin couteau couvert de cendre.

La lame était amincie par des années d'utilisation, le manche en bois assombri d'avoir trop souvent été saisi par des doigts ensanglantés et moites. Le métal avait été terni à l'acide et à l'encre. En principe, ce couteau était assorti d'une légende : il aurait été rapporté de Rome par le premier Numitor, il l'aurait même taillé dans l'humérus d'un Picte avant la trêve. Mais de toute évidence, ce n'était qu'un bête couteau. Son aspect pratique avait été travaillé, mais pas moins que le sang de plusieurs générations de loups.

Lach prit Jack aux cheveux et lui tordit la tête sur le côté. Il pressa la lame contre l'artère carotide et appuya. La peau bronzée se fendit, exposant de fines bandes de peau transparente, à la fois sèche et flétrie d'être en contact avec la surface huilée. Jack s'écarta aussi loin que possible, mais maintenu en place par les loups et le poing de Lach dans ses cheveux, il n'alla pas bien loin.

Lach promena sa lame le long du coup offert et ne résista pas à la tentation de railler Gregor.

— Depuis combien d'années rêves-tu de tuer ton frère, Gregor? Regarde-moi! Un combat et le voilà à genoux. Et tu oses douter que je sois digne d'être le Numitor?

Gregor cracha dans la neige.

— Je te juge indigne d'être un loup, jeta-t-il.

Deux gros loups au pelage gris acier l'encerclaient, les pattes droites et raides, la tête baissée, les yeux méfiants. Il équilibra son poids sur ses deux jambes et tourna sur lui-même en cherchant à les surveiller tous les deux en même temps. Ils étaient jeunes, plus jeunes que lui en tout cas. Lachlan s'était choisi des loups soit très jeunes, soit vieux et fatigués. Dans les deux cas, ils représentaient la lie de la meute.

— Depuis quand un loup accepte-t-il de lécher le cul d'un prophète? railla Gregor avec mépris. La puanteur de votre haleine vous trahit!

Il les provoquait pour confirmer ses soupçons que le changement des mentalités de la meute était l'œuvre des prophètes, comme tout ce qui avait déraillé depuis que Job avait déversé son poison à l'oreille des jumeaux avant de les envoyer vers le Sud.

Gregor n'avait pas prévu que son sarcasme fasse suppurer une ancienne blessure.

Le visage de Lach se tordit d'un affreux mélange de dégoût et de joie anticipée.

— Quand les dieux reviendront, déclara-t-il d'une voix cassée, les prophètes leur vanteront nos prouesses!

Il resserra sa prise sur le couteau, prêt à plonger sa lame jusqu'à l'os pour égorger son prisonnier. Jack inspira un grand coup et se jeta en arrière. Il arracha son bras des crocs plantés en lui, déchiquetant sa chair et ses muscles, mais celui qui lui mordait la cuisse tint bon, aussi Jack l'emporta-t-il avec lui en roulant dans le bas-côté. Ensemble, les deux loups s'écrasèrent au bas de la pente, sur les rochers et les arbustes du rivage.

Tout d'abord, Lach resta à béer comme un idiot, puis il flanqua un coup de pied dans les côtes du loup qui avait lâché Jack.

— Vas-y! hurla-t-il. Rattrape-le.

Honteux et confus, le loup lécha ses babines couvertes de sang et se lança sans conviction à la poursuite de ses deux congénères.

Lach se tourna vers Gregor, la bouche tordue en un rictus sinistre.

— Quand les dieux reviendront, répéta-t-il, comme s'il s'agissait d'un mantra, personne ne leur parlera de toi !

Les deux loups gris se jetèrent en même temps sur Gregor, un l'attaqua vers le bas, l'autre vers le haut, comme pendant une chasse quand il fallait abattre une proie. Peut-être Gregor avait-il déchu, mais quand même, il n'était pas tombé aussi bas.

Il se projeta à travers la Nature sauvage et en trouva le goût de pierre sur sa langue. Une rafale de vent et de glace emporta un des loups en plein saut et le projeta contre le mur. Il y eut un craquement sec, le loup blessé gémit.

Gregor en profita pour se charger de son autre agresseur, il exécuta un plongeon latéral et atterrit de tout son poids sur l'épaule du loup et jeta les deux pieds en avant. Une fois le loup renversé, Gregor se redressa sans lui donner le temps de récupérer. Il vérifia ce que faisait Lach juste à temps pour éviter le couteau qui visait son dos. La maudite lame se planta dans son épaule.

Et ce n'était pas la première entaille qu'il lui devait ! Gregor n'oublierait jamais que ce même couteau lui avait arraché la peau, lamelle par lamelle, lui ôtant tous les tatouages indiquant son rang. Pire encore, la lame avait été humectée de sève de sorbier pour boursoufler les entailles et les empêcher de cicatriser correctement. En principe, Gregor aurait dû devenir Numitor après son père, avoir son rang gravé sur sa peau. Il pensait bien connaître la brûlure du sorbier.

Il se trompait.

Le couteau transperça peau et muscles, et heurta l'os de l'épaule. Gregor sentit son sang s'enflammer quand le poison s'infiltra en lui. Sa bouche s'assécha et se couvrit de cloques, ses poumons comprimés ne parvenant plus à aspirer l'oxygène, ils tirèrent la sonnette d'alarme, ses muscles brûlants et agités de spasmes devinrent aussi durs que du granit, faisant craquer les os sous la pression.

Nick poussa un long cri strident, moitié panique humaine, moitié fureur de corbeau. La Nature sauvage – ou son spectre austère – s'assombrit quand Lach arracha le couteau. Gregor eut le goût de Nick au fond de sa gorge. Ses genoux étaient prêts à lâcher sous lui, mais il refusa de céder et resta debout. Le fantôme d'une fille trempée aux longs cheveux épars s'appuya contre le dos de Lach, le faisant longuement frissonner. Un souffle humide et brumeux coula comme de l'eau à l'oreille de Lach. Gregor vit bouger les lèvres écaillées comme celles d'un poisson.

Lach hésitait, les yeux embués. Sa main trembla quand la morte se blottit contre lui, évoquant une amante pendant un feu de joie. Gregor regardait son sang s'égoutter de la pointe du couteau que Lach tenait toujours, mais ses muscles étaient encore trop tétanisés pour lui permettre de profiter de ce moment d'inattention de son agresseur.

Une main couverte de taches de rousseur saisit Lach par le poignet et l'arracha à l'étreinte de la fille. Alors, Gregor la vit mieux : elle avait été éventrée de la clavicule au pubis et la vermine avait dévoré ses entrailles. Elle hurla sa colère muette, le visage crispé de haine, alors que des morceaux de sa chair flétrie et momifiée flottaient dans des courants d'air invisibles. Elle disparut soudainement, aussi vite que des bulles de savon dans le drain d'une baignoire.

Gregor n'eut pas le temps de se ressaisir ou de réagir, des mains brutales l'empoignèrent et le forcèrent à s'agenouiller.

Kath Fennick arracha le couteau des doigts de Lach.

— Ça suffit, aboya-t-elle. Depuis quand parles-tu à la place des prophètes ? Nous n'avons pas reçu l'ordre de les tuer et je ne tiens pas particulièrement à devenir une meurtrière.

Tout Lochwinnoch reconnaissait l'extrême ressemblance entre Danny et sa mère, Kath. Ils avaient le même visage, plus ciselé chez la louve, plus doux chez le chien, comme si aucun homme n'avait été impliqué dans la procréation. C'était même devenu une plaisanterie courante : pas étonnant que Danny soit né chien et apprivoisé, même si Kath avait tout fait pour l'endurcir et le rendre plus féroce. Mais ensuite Kath avait donné naissance à une fille qui lui ressemblait tout autant et Bron avait poussé son premier hurlement lupin avant de savoir parler.

En entendant Lach prétendre être le nouveau Numitor, Gregor avait cru que Kath et les autres loups plus hauts placés dans la hiérarchie de la meute s'étaient dispersés… ou avaient été tués. Il s'était trompé.

Kath était toujours là, aux ordres de Lach. Le vieil homme n'était pas mort, c'était impossible, sinon chaque loup d'Écosse l'aurait su jusque dans ses os. Même les loups malingres et affamés qui subsistaient encore à Rome auraient senti un changement important dans l'équilibre du monde. Pourtant, si Kath courbait l'échine, il n'y avait qu'une seule option : le père des jumeaux était parti.

Les loups revinrent sur le chemin, nus, les pieds enfoncés dans la neige, ils traînaient Jack entre eux deux. Son visage était couvert de sang du front aux mâchoires et son bras commençait à cicatriser, une peau rose et tendre recouvrant chair et muscles reconstitués. Sous le sang et la boue, Jack avait les traits crispés de colère de se voir ainsi malmené.

La sève du sorbier se dissipait, Gregor sentit ses muscles se débloquer, adoucissant un peu l'agonie qu'il subissait. Il échangea un regard sombre avec son jumeau.

Lach essuya son front, moite de sueur poisseuse, et jeta un coup d'œil par-dessus son épaule. Ne voyant rien, il ne sut dissimuler son soulagement. Il se reprit et se tourna vers Kath, la lippe hautaine.

— C'est l'Hiver de loup, maintenant, déclara-t-il. Nous tuerons tout le monde. Comptes-tu rester en Écosse en gardienne du foyer, sale chienne ?

La tension monta pendant que les loups agglutinés attendaient la réaction de Kath. Elle n'en eut aucune. Avec une expression calme et détachée, elle glissa le couteau dans sa ceinture. Puis elle avança vers Lach alors que les plis de sa robe flottaient autour d'elle dans le vent.

— Tu ne tueras ni un mouton ni une vache, déclara-t-elle. Seul l'homme sera notre proie une fois que Fenrir reviendra et je planterai mes dents dans toutes les gorges qu'il me désignera. Les loups ne sont pas de la viande, Lach. Même pas les lâches et les traîtres.

Gregor grogna à cette insulte, la gorge encore serrée de ses récentes contractions. Kath n'avait pas réagi au « sale chienne » de Lach, mais son grondement assourdi valut à Gregor un regard cinglant.

Puis Kath se détourna de lui et s'adressa une fois encore à Lach :

— Si les prophètes les veulent morts, qu'ils se chargent eux-mêmes de les tuer. Ils ont assez de sang sur les mains pour que quelques pintes de plus ne leur fassent pas peur.

Lach affichait une mine boudeuse.

— Tu n'es pas ma mère, grommela-t-il. Je n'ai pas besoin de toi pour gérer ma conscience. Je suis le Numitor. C'est à *moi* de décider, pas à toi.

Kath esquissa un sourire ouvertement moqueur.

— Tiens-tu vraiment à t'opposer aux prophètes ? persifla-t-elle. Et s'ils les veulent vivants ?

À ce rappel de la laisse qu'il portait au cou, Lach devint blême. Il leva la main et frappa Kath au visage. Sous l'impact, la lèvre se fendit, du sang coula sur le menton. La louve l'essuya d'un revers de la main avec une moue de mépris.

Lach le remarqua, mais il avait épuisé toute sa réserve de courage. Il tourna le dos à Kath et s'adressa à ses fidèles :

— D'accord, cracha-t-il. Emmenez-les. Enfermez-les au chenil comme des chiens. Les prophètes arriveront demain. Je leur vanterai votre loyauté.

Kath cracha du sang sur la neige.

— Les loups n'ont pas besoin des mots, déclara-t-elle, pas même ceux des prophètes. La loyauté se voit aux actes, elle ne s'entend pas dans de vaines paroles.

Elle tourna les talons et s'éloigna. Les loups empoignèrent Gregor et le poussèrent à suivre Kath. Après un bref moment d'incertitude, les yeux fixés sur le dos de la louve altière, les autres loups de Lach se mirent également en route, entraînant Jack avec eux.

— Kath ? cria Jack avec dureté. Où est Danny ?

À cette question, Gregor tressaillit et afficha un air coupable. Il chercha aussitôt Nick du regard. Il n'avait pas oublié son compagnon, mais il n'avait pas encore l'habitude de penser à un autre qu'à lui-même pendant un combat.

Non loin du mur de clôture, Ellie présentait à Lach un manteau noir mouillé et déchiré. Elle enfonça la main dans une déchirure béante, comme si cela expliquait qu'elle ait été incapable de rattraper un simple humain. Furieux, Lach leva la main sur elle, mais il se figea en voyant la jeune louve le toiser d'un air hautain. Une autre louve, plus âgée, car son pelage grisonnait au niveau du museau et des oreilles – c'était donc Fern ou Elsie, mais sans son odorat de loup, Gregor était trop loin pour le déterminer – approcha en grognant, les oreilles plaquées contre le crâne.

Le vieil homme aurait pu écorcher un loup sur le pas de sa porte sans que personne n'ose intervenir – encore moins montrer les dents, pas même la victime –, mais tous savaient que jamais le père des jumeaux n'aurait agi ainsi. Il trouvait la cruauté inefficace.

Même si Lach se prétendait le nouveau Numitor, les loups de son proche entourage ne lui faisaient pas totalement confiance. Gregor apprécia de le savoir. Il apprécia encore plus d'entendre un croassement de colère quelque part dans la tempête : l'oiseau avait su protéger Nick.

Puis Gregor trébucha un rocher enfoui dans la neige et le loup sur sa gauche le stabilisa avec brusquerie, tout en l'incitant à avancer. Gregor reporta son attention sur le sol où il posait les pieds.

Kath était revenue vers Jack. Elle s'essuya la bouche, inutilement d'ailleurs, car sa lèvre était déjà cicatrisée.

— Le chien ? jeta-t-elle durement. Il a retrouvé sa place.

— Kathleen, insista Jack. Où est ton fils ?

La colère du loup bouillonnait, épaisse et dure dans sa gorge.

Kath le fixa, le visage durci.

— Qu'est-ce que ça peut te faire, Jack ? C'est un chien, un animal domestique. Rien d'important sur le long terme. Tu ne crois pas ?

Son expression exprimait une certaine dose… d'expectative, presque un espoir. Gregor détesta l'instinct qui le poussa à se pencher en avant malgré la prise de ses ravisseurs. Deux ans plus tôt, il aurait volontiers exploité cette faiblesse de son frère pour le chien. Désormais, il n'avait plus aucune chance de régner sur la meute et Jack était un idiot au cœur tendre.

— Chien ou pas, intervint Gregor, la voix éraillée, il fait partie de la meute.

Kath lui lança un regard froid. Officiellement, elle n'avait jamais pris parti pour l'un ou l'autre des jumeaux, mais Gregor avait toujours su que le moment venu, elle choisirait Jack, même après qu'il avait gâché les chances de Danny d'être un bon chien… ou une merde humaine.

Elle secoua la tête, les poings serrés le long de ses flancs, avec du givre accroché au bout de ses longs cheveux.

— Plus maintenant, dit-elle. Les chiens ont un maître, pas une meute. C'est un test auquel nous avons failli échouer, mais les prophètes nous ont donné une seconde chance.

Furieux, Jack gronda et essaya de se libérer. Ses geôliers le plaquèrent au sol et lui donnèrent des coups de botte. Jack se roula en boule pour protéger ses organes. Gregor vacilla d'épuisement, son sang coulait toujours et poissait son tee-shirt ; il paraissait anormalement chaud contre sa peau glacée. L'un des loups qui le tenaient émit un ricanement de mépris, l'autre tenta de modifier sa prise sur lui.

Dès que Gregor sentit les doigts le lâcher, il envoya un coup de pied latéral et déboîta le genou du loup. Les yeux écarquillés de surprise et de douleur, son agresseur bascula sur le côté. Sans perdre de temps, Gregor se jetait déjà sur Kath, il la prit par la gorge, les doigts enfoncés dans les tendons du cou, et la poussa contre le mur de la maison. Il récupéra le couteau de la ceinture de la louve et en pressa la pointe contre le ventre, découpant le joli tissu de la robe à fleurs bleues.

Les yeux vitreux, Kath ne chercha pas à se débattre alors que Gregor lui serrait la gorge.

— Renvoie-les tous, ordonna-t-il.

La couleur revint dans les yeux d'ambre, brillants, mais assombris. Kath effleura du regard les loups agglutinés derrière eux, puis elle reporta son attention sur Gregor et se pencha vers lui, sans se soucier de s'empaler un peu plus sur la lame collée à son ventre. L'odeur âcre de la peur monta dans l'air, effaçant même les relents métalliques et salés du sang répandu.

— Fais-moi confiance, Gregor, murmura-t-elle avec urgence contre sa mâchoire. Fais ce qu'on te dit.

Gregor entendait le cœur de la louve battre avec frénésie contre son sternum. Bien entendu, c'était peut-être dû au désespoir, à la douleur ou au poison que la lame répandait dans son ventre. S'il avait encore eu son loup, Gregor aurait pu en juger avec plus de certitude. Dans l'état actuel des choses, il devait faire foi aveuglément – et ce n'était pas dans sa nature.

Kath avait donné naissance à un chien, elle l'avait élevé, elle lui avait appris à se défendre, à se battre. Bien sûr, elle aurait préféré qu'il soit né loup, pour sa réputation à elle, mais aussi pour son petit, mais elle l'aimait autant que Gregor avait aimé son enfant, cette petite fille qui n'avait pas vécu.

Ni Kath ni Gregor n'étaient le genre de loup à céder aux prophètes.

Il recula donc et la laissa récupérer le couteau. Elle l'empoigna par le col de son vêtement, comme s'il était son prisonnier, et le ramena sur la route. Les autres loups ne se donnèrent pas la peine de relever Jack, se contentant de traîner son corps sur le sol.

La prison, c'était un concept humain. La justice des loups était plus expéditive et plus propre : l'exil ou la mort sous les mâchoires du vieil homme. Si l'accusé s'enfuyait, les options de sa mort devenaient plus subtiles. Pourtant, certains loups commettaient parfois une faute assez immonde pour que le vieil homme répugne à souiller sa langue de leur sang, il ne voulait pas davantage endurer la responsabilité de leur avenir, fût-ce loin du territoire des loups.

Les loups étaient alors condamnés et envoyés chez les prophètes, où ils étaient castrés, domestiqués et réduits à se prosterner aux pieds des dieux. Certains s'enfuyaient s'ils en avaient l'occasion. Qui pouvait le leur reprocher? Anéanti par la perte de son loup, Gregor aurait pu choisir de se perdre dans la neige et d'y mourir... sans la rage qui l'animait, ou s'il n'avait pas eu Nick pour combler cette vacance en lui. Et c'était seulement la première étape.

Le Numitor avait une vieille glacière située derrière la ferme, à moitié enfouie dans le sol, avec un toit bas constitué de rochers surmontés de mottes de gazon, la prison parfaite pour enfermer un condamné, un prophète en devenir. Et si ce dernier était assez puissant ou assez désespéré pour en appeler à la Nature sauvage…

Kath saisit l'un des anneaux en acier accrochés dans le mur. Il était si froid qu'il colla à sa peau. Des croûtes de givre et de rouille s'écaillèrent quand la louve força les gonds à s'ouvrir dans un grincement strident. Elle plaça le collier sur le cou de Gregor et le referma avec l'aisance de l'habitude.

— Où est ton fils, Kath ? chuchota Gregor.

Par-dessus son épaule, Kath vérifia d'un coup d'œil la position des autres loups, le visage crispé de méfiance réticente.

— Il est plus en sécurité que ma fille, murmura-t-elle sans bouger les lèvres. Ou que toi, si tu ne fais pas très attention.

Elle ouvrit la porte de la glacière et poussa Gregor dans l'obscurité. Se souvenant que le plafond était très bas, il baissa la tête juste à temps et descendit les marches invisibles d'un pas hésitant. La puanteur était impressionnante. Une seconde plus tard, Jack, un collier attaché à son cou ensanglanté, roula derrière lui.

— Ce ne sera pas long, annonça Kath de la porte. Les prophètes ne devraient pas tarder. Vous n'avez qu'à les attendre.

La porte claqua, la serrure cliqueta et Gregor se retrouva dans le noir avec son jumeau et la source de l'odeur putride. Des tintements métalliques résonnaient au fond de la glacière, contre le mur. Un mince rai de lumière filtrant d'une fente au plafond, Gregor vit des yeux briller et des ombres bouger, bien qu'enchaînées au mur.

Il attrapa son jumeau par le col et le remit debout.

Ils avaient retrouvé les chiens de la meute. Il ne manquait que celui qu'ils voulaient.

VI

Nick

LA FILLE morte dansait dans la tempête, ancrée à son cadavre par un cordon ombilical constitué de vieux os et de chair décomposée. Les poissons du lac avaient dévoré ses yeux et sa langue – l'oiseau de Nick saliva en imaginant ces tendres morceaux dans son bec –, mais l'accusation du spectre restait immanquable : des promesses avaient été faites et non suivies d'effets.

D'un coup d'aile, le bout de ses plumes blanchi de givre, assorti d'un claquement du bec blanc et osseux, l'oiseau rejeta l'idée d'une dette impayée. Il découpa un long filament de tendon pourri et le laissa tomber, tout glissant comme un ver. La fille recula avec un cri outré, bien que muet, et saisit à pleines mains ses os et ses anciennes rancunes, comme une matrone ses lourdes jupes. L'oiseau se moqua d'elle.

Il l'avait sortie du bouillon de peau et de moelle dans lequel elle mijotait et quasiment craché un loup dans la bouche affamée. L'oiseau ne se sentait pas responsable que son geste ait donné à Nick une crampe au foie et une ombre au cerveau.

Quelque part, Nick se demandait si le loup aux yeux pâles, le propriétaire du couteau, était celui qui avait tué la fille. C'était une pensée humaine, tout comme l'étaient les impressions qu'il ressentait : pitié à la fois collante et pesante, colère au nom de la morte.

L'oiseau, lui, n'avait pas le temps de s'y attarder, car la tempête le malmenait sans considération pour sa personne ou sa vocation.

Un loup l'a tuée, jeta l'oiseau à Nick tout en essayant de s'orienter dans la tempête. *Celui-là ou un autre. Tous les vivants se ressemblent pour les morts.*

La morte glissa le long de son ombilical jusqu'au loup dans lequel elle avait craché sa mort et enfonça les doigts entre les os blanchis. Le cordon était accroché à l'oreille du loup, avec des vrilles grises et pourries qui jaillissaient de la racine pour ceux qui avaient encore des yeux pour les voir. Le loup frissonna d'avoir la morte suspendue au-dessus de sa tête.

Bien fait, pensa sombrement l'oiseau. Il avait toujours sur la langue l'arrière-goût de la peur désespérée de Nick, un étau autour de la poitrine. Encore une réaction humaine, mais l'oiseau avait l'impression que c'était *normal*. Que c'était *à lui*.

Et c'était la même chose avec Gregor. Leur loup.

À cette pensée, Nick grommela. L'oiseau l'ignora et battit fébrilement ses ailes raidies de froid pour voler plus haut. Il poussa un croassement de frustration et d'agacement en sentant le poids de la Nature sauvage tenter de l'attirer vers le bas. Il n'appartenait pas à cette entité. Bien qu'il ait *l'apparence* d'un oiseau, il n'était pas né d'un œuf, mais d'une... pensée, de la nécessité d'avoir faim, d'avoir des ailes. Il n'était pas l'ennemi de la Nature sauvage pour autant.

Pas à sa connaissance, en tout cas.

Il échappa enfin à la bulle maussade qui entourait la vieille ferme, les plumes raidies des miasmes qu'il emportait avec lui. La morsure de l'Hiver restait dure et amère après des générations de patience divine alors que le froid se répandait à travers le monde, mais les vents contre lesquels luttait l'oiseau étaient impersonnels.

Au bout d'un moment, l'oiseau se stabilisa et secoua les aigres résidus de la Nature sauvage afin de dessiner un grand cercle autour des bâtiments éparpillés sur le territoire en dessous. À travers les bourrasques de neige qui recouvraient la campagne, les yeux noirs et perçants de l'oiseau décelaient les silhouettes floues de loups au sol : ils claquaient la porte d'un trou creusé à même la terre.

Le malaise se glissa sous les plumes de l'oiseau et souleva la collerette des plumes de sa gorge comme le pelage hérissé d'un chien. Une fois sous terre, êtres et choses n'existaient plus. L'oiseau considérait comme siens les cadavres tombés sur le champ de bataille ou dans un fossé, les corps bouffis qui pourrissaient sur la potence ou dans la rue. Il gérait les tués, les assassinés, les apoplectiques. Il lui arrivait même d'extirper quelques restes d'une fosse mal creusée, mais les vraies tombes, c'étaient à ses frères de s'en charger.

Gregor, pensa Nick de là où l'oiseau l'avait mis. *Il est sauf.*

Bien que ce soulagement lui soit étranger, l'oiseau l'ajouta à ses autres expériences agréables – bec humide, serres pleines – et s'en gava. Les émotions humaines étaient un plaisir récent. Il connaissait la luxure, la vanité du paon exhibant ses plumes, la jouissance d'un accouplement réussi, mais *ça* ?

De l'amour, il ne connaissait que le contrecoup, une fois les larmes et le sang versés. L'amour finissait toujours mal.

Nick tressaillit à cette pensée. D'après lui, une histoire d'amour *pouvait* bien se terminer. Il arrivait qu'un couple soit heureux, tout simplement.

Possible, acquiesça l'oiseau. Il replia ses grandes ailes noires pour se poser sur la branche nue et cassante d'un aubépinier sauvage. Les épines lui piquèrent les orteils quand il sautilla pour chercher un perchoir plus confortable. Une fois satisfait de sa position, l'oiseau gonfla ses plumes pour mieux se préserver du froid. Il rentra aussi le bec et le colla à sa poitrine. Les flocons de neige étaient froids sur sa tête et autour du nœud de tissu cicatriciel de son sternum.

Pour toi, *ça a déjà mal fini*, déclara-t-il à Nick. Il n'obtint aucune réponse, aussi gloussa-t-il, fier d'avoir gagné. D'un coup de bec, il s'arracha une plume et la regarda tomber dans la neige. Elle s'y planta, comme une flèche miniature désignant la tanière des loups. Nick voulut savoir, avec une pointe de suspicion, pourquoi l'oiseau avait agi ainsi.

L'oiseau bâilla et se transforma, faisant rentrer ses plumes sous sa peau humaine. Il croassa de rire quand Nick tomba de l'arbre.

Merde !

Nick étouffa un cri alors que les branches lui fouettaient les cuisses et le dos. Il chuta comme un sac de patates, sans la moindre grâce, et atterrit rudement sur le cul, la douleur remontant de son coccyx tout le long de sa colonne vertébrale jusqu'à son crâne. Sous la violence de l'impact, il ouvrit grand la bouche et inhala une grande goulée d'air glacé et d'aiguilles de givre. Il se redressa péniblement, la poitrine prise dans un étau, les hanches douloureuses.

L'oiseau gloussait toujours, bien à l'abri dans… son âme, décida Nick après y avoir réfléchi un moment. Puis il repoussa cette idée dérangeante qui risquait de lui faire perdre son self-control. Sa vie tout entière et sa carrière chirurgicale s'étaient construites sur une vérité qu'il croyait aussi solide qu'un roc : la folie de sa grand-mère. Or, il s'était trompé dans les grandes largeurs. Peut-être le monde aurait-il encore un sens si Nick se donnait la peine de l'ouvrir au scalpel et d'en pratiquer l'autopsie.

Quand il avait découvert que sa grand-mère, en plus d'être saine d'esprit, voyait le monde exactement comme il l'était, ce qu'il éprouvait concernant ses anciennes cruautés n'avait fait que s'aggraver. Seules la superstition et la peur protégeaient l'humanité contre les monstres…

Entendant l'oiseau faire claquer son bec avec agacement, Nick corrigea de lui-même : *et les dieux*. Le problème était que la trame était très fragilisée. Tous les points menaçaient de lâcher.

Quant à lui, il était *mort*.

Il avait vu sa vie s'effondrer sous ses yeux, le passé qu'il pensait connaître reposait sur les mensonges de sa grand-mère. Peu à peu, certains secrets de Rose avaient été révélés : le meurtre de sa mère, par exemple. Nick pensait avoir accepté cette nouvelle réalité. D'une certaine manière, c'était plus facile pour lui de cesser de résister à plusieurs décennies d'endoctrinement. Depuis qu'il était enfant, sa grand-mère n'avait cessé de lui seriner d'anciennes légendes adaptées rien que pour lui. C'était seulement quand il tentait de se débattre, de chercher une logique dans tout cela, qu'il sentait la panique l'envahir.

Un jour, il faudrait bien qu'il affronte ses peurs, qu'il laisse la réalité s'incruster dans ses os, mais le temps n'était pas encore venu.

Avec une grimace amère, Nick frotta ses mains froides sur ses avant-bras. Se retrouver nu dans la tempête n'incitait pas à l'auto-inspection.

Nous devrions nous mettre en route, déclara-t-il à l'oiseau.

Il n'avait pas *vraiment* un oiseau dans la tête, juste une ombre qui n'était que faim et méchanceté. Malgré tout, Nick comprit que cette entité, la tête cachée sous l'aile, ne lui prêtait plus aucune attention.

Le vent se leva, obligeant Nick à abandonner le pauvre abri du tronc tordu de l'aubépinier. Il libéra ses oreilles de la neige qui les encombrait et pinça ses cuisses et son entre-jambes en se pliant en deux. Il avait sur le ventre une très ancienne cicatrice : sa grand-mère l'avait ouvert en deux peu après sa naissance. La zone le démangeait, rouge et enflée, elle contrastait avec la peau pâle.

Trente minutes. C'était le temps qu'il avait avant de succomber à l'hypothermie. Moins sans doute puisqu'il était nu dans la neige. Quelle folie ! Il entendait résonner dans sa tête l'écho de sa voix, calme et distante, pérorant un diagnostic devant des corps solidifiés et expliquant la cause de bon nombre de décès survenus à Girvan. *Extrémités rougies dues à l'érythème pernio, dommages aux extrémités, engelures, examen de la muqueuse gastrique, visualisation de nombreux spots hémorragiques ou taches de Wischnewski...*

Nick soupira, de la brume blanche s'échappant de ses lèvres. Il repoussa la voix à l'arrière de sa tête. Son corps, malgré ses cris d'alerte, avait l'habitude de supporter un froid extrême. Le sang avait quitté ses extrémités, doigts et orteils, afin de migrer vers le cœur, histoire de le faire battre plus vite et de provoquer des frissons.

Nick était déjà mort une fois dans les bras de Gregor, saigné à blanc sur une plage, et c'était l'oiseau qui l'avait ramené à la vie. Il doutait fort qu'un petit coup de gel suffise aujourd'hui à l'abattre.

L'oiseau dans la tête émit un ricanement sinistre. Nick n'en tint aucun compte.

Il serra les dents, se décolla de l'arbre et se figea en voyant les flocons dessiner la silhouette d'un Sannock mort. Bien que la créature soit constituée de givre et d'ombres, elle était assez solide pour que ses pieds laissent des traces dans la neige en avançant vers Nick.

Il baissa les yeux pour vérifier et se corrigea aussitôt : il ne s'agissait pas de pieds, mais de sabots.

C'était déjà ce qui l'avait tué la première fois, un fantôme fossilisé et plein de rage, ce qui restait des Sannocks après que les loups avaient poussé leurs races à l'extinction, pourchassant sans relâche et massacrant toutes les créatures non-humaines qui peuplaient la Grande-Bretagne. Peut-être la résurrection de Nick expliquait-elle que les fantômes l'aient suivi jusqu'à la côte : ils voulaient savoir comment il s'y était pris.

Ils avaient perdu sa trace quand il était monté dans le train, l'acier menaçant leurs formes ectoplasmiques. Nick avait pensé les apercevoir plus tard, cachés derrière les arbres de la forêt, ou en traversant des villes gelées, désertes et abandonnées. Bien que les Sannocks portent des cornes et des sabots, ils semblaient chez eux où qu'ils se trouvent.

Nick déglutit lorsque le Sannock le rejoignit sous l'aubépinier. Le sommet de ses bois fit vibrer les branches et en délogea d'épais morceaux de neige à moitié gelée, le Sannock les piétina de ses sabots fendus, si bien adaptés à la glace. Son corps n'émettait aucune chaleur, ses lèvres ne laissaient filtrer aucun souffle de vie. Il avait cependant une odeur, poussiéreuse et teintée d'amertume, qui rappelait à Nick les boules de naphtaline que sa grand-mère glissait dans ses placards pour protéger des mites ses robes en tricot.

Outre ses étroits sabots et ses bois, Le Sannock ressemblait à un homme aux mains calleuses, doté d'un large visage sensuel. Pourtant, il n'était pas humain, cela se voyait aux yeux, trop verts, trop écartés, et à la bouche rouge agressivement charnelle. Elle attirait et repoussait à la fois.

Nick se souvint que lors d'une sortie scolaire, il avait visité un vivarium et s'était attardé devant un bassin où des grenouilles venimeuses le fixaient à travers le plexiglas. Leur peau aux vives couleurs dénonçait les toxines, pourtant, il avait été tenté de les toucher pour les regarder de plus près.

Il se mit à claquer des dents.

— Que me voulez-vous ? demanda-t-il, un peu gêné de bégayer, de terreur aussi bien que de froid. Je ne peux pas vous aider. Je ne le veux même pas.

La bouche écarlate esquissa un sourire pincé, les lèvres serrées sur ses secrets. Sans même regarder Nick, le Sannock déboutonna le manteau à col haut et rigide qu'il portait et s'en débarrassa. N'étant plus caché par les plis du tissu, le corps qui se révéla était de toute évidence anormal : poitrine enfoncée, bras mal insérés dans les épaules. C'était comme si un cerf avait tenté de se transformer en humain et s'était arrêté en cours de processus. Pourtant, les vêtements qui lui restaient, bien que vieillis, étaient de qualité, un nœud de soie rouge fanée cernait la gorge et des boutons de manchette scintillaient aux poignets.

Nick tenta de protester :

— Je ne…

L'oiseau noir émergea de son prétendu sommeil et poussa un croassement de colère. *Ne sois pas idiot !* Il chercha à se transformer, ses plumes pointues irritant la peau humaine au niveau de la colonne vertébrale, mais Nick résista.

Le Sannock lui présenta son manteau, suspendu à un doigt fin et crochu. C'était un souvenir de ce que le fantôme avait jadis porté, mais quand le vent s'engouffra dans les plis du tissu, le vêtement devint plus épais, plus solide et plus lourd. Il était sombre et de coupe assez simple, avec un col haut et des manches qui s'effilochaient aux poignets.

Le Sannock attendait sans faire montre d'impatience, le manteau toujours tendu devant lui. Le fait qu'il ne regarde pas Nick tentait de rendre le moment plus banal, pourtant, la tension s'épaississait, aussi tendue qu'un tendon prêt à rompre.

Dans la brume de neige qui s'épaississait autour d'eux, les silhouettes floues de deux êtres, mi-homme, mi-animal, s'effaçaient parfois. L'ombre d'un chien à la tête énorme et aux yeux qui ressemblaient à des torches éteintes s'approcha alors et renifla le manteau, puis il tourna les talons et s'éloigna. Il lui manquait un morceau de chair au flanc, les os de ses côtes, blancs et finement arqués, visibles dans la blessure ouverte.

Parfois, les morts se souvenaient des circonstances de leur décès, mais pas toujours.

Il n'y a pas de cadeau sans échange, marmonna dans la tête de Nick la voix sévère de sa grand-mère, comme elle le lui avait souvent seriné durant son enfance. *Sinon, c'est une obligation.*

Écœuré de devoir admettre être du même avis que la vieille louve, l'oiseau gargouilla de dégoût. Nick avait déjà compris qu'il ne pouvait accepter le manteau. Mais il avait froid et les Sannocks attendaient déjà quelque chose de lui. S'il faisait le premier pas, peut-être Nick comprendrait-il enfin ce qu'il était censé faire.

Il tendit une main hésitante, ses doigts tremblaient quand ils se refermèrent sur le manteau. Au passage, ils effleurèrent la main du Sannock, qui craqua et devint aussitôt poussière. Faite de givre et de volonté posthume, elle coula sur le sol comme de l'eau au moment du dégel. Déjà, le Sannock se retirait.

Le manteau était lourd et étonnamment chaud au toucher, comme s'il avait stocké toute la chaleur corporelle d'un Sannock mort depuis des lustres. Nick hésita un moment, examinant le vêtement avec une suspicion méfiante. Il sentait toujours le poids de l'attention de Sannock braquée sur lui. Puis il prit sa décision.

Il *pouvait* le faire, il allait le faire.

Il enfila le manteau. Sa peau se hérissa au contact de la laine rugueuse et grasse, mais Nick apprécia la chaleur qui se répandait en lui.

— Je suppose que vous n'avez pas de chaussures ? persifla-t-il avec nervosité.

En voyant la lourde tête cornue se relever avec brusquerie et le fixer droit dans les yeux, Nick craignit d'avoir commis une erreur. Puis le Sannock esquissa un sourire réticent, son vieux visage plissé, tout sec et raide, semblait avoir du mal à reconnaître ce mouvement. Le Sannock frappa du sabot trois fois contre le sol et secoua la tête, ses bois orgueilleux s'emmêlèrent dans les branches de l'aubépinier.

— J'ignore ce que vous attendez de moi, déclara Nick.

Le Sannock plia les genoux et baissa la tête pour se libérer de l'arbre. Ceci étant fait, il tourna le dos et fonça vers la tempête, son ombre se dissipant vite dans la neige. Après un temps de réflexion, le second Sannock le suivit, son départ dissipant l'anticipation fébrile qui avait un moment brûlé entre eux.

Les derniers à disparaître furent le chien et un petit golem [9] constitué de mousse et de bâtons brûlés. Deux paires d'yeux vides, l'un illuminé de bougies éventrées, l'autre écorché et suintant de sève verte, fixèrent un moment Nick. Le golem leva sa petite main, son créateur s'était donné la peine de lui façonner des phalanges avec des tendons de mousse, et désigna la tempête.

Tu comprendras très vite.

Ce n'était pas une voix. Il n'y eut même pas de mots, juste une sensation qui envahit Nick. Il vacilla avec un frisson et détourna la tête. Une fois remis de cet accès de faiblesse, il constata que les Sannocks étaient partis.

Dans son âme, l'oiseau claqua du bec et le poussa à se rengorger. Pour résister à la tentation, Nick secoua la tête et ajusta le manteau sur ses épaules et au niveau des poignets. Les boutons, réalisa-t-il quand il passa les doigts dessus, étaient faits en os. Des images d'une autre vie lui traversèrent la tête, comme si elles émanaient du vieil os sec.

Sale. Le cul d'une femme. Sale. Un sourire sur de pulpeuses lèvres rouges et les os le suivraient n'importe où.

Ça avait marché, pensa Nick en écartant sa main du bouton. Du moins, le Sannock les avait gardés jusqu'à sa fin…

L'oiseau n'était pas content. Soit il appréciait peu le cadeau, soit il s'offusquait de l'odeur du Sannock qui s'attardait dans l'air, soit il se méfiait que les anciens attendent quelque chose de Nick… ou de son alter ego. Qu'il s'agisse du médecin ou de l'oiseau, aucune des options n'était rassurante.

— Je pensais que tu étais là à cause des morts, déclara Nick. Je sais que tu n'as pas peur des cadavres.

L'oiseau ne répondit pas. Il était d'humeur maussade, aussi insensible qu'une pierre sombre et noire coincée sous la peau de Nick.

La peau hérissée du contact du manteau sur son corps nu et de l'idée, sur laquelle Nick refusait de s'attarder, que ce tissage rugueux ne provenait peut-être pas de la laine d'un mouton, il serra les pans contre lui et se protégea au mieux du froid piquant. Il grimaça aussi, conscient qu'il ne pouvait complètement occulter les horreurs avalées depuis que l'oiseau avait pris possession de lui.

---

9 Créature d'argile ou autres matières naturelles, en général humanoïde, muette et dénuée de volonté propre, destinée à assister ou à défendre son créateur.

Nick soupira et se mit en marche. Il avait mal aux pieds, mais au moins, il ne risquait plus de mourir de froid.

Qu'est-ce que Gregor lui avait dit ?

Tu as toujours froid. Sa voix était dure et hargneuse, comme si Gregor s'agaçait de devoir expliquer une évidence. Mais il avait serré Nick contre lui pour le réchauffer, il lui avait frotté le dos de ses grandes mains si fortes, si chaudes. *Essaye de ne pas y penser.*

C'était plus facile à dire qu'à faire. L'oiseau en serait sans doute capable, mais pas Nick. Ses pieds s'engourdissaient un peu plus à chaque pas, les os endoloris se raidissaient. Bien que la neige semble douce au regard, elle râpait ses plantes nues, criblée qu'elle était de cristaux coupants ou pointus.

Quand Nick arriva à mi-pente, il regarda au bas de la colline. La colère du volatile qui partageait sa tête s'était estompée, remplacée par une sensation d'inconfort. Ou de chagrin.

Sans que Nick l'ait voulu, son cerveau lui fournit la réponse : son parasite à plumes avait baissé les bras. Certains êtres ne sont pas censés mourir. Ils ne savent donc pas comment gérer leur mort, ils n'ont pas la capacité ou l'endurance de l'accepter.

Nick baissa les yeux et examina l'étrange manteau raidi toujours chaud dans son dos. Le vrai vêtement, l'exemplaire originel, était sans doute enterré quelque part, à moins qu'il ait brûlé avec son propriétaire des siècles auparavant. Les loups, après avoir massacré les Sannocks pour voler leur magie, n'avaient laissé subsister de leurs ennemis abattus que de la viande et du sang. Si les Sannocks étaient capables de matérialiser un vêtement…

Nick trébucha et s'arrêta net, la peau hérissée de chair de poule. Il n'osa pas arracher le manteau de ses épaules, inquiet de ce que cachaient les bourrasques : le Sannock ne risquait-il pas de punir l'offense commise ? Bien que révulsé d'horreur, Nick respira plusieurs fois et se tança du rappel que sans le manteau, il risquait l'hypothermie.

Ses couilles, recroquevillées entre ses jambes, tentaient de remonter, de s'enfouir en lui, à l'abri. Nick les comprenait parfaitement.

Il se remit en marche avec effort et continua à avancer péniblement, le corps penché en avant pour mieux affronter le vent. En quelques mètres à peine, les muscles de ses cuisses et de son cul, tout contractés de tension, se mirent à protester.

Alors qu'il ne pensait pas progresser très vite, il constata son erreur en arrivant au bord d'un ravin quand il heurta un muret de pierre. Même sans aller aussi droit qu'un corbeau en plein vol, Nick aurait dû atteindre le village des loups. Les cottages aux toits pentus surmontés d'une maigre cheminée sur lesquels il s'était concentré devinrent une butte verte dont les arêtes rugueuses étaient marquées d'étroites tours d'ardoises en granit à l'équilibre précaire.

L'oiseau frissonna et agita ses plumes dans le cerveau de Nick, soufflant d'une voix à peine audible la chance qu'il avait de ne rien voir de plus. Nick se remit en marche. Du coin de l'œil, il crut entrevoir des spirales de vieux os jaunis liés par des cordes effilochées. La clôture était composée de tendons déchiquetés et de nerfs que le froid rendait cassants et argentés. À l'intérieur, gisait… quelque chose d'énorme, très humide et très moisi.

Nick s'en approcha avec prudence.

— Qu'est-ce que c'est ? demanda-t-il.

L'oiseau prétendit ne pas savoir. Il mentait.

Nick était conscient qu'il ferait mieux de tourner les talons et de partir en courant, ce serait une réaction bien plus intelligente, mais il continua à monter vers le sommet de la colline.

La puanteur de la chair décomposée empestait l'air. Nick ravala la bile qui remontait au fond de sa gorge. L'oiseau, lui, avait faim.

C'est une charogne, pensa d'abord Nick, *un cadavre de plus*.

Sauf que les cadavres, même les anciens os humides qui s'agitaient depuis toujours dans le monde de Nick, ne fumaient pas comme un cheval après l'effort. Et par un froid pareil, ils sentaient la charogne ou rien du tout une fois congelés, pas cette puanteur sucrée qui évoquait l'infection et la fièvre.

Nick tendit la main vers les fils de chair givrés de la clôture, puis il se figea et hésita, les doigts tremblants.

Alors, l'oiseau ferma les yeux et Nick se retrouva tout seul, les pieds nus plantés dans la neige, la main tendue vers… rien du tout.

La clôture avait disparu, ce qu'elle avait gardé aussi. Il ne restait qu'une longue pierre sculptée posée au sommet d'un cairn rocheux, à moitié couvert de terre et d'herbe sous une bonne épaisseur de neige. Une cape rouge vif avait été drapée sur la pierre. Sa laine épaisse, toute raidie de glace, était soudée au granit. Si Nick entrait, peut-être allait-il trouver aussi un pull et une paire de chaussures dans la neige. Puis, quelque part dans le noir, un corps nu recroquevillé là où il était tombé après avoir épuisé l'énergie de son délire.

En arrivant au cairn, le propriétaire de la cape avait probablement cru découvrir un abri. C'était en fait son tombeau.

— Ça suffit !

Nick se détourna des pierres et plissa les yeux pour les protéger de la neige et du vent qui soufflait en rafales autour de lui. Les cottages aux toits couverts de neige se distingueraient à peine dans ce paysage hivernal, mais quand même, la vieille ferme du père des jumeaux était plus repérable. Or, Nick ne voyait rien, il avait dû se tromper de chemin.

— D'accord, l'oiseau, j'ai compris. Maintenant, je veux retrouver Gregor.

Il réclama des ailes, elles lui furent à nouveau refusées. Sans raison, apparemment, mais Nick ne s'en étonna pas. Un loup pouvait se transformer quand il le voulait, lui avait besoin de l'accord de l'oiseau. Mais pas l'inverse. Aujourd'hui, l'oiseau avait décidé de le garder à terre, sans même expliquer pourquoi.

Nick sentit la panique monter dans sa gorge. Il restait hanté par sa première rencontre avec Gregor et les dégâts sanglants que les prophètes avaient commis sur lui. Nick ne pouvait oublier la chair à vif de Gregor et le sang qui lui coulait entre les doigts pendant qu'il essayait de garder le loup vivant – tout en sachant qu'il n'y parviendrait pas. La confrontation avait été très dure alors, même si Nick ne connaissait pas encore le nom de Gregor, même s'il n'était pas encore amoureux de lui.

À l'arrière de sa tête, l'oiseau brièvement distrait à ce souvenir releva le bec. Comme Nick, il connaissait le goût de Gregor, de sa bouche, de sa peau, de sa queue. L'oiseau aurait aussi voulu connaître le goût de son loup.

— Sel et cuivre, répondit Nick. Pareil que pour une vache ou un chien.

L'oiseau ne se donna pas la peine de répondre. Nick mentait, tous deux le savaient. Même avant d'être parasité par son hôte à plumes, Nick avait été un peu top sensible à l'odeur du sang chaud, à sa puissance, à son électricité. C'était la raison pour laquelle il avait préféré devenir pathologiste plutôt que chirurgien.

Il lui était plus facile de se rappeler qu'il n'était pas fou... quand il évitait les folies.

Nick leva les mains et souffla dessus. La chaleur de sa respiration crépita douloureusement sur sa peau froide.

Dans le ciel, le tonnerre gronda. Nick n'avait jamais apprécié le plein air. Jusqu'à ses vingt ans, il ne connaissait de la « campagne » que le parc miteux de son quartier, essentiellement fréquenté par les trafiquants de drogue. La plupart étaient de son âge, sinon plus jeunes. Si l'oiseau refusait

71

de l'aider, Nick n'avait aucune chance de retrouver le village des loups ce soir. Pas en pleine nuit alors que la tempête faisait rage.

— Gregor va s'en sortir, déclara-t-il à haute voix. S'ils l'ont enfermé, c'est qu'ils n'envisagent pas de tuer.

Le vent lui arracha les paroles des lèvres.

L'oiseau n'était pas d'accord, mais il ne comptait pas pour autant s'envoler. Pas maintenant. Pas ici.

Nick dépassa les étroites tours de pierre en essayant de ne plus penser aux bandes sanglantes de peau gelée qu'il venait de voir. Sous la neige, ses pieds retrouvèrent des graviers, aussi Nick suivit-il un ancien chemin qui se dirigeait vers le cairn.

Un hurlement retentit. Ou… pas, réalisa Nick, qui avait pivoté pour déterminer d'où venait le son. Sous la poussée d'adrénaline, sa nuque était hérissée, son cœur battait plus fort. Tout frissonnant, Nick lécha ses lèvres sèches et, d'un geste instinctif, chercha le pendentif de sa grand-mère qu'il portait jadis autour du cou, un tortillon de fer qui lui avait caché pendant si longtemps la vérité. Le pendentif n'était pas là, Neck l'avait laissé à Girvan et parfois, il le regrettait. Ou alors il regrettait de ne plus pouvoir se mentir.

Un chien sans… chien à l'intérieur, une simple fourrure dotée d'une mémoire de forme sauta entre les pierres et courut vers lui. La neige voletait sous ses pattes, mais le chien ne laissait aucune trace derrière lui. Il hurlait comme une banshee en se ruant en avant. Pour éviter le choc, Nick se jeta sur le côté, mais l'animal ne parvint pas jusqu'à lui.

Quelque chose, ou plutôt *quelqu'un*, parce que la silhouette ressemblait à un homme qui courait à quatre pattes, jaillit de derrière le cairn et intercepta le chien. Une grosse main se crispa dans le pelage noir, créant de gros plis informes, et arracha le chien du sol. Privé de son énergie, le chien fantôme s'évanouit dans le vent, laissant son pelage écorché aux mains de son agresseur. Dans sa tête, Nick entendait toujours les aboiements affolés, une sorte d'écho qui venait de très loin.

L'homme renifla la fourrure vide, puis la jeta derrière lui, la jugeant sans intérêt. Il était lourd et massif, bâti comme un taureau avec des épaules épaisses et des muscles durs sous un épais duvet de poils gris. De longues mèches grisonnantes emmêlées de glace et de neige entouraient son visage. Sous le manteau de fourrure, Nick lui vit des patchs sanguinolents sur les mains et les jambes, là où la peau avait gelé, pelé et cicatrisé sur les muscles déchirés.

Les jambes tremblantes, Nick recula d'un pas. Son pied fit craquer la glace et l'homme tourna la tête vers lui. Sous la frange ébouriffée, les yeux étaient d'un jaune brillant et de la bave dégoulinait en longues traînées poisseuses des coins de la bouche. L'homme grogna et montra les dents, exhibant des chicots cassés, incrustés de lambeaux de viande et de peau.

Si Nick recula encore, un gémissement coincé dans la gorge, ce ne fut pas à cause de cette attitude menaçante, mais parce qu'il reconnaissait ce visage.

Le Vagabond.

Quand Nick était enfant, sa grand-mère lui avait raconté beaucoup d'histoires effrayantes et bon nombre d'entre elles parlaient du Vagabond. Toutes se terminaient de la même manière ! Sa grand-mère lui pinçait le bras ou la cuisse et demandait : « *Si tu le rencontres, Nick, que dois-tu faire ?* »

Nick lécha ses lèvres craquelées et recula encore. La panique avait un goût de lèvre fendue, de sang sur la langue, elle monta en lui comme ces vagues de terreur aveugle, irréfléchie, qu'on l'éprouve durant un rêve. Même l'oiseau en fut affecté, d'une façon froide et insidieuse, car elle inonda la greffe qui les unissait. Contrarié, l'oiseau remplit la tête de Nick de battements d'ailes frénétiques et de croassement de colère.

Toujours à quatre pattes, comme s'il avait oublié comment marchait un humain, le Vagabond avança vers Nick, un grondement dangereux émanant de sa bouche baveuse. Nick sentit qu'il devait voir ou comprendre quelque chose, que c'était important, mais dans son état de panique, il ne parvenait plus à raisonner clairement.

Si tu rencontres le Vagabond, Nick, que dois-tu faire ?

Il n'y avait qu'une seule réponse, du moins une seule que sa grand-mère voulait entendre.

Nick tourna les talons et partit en courant, poussé par le vent de la panique, la gorge si serrée qu'il arrivait à peine à respirer.

Il trébucha sur une pierre et s'écroula, il se déchira les mains sur des rochers, mais quand il tenta de se relever, il fut intercepté.

Une main empoigna le manteau du Sannock. Quand le Vagabond tira violemment sur le tissu élimé, le manteau se déchira entre ses doigts grossiers. Déséquilibré, Nick chancela, puis il reprit sa course entre les tours de pierre. Il ne se demanda pas comment il réussissait, pieds nus, perdu et totalement à bout de souffle, à échapper à l'homme lancé à sa poursuite.

Il ne se demanda pas non plus où allait le mener sa fuite aveugle.

Il courut droit devant lui, droit vers la tempête.

VII

Jack

IL Y avait du café, deux thermos et une tasse supplémentaire à partager. Jack se laissa un moment pour penser à Danny dans sa position favorite, le genou coincé entre ses cuisses et le nez au creux de son épaule. Moins bien immunisés contre le froid que les loups, les chiens y étaient donc plus sensibles. Le café, supposa Jack, empêcherait sans doute les six chiens enchaînés à des rivets fraîchement plantés dans le mur de succomber au froid. Les loups de Lach et les prophètes devaient avoir d'autres projets pour eux, même si Jack ne parvenait pas à comprendre lesquels.

Millie Dance lui tendit une tasse.

— Tenez.

Sa voix était éraillée, sa main tremblait tellement que le café déborda du bord ébréché de la tasse sur les jointures gelées. Naguère, Millie tenait un petit magasin de dépannage qui faisait aussi office de bureau de poste à Lochwinnoch, elle commerçait avec Irn-Bru et en rapportait des potins que le vieil homme trouvait intéressants. Pour un chien, c'était une belle vie et Millie s'était habituée à son rôle d'humaine. Jack l'avait toujours connue bien maquillée, bien coiffée, bien habillée, pas comme ces louves qui traînaient volontiers en baskets éculées ou en vieux peignoir, le sang de leur dernière chasse encore collé aux cheveux.

Millie enchaîna :

— Même un loup préférerait être…

Un autre chien intervint, Hector Bates, sombre ouvrier agricole qui pendant vingt ans n'avait jamais révélé aux agriculteurs locaux les vrais responsables des ravages causés dans leurs troupeaux. D'un revers de la main, il arracha la tasse à Millie, le café se renversa, la vapeur siffla sur le sol froid, la tasse tomba sur la terre battue avec un bruit sourd et roula jusqu'à ce que Gregor la bloque du pied.

Hector toisa Jack, les épaules tendues, ses lèvres gercées relevées dans un rictus qui dévoilait des dents jaunies de nicotine.

— Tu n'as pas à les servir, Millie ! cracha-t-il. Laisse-les crever ! Nous ne leur devons rien. Pendant des siècles, nous avons rampé devant les loups, nous avons été leurs esclaves et maintenant que tout va mal, ils n'ont même pas la décence de nous abattre dignement ? Si tu tiens absolument à remuer la queue en échange d'une tape sur la tête, Millie, vas-y. Moi, j'en ai ma claque de l'arrogance des loups !

Gregor ricana et se pencha pour ramasser la tasse qu'il essuya sur son jean.

— C'est d'avoir quitté ton troupeau qui te met de si mauvais poil, Hector ? railla-t-il. Tu as peur qu'un autre se tape tes brebis en ton absence ?

Jack retint un soupir. Même dans la pire des situations, son jumeau était encore capable d'aggraver les choses en parlant sans réfléchir, même s'il avait les doigts souillés de sang et que sa blessure à l'épaule ne guérissait pas.

Enragé, Hector se jeta sur Gregor, mais sa chaîne ne le laissa pas aller très loin. Le chien fut arrêté en plein élan, à moitié étranglé, il mit les mains autour de son cou et serra les doigts sur le métal de son collier.

Millie le tira en arrière par son tee-shirt, elle le plaqua contre le mur incurvé, le dos collé aux pierres moisies, vermoulues et givrées, et cala son avant-bras sous le menton d'Hector, au niveau du cou.

— Je ne t'ai rien demandé, gronda-t-elle, je fais ce que je veux avec qui je veux, pigé ? Tu n'es qu'un chien, Hector. N'essaye pas de jouer au dur et de montrer les crocs, tu ne m'impressionnes pas.

Jack la prit par les épaules, étonné de la tension des muscles raides qu'il sentait sous le tissu épais et sale de sa robe, et l'arracha à sa proie. Hector, bien que soulagé, ne se donna pas la peine de le remercier. Il s'affala contre le mur, la lippe maussade.

Millie grognait toujours, Jack sentait le son rauque vibrer à travers ses doigts, posés sur elle. Ce n'était plus un simple avertissement, Millie était prête à arracher la gorge d'Hector.

Jack se plaça entre les deux adversaires.

— Assez ! déclara-t-il. Nous sommes tous enfermés et nous battre entre nous ne nous aidera pas à sortir d'ici !

Millie ne bougea pas. En revanche, Hector haussa les épaules en silence et recula, la tête détournée. Un autre chien, un de ceux que Jack ne connaissait pas, intervint avec un ricanement sinistre :

— Si nous nous entretuons, nous choisissons au moins notre mort au lieu d'attendre que les prophètes le fassent pour nous ! Vous ne les avez pas vus à l'œuvre…

75

Il avait un épais accent des Basses-Terres d'Écosse et portait les lambeaux crasseux d'un costume de bonne coupe. Il tira nerveusement sur son collier métallique et sa voix se cassa sur les derniers mots, comme si la terreur lui serrait soudain la gorge.

Soudain, un projectile le frappa en plein visage : un bloc de glace. L'inconnu se rejeta en arrière, l'arcade sourcilière éclatée. Du sang coulait sur la joue comme des larmes.

Un chien à qui il manquait un œil grondait de colère, blotti contre le mur. Jack le reconnut au premier coup d'œil : Tom, un estropié que son père avait gardé dans la meute par pitié. Le chien tâtonnait le sol de ses mains noueuses et à moitié gelées pour trouver un autre projectile.

— Ferme ta gueule ! éructa-t-il. Tu dis qu'des conneries ! Monstres et meurtriers ? N'importe quoi ! Les prophètes ont promis que nous aurions une place…

— Ils mentent, coupa l'inconnu. Moi, je sais, je les ai vus. La seule place prévue pour nous, c'est leur couteau qui nous la donnera.

Tom brandissait déjà une pierre. Gregor l'empêcha de la lancer, en se plaçant devant lui.

— Tu as entendu mon frère ? Assez !

Ce soutien inattendu mit Jack en porte-à-faux. Il fusilla du regard le dos tourné de Gregor et se demanda la raison de cette attitude. Pouvait-il s'y fier ? Sans doute pas, mais pour l'instant, Tom était maté. Il lâcha son caillou et baissa la tête pour marquer sa soumission.

— Scuse-moi, Gregor, marmonna-t-il. J'aurais dû la boucler, mais ce clebs-là, il est même pas d'la meute, alors, qu'est-ce qu'il connaît des prophètes, hein ?

Jack décida de régler plus tard des doutes concernant son frère et les questions qu'il se posait à son sujet. Pour le moment, côté emmerdes, il avait déjà son lot, inutile d'en rajouter.

— La même chose que toi, Tom, répondit-il, la même chose que nous tous : les prophètes sont de la pure racaille, leurs rangs sont formés des minables et des pervers qu'aucune meute ne tient à garder. Je ne comprends pas qu'un loup doté d'un neurone s'abaisse à les écouter !

Un œil d'un bleu délavé était à demi caché sous une frange de cheveux gras indisciplinés. Tom lui lança un regard lourd de ressentiment.

— Moi, j'suis pas un loup, marmonna-t-il, j'suis un chien. Les prophètes avaient dit qu'l'Hiver arrivait, ben, c'est vrai. Ils avaient annoncé aussi qu'le vieil homme y r'viendrait pas du loch, ben, c'est vrai. Maintenant, ils disent qu'les dieux ont besoin des chiens pour un truc spécial, que c'est même pour ça qu'nous sommes nés chiens, pas loups. J'vois pas pourquoi j'les croirais pas ! Ils parlent aux dieux pour nous, pas vrai ?

Un murmure d'assentiment courut parmi les enchaînés. Certains, comme Tom, semblaient convaincus, voire séduits par le nouveau dogme des prophètes. Millie, elle, hocha la tête avec un temps de retard. Bien que doutant encore, elle tenait néanmoins à y croire, sachant très bien que l'alternative lui serait fatale.

Un seul osa s'opposer au groupe : l'étranger. Les doigts pressés sur son sourcil ensanglanté, il cracha sur le sol et secoua la tête avec mépris, rejetant ouvertement la foi de Tom.

Gregor avança et pencha sur Tom son ombre menaçante.

— Tu les crois ? T'es con ou quoi ? Aurais-tu oublié que les dieux nous ont déjà menti ? À ton avis, pourquoi sommes-nous de ce côté du mur ?

Tom releva le menton et se lécha nerveusement les lèvres.

— Toi, dit-il. Pas nous.

Il poussa un glapissement quand Gregor l'empoigna par l'avant de son vêtement et le releva sans douceur. Pourtant, Tom continua à défendre son point de vue :

— Les dieux ont besoin des chiens, pas des loups. Vous les avez déçus, alors, ils nous ont fait naître pour vous remplacer.

Il parlait avec une ferveur fanatique, son visage en devenait presque humain. Jack en fut éberlué. Bien qu'il fréquente Danny, il oubliait constamment à quel point les chiens étaient *domestiqués*. Parfois, par provocation, Danny affirmait que c'était une qualité, mais il mentait : il y avait trop de loup en lui pour qu'il supporte de vivre en laisse.

Jack saisit son frère par le bras pour l'empêcher de frapper Tom. Il avait encore des questions à poser au chien :

— Nous remplacer ? répéta-t-il. Pour quoi faire au juste ?

Tom ouvrit la bouche pour répondre, puis il réalisa qu'il ne savait pas. Il bredouilla et se rattrapa à des platitudes :

— Pour les servir et rester à leurs côtés. Être loyal.

Il jeta un coup d'œil apeuré à Jack, puis détourna la tête.

Gregor le repoussa contre le mur.

— Être leurs esclaves, tu veux dire, jeta-t-il avec mépris.

Il se tourna vers Jack et déclara :

— J'ai eu affaire aux prophètes il y a quelques mois, ils m'ont offert ta tête et la meute.

Jack ricana.

— J'ai reçu la même proposition, admit-il. Et comme nous avons tous les deux refusé, c'est à Lach qu'ils ont donné la meute et leur protection.

— À Girvan, ils avaient promis de sauver les enfants, grinça Gregor.

Sa voix se cassa, il secoua la tête avant d'ajouter à l'intention des chiens :

— Ils ont menti, les enfants sont morts et je ne suis pas le Numitor.

Ni un loup, pensa Jack, mais il n'exprima pas sa pensée à haute voix. Pour le moment, les chiens craignaient les crocs de son frère. C'était un atout dont il ne comptait pas se passer.

— Mais mon frère est toujours en vie ! déclara-t-il. Lachlan se prend peut-être pour le Numitor, mais c'est de la pure connerie.

Sa voix était si dure que Tom s'agita nerveusement avant de s'essuyer le nez sur sa manche, la tête détournée.

Jack continua :

— Les prophètes cherchent à flatter le plus de gens possible, ils font beaucoup de belles promesses, mais ils ne les tiendront pas. Et dès qu'ils n'auront plus besoin de vous…

L'inconnu l'interrompit d'une voix morne :

— Ils vous arracheront les dents, ils vous écorcheront vif, et c'est seulement *ensuite* qu'ils vous trancheront la gorge.

Il éclata en sanglots, le visage dans les mains, les épaules secouées de la force de son chagrin. Les chiens s'accroupirent et se turent. Un silence pesant s'abattit sur le cellier.

Jack se détourna. Il ne pouvait se permettre de s'attendrir, sinon, ces atrocités deviendraient réelles. Cette douleur n'était pas la sienne – elle ne le serait *jamais*. Il refusait de laisser sa peine suinter comme du sang dans l'eau. Il allait retrouver Danny, son amant serait sain et sauf, et aussi agaçant qu'à son habitude. Parce que Danny était *à lui* ! Il l'était depuis le jour où Jack avait réalisé qu'il voulait ce garçon dégingandé et plus âgé que lui, même si c'était un chien.

— Il ment, bredouilla Tom. Et même si c'est vrai, j'suis sûr qu'les prophètes avaient leurs raisons d'faire ça.

Mais il semblait moins sûr de lui.

Sans même le regarder, Gregor tendit la main et empoigna la mâchoire du chien entre le pouce et l'index. Il serra les doigts jusqu'à ce que Tom pousse un couinement plaintif.

— Leurs raisons, peut-être, déclara Gregor durement, mais elles ne sont pas les nôtres. Depuis quand la meute fait-elle confiance aux prophètes ?

Millie sortit de sa manche un carré de coton froissé et l'offrit à l'inconnu qui pleurait toujours, le visage dans ses paumes. Il ne vit pas son geste et elle resta plantée sans savoir quoi faire, son vieux mouchoir à la main. Jack leva les yeux au ciel. Les humains n'étaient pas les seuls à s'accrocher aux coutumes d'avant l'Hiver.

Milly finit par faire une boule de son mouchoir, elle le serra dans sa main, si fort que ses jointures blanchirent sous la peau gercée.

— Que voulais-tu que nous fassions, Jack ? demanda-t-elle. Crois-tu vraiment que personne n'a protesté quand les prophètes sont descendus des collines avec leurs étranges demandes ? Le vieil homme les a envoyés se faire foutre sans ménagement, tu sais, en pleine tempête, il riait à gorge déployée de les voir filer, la queue entre les jambes. C'est sans doute pour ça qu'il a…

Elle s'arrêta net et serra les lèvres comme pour retenir des paroles dangereuses.

Jack compléta la phrase pour elle :

— … qu'il a été tué.

À cette déclaration brutale, Gregor poussa un grognement mécontent, mais il ne protesta pas. Jack avait encore du mal à admettre que leur père soit mort sans que ni lui ni son frère ne l'aient senti. Merde, quoi ! La nouvelle aurait dû résonner dans leur sang comme un tambour. Mais si on faisait la liste des « impossibilités », qui aurait cru qu'on retrouverait les Sannocks morts ou qu'une prophétesse déjantée envisagerait d'emprunter leur peau et celle d'un loup mort ?

C'était l'Hiver de loup et beaucoup d'impossibilités devenaient possibles. Bien que Jack s'entête à refuser d'y croire, leur père était peut-être mort. Et qu'en pensait Jack ? Il n'en savait rien. C'était son père quand même. Il avait passé sa vie à tenter de gagner l'approbation du vieil homme – tout en essayant de supplanter Gregor. Il avait aussi su qu'un jour, il serait peut-être amené à tuer son père. D'un certain côté, il l'avait accepté.

Si perdre son père le chagrinait, perdre Danny le détruirait. Et Jack se sentait presque coupable de l'admettre.

Parce que c'était l'aveu d'une faiblesse. Leur père disait toujours que le Numitor ne pouvait pas se permettre une faiblesse.

— Nous ne sommes pas certains qu'il est mort, déclara Hector sans conviction. Peut-être l'ont-ils juste enfermé quelque part…

Il n'y croyait pas, c'était évident. Il tentait juste d'alléger l'ambiance.

— Mort ou enfermé, c'est pareil, déclara Millie. Le vieil homme a disparu et juste après, les prophètes sont revenus avec des chiens en laisse…

L'inconnu parla sans relever la tête :

— Ils avaient aussi des laisses vides et couvertes de sang. Ils en avaient même énormément !

Sans tenir compte de cette interruption, Millie enchaîna :

— … ils ont demandé aux chiens de nous rassembler, parce que les dieux nous voulaient. Et cette fois, personne n'a ri.

— Si, coupa Tom. Kath l'a fait. Elle les a traités d'menteurs et d'connards, elle a arraché la peau du dos d'celui qui nous apostrophait. La nuit même, la Nature sauvage est descendue des collines pour répondre à *leur* appel.

Il semblait avoir oublié sa conversion à la cause des prophètes. Kath avait toujours été plutôt gentille avec lui.

— C'était quand ? demanda Jack.

— Il y a quelques semaines, répondit Millie.

Elle s'arrêta et se frotta le visage. Sans le maquillage qu'elle portait pour aller en ville, elle paraissait plus jeune. Et ce n'était pas ce que recherchaient les humains, d'après ce que Jack avait compris.

— Une semaine ? reprit Millie, l'air un peu perdu. Je ne sais plus. La Nature sauvage ne m'a jamais parlé, alors, je ne l'ai pas sentie.

Hector se décolla du mur.

— Moi, si, déclara-t-il. J'étais dans les collines avec mes moutons. Pauvres bêtes ! Sans moi, ils sont sûrement tous morts à présent.

Il lança à Gregor un regard accusateur et reçut en réponse un rictus sarcastique.

— J'ai bien senti que ça n'allait pas, ajouta Hector. Et depuis, ça va de mal en pis.

De prime abord, Jack fut tenté de rejeter cette réflexion, puis il se reprit et hésita. Les chiens, contrairement aux loups, n'étaient pas vraiment en harmonie avec la Nature sauvage. Même Danny ne sentait rien quand Elle approchait de lui, pourtant, il faisait partie de ses favoris. Parfois, les légendes attiraient les humains suffisamment à l'écoute de la Nature sauvage, de ses champs ou de ses forêts, Elle les absorbait alors comme s'ils faisaient partie du paysage. Hector avait passé des années dans les collines avec son troupeau et sa frustration.

— Tu l'as *senti*, disais-tu. Comment ? insista Jack.

À ses côtés, Gregor émit un ricanement de mépris.

Hector, un peu interloqué de cette question directe, se gratta le cou et prit le temps de réfléchir à sa réponse.

— Il y avait une odeur dans l'air, dit-il enfin, comme une aigreur. Ça m'a fait penser à l'ancien domaine de Morteterre ou aux vieux repaires des Sannocks. Ces endroits où l'herbe a pourri.

Jack évoqua la plage de Girvan, les morts et les monstres étendus sur le schiste enneigé. Pas du tout le genre d'endroit, d'après lui, où on aurait envie de s'arrêter pique-niquer désormais ! La puanteur des charognes avait imbibé le sol et les rochers en profondeur.

— C'est des conneries, déclara Gregor.

Jack sentit son frère appeler la Nature sauvage... et elle répondit. Animé d'une très ancienne jalousie, il en eut des frissons dans la nuque. Tenté de le faire aussi, juste pour prouver qu'il en était capable, il fit cependant l'effort de se restreindre.

Fixant toujours Hector, Gregor secoua la tête.

— Si quelque chose n'allait pas, déclara-t-il, je le saurais.

Le chien rentra le menton en signe de soumission, pourtant, il ne put s'empêcher de marmonner :

— Tu ne sais pas tout.

— C'est exact, acquiesça Jack.

Gregor montra les dents avec mépris.

— Admettons que la Nature sauvage soit devenue *aigre*, concéda-t-il, et alors ? Que s'est-il passé ensuite ? Vous avez eu des cauchemars ? Qu'ont fait les prophètes ?

Le silence régna dans le cellier pendant que les chiens se regardaient les uns les autres. Ils étaient réticents à parler, cela se voyait à la crispation de leur bouche, aux rides qu'ils avaient aux coins des yeux. En fin de compte, ce fut l'étranger qui mangea le morceau, trop pris sans doute dans son deuil pour craindre d'annoncer de mauvaises nouvelles. Peut-être même appréciait-il de ne pas être le seul à souffrir.

— Les prophètes sont entrés au village en terrain conquis, déclara-t-il. Comme des pilleurs, ils ont forcé la porte des maisons pendant que leurs propriétaires étaient endormis, ils ont volé tout ce qu'ils voulaient, les gens, les richesses. Et cette garce de déesse, pour mieux apprécier le spectacle, s'est arrangée pour que ce soit la pleine lune.

Millie intervint d'une voix dure avec une nouvelle que seul un membre de la meute avait le droit de partager :

— Ils ont pris les enfants. Ils ont arraché quatre petits loups à leurs lits.

Tom s'agita contre le mur. Sans se soucier du regard noir que Millie braquait sur lui, il ajouta :

— Et aussi Bron. Ils ont pris Bron. Quand un autre prophète est v'nu nous expliquer c'que les dieux voulaient, il avait le doigt de Bron avec lui. Après ça, Kath a plus ouvert la bouche.

Non, bien sûr, pensa Jack. Aussi farouche soit-elle, la louve était muselée si les prophètes tenaient sa fille en otage. Derrière lui, Gregor poussa un grognement étouffé exprimant une surprise mêlée d'inquiétude. Jack savait que Bron ne lui pardonnait pas ce qui s'était passé avec Danny, son frère. D'après elle, Jack n'avait pas à aimer Danny, pas plus qu'il n'aurait dû le laisser partir. Elle avait pourtant couru les bois avec Gregor et ses amis, une fois assez âgée pour décider seule de ce qu'elle voulait faire.

Jack réfléchissait… Bron n'était pas une enfant, c'était une adulte, mais si elle représentait un otage, ce devaient aussi être le cas des quatre enfants arrachés à leurs lits. Du coup, Jack devina sans peine le nom de leurs parents. Au sein de la meute, la hiérarchie était déterminée par la force physique et le courage, mais la progéniture était une valeur fondamentale. Un loup de haut rang était censé se reproduire. Si Jack avait été banni, c'était justement pour avoir refusé de baiser une femme de la meute, même pour l'engrosser. Du moins, c'était la raison pour laquelle son père avait choisi Gregor comme futur Numitor. Et si Jack avait été chassé de la meute, c'était parce que tout le monde savait qu'il apprécierait peu de perdre son rang d'héritier présomptif.

Quand il était à Girvan, à moitié fou de rage et de douleur, Jack s'était souvent demandé s'il n'aurait pas mieux fait de rester dans la meute. Il aurait pu choisir une femme au hasard, fermer les yeux et penser à Danny. Mais… subir cette contrainte lui avait paru intolérable. Pourquoi aurait-il dû agir contre sa nature ?

S'il ne se trompait pas concernant les enfants enlevés, deux qui portaient son nom, un celui de Gregor et la dernière celui de leur mère décédée, les prophètes avaient mis une muselière aux plus fidèles alliés de son père. Kath était la seule à avoir le tempérament d'une meneuse, mais les autres se seraient ralliés à elle.

Plus maintenant.

Ainsi, les enfants avaient été pris pour faire taire les perturbateurs, laissant Lach et ses minables acolytes se faire berner par des promesses creuses que les lèvres fripées d'une vieille prophétesse attribuaient aux dieux.

— Putain ! s'exclama Jack.

Millie esquissa un sourire fatigué.

— Vu que les loups refusaient de se battre, déclara-t-elle, que pouvaient faire les chiens ? Nous avons obéi aux prophètes, voilà tout, en espérant nous en sortir.

Elle s'arrêta poliment, peut-être pour lui donner le temps de répliquer. Elle ne parut pas surprise qu'il n'ait rien à dire. Alors, elle s'écarta de lui et rejoignit les autres chiens, accroupis au pied du mur ou faisant les cent pas dans les limites de leurs chaînes.

Tom avait suivi leur échange avec attention et quelque part, il avait retrouvé sa foi dans les prophètes, ou alors il avait réussi à colmater les brèches creusées par le doute.

— Les dieux ont un plan, déclara-t-il. Ils l'ont depuis toujours. Il faut toujours qu'les loups s'croient les plus forts ! Pour qui y se prennent ?

D'une voix furieuse, Gregor l'agonit d'insultes nées de sa colère et de sa frustration, Jack, lui, tira avec impatience sur son collier. Il avait le goût de la Nature sauvage au fond de la gorge – *aigre*, comme l'avait dit Hector, mais Jack pensa que c'était dû à la graisse et la fumée qui lui poissaient la langue. Il secoua la tête et laissa la Nature sauvage s'estomper. Aussi puissante soit-Elle, Elle ne savait pas plus ouvrir un cadenas que démarrer une voiture.

Le vieil homme l'avait pourtant prévenu : si Jack revenait après avoir été banni, il serait mis en cage et remis aux prophètes. Jack aurait dû écouter son père.

Il s'adossa au mur et se laissa glisser jusqu'à se trouver accroupi sur la plante des pieds. Quand le loup s'agita sous sa peau, impatient de sortir, Jack accepta la transformation. Il frotta ses doigts sur le métal froid et pensa tristement que tant qu'à faire, il préférait étrangler lui-même son loup que se laisser une fois encore découper par un prophète.

Il avait peur. Malgré la honte qui l'écrasait, il ne parvint pas à occulter cette terreur abjecte qui le transperçait jusqu'à la moelle des os.

VIII

Jack

— TIENS, DIT Gregor.

Il glissa le long du mur pour s'asseoir à côté de Jack et lui tendit la tasse cabossée, maintenant vide. Il lui avait fallu du temps pour passer sa mauvaise humeur à la fois sombre et caustique sur Tom et sur les murs de leur prison. Il s'était cassé la voix et meurtri les mains, la peau était fendue jusqu'à l'os aux jointures. Quelle imprudence ! pensa Jack. Même un chien allait vite comprendre que le fils du Numitor n'était pas dans son état normal en voyant des croûtes sur ses entrailles trop longues à cicatriser.

— Tu la reconnais ? insista son frère.

Jack baissa les yeux sur la tasse qu'il tenait à la main. Le bord était un peu plus ébréché depuis sa chute et l'intérieur noirci de café, des traces de doigts sales et gras s'affichaient un peu partout. Même dans la faible lumière du cellier, Jack reconnut le vert brillant et agressif de la peinture émaillée.

— Oui. C'est celle de p'pa

Que ce soit pour son café du matin ou son whisky du soir, son père n'utilisait que cette tasse.

Jack renversa la tête contre les pierres froides avec un rire amer qui jaillissait du plus profond de sa poitrine.

— Putain ! C'est pathétique ! s'écria-t-il.

Gregor ricana pour marquer son accord.

Leur père n'était pas très soigneux et il avait un tempérament atrabilaire, aussi, au fil des années, avait-il cassé pas mal de tasses en les jetant, délibérément ou par accident, contre les murs ou par terre. Il lui arrivait aussi de s'en servir pour éviter une inondation quand un tuyau coulait sous les toilettes, ou de la remplir d'un mélange de white spirit et de vinaigre pour ôter la rouille de ses outils. Une fois, il avait utilisé sa tasse du moment pour faire bouillir des cendres de frêne afin de tatouer un nouveau loup accepté dans la meute. Après, ayant constaté que son café avait un goût franchement dégueulasse, il avait envoyé Danny lui acheter une nouvelle tasse.

Il fallait être idiot pour croire que le vieil homme – qu'il soit mort ou simplement absent – se soucierait du sort d'une tasse dans laquelle il ne buvait pas.

Et pourtant, Lach le pensait.

— Un jour, déclara Gregor, Lach a cassé une patte à ton chien et il l'a laissé tout seul dans les collines. Il a dû ramper pour rentrer.

Jack se figea un moment, envahi de colère et de jalousie. L'estomac tordu par la nausée, il se souvint ne s'être jamais battu *à la place* de Danny. Son père ne l'aurait pas supporté. Le Numitor considérait que pour rester dans la meute, même un chien devait être capable de se défendre. Mais ce que Gregor venait de révéler n'était pas un combat, c'était une forme de torture.

Jack dut ravaler la bile qu'il avait dans la gorge pour retrouver sa voix.

— Il ne me l'a jamais dit, déclara-t-il. Sinon, j'aurais…

— Lach ne s'est pas arrêté là, coupa Gregor. Il avait prévenu Danny que s'il parlait, sa sœur en paierait les conséquences. « *Les filles téméraires sans personne pour veiller sur elles font souvent de mauvaises rencontres* », disait-il. Ton chien a dû y croire, parce qu'il a tenu sa langue.

Jack posa la tasse et s'essuya les mains sur son jean. Il lança un regard froid à son frère.

— Dans ce cas, comment es-tu au courant ?

Gregor haussa les épaules avec désinvolture, la lippe méprisante.

— Lach s'en est vanté, répondit-il. Il pensait que j'allais le féliciter d'avoir abîmé ton jouet, que je lui en serais même reconnaissant. Il se trompait. Il n'a fait que me prouver qu'en plus d'être une brute abusive, il était aussi un lâche, incapable de prendre le dessus sur un chien sans se cacher derrière une fille.

— Et tu n'as rien fait ?

Gregor lui jeta un regard surpris, les sourcils levés.

— C'était ton chien, pas le mien. Qu'est-ce que tu veux que ça me foute qu'il se fasse emmerder ?

Il aurait dû s'y attendre, se dit Jack, mais parfois, il se laissait aller à croire que cette fragile alliance avec son frère allait durer. Étrange, mais depuis leur naissance, c'était comme si le monde n'était pas assez grand pour les accepter tous les deux. Ils s'étaient toujours battus, chacun cherchant à évincer l'autre pour être le seul à exister. Maintenant qu'ils étaient tous les deux marqués, sinon mutilés par l'Hiver de loup, Jack se demandait s'il n'était pas temps enfin d'enterrer la hache de guerre.

Puis Gregor ouvrait la bouche et lui rappelait que leur antagonisme était toujours là.

— J'aurais éventuellement interdit à Lach de toucher à Bron, ajouta Gregor, pour lui rappeler qu'un loup n'avait pas d'accident, mais je n'en ai pas eu besoin. Peu après, Lach a traversé le loch pour aller à l'école et une des filles qu'il avait baisée lui a jeté du café à la figure en l'accusant d'avoir trafiqué sa boisson. Les professeurs sont intervenus, ils ont interrogé Lach et trouvé de la drogue dans son sac.

Oubliant sa colère envers son frère, Jack fronça les sourcils tandis que la mémoire lui revenait. Oui, il se souvenait d'avoir vu la police locale sur le territoire du Numitor – les flics étaient blêmes et passablement nerveux, même s'ils ignoraient pourquoi. Après leur départ, le vieil homme avait attrapé Lach par la peau du cou pour lui coller une sacrée raclée devant toute la meute. Danny était là lui aussi et en le voyant détourner la tête de la sévère correction, bien qu'il déteste Lach, Jack avait attribué sa sensiblerie à sa nature canine.

— D'après toi, c'était un coup monté pour piéger Lach ? demanda Jack avec scepticisme. Merde quoi, p'pa savait très bien que la drogue n'appartenait pas à Lach, mais il a quand même failli l'expulser de s'être mis dans une situation pareille par bêtise ! S'il avait découvert que Danny avait délibérément mêlé les flics aux affaires de la meute, il aurait banni toute la famille au-delà du Mur. Pourquoi Danny aurait-il pris ce risque ? Il n'a jamais eu peur de se battre.

Ou de perdre. En fait, Danny ne se battait pas pour gagner, sachant très bien que la plupart du temps, il n'y parviendrait pas. Son but était de blesser suffisamment son adversaire pour le faire réaliser que dans ces conditions – genoux disloqués, yeux crevés et l'humiliation suprême que tout le monde l'ait entendu glapir à cause d'un chien –, la victoire n'en valait pas la peine.

Avec Lach, c'était différent, bien entendu. Contre lui, Danny ne pouvait se permettre de perdre, même s'il n'avait jamais été proche de sa sœur. Jack ne lui jetait pas la pierre, lui non plus n'avait jamais été proche de Gregor et c'était un miracle qu'ils soient revenus ensemble jusqu'à Lochwinnoch sans s'entretuer.

Parfois, Danny oubliait qu'il était un chien. Parfois, Jack le faisait aussi. Mais c'était quand Danny se souvenait de sa position dans la meute qu'il était le plus dangereux.

Parce qu'un chien n'a pas à respecter le code des loups.

— Un lâche ne prendrait jamais le risque d'être banni pour se venger, enchaîna Jack, mais Danny a toujours été idiot dès qu'on touchait à sa sœur. Donc, maintenant, je sais pourquoi il n'est pas là : parce que Bron a disparu. Pourquoi m'avoir fait ces révélations, Gregor ?

Gregor croisa un bras sur sa poitrine pour se frotter l'épaule. Il ne sentait plus le sang frais, il avait commencé à guérir, mais il continuait à souffrir. Sous les effluves chauds et métalliques de sa colère, Jack discerna une note sombre de douleur.

— Kath m'a demandé de lui faire confiance, répondit Gregor. Moi, c'est en toi que j'ai confiance. Sur ce point particulier, en tout cas. Il est ton chien. Tu y tiens, tu y as toujours tenu. Alors, que comptes-tu faire pour le récupérer ?

Il attendit.

Jack aussi, mais rien ne vint. Il se releva, attirant l'attention de tous, et espéra une inspiration.

— Que les prophètes aillent se faire foutre ! grogna-t-il avec violence. Et avec eux tous les loups qui leur lèchent le cul ! C'est à nous qu'appartient l'Hiver de loup. On nous l'a promis et nous n'y renoncerons pas. C'est aux dieux de nous craindre. Pas l'inverse.

Le chien étranger répondit :

— Voilà de belles paroles, mais que sommes-nous censés faire ? Six chiens enchaînés et deux loups avec un collier contre la Nature sauvage, les monstres et… les dieux ?

Jack n'avait toujours pas de réponse. Un ouragan de peur et de colère soufflait dans sa tête. Cela devrait suffire.

— Nous ferons ce que nous avons toujours fait, répondit-il durement, nous les traiterons comme nous avons traité les Sannocks.

Il sentit un frisson passer dans la nuque en prononçant ce nom : les loups avaient assassiné les Sannocks, ils les avaient tous massacrés pour leur sang et leur viande. En principe, cet acte honteux n'était pas de ceux qui rallient les foules, mais Jack se sentait prêt à utiliser tous ses atouts, aussi foireux soient-ils. Les Sannocks ne risquaient plus d'en souffrir, ils étaient bel et bien morts maintenant que la Nature sauvage avait fait éclater la bulle protégeant la grotte et l'étang d'eau stagnante où ils étaient restés si longtemps enfermés.

— Nous les pourchasserons, insista Jack, nous les encerclerons et nous les tuerons.

Avec des loups, l'effet de son discours aurait été plus marquant. Les mots les auraient galvanisés et l'excitation se serait répandue à travers la meute comme un feu de broussailles. Ils auraient hurlé pour lui, ajoutant un nouveau couplet aux dogmes canon. Plus frileux – ou plus prudents –, les chiens préféraient tâter le terrain avant de sauter. C'était dans leur nature.

Pourtant, sa violence provoqua quelques mentons levés, quelques épaules gonflées. Les chiens échangèrent des regards interrogateurs. Seul Tom restait à bouder dans l'ombre, s'accrochant obstinément aux demi-promesses des prophètes. La foi, la vraie, n'avait pas besoin de faits pour s'y étayer.

Bien sûr, Gregor ne put s'empêcher de tout gâcher. Il n'avait jamais su la boucler, même quand c'était contraire à son intérêt.

Sa voix tonna dans le silence contraint :

— C'est bien gentil, mais…

Jack pivota et le fusilla des yeux. En réponse, Gregor le toisa avec un rictus narquois.

— … ne crois-tu pas que nous devrions d'abord sortir d'ici ?

Jack ne put s'empêcher de rire alors qu'une idée jaillissait enfin dans son cerveau. Sa source d'inspiration, il le reconnaissait, venait sans doute de son désir de contrarier son frère. C'était un peu inquiétant, mais il préféra ne pas s'y attarder.

Il agita les sourcils.

— Inutile.

Gregor saisit aussitôt son idée et grimaça, repris par leur ancienne rivalité qu'il connaissait si bien. Les chiens les écoutaient sans piper mot. Ils continuaient à échanger des regards entre eux. Sans plus prêter attention à son jumeau, Jack se retourna vers eux :

— Laissons les prophètes venir à nous ! lança-t-il avec assurance. Ils vont nous emmener et nous conduire à l'endroit exact où nous voulons aller.

Malgré leur méfiance, les chiens réagirent enfin à la férocité de sa voix. Ils exhibèrent leurs dents avec détermination et ils hochèrent la tête d'un air sinistre.

Peut-être détestaient-ils aussi Gregor par habitude, pensa Jack, avec un humour noir.

Il entendit les bottes bouger derrière lui et se retourna avec un regard interrogateur. Gregor le toisa un moment en silence, puis il détourna la tête pour répondre :

— Tu as les chiens, grommela-t-il. Mais pour être Numitor, il te faut aussi les loups.

UNE MAIN brutale empoigna Jack par son anneau et l'arracha à sa prison. Passant de l'obscurité à l'éclat du soleil matinal sur la neige, il fut un moment ébloui et leva le bras pour protéger ses yeux. Autour de lui, tout était blanc, le ciel tout neigeux des flocons qui tombaient, le sol couvert d'une couche fraîche dont le dessus givré scintillait à la lumière rase. Une fois sa vision revenue, Jack tourna la tête pour examiner le prophète qui le malmenait : un rouquin à la peau vérolée, les cheveux gras, le front ridé.

Ayant reconnu Jack, le rouquin fixait son visage découvert sans cacher sa surprise.

Lachlan avança d'un air fier.

— Vous voyez ! Je ne vous avais pas menti, ce sont bien les bâtards du Numitor !

Gregor, traîné à son tour hors du cellier, persifla avec arrogance :

— Parce que tes parents, eux, se sont mariés à l'église, Lach ? Ta louve de mère portait-elle un joli voile blanc sur sa fourrure ?

Lach s'empourpra violemment, ce qui fonça les taches de rousseur qui lui maculaient le front et les joues. Il fit un pas en avant et frappa Gregor en plein visage.

La force du coup arracha Gregor à l'emprise du prophète qui le tenait et l'envoya valdinguer dans la neige. Lachlan s'acharna sur lui à coups de pied dans les côtes et le ventre.

— Toi, tu la fermes ! cracha-t-il. Tu n'es pas même plus un loup désormais, tu étais à peine un homme avant, comment oses-tu me prendre de haut ?

Jack avait tenté de se jeter sur Lach, mais le rouquin devait l'avoir prévu, car il ne lâcha pas prise. Au contraire, il tira Jack en arrière, enfonçant le métal du collier dans sa gorge. Le bord tranchant fendit la peau, le sang coula. Le rouquin profita que Jack s'étouffait pour le mettre à genoux d'un coup de pied au niveau des chevilles.

Jack serra les doigts sur son collier pour l'écarter de sa gorge.

— Gregor est le fils du vieil homme, jeta-t-il à Lach. Il est mon frère. Et il est plus loup que tu ne le seras jamais. Et un bien meilleur homme !

C'était la première fois qu'il se laissait aller à complimenter Gregor, surtout en public, mais quels que soient ses sentiments envers son jumeau, Lach n'en restait pas moins la lie de la meute.

Lach planta le pied dans le ventre de Gregor, lui arrachant un grognement de douleur. Le souffle coupé, Gregor se roula en boule, les bras serrés autour de lui.

Lach se pencha, il le saisit par le col et le souleva du sol. Il était tellement enragé que la bave coulait de ses lèvres tremblantes.

— Gregor n'est plus rien, gronda-t-il. Il va mourir sous la lame des prophètes et moi, je conduirai la meute dans l'Hiver de loup. C'est *mon nom* qui sera sur toutes les lèvres, pas le sien.

Gregor se projeta en avant, sa tête heurta Lach au visage. Le nez éclata dans un magma sanglant de pulpe et de fragments d'os et de cartilage. La peau pâle et tavelée devint pourpre et enfla.

Lach recula avec un glapissement de douleur. Il plaqua la main sur son visage et tenta vainement de réparer les dégâts. Du sang suintait entre ses doigts et sur ses lèvres. Son nez cicatriserait, bien sûr, mais certainement pas à la bonne place. C'était le même problème qu'avec une articulation : la guérison trop rapide créait des dégâts structurels difficiles à réparer.

Gregor sourit, exhibant ses dents tachées de sang.

— En citant ton nom, les loups évoqueront surtout tes lacunes et ton imbécillité, railla-t-il. *Laquais* Givens, la marionnette des prophètes !

Lach poussa un cri de rage étouffée et leva le poing. Il avait visé le nez, mais Gregor tourna la tête à temps. Il prit le coup sur la pommette.

— Je n'aurais jamais dû écouter cette garce ! trépigna Lach. J'aurais dû te tuer quand j'en avais l'occasion. J'aurais pris mon temps, tu sais, j'aurais pu faire durer le plaisir toute la nuit !

Gregor émit un rire salace.

— J'en doute fort ! Ta triste réputation en ce domaine a fait le tour de la meute : tu manques nettement d'endurance.

Jack éclata de rire – et il ne fut pas le seul. D'autres ricanements, vite étouffés, éclatèrent dans les rangs des loups. Lach les entendit et se retourna furieux, pour fusiller des yeux les badauds assemblés pour assister au spectacle. Parmi eux, Jack reconnut les partisans de son père, la mine sinistre, mais totalement neutre. Ses soupçons de la veille furent vite confirmés : leurs enfants n'étaient pas là.

Ah si, il y avait Jaclyn, une petite fille de quatre ans au visage farouche que son père maintenait avec fermeté. La mère en revanche, avait le ventre plat et une odeur de lait caillé flottait autour d'elle. Elle avait eu un bébé pendant l'exil de Jack, les prophètes le lui avaient enlevé.

En croisant le regard de Jack, la louve se renfrogna et montra les dents. Puisqu'elle ne pouvait s'en prendre aux prophètes, Jack servait de bouc émissaire. C'était assez compréhensible.

Kath était là aussi, le dos raide, des mèches de cheveux humides et à moitié gelées hérissées autour du visage. Elle n'avait pas accordé un regard à Gregor, mais elle avait eu un rictus méprisant en entendant Lach la traiter de garce.

— Assez ! aboya le prophète rouquin.

Il laissa Jack à la garde de l'un de ses sbires et avança en boitillant. S'il avait une nouvelle peau de loup à sa disposition, il ne la portait pas aujourd'hui. Il n'en eut pas besoin.

Avec une grimace de soumission, Lach s'éloigna de Gregor comme un bébé loup cédant à son alpha la mise à mort d'une proie acculée.

Le prophète lui parla durement :

— Porte le titre de Numitor si ça te chante, Lachlan, mais n'oublie pas que la meute est à nous. Ce n'est pas à toi de décider qui va mourir. Estime-toi heureux que nous te laissions la liberté de pisser à ta guise… pour le moment. Si tu continues à nous démontrer que tu es incapable de tenir ta queue tout seul, nous pouvons changer d'avis.

Lach s'empourpra d'humiliation. Ses partisans passèrent une langue nerveuse sur leurs babines sèches et reculèrent, afin de se désolidariser de lui. Qui savait à qui le prophète risquait de s'en prendre ?

Le rouquin les ignora. Il se pencha et remit Gregor sur pieds, brossant même, dans un geste étrangement courtois, la neige sanglante qui souillait son tee-shirt.

— Où est Rose ? demanda Lach.

— Elle est occupée.

— Quand reviendra-t-elle ?

— Quand elle aura fini la tâche qui l'occupe.

Jack tenait toujours son collier, les doigts poisseux qui sang qui dégouttait de son cou et coulait le long de son bras.

— Où est le vieil homme ? demanda-t-il. Qu'avez-vous fait de mon père ?

La question créa une forte tension parmi la foule. Tous retinrent leur souffle et tendirent l'oreille. Disparu ou supposé mort, le vieil homme devait avoir une histoire, non ? Sensible au changement d'ambiance, le prophète jeta un coup d'œil autour de lui, puis d'un sourire, il concéda à Jack que la manœuvre avait été bien menée.

— Qui sait? répondit-il. Peut-être s'est-il enfui, peut-être est-il mort dans un fossé ou perdu dans la Nature sauvage. Il était très vieux, maintenant, il a disparu. Vas-tu pleurer d'être devenu orphelin?

En sentant la colère bouillonner en lui, Jack fit appel à la Nature sauvage. Il inspira un grand coup avant d'expirer. Pour la première fois, il sentit ce qu'Hector avait voulu dire en parlant «d'aigreur». C'était là, mais quand il chercha à comprendre, il ne trouva qu'une boue grasse et réticente. La Nature sauvage le rejetait? C'était bien la première fois.

À cette prise de conscience, Jack ne put cacher son choc et sa surprise.

Le prophète comprit la situation, il eut un grand sourire satisfait qui exhiba ses gencives, en particulier l'espace flétri où les canines supérieures avaient été arrachées.

Jack laissa la Nature sauvage lui filer entre les doigts. Il n'avait pas besoin d'Elle pour détruire les prophètes. Saisi d'une vague de scepticisme malvenu, il corrigea intérieurement : *ou leur causer du tort*. Pour le moment, il allait laisser ses ennemis croire que la Nature sauvage ne voulait plus rien avoir à faire avec lui.

— Quand je te tuerai, déclara-t-il, tous les bâtards que tu as engendrés avant que mon père te coupe les couilles se mettront à danser dans les rues.

Il chancela quand le prophète derrière lui tira sur son collier. Il rétablit son équilibre et scruta la meute. Ni les fidèles de son père ni l'entourage de Lach n'étaient prêts à changer d'allégeance, mais la grande majorité de la meute se situait entre ces deux extrêmes : les loups de la classe moyenne. Les prophètes ne leur avaient pas accordé d'importance, mais Jack savait que même un loup jugé médiocre dans la meute écossaise était meilleur que la plupart de ses congénères.

Ce fut à eux qu'il s'adressa :

— Est-ce là le putain d'Hiver qu'on nous a promis? s'exclama-t-il. Vous vous prosternez devant les prophètes, harnachés comme des chiens de traîneau pour tenter de suivre Fenrir?

La foule écoutait. Personne n'aimait porter le joug, c'était particulièrement vrai pour un loup.

Le prophète rouquin capta le ressentiment dans l'air et se renfrogna. Il toisa celui qui tenait Jack par le collier et ordonna :

— Fais-le taire. Entrave-les tous les deux. Et fais venir les chiens.

D'autres prophètes descendirent dans la glacière chercher les chiens. Ils ressortirent avec les chaînes enroulées autour de leurs mains rougies et couvertes d'engelures. Des coups de pied et des mandales distribués sans ménagement firent vite taire les protestations et les questions canines, le silence retomba. Même Tom reçut une volée pour avoir tenté de proclamer sa foi. Il s'agenouilla avec les autres.

L'étranger de Stirling – il s'appelait Heath, se rappela Jack – gardait la tête baissée et obéissait aux ordres qu'il recevait. Une seule fois, il leva brièvement les yeux pour lancer à Lach un regard amer.

Lach avait courbé l'échine comme un chien battu quand le prophète l'avait apostrophé et mis plus bas que terre, mais là, il redressait la tête. Son visage avait cessé de saigner, la peau à peine cicatrisée était rose et fragile.

— Je viens aussi, déclara Lach. Je veux parler à Rose. Je veux qu'elle me dise ce qui se passera quand les dieux reviennent. Pour nous tous. Pour moi, pour le Numitor. J'ai besoin de l'entendre.

Le rouquin lui jeta un regard méprisant, mais il ne rejeta pas sa demande.

— D'accord, concéda-t-il avec dédain. Tu mèneras les chiens.

Derrière Lach, Ellie s'avança. Elle ressemblait à une version pâlie de Kath : même coupe de cheveux, même robe ample que portaient la plupart des louves. En plus, elle cherchait à imiter l'arrogance de son aînée, mais son jeu était trop forcé pour être crédible.

— J'irai aussi, annonça-t-elle.

Lorsque les deux hommes lui jetèrent un regard noir, elle s'empressa de baisser le menton. Ses mains nerveuses tordaient le tissu de sa robe, les jointures osseuses disparaissant dans les plis.

— Tu es le Numitor, Lachlan, plaida-t-elle, il te faut une garde d'honneur, même pour rendre hommage aux dieux. Après ce qui s'est passé hier soir… je voudrais faire mes preuves. S'il te plaît ?

Lachlan hésita, écartelé entre sa paranoïa et son orgueil.

Le rouquin parla le premier :

— D'accord, qu'elle vienne si elle y tient. Si Rose n'apprécie pas ta visite, Lachlan, ta louve d'escorte aura peut-être l'honneur d'être le prochain Numitor.

Il se tourna vers la foule et haussa le ton :

— Quant à vous, faites très attention. À notre dernier passage, nous n'avons pris que quelques enfants. Si nous revenons les chercher tous, ne pensez pas que vous pourriez nous en empêcher !

Il tourna les talons et s'éloigna d'un pas que son lourd vêtement d'hiver, sa boiterie et la neige rendaient maladroit.

Bien qu'entraîné sans ménagement par le prophète chargé de lui, Jack s'écria :

— Ils vous traitent comme des chiens ! Pour se débarrasser d'une portée non désirée, un propriétaire n'hésite pas à noyer les chiots sans que les parents puissent l'en empêcher !

Pour le faire taire, son gardien le frappa aux reins. Jack finit par suivre les autres. Il parvint cependant à croiser le regard de Kath et lui adressa un sombre avertissement qu'elle reçut cinq sur cinq. Il ne lui en voulait pas d'avoir agi comme elle l'avait fait vis-à-vis de lui ni de s'être aplatie aux pieds des prophètes, mais si elle avait échangé son fils contre sa fille, il ne le lui pardonnerait pas.

En arrivant au bord du lac, ses geôliers lui trouèrent les poignets et les chevilles, et le chargèrent d'épaisses chaînes métalliques. Ainsi, Jack ne pouvait s'enfuir et s'il tentait de se transformer, il y laisserait les pattes. Gregor subit le même traitement. Leur père avait préféré les colliers, pour donner aux condamnés le choix entre se transformer ou mourir. Les entraves, elles, mutilaient avant de tuer.

Le rouquin releva Jack après son supplice et se pencha pour lui parler à l'oreille. Son haleine avait la même puanteur aigre que celle de Lach.

— Rose est impatiente de vous revoir, ton frère et toi. Vous auriez dû la tuer quand vous en avez eu l'occasion. Quoi qu'il arrive désormais, vous en êtes responsable. Sans vous, jamais nous n'aurions pu aller aussi loin. En fait, je n'avais même jamais imaginé que c'était possible.

Jack ouvrit la bouche pour en savoir davantage, mais avant qu'il le puisse s'exprimer, le rouquin le poussa dans la Nature sauvage. Et Elle ne voulait pas de lui. En tout cas, Elle ne voulait pas du métal autour de sa gorge et dans ses articulations. Sous l'impact de son rejet, Jack se plia en deux et vomit, les mains et les pieds engourdis par le métal qui les traversait et vibrait comme une corde d'arc. L'entaille sur sa gorge devint une agonie brûlante, une décharge électrique flamba tout le long de ses terminaisons nerveuses, le collier le serra à l'étouffer comme pour mieux l'ancrer à ce monde.

La Nature sauvage essayait de le tuer ! Elle était comme une fine couche gluante contre son épiderme, comme la membrane d'un oignon ou la peau d'un poisson fraîchement écorché. Ce truc *s'accrochait* et *résistait*.

Les prophètes le retirèrent de force, l'*anomalie* fétide de leurs loups volés déchirant la Nature sauvage jusqu'à ce que Jack s'en échappe. Il toussa éperdument et sentit le goût du poison au fond de sa gorge comme du pus suintant d'une blessure infectée. Derrière lui, les chiens gémissaient et suppliaient, choqués par ce qu'ils n'avaient encore jamais vu ou imaginé. Jack ravala ses gémissements et verrouilla ses genoux pour rester debout. À ses côtés, Gregor eut un hoquet nauséeux, puis il cracha de la bile dans la neige et une litanie de jurons.

— C'est aigre, c'est sûr, admit-il. C'est la première fois que je vois ça.

De hautes touffes d'herbe fanée jaillissaient de la neige bosselée et totalement gelée. Les blocs de glace alentour étaient gris, décolorés et déformés.

Jack fut le premier à sentir une odeur bizarre. Il regarda autour de lui…

L'endroit n'était pas *entier*. Des tranches avaient été découpées et greffées sur la Nature sauvage des Hautes-Terres, ce territoire que Jack avait connu toute sa vie. Le loch n'était plus qu'une vaste étendue de vagues grises surmontées d'écume gelée et de neige fondue, cachant les eaux sombres et profondes. Les hautes falaises où les Sannocks avaient été massacrés s'estompaient de l'autre côté du lac.

Le sang ancien maculait encore le sable. Cela ne changerait plus jamais. Avant, ce n'était pas le cas.

Tout le paysage paraissait tiré, tendu à l'extrême, comme l'élastique d'une fronde juste avant la rupture. Gregor avait laissé Rose vivante dans cette bulle de la Nature sauvage où leur père avait dissimulé les cadavres des Sannocks. Oh, il avait bien tenté d'abattre la vieille garce, mais la tâche s'était avérée plus ardue que les jumeaux l'avaient cru de prime abord. Alors, ils avaient espéré que la prophétesse reste coincée là-bas jusqu'à son dernier jour, même s'ils n'y croyaient pas vraiment.

La vieille garce avait de la ressource.

Effectivement, elle avait réussi à sortir. Pire encore, elle avait emporté avec elle cette cache du Nord de la Nature sauvage avec les Sannocks morts, les traînant derrière elle comme le sac plein de butin d'un pillard. Et maintenant, l'air était empuanti de relents d'eau stagnante et de moisissures, auxquels s'ajoutait l'odeur infecte des monstres que les prophètes avaient créés.

Comme si le fait d'avoir pensé à eux était un appel irrésistible, un monstre apparut sur les rochers gris du rivage, sa peau violacée tendue sur les muscles gonflés, la dentelle bleue d'un soutien-gorge déchiqueté traversant encore la large poitrine et les côtes saillantes. Les yeux jaunes et exorbités jaillissaient presque des orbites, comme ceux d'un carlin. Ils suintaient d'un magma jaunâtre qui dégouttait le long des joues osseuses jusqu'aux bajoues flasques pendant sous la mâchoire disproportionnée. Le monstre gronda en montrant les dents. La bouche avait craqué quand la mâchoire avait anormalement grandi, les joues aussi, la peau n'était plus que cicatrices à vif et boursouflures blanchâtres.

Le monstre s'engagea sur la pente, avec l'intention manifeste de descendre sur la plage. Les jambes, trop fines pour son volume, s'enfoncèrent dans le sable et dérapèrent sur les dalles de schiste.

La prophétesse arriva juste après, la main posée sur l'épaule aussi tranchante qu'une lame de couteau d'un monstre maigre doté du nez crochu d'un barzoï [10].

En voyant les prisonniers, Rose Blake esquissa un sourire plein de méchanceté et d'anticipation.

---

10 Ou « lévrier russe », race canine originaire de Russie.

IX

Danny

— TU M'AVAIS promis de les avertir afin qu'ils ne tombent pas dans un piège !

Danny s'était voulu accusateur, mais le reproche resta coincé dans sa gorge et ne sortit pas. Il avait beau être adulte, avoir un métier à responsabilités, payer ses factures et ne dépendre de personne, il ne parvenait toujours pas à tenir tête à sa mère. Dès qu'il était en sa présence, il retombait dans les habitudes de son enfance et courbait l'échine.

Kath le toisa d'un regard sévère, depuis la porte de l'ancienne cabane de berger, juste quatre murs et un toit pour se protéger de la tempête pendant la nuit. Elle jeta à travers la pièce le sac qu'elle avait porté sur son dos depuis chez elle, en bas de la colline. Danny dut lever le bras pour éviter de le recevoir en pleine figure et grommela son irritation, les dents serrées. Apparemment, il n'était pas le seul à retrouver les habitudes d'autrefois ! Quand il était enfant, sa mère lui jetait constamment à la tête ce qu'elle tenait dans les mains pour s'assurer qu'il était sur ses gardes, toujours, qu'il ne baissait pas sa garde, jamais.

Les loups peuvent se permettre d'être confiants vis-à-vis des autres. Pas toi.

Kath le regarda poser le sac par terre devant lui.

— Attention à ta langue, l'avertit-elle. Tu es dans la meute, à présent. Ici, tout le monde se fiche que tu aies un compte en banque chez les humains, ou que tu sois enseignant.

— Professeur, corrigea-t-il avec raideur.

À peine avait-il parlé qu'il s'en voulut. C'était totalement ridicule, il en était conscient. Même s'il arrivait à convaincre Kath – ce qui était impensable – de la différence entre les deux titres, quelle importance désormais ? Tout avait disparu. Toutes ces années passées loin d'ici, son rôle d'humain tenu de façon presque parfaite, son odeur dans son bureau, ses livres, la vie confortable qu'il s'était créée, tout semblait une simple étape, un arrêt momentané. La première neige de l'Hiver de loup était tombée

97

quelques mois plus tôt seulement, pourtant, Danny avait déjà abandonné son fantasme de retrouver un jour sa vie loin de la meute.

Même si Durham n'était pas complètement détruite, Jack avait tout gâché. Il était revenu, il avait envahi le lit de Danny et sa vie, laissant sa trace partout. Alors, recommencer au même endroit, mais sans lui ? Danny ne s'en sentait pas capable.

Il se frotta le visage avec un soupir.

— Je ne suis plus ni l'un ni l'autre, je présume, souffla-t-il.

Kath lui rit au nez.

— Ce que tu faisais ne définissait pas celui que tu étais ! Tu es toujours toi, Danny Fennick.

Elle entra dans la cabane et referma la porte derrière elle. Mécontent d'être laissé dehors, le vent agita le panneau. Kath dut attacher la serrure avec une corde clouée au montant de bois.

— Quant aux fils de Numitor, reprit-elle, j'ai essayé de les prévenir, mais je suis arrivée trop tard. Lachlan était déjà au courant de leur arrivée, je ne sais comment.

Danny s'assit sur l'étroit lit métallique et plissa le nez : le vieux matelas qu'il avait trouvé dans un coin sentait le moisi.

— Tu as su que j'arrivais, souligna-t-il. Pourquoi pas Lach ?

Kath secoua la tête.

— Non, toi, même si tu es un chien, tu es mon fils, je t'ai porté, je t'ai mis au monde, je t'ai élevé. As-tu vraiment cru que tu pourrais revenir à Lochwinnoch sans que la Nature sauvage m'apporte ton odeur ? D'ailleurs, une fois les neiges venues, j'ai su que tu allais rentrer. Tu avais beau prétendre vouloir faire ta vie au Sud, au-delà du Mur, nous sommes ton sang, ta famille. Où aurais-tu pu aller, sinon ici ?

Pris d'une vague culpabilité, Danny oublia son bref accès de colère et baissa les yeux. Il se concentra sur la tâche mineure d'ouvrir le sac que sa mère lui avait apporté. Il lui avait appartenu autrefois, les coutures étaient encore distendues par trop de livres bourrés à l'intérieur. La toile était décolorée et raide de n'avoir plus servi depuis son départ.

Danny trouva un vieil étui à lunettes dans la poche supérieure, rafistolé avec du ruban adhésif. Les lunettes à l'intérieur avaient des montures lourdes et rayées, et la prescription datait de quelques années, mais c'était mieux que rien. Danny en déplia les branches et les enfila. Voir à nouveau net ne lui donna pas une meilleure image de lui-même.

Si Jack n'était pas venu le trouver, avec les prophètes à ses trousses, jamais Danny ne serait revenu. Il n'aurait même pas pensé à vérifier que tout allait bien pour sa mère et sa sœur. Il serait resté avec Jenny et les autres, gardant le silence sur sa vraie nature et se faisant le plus invisible possible. Peut-être se serait-il remis avec Jenny, son ex, parce qu'un aimait avoir une meute.

À quoi aurait-il servi parmi les loups ? C'était leur Hiver. Sa présence ne faisait que rappeler à tous une vérité difficile et amère : la lignée de Kath Fennick avait produit un chien.

Sa mère avait toujours cru bien le connaître. Elle se trompait.

— En tout cas, insista Danny, Lach était au courant. Tu aurais dû… j'aurais dû intervenir.

Kath se pencha et le frappa sur la tête.

— Et tu aurais obtenu quoi, à part te faire tuer ? Je t'avais prévenu quand tu étais petit, je t'avais bien dit que trop lire te rendrait idiot ! Si tu as la tête trop pleine de mots écrits par des étrangers, comment veux-tu que tes qualités s'expriment ?

Danny s'écarta pour échapper à un autre coup.

— J'aurais pu les prévenir, s'entêta-t-il. Quand tu m'as raconté ce qui s'était passé, j'aurais dû retourner sur mes pas et les arrêter.

Elle le saisit par l'oreille et lui renversa la tête pour le forcer à croiser son regard.

— Je fais de beaux petits, Danny, mais tu n'es pas irrésistible à ce point. Si tu leur avais annoncé la mort de leur père et le fait que Lach ait usurpé le trône, ils seraient revenus encore plus vite, ils auraient été pris encore plus tôt. Et rien n'aurait changé, sauf que les prophètes en auraient aussi eu après toi. Quel intérêt vraiment ? En quoi cela serait-il utile à ta sœur ?

Danny attrapa sa mère par le poignet. Il se demanda lequel d'eux deux en fut le plus étonné.

— Arrête.

— Sinon ?

Une autre de ses vieilles leçons. Danny n'en avait oublié aucune.

— Je le méritais, j'ai compris, maintenant, lâche-moi, maman.

Elle obtempéra. Puis, à la grande surprise de Danny, elle pressa sa paume fraîche contre son oreille brûlante. Était-ce pour calmer la douleur qu'elle avait causée ou pour s'excuser ? Kath n'était pas du genre à s'excuser.

— Je ne savais pas que Jack et Gregor seraient en danger quand je t'ai demandé d'agir, déclara-t-elle avec sincérité, je te le jure. J'ai pensé que nous aurions le temps de les avertir, de planifier nos actions. Ce sont les seuls héritiers du vieil homme, jamais je n'aurais imaginé que Lachlan cherche à les assassiner devant leur porte. Ce n'est pas ainsi que les loups agissent. Cette prophétesse dont Lach parlait, Rose, elle lui a sacrément mis la cervelle à l'envers !

Danny grimaça et se frotta le cou. Parfois, quand il déglutissait, il sentait encore le collier de cuir qu'il avait été forcé de porter.

— Elle s'appelle Rose Blake, déclara-t-il. C'est la grand-mère de Nick – l'homme noir qui est avec Gregor.

Kath retira brusquement sa main.

— Non ! Il se trompe ! En plus, il n'est pas des nôtres !

— Oh, ça, certainement pas.

Danny avait répondu sans réfléchir et aussitôt, il s'en voulut. Il n'avait jamais réussi à se débarrasser de cette tare que partageaient tous les loups : le rejet instinctif de ceux qui étaient différents d'eux. C'était comme ancré dans leurs gènes, dans leur sang. Danny s'en agaçait d'autant plus que Gregor s'était avéré plus adaptable que lui. Dans les deux cas, il n'y pouvait rien. Les coudes appuyés sur son sac, il leva les yeux vers Kath. D'aussi près, il distinguait son visage, mais dès qu'elle s'éloignait de lui, tout devenait flou.

— En tout cas, Nick Blake a été élevé par sa grand-mère, déclara Danny. Rose Blake. Tu la connais ?

Kath passa les doigts dans ses cheveux pour écarter de son visage ses boucles à moitié gelées.

— Non, déclara-t-elle. Je l'ai connue *autrefois*. C'était une garce complètement déjantée, le vieil homme a dû prendre des mesures.

— Qu'avait-elle fait ? demanda Danny.

— C'est sans importance, trancha Kath, la mine butée. Le Numitor l'a fait abattre et je te garantis qu'elle le méritait. Alors, j'ignore par qui ce Nick a été élevé, mais ce n'est pas par Rose Blake, parce que j'ai assisté à ses funérailles, j'ai même jeté de la terre sur son cadavre.

Sensible au trouble de sa mère, Danny hésita. Pourtant, les autres prophètes de Girvan parlaient eux aussi de Rose. Personne n'avait paru douter de son nom…

— Je crois bien que c'est elle, déclara-t-il d'un ton prudent. Tu ne peux pas me dire ce qu'elle a fait ?

— Si c'est vrai, si *c'est* elle, chuchota Kath, alors, Bron est déjà morte.

La certitude qu'exprimait sa voix était implacable.

— Pourquoi lui enverrais-je aussi mon fils ? insista-t-elle. Si tu veux essayer de sauver Jack, ne me parle plus d'elle, sinon, je ne te laisserai pas partir. Que le vieil homme sauve ses enfants, moi, je m'occupe des miens.

— Tu ne m'arrêteras pas... commença Danny.

Quand Kath se tourna vers lui, il sourit en enchaîna :

— Même si je suis un chien, je suis ton fils, tu l'as reconnu toi-même. Quand as-tu laissé quelqu'un te dicter ta conduite, maman ? Ou t'empêcher d'agir comme tu l'entendais ?

Kath revint vers lui. Avec un gros soupir, elle posa la main sur ses cheveux.

— Je t'ai apporté les livres et les cartes que tu m'as demandés, dit-elle. Crois-tu vraiment pouvoir trouver la tanière des prophètes de ce côté de la Nature sauvage ? C'est certainement là qu'ils gardent Bron, les enfants et les chiens.

Danny baissa les yeux vers le sac toujours posé sur ses genoux. Il sentait les livres peser sur sa cuisse. Il aurait voulu refuser, se défiler de cette responsabilité, mais sa sœur n'était plus la seule qu'il tenait à retrouver.

— Oui, maman, je peux, répondit-il. Parle-moi de Rose Blake à présent. Pourquoi elle a été bannie de la meute ?

Kath serra les doigts sur sa nuque, puis elle se pencha pour déposer un baiser froid sur son front. Elle resta un moment immobile, la tête posée sur celle de Danny. Sans trop savoir comment répondre, Danny se figea. Sa mère l'aimait, il le savait, il l'avait toujours su, elle l'aimait du mieux qu'elle pouvait. Et ce n'était pas assez.

Kath n'était pas démonstrative. Au mieux, elle tapotait ses enfants sur l'épaule ou elle leur offrait un sourire approbateur en les arrachant à une flaque de boue. La dernière fois qu'elle avait embrassé Danny, c'était pour sa première rentrée à l'école. Sous les regards attentifs des autres parents, elle avait réalisé que pour être crédible en humaine, elle allait devoir faire plus que tendre à son fils un sandwich assorti d'un sec « travaille bien ».

D'après ses souvenirs, il avait réagi de la même façon, enfant, au baiser de sa mère, en se figeant, sans savoir quoi faire. N'ayant pas encore compris à ce moment-là le concept de l'école, il avait pris ce baiser inattendu pour un adieu définitif. Le soir, on était venu le chercher pour le raccompagner chez lui, mais il avait quand même conservé l'impression d'être... parti. Il ressentait la même chose aujourd'hui et comme autrefois, il lutta contre son impulsion stupide de s'accrocher à sa mère.

Kath reculait déjà.

— Elle n'a pas été bannie, déclara-t-elle, elle a été exécutée. T'es-tu déjà demandé pourquoi le vieil homme était gentil envers les chiens ?

Danny haussa les épaules.

— Parce que nous avons notre utilité, répondit-il. Notre présence facilite les relations avec les humains et il n'existe plus aucun endroit de par le monde où l'on puisse totalement éviter les humains.

Ces phrases, il les avait entendues assez souvent étant enfant pour les connaître par cœur. Certains loups appréciaient peu que le vieil homme garde des chiens dans la meute, qu'il insiste même pour les traiter comme des membres à part entière, même tout en bas de l'échelle hiérarchique.

— C'est exact, admit sa mère, c'est pourquoi il a accepté Millie et les autres. Mais au départ, il n'était pas « gentil », juste tolérant. Tout a changé quand il a engendré un chiot. C'était une fille, elle est née avant les jumeaux, de la même mère.

Danny n'était pas au courant. Sidéré, il cligna des yeux en tentant d'absorber cette information. Il grimaça quand il comprit la sinistre signification de ce qu'il venait d'apprendre. S'il n'avait jamais douté de l'amour de sa mère, c'était essentiellement parce qu'elle l'avait gardé et élevé alors qu'elle avait d'autres options, par exemple, appliquer la sombre et impitoyable coutume des loups.

— Il s'est débarrassé d'elle ? hoqueta-t-il, horrifié. Dans le loch ?

C'était la méthode traditionnelle : un sac, une pierre et le lac. Danny s'étonna que cette perspective le trouble à ce point. Il n'avait jamais accordé une grande valeur au fait que le vieil homme ait un faible pour lui, il se savait intelligent et utile, mais l'idée que le Numitor aurait préféré le noyer glaçait tous les souvenirs que Danny gardait de lui.

Kath fit la grimace, comme si elle avait de la bile dans la bouche.

— Non. Il y pensait, comme c'était son devoir, mais Fiona, sa compagne, s'y est formellement opposée. Chien ou pas, disait-elle, c'était son petit, elle comptait le garder. Elle a menacé d'emporter sa fille et de partir vers le Sud plutôt que de donner d'autres enfants à un père meurtrier.

Dans la meute, personne ne parlait jamais de la mère des jumeaux, la compagne du Numitor. La mort lui avait ôté ses défauts humains, ne laissant que l'image éthérée d'une louve parfaite. Danny savait déjà que sa mère avait connu Fiona, mais avant d'entendre son histoire, il ignorait s'il y avait eu une amitié entre les deux louves. D'emblée, il trouvait Fiona très sympathique.

Et Jack lui ressemblait beaucoup.

— Qu'est-il arrivé?

— Le vieil homme a voulu garder Fiona, déclara Kath, alors, il lui a laissé son bébé. Au début, il était furieux de s'être fait forcer la main, mais les chiens aiment si naturellement qu'il est difficile de leur résister. Quand sa fille est morte, il s'était suffisamment attaché à elle pour la pleurer. D'après moi, c'est ce qui a permis à Fiona de rester avec lui.

Danny digéra ce triste récit. Pendant toutes ses années dans la meute, il n'avait jamais entendu un mot à ce sujet, même chuchoté. Pas vraiment un secret, juste un silence tacite, parce que la blessure restait encore fraîche et douloureuse. Cela expliquait l'attitude du vieil homme, bien sûr, mais sans apporter de réponse à la question de Danny.

— Qu'est-il arrivé? répéta-t-il. Rose aurait-elle tué cette enfant?

Kath lui jeta un regard approbateur.

— Tu vois? Tu n'as pas besoin de livres pour être intelligent, Danny.

— Pourquoi a-t-elle commis ce crime?

Kath eut un rictus à la fois méprisant et amer.

— Parce que c'était une garce méchante et vindicative! Elle cachait bien son jeu, cependant, personne ne se méfiait d'elle avant cette nuit fatale. Elle était le bras droit du Numitor, la louve numéro deux de la meute. Une ultra-traditionaliste, bien entendu, mais pas plus que d'autres vieux loups. Une nuit, elle s'est levée, elle a volé le bébé et nous l'avons retrouvée à l'aube près du loch, un sac de toile humide à la main. Certains ont parlé d'une crise de la pleine lune, elle aurait perdu l'esprit pour s'être trop approché la déesse pendant la chasse.

— Et toi, maman, tu en as pensé quoi?

— Qu'elle était folle, oui, mais de jalousie, déclara Kath. Après avoir consacré des années à épauler le Numitor, à être la plus fidèle de ses fidèles, qu'avait-elle récolté? Rien. Elle digérait déjà très mal que Fiona ait accès au cœur du Numitor et à sa queue, alors la voir avec un enfant de lui, la voir le faire changer d'avis, ça a été trop. Plusieurs fois déjà, Rose avait mis bas des avortons, le Numitor avait refusé de les garder dans la meute et il laissait à Fiona un chien. ? Elle a tenté de justifier son geste en parlant de la pureté du sang, de l'exemple que devait donner le Numitor, des traditions à maintenir, mais le fin fond de l'histoire, c'était sa méchanceté. Le vieil homme l'a tuée et nous l'avons enterrée dans les landes.

Une fois encore, Danny se frotta le cou, comme s'il y sentait la morsure du cuir de son collier. Il entendait dans sa tête la voix hargneuse et méprisante de Rose alors qu'elle lui donnait des coups de botte dans les

103

côtes. *Je te ferai regretter que ta mère n'ait pas eu le courage de te mettre dans un sac dès ta naissance !*

En principe, un corps mort et enterré ne revenait plus, mais Danny avait vu assez d'anomalies au cours des dernières semaines pour avoir des doutes. Rien n'était si simple, au fond.

Les prophètes avaient gardé bien des secrets.

— Qu'est-ce que cette histoire a à voir avec Bron ? demanda-t-il. Pourquoi Rose lui en voudrait-elle ?

Kath détourna le regard.

— Parce que jusqu'au matin où nous avons trouvé Rose au bord du loch, je pensais comme elle, répondit-elle. Je blâmais Fiona d'avoir gardé ce bébé. Je blâmais le vieil homme d'avoir cédé à sa compagne au lieu de la bannir. Rose ne m'avait pas révélé ses intentions, bien sûr, mais chaque fois qu'elle répandait son fiel, j'écoutais et j'approuvais. Au bord du loch, je me suis retournée contre elle, comme tous les autres, et elle nous a maudits. Elle était déjà rancunière et vindicative étant plus jeune, n'a certainement pas oublié. Si elle peut se venger de moi en tuant ma fille, elle n'hésitera pas.

Sa fille, la louve, pas son fils, le chien, pensa Danny. Il comprenait enfin pourquoi Rose ne l'avait pas tué à Girvan : le garder en vie était encore plus insultant vis-à-vis de Kath.

— Tu connais l'emplacement de sa tombe, déclara Danny. Va vérifier si ses os y sont encore. Moi, je sais déjà que tu ne trouveras rien. C'est l'Hiver de loups, maman, bien des morts vont revenir.

PEUT-ÊTRE SA mère suivrait-elle son conseil et irait-elle vérifier. Danny l'espérait, mais c'était à elle d'en décider. Lui avait une autre mission.

Il courait dans la tempête, la tête basse et les épaules levées. La neige avait finalement cessé de tomber, remplacée par une pluie battante. Avec le froid ambiant, l'eau se transformait en fléchettes de glace assez acérées pour faire couler le sang quand le vent trouvait le bon angle. Danny les sentait aussi s'accrocher dans ses cheveux et la barbe qui ombrait ses mâchoires. Il escalada une clôture de pierre et s'arrêta à l'abri d'un frêne tordu, frappé par la foudre et carbonisé.

Il sortit sa carte de sa poche. La pluie la détrempa rapidement et Danny poussa en juron quand le papier se déchira sous ses doigts gourds.

Un loup n'aurait pas eu besoin de carte. Tous connaissaient chaque rocher et chaque arbre – marqué à la pisse – du territoire revendiqué par la meute. Parfois, c'était à leur désavantage. Quand les loups couraient avec la Nature sauvage, leurs pattes touchaient parfois sur ce monde, parfois aussi elles se posaient sur des rochers disparus depuis des siècles. C'était bien le problème : la géographie et les distances ne correspondaient pas toujours.

Danny avait passé son enfance à errer sur les landes et les vieilles routes de pierre. Il connaissait la configuration du terrain, les points de repère et les raccourcis pour s'être endolori les pieds à les parcourir.

Les prophètes n'avaient laissé aucune piste à suivre jusqu'à leur temple, pas de chemin tracé à travers la bruyère, pas d'odeur qui s'attardait sur les rochers. La seule façon d'arriver à destination était de traverser la Nature sauvage, mais personne n'avait pu trouver ce passage-là non plus.

C'était parce qu'il n'existait pas, pas ici en tout cas.

Danny toussa et cracha l'eau froide qui emplissait sa bouche. Il fit glisser son doigt sur la carte jusqu'à la tache grise de la pliure. Certaines anomalies du monde réel laissaient une trace sur la Nature sauvage, aussi différente et étrange soit-Elle pour ceux qui ne connaissaient pas l'original. C'était difficile à expliquer, comme ces gens qui après avoir lu un roman n'en retenaient vingt ans plus tard qu'un simple extrait.

D'autres endroits, cependant, n'étaient que des boîtes vides et sans âme. Glenlough, par exemple, une immense bâtisse construite dans le coin dans les années 1900, sur un coup de tête, par un industriel. La maison n'avait jamais été habitée, pas plus qu'elle n'avait été abandonnée aux éléments. Ni foyer ni ruine, ce n'était qu'une coquille dans laquelle pourrait se glisser et se cacher un parasite. Après tout, le bernard-l'hermite sur la plage n'emprunte-t-il pas le premier coquillage vide laissé à sa disposition ?

Danny s'orienta et se dirigea vers l'Est. Le chien s'agita à l'arrière de sa tête, impatient de sortir : il en avait assez d'être enfermé ! Mais Danny refusa, il lui fallait un cerveau humain pour s'en tenir à son plan et des épaules humaines pour porter le sac.

À condition qu'il ait vu juste, bien sûr. Il passa la main sur son visage pour en essuyer l'eau et la glace. Il espérait ne pas s'être trompé. Il s'était senti beaucoup plus confiant à Lochwinnoch, avec l'espoir de Kath qui pesait sur ses épaules.

Il rencontra un premier problème en entrant sur les terres de Glenlough. Dès qu'il y posa le pied, la fine pellicule de glace céda sous son poids et de l'eau glaciale s'infiltra dans ses bottes à travers les œillets et trempa ses chaussettes. Un juron émana de ses lèvres gercées.

— Merde ! Je vais y laisser un orteil !

À Durham, il avait vu la fin du monde à la télé, dans dix films différents avec son ex et des amis et ensuite, chacun avait évoqué ce qui ce qui lui manquerait le plus. Les réponses avaient été variées : Internet, la musique, les plats thaïs...

Personne n'avait évoqué les chaussettes propres et sèches, c'était trop trivial, trop banal. Un bête confort que tous avaient considéré comme acquis. Même Danny, qui en son for intérieur, s'était jugé mieux préparé que les autres. Après tout, il n'avait découvert la cuisine thaïlandaise qu'à dix-neuf ans sonnés.

La laine mouillée lui râpait les talons et couinait à chaque pas. Sans s'y arrêter, Danny grimpa la pente et coupa à travers champs. Plus aucune route officielle ne menait à Glenlough. Le terrain, vendu au fil des ans, avait été réaffecté aux cultures ou abandonné à la lande. La vieille carte sergent-major de Danny indiquait cependant un ancien sentier qui zigzaguait à travers les collines. Il le découvrit en sentant sous ses bottes les morceaux de macadam et les gravillons cachés sous la bruyère gelée. L'idée qu'il était presque arrivé lui fit accélérer le pas.

Une bourrasque le frappa de côté et le fit chanceler. Le rideau de pluie s'ouvrit une seconde et comme un fantôme apparu devant lui, Danny aperçut les contours de la maison, plus proche qu'il l'avait pensé.

C'était autrefois une somptueuse bâtisse. Il restait des gargouilles aux pignons intacts du toit, la glace jaillissant de leurs bouches béantes, des restes de vitraux aux fenêtres. L'industriel avait dû être très fier d'exposer ainsi sa réussite. L'érosion avait fait cloquer la peinture céruléenne de la porte d'entrée et fissuré les pylônes érigés pour soutenir les murs voûtés. De vieux écriteaux « interdit d'entrer, propriété privée » cliquetaient sur la clôture grillagée qui marquait les limites de la propriété.

Danny fixa la maison un long moment, puis il se rendit compte que n'importe qui pouvait l'apercevoir d'une fenêtre. Avec un juron étouffé, il s'accroupit derrière un vieux chêne tordu par le vent. Le tronc noirci avait reçu la foudre, mais l'arbre n'était pas mort, car des cloques indiquaient les endroits où la sève avait gelé. Les branches dénudées grinçaient sous les rafales au-dessus de la tête de Danny, blotti contre les racines.

Il posa sa tête contre l'arbre et attendit. La pluie tombait sur son visage, trempait ses cheveux et s'infiltrait sous son col. Danny s'efforça d'occulter la tempête afin d'entendre quelque chose, de *sentir* quelque chose, même sous sa forme humaine et donc limitée. En vain. Il était assourdi par le tambourinement de la pluie rythmé par le cliquetis des panneaux contre la clôture. L'air ne sentait que l'ozone.

Peut-être n'y avait-il rien à voir, rien d'autre à sentir.

Danny ferma les yeux. Il avait laissé les prophètes emmener Jack, il avait parcouru des kilomètres à travers les collines gelées sur une intuition datant de son adolescence fouineuse. Il *ne pouvait pas* s'être trompé.

Il ôta de ses épaules son vieux sac, maintenant trempé, et l'ouvrit en tâtonnant. Une nausée lui tordit l'estomac quand il en sortit le Tupperware congelé que sa mère avait rapporté du village. Le cœur au bord des lèvres, Danny souleva le couvercle et regarda à l'intérieur.

Un doigt coupé, un index encore gelé, même après tout ce temps passé contre le dos moite de Danny. L'ongle était cassé, la jointure éraflée des suites d'un combat. Les mains de Danny tremblaient tellement que le doigt bougeait dans le Tupperware, comme s'il avait une vie propre.

La bile remontant dans sa gorge, Danny ferma les yeux et déglutit avec difficulté. Il devait se reprendre, merde, il était un chien, ce qu'il y avait de mieux au monde après les loups.

Son cerveau n'était pas d'accord. Si Danny était resté dans la meute, tout aurait pu être différent, mais il était professeur à l'Université de Durham. Sa pire épreuve, durant la dernière décennie, avait été d'affronter avec le sourire des sales gosses de riches trop gâtés qui, à vingt ans, se croyaient tout permis. C'était la vie qu'il voulait.

Une vie facile et sans souci.

Quand Danny ouvrit les yeux, ce fut pour constater que la pluie s'était transformée en neige. Il se lit à claquer des dents.

— Ben, c'est pas gagné, marmonna-t-il. Maintenant, arrête de rêvasser et bouge-toi le cul.

Bron était sa petite sœur. Elle le détestait d'exister – aucun loup ne tenait à exposer publiquement une tare dans sa lignée ! – et lui en avait voulu à la jeune louve… d'être ce qu'il n'était pas. Là n'était pas la question. Bron était agaçante et prétentieuse, elle croyait tout savoir – alors qu'elle était loin du compte –, mais elle était aussi le minuscule bébé rouge et braillard que sa mère avait laissé le petit Danny tenir dans ses bras juste après la naissance, contre l'avis des sages-femmes qui affirmaient qu'un chien ne pouvait qu'être jaloux.

Danny ne tenait pas à recommencer à partager sa chambre avec Bron comme autrefois, mais il ne pouvait imaginer le monde sans cette petite sœur qui l'avait toujours supplanté en tout.

Et si Bron était quelque part dans cette maison, alors, Jack y arriverait bientôt. La Nature sauvage était très tolérante, mais Elle détestait les prisons. Dans Son royaume, les cages ne restaient pas longtemps verrouillées.

Danny coinça le Tupperware entre les racines de l'arbre et se leva pour se déshabiller. Le froid le frappa de plein fouet, hérissant ses bras de chair de poule. Ses couilles, quant à elles, cherchaient à remonter se nicher dans ses entrailles. La sueur et la pluie qui couvraient le dos et le ventre de Danny formèrent une fine couche de glace sur sa peau.

Il fourra son jean et son tee-shirt dans le sac. Aussi trempés qu'ils soient, il risquait d'en avoir besoin plus tard. Il roula son manteau et le mit sous le sac. Puis il s'accroupit, expira et se transforma.

Le chien éternua et secoua fort la tête, ce qui agita ses oreilles. Il quitta aussitôt les bottes que Danny avait gardées. Le froid attaqua les coussinets de ses pattes.

Un bruit furtif, sous la neige, poussa le chien à tendre l'oreille. Son estomac gargouilla.

Non, pas maintenant, nous avons d'autres priorités, intervint Danny. Malgré la transformation, il était toujours là, en arrière-plan. Le chien mangerait plus tard.

Le chien pencha son museau sur le Tupperware et flaira le doigt coupé. En d'autres circonstances, une odeur de viande en partie dégelée l'aurait fait saliver. Il n'avait pas hésité à piller la glacière de la vieille tanière, à mordre dans le plastique et à engloutir de gros morceaux aussi durs que de la pierre – tout en sachant que ça le rendrait malade une fois redevenu humain.

Cette fois, le chien ne fit que gémir : il avait reconnu l'odeur. Il flaira à nouveau le doigt. Les complexités émotionnelles n'étaient pas son point fort, il ne comprenait pas le mélange de ressentiment et d'affection qui troublait tant Danny, il savait juste que Bron était de la famille.

Et qu'elle avait été attaquée et blessée. L'odeur de la peur n'était pas restée sur le doigt, sa note âcre ayant été effacée par la congélation et le passage du temps, mais la viscosité noire de la douleur restait incrustée dans l'os brisé. Un grondement féroce, réclamant vengeance, émana de la gorge du chien.

D'un coup de patte, il fit tomber le doigt. Bron avait un parfum qui mêlait poivre, lait et sucre candi. Pris sous l'ongle cassé, des lambeaux de chair morte sentaient mauvais et donnaient au chien envie de mordre. Il gardait cette puanteur en mémoire depuis Durham : c'était la signature des monstres qui avaient violé son territoire.

Le chien sépara les odeurs et les classa dans son cerveau pour les reconnaître le moment venu. Puis il gratta avec frénésie la neige et la terre, et cacha le doigt dans le trou qu'il venait de creuser. Une fois cette tâche accomplie, il leva la tête, le nez pointé, et chercha la piste.

La neige. L'odeur forte du bois foudroyé, la sève brûlée, les cendres… Le rongeur caché dans les racines de l'arbre avait des relents musqués et affamés. Allait-il tenter de déterrer le doigt ? Fallait-il le mettre à l'abri ailleurs ?

Non.

Le chien se secoua vivement, du nez à la queue, pour se débarrasser de sa tentation et d'une couche de neige. Le paysage olfactif était sans intérêt, juste de la glace et des fantômes. Même l'odeur du doigt était différente, éteinte, fanée.

Les maisons habitées étaient plus riches d'odeurs, elles s'attardaient dans les recoins et s'incrustaient dans les tapis : nourriture, sueur, colère et joie, sexe et mort. Les humains faisaient tout chez eux.

Le chien grogna en pensant au rongeur caché sous l'arbre – pour le prévenir que sa présence avait été repérée –, puis il quitta son abri et avança vers la maison. Dégingandé et sombre, il contrastait trop vivement avec le tapis blanc pour passer inaperçu, aussi se faufila-t-il à travers les arbres et rampa-t-il sur le ventre pour se rapprocher des murs de la bâtisse. Une longue chaîne agrafée à des poteaux plantés dans le sol faisait le tour de la maison, mais la tempête en avait emporté une partie. Le chien s'aplatit et passa dessous sans trop de difficulté, même s'il y laissa quelques poignées de poils.

Et un peu de peau aussi. L'odeur de son sang monta dans l'air froid, chaude, salée et métallique, avant même que la douleur parvienne à son cerveau. Une égratignure à l'épaule. Rien de grave.

Le chien ne sentait rien. Aussi avança-t-il dans la neige, tout raide, avec prudence. Ses pattes laissaient des empreintes rondes et profondes, mais il ne pouvait rien y faire. D'ailleurs, la neige tombait toujours, elle ne tarderait pas à recouvrir ses traces. Le chien se secoua pour dégager la glace de ses oreilles, puis il pencha la tête. Il avait entendu un grincement, quelque part sous la neige, mais l'odeur n'indiquait ni une taupe ni un rat. Et le son était statique.

109

Le chien se mit à faire les cent pas devant la maison tout en essayant de déterminer l'origine du bruit. Il trouva en approchant des marches et bondit, les pattes en avant. Il ne trouva pas un corps chaud, mais du métal. Le son cessa.

Le chien creusa dans la neige, ses pattes arrière rejetant de gros blocs gelés jusqu'à ce qu'il arrive à une lourde grille métallique enfoncée dans le béton sous l'escalier. L'odeur piquante du poivre et du lait s'échappait des cheveux humides. Tout excité, le chien enfonça le nez, dans la grille battit sa queue touffue et poussa un petit jappement.

Après un moment de silence :

— Danny ?

La voix tremblante était plus faible que dans les souvenirs de Danny, comme étouffée par la peur et l'épaisseur des murs.

D'un ton durci, la voix reprit :

— Espèce de chien stupide ! Qu'est-ce que tu fais là ? Ouste ! Va-t'en ! Je n'ai pas besoin de toi ! Je suis capable de me débrouiller seule !

Le chien continua à remuer la queue, le nez collé contre le métal froid.

C'était bien elle, pas de doute.

Bron n'avait pas changé.

X

Gregor

DES MÈCHES crépues d'un roux délavé flottant autour de son crâne, la vieille garce boita jusqu'à la plage, le dos voûté. Elle portait un pull en laine plein de taches et de trous, et une longue jupe. Un monstre la suivait, l'autre fixait les jumeaux tandis qu'un sourd grondement émanait de sa bouche déformée.

Gregor n'avait pas revu Rose Blake depuis qu'il l'avait aspergée d'huile et qu'elle avait fui, à moitié brûlée, la grotte des Sannocks morts, là où ils avaient été abattus, là où ils reposaient depuis lors. Apparemment, la prophétesse avait mal cicatrisé. Une peau blanche et couverte de taches de rousseur, découpée en patchs, tentait de cacher les endroits où les brûlures avaient laissé à vif les muscles et les os. Le visage marqué de sutures noires était tendu comme un masque grotesque. De longues bandes striaient le cuir chevelu carbonisé, laissant passer des mèches grises et raides sous la tignasse rousse arrachée à un cadavre.

Elle était affreuse, Gregor en convint, mais un « *quelle beauté !* » s'implanta pourtant dans son cerveau comme une flèche trouvant sa cible. Il fixa les points de suture qui s'écartaient, dévoilant les cicatrices cireuses et les os se trouvant dessous. La dissonance de ses sensations lui donna la migraine… et un début d'érection, ce qui lui retourna l'estomac. Alors, il emplit ses poumons de la puanteur des monstres, savourant presque leurs relents de chair empoisonnée, et laissa sa révolte et sa colère effacer tout le reste comme un raz de marée.

Comment avait-il pu la juger désirable ? Était-ce le but que Rose poursuivait ? Avait-elle déterré les morts et assassiné les enfants pour tenter de retrouver une ancienne beauté ? Si tel était son objectif, elle avait lamentablement échoué, malgré tous ses efforts.

Lesdits efforts, se souvint Gregor assombri, avaient coûté la vie à Nick, son petit-fils. Grâce à son oiseau, il était revenu d'entre les morts, mais cela n'effaçait pas le crime de Rose ou le souvenir que Gregor gardait du cadavre tordu de son amant sur la plage. Une douleur amère mêlée de colère vengeresse lui serra la gorge.

Un grognement furieux s'échappa de ses dents serrées. À ce son, un des prophètes tira sur son collier, assez fort pour que Gregor doive renverser la tête en arrière. Il chancela aussi, mouvement trop brusque qui déchira les entraves plantées dans ses chevilles. Le métal du collier s'enfonça dans sa gorge et lui coupa la respiration. Gregor s'étouffa et grogna à nouveau.

— Laisse-le tranquille, ordonna Rose. Lui et son frère sont venus de loin pour me retrouver. La moindre des choses est de les laisser mourir debout.

Sa voix était dure, éraillée aussi, la tessiture n'était plus la même.

Le prophète relâcha sa prise avec un petit bruit dégoûté. Gregor se redressa. Il leva une épaule et tenta vainement de frotter la peau de son cou, meurtrie et déchirée. Du sang coulait de ses chevilles sur ses pieds nus avant de se perdre dans les rochers. Le rivage était tout près.

— Salope, dit-il.

Au son de sa voix, elle leva le menton et pencha la tête vers lui. Alors seulement, il se rendit compte qu'elle était aveugle. Une des orbites était vide, les bords fondus comme de la cire. Sur l'autre avait été cousue une paupière volée. Gregor nota un mouvement dessous, sans être totalement convaincu qu'il s'agissait d'un œil ou de ce qui en restait.

— Où est mon petit-fils ? demanda Rose.

— Parti, répondit Gregor avec brutalité.

Putain ! Elle eut le culot de grimacer, comme si elle avait encore le droit ou l'aptitude de se soucier du sort de Nick. Elle tourna vivement la tête et elle leva la main en désignant Lachlan. Son doigt aussi avait été reconstruit avec de la peau et des phalanges volées.

— Qu'as-tu fait d'eux, gamin ? aboya-t-elle. Où sont Nicholas et mon petit dieu ?

Poussé d'une main anonyme dans le dos, Lachlan fut projeté en avant. Il trébucha et aussitôt, par souci d'auto-préservation, il empoigna Ellie et l'entraîna avec lui, les doigts fermement agrippés à son bras. Il heurta plusieurs morceaux de bois flottés épars sur le sol avant d'arriver devant la vieille femme. Il s'arrêta, hagard, le visage moite de sueur grasse. Il émanait de lui des relents de peur panique et de désir malsain.

— L'homme aux cheveux noirs ? bredouilla-t-il. J'ignorais qu'il était de votre sang. Si j'avais su… si nous avions été mis au courant, nous l'aurions mieux accueilli. Je l'ai à peine vu, d'ailleurs. C'est elle…

Ellie se débattait en vain pour échapper à sa poigne.

Lachlan posa une main sur la nuque de la louve et la poussa vers Rose.

— … c'est elle qui l'a pourchassé ! ajouta-t-il.

Choquée, Ellie commença par balbutier un démenti, mais elle se tut et serra les lèvres quand Rose tourna vers elle son visage monstrueux. Gregor plissa les yeux. La précision du mouvement de la prophétesse donnait l'impression effrayante qu'elle voyait à travers son œil fermé.

— Qu'as-tu fait à Nick, ma fille ? demanda Rose.

Elle se pencha vers Ellie, approchant du visage de la louve ses lèvres molles et roses. Elles glissèrent soudain, révélant une vieille bouche fripée cachée en dessous. Ellie grimaça, le visage crispé de dégoût et d'attraction malsaine. Elle tenta de détourner la tête, mais Rose l'en empêcha en la prenant par le menton.

Elle huma l'air et ricana.

— Je sens mon garçon sur toi. Pourquoi ? L'as-tu mordu ou baisé ?

Ellie gémit. Dans son dos, Gregor entendait les chiens s'agiter et faire cliqueter leurs chaînes. L'un d'eux grogna une protestation étranglée. Gregor tourna la tête et, sans accorder un regard au prophète debout derrière lui, il constata que le chien qui avait réagi aux mots de la prophétesse était l'étranger menotté.

Ayant noté cela, Gregor vérifia que Jack l'avait vu aussi. C'était le cas, car il serrait les dents, la mine contrariée. Avant que Gregor ait le temps d'analyser cette expression, le prophète qui se tenait derrière lui le frappa de toutes ses forces sur l'oreille. Gregor entendit des cloches sonner dans son crâne.

Malgré cela, il perçut l'ordre que hurlait le prophète :

— Regarde-la ! Elle tient à ce que tu ne manques rien du spectacle !

Gregor soupira et, bien à contrecœur, il reporta son attention sur la vieille femme couverte de cicatrices et de peau volée. Il retomba alors dans son étrange fantasme : malgré son apparence monstrueuse, Rose était belle et désirable. C'était sans doute dû à la peau qu'elle portait, pensa Gregor. D'après la légende, les Sannocks avaient été d'une beauté surnaturelle. Il ne l'avait pas pensé en retrouvant ce qui restait d'eux dans la Nature sauvage, mais les corps étaient alors découpés, souvent incomplets, les morceaux jetés au hasard.

Toujours fermement maintenue par Rose, Ellie déglutit péniblement et bredouilla d'une voix étranglée :

— Je me suis battue avec… Non, je l'ai poursuivi. Il m'a échappé.

Rose ricana.

— Vraiment? Et comment s'y est-il pris? Il est tout en jambes maintenant et je l'avais prévenu de ce que risquait un garçon incapable de courir vite. Tu es un loup, ma fille, comment as-tu pu laisser filer un garçon dégingandé?

Ellie hésita. Elle voulut consulter Lachlan du regard, mais Rose ne la laissa pas faire. Ellie céda :

— Il… il s'est transformé en oiseau.

— Menteuse! cracha Lachlan. Tu inventes n'importe quoi plutôt qu'admettre ne pas avoir été fichue d'attraper un humain!

Quand Rose finit par la lâcher, Ellie recula en titubant et essuya son visage sur sa manche. Rose tendit la main vers Lachlan, il s'approcha et plaça son visage sous la paume tâtonnante. Il frissonna quand Rose l'empoigna fermement.

— Non, répondit-elle d'une voix affable. Elle dit vrai. Nick sait voler.

Elle resserra son étreinte sur Lach, ses doigts traversant le pull en laine pour creuser dans la chair et les muscles.

Lachlan chancela de douleur, mais il parvint à étouffer le gémissement qui cherchait à jaillir de sa gorge.

— Crois-tu que j'accepterais d'avoir un petit-fils *humain*? lança Rose dans un grognement guttural.

— Non, hoqueta Lachlan. Désolé.

Rose le libéra et le repoussa brutalement. Il tituba en arrière, du sang noir marquant son chandail. Il faillit même tomber dans les bras épais du monstre à la peau rouge. En entendant la créature grogner un gargarisme menaçant, Lach fit un bond d'effroi et s'écarta prestement.

— Nicholas saura me retrouver, murmura Rose pour elle-même.

Elle jeta alors un coup d'œil à Gregor et pinça les lèvres.

D'une voix amère, elle ajouta à contrecœur :

— Ou c'est toi qu'il viendra chercher.

Gregor lui cracha dessus. Le jet de salive la heurta au visage et dégoutta le long de son épaule. En réponse, elle lui envoya une mandale, les jointures aussi lourdes qu'un sac de blé. Gregor ne s'écroula pas, ce fut parce que les prophètes derrière lui le maintinrent debout. Les oreilles tintantes, il passa la langue sur ses dents et goûta son sang. La brûlure de sa pommette indiquait une fracture.

— N'oublie jamais une vérité essentielle, déclara Rose avec froideur. Tu n'es plus le même. Moi non plus.

Quand Gregor secoua la tête, une vague de nausée au goût d'hémoglobine noya le bourdonnement de ses oreilles. Il cracha encore sur Rose, du sang cette fois. Les postillons écarlates se mêlèrent aux taches de rousseur du visage tavelé et le masque beauté/horreur glissa l'espace d'une seconde.

Furieux, les prophètes agonirent Gregor d'insultes et le bourrèrent de coups de pied à l'arrière des genoux. Il s'écroula durement sur le sol pierreux. Un prophète l'empoigna aux cheveux et lui renversa la tête. Rose tâtonna, elle trouva son visage et enfonça les ongles de ses pouces sous les yeux.

— Laissez-le tranquille ! hurla Jack avec frénésie.

Gregor perçut un bruit de bagarre et le craquement sourd d'un coup heurtant chair et muscles, suivi d'un grognement de douleur. Il ne chercha même pas à se retourner. L'odeur du sang de son idiot de frère montait déjà dans l'air.

— Putain ! cria encore Jack. Qu'est-ce que vous attendez de nous ?

Tout le monde se figea. Rose retira ses ongles de Gregor. Le sang coula sur son visage comme des larmes.

Rose fit un pas en arrière avec un sourire sarcastique.

— Je suis comme toutes les jeunes mariées, chantonna-t-elle. Je veux apprendre à mieux connaître ma nouvelle famille.

Gregor lécha le sang qu'il avait sur les lèvres et regarda la vieille prophétesse tendre à deux mains son pull sur son ventre, dévoilant des hanches maigres et un abdomen gonflé, distendu. On aurait dit un serpent ayant avalé un cochon.

— Je veux aussi vous entendre bénir votre frère à naître, ajouta Rose. Le vrai fils du Numitor !

Les prophètes renversèrent la tête et hurlèrent de triomphe et de folie. Quelques chiens, d'instinct, se joignirent à eux, oubliant la loyauté éternelle qu'ils avaient plus ou moins promise à Jack en prison. Les loups se tournèrent vers Lachlan pour savoir comment agir, mais, aussi sidéré qu'eux, il ne leur fut d'aucune aide.

Jack recula d'un pas, le visage couvert de sang, la mine butée.

— Non ! cracha-t-il. Tu mens !

Gregor rejeta la tête en arrière et rugit de rire. Il rit à gorge déployée, jusqu'à ce que le prophète derrière lui en prenne ombrage et tire sur son collier, un genou dans son dos, l'étouffant à moitié. Gregor insinua ses doigts sous le métal sanglant et continua à hoqueter.

— Mon frère ? J'en doute ! éructa-t-il. Si tu es tellement enflée, Rose, c'est parce qu'un rat est venu crever dans ton ventre après s'y être égaré par mégarde !

Le loup apparut sous le visage de Rose, le poil hérissé, la fourrure grisâtre moisie et rapiécée, les crocs jaunes et ébréchés. Un autre pelage apparut aussi sur la peau volée, des poils aussi fins que des pétales de pissenlit, blancs, mais poisseux. Très vite, ils se flétrirent au contact de ce qui les entourait et disparurent en poussière.

Rose inspira avec force et força ses loups à reprendre leur place en elle. Son visage volé glissait, les points qui le retenaient derrière ses oreilles ayant cédé. Elle dut le maintenir en place de la main. La bouche aussi était de travers.

— D'accord, grinça-t-elle, je me passerai de votre bénédiction. Apparemment, vous avez oublié ce que c'est de tomber entre mes mains, je vais vous le rappeler. Qu'on les conduise au valetudinarium [11] !

— L'hôpital ? s'étonna Gregor. Pourquoi ? Les loups n'en avaient pas besoin. S'ils ne guérissaient pas spontanément d'une blessure, ils s'en accommodaient ou ils en mourraient. C'était la première fois qu'il entendait un loup parler d'un hôpital.

Il n'eut pas le loisir d'y réfléchir davantage. Relevé sans douceur, il reçut des coups sur la tête pour l'inciter à avancer. Il finit par obéir en traînant les pieds. Il tint sa langue, doutant fort que ses geôliers soient d'humeur à répondre à ses questions.

De plus, il découvrirait bien assez tôt ce qui l'attendait.

GREGOR DÉPASSA le monstre qui grognait, d'épaisses coulées de pus et du sang gouttant de ses gencives abîmées. Sa puanteur était telle qu'elle agressa ses nerfs et s'incrusta dans ses tripes... où la même infection se propageait. Sans en tenir compte, Gregor jeta à Rose un regard dur.

Étant enfant, Nick avait aimé sa grand-mère, cette affreuse sorcière, ou du moins ce qui restait de son être originel sous le loup greffé et la peau de Sannock. Désormais, il devait vivre en sachant qu'il n'avait été que le jouet des ambitions de la vieille garce.

Gregor se promit qu'un jour, il tuerait Rose pour ça.

---

11 Pièce destinée à recevoir et à traiter les malades, chez les Romains, pendant la période Antique.

Deux mois plus tôt, la Nature sauvage des Hautes-Terres était aussi familière à Gregor que le reflet de son visage dans le miroir, il la connaissait aussi intimement que son propre corps. Désormais, il n'était plus aussi à l'aise. La vieille prison des Sannocks, une fois ouverte, s'était propagée comme une infection dont l'odeur aigre avait peu à peu envahi la Nature sauvage. Elle s'accrochait au paysage et en modifiait les contours.

Gregor comptait ses pas. Trois cents, alors que sa démarche était handicapée par le métal qui le cisaillait à chaque mouvement. Pourtant, il sentait ses cuisses et ses épaules se détendre, souples et brûlantes à la fois, et l'idée d'être sur les terres de la meute, *son* territoire, roulait sous ses plantes comme du sable.

Ellie avançait près de Lach dans la neige.

— Qu'est-ce qu'elle raconte ? Elle ne peut pas être enceinte...

Elle avait parlé d'une voix très basse, presque inaudible. Lach chercha à la distancer en marchant plus vite. N'y parvenant pas, il pivota vers elle et montra les dents. De sa main indemne, il prit la louve par la gorge et la souleva sur la pointe des pieds.

— Quoi qu'elle dise, c'est la vérité, c'est compris ?

Le vieil homme n'avait jamais eu à user de sa force physique pour punir un loup qui dépassait les bornes. Lachlan, lui, ne parvint même pas à maîtriser Ellie. Elle se dégagea avec brusquerie et recula d'un pas, la mine butée. Ses boucles blondes, soulevées par une rafale, lui couvrant le visage, elle les repoussa avec agacement.

— Idiot ! Je te rappelle qu'elle se prétend enceinte du « vrai » Numitor. Si tu n'es pas le Numitor, de quel droit lèves-tu la main sur moi ?

Il lui jeta un regard noir.

— Du droit qu'elle m'a donné, répondit-il. Ça... ce qu'elle a dit... c'était juste pour faire mal aux jumeaux.

Après un coup d'œil à Gregor et à Jack, Ellie cracha dans la neige.

— Si elle voulait leur faire mal, déclara-t-elle, elle aurait pu leur casser les jambes, elle n'avait pas besoin d'inventer un roman. Je suis venue jusqu'ici pour le Numitor, j'ai tout abandonné pour lui. Qu'il soit un vieil homme ou un jeune loup, je m'en fous. Si tu n'es pas le Numitor, pourquoi devrions-nous te suivre ?

D'un geste de son menton, Lachlan désigna l'avant du groupe où Rose marchait, agrippée à la fourrure lâche du monstre à ses côtés.

— Parce que ce sont ses ordres, déclara-t-il sèchement. Tu veux *vraiment* t'opposer à elle ?

— Elle a ordonné aux autres loups de t'obéir, insista Ellie, d'une voix lourde de défi. Elle leur a même piqué leurs gosses pour les garder en laisse. Moi, j'étais déjà avec toi, je n'ai reçu aucun ordre particulier. Si tu disparaissais, je crois même qu'elle me demanderait de te remplacer.

— Ne dis pas n'importe quoi ! s'emporta Lachlan. Le vieil homme est mort et son héritier, en admettant que Rose le porte vraiment, n'est pas encore né. Il n'est même pas certain qu'il naîtra un jour. En attendant, *c'est moi* le Numitor et si je t'entends encore mettre ma légitimité en doute, je te tranche la gorge.

Il la jeta dans la neige et s'éloigna d'un pas rageur.

— Un loup sensé ne s'abaisse pas aux menaces, déclara Gregor. Il agit tout simplement.

Ellie se releva en lui lançant un regard sombre. Une forte odeur d'adrénaline et de peur montait d'elle comme un nuage de vapeur. Elle montra ses dents humaines avec un rictus.

– *Sensé* ? persifla-t-elle. Ah, ça te va bien de me faire la leçon ! Pourquoi es-tu revenu ? Personne ne veut plus de toi ! Personne n'a réclamé ton aide ou celle de Jack, nous n'avons pas besoin de tes airs hautains et de tes sarcasmes. L'Hiver de loup est différent de ce que nous pensions, et alors ? Je survivrai.

Elle jeta un coup d'œil à la rangée de prisonniers et eut, sans le vouloir, un mouvement sec de la tête. Sa bouche se tordit dans une moue amère.

Gregor ouvrait la bouche pour réclamer des précisions, mais Jack le fit taire d'un coup de coude dans les côtes. Tenté, par la force de l'habitude, de ne pas tenir compte de l'avis de son frère, Gregor serra les dents pour résister à la tentation.

— Ellie ? déclara Jack avec calme. Tu fais *vraiment* confiance à Rose ? Il ne reste pas grand-chose d'elle, tu sais.

Du menton, il désignait la prophétesse et ses monstres.

Ellie hésita un moment, le visage crispé par le doute et la répulsion. Puis elle se reprit, se durcit et fusilla Jack du regard en se frottant la gorge.

— Je fais confiance au pouvoir, répondit-elle. Ici, maintenant, c'est elle la plus forte, pas nous. Pas toi. Plus maintenant.

D'une main nerveuse, elle arracha les boutons de sa robe, exhibant sans pudeur des flancs maigres, un ventre plat et des seins hauts, puis elle se transforma.

Cela ne ressemblait nullement à ce que vivait un monstre : une mutation forcée était une torture d'os brisés et de chair fiévreuse.

Le loup d'Ellie avait l'habitude du corps qu'il utilisait, de la pointe des oreilles à la longueur des pattes. Il s'ébroua dans l'air froid et jeta à Gregor un regard curieux, de ses prunelles fixes qui avaient la couleur dorée de l'ambre. Puis il tourna les talons et s'éloigna au trot.

Gregor le suivit des yeux, les tripes nouées de jalousie. Peut-être était-elle due au poison des prophètes, peut-être Gregor en était-il responsable. Parfois, c'était plus facile d'être un loup, d'oublier le bruit de l'humanité. Ce détachement manquait à Gregor.

Puis Jack trébucha sur un obstacle caché sous la neige et le heurta à l'épaule. Gregor, fidèle à leur pacte d'alliance, ne le repoussa pas.

— Ce que les prophètes ignorent ne peut leur servir, murmura Jack.

Gregor n'eut pas le temps de répondre, déjà, le prophète qui tenait Jack le remettait en rang avec un grognement. Les chevilles de Jack se mirent à saigner, une odeur salée et musquée monta dans l'air. Gregor jeta un coup d'œil en arrière, la neige sur leur passage était éclaboussée de sang. Voilà qui va attirer les rongeurs et la vermine, pensa-t-il.

Ce qui se trouvait dans la Nature sauvage était réel, mais c'était aussi un souvenir, un fantôme. Croquer un écureuil procurait une satisfaction éphémère sous la dent où s'attardait le gras de l'animal, mais rien n'arrivait dans l'estomac. Dans la Nature sauvage, tout n'était que tentation, un leurre aussi irrésistible que l'odeur fétide de la friterie de Lochwinnoch le vendredi soir.

Les prophètes se montraient d'une confiance étonnante s'ils ne s'inquiétaient pas de conduire leurs prisonniers jusqu'à leur porte.

Ou alors…

Gregor attendit de compléter son raisonnement, mais rien ne vint. Il gardait l'impression d'avoir raté un détail important sans parvenir à retrouver de quoi il s'agissait.

Au moins, réfléchir occupait ses pensées pendant qu'il continuait à avancer, un pas après l'autre, avec le poids du collier autour de son cou et la douleur qui augmentait dans ses pieds. Soudain, il perçut un soupçon d'odeur familière, sel et barbe à papa, Nick et hémoglobine. Aussi atténuée par le froid qu'elle soit, cette odeur s'accrocha dans sa gorge comme un hameçon. D'un sec mouvement de tête, il détourna son regard d'un furoncle sur la nuque de Lachlan et fouilla les alentours. D'abord les gros nuages neigeux sur lesquels aurait contrasté la silhouette cruciforme d'un oiseau noir.

Ne trouvant rien, Gregor reporta les yeux sur la falaise, dont la crête était bordée par de très anciens d'arbres noirs, puis sur la colline voisine, dense comme un fourré de ronces.

Un troupeau d'élans y filait à pleine vitesse, leur dos bossu couvert de neige épaisse. Le mâle qui menait la horde tourna sa tête chargée de bois pour étudier les loups. Gregor découvrit alors qu'il était mort depuis longtemps. Des glaçons aussi aiguisés que des couteaux étaient pris dans ses bois et la peau arrachée par lambeaux découvraient les os du crâne.

Un mouvement… et le wapiti disparut, laissant un homme à sa place, un homme presque entier, même s'il était essentiellement un squelette couvert de haillons, le front couronné de bois verglacés.

C'était un Sannock.

Il braqua ses orbites vides sur Gregor, qui sentit une sorte de… *secousse* dans la tête. Comme si le spectre frappait pour entrer, comme si c'était important. La main osseuse désigna le bas de la pente dans un geste sinistrement humain.

Le sang éclaboussa la neige et la glace.

Puis le pied de Gregor glissa et la Nature sauvage s'accrocha à lui, le griffant alors qu'il tombait tandis que ses os éjectaient le métal. Il fit un effort pour garder son sang-froid et atterrit… *ailleurs*.

Il avait totalement perdu l'odeur de Nick et la peur acide qui brûlait sa gorge se dissipa sous l'effet de la surprise et de l'incompréhension.

Le prophète derrière lui perçut son odeur, car il ricana en pointant le doigt sur son crâne.

— Tu fais des progrès, railla-t-il, tu as enfin l'intelligence d'avoir peur. Mais il est trop tard, dommage pour toi ! On est arrivé !

L'échange de Gregor avec le Sannock dressé à la limite des arbres avait été plus rapide qu'il y paraissait. En tout cas, personne n'avait rien remarqué.

GREGOR CRACHA la bile qu'il avait dans la bouche et leva les yeux. Un ancien manoir en ruines qui tenait encore debout par miracle – ou grâce à la glace qui le recouvrait – se dressait devant lui. La bâtisse inachevée évoquait le triste produit d'un avortement architectural.

Un mouton abattu gisait devant la maison. Le cadavre coupé en deux était grisâtre et les pattes noires raidies indiquaient un ovin de race locale. Il avait été empalé sur la clôture, la tête renversée en arrière, ses yeux noirs exorbités et vitreux fixant les nouveaux arrivants. L'autre moitié avait été traînée en haut des marches, les entrailles déroulées en longues banderoles violettes. Le sang avait imbibé la neige, dessinant de grosses cibles rouges et grasses, les os avaient été arrachés et rongés.

La puanteur de la charogne et du contenu des viscères flottait dans l'air. Gregor résista à l'envie de se tourner pour interroger le chien Hector du regard : reconnaissait-il un de ses moutons ?

Le prophète roux se figea de stupeur horrifiée.

— Qu'est-ce que c'est que ce bordel ? Comment diable ce mouton est-il arrivé là ? Regardez-moi ce désastre !

Il avait l'air aussi exaspéré qu'une ménagère de Lochwinnoch trouvant de la boue sur le sol qu'elle venait de laver.

Jack fut le premier à éclater de rire, bientôt suivi par les chiens qui pouffèrent, puis reculèrent en gémissant sous les coups des prophètes.

Le rouquin rougit d'une telle colère que même son cuir chevelu devint pourpre sous ses cheveux épars. Il tira Jack par son collier pour le faire taire.

— Je vais peut-être vous charger de tout nettoyer, toi et ton frère, cracha-t-il. Autant que les fils du Numitor se rendent utiles, pour une fois !

Rose tourna la tête comme si elle étudiait la scène de ses yeux aveugles. Le monstre sous sa main tourna la tête en même temps qu'elle, même si l'œdème de sa mâchoire disproportionnée rendait ce mouvement difficile.

— Les créatures de la Nature sauvage ont subi un très long jeûne, Ewan, dit-elle, moqueuse. Maintenant qu'ils sont libres, nous n'allons pas leur refuser un peu de viande, tu ne crois pas ? Bientôt, nous serons des dieux et nous n'aurons plus besoin de ce tas de ruines. Laisse pourrir ce mouton.

Tout en parlant, elle effleura son affreux visage d'une main distraite et gratta une croûte sur ses sutures.

— Ça va puer ! protesta Ewan, le rouquin.

Oubliant son amusement passager, Rose pencha la tête sur son épaule. Ses cheveux roux, soulevés par le vent, lui dégagèrent l'oreille, ou du moins le moignon de chair carbonisée qui en restait. La prophétesse agita la main, englobant les étendues neigeuses qui les entouraient.

— C'est l'Hiver, Ewan, dit-elle avec un mépris fustigeant. La viande congelée n'a pas d'odeur.

Elle fit un pas vers la maison, trébucha et dut se rattraper en posant la main sur le dos du monstre. Aussitôt, elle vérifia à nouveau son visage. Constatant qu'il avait glissé, elle le remit en place.

— Vas-y, Rose, dit Ewan. Tu as à faire.

Sa voix vibrait d'une satisfaction qu'il ne cherchait pas à cacher.

— Poursuivons nos préparatifs, ordonna Rose sèchement. Je ne veux pas devoir attendre le Nouvel An.

Elle se redressa, la main toujours posée sur le monstre. Un pus épais coula de son poignet jusque sur la neige. Le monstre pencha la tête et le lécha avec avidité. Rose le fit se redresser avec un grognement désapprobateur.

Elle se tourna ensuite vers Ewan, le prit par le poignet et serra fort.

— Et trouve-moi Nick! aboya-t-elle. Si tu réussis dans une de ces deux tâches, je serai satisfaite, les deux, je serai sidérée.

Elle le lâcha avec une sorte de dégoût et entra… non, corrigea Gregor, elle fut happée par la Nature sauvage.

Lachlan poussa un cri de protestation, puis il parvint à se contrôler.

— Les brûlures guérissent mal, déclara Gregor. Mais en principe, elles guérissent. Pourtant, cette vieille garce a la peau aussi à vif que le jour où je l'ai ébouillantée!

D'un coup de botte, Ewan jeta de la neige sur la flaque de pus que Rose avait laissé derrière elle.

— Elle n'a pas oublié, déclara-t-il. Et elle n'a certainement pas pardonné.

— Qu'est-ce que j'en ai à foutre? jeta Gregor sans ambages.

Ewan eut un hoquet presque amusé.

— Quand on s'oppose à la Nature sauvage, on ne guérit plus, ajouta-t-il. Ce qu'elle a fait…

L'un des autres prophètes intervint :

— Tu parles trop, Ewan! Si les loups connaissent tous nos secrets, ils ne nous serviront plus à rien!

— Si le plan de Rose fonctionne, rétorqua Ewan, nous n'aurons plus besoin d'eux.

Cette idée, loin de le réjouir, semblait le consterner. Quand l'autre prophète bredouilla une protestation inarticulée, Ewan le repoussa d'un geste impatient de sa main marquée de tavelures roussâtres.

— Et puis, ils n'en ont plus pour longtemps! insista-t-il. À qui iront-ils parler? Allez, maintenant, emmenez les chiens et mettez-les avec les autres.

Tom protesta alors qu'il était traîné au milieu des tripes de mouton, affirmant être un chien loyal et digne de confiance. Il disparut néanmoins avec ses congénères à l'intérieur de la vieille ruine.

— Et nous ? demanda Jack.

— Elle vous a réservé un traitement spécial, répondit Ewan.

Il semblait presque le regretter, comme s'il réalisait, maintenant qu'il était trop tard, que la prophétesse était irrécupérable.

— Ainsi, ajouta le rouquin, vous serez à même d'apprécier ce qui va arriver. À présent, tout est en place, cela ne devrait plus tarder.

Il recula et fit signe à ses acolytes d'escorter les jumeaux. Gregor résista à celui qui tirait sur son collier et planta ses talons dans le sol jusqu'à ce qu'Ewan lui jette un regard interrogateur, de ses yeux bleus tout injectés de sang.

— Quoi encore ?

— Si tu fais du mal à Nick, je te tuerai, déclara Gregor. Vivant ou mort, je te retrouverai et je te tuerai.

— Gregor, souffla Jack, pour lui conseiller la prudence.

Ewan carra les épaules, la mine indignée.

— Nick est mon petit-fils ! Ma chair, mon sang ! Je n'ai plus que lui ! Et tu crois que je lui veux du mal ?

Gregor cacha sa surprise. Nick n'avait jamais évoqué que sa grand-mère. Bien sûr, Gregor s'était bien dit qu'il devait avoir eu un grand-père ou deux, et même un père quelque part. Et cette idée lui tordait les tripes de jalousie. Il voulait Nick pour lui tout seul !

Il aurait aussi voulu retrouver son loup et son mordant pour accentuer ses menaces. Comme c'était impossible, il devait se contenter de sa colère humaine.

D'un autre côté, l'aveu d'Ewan avait une certaine logique.

— Rose ne s'est pas gênée, elle, déclara Gregor. Et Nick est *à moi*, prophète.

Ewan parut choqué. Rose ne lui avait peut-être pas révélé ce qui avait poussé Nick à revenir dans le Nord. Le prophète se reprit vite, cependant, et d'un geste impérieux, il incita ses sbires à faire avancer les jumeaux.

Cette fois, Gregor se laissa entraîner.

XI

Gregor

DES TÂCHES d'humidité marquaient les murs et déformaient les lames d'un plancher jadis étincelant. Les pics de glace récemment tombés, dont certains gisaient encore le long de la plinthe, avaient creusé dans le chêne pourri des trous aussi ronds que des balles de golf.

Au passage, Gregor jeta un coup d'œil à une pièce meublée d'un bureau brisé et de hautes étagères vides. Il tendit le cou pour regarder le haut de l'escalier, le toit était en partie effondré et le ciel pâle était visible. La tempête hivernale était momentanément calmée, mais elle reprendrait sous peu.

Agacé de le voir lanterner, un prophète le frappa du poing derrière la tête. L'impact fit trébucher Gregor, le métal de ses liens lui déchira la cheville. La douleur remonta à l'arrière de sa jambe, ses orteils s'engourdirent. Quand Gregor voulut avancer, son pied céda sous lui, ensanglanté et criblé d'échardes.

Jack se précipita en avant et cala son épaule contre lui pour le maintenir debout. Bien à contrecœur, Gregor déglutit et ne protesta pas ; il dut même admettre que ce soutien, même s'il provenait de Jack, lui était nécessaire. Une amertume envahit sa bouche et s'attarda sur sa langue.

— Il n'y a rien à voir là-haut, grommela le prophète. Nous nous cachons juste du regard des loups. Ailsa, ouvre la porte.

Il semblait presque fier de cette masure délabrée où les prophètes s'étaient installés en parasites, comme des bernard-l'hermite sur la plage.

Ailsa passa devant Gregor, petite, la mine pincée et vile, elle avait des cheveux noirs et un visage au teint jaunâtre, où aucun trait ne ressortait. Elle s'était déjà débarrassée de son manteau, révélant la fourrure volée qu'elle portait, noir et argent. Gregor la reconnut.

Jessie… La vieille louve, plus âgée encore que leur père, avait été gardée dans la meute par courtoisie, car elle préférait rester seule dans les collines. Elle vivait encore quand Gregor avait traversé le Mur pour descendre vers le Sud et, à en juger par la déchirure ensanglantée entre les épaules, elle n'était pas morte de façon agréable.

Apparemment, les prophètes n'attendaient plus une mort naturelle pour écorcher un cadavre de loup.

Jack parla le premier :

— J'espère que Jessie vous a arraché les tripes avant d'être assassinée ! Elle ne méritait pas un sort pareil.

Gregor grinça des dents, irrité que son frère lui ait une fois encore volé la vedette. Puis il ravala son dépit.

Ailsa s'accroupit pour déverrouiller un épais cadenas accroché à un anneau en fer fixé dans le sol. Elle détacha ensuite deux barres d'acier et souleva la trappe : une bouffée d'air empuanti de crasse ancienne et de musc frais s'en échappa.

— Moi non plus, cracha-t-elle. Je méritais de garder mon loup. Le garçon n'était qu'un humain après tout, pourquoi le vieil homme s'est-il mêlé de…

— Tais-toi, Ailsa, ordonna un prophète. Te supporter est déjà assez pénible sans que tu nous rappelles constamment ce que tu es.

Elle montra les dents et gronda. Les crocs de la vieille louve dont elle avait volé la peau ne suffisant sans doute pas à son ambition, Ailsa s'était implanté deux grosses canines dans la gencive supérieure, deux dents grises et ébréchées, infectées jusqu'aux racines.

— Ce que nous sommes tous ! répliqua-t-elle hargneusement. Quelle que soit la faute qui nous a été reprochée à titre individuel, une fois devenus prophètes, nous sommes tous bâtis sur le même moule ! Et maintenant, nous allons nous transformer en dieux !

Quand elle ôta sa main de l'anneau, des lambeaux de peau gelée restèrent collés au métal. La plaie ne saignait pas, pas encore.

Ailsa se précipita dans le passage qu'elle venait d'ouvrir, dévala les marches de pierre grise et disparut très vite.

Derrière Gregor, un prophète déclara d'une voix indistincte, mais lourde de dégoût :

— Seulement certains d'entre nous le deviendront !

Les autres lui demandèrent de se taire, puis ils indiquèrent à Gregor et à Jack de descendre à leur tour dans le trou qui s'ouvrait à même le sol. Les pieds toujours entravés, Jack s'engagea d'un pas prudent sur les marches étroites. Il rattrapa Ailsa et demanda :

— Que va-t-il arriver aux autres ?

Gregor n'aurait pas pensé à poser la question. Jack devait avoir bâti un plan, se dit-il, et si les chiens mouraient trop vite, cela risquait de le compromettre.

Ailsa émit un ricanement.

— Les chiens ? Ça ne m'étonne pas que tu penses à eux !

Elle tendit le pied et poussa Jack dans l'escalier. Un rire étrange et essoufflé lui échappa en le voyant tomber dans le noir. Gregor grogna et voulut se précipiter vers elle, mais le prophète derrière lui le retint par la chaîne attachée à son collier. Il s'esclaffa en voyant Gregor s'étouffer et reculer d'un pas.

— Les chiens sont enfermés, jeta Ailsa. Au chenil, où est leur place.

Ignorant le cri d'avertissement de l'autre prophète, elle avança et posa la main brûlante de fièvre sur le visage de Gregor. Elle transpirait abondement, et une infecte puanteur émanait d'elle, mélange de charogne, de désespoir et de cette maladie mentale qui avait provoqué son renvoi de la meute. Gregor retint un haut-le-cœur.

Elle sourit et exhiba ses crocs volés.

— Les reproducteurs ne doivent jamais approcher ces sales bâtards. Ton frère aurait dû le comprendre depuis des années…

Elle était méchante, mais très bête. Gregor lui fit un clin d'œil, puis il tourna la tête et planta les dents dans la main de la prophétesse. Du sang chaud coula sa bouche, son goût familier presque effacé par l'amertume écœurante de la pourriture.

Ailsa hurla et tenta de lui arracher sa main, mais Gregor tint bon et la chair se déchira entre ses dents. Étant humaines, elles étaient moins efficaces que celles d'un loup, mais avec de la conscience et de la bonne volonté, elles pouvaient commettre des ravages. Gregor serra la mâchoire, puis il secoua vicieusement la tête d'un côté à l'autre. Les os craquèrent, les tendons cédèrent, le cartilage se fendit.

De sa main libre, Ailsa le frappa à la tête et quand les autres prophètes intervinrent, elle réussit à repousser Gregor. Elle serra sa main ensanglantée contre sa poitrine, les yeux brûlants de haine.

— Quand le moment sera venu, je veux être choisie pour le tuer.

Il sourit, exhibant ses dents ensanglantées, et cracha sur les pierres le petit doigt de la prophétesse. Avec un hoquet d'horreur, elle vérifia sa main mutilée, comme si elle n'avait pas encore réalisé qu'il lui manquait l'auriculaire.

— Choisie, choisie, marmonna un des autres prophètes. Tu seras servie selon tes mérites, comme nous tous.

Il agrippa Gregor par l'épaule et le poussa brutalement dans l'escalier. Comme Jack l'avait fait avant lui, Gregor bascula la tête en avant dans le noir. Instinctivement, il tenta d'amortir sa chute, mais avec les mains et les pieds attachés, il ne fit qu'empirer les choses. Il serra les dents, leva les bras pour se couvrir la tête de son mieux et essaya de rester le plus mou possible. Il se cogna l'épaule et la hanche contre le rebord des marches, pierre après pierre, et finit par arriver en tas au pied de l'escalier. Il atterrit sur son frère, ce qui amortit sa chute.

Il roula sur le dos, les jambes toujours levées vers l'escalier, et fixa le carré sombre de la trappe par laquelle les prophètes étaient remontés.

Une voix familière coupa court à ses réflexions :

— Inutile d'y penser, j'ai déjà essayé. La porte est solide et les monstres montent la garde.

— Ces saletés ne me font pas peur, répondit Gregor. J'en ai déjà tués pas mal.

Jack grogna et le repoussa.

— Et ça n'a pas été facile !

— Justement ! Autant continuer à s'entraîner !

Gregor planta le coude dans le sol ct se redressa sans trop gémir. Il gardait dans la bouche le goût du sang d'Ailsa, gras et aigre. Il jeta un coup d'œil autour de lui. Il vit des étagères et des placards, des crochets suspendus au plafond. La pièce souterraine avait sans doute été une glacière autrefois. Décidément, cela devenait une habitude de fréquenter ce genre d'endroits !

Les prophètes y avaient installé des lits de camp étroits aux draps tachés de sang et de fluides. Les cadres de métal étaient rayés et déformés. Apparemment, devenir prophète n'était pas facile.

Dans le coin de la pièce, blottis les uns contre les autres, deux gamins et un bébé avaient les yeux fixés sur lui. Une chandelle mettait des reflets verts dans leurs prunelles écarquillées.

Gregor fronça les sourcils et se retourna vers Bron.

—Où est le quatrième gosse ? On nous avait parlé de cinq enlèvements, dont toi.

Elle fronça les sourcils, ce qui accentua de manière choquante sa ressemblance avec son frère. Sa bouche se tordit.

— Greer s'est échappé dans la Nature sauvage, déclara-t-elle.

Nommé d'après Gregor, le petit garçon avait presque cinq ans, c'était le plus âgé des enfants enlevés. Trapu et téméraire, il passait son temps à s'attirer des ennuis.

— Il a couru, couru, souffla Bron. J'espérais qu'il s'en sortirait, mais…

Mais il n'a pas réussi à rentrer au village, compléta Gregor quand Bron ne termina pas sa phrase. Parfois, la Nature sauvage gardait les enfants perdus, elle les cachait. Même les humains racontaient des histoires de disparitions mystérieuses et inexpliquées, bien qu'ils les attribuent aux Sannocks.

— Il n'est pas mort, déclara Gregor. C'est déjà ça. Les prophètes ont un otage en moins.

Bron grimaça.

— Tu crois ? demanda-t-elle avec scepticisme.

Elle se frotta le ventre. Machinalement, Gregor suivit le geste et son cerveau bugga en voyant la main bandée se poser sur un solide renflement.

— Tu es enceinte !

— Je sais, aboya Bron. J'avais compris toute seule, merci !

Jack émit un rire sans humour. Il essuya de sa manche son visage ensanglanté, il s'était entaillé le front en dévalant les marches, et demanda :

— Qui est le père ?

Une pensée soudaine lui fit faire la grimace.

— Bron ? enchaîna-t-il. Ce n'est pas Lachlan, quand même ?

C'était une hypothèse plausible, car Lachlan reniflait derrière Bron depuis qu'elle était nubile et, aussi tordu que cela paraisse, son intérêt se basait en partie sur le fait qu'elle était la sœur de Danny.

Gregor tendit ses mains menottées, sans trop savoir quoi en faire.

— Non, répondit-il. Je présume que cet enfant est de moi. C'est ça ?

Coucher avec Bron lui avait paru sensé sur le moment. Tous deux avaient le sang échauffé par une chasse sous la lune, alors, au premier sourire aguicheur de Bron, Gregor l'avait suivie jusqu'à son lit. *Juste un coup d'un soir*, avait-elle admis, mais aussi un bon moyen de tenir Lachlan à distance. Avec d'autres loups, Lach aurait pu tenter sa chance et jouer de son rang hiérarchique. Avec Gregor ? Sûrement pas, car provoquer son courroux n'était pas recommandé.

Aucun loup sensé ne s'y risquerait.

Bron n'était pas amoureuse de Gregor, ni réciproquement, mais à la pleine lune, les loups ressentaient l'appel de la Nature sauvage. Deux tiers des enfants de la meute étaient nés neuf mois après une pleine lune, Gregor aurait dû y penser, mais sur le moment, il avait eu d'autres idées en tête.

Bron esquissa un sourire.

— Hé, ils ne m'ont pas traînée ici et enchaînée pour le seul plaisir de ma compagnie, pas vrai? Oui, Greg, cet enfant est de toi. Félicitations! Il sera bientôt aussi mort que ton premier rejeton!

Elle regretta ses paroles à peine les avait-elle prononcées et se mordit la lèvre, mais elle ne fit pas mine de s'excuser. Elle avait la réputation méritée de dire tout ce qu'elle pensait, sans mâcher ses mots. Bien que la flèche l'ait touché au cœur, Gregor n'en voulait pas à la jeune louve. Elle avait dit vrai, au fond.

La mine assombrie, il laissa retomber ses mains. Loup complet et puissant, il n'avait pas pu sauver sa fille, alors comment protéger cet autre bébé en étant amputé? Il s'était avéré incapable de se défendre, ou même de *retrouver* Nick et encore moins le protéger, et voilà qu'il allait devoir laisser un autre bébé mourir.

Cette perspective se figea dans sa poitrine, créant une douleur sourde et rance. Gregor sentait aussi la lente brûlure du poison de la prophétesse se répandre dans ses veines, après s'être échappé de son âme. Il éprouvait un profond dégoût de lui-même, ce qui rendait son infection plus difficile encore à ignorer.

— C'est la meilleure solution, déclara Bron. Je ne veux pas que mon bébé subisse le sort que cette vieille folle a prévu pour lui.

— C'est-à-dire? demanda Jack.

Elle haussa les épaules, la main toujours pressée sur son ventre, comme pour protéger l'enfant à naître.

— Je ne sais pas, admit-elle, mais je doute qu'il s'agisse d'une belle fête. Pfut! Pas étonnant que mon frère t'apprécie, en fait! Tu es aussi bête que lui!

Jack leva les yeux au ciel, puis il s'avança vers Bron. Il se pencha et articula d'une voix à peine audible :

— Tu l'as vu? Il est ici?

Elle agita sa main libre.

— Hé, regarde toi-même! Le vois-tu?

Il ne répondit pas et la toisa. Elle eut un ricanement nerveux, puis rougit et détourna la tête. Elle hésita un moment.

Sa décision prise, elle pressa son doigt sur ses lèvres et fit signe à Jack de patienter un moment. Elle se tourna vers les enfants toujours blottis ensemble dans leur coin.

— Taisez-vous, les scorpions, ne pleurez pas ! Je ne veux plus vous entendre, même si vos parents sont tous déjà morts !

La plus âgée des filles, Shauna, s'essuya le nez sur sa manche, elle toussota pour s'éclaircir la voix et poussa un hurlement de banshee. Sa voix perçante et suraiguë, si spécifique aux enfants, fit sursauter Gregor, qui dut lutter contre son instinct d'aller la réconforter. Suivant son exemple, le petit garçon se mit également à hululer. Il avait moins de coffre que Shauna, mais il n'en faisait pas moins un tapage impressionnant. Même le bébé ouvrit grand sa bouche édentée et se mit à vagir pour s'accorder aux autres.

Bron profita de la cacophonie pour discuter avec Jack sans craindre les oreilles indiscrètes des prophètes.

— Est-ce toi qui as envoyé Danny ici ? demanda-t-elle. Je ne veux pas que tu te serves de lui quand ça te chante ! C'est un chien, connard. Il aurait pu se faire chopper par un des monstres !

Elle frappa Jack à la poitrine de sa main bandée. Il recula d'un pas.

— Où est-il ? insista-t-il.

— Je t'ai dit…

Elle fronça les sourcils et le poussa à nouveau. Cette fois, Jack la saisit par le bras et la fit reculer d'un pas.

— Où est Danny ? grogna-t-il.

Gregor avança avec un grondement d'avertissement. Pourtant, il n'intervint pas. D'abord, Bron était pénible et elle méritait bien une petite leçon, ensuite, il savait que Jack ne lui ferait pas de mal.

Affolés, les enfants cessèrent presque de crier.

Bron leur fit vite signe de continuer.

Elle prit ensuite une posture de soumission, les yeux au niveau du menton de Jack.

— Il est quelque part dehors, répondit-elle. Il prétend avoir un plan, mais il tenait à t'attendre. Même après toutes ces années passées loin de la meute, il est toujours dingue de toi !

Jack serra les doigts sur le bras de Bron, geste trop brusque qui fit bouger les fils métalliques et couler du sang sur ses poignets.

Gregor s'inquiéta de s'être trompé sur son frère. Il se tendit, prêt à intervenir, mais déjà, Jack lâchait prise.

— Quel plan ? demanda-t-il, sèchement.

Bron grinça des dents d'agacement.

— Il ne m'a rien expliqué ! Il pense sûrement que les méandres de son génial cerveau sont trop compliqués à suivre pour une petite louve ignorante comme moi, qui n'est jamais sortie de sa meute ! Il m'a juste dit quoi faire une fois que tu serais là.

— Continue, exigea Jack.

Shauna finit par se lasser de crier, elle renifla un peu et le silence retomba. Elle essuya ses yeux sur sa manche sale, la lèvre inférieure tremblante, comme si sa performance lui rappelait qu'elle avait de bonnes raisons de pleurer. Bron l'applaudit en silence, ce qui arracha un sourire mouillé à la fillette. Elle s'étendit, le pouce dans la bouche.

Gregor n'avait rien d'un homme sentimental. Il préférait ne pas trop souvent évoquer sa fille défunte. Y penser le faisait souffrir sans rien apporter de bon, alors, quel intérêt ? Mais la vue des petits loups blottis les uns contre les autres, sales et apeurés, le remua, quoi qu'il en ait. À quoi servait une meute incapable de protéger ses petits ?

Il laissa sa colère monter, une émotion primaire qui ne laissait place à rien d'autre en lui. C'était plus facile à gérer.

— Bron, parle, dit-il durement, ça devient lourd !

Elle jeta un regard nerveux vers la trappe au plafond, attendit un moment, puis s'accroupit et tira de sa botte une pince coupante.

Aussitôt, Jack lui tendit les poignets. Il regarda le sang dégouliner de ses poignets déchirés tandis que Bron manipulait l'outil avec précision, malgré sa main bandée, la langue pontant entre les dents en un rien de temps, elle parvint à libérer les mains de Jack, puis ses pieds.

Le collier prit plus longtemps, car le cadenas s'avéra trop épais pour tenailles. Bron s'acharna à le cisailler jusqu'à ce que Jack réussisse à tordre le verrou et à le casser.

Le laissant se débrouiller seul, Bron avança vers Gregor, ses boucles sombres lui cachant à moitié le visage. Elle sentait le lait et le miel, le parfum de la grossesse.

— Je tuerai cet enfant de mes propres mains, chuchota Gregor, plutôt que le laisser tomber aux mains de cette sorcière.

Bron lui offrit un sourire reconnaissant. Puis elle se baissa et s'attaqua, avec sa pince, au métal des poignets de Gregor.

— Danny essayera de t'en empêcher, souffla-t-elle. C'est un chien, il est gentil mais bête. Il faudra que tu lui résistes.

131

— Je le ferai sans difficulté, assura Gregor. C'est Jack qui est amoureux de lui, pas moi.

Elle fit la moue.

— Non, un loup n'*aime* pas un chien, il ne fait qu'abuser de lui. Danny était très heureux dans le Sud, avec les humains. Il aimait son travail, il aimait le café. Maintenant, il est revenu.

Gregor haussa les épaules. Que son frère ait un faible pour le chien, il s'en fichait mais quelque part, il se doutait que sa relation avec Nick entrait dans la même catégorie. Cette idée le hérissa.

— Les humains du Sud sont au même point que nous, Bron. La fin du monde n'arrive pas seulement dans le Nord.

Elle coupa le dernier fil et le laissa se libérer. Gregor serra les dents en arrachant le métal de ses poignets. C'était moins douloureux qu'un couteau planté dans l'épaule, mais il n'en frissonna pas moins de tout son corps, aussi électrifié qu'en entendant un clou grincer sur un tableau. Une fois les mains libres, il s'accroupit pour s'occuper de ses pieds. Ils étaient si meurtris et enflés que la peau boursouflée cachait presque complètement les fils.

Pour les couper, Gregor dut s'entailler presque jusqu'à l'os. Il jeta ensuite le métal sanglant et tira sur les jambes de son jean pour couvrir ses chevilles tailladées.

Puis il tendit la pince à Jack, demande silencieuse d'aide pour le collier. Leur trêve tenait toujours, apparemment, puisque Jack s'exécuta sans commentaire.

Une fois libéré, Gregor se gratta la nuque et lança à Bron un regard plein d'expectative.

— Et maintenant ? Tu fais quoi ? Tu siffles ?

Elle secoua la tête et sortit de sa poche un briquet cabossé. Elle serra les doigts dessus comme s'il s'agissait d'un talisman. Son loup brillait dans ses yeux, sauvage et dangereux d'avoir été mis en cage.

— Non, putain, nous allons foutre le feu à cette saloperie d'hôpital !

LES ENFUMER aurait été un terme plus précis, pensa Gregor. Debout en équilibre sur les épaules de son frère, il bourrait de coton imbibé d'essence les tubes en plastiques fissurés qui couraient à l'intérieur des murs. Les relents irisés montaient comme des arcs-en-ciel, l'odeur était assez forte pour lui piquer le nez.

Bron avait encore encouragé les enfants à pleurer. Elle profita du vacarme pour chuchoter :

— D'après Danny, il y a des tubes comme ça dans tout le bâtiment. Ils permettent aux prophètes de communiquer d'une pièce à l'autre ou d'écouter les conversations.

Elle défit le bandage de sa main, son doigt coupé avait cicatrisé en un moignon lisse, et grimpa l'escalier pour coincer le chiffon sur les bords de la trappe.

Un pas lourd bougea derrière le panneau, suivi d'un gargouillement suspicieux.

Bron recula vivement sa main, puis secoua ses doigts pour les réchauffer afin de compléter sa tâche.

— La fumée devrait se répandre partout, déclara-t-elle. Danny la verra.

— Comment a-t-il su pour les tubes ? demanda Gregor.

— La maison n'est pas vraiment sécurisée, répondit Bron. Il a pu s'y introduire et explorer. C'est pour cacher son odeur qu'il a abattu le mouton. Vous avez vu celui qu'il a laissé dehors ? Il en a traîné un autre à travers toute la maison.

Elle alluma le briquet et en présenta la flamme vacillante au linge sec. Le feu démarra sans conviction, comme pour éviter de lutter contre le froid hivernal. Une fois satisfaite du résultat, Bron jeta le briquet à Jack qui le rattrapa au vol. Les chiffons imbibés d'essence s'enflammèrent bien plus facilement. Gregor se brûla les doigts en tentant d'ajouter du carburant, un des petits démons de Surt [12] était apparemment avide de chair. Il dansa dans les flammes puis, avec un clin d'œil moqueur, il fila dans les tuyaux.

Gregor essuya la Nature sauvage de ses yeux et recula d'un pas. Il lécha ses doigts couverts d'ampoules et plissa le nez, agressé par la fumée lourde et noire qui s'épaississait dans le sous-sol.

Il toussa et grommela :

— J'espère que ton frère a réfléchi aux conséquences de son plan.

— Au moins, il a fait quelque chose, rétorqua Bron.

Elle ôta sa robe et la déchira pour alimenter les flammes. La lueur du feu éclaira sa peau pâle couverte de taches de rousseur.

Soudain, Bron se mit à hurler :

— Au secours ! À l'aide ! Il y a un feu ! Aidez-nous !

---

12 Divinité nordique, géant du feu dévastateur.

Elle poussa un autre cri, plus strident. Cette fois, le feu avait bel et bien pris, il s'engouffra dans les fissures et se propagea le long des tuyaux comme dans un conduit de cheminée.

Gregor regarda ses doigts boursouflés, ils gardaient de profondes cicatrices de l'incendie qu'il avait affronté dans la grotte des Sannocks. Il revoyait la scène cauchemardesque : les peaux écorchées et brûlées des Sannocks, la fumée coincée dans sa gorge, son envie de mourir... Il ne pouvait plus bouger.

Puis Jack lui fourra dans la main une poignée de chiffons et Gregor fit l'effort de se remettre au travail. Jack, conscient que les vêtements ne feraient que le ralentir, se déshabilla également et, aussi nu que Bron, il alimenta les feux. Le denim humide et ensanglanté provoquait une belle fumée épaissie par une odeur de viande carbonisée.

Les enfants s'étaient collés au mur, les mains sur le visage. La fumée avait désormais atteint la trappe. Par-dessus les cris et le crépitement de flammes, Gregor entendit des jurons et une agitation à l'étage. Sans doute les prophètes qui cherchaient à comprendre ce qui se passait.

— Où est ton frère, Bron ? demanda Gregor. Compte-t-il nous laisser cramer comme des dindes au four afin de mieux attiser les flammes ?

Elle ne répondit pas.

— Fais-lui confiance, Bron, dit Jack. C'est mon cas.

— Si tu me fais confiance, remarqua Gregor avec aigreur, c'est que tu manques de jugeote !

Jack fit la moue, mi-amusé, mi-convaincu que son frère disait vrai.

— Quel autre choix as-tu, Bron ?

— Faites-moi dégager ce monstre de là ! tonna une voix au-delà de la trappe, avec un fort accent des Basses-Terres. Ne restez pas plantés comme idiots. Vous imaginez ce qu'elle nous fera si elle apprend à son retour que nous avons laissé brûler ses loups ?

Le monstre essayait de rester à son poste, Gregor l'entendait griffer le bois et faire claquer ses dents, mais il finit par céder aux abjurations des prophètes. Il s'éloignait d'un pas lourd quand quelqu'un secoua le cadenas.

— J'allais les faire sortir, mentit Ailsa d'une voix nasillarde. J'avais justement décidé d'agir...

Elle souleva la trappe.

Bron et Jack étaient déjà transformés. Ils foncèrent vers la lumière dès que le panneau se souleva. Bron avait toujours été rapide et sa grossesse, à ce stade, ne ralentissait pas son loup. Jaillissant de l'escalier comme un missile, elle percuta la prophétesse en pleine poitrine. Ailsa poussa un cri outré et tomba à la renverse. Déjà, la louve plantait les dents dans son bras levé, arrachant peau morte et chair brûlante.

Surgissant à son tour, Jack attaqua Ailsa aux jambes pour l'empêcher de se redresser.

Resté en arrière-ban comme un vieux loup édenté plus bon à grand-chose, Gregor en fut réduit à regrouper les enfants, il empoigna le bébé dans une main, jeta John sur son épaule et entraîna Shauna par le bras en haut de l'escalier.

Ailsa se souvint enfin du loup volé cousu à son dos. Elle se transforma et la pauvre louve morte émergea, le ventre collé au sol. Un œil était fendu, la paupière arrachée découvrait une orbite couleur de foie moisi. À travers, Gregor aperçut l'œil d'Ailsa, un globe oculaire désespéré et injecté de sang. Une patte à laquelle il manquait un doigt se tendit vers Shauna et déchira son pyjama d'un coup de griffes.

Gregor tira la petite fille hors de portée. Elle cria d'effroi et s'agrippa à lui de ses petites mains nerveuses. Gregor posa sa lourde botte sur la main d'Ailsa et l'écrasa sous son talon, puis il recula jusqu'à l'autre bout de la salle. Le bois brûlait sous ses pieds, Gregor chancela avant de se rattraper.

Bron se chargeait d'Ailsa, elle lui enfonça ses dents dans la gorge et cracha un gros morceau de viande sanguinolente. Ailsa crachota et s'étouffa, les mâchoires brisées, son sang s'écoulant. Elle réussit néanmoins à frapper Bron et à la projeter contre un mur. Au son de l'impact, Gregor grimaça.

Ailsa échappa à Jack et s'écarta, les jambes sanglantes et à moitié arrachées, elle gargouillait comme si elle tentait de prévenir les autres.

Gregor sentit Shauna glisser et la rattrapa d'une main ferme. Du coin de l'œil, il vit un prophète enveloppé d'une fourrure sale tendre les bras pour saisir la petite fille. Gregor gronda, repoussa Shauna derrière lui et colla le prophète contre le mur. La peau morte avait été mal traitée et sa puanteur de charogne piquait le nez et la gorge. Gregor serra les doigts autour du cou de sa victime, lui coupant le souffle. Il montrait les dents dans un rictus féroce. Sur son épaule, le petit John hoqueta de panique et resserra ses bras sur son cou, imitant inconsciemment Gregor qui étranglait le prophète.

Jack l'attrapa par l'épaule.

— Non, lâche-le ! C'est Danny.

La surprise desserra les doigts de Gregor. Le faux prophète s'affala contre le mur. En y regardant de plus près, Gregor reconnut effectivement

Danny sous la peau du loup, dont le museau étroit cachait une vieille paire de lunettes.

Il s'esclaffa grossièrement.

— Tu dois être content ! Tu as enfin le droit de jouer au loup !

Jack bouscula son frère et étreignit son chien, sans se soucier de la puanteur qu'il dégageait. Il le serra contre lui et l'embrassa avec une passion mêlée de désespoir. Il glissa la main sous fourrure moisie pour l'enfouir dans les boucles souples. Et il passa son pouce le long de la pommette de Danny.

— Tu pues, admit Jack. Sinon, ça va ?

Danny arracha sa fourrure pestilentielle avec un frisson de dégoût et la laissa tomber dans la fumée qui émanait de la trappe.

— Je croyais que maman allait vous avertir ! s'écria-t-il. Elle me l'avait promis, je n'ai jamais imaginé que vous seriez ainsi attaqués et blessés !

Avec une tendresse un peu brusque, Jack l'empoigna par la nuque et pressa son front contre le sien.

— Nous voulions retrouver Rose et ses prophètes, déclara-t-il. C'est le cas.

Bron s'approcha et leur jeta un regard écœuré.

— Arrête de baver sur mon frère, Jack, c'est dégueu. Bon, on y va ?

Danny lui jeta un coup d'œil, puis il détourna la tête. Si la nudité le gênait, pensa Gregor, avec mépris, c'était sans doute parce qu'il avait joué à l'humain trop longtemps.

Une fraction de seconde plus tard, Danny tressaillit et fixa le ventre de sa sœur.

— Tu es enceinte ? s'étrangla-t-il.

Bron roula des yeux.

— Non, j'ai des gaz, déclara-t-elle. C'est ce que tu as appris dans ta belle petite école ? À énoncer des évidences ?

— C'est que je ne… bredouilla Danny. Maman ne me l'avait pas dit.

— Pourquoi l'aurait-elle fait ? rétorqua Bron. Tu ne connais même pas ce bébé, pourquoi t'y intéresserais-tu alors que tu te fiches du sort de ta sœur ? Dieu, que tu es bête !

— Oui, oui, je sais, répliqua Danny, vexé, tu ne cesses de le répéter. Ce pauvre bébé doit en avoir les oreilles rebattues ! Il doit avoir très envie de sortir pour avoir enfin la paix ! Et je ne me fiche pas de toi, je viens de te sauver !

— Sauvée par un chien, persifla Bron. Je vais le raconter à tout le monde ! Il y a vraiment de quoi être fière !

Jack resserra sa main protectrice sur l'épaule de Danny.

— Danny, viens, dit-il. Elle ne changera jamais.

— Ne lui donne pas d'ordre ! s'écria Bron. Mon frère n'est pas un toutou !

Elle repoussa violemment Jack, ce qui le fit grogner, et noua les bras autour du cou de Danny. Sans doute oublia-t-elle aussi qu'il était un chien, parce qu'elle le serra si fort qu'il finit par protester.

— Je parie que tu as eu peur pour moi ! railla-t-elle. Je t'avais dit que j'allais me débrouiller.

Danny appuya son visage contre les boucles sombres.

— Oui, oui, bravo !

Il leva les yeux vers Jack et enchaîna :

— Maintenant, nous devrions filer avant que les prophètes se rendent compte que nous sommes seuls. En principe, maman cherche à repérer la fumée, mais...

Jack lança un regard déconcerté à Gregor, au moins, leur ancien antagonisme était sans ambiguïté. Puis il secoua la tête.

— Non, nous ne sommes pas seuls, déclara-t-il. Danny, emmène Bron et les enfants loin d'ici. Gregor et moi allons libérer les chiens. Je ne crains ni les prophètes ni les monstres, ils saignent comme tout un chacun. Nous pouvons mettre un terme à cette histoire.

Non, pensa Gregor. Sûrement pas. Les chiens allaient mourir, lui aussi, sans doute, vu son état actuel, mais avec un peu de chance, les prophètes seraient suffisamment blessés pour être une proie facile quand les loups viendraient.

Il détacha John son cou et le donna à Danny ainsi que le bébé.

— Allons-y, dit-il.

Shauna regarda le chien d'un air hautain, mais elle ne protesta pas quand Gregor la laissa à la garde de Bron.

Ils rejoignirent les autres prophètes, des fourrures en lambeaux attachées à leurs corps nus, la tête baissée pour échapper à l'épaisse fumée huileuse qui remplissait la maison. Il régnait partout une telle panique que personne ne leur posa de question ou ne leur accorda un regard.

Devant la maison, un prophète trébucha sur Shauna, il la fixa avec surprise et ouvrit la bouche pour donner l'alarme. Gregor l'attrapa par sa peau volée et tira d'un coup sec la fourrure morte rugueuse sous ses doigts.

En principe, un loup tuait sa proie grâce à ses crocs et à son endurance, après une longue chasse sanglante à travers les collines et les bois jusqu'à la mise à mort. Mais Gregor avait grandi en travaillant à la ferme de son père. Il savait tordre le cou d'un poulet ou abréger les souffrances d'un renard heurté par une voiture. Il brisa d'un coup sec le cou du prophète sans lui laisser pousser un cri. Gregor laissa tomber le corps dans la neige qui s'était remise à tomber.

Bron lui adressa un sourire rapide, elle ramassa Shauna et courut pour rattraper son frère. Gregor la regarda filer avec grimace teintée d'amertume. Un chien serait sans doute plus utile à elle et au bébé que lui. Il trouva plus difficile de repousser cette idée qu'auparavant. Même la colère ne parvint pas à l'étouffer.

Gregor finit par la repousser au fond de son esprit et suivit les empreintes de Jack qui longeaient la maison. Quand il arriva au chenil, son frère en avait déjà ouvert la porte et il faisait sortir les chiens.

Gregor se figea, il avait senti… quelque chose.

Rose avança derrière lui et posa une main recousue sur son épaule. Les ongles n'avaient toujours pas repoussé au bout de ses doigts, la pulpe était encore rose et molle.

— Je t'ai arraché ton loup, déclara-t-elle. Déteste-moi si tu veux, mais c'est lui que tu le détestes plus, pas vrai? Je peux t'aider.

Gregor se raidit contre le terrible leurre de cette fausse beauté et essaya de se concentrer sur le monstre qu'il percevait sous le mirage.

— Je te l'ai déjà dit, Rose. Je ne veux pas d'un loup venant de toi.

— Menteur, minauda-t-elle.

Elle pressa contre lui son ventre anormalement gonflé, trop chaud, trop mou. Gregor la désirait, ses couilles étaient comme harponnées, mais il aurait également voulu arracher la peau qu'elle avait touchée.

— Tu es né loup, Gregor, tu étais le véritable héritier de ton père. Je sais ce qui te comblerait : ton loup, mon petit-fils, ta meute… Je peux tout te donner. En échange, donne-le-moi.

— Comment?

Il s'en voulut aussitôt d'avoir posé la question.

Quand elle répondit, elle ronronnait de satisfaction malsaine.

— Tu le sauras très vite.

Elle pressa quelque chose de froid dans sa paume, puis s'évapora.

Il baissa les yeux et fixa un moment le flacon en métal bosselé avant de le glisser dans sa poche.

Les chiens, une fois hors du chenil, s'alignèrent derrière Jack comme un simulacre de meute. Gregor ravala la bile qu'il avait dans la bouche, la tentation aussi, puis il avança vers son frère d'un pas alourdi.

Il cracha la vérité comme une arme :

— Tu n'as pas besoin de moi pour ce que tu as prévu de faire, alors, je vais chercher Nick. J'ignore le plan tordu que Rose a concocté, mais je sais que Nick en fait partie. Il n'est pas question qu'elle remette la main sur lui !

Jack afficha une mine consternée. Sans doute simulait-il. Les deux frères savaient très bien que sans son loup, Gregor ne serait d'aucune utilité. Jack espérait peut-être que Gregor se fasse tuer et lui évite cette corvée contraignante.

— Si nous les éliminons ici et maintenant, protesta Jack, tout sera fini. Rose ne pourra plus continuer ses manigances. Sans les prophètes…

— Non, coupa Gregor, ils ne sont que des outils pour elle, comme Lachlan, comme tous les monstres qu'elle a créés à Girvan. Elle n'est pas là, alors, rien ne peut se finir.

Jack serra les lèvres, la mine sombre, mais il n'insista pas. Il avança jusqu'à Gregor et lui tapa l'épaule.

— D'accord, vas-y. Je m'occuperai de Bron jusqu'à ton retour.

Gregor montra les dents.

— Je n'ai pas besoin de ta permission, Jack. Tu n'es rien. Avoir une meute de chiens ne fait pas de toi un vrai Numitor.

Il appela la Nature sauvage, elle répondit et, malgré la pourriture aigre laissée par les Sannocks morts, elle l'attira aux confins du monde.

XII

Nick

— VOUS AVEZ de la chance d'avoir encore vos orteils !

Le ton était si sec que Nick se demanda comment prendre ce commentaire. En vérité, il n'en avait aucune idée. Sa chance venait-elle que ses orteils aient été sauvés ou que son interlocuteur ne les ait pas coupés ? Les yeux toujours fermés, Nick fit un rapide bilan de sa situation. Il était allongé sur un vrai lit, à ce qu'il semblait.

Il n'était pas très pressé de reprendre contact avec la réalité.

La voix se fit plus impatiente encore :

— Mon petit monsieur, si vous ne voulez pas que je vous réexpédie dans la neige où je vous ai trouvé, je vous conseille de parler ! Et vous avez intérêt à ce que vos explications soient convaincantes.

Je suis docteur.

Bien que Nick ait les mots sur le bout de la langue, il les ravala sans les prononcer. Mieux valait apprendre où il avait atterri avant de trop se dévoiler. Il ouvrit les yeux et vit un homme à la mine sinistre à son chevet, il portait un costume et une *cravate* ! Deux soldats l'encadraient, un fusil militaire serré dans les bras.

Tous les yeux étaient fixés sur Nick.

Le lit médical était étroit, le matelas fort mince, et les barrières métalliques, relevées de chaque côté, formaient une sorte de cage. Nick portait à chaque poignet des menottes attachées à la barre de son lit. Il avait une intraveineuse dans le bras et sentait contre sa peau la démangeaison familière du ruban chirurgical adhésif. Les murs d'un blanc pisseux ne révélaient rien de particulier, toutes les salles d'hôpital que Nick avait fréquentées au fil des ans ayant eu cette même couleur.

Pendant un moment, il se demanda si son pire cauchemar ne venait pas de se réaliser : il avait passé sa vie à craindre une crise psychotique. Après tout, il souffrait d'une terrible hérédité : sa grand-mère était folle. Avait-il rêvé les dernières semaines ? Aussi réalistes qu'elles aient pu lui paraître, peut-être n'étaient-elles que le produit de son cerveau destiné par les gènes et l'éducation reçue à échapper au monde réel. Nick aurait dû en être soulagé. Si c'était le cas, les monstres n'existaient pas et sa grand-mère ne l'avait pas sacrifié à… un plan diabolique.

Bien au contraire, il ressentit un terrible creux dans sa poitrine, une sensation de perte insoutenable.

— Gregor… murmura-t-il.

Du moins, essaya-t-il de parler. Sa langue, aussi sèche qu'un bout de cuir racorni, resta collée à son palais. Ses yeux brûlés par le soleil larmoyaient douloureusement et Nick, étant menotté, ne pouvait même pas les frotter.

— Gregor ? C'est votre nom ? demanda l'homme en costume.

D'un geste autoritaire, il ordonna à l'un des soldats de baisser son arme et d'apporter de l'eau.

Une fois le verre devant lui, machinalement, Nick voulut tendre la main, mais le cliquètement de ses menottes lui rappela que c'était impossible. Comme il ne pouvait boire seul, le soldat dut se pencher et présenter le verre à ses lèvres. Nick avala l'eau tiédasse avec avidité.

Il prêta l'oreille, certain que l'oiseau allait ricaner et se moquer de lui, mais le silence dans sa tête était assourdissant.

Que s'était-il passé ? Pourquoi l'oiseau n'était-il plus là ?

— Non, corrigea-t-il. Je m'appelle Nick.

Il leva le bras et agita ses menottes avant d'enchaîner :

— Pourquoi suis-je attaché ainsi ? Que me reproche-t-on ?

En guise de réponse, son vis-à-vis se présenta :

— Je suis James Malloy, vous souvenez-vous de votre arrivée ici ?

Nick fouilla sa mémoire, puis il secoua la tête. Il se souvenait d'avoir rencontré en chair et os le Vagabond, le croquemitaine des histoires de son enfance, et d'avoir fui, comme sa grand-mère le lui avait conseillé autrefois. Fui à toutes jambes sans regarder en arrière.

Tu es aussi intelligent qu'une perruche !

Des flashs du passé défilèrent dans sa tête, sans ordre ni logique. Sans contexte aussi. *La neige, la peur, il avait mal aux pieds, il paniquait sans pouvoir intervenir, bloqué dans sa tête, tandis que l'oiseau émergeait pour attaquer. Il y avait une route…* Cette dernière image devint soudain plus nette, plus détaillée. Nick revit le camion couvert de neige coincé sous un pont et une flopée de voitures bloquées derrière lui, vides. Les effets personnels que leurs propriétaires avaient jugés assez valables pour entasser dans leur véhicule, mais trop lourds pour emporter sur leur dos avaient été abandonnés sur les bas-côtés.

Et maintenant, Nick était ici. Il se concentra et chercha à contacter l'oiseau pour avoir accès à la Nature sauvage via ses yeux, mais il n'y parvint pas. Sa tête était vide et le monde était aussi tranquille que Nick avait passé des années à le croire, à l'aide de pilules médicamenteuses.

— Je ne me souviens pas, dit-il prudemment. J'étais sur la route, je cherchais un panneau pour m'indiquer le chemin et retourner en ville…

— Vraiment ? déclara Malloy sans cacher sa suspicion. Je pensais que tout le monde avait été évacué.

— Non, contra Nick, certains fermiers sont encore là, ils n'ont pas voulu abandonner leurs moutons et ces terres qu'ils cultivent depuis des générations. Et puis, les gens n'aiment pas suivre les consignes, vous savez.

— C'est votre cas, je présume ?

— Non, moi, je suis médecin. Au début, je suis resté avec mes patients, ensuite, je me suis trouvé bloqué.

Nick espérait que son explication était plausible. Il secoua à nouveau ses menottes et insista :

— Pourquoi suis-je attaché ? Qu'est-ce que j'ai fait ?

Malloy réfléchit un moment avant de répondre, les yeux plissés. Il renvoya d'une main péremptoire les soldats près de la porte, puis il tira une chaise près du lit, s'assit et croisa ses longues jambes.

— Nous vous avons trouvé dans la neige, déclara-t-il. Vous étiez nu et vous déliriez, vous n'étiez pas là depuis longtemps, cependant, sinon, vous n'auriez pas été… *intact*.

Du menton, il désignait le bas-ventre de Nick, caché sous le drap blanc râpé. Et son sourire était assez lascif pour que les oreilles de Nick deviennent rouges et brûlantes.

Nick s'agita nerveusement.

— Je ne me souviens de rien, marmonna-t-il. Où suis-je au juste ?

Le masque de Malloy retomba, froid et fermé, effaçant le rictus obscène. Il se leva.

— Là où il n'y a pas de place pour vous, répondit-il. D'un autre côté, un médecin de plus pourrait nous être utile. Nous en rediscuterons plus tard. En attendant, reposez-vous, Nicholas. Vous allez avoir besoin de tous vos… *atouts.*

Une fois encore, ses yeux brillèrent de désir. Nick se tortilla, mal à l'aise. Il n'était ni coincé ni prude – *solitaire, oui, mais pas coincé*. Ce n'était pas la première fois non plus qu'il tapait dans l'œil d'un parfait étranger, mais le regard de Malloy était essentiellement prédateur. Il désirait Nick et se fichait que ce ne soit pas réciproque. En fait, il préférait même.

Nick leva le bras.

— Dites, insista-t-il, pourriez-vous me libérer de ces trucs ?

Un petit sourire au coin des lèvres, Malloy se lécha la bouche.

— Non. Pas encore.

Nick se contenta de hocher la tête et retomba sur son oreiller aplati. Il ferma les yeux et fit semblant de s'endormir, contrôlant sa respiration malgré les picotements qui lui chatouillaient la peau. Il *sentait* le regard de Malloy sur lui !

Au bout d'un moment, Malloy avança et posa la main sur le drap mince, sa paume chaude pressa la cuisse de Nick.

Par un gros effort de volonté, Nick ne réagit pas, bien que son corps soit révulsé et ses couilles contractées.

La main remonta…

Un craquement de cuir et de toile rigide… Un des gardes changeait de position, le second se raclait la gorge. Malloy retira sa main.

— Il semble inoffensif, déclara-t-il, d'une voix un peu tendue. Il pourrait nous être utile.

L'un des deux soldats exprima sans ambages son désaccord :

— Nous aurions dû le tuer, ce connard ! Il n'est pas des nôtres ! Pourquoi gaspiller notre nourriture, pourquoi polluer notre air ? Ewan aurait dû le laisser dans la neige. La mort aurait été plus douce, Nez-Crochu n'aurait rien senti.

— Il ne volera pas son pain, assura Malloy. Il le paiera en nature !

Un rire gras répondit à sa réflexion.

— Ça suffit ! aboya Malloy. Nous avons du travail sur la planche. Prévenez Ewan qu'il s'agit bien de Nicholas, il tiendra certainement à le surveiller de près.

Les gardes grognèrent un acquiescement sans conviction. Nick entendit la porte s'ouvrir, des pas lourds gratter le sol, puis un claquement sec. Il attendit encore un moment, l'oreille aux aguets.

Après des années passées à la morgue, en compagnie de cadavres, il savait quand il était seul.

Rassuré, il releva la tête et ouvrit les yeux. La pièce était déserte. Les placards métalliques, agissant comme des miroirs, lui donnaient accès au moindre recoin, aucun œil mort et sec ne le regardait sous la porte.

Nick vérifia enfin son cerveau, pas de bruit de plumes, pas de croassement moqueur. Il avait donc tout imaginé, l'oiseau, les monstres, la Nature sauvage, Gregor, ses baisers passionnés et maladroits.

Du moins, c'était ce qu'on tentait de lui faire croire.

Avec un ricanement sceptique, Nick pressa les pieds contre le matelas et se releva aussi haut que possible avec des mouvements limités par les menottes. Peut-être était-il parano, admit-il, mais sa vie n'avait jamais été normale…

Il aurait pu admettre que la Nature sauvage et les horreurs auxquelles il avait survécu de justesse à Girvan soient le fruit d'une psychose, ou que sa profession et ses examens sans fin de tristes et froids cadavres aient fini par faire dérailler un cerveau déjà bien ébranlé par une jeunesse vécue auprès d'une grand-mère folle, à écouter de terrifiantes légendes. Il aurait même pu douter de l'existence de Gregor, même si cette idée était aussi douloureuse qu'un couteau planté dans son ventre. Après tout, pourquoi serait-il aimé adulte alors qu'étant enfant, sa grand-mère l'avait à peine supporté ?

Mais pour les monstres et autres créatures, c'était une certitude, ils avaient toujours été là, Nick avait vu leurs yeux morts le regarder à travers la fissure d'une porte entrebâillée, il avait entendu les doigts des squelettes gratter les miroirs d'une pièce assombrie. Au fil des années, il avait appris à fermer les yeux et à ignorer ses visions, craignant le constat de la vérité, même s'il cherchait en même temps à se convaincre qu'il n'était pas fou.

Parfois, cédant à la tentation, il regardait.

Et ils étaient bien là.

Mais pas aujourd'hui. C'était étrange.

Nick étudia la canule plantée dans son bras et suivit des yeux le tube transparent jusqu'au sac accroché à son support. Il avait déjà reçu des injections sans que cela interrompe ce qu'il voyait. Les menottes l'empêchaient d'atteindre la canule avec sa main, aussi dut-il se tortiller, rouler sur une hanche et la saisir avec ses dents. D'un mouvement sec de la tête, il l'arracha de son bras. La douleur fut vive, mais elle s'atténua vite. Ce n'était pas logique, ça aurait dû être pire.

Il lâcha le tube et laissa le produit de l'intraveineuse s'égoutter sur le sol. Une larme de sang rouge vif coula le long de son bras et tacha les draps. Sans s'en soucier, Nick se pencha sur le côté du lit et fit glisser les doigts sur le rail métallique, écaillé et froid. Il finit par trouver ce qu'il cherchait, l'endroit où la sangle était attachée.

Une contention médicale n'était pas une chaîne de prison.

Nick se contorsionna afin de tourner sa main et tirer sur la boucle, les tendons du poignet douloureusement étirés, le cuir rugueux du bracelet lui égratignant la peau jusqu'au sang. Une crampe tordit soudain son petit doigt, mais Nick s'obstina, la langue entre les dents. Il parvint enfin à enfoncer son pouce dans la boucle et tira. Désormais, le bracelet de cuir rigide naguère attaché au cadre du lit pendait mollement à son jumeau, toujours serré au poignet de Nick.

Nick roula sur lui-même pour libérer son autre poignet, ce qui fut plus facile, vu qu'il avait retrouvé le libre usage de sa main gauche. Il contrôlait mieux sa panique aussi, ce qui l'aidait.

Nick s'assit dans son lit et finit de libérer ses poignets. Ensuite, il se frotta les yeux et rejeta le drap. Il était nu, exposant sa peau pâle et la cicatrice sur son ventre. Il vérifia… À première vue, tout semblait normal, tout était là où il devait être. Ses pieds avaient été bandés d'une énorme quantité de gaze tenue par du ruban chirurgical. À titre expérimental, Nick remua ses orteils, il n'eut pas mal.

S'il était venu jusqu'ici de Girvan sans l'oiseau, par un froid pareil, jamais il n'aurait gardé tous ses orteils ou ses doigts.

Il quitta son lit, la peau hérissée de chair de poule, et ouvrit placards et tiroirs. Il y trouva des pilules, des rouleaux de pansements, un scalpel laissé dans un plateau, avec des lambeaux de chair grise encore collés dessus. Avec une grimace, Nick le mit de côté pour plus tard. Il ne savait pas encore où il se trouvait ni ce qu'y faisaient Malloy, les soldats et les autres, mais il connaissait les médecins et leurs habitudes. Tous gardaient un uniforme propre à portée de main pour se changer après qu'un malade leur avait saigné dessus, vomi dessus, ou les deux à la fois.

Il trouva ce qu'il cherchait dans le dernier tiroir de la table du lit d'appoint. Le bas de survêtement gris était un peu court pour lui, les jambes du pantalon découvraient ses chevilles osseuses, mais Nick ne comptait pas faire le difficile. Il enfila le sweat à même sa peau, tira la fermeture éclair et glissa ses pieds bandés dans de vieilles baskets éculées. Trop grandes pour lui de deux pointures, elles lui tenaient mieux aux pieds avec cette épaisseur supplémentaire.

Et maintenant, quoi faire ?

La réponse était simple. Du moins, elle aurait dû l'être. Pourtant, Nick se plia en deux, les mains appuyées au bord du comptoir, le temps de convaincre ses poumons d'accepter l'oxygène qu'il tentait de leur envoyer.

Son cerveau était comprimé, son cœur battait comme un tambour derrière la cicatrice qui lui ouvrait la poitrine en deux.

D'instinct, il retrouva le vieux mantra de son enfance : *grand-mère est folle, moi pas.* Malheureusement, ce fut moins efficace qu'autrefois. Il libéra une de ses mains et effleura du doigt sa clavicule, il ne trouva rien. Il avait laissé à Girvan son ancien talisman, un pendentif composé d'un clou tordu en forme de nœud attaché à une chaînette. Il l'avait jeté en comprenant que le prétendu gri-gri n'avait été qu'un leurre. D'une certaine façon.

Nick serra les poings jusqu'à ce que ses ongles lui entaillent la paume. La douleur coupa comme le fil d'un rasoir la brume de panique qui l'enveloppait, laissant la lumière entrer.

Il ne pouvait pas se laisser aller.

Il s'était dit la même chose la première fois qu'il s'était penché sur un cadavre à l'école de médecine, un scalpel à la main. À l'époque, il avait encore son terrible accent de Glasgow. Il s'était repris et il avait ouvert le corps du sternum au pubis, parce que c'était le seul moyen de parvenir à son but : devenir médecin, devenir pathologiste. Il devait se concentrer sur son objectif et ne pas s'égarer en chemin.

Aujourd'hui, c'était la même chose. Qu'il le veuille ou non, il devait y passer.

Il redressa la tête.

— Merde, Gregor, quoi ! marmonna-t-il. Qu'est-ce que tu fabriques ? J'ai besoin de toi, dépêche-toi !

Il savait que Gregor finirait par le trouver. Son rôle à lui, c'était de ne pas mourir avant, de ne pas laisser sa grand-mère le transformer en monstre. Nick récupéra le scalpel, l'essuya sur son pantalon et retroussa les manches de son sweat. Puis il aperçut son reflet dans le miroir accroché au dos de la porte et fronça les sourcils. Il ne se reconnaissait pas.

Nick approcha de la porte. Une fois encore, il constata que le médecin dont il avait emprunté la tenue était beaucoup plus petit que lui. Il dut plier les genoux pour examiner son visage dans la glace.

Il tressaillit de surprise. Ses pommettes marbrées de rouge contrastaient avec sa peau pâle, le blanc de ses yeux était injecté de sang, ses cils tout collants. Il se pencha et d'un doigt, il tira sur sa paupière. L'intérieur était rouge violacé, couvert de cloques blanches qui suintaient. Même le contact de l'air était douloureux !

Le simple fait qu'avec cette tronche, Malloy l'ait regardé d'un œil lubrique avant de le tripoter à travers le drap prouvait que quelque chose ne tournait *vraiment* pas rond chez lui.

Nick tenta de déterminer ce qu'il avait. Une réaction allergique ou…

Il lâcha son œil, se redressa et fit un pas en arrière quand il comprit : il réagissait à un produit caustique.

Il revint d'un bond près du lit et se pencha sur la flaque qui coulait de son tube IV : un liquide salin, rosâtre de sang dilué. Le sac de solution était presque vide. Nick récolta quelques gouttes et porta le bout de son doigt à sa bouche. Ça avait un goût de sang, de sel et de métal, ni son estomac ni l'oiseau ne réagirent.

Puis Nick sentit autre chose, un arrière-goût d'éthanol.

Il cracha sur le sol, dégagea le sac empoisonné du crochet et le jeta contre le mur. Il fit un « *splash* », puis glissa jusqu'au sol.

D'après sa grand-mère, cette solution aidait les loups à voir *plus loin*, elle n'avait jamais évoqué que cela les rendait aveugles ! Mais jamais Rose Blake n'exprimait toute sa pensée, et même si Nick était né loup, il était devenu en grandissant une entité tout à fait différente.

Il se frotta rageusement les yeux jusqu'à faire éclater ses cloques, un liquide huileux humecta ses doigts. Cela ne servait pas à grand-chose, il en était conscient, mais son geste était irrépressible. En même temps, il se demandait ce qu'il verrait s'il n'était pas drogué.

Le poison allait se dissiper, se consola-t-il. Il l'avait déjà constaté chez d'autres personnes à qui sa grand-mère avait inoculé sa solution.

C'était un processus assez long. Et il y avait parfois des séquelles irréversibles.

Nick repoussa cette pensée sans lui laisser le temps de prendre racine. Il avait passé l'essentiel de sa vie à souhaiter ne rien voir – ou plutôt, ne pas voir les monstres et les morts –, mais maintenant que son vœu était exaucé, il tremblait à l'idée d'être entouré de « créatures » qu'il ne distinguait plus.

S'il perdait son oiseau amateur de charognes, que serait-il pour Gregor ? Certes, il avait peu fréquenté les loups jusqu'à ce jour, mais il doutait fort qu'ils aient besoin d'un pathologiste. Ou d'un chirurgien, si Nick se sentait un jour capable de travailler sur des êtres vivants.

Je m'en inquiéterai plus tard, décida-t-il. Il était aveugle, c'était dommage, mais mourir aurait été pire. Sans doute.

Nick avança jusqu'à la porte et y pressa son oreille. Il n'entendit rien, sauf son cœur qui battait très fort.

147

Merde.

Il tenta sa chance et ouvrit la porte. Le couloir éclairé par la lumière crue des néons au plafond était désert. Nick poussa un soupir soulagé et s'engagea prudemment hors de la pièce. Il hésita et pesa ses choix. À gauche ou à droite ? Au pif, il prit à droite et avança jusqu'au hall, ses semelles grinçant sur le carrelage. Il avait presque atteint la porte quand une voix familière le fit s'arrêter net, les pieds cloués au sol. Il redevint un petit garçon, le front moite après une terreur nocturne, qui retenait son souffle en espérant que les monstres dont parlait sa grand-mère n'existaient pas.

— *Comment est Nicholas ?* demandait Rose Blake. *Il est resté le même ?*

Sa voix restait éraillée depuis l'incendie, ses cordes vocales ayant été attaquées par le feu et la fumée. En arrière-fond, Nick perçut de la musique, avec des sons de basse et un tempo brutal, mais aussi des rires, des bris de verres et du chahut.

— *Oui,* répondit une voix d'homme. *Il garde son charognard, bien que je l'aie momentanément aveuglé...*

Il avait un accent des Hautes-terres d'Écosse, comme Rose, comme Gregor et Jack. Cet accent que les natifs de la région gardaient toute leur vie sans se soucier de l'adoucir pour les Anglais.

Nick sursauta au bruit d'une gifle et dut mordre la lèvre pour retenir un glapissement. Instinctivement, il porta la main à sa joue, sentant presque l'impact des doigts de Rose sur sa peau.

— *Si tu as causé du tort à Nick ou à son oiseau,* déclara Rose d'une voix implacable, *je vais t'ouvrir en deux et t'arracher le cœur, je l'offrirai encore battant à l'oiseau pour qu'il nous revienne ! C'est un dieu, Ewan. Le premier dieu qui arpente notre monde depuis des millénaires. Les autres doivent le voir pour nous faire confiance.*

— *Et que se passera-t-il quand ils découvriront que leur confiance a été abusée ?* demanda Ewan. *Que feront-ils à Nick ? Que lui ferons-nous aussi ? Il est de ton sang, Rose, il est ton petit-fils.*

Elle poussa un soupir impatient.

– *Ne crée pas des problèmes qui n'existent pas, Ewan ! Une fois les dieux avec nous, tout sera possible. Regarde-moi !*

Il y eut un silence, puis Ewan reprit d'une voix lourde de désir :

– *Je te regarde, Rose. Tu es belle, aussi belle que le jour de notre rencontre, tu brilles comme un feu de prairie. Mais ce n'est qu'une illusion.*

— *Et alors ? Cela change-t-il tes sentiments pour moi ?*

— *Non.*

Nick fut arraché à son état de catalepsie par un bruit de baiser mouillé. Il recula avec un haut-le-cœur. Il préférait ne pas imaginer sa grand-mère dans les bras d'un amant, surtout quand ladite aïeule était une vieille sorcière à la méchanceté maléfique.

Un fracas éclata dans la salle où les joyeux lurons faisaient la fête, quelque chose de bien plus gros qu'un verre avait fini en miettes. Il y eut un rugissement d'approbation et de colère.

Nick se souvint de l'excitation belliqueuse des infirmiers de Girvan, juste après avoir ingurgité le breuvage contaminé des prophètes.

Il se lécha les lèvres et retrouva sur sa langue le goût douceâtre du poison. Que faisait sa grand-mère ici? Qu'attendait-elle des militaires et d'un fonctionnaire comme Malloy? Et quel était le rôle du Vagabond dans cette histoire?

Les réponses se trouvaient – probablement – derrière la porte à laquelle Nick écoutait, mais il était censé s'évader, aussi allait-il choisir une autre voie. Il serra les dents, tourna les talons et s'enfuit aussi vite qu'il l'osa. Il n'était plus à Girvan. Il ne devait rien à ces gens.

À Girvan, il avait libéré le fantôme de Jepson [13], une ex-chirurgienne de l'armée avec bien des secrets cachés derrière ses yeux hantés. Nick ne pouvait voir son fantôme à l'heure actuelle, mais il savait très bien que Jepson aurait pensé de son manque d'éthique. Il voyait son visage réprobateur se refléter sur toutes les fenêtres devant lesquelles il passait.

Oui, mais elle était morte, donc Nick n'avait pas à tenir compte de ses objections.

Nick s'arrêta pour lire des instructions écrites au pochoir sur le mur, à la bifurcation au bout du couloir.

Le réfectoire et la salle d'examen étaient derrière lui.

Les dortoirs des soldats, droit devant.

Les laboratoires à droite.

Rien n'indiquant ce qu'il y avait à gauche, ce fut la direction que Nick choisit d'emprunter. Après avoir tourné deux fois, le couloir commença à remonter. En plus, il faisait plus froid. Nick frissonna dans son sweat, la peau hérissée de chair de poule. Si le traitement subi avait tué l'oiseau, Nick réussirait-il à survivre une fois dehors? Ce n'était pas certain.

Tant pis, décida-t-il. Gregor allait venir. Autant lui faciliter un peu la tâche.

---

13 Voir tome 2, *Chasser les corbeaux*, même auteur, même éditeur.

En arrivant au bout du couloir, il se trouva devant deux portes blindées. De lourds manteaux encore humides de neige et des bottes isothermes s'égouttaient devant un panneau en acier où un « 3 » était peint blanc. Cela paraissait important. Nick fixa la porte en essayant de comprendre en *quoi*, mais il ne trouva rien.

Il prit une des vestes épaisses en tissu de camouflage et l'enfila, puis il échangea ses baskets trop grandes pour les bottes également trop grandes. Une fois la veste attachée, il grimaça à l'odeur qui l'imprégnait, sueur rance et relents putrides qui lui rappelèrent la typhoïde. Il n'essaya pas de changer de veste, certain qu'elles pueraient toutes de la même façon.

La porte était fermée par une grosse barre de fer. Par chance, son rôle était d'empêcher les gens d'entrer, pas de sortir. D'après Nick, aucune personne sensée ne tiendrait à quitter un abri sûr pour retourner affronter la tempête. Il souleva la barre, tira le panneau à deux mains et dut donner un coup d'épaule pour ouvrir la porte, bloquée par une congère.

Une alarme se déclencha, d'abord une lampe rouge qui clignota, puis une sirène hurlante. Nick ne pouvait revenir sur ses pas. Il releva sa capuche sur sa tête et se faufila dans l'entrebâillement de la porte.

Dès qu'il mit le pied dehors, une bourrasque le saisit et le propulsa en avant, comme pour l'inciter à ne pas perdre de temps. La neige était aussi épaisse que du brouillard. Nick tendit les mains devant lui et les vit disparaître. Quand il les retira, elles étaient livides de froid et le givre bordait ses cuticules. Il enfonça ses doigts engourdis dans ses poches et courut à travers la neige sans se soucier de la direction qu'il prenait. Il ignorait où il était, il ignorait où il devait aller. Son seul objectif était de s'éloigner autant que possible de l'endroit où sa grand-mère se trouvait.

Il entendit des cris derrière lui, des voix qui se perdaient dans les hurlements lugubres du vent.

— ... *comment a-t-il pu...*

— ... *il va geler...*

Une rafale le fit tressaillir et plier un bras au-dessus de sa tête. Les balles passèrent devant lui et s'enfoncèrent dans la neige. L'une d'elles toucha un arbre et lui arracha un morceau d'écorce congelée.

— Merde, marmonna Nick, le visage caché dans son coude.

Après avoir passé des semaines à être un dieu, il avait presque oublié ce qu'était la peur. Ces coups de feu le lui rappelaient.

Une voix furieuse retentit, parfaitement audible, une voix à l'accent écossais.

— *Arrêtez ! Merde ! Ne tirez pas ! Je le veux vivant ! Allez le chercher ! Ne tirez pas !*

La réponse de Malloy fut à moitié étouffée par le vent :

— *... pas d'ordre... de vous, Ewan. C'est moi qui... responsable.*

Il y eut une pause, puis Nick sentit, malgré son cerveau encore à moitié anesthésié, le monde changer autour de lui. C'était comme si la marée montait.

— *Plus maintenant*, déclara Ewan, toujours aussi net. *Retrouvez-le. Et ramenez-le-moi. Intact.*

Il y eut une pause, puis des grognements de soumission. Nick laissa tomber ses mains et releva la tête. Le souffle encore erratique, il vira sur sa gauche et s'éloigna du bruit des soldats lancés derrière lui. Il escalada un muret et arriva, presque à quatre pattes, dans un champ étonnamment pentu.

L'air était si vif que Nick avait la sensation d'inhaler des aiguilles de glace, ses poumons étaient agités de crampes et de spasmes. Mais le vent, qui soufflait dans tous les sens, couvrait ses traces dans la neige.

Puis Nick aperçut une ombre et se figea, tout frissonnant. Il plissa les yeux et chercha à percer le rideau de neige. Il fit même quelques pas, puis y renonça, il ne voyait plus rien, la neige était trop épaisse.

Qu'était cette ombre au juste ? Le Sannock ?

En réalisant qu'il *espérait* rencontrer un Sannock, ce qui était une vraie folie, Nick eut un bref éclat de rire. Pourtant, il continua à avancer dans la direction où il avait cru le voir. Se frayer un chemin dans la neige épaisse était éreintant, les muscles de ses jambes tremblaient déjà de fatigue. Nick faillit trébucher sur une masse noire... était-ce l'ombre qu'il avait poursuivie ?

Le vieux banc de pierre était perché au sommet de cette colline au milieu de nulle part. Nick s'y appuya pour reprendre son souffle. Un grognement, quelque part dans la tempête, le fit sursauter. Il eut à peine le temps de se retourner, les mains levées, qu'une masse lourde et froide s'écrasa sur lui. Sous la force de l'impact, Nick bascula à la renverse, le souffle coupé, et dégringola le long de la pente. Il heurta plusieurs rochers pendant sa chute, se blessant la hanche et le bas du dos. Sa veste remonta exposant sa peau nue qui s'égratigna sur les rugosités de la glace.

En arrivant au bas de la colline, Nick avait eu le temps de comprendre que son agresseur n'était pas un animal ou un monstre, mais un homme.

Quand le monde cessa de tourner, Nick était étalé sur le dos, écrasé par le poids de son assaillant. Il ouvrit les yeux et vit un poing se lever. D'instinct, il frappa le premier, son poing serré heurta une lourde mâchoire, ses jointures éclatèrent. Nick se tortilla pour déloger son agresseur, en vain.

Un visage sévère se pencha sur lui, des dents blanches brillèrent entre les lèvres retroussées.

Gregor renifla l'air.

— Chaque fois que je perds ta trace, tu fais n'importe quoi, grogna-t-il. Et quand je te retrouve, tu sens la merde ! Drome d'idée !

Trop essoufflé pour rire, Nick lui jeta les bras autour du cou. D'une main, il tira sur ses mèches mouillées, de l'autre, il s'accrocha à sa nuque, attira sa tête jusqu'à lui et l'embrassa, ses lèvres étaient à la fois froides et passionnées. La chaleur du souffle de Gregor réchauffa sa bouche et glissa à travers lui.

Même meurtri de partout, à moitié gelé, Nick sentit son désir monter quand Gregor pesa sur lui. Le moment était très mal choisi, mais son corps s'en fichait, Nick aussi, à dire vrai. Cet élan de luxure était rassurant d'une certaine façon, un retour de la normalité, le rappel de l'intimité qu'il partageait avec Gregor, de cet amour inattendu qui les avait rapprochés.

L'oiseau charognard était oublié, tout comme les loups, Jack et Rose.

Il n'y avait plus que Nick et Gregor.

Quand Gregor releva la tête, rompant le baiser. Nick reprit contact avec le monde réel.

— Ma grand-mère est là, avoua-t-il. Avec une bande de vieux loups.

— Je sais, répondit Gregor.

Il avait gardé son habitude de parler sans ambages, sans gaspiller ses mots.

Il fronça les sourcils et se redressa sur ses coudes, il jeta un coup d'œil entre eux et déclara :

— Tu saignes, Nick.

Nick ouvrit la bouche pour le nier, mais avant, il regarda aussi. Du sang jaillissait de son bras et éclaboussait la neige. Jusque-là, il n'avait rien senti, mais la vue de son sang réveilla la douleur... entre ses côtes, si vive qu'il en eut un étourdissement.

— Oh, dit-il. Crois-tu que je puisse mourir deux fois ?

XIII

Jack

LA VIEILLE maison n'aurait pas dû brûler si facilement. C'était déjà une presque ruine, mais elle résistait depuis des décennies et était envahie d'humidité gelée. Cela ne la sauva pas. Les flammes s'élevèrent avec enthousiasme et se propagèrent dans les tubes à l'intérieur des murs. Les briques se fissurèrent sous la chaleur intense, le mortier s'effondra comme dans un four et des flammèches pointèrent à travers le toit brisé comme des cheveux indisciplinés sous un chapeau de paille.

Surt n'était pas censé régner en ce moment, mais la divinité du feu n'avait jamais été réputée pour sa patience : le géant aimait flamber et voir le monde en rouge et or. Il profita donc de l'occasion qui lui était offerte.

L'Hiver n'apprécia pas cette ingérence. Déjà, le vent forcissait et jetait sur les flammes d'épaisses rafales de neige qui se transformaient en vapeur avec des crépitements et des crachats sifflants, le mode d'expression du géant, sa façon de lancer des imprécations furieuses.

Un prophète se jeta par une des fenêtres du dernier étage. Après un plongeon sans grâce, les pans de sa peau volée flottant derrière lui, il atterrit lourdement, se brisa les os et resta un moment étendu sur la neige avant de ramper pour s'écarter du brasier. D'autres jaillirent de la porte d'entrée, à moitié aveuglés par la fumée et les rafales de neige.

Ils essayaient encore de se regrouper quand les chiens se jetèrent sur eux et les déchiquetèrent à violents coups de dents, aboyant et hurlant. Jamais un loup n'aurait fait un raffut pareil ! Agacé, les oreilles agressées par ces sons stridents, Jack, transformé en loup, utilisait ses crocs et sa masse musculaire pour tenir à l'écart les deux monstres que Rose avait laissés derrière elle.

L'un d'eux, qui ressemblait à un énorme bulldog au mufle de porc, grogna soudain et se jeta sur lui, le projetant contre un arbre. Une côte de Jack claqua, ajoutant au tintamarre dont souffraient ses oreilles. L'impact de son corps contre le tronc fit choir sur sa tête toute la neige accumulée sur les branches, une masse lourde et parsemée de morceaux de glace qui l'assomma à moitié. Jack eut comme un vertige. Il s'ébroua pour se débarrasser de la neige qui le couvrait et se redressa, les pattes chancelantes.

Millie intervint, le ventre plaqué à la neige, les babines retroussées pour exhiber ses dents. Elle ressemblait à un terrier surdimensionné, avec une fourrure tricolore et des muscles secs et nerveux. Elle saisit entre ses crocs la queue du monstre-bulldog, moignon d'os et de nerfs sensibles. La bête hurla de douleur offensée, un glapissement strident qui correspondait mal à son volume, et tenta de pivoter pour mordre Millie. Déséquilibrée, la chienne dérapa dans la neige et fit une cabriole. Elle se reprit juste à temps pour attaquer le museau du monstre.

Jack vibrait d'humiliation de voir un chien se battre à sa place, mais en tant que loup, il préférait l'efficacité à l'orgueil mal placé. Son front, ouvert par un morceau de glace tranchante, saignait abondamment et l'aveuglait d'un œil. Jack secoua la tête pour éclaircir sa vision. Il laissa Millie occuper du bulldog et se rua derrière le monstre au long nez et aux yeux fous qui caracolait dans la neige sur ses longs orteils collés. La mâchoire déboîtée jusqu'aux oreilles révélait des rangées de dents épaisses et transparentes. Il grondait et essayait de contourner Bron pour s'attaquer aux enfants. Elle leur faisait un rempart de son corps. Du sang coulait des profondes morsures qu'elle avait aux bras et aux jambes.

— Espèce de résidu de fausse-couche ! cracha-t-elle. Fous le camp !

Le monstre feinta vers la droite, Bron lui saisit l'oreille et tira vicieusement. L'oreille se déchira, emportant avec elle un long morceau de peau. Dessous, les os étaient poreux et les muscles noués de façon étrange. Avec un cri de dégoût, Bron frappa la bête sur l'œil.

Le monstre recula avec un grognement de rage et de colère. Il secoua la tête. Sans doute lui avait-on ordonné de ramener les prisonniers vivants, fussent-ils blessés, se dit Jack en observant la scène. Sinon, Bron serait déjà morte. Elle se battait bien, elle connaissait des mouvements sacrément vicieux, comme le reste de sa famille, mais les monstres se souciaient peu de leurs blessures. Déjà, la plaie sur le cuir chevelu cicatrisait.

Jack intervint et se jeta sur le monstre encore sonné. Il planta ses crocs dans la patte arrière et tira de toutes ses forces. Les muscles durs se déchirèrent, les os cassèrent en multiples esquilles. La bouche inondée de sang aigre, Jack sentit sa langue se tordre de répulsion. Quand un filet coula dans sa gorge, son estomac se contracta et tenta de rejeter le poison.

Plus les monstres de Rose duraient, plus ils puaient la corruption, comme si celle-ci s'entassait couche par couche comme du suint sous leur peau flétrie. Ils avaient tant perdu leur identité d'origine qu'il ne restait plus rien à plaindre.

Jack secoua la tête d'un côté à l'autre. La jambe cassée, le monstre perdit l'équilibre et tituba dans la neige profonde. Il se releva et se traîna sur trois pattes, les yeux toujours fixés sur Bron et les enfants. À deux mètres d'eux, il changea soudain de cible et tordit sa taille anormalement étroite pour se jeter sur Jack, qui était toujours accroché à lui. Le museau osseux fut aussi vif qu'un serpent, les dents effilées déchiquetèrent l'épaule du loup fauve.

Malgré la douleur qui enflamma son articulation martyrisée et descendit le long de sa patte, Jack tint bon. Il poussa un grognement étouffé, la bouche pleine de viande et os. Il resserra même sa prise et sentit chair et tendons glisser contre l'os. De frustration, le monstre poussa un cri nasillard et étranglé. Il frappa encore.

Cette fois, Jack lâcha prise et recula sur trois pattes, le temps de laisser sa blessure à l'épaule cicatriser.

— Danny disait que la meute allait venir ! s'écria Bron. Qu'est-ce qu'ils fichent ?

Sa voix résonnait de frustration et d'incrédulité. Elle leva le bras, saisit une des branches dénudées de l'arbre que Jack avait heurté et la cassa. Elle leva le lourd morceau de bois gelé et elle le balança comme une batte de base-ball sur le monstre.

Jack la fustigea d'un grondement réprobateur quand le monstre se désintéressa de lui et se tourna vers elle. Loin de tenir compte de ses reproches, Bron montra les dents et frappa à nouveau. Le monstre mordit la branche et la secoua violemment. Bron s'y s'accrocha, mais elle tomba à genoux, son bras saignait. L'un des enfants, Shauna, se transforma en jeune loup dégingandé et se rua sur le monstre avec un jappement strident et hargneux.

Jack l'arrêta d'un sourd grognement. Contrairement à son aînée, la petite fille fit preuve de respect et recula. Elle garda néanmoins les oreilles plaquées au crâne et exhibait ses petits crocs pointus.

— Bron ! cria Danny. Viens ici !

Il élevait sa voix pour se faire entendre malgré la tempête et le combat. Il était devant la maison, sa silhouette dégingandée à peine visible à travers les rafales.

Bron frappa le monstre sur la tête avant de reculer.

— Pourquoi ? hurla-t-elle.

Shauna, elle, écouta. Elle fila entre les jambes de Bron, la queue serrée entre les pattes, et fonça vers Danny. Même de loin, Jack vit Danny tressaillir, le visage crispé d'horreur. Le monstre hésita, sa tête pointue passant de Bron et à la jeune louve. Puis, aussi rapide que le lévrier auquel il ressemblait, il courut après la proie en mouvement.

D'un sec claquement de dents, Jack ordonna à Bron de ne pas bouger tandis que lui se ruait à la poursuite du monstre. Il lui mordit les reins, attachant de gros morceaux, mais la bête continua sa course ; malgré les éclats d'os qui perçaient de sa patte cassée, à travers la peau cousue.

Arrivant à portée de Shauna, le lévrier tendit son cou serpentin et mordit la patte arrière de la jeune louve. Le cri haut perché que poussa Shauna, un gémissement de chiot, se planta comme une flèche dans le cerveau de Jack.

Danny s'élança. Il empoigna Shauna par la sombre fourrure de son dos au moment où elle atteignait le haut des marches devant la maison et il la jeta de côté comme un ballon. La tête du monstre suivit le mouvement de sa proie. Peut-être souffrit-il, comme celui qu'il avait naguère été, d'un bref moment d'inattention et de surprise, car il percuta Danny de plein fouet. Les deux chiens s'écrasèrent sur la porte carbonisée en cherchant mutuellement à se déchirer.

Danny atterrit sur le dos, les mains serrées autour de la gorge du monstre qui tentait de le mordre.

— Jette-le dans le feu, Jack ! cria-t-il. Même s'il guérit, ça sera plus long.

L'idée n'était pas mauvaise, admit Jack. Il percuta le monstre et usa de l'impact et de son poids pour l'envoyer valdinguer dans les flammes qui ravageaient l'entrée de la vieille demeure. Il suivit le mouvement et sentit sa fourrure s'enflammer et les coussinets de ses pattes se couvrir de cloques. La fumée lui piqua aussi la gorge et les yeux, mais Surt se souvint peut-être de la dette qu'il avait contractée – après tout, c'était Jack qui l'avait libéré –, car il relâcha le loup et attrapa le monstre. Les touffes blondes restant de sa fourrure prirent feu, la peau serrée comme tambour se boursoufla.

Pris d'une panique presque humaine, le monstre hurla et s'écarta de Jack, boitant bas sur sa patte cassée. Sans réfléchir, il s'enfuit droit devant lui dans la maison. Le sol carbonisé céda sous son poids et la bête tomba avec un cri d'horreur dans les flammes incandescentes qui montaient du sous-sol.

La maison tremblait et gémissait autour de Jack, le plancher sous ses pattes brûlées roulait comme le pont d'un navire. Peut-être était-ce dû aux pierres fissurées par le temps et prêtes à s'écrouler, peut-être était-ce dû à la tempête hivernale ou encore à Surt dont le rire maléfique avivait le feu.

En tout cas, Jack s'en sortit. Sans doute n'était-ce pas son heure. Et il était soulagé d'être débarrassé d'un des monstres de Rose.

La queue entre les jambes, il échappa à la maison en flammes et trouva presque réconfortant de retrouver à l'extérieur le froid glacial.

Danny se laissa tomber à genoux à côté de lui et tapa de ses mains les flammèches qui couraient encore dans la fourrure du loup.

— Ça va ? demanda-t-il. Jack ?

Il avait du sang sur les bras et sa peau pâle était couverte de cloques.

Jack frotta ses pattes sur son museau brûlé, puis il posa la tête sur l'épaule de Danny. Son amant sentait le sang, la fumée et la peur, mais c'était malgré tout une odeur familière et bienvenue. Le ventre au ras du sol, Shauna posa le menton sur le pied de Danny, le souffle court, les côtes battant fort.

— Maman arrive, déclara Danny, avec un optimisme forcé. Et les chiens tiennent bon.

C'était un mensonge, mais Jack appréciait que Danny ait une si belle vision du monde. Seuls les chiens et les humains parvenaient ainsi à s'auto-persuader que tout allait bien. Jack grimaça, car son nez plein de cloques le démangeait, même s'il cicatrisait déjà. Il donna un rapide coup de langue au visage de Danny et retourna au combat.

Si Shauna avait été un peu plus rapide, le plan de Danny aurait marché et le monstre, emporté par son élan et son poids, se serait jeté dans le feu sans que Jack ait à intervenir.

Pendant la brève altercation de Jack avec le lévrier, le monstre-bouledogue avait cloué Millie au sol. La chienne poussa un gémissement suraigu en voyant la lourde tête tordue s'abaisser sur elle. Jack passa entre les jambes d'une prophétesse en pleine crise d'hystérie, la projetant dans la meute canine, et planta les dents dans la gorge molle du monstre. La peau se déchira sans causer de blessure fatale.

La bête rejeta la tête en arrière.

— Gro… oof, grogna-t-elle.

On aurait cru qu'elle cherchait à parler. Jack espéra que non. D'instinct, il détestait les monstres, leur odeur le révulsait et lui hérissait le poil, au sens littéral. Quoi que ces humains aient été jadis, quels que soient les aléas les ayant conduits à ce qu'ils étaient devenus, Jack ne s'y intéressait pas.

Abandonnant les plis de la chair moisie, écœuré par le sang et les fluides qui coulaient de la plaie, il s'attaqua au ventre. Ce monstre était plus trapu que celui qu'il avait jeté dans le feu, l'abdomen était protégé d'épaisses couches de muscles noueux, si tendus que la peau menaçait d'éclater. Jack y mordit à pleines dents.

La bête secoua la tête et abandonna Millie pour grogner contre Jack. Ses crocs brisés étaient maculés de sang et de chair. Millie vivait toujours, Jack l'entendait râler, le souffle court. Changeant de cible, il s'attaqua au visage du monstre. Avec des traits écrasés, des yeux globuleux, un nez aplati, des bajoues flasques et une large bouche, la face restait plus humaine que celle du lévrier. Les dents du loup déchirèrent le museau mouillé de morve. Avec un hurlement, le monstre se dressa sur ses pattes arrière courbées et écarta Jack d'une mandale comme on repousse un insecte. Les longues griffes cassées ouvrirent les flancs du loup jusqu'à l'os.

Jack atterrit dans la neige avec un grognement. Il se releva en titubant, les côtes ensanglantées, chaque souffle aussi douloureux qu'un coup de poignard. Il défia le monstre en montrant des dents. Le bouledogue couina et frotta ce qui restait de son museau dans la neige. Lorsqu'il releva la tête, le sang avait gelé et s'était coagulé autour du trou de son visage. Ses yeux injectés de sang brillant de fureur, la bête avança sur Jack d'un pas lourd.

Une voix paniquée hurla alors :

— Les loups ! Les loups sont là !

Le père de Shauna, reconnaissable à sa fourrure zibeline et à son volume énorme, même parmi les loups écossais réputés pour leur taille, renversa la clôture au lieu de sauter par-dessus. Il atterrit sur un groupe de prophètes restés sous forme humaine. Le reste de la meute, arrivant sur les talons de Jack, leur passa dessus en fonçant vers le repaire de leurs ennemis.

Le combat ne dura pas longtemps. Kath, sa fourrure gris argent toute hérissée de rage meurtrière, s'attaqua aux tendons des talons. Sur son passage, les prophètes basculaient à la renverse en poussant des cris de rage ou de douleur, et la meute se chargeait de les égorger. L'Hiver avait été dur, le vieil homme n'était toujours pas revenu, et tous les loups n'avaient pas suivi Kath. Les sbires de Lachlan, en particulier, brillaient par leur absence. Ceux qui avaient tourné casaque avaient les oreilles déchirées et la fourrure arrachée de-ci de-là.

Si les prophètes avaient serré les rangs, s'ils avaient utilisé leurs loups rapiécés et pourris pour se battre, ils auraient pu résister.

Peut-être pas longtemps.

Ils n'essayèrent même pas. Ils étaient lâches. Et s'ils avaient jadis été rejetés par leur meute, c'était pour des crimes de sang : meurtre, parjure, perversité. Quelques-uns avaient transformé leurs défauts originels en tares irréversibles, mais sans meneur digne de ce nom, comme Rose ou Job, pour les diriger, sans otage pour se cacher derrière, ils préféraient plier l'échine. Et ni la magie noire ni les peaux volées n'y changeaient rien.

Ils s'enfuirent donc, affolés, devant la charge des loups, les jambes tremblantes, emportant avec eux la puanteur de leur charogne. Certains choisirent la tempête, d'autres la Nature sauvage.

Jack était furieux que le bouledogue l'empêche de participer à la curée. Malgré ses côtes cassées, malgré les esquilles plantées dans ses poumons, il bondit en avant, un œil à moitié fermé d'un coup de griffe qui lui avait écorché le visage, sa vision maculée rouge. Le monstre-bouledogue était blessé lui aussi. Des plaies béaient à ses épaules et son ventre, le monstre ayant préféré réparer en priorité ses blessures les plus importantes à la gorge et au visage. Sa joue était arrachée et la mâchoire grotesque pendait d'un côté. Les tendons se tordaient comme des vers géants pendant que la magie noire de la prophétesse Rose œuvrait pour réparer sa machine à tuer.

Jack vit une fourrure grise et noire arriver à sa gauche. Des renforts, pensa-t-il, pris entre le soulagement et le ressentiment. Il n'avait besoin de personne pour se débarrasser de ce monstre !

Sauf que le loup se jeta sur lui, ses crocs acérés lui déchirant l'oreille et lui arrachant un morceau de fourrure. Son haleine aigre puait comme du fromage rance, Jack bascula à la renverse.

Son premier soupçon – toujours le même – fut qu'il s'agissait de Gregor. Puis il se reprit. Un, Gregor avait perdu son loup, deux, il n'était pas idiot. Tant qu'à tuer son jumeau, il ne l'attaquerait pas dans le dos à un moment où il était affaibli. Si cela devait arriver, ce serait un combat à la loyale.

C'était donc… Lachlan.

Jack arracha une bouchée de fourrure sèche et emmêlée. Elle lui colla au palais et poissa sa langue, c'était à la fois gênant et irritant. Lachlan atterrit sur Jack et utilisa son poids pour l'épingler dans la neige. Il montra les dents et poussa un grognement rauque. Sa gorge était rouge vif, son souffle chaud créait de la vapeur dans l'air glacé.

Quelque chose ne tournait pas rond chez lui. Tout en étant certain de sa déduction, Jack n'arrivait pas à déterminer ce qui n'allait pas. D'abord, il ne voyait pas grand-chose, ensuite, son cerveau était embrumé par la soif de sang.

Une patte massive jaillit de la neige et arracha Lachlan à Jack. Surpris et projeté dans les airs, le loup adulte poussa un glapissement de chiot. Le monstre-bouledogue suivit des yeux son vol, puis il poussa un gargouillement atroce et se lança à la poursuite de Lach, son cerveau empoisonné ne faisant pas la différence entre un loup allié et un loup ennemi. Les prophètes avaient peut-être créé leurs monstres comme des caricatures de loups, mais ils avaient omis de leur donner de la jugeote.

Jack poussa un rire de loup et se releva, les mâchoires béantes, la langue ensanglantée et pendant bas. Il se secoua, baissa la tête et frotta ses yeux encroûtés de ses pattes. Une fois sa vision vaguement rétablie, il fit un bilan de son état. Il avait le visage brûlé par le froid, les pattes qui tremblaient de fatigue. Il avait épuisé les réserves péniblement récupérées depuis que Rose lui avait arraché la peau. C'était sans importance, il avait encore à faire.

Il serra les dents et s'élança après le monstre. Au début, les traces furent faciles à suivre. La neige était tassée et sanglante.

Soudain, plus rien.

La piste s'arrêtait net d'un pas sur l'autre et l'odeur s'était dissipée dans le vent. C'était comme le jour du massacre de Job, à Durham, quand pour échapper à la culpabilité, le prophète avait fait appel à la Nature sauvage.

Jack entendit la neige crisser derrière lui, des pas pressés. Danny surgit si vite qu'il faillit lui tomber dessus. Il vacilla, s'arrêta et s'accroupit à côté de Jack, son souffle fumant entre ses lèvres. Il lui lança un regard inquiet, puis étudia l'endroit où les traces s'interrompaient.

— C'était Lachlan ? demanda-t-il.

Tout en parlant, il passa le bras autour des épaules de Jack et crispa les doigts dans la fourrure épaisse du cou. Le geste aviva les blessures cachées sous les poils, mais Jack ne se plaignit pas. Le plaisir qu'il ressentait valait bien une petite douleur. Il se pressa contre Danny avec un soupir las.

Il se transforma ensuite et s'agenouilla dans la neige, entièrement nu, exhibant ses tatouages mutilés et ses ecchymoses fraîches. Son corps était éclaboussé de sang, même si certaines plaies étaient déjà presque cicatrisées. Avec un cri d'inquiétude étouffé, Danny pressa un doigt précautionneux sur les profondes entailles qui déchiraient les épaules de Jack.

Sans la fourrure du loup, le plaisir d'un simple contact devenait plus compliqué, une sensation à la fois tendre et familière. Le désir cherchait à pointer sous la lassitude post-combat, mais d'autres sentiments faisaient interférence : possessivité, peur et même colère, aussi injuste que ce soit.

Jack entendit la voix de Bron dans sa tête. *Sauvée par un chien, je vais le raconter à tout le monde ! Il y a vraiment de quoi être fière !*

Laisse-la dire.

— Oui, c'était Lach, répondit-il avec mépris, le nouveau Numitor.

Danny se frotta le visage et plissa le nez. Sans doute ne voyait-il rien : il ne portait pas ses lunettes.

— Il n'aurait pas été capable de disparaître comme ça, protesta-t-il. Il a toujours eu du mal avec la Nature sauvage, il l'atteignait à peine.

Jack se redressa avec un ricanement.

— Et nous pensions aussi les prophètes édentés et les monstres destinés aux contes pour enfants, rétorqua-t-il. C'est l'Hiver de loup, Danny, tout a changé.

Il tendit la main pour aider son amant à se relever.

— Non, dit Danny. Tu ne comprends pas. Lach ne parvenait pas à toucher la Nature sauvage sans un autre loup pour l'aider. Et c'est bien pour ça qu'il me détestait tellement ! Il n'était pas meilleur qu'un chien, seuls sa fourrure et ses crocs le démarquaient comme loup. La Nature sauvage n'est pas devenue assez forte pour le changer à ce point, tu ne crois pas ?

Probablement pas, pensa Jack. Pas ici, en tout cas, pas alors que la trame de la Nature sauvage était infectée par les cadavres des Sannocks dans leur prison.

— Si, peut-être, concéda-t-il.

Une idée lui effleura l'esprit, *Lachlan ne tournait pas rond…* mais une fois encore, Jack ne parvint pas au bout de son raisonnement. Soit il ne tenait pas à creuser la question, soit il refusait d'admettre avoir besoin de Danny pour y répondre. Il repoussa ce point épineux et s'essuya le nez du dos de la main.

Un hurlement lupin qui exprimait la victoire flotta dans le vent. Cela provenait de la tanière des prophètes.

— Et les autres ? demanda Jack. Ta sœur ?

Danny fit une grimace gênée.

— Elle se débarrasse des prophètes qui n'ont pas réussi à fuir. Et elle est enceinte !

À ce moment-là, Jack aurait pu parler, révéler la vérité à Danny, il ne le fit pas. Une jalousie perverse le mordit au ventre. Tout aurait été si facile pour Gregor, il aurait pu avoir ce qu'il voulait *et* celui qu'il aimait. En revanche, Jack allait devoir se priver de l'un ou de l'autre et assumer son choix tout le reste de sa vie.

C'était injuste, mais depuis le temps, il en avait pris l'habitude. Et il ne comptait pas y penser pour le moment.

Il esquissa un rictus.

— Il va falloir y retourner, déclara-t-il, avant qu'ils pensent que tout est fini.

Il se mit en marche en boitant, ses pieds étaient brûlés, du sang chaud s'écoulait toujours de la blessure qu'il devait à Lach durant leur bref combat. Danny le suivit et, discrètement, il glissa son épaule sous le bras de Jack et lui prit la taille.

Jack savoura le contact familier de ses doigts.

Normal. Danny lui appartenait.

— Je n'y serais pas allé si j'avais su que tu serais blessé, déclara Danny. Maman m'avait prévenu que la situation était tendue, mais comme Gregor et toi êtes les fils du vieil homme, j'avais cru…

Il avait froid, il frissonnait sous les rafales qui giflaient sa peau. Quand il se pressa plus fort contre lui, Jack se demanda si c'était pour lui voler sa chaleur ou pour l'aider à avancer. Il acceptait les deux options.

— Parfois, répondit Jack, on fait des trucs dont on n'a pas envie.

Ils ne parlèrent plus avant d'arriver devant la maison où la bataille avait eu lieu. Le feu avait finalement cédé à l'inévitable et baissé les bras… Il n'en restait que des braises et de la fumée noire sur lesquelles la tempête déversait de la neige. Les cadavres des prophètes qui n'avaient pas réussi à s'échapper gisaient là où ils étaient tombés, un linceul neigeux les recouvrant déjà. Le sang qui imbibait le sol dessinait des fleurs roses tout autour d'eux.

Ellie était agenouillée au milieu des loups. Kath, penchée sur elle, la secouait par la nuque d'une main osseuse. Un des chiens – l'étranger – protestait vigoureusement, mais sans effet. Les loups cernaient le chien en montrant les dents, lui ordonnant de se taire ou de déguerpir. Apparemment, l'aide apportée par les chiens pendant le combat était déjà oubliée.

Les autres loups de Lachlan, regroupés à l'écart, baissaient la tête, la mine longue, sans intervenir.

Merde.

Jack s'écarta de Danny et carra les épaules en traversant la cour devant la maison. La neige sous ses pieds était tachée de sang et de suie.

— Lâche-la, Kath, ordonna-t-il.

La louve, loin d'obéir, resserra sa prise.

— Elle a été le toutou des prophètes !

Malgré la douleur qui lui crispait les traits, Ellie redressa la tête et cracha :

— Va te faire foutre ! Lach était le Numitor !

Bron la toisa avec mépris.

— Qui est assez misérable pour suivre un Lach ! Moi, je préférerais une chèvre !

Jack intervint d'une voix dure :

— C'est un peu facile de t'en prendre à elle maintenant, Kath. Elle a suivi Lach, d'accord, mais vous l'avez tous fait ! Toi, Connor, Tom le chien. Vos raisons étaient peut-être différentes, mais les prophètes vous avaient tous passé une corde au cou. Pourquoi Ellie serait-elle la seule à payer ? Pourquoi pas toi et les autres ? Lâche-la !

Kath tourna vers lui un regard sombre. Les paupières mi-closes, elle l'observa un moment. Puis elle regarda Danny, resté en arrière là où Jack s'était détaché de lui.

— Tu te prends pour le Numitor, Jack ? demanda-t-elle sèchement. De quel droit me donnes-tu des ordres ?

Elle était du genre à arracher un pansement d'un coup sec, quelle que soit la douleur, parce qu'elle n'aimait pas tergiverser. Tant qu'à faire à souffrir, autant que ce soit le plus vite possible. C'était agir en loup.

Mais au cours des derniers mois, Jack avait passé l'essentiel de son temps avec des prophètes et des humains.

— Je suis le fils du Numitor, répondit-il. S'il me contredit, tu feras ce que tu voudras. En attendant, lâche-la !

Elle obtempéra. Ellie se frotta la nuque et fixa Jack d'un œil pensif, puis elle lui adressa un signe de tête reconnaissant.

Jack sentit la meute se regrouper autour de lui, une façon claire d'indiquer que tous reconnaissaient sa position hiérarchique.

Juste comme ça.

— Et maintenant ? demanda Hector, assis aux derniers rangs.

Jack savait très bien que le chien ne parlait pas du futur immédiat, mais il décida de prendre la question sous cet angle.

— Nous allons retourner sur le territoire du vieil homme, déclara-t-il. Et décider ensemble ce qu'il faut faire ensuite. Ce n'est pas fini et je refuse de continuer à être une proie.

Un loup leva son museau pointu vers le ciel et poussa un long hurlement de défi. Un sourd grondement d'approbation émana de la meute. Jack le savoura un moment, c'était bien plus grisant que le filtre empoisonné des prophètes.

Puis il se tourna vers son amant – toujours le dernier qu'il regardait à la fin d'un combat – et Danny baissa la tête en un geste de soumission distante. Jack en eut les tripes nouées. Quelque part, sans doute avait-il déjà pris la décision qu'il redoutait.

Né du vieil homme, Jack avait passé toute sa vie à rêver qu'un jour, le moment venu, il serait jugé digne de remplacer son père. Pour cela, il avait été prêt à tuer son frère parce qu'il savait que sinon, ce serait Gregor l'élu. Tout le monde le savait.

Qu'il ait changé d'avis ne comptait pas. Qui d'autre allait revendiquer le poste et diriger la meute pour traverser l'Hiver ?

Jack s'autorisa quelques secondes de plus à regarder Danny avant de reporter son attention sur ses loups.

— Nous avons jusqu'à la prochaine pleine lune, déclara-t-il. Et nous avons ce que veulent les prophètes.

Il désignait Bron. Elle fronça les sourcils et, d'un geste instinctif, elle enroula les bras autour de son ventre.

Jack ne comprenait toujours pas ce que Rose Blake, cette vieille folle démoniaque, voulait faire du bébé à naître.

XIV

Jack

L'EAU DU robinet provenait de la fonte des neiges, elle était glacée. En la faisant couler sur lui, Jack sentit ses couilles se recroqueviller entre ses jambes et ses orteils se crisper. En principe, un loup se souciait peu du froid, mais il ne le trouvait pas agréable pour autant. Et Jack avait besoin d'un bain, il ne supportait plus d'odeur de fumée incrustée dans ses pores et la puanteur infecte que les monstres des prophètes avaient laissée sur lui. Même l'odeur de son sang le contrariait, ravivant la colère qui mijotait au fond de sa gorge.

Il desserra les poings, saisit le bout de savon rouge à moitié collé au lavabo et s'étrilla jusqu'à avoir la peau à vif. L'odeur âcre du phénol antiseptique l'enveloppa. La mousse teintée de sang coula le long de ses jambes et forma des flaques roses sur le vieux carrelage d'ardoise grise. Penché sur le bassin, Jack prit de l'eau en coupe dans ses mains et s'aspergea le visage. Il passa ensuite les doigts dans ses cheveux et descendit jusqu'à sa nuque.

Il regrettait de ne pas pouvoir également se désinfecter le cerveau.

Derrière lui, Danny déclara :

— Voilà une odeur qui me ramène bien des années en arrière !

Jack ne fut pas surpris de le voir. Même au pire de sa forme, avec l'odeur de charogne des monstres encore dans le nez et si las qu'il avait du mal à rester debout, il *sentait* la proximité de Danny. Il reconnaissait son pas, le son de sa respiration et le rythme de ses battements de cœur.

Il se redressa et demanda :

— Pourquoi dis-tu ça ?

Il y avait un miroir accroché au mur, vieux et tacheté par l'usure, mais pour se raser il suffisait bien. Détournant les yeux de son reflet, Jack étudia Danny, appuyé au cadre de la porte, ses cheveux noirs tout hirsutes. En voyant son état débraillé et le vieux pull qu'il portait, tout effiloché au col et aux poignets, Jack cacha sa surprise. Sans doute Danny l'avait-il sorti du fond d'un placard.

Sans trop savoir quand, Jack avait fini par oublier que Danny avait vécu ici, sur le territoire de la meute, et qu'il pouvait encore se glisser dans l'ancien moule.

Danny ne chercha pas à croiser ses yeux dans la glace. La tête baissée, il lorgnait Jack d'une façon que la politesse condamnait : son regard suivait la ligne du dos, la taille, le cul.

Jack ne s'en offusqua pas, bien au contraire.

Il attrapa une serviette de coton rugueux et se sécha avec énergie.

— Les Sudistes sont trop chochottes pour utiliser du carbolique [14] ? demanda-t-il.

— Ils ont rarement autant de sang à nettoyer, répondit Danny.

Jack ricana.

— C'est bien ce que je dis : des chochottes ! Attrape, Danny-dogue !

Tout en parlant, il se retourna et lança la serviette. C'était un jeu qu'ils pratiquaient autrefois.

D'instinct, Danny rattrapa la serviette, mais ensuite, il parut contrarié. Il la jeta sur le carrelage pour éponger l'eau. Les pommettes enflammées, il finit par relever les yeux pour croiser ceux de Jack.

Jack s'y attendait. Il savait que Danny avait compris les implications de la petite scène avec les loups, devant les ruines de la maison des prophètes. Avoir un amant intelligent avait des inconvénients.

Danny secoua la tête. Avec un rire nerveux, il enjamba la serviette et se jeta sur Jack pour l'embrasser. D'une main, il saisit Jack par la nuque, les doigts emmêlés dans les mèches blond foncé encore humides. Sa bouche à l'haleine mentholée était fraîche et déterminée.

Pendant un instant, Jack fut trop surpris pour répondre au baiser. Il s'attendait à de la colère, même en version Danny, donc, calme et précise, pas à une langue dans sa bouche et un pouce rugueux contre sa mâchoire. Il recula d'un pas et le bord froid du lavabo en porcelaine s'incrusta dans sa hanche. Danny glissa une cuisse entre ses jambes. Le frottement du jean contre son sexe arracha à Jack un cri étouffé que Danny but sur ses lèvres.

Jack sentit une sensation inattendue lui nouer le ventre.

Ce qui se passait... n'était pas la norme.

Danny était un chien. Dans la meute, il était tout en bas de l'échelle hiérarchique et cela ne changerait jamais. Refuser Jack était son droit, même

---

14 Savon parfois appelé « savon rouge », antiseptique car il contient des phénols dérivés du goudron ou du pétrole (acide carbolique et/ou acide crésylique).

s'il ne l'avait jamais fait, mais il était censé attendre que le fils du Numitor entame les ébats. C'était la règle.

Ce soir, Danny ne jouait pas le jeu. Il mordait la bouche de Jack et lui coupait le souffle, il lui court-circuitait le cerveau.

La fierté lupine de Jack émergea de la merde endurée ces derniers mois et lui rappela sa position : un jeune prince-loup arrogant qui n'avait qu'à se pointer pour se servir et prendre ce qu'il voulait. Sauf que *c'était* ce qu'il voulait, et la franchise brutale du désir de Danny était, d'une certaine manière, une forme de supplication, même quand le chien poussa le loup contre le mur.

Bon, Jack ne savait pas encore s'il allait accepter ce renversement des rôles, mais quand même, il ne pouvait se plaindre que son amant le désire à ce point.

Il empoigna Danny aux cheveux, heureux qu'ils aient assez poussé pour lui permettre d'enrouler sa main autour. Il tira la tête de Danny en arrière et admira l'arc gracieux du cou et la mâchoire de chasseur, à la fois lourde et ciselée. Danny avait toujours été mince, aussi dégingandé sous sa forme humaine que dans sa peau de chien, mais il s'était ramolli pendant ses années à Durham. La vie facile lui avait adouci la mâchoire et les muscles. Tout avait disparu désormais. Il n'était pas un loup, mais il n'en avait pas besoin pour être dangereux.

Jack fixa la veine qui battait follement sous la peau, sur la gorge renversée, indiquant tension et excitation. Il pencha la tête et referma les dents à l'endroit qui pulsait de façon erratique, assez fort pour que Danny sente l'avertissement et fasse la grimace.

— Il me faut un peu de temps, déclara Jack.

C'était un mensonge, tous les deux le savaient, mais avec de la volonté, peut-être le mensonge deviendrait-il réalité.

Jack insista :

— P'pa aurait écouté, mais la meute a besoin d'un meneur. Et après ce qui s'est passé avec Lach et avec les prophètes, je dois correspondre au chef que les loups attendent, sinon, ils ne me suivront pas.

— Bien sûr, je comprends, persifla Danny. Le Numitor peut baiser qui il veut à condition que ce soit ni un chien ni un mâle.

Sous ses dents, Jack sentit la grosse veine palpiter d'anticipation et de nervosité. Lui se contenta de grogner. Danny n'avait pas tort, mais en ce moment, Jack se souciait fort peu d'entendre la vérité.

— Danny…

Son amant lui caressa l'épaule et laissa ses doigts glisser le long de son flanc, suivant les côtes saillantes et jouant avec les muscles tendus.

— Je *comprends*, répéta-t-il. Tu es censé produire la prochaine génération. Jamais une meute sensée ne se laisse mener par un loup qui refuse de s'investir dans l'avenir, pas vrai ? Si tu n'as pas d'enfants, pourquoi les parents te confieraient-ils la protection des leurs ? Oh, j'ai déjà entendu ces arguments, tu sais, on m'a maintes fois dit et répété qu'il était inutile d'espérer parce que je ne pourrai jamais t'avoir.

Quand Jack se redressa pour le fusiller des yeux, il laissait sur la gorge de Danny une ecchymose, un suçon qui ne tarderait pas à s'estomper.

— Qui t'a dit ça ?

Danny s'amusa de sa mine renfrognée. Il serra les doigts sur sa taille.

— Tout le monde, répliqua-t-il. Les mots changeaient, la longueur des discours aussi, mais je te garantis que le message était toujours le même et que je ne risquais pas de le manquer. Tu étais le prince de la meute, Jack, le prochain Numitor. Et moi, un chien que personne ne jugeait pouvoir t'être d'une quelconque utilité.

Personne ne s'était risqué à parler à Jack. Ni lui ni Gregor n'appréciaient les ordres ou les conseils. Pourtant, d'une certaine façon, la leçon s'était aussi incrustée en lui. Qu'il couche avec un chien, la meute s'en fichait, il était libre de jeter sa gourme, mais tous avaient pensé qu'il s'agissait d'une simple passade. Même lui évitait de se projeter dans l'avenir. Sachant qu'il voulait Danny, il avait préféré vivre au jour le jour.

Il resserra sa prise sur la nuque du chien, assez pour lui arracher un halètement.

— Ils se trompaient.

L'ombre d'un regret passa sur le visage de Danny. Sans doute était-ce un préambule pour ce qu'il s'apprêtait à dire. Il esquissa un rictus ironique et ouvrit la bouche…

Mais Jack en avait assez. Il ne tenait pas à entendre cette bouche discuter, elle avait mieux à faire. Il écarta les jambes et força Danny à s'agenouiller devant lui, puis il lui renversa encore la tête pour savourer cette attitude de soumission.

Tout d'abord, Danny résista à la pression, ses tendons se crispèrent. Puis il céda. Il examina Jack à travers ses verres, ses yeux bruns pleins de curiosité.

Jack se pencha et le débarrassa de ses lunettes.

Danny fronça les sourcils et tenta de les récupérer.

— Non !

Jack les posa derrière lui sur le rebord du lavabo.

— Montre-moi ce que tu as appris chez les humains, Danny-dogue.

Il n'avait pas oublié la sensation de cette bouche chaude s'activant sur lui, à Durham. Son excitation se mêla d'un soupçon d'irritation parce qu'il n'avait pas oublié non plus que Danny aimait jouer à l'humain. Bien qu'il lui appartienne, il n'avait pas paru ravi que Jack revienne dans la vie pour le revendiquer et l'emmener avec lui. Chaque fois que Jack s'autorisait à y penser, cela le rongeait de l'intérieur, comme un écureuil à la racine du monde. Malgré tout, il voulait *tout* de Danny, même ce que son amant avait vécu loin de lui.

— Donne-moi envie de toi, insista Jack.

Danny jeta un coup d'œil au sexe de Jack, que ces préambules avaient déjà érigé entre ses cuisses, et passa la langue sur ses lèvres. Ce geste raviva le désir de Jack. La fellation était un jeu humain, mais Jack appréciait de pénétrer le cul de Danny, alors, pourquoi pas sa bouche ?

Danny leva un sourcil.

— Maintenant ?

À son habitude, il faisait le malin, mais Jack discerna autre chose dans sa voix, une sorte de… d'incertitude. Peut-être doutait-il de l'intérêt charnel de Jack. Après tout, il n'avait plus couché avec son amant depuis qu'il avait laissé la vieille salope lui arracher la peau. Le problème était inhérent à Jack, il n'avait rien à voir avec Danny.

Mais ce soir, putain, c'était la pleine lune.

Jack s'appuya contre le lavabo, les jambes écartées, et regarda sa queue. De toute évidence, la malédiction était levée et Danny avait su éveiller son intérêt.

— Arrête de parler, grogna-t-il. Et suce-moi. Si tu continues à discuter, je vais être obligé de te baiser pour te faire taire.

Ce n'était sans doute pas les mots que Danny attendait. Un chien, ou un humain se serait montré plus gentil, plus doux dans de telles circonstances. Mais Jack était un loup et il repoussait de tout son être la notion même de devenir vulnérable.

Danny sourit, son hésitation oubliée. Il avait reconnu l'authenticité du désir de Jack, même aussi brutalement exprimé.

— Tu n'as jamais réussi à me faire taire, railla-t-il, quoi que tu aies tenté.

Jack ricana pour exprimer son scepticisme. L'insolence de Danny ne le dérangeait pas, c'était même un défi. Mais il savait parfaitement que chaque fois qu'il le baisait, son amant oubliait de parler pour pousser des cris inarticulés de plaisir entremêlés de supplications.

— Rappelle-moi de te démontrer plus tard à quel point tu te trompes.

Danny posa un raide baiser sur son ventre, puis il caressa ses cuisses fortes. Il fit courir ses pouces sur les muscles renflés, s'attardant sur l'intérieur de la cuisse, là où la peau était plus pâle et plus sensible. Il hésita à l'endroit où les tatouages avaient été découpés, puis il suivit du doigt les lignes de la peau neuve et sans encre.

Jack sentit une crispation derrière son sternum, comme un nœud de tension, mais il se rassura vite en constatant que sa nouvelle peau réagissait normalement – *comme avant!* – aux caresses de Danny. Il se demanda pourquoi il avait plus ou moins craint d'avoir été irrémédiablement souillé par Rose et son couteau aiguisé. En vérité, le plaisir était au rendez-vous.

Surtout quand Danny prit sa queue dans la main et se pencha pour y presser un baiser mouillé. Il mordilla ensuite le membre sur toute sa longueur, arriva à la base et remonta de l'autre côté. En retrouvant le gland, il enfonça la pointe de la langue dans le méat et goûta le musc qui y perlait.

Il prit ensuite le sexe dans sa bouche

— Oh, putain! grogna Jack.

Le plaisir vibra tout le long de sa queue, les muscles de ses cuisses se contactèrent, ses tripes aussi. La sensation de chaleur humide était différente de celle, plus préhensile, du cul. La jouissance était plus subtile, moins animale, mais tout aussi satisfaisante. Les étincelles électriques parcouraient le corps de Jack jusqu'à ses extrémités nerveuses. Il avait l'impression d'avoir un hameçon planté dans l'estomac, des fourmis qui couraient sous sa peau échaudée.

Comme tout ce que faisaient les humains, c'était une perte de temps. Jack aurait pu déjà positionner Danny sur le rebord de la baignoire et le baiser. Un acte naturel, primal, parfait en soi, il n'avait donc pas à être amélioré ou enrubanné. Pourtant, Jack ne bougeait pas. La fellation était plus… intime.

Danny était à genoux, la bouche écartelée par sa queue, et Jack appréciait de le regarder. C'était même un sacré bonus!

Il passa les doigts dans les boucles sombres pour dégager le visage de Danny et fixa son sexe, humide de salive qui allait et venait entre les lèvres rouges. La vulnérabilité de Danny ne faisait qu'aiguiser le plaisir de Jack, une chaude sensation qui coulait dans sa gorge jusque dans son estomac.

Danny avait presque tout le sexe de Jack dans la bouche, sa gorge était serrée et chaude, sa langue s'activait. Jack s'accouda au lavabo quand son orgasme jaillit. D'une main, il pressa la tête de Danny contre son bas-ventre agité de spasmes, les doigts emmêlés dans ses cheveux. Il ne ferma pas les yeux, il regarda Danny recevoir son sperme et l'avaler.

Une vague de chaleur remonta le long de la colonne vertébrale de Jack et explosa à la base de son crâne. Puis Danny s'écarta après un dernier coup de langue. L'esprit encore embrumé, Jack eut une pensée furtive : *il arrivait aux humains d'avoir de bonnes idées, après tout.*

Outre le club de football celtique.

Quand Danny retomba sur ses talons, Jack se pencha et lui prit le menton pour lui renverser la tête.

— Pour moi, c'est tout bon, dit-il, d'une voix rauque de satisfaction. Et toi ? Qui va s'occuper de toi ?

Ce n'était pas une proposition déguisée de renvoyer l'ascenseur. Jack était un loup, il était trop fier pour sucer Danny. Rien qu'à y penser, son instinct se rebellait alors même que ses couilles durcissaient avec intérêt. Oh, il allait se remettre à bander très vite et sa queue lui permettrait de satisfaire son amant.

Danny se releva. Les genoux de son jean étaient mouillés – le sol de la salle de bain était trempé – et le denim délavé soulignait à son entrejambe un sexe dur et érigé.

— Ne t'en fais pas pour moi, lança-t-il avec désinvolture. Je prendrai bientôt mon pied.

Même sans avoir passé des années à étudier des livres poussiéreux dans des pièces sombres et mal aérées, Jack comprit parfaitement que Danny n'envisageait pas de se branler. Avec un ricanement entendu, il empoigna Danny par l'avant de son vieux chandail, serra les doigts sur la laine épaisse et plaqua son amant contre la porte de la salle de bain. Il se pencha et huma les effluves qui lui parvenaient, mélange de sexe et du musc de Danny. Son désir se raviva. Sa queue s'érigea.

Il grinça à l'oreille de Danny :

— Souviens-toi de ma promesse ! Puisque tu continues à parler, je vais devoir te baiser.

171

Danny pencha la tête jusqu'à ce que leurs bouches se touchent presque et ses yeux bruns rencontrèrent ceux de Jack. Un bref moment, Jack crut qu'il allait entamer une conversation sérieuse. Il se trompait.

Danny esquissa un demi-sourire et railla :

— Pourquoi pas ? Tu as joui très vite et nous avons encore du temps à tuer, alors...

Jack l'embrassa avec force, il lui écrasa la tête contre le bois de la porte et dévora ses lèvres, coupant net la vanne de Danny s'apprêtait à lui lancer. Un jour peut-être, il n'aurait plus que ça pour nourrir ses fantasmes, le souvenir de cette bouche insolente, mais pour le moment, il avait Danny. Et il comptait bien en profiter sans plus attendre.

Il rompit le baiser et se redressa.

— La prochaine fois, déclara-t-il, je te sucerai peut-être.

Les mots lui avaient échappé. L'idée ne le tentait même pas... en tout cas, pas avant de voir Danny, très troublé, s'empourprer. Incapable pour une fois de trouver une répartie, Danny se mit à bredouiller :

— Non, non... tu n'as pas... tu ne peux pas...

Jack eut un sourire satisfait. Toute la meute s'accordait pour trouver Danny intelligent, même le vieil homme l'avait déclaré jadis «d'une vivacité exceptionnelle», pourtant, lui avait toujours réussi à couper le sifflet au jeune chien, à le faire rougir et bafouiller d'un regard ou d'une main judicieusement placée.

Et il adorait ce pouvoir qu'il avait sur son amant, il le reconnaissait sans ambages. C'était même ce qui le poussait à accepter les jeux humains au lit.

Il déposa un chaste baiser sur la joue de Danny. Aussi innocent que le geste ait été, l'haleine de Danny sentait encore le sperme et les deux hommes savaient ce qui allait suivre : le loup allait baiser le chien.

— À quand remonte la dernière fois que je t'ai pris chez mon père ? demanda Jack.

Connaissant bien Danny, il savait que la question allait le prendre au dépourvu, le temps de fouiller sa mémoire. En clair, pas longtemps.

Il quitta la salle de bain et entraîna Danny dans le couloir jusqu'à sa chambre. Quelque peu malmené par sa poigne impatiente, Danny trébucha et émit un petit bruit de protestation, par principe seulement, car il ne résistait pas.

Si le vieil homme avait eu davantage de temps, il aurait vidé la pièce où Jack avait dormi avant son bannissement. Ou Gregor l'aurait marqué comme son territoire, juste parce qu'il le pouvait. Mais la fin du monde s'annonçait, alors, le père et le fils avaient eu d'autres priorités.

Jack trouva sa chambre telle qu'il l'avait laissée, le lit n'avait pas été refait, les draps étaient en tas sur le matelas, des vêtements étaient jetés sur les tiroirs ouverts du vieux coffre éraflé poussé dans le coin. La pièce était décemment propre – quand les jumeaux étaient ados, leur père avait plusieurs fois jeté tous leurs vêtements par les fenêtres et nettoyé les chambres au jet d'eau –, mais elle gardait l'odeur familière du loup incrustée dans les murs.

Jack propulsa Danny vers le lit.

— Ne sois pas si brusque ! protesta son amant. Je ne compte pas filer.

Il déboutonna son jean et le laissa glisser sur ses hanches minces, ce qui découvrit la peau pâle de son ventre. Alors que Danny faisait passer son pull par-dessus sa tête, le jean fut bloqué par la bosse de son érection. Agacé, Danny gesticula et s'emmêla les bras.

Jack se moqua de lui et le poussa sur le lit. Danny tomba à la renverse et atterrit sur les coudes, sur le matelas. Avec ses vêtements entortillés autour de lui et ses bras coincés, il avait l'air à la ridicule et adorablement sexy. Les yeux fixés sur l'épais renflement du bas-ventre, Jack évoqua une fois encore sa proposition incongrue de le sucer. Des images flashèrent dans sa tête : il imagina les cris qu'il arracherait à Danny, ses mains serrées pour maintenir en place un corps qui se tordait... Cela suffit à provoquer une érection à l'intensité douloureuse.

Mais Jack sentit peser sur lui l'ultimatum de la pleine lune, ce à quoi ni lui ni Danny ne tenaient à penser pour le moment, aussi renonça-t-il à son projet à peine ébauché.

Puisque le temps lui manquait, il voulait posséder Danny.

Il retourna Danny sur le lit, saisit la ceinture du jean et la baissa pour exposer les courbes tentantes du cul ferme. Toujours saucissonné dans son chandail, Danny poussa un juron indigné et se crispa, faisant gonfler ses muscles sur son dos et ses fesses.

— Dis-moi ce que tu veux que je te fasse, ordonna Jack.

Il prit sa queue dans la main et serra les doigts autour de son sexe rigide et encore poisseux de son précédent orgasme. La pression contracta ses couilles et lui fit serrer les fesses. Jack pressa le pouce sur le gland humide, puis se masturba d'un geste paresseux.

— Dis-moi que tu veux que je te baise, Danny-dogue, insista-t-il.

Pour une fois, il voulait être sûr. Le sexe, pour un loup, c'était facile, mais les humains compliquaient tout. Même quand leurs mouvements et leur odeur révélaient le désir, cela ne signifiait pas forcément qu'ils étaient consentants. Et maintenant que Danny avait passé des années à les fréquenter, Jack ne tenait pas à mal interpréter sa réaction.

En plus, il aimait entendre Danny le supplier, d'une voix que la passion éraillait.

Enfin libéré de son chandail, Danny le jeta au loin dans la pièce. Il repoussa ses boucles hirsutes de son visage, se redressa sur une main et jeta par-dessus son épaule à Jack un regard irrité.

— Tu sais très bien que je le veux, grinça-t-il.

Puis il se figea, les yeux écarquillés, et son visage s'adoucit. Quelle qu'en soit la raison, Jack ne tenait pas à le savoir.

— Je veux que tu me baises, Jack, chuchota-t-il. S'il te plaît !

Au son de sa voix, un frisson glissa dans le dos de Jack et atterrit entre ses jambes. Il resserra son emprise sur sa queue, un geste presque douloureux, puis lâcha son sexe pour empoigner le cul de Dany et lui écarter les fesses. L'anus se resserra sous la caresse de l'air froid, puis il se détendit dès que Jack y pressa son gland. Il céda vite sous la pression. Jack enfila Danny d'une longue et unique poussée et savoura la force préhensile des muscles internes tout le long de son membre.

Une fois empalé jusqu'à la garde, Danny gémit et laissa pendre sa tête entre ses épaules, offrant à Jack la vision de ses muscles dorsaux durcis sous la peau, de ses doigts crispés sur les draps, de ses reins creusés, de son cul tendu et offert. Malgré son envie presque irrépressible de marteler Danny, de le baiser jusqu'à lui couper le souffle, de le clouer au lit, soumis et donné, Jack fit l'effort de patienter le temps que son amant s'adapte à sa possession.

Puis les épaules de Danny se relâchent et son dos se cambra en un encouragement muet. Alors, Jack le prit aux hanches, les doigts arrimés à ses os iliaques, et il le pilonna à grands coups de boutoir, faisant bruyamment claquer son corps contre celui de Danny, le projetant en avant chaque fois que sa queue glissait profondément en lui.

Danny retomba sur les coudes pour mieux s'arrimer au matelas. Il poussait une litanie ininterrompue de cris et de gémissement, et pressait son cul en arrière pour mieux s'offrir. Les deux amants ruisselaient de sueur, dont l'odeur âcre se mêlait à celles du sexe et du savon au phénol.

À chaque coup de reins, Jack sentait un nouvel orgasme monter dans ses couilles, une douleur chaude et sourde, presque insupportable. Sa peau le démangeait, ses terminaisons nerveuses crépitaient, son ventre était agité de spasmes. Il se pencha en avant, prit Danny par l'épaule et le remit à genoux, pressant le long corps dégingandé contre sa poitrine alors que sa queue restait enfouie en lui.

Jack le mordit à la gorge.

— Tu ne désireras jamais personne autant que moi, Danny-dogue, ahana-t-il. Je suis le seul à savoir ce que tu aimes.

Glissant sa main libre autour de la taille de Danny, il empoigna sa queue et la masturba sans douceur. Sans plus chercher à faire le malin, Danny poussa un gémissement et se mordit la lèvre.

Jack raidit les cuisses et changea le rythme de ses pénétrations, plus rapides, plus saccadées, plus profondes aussi. En réaction, Danny étouffa un cri, son ventre se crispa.

— S'il te plaît, gémit Danny. Fais-moi jouir.

Il jeta la main derrière lui et prit Jack aux cheveux. Il tourna aussi la tête et jeta un baiser qui tomba sur la tempe de Jack. Le frôlement des lèvres chaudes et humides propulsa Jack vers la jouissance. Il tomba sur le lit, entraînant son amant avec lui, leurs jambes emmêlées. Il martela Danny, les dents plantées au creux de son épaule.

Danny semblait pris entre les deux sensations, la queue de Jack dans son cul, la sienne dans le poing de Jack. Il jouit le premier en poussant un cri, son sperme coula sur les doigts de Jack et sur le lit. Il avait crié le nom de Jack comme une prière, la seule que lui permettait sa fierté. Quand ses spasmes se tarirent, Danny retomba en arrière, le souffle court, tandis que Jack explosait en lui.

Jack regarda la trace de ses dents sur l'épaule de Danny, il avait un goût de sueur et de sang sur sa langue. Ceux de Danny.

Danny qui était sien...

Repu, Jack se colla au dos de Danny et lécha le sang sur sa peau. Il poussa un grognement agacé quand Danny, d'un coup de coude dans les flancs, l'incita à le libérer. Les deux amants s'étendirent côte à côte sur le lit, les jambes allongées, à attendre la fin de leur répit.

Un loup viendrait bien assez tôt frapper à la porte du vieil homme pour exposer son problème et réclamer une solution.

Danny se redressa et posa un baiser à la gorge de Jack. L'entaille due au couteau de Lach avait guéri, mais la douleur persistait sous les os. Le baiser de Danny n'y changea rien, ce qui n'empêcha pas Jack de l'apprécier.

— Rien n'a changé, souffla Danny. Rien ne doit changer.

— Non, admit Jack.

Le mensonge, parfois, c'était utile. Même par omission.

Quand il avait demandé à Danny la date de leur dernière fois ensemble sous le toit de son père, il connaissait déjà la réponse. C'était le jour de son anniversaire, un mois avant le départ de Danny. Et quand Danny avait chevauché Jack, il avait déjà reçu l'acceptation de son dossier universitaire. Il savait donc qu'il quitterait bientôt la meute, qu'il ne reverrait plus Jack, parce qu'il ne pouvait rester ici et être lui-même.

Rien n'avait changé, n'est-ce pas ?

Jack fut presque soulagé d'entendre frapper à la porte d'entrée. Au moins, il n'avait pas à admettre ne pas avoir la réponse à cette question.

XV

Danny

— JE NE sais pas, déclara Ellie. Lach ne m'a rien dit. En fait, il n'a rien dit à personne.

Elle était assise sur un tabouret bas tout éraflé dans le salon du vieil homme. Sa position indiquait sa soumission à Jack, tête en arrière, gorge offerte, yeux détournés. C'était par respect qu'elle ne le regardait pas. Quelques membres de la meute l'entouraient, des loups que Jack avait sélectionnés avec soin pour juger Ellie. Qu'ils soient accusateurs, survivants, ou lésés, tous affichaient une mine sévère.

Danny était là aussi, même s'il n'avait pas son mot à dire. Il voyait très bien les regards peu amènes que les loups lui jetaient, mais aucun d'eux n'osait affronter Jack pour demander son expulsion.

L'air sceptique, Jack croisa les bras et s'appuya contre le bureau du vieil homme.

— Tu t'apprêtais à vendre la meute aux prophètes sans même savoir pourquoi ? jeta-t-il durement.

Elle lui jeta un bref regard, puis baissa la tête.

— Il était le Numitor, répondit-elle.

Derrière elle, Kath poussa un grognement de colère, un son rauque et menaçant qui émanait du fond de sa gorge. Ellie tressaillit, une réaction que Danny comprenait tout à fait, mais elle ne recula pas.

— J'ai obéi aux ordres, insista-t-elle. Vous aviez disparu, ton frère et toi, Jack, les autres n'étaient que des chiens. Ce n'était pas ma meute.

D'un revers de la main, Kath frappa Ellie sur l'oreille.

— Ce n'était pas à toi d'en décider, grinça-t-elle, les dents serrées. Et Lach n'avait aucun droit au titre de Numitor !

— Parce que là, c'est *à toi* d'en décider ? railla Ellie.

Elle esquiva une autre gifle et frappa ses poings contre ses genoux avant d'enchaîner :

177

— Je ne me souviens pas de t'avoir entendu le dire à Lach en face, Kath ! Non, tu as courbé l'échine, comme tous les autres. Et tu as obéi. Comme moi.

Kath l'empoigna par ses cheveux blonds et lui renversa la tête pour exposer sa gorge.

— Tu sais très bien pourquoi je ne pouvais rien dire ! tonna-t-elle.

Bron, enveloppée dans un manteau emprunté qui descendait jusqu'à ses cuisses, montra toutes ses dents dans un rictus sans humour.

— Moi, je n'étais pas bannie, déclara-t-elle. Et je n'étais pas un chien, les enfants non plus.

Un murmure d'assentiment courut dans la salle. Danny se mordit les lèvres pour retenir un commentaire cynique : ainsi, il ne comptait pas ? Sous prétexte qu'il était un chien, personne ne se souciait de son sort ? Oh, sa mère aurait sans doute essayé de le sauver et s'il avait péri, elle l'aurait pleuré, mais aurait-elle courbé l'échine *pour lui* comme elle l'avait fait pour Bron ? Aurait-elle mis la meute en danger ?

Danny en doutait.

Les enfants-loups représentaient l'avenir et Danny ne pouvait engendrer un loup, même s'il s'intéressait un peu plus aux femmes que Jack.

Il déglutit son amertume et passa les doigts dans ses cheveux, tout ébouriffés et emmêlés après sa session torride avec Jack. Il s'efforça de repousser ses pensées négatives, elles ne l'aidaient pas en ce moment.

Et puis, il devrait être habitué, non ? Cette discrimination qu'il avait subie toute sa vie aurait pu… aurait dû moins le déranger autrefois. Ses années dans le Sud avaient-elles émoussé sa tolérance ? Peut-être que non. Après tout, il était parti jadis, il avait tout laissé derrière lui. S'il avait accepté sa situation dans la meute, ne serait-il pas resté ?

Il tourna les yeux vers Jack. Il portait à nouveau ses lunettes, récupérées sur le lavabo de la salle de bain, ce qui lui permettait de voir net le visage dur, les yeux verts intelligents et le corps musclé qui une heure auparavant à peine, était lové contre le sien. S'il avait eu l'option de rester étant jeune, il l'aurait fait, non ? Il l'aurait fait pour Jack ?

Ellie répondit avec feu :

— Je sais ! J'aurais dû vous aider, j'ai honte de ma passivité, mais ce n'était pas Lach le coupable, c'étaient les prophètes. Et contre leur pouvoir, que pouvions-nous faire sinon obéir pour ne pas être écharpés et découpés en morceaux ?

— Je te signale qu'un de ces chiens que tu méprises tant a réussi à nous faire sortir ! s'exclama Bron d'un ton caustique. Au fond, peut-être sont-ils plus utiles à la meute que toi et tes pareils !

Cette fois, Ellie ne répondit pas. Et Jack jeta un coup d'œil à Danny, comme si le compliment détourné lui avait rappelé sa présence.

Bron nota son mouvement, elle aussi fixa son frère, puis Jack, les lèvres pincées de réprobation. Elle écarta d'un souffle une mèche de cheveux qui lui chatouillait le visage et ajouta :

— Je voudrais bien savoir ce que cette vieille garce déjantée voulait faire de mon bébé ! Il n'est pas encore né, peut-être même ne le fera-t-il jamais, vu les circonstances !

Elle disait vrai, pensa Danny. Et même si l'enfant naissait, sa mère pouvait y laisser la vie. Les loups avaient une longue espérance de vie, mais la Nature sauvage prélevait sa dîme sur la meute. Danny préférait ne pas y penser. Il trouvait sa petite sœur, la prunelle des yeux de Kath, souvent pénible avec son arrogance, ses sarcasmes, sa brusquerie de manières et de ton. Malgré tout, il l'aimait. Rien ne devrait lui arriver.

— Elle se prétend enceinte, déclara Jack avec un rictus écœuré.

Il montra les dents et Danny frissonna en les voyant. Son épaule, sous la laine brute et râpeuse du pull qu'il avait emprunté, portait encore des traces de morsures.

Puis la nouvelle annoncée attira son attention, aussi se pencha-t-il en avant. Quand les prophètes avaient conduit Jack et Gregor à l'hôpital, Danny était resté à l'écart. Il faisait si froid que l'odeur des moutons morts en était atténuée, Danny n'était pas certain qu'elle couvre la sienne.

Et Rose Blake avait un odorat exceptionnel. Danny gardait des cauchemars de ce qu'il avait subi aux mains de la prophétesse, il se réveillait en nage, certain d'avoir rêvé sa liberté, sa forme humaine... il allait se retrouver chien et en laisse, attaché à un collier trop serré, son cerveau plus engourdi à chaque jour qui passait.

— Et c'est vrai ? demanda-t-il.

Les loups, après tout, vivaient longtemps.

Jack grogna de dégoût.

— Même si son ventre n'était pas desséché depuis des années, répliqua-t-il, quel homme sain d'esprit toucherait un truc pareil ? On la croirait passée sur un barbecue !

Sur son tabouret, Ellie frissonna.

— Je l'ai trouvée magnifique, murmura-t-elle.

Jack la regarda comme si elle était folle.

Un loup imposant se trouvait près de la porte : le père de Greer, le petit garçon qui avait été enlevé par les prophètes avec les autres, le seul qui n'était pas revenu.

James cracha par terre et s'exprima avec colère :

— Quelle importance ! Je me fiche de son enfant, je me fiche aussi du tien, Bron ! Vous n'avez pas été fichu de ramener mon fils !

Kath s'interposa :

— Nous n'y sommes pour rien ! La Nature sauvage…

— Qu'Elle aille se faire foutre ! cracha James.

Sa compagne, qui se tenait à ses côtés, s'arracha au chagrin qui la rongeait et lui prit le bras pour tenter de le calmer. James se libéra et toisa le groupe d'un œil injecté de sang.

— Vous aussi, allez vous faire foutre, tous ! cria-t-il. Vous avez tous récupéré vos enfants… *vivants*, même le chien de Kath est revenu !

En entendant un sourd grondement, Danny crut d'abord qu'il venait de Jack, puis il se rendit compte que c'était de lui. James lui lança un regard noir et se raidit de colère agressive, les épaules gonflées, les muscles tendus. Plus jeune, Danny aurait pu être intimidé, mais désormais, il s'était battu contre des monstres et contre le prophète Job dans la peau empuantie d'un loup mort, il avait passé trop de temps sous le joug, forcé à rester un chien. En comparaison, la colère de James lui semblait… insignifiante. Danny n'était pas stupide, il savait très bien qu'il ne ferait pas le poids si le loup se jetait sur lui, mais il s'en fichait, il n'avait pas peur, il ne comptait pas courber l'échine.

Sans quitter son tabouret, il carra les épaules et aboya sèchement :

— J'ai un nom, James. Alors, soit tu m'appelles Danny, soit tu fermes ta…

Kath s'interposa, le dos tourné à James, face à Danny. Elle le secoua par l'épaule.

— Ça suffit ! Je ne t'ai sans doute pas assez appris la prudence, Danny, mais ce n'est pas une raison pour oublier les bonnes manières. Excuse-toi !

— De quoi ? rétorqua Danny avec insolence.

— Tu devrais passer une muselière à ton chien, Kath ! s'emporta James. Et l'enfermer quelques heures. Aussi nul que soit Lach comme Numitor, il avait raison sur un point : la place des chiens n'est pas parmi la meute !

— Mon père ne serait pas d'accord, intervint Jack.

Il paraissait en colère, sans doute autant contre Danny que contre James.

Le père de Greer se retourna vers lui avec hargne :

— Ton père est mort ! Et je me fous de ce que tu penses, Jack, ou de ce que tu ressens ! J'ai servi le vieil homme avec loyauté et fidélité, mais il occupait ce poste depuis des décennies, il avait fait son temps, il a bénéficié d'une longue vie bien remplie. Mon fils n'a même pas cinq ans. Tant qu'il n'est pas revenu à la maison, ne compte pas sur moi !

Sans même reprendre son souffle, il épingla Bron d'un regard dur.

— Quant à toi, je me fous du gnard que tu portes. Il est probable qu'il ne vivra pas, d'ailleurs. Il est de Gregor, non ? Son premier-né n'a pas vécu !

— Quoi ? lâcha Danny.

Il était tellement choqué qu'il avait parlé de la voix sèche et autoritaire d'un professeur affrontant un gamin mal élevé. Bron, elle, réagit différemment : elle frappa James d'un crochet en plein visage. Son poing fit éclater la pommette du loup, le sang gicla. Sous l'impact, James recula d'un pas. D'instinct, il leva le bras, prêt à rendre le coup.

Sa compagne s'interposa :

— Non ! Cela ne nous rendra pas Greer !

Elle s'accrocha au bras de James, l'autre main sur son cou pour le retenir. Kath se débarrassa de sa robe ample et se transforma en louve énorme à la fourrure épaisse, elle se positionna entre James et Bron.

James repoussa sa compagne et envoya un coup de pied à Kath. Elle le reçut dans l'épaule et réagit aussitôt, plantant les dents dans la jambe de son agresseur, lui arrachant une partie du mollet. Du sang plein son jean, James grogna et chancela, en équilibre sur un pied. Il gesticula en vain, sans parvenir à dégager sa jambe des mâchoires de la louve. Au contraire, Kath gonfla les épaules et le déchira davantage.

Surprise par cet accès de violence, Ellie fit un bond et bascula de son tabouret. Elle recula, les fesses sur le carrelage, pour s'écarter du combat. Jack la prit par l'épaule pour dégager le chemin, puis il avança vers les deux adversaires. Ellie lui jeta un regard plein de gratitude et de soumission. Jack ne le remarqua pas, Danny, si.

James parvint enfin à arracher sa jambe à Kath, le jean était déchiqueté, la chair et les muscles aussi, le sang coulait. Sans y prêter attention, James saisit la louve par le dos – d'un coup de dents, elle le mordit au bras – et la projeta contre le mur.

Puis James pivota et avança vers Bron.

Danny bondit avec un juron, il traversa la pièce jusqu'au bureau et saisit le fusil de chasse appuyé contre le mur. L'arme était vieille et rarement utilisée, elle ne servait qu'à effrayer les oiseaux quand leur tapage agaçait le vieil homme, mais pas assez pour qu'il se transforme afin de les chasser.

Cependant, le fusil était propre et bien huilé. Le vieil homme préconisait d'entretenir ses armes, même si elles ne servaient pas.

Danny pointa le canon sur la flaque de sang aux pieds de James et pressa la gâchette. Le recul le fit grimacer, autant que la fumée âcre qui jaillissait du canon. La chevrotine ricocha sur les vieilles dalles de granit, quelques plombs se logeant dans le pied de James. C'était la première fois que Danny avait à viser. Le vieil homme s'intéressant peu à la viande de goélands ou de corbeaux, il ne réclamait pas à Danny – ou à un autre chien à son service – de tuer les oiseaux, juste de les éloigner.

Le bruit inattendu fit tressaillir tout le monde, les oreilles d'un loup étant plus sensibles que celles d'un oiseau. Abandonnant Bron, James se tourna vers Danny. Il montrait les dents, il était même à deux doigts de se transformer, ses crocs poussaient déjà contre ses gencives.

Il avança d'un pas et grogna d'une voix épaisse :

— Tu penses que ça va m'arrêter ? Tire, tu verras. Je vais t'arracher ce fusil des mains, ensuite…

Bron voulut se jeter sur lui, mais Kath, redevenue humaine, l'en empêcha.

Danny releva son arme, le canon braqué sur la poitrine de James.

— Combien de temps mettront tes yeux à guérir, James ? Ou ta colonne vertébrale ? Sans moelle épinière, crois-tu vraiment que tes jambes fonctionneront aussi bien ?

James se figea et fixa le canon qui le braquait. Il avait beau croire qu'il survivrait au tir, il hésita.

Bron échappa à Kath et vint à côté de son frère pour apostropher le loup :

— Tu ne guériras pas assez vite, James, je te le garantis. J'aurai amplement le temps de t'arracher la gorge. Avant d'être un chien, Danny est mon frère, alors, tu n'y toucheras pas ! Et tu ne diras plus un mot comme mon bébé, c'est compris ?

Une hésitation crispant son visage, James se dandina d'un pied sur l'autre. La mare de sang s'agrandissait sous lui, ses blessures n'étaient pas encore cicatrisées.

— Je suis plus fort que toi, marmonna-t-il, plus fort que vous deux. Vous allez perdre…

Danny découvrit ses dents de chien dans un sourire sinistre.

— Et alors ? Est-ce que la peur de perdre m'a jamais arrêté ? susurra-t-il.

Un autre loup intervint, Craig, il était énorme, mais tout au bas de la hiérarchie parce qu'il détestait se battre. Il parla d'une voix basse et rauque qui ne lui ressemblait pas du tout.

— C'est toi qui vas perdre cette fois, James. En plus, tu as tort, ces chiens à qui tu dénies une place dans la meute ont sauvé ma fille. Je leur suis plus redevable qu'à toi. Si je dois choisir un parti, ce sera le leur, pas le tien.

Ulcéré, James tourna son agressivité vers son congénère :

— Ils ont sauvé ta fille, ils ont sauvé Bron et les autres, et Greer, alors ? Pourquoi l'avoir abandonné ?

Ellie rampa et s'appuya contre la jambe de Jack, la tête sur sa cuisse.

Elle se crispa un peu quand James la toisa.

— Greer n'est jamais arrivé à la maison des prophètes, déclara-t-elle. Il s'est échappé en chemin, la Nature sauvage l'a pris. Les chiens ne pouvaient pas le sauver, il n'était pas enfermé avec les autres prisonniers au sous-sol.

Le visage de James s'empourpra. Était-ce de rage ou de chagrin ? Danny n'aurait pu le dire.

Sans lui laisser le temps d'y réfléchir davantage, Jack échappa à l'étreinte d'Ellie et avança jusqu'à James, il le prit par la nuque.

— Nous trouverons Greer, promit-il. Nous te le ramènerons. Mais avant, il faut régler leur compte aux prophètes, mettre un terme à leurs agissements malsains et rendre son équilibre à la Nature sauvage. Sinon, ton fils risque de se perdre sans espoir de retour.

Le corps agité d'un long frisson, James céda enfin au chagrin qui le minait, ses épaules s'affaissèrent, son menton tomba, des larmes roulèrent sur ses joues. Il s'appuya contre Jack, soulagé sans doute de pouvoir décharger sa responsabilité. C'était un des réconforts que la meute offrait à tous ses membres : laisser un autre loup prendre des décisions quand le fardeau devenait trop lourd.

Danny le comprenait, même s'il avait toujours refusé de s'y soumettre.

Jack accorda à James un moment de répit, puis d'un coup de pied, il le mit à genoux. Il enfonça les doigts dans sa nuque ployée et se pencha pour grogner à son oreille :

— La prochaine fois que tu manqueras de respect à moi ou à mon frère, tu finiras sur le dos. Si tu t'avises de toucher à Danny, tu finiras dans une tombe.

183

Il attendit que James se soumette, tête basse, pour le lâcher et reculer. Il désigna la porte et ajouta d'un ton bourru :

— Relève-toi à présent, rentre chez toi et fais un brin de toilette. Plus vite nous en terminerons avec les prophètes, plus vite nous irons chercher ton fils.

Il se tourna vers les autres loups et ajouta :

— Rentrez tous chez vous, vous avez besoin de repos.

D'un petit signe de tête, James s'excusa auprès de Kath et de Bron, puis il tourna les talons et boitilla jusqu'à la porte. Sa compagne le suivit, les autres aussi. La réunion se termina sans histoires.

Une fois la porte refermée sur le dernier loup, Danny poussa un lent soupir. Tous ses muscles tremblaient de l'adrénaline qui courait dans son sang.

— Quant à toi…

Danny regarda Jack avancer vers lui, poser la main sur le canon du fusil de chasse et le baisser. D'instinct, Danny résista, mais seulement parce qu'il avait oublié qu'il tenait encore à la main l'arme du vieil homme. Il se détendit vite et laissa Jack la lui reprendre.

De sa main libre, Jack lui prit le cou, et du pouce, il lui renversa le menton. La gorge exposée, Danny déglutit nerveusement.

— … tu n'es pas censé tirer avec mon arme sur ceux que je reçois sous mon toit, le tança Jack.

Danny se lécha les lèvres et baissa les yeux.

— Ce fusil est à ton père, souligna-t-il.

Jack se pencha et huma le cou de Danny, là où la peau portait encore son odeur

— P'pa n'est pas là, rétorqua-t-il. Et je n'ai pas besoin d'un chien de garde.

— Va te faire foutre ! jeta grossièrement Danny.

Il tressaillit en entendant un cri étouffé mi-surprise, mi-reproche. C'était Ellie, assise par terre, collée contre le mur. Danny l'avait oubliée.

Jack aussi, sans doute. Il lâcha la gorge de Danny, s'écarta de lui et regarda Ellie.

— Quand on passe trop de temps avec les humains, lança-t-il, on prend vite leurs mauvaises habitudes. Dieu sait pourtant que Danny n'en avait pas besoin ! Il a toujours été insolent !

Il posa une main possessive sur l'épaule de Danny.

184

Ellie les scruta l'un après l'autre, ses yeux s'attardant sur la gorge de Danny : le col avachi exposait la morsure laissée par le loup.

Ellie esquissa un sourire.

— C'est dur d'aimer un chien, souffla-t-elle. Ils vivent tout près de nous, mais… ils ne sont jamais assez bien pour nous.

Elle soupira, haussa les épaules et baissa les yeux sur ses genoux écorchés. Il émanait d'elle une odeur terne de regret et de perte, poussière, cendres et fumée. Parlait-elle d'une expérience vécue ? Espérait-elle se faire plaindre ?

Danny se contenta de serrer les dents. Il connaissait sa situation, il n'avait nullement besoin qu'on la lui rappelle.

— Tu n'as pas dû faire beaucoup d'effort, Ellie, grinça-t-il.

Il se dégagea de l'emprise de Jack et ignora le geste impérieux qui lui intimait de ne pas bouger. Il était un chien, d'accord, mais il n'était pas domestiqué.

Il fonça vers la porte et jeta par-dessus son épaule :

— Je vais voir comment va Bron.

— Avec Gregor ? se plaignit Danny.

Bron mâchait un morceau de gibier fumé, du chevreuil. Elle avait la bouche pleine et les mains grasses. Danny l'avait trouvée dans la cuisine de la maison où ils avaient grandi tous les deux, elle portait une tenue sortie d'un placard de son ancienne chambre. Lui aussi d'ailleurs. Bron ne paraissait pas trouver la situation étrange. D'un autre côté, seul Danny était parti, des années plus tôt. Le feu flambait dans la cheminée en pierre, une vieille bouilloire en cuivre pendait au-dessus des braises ardentes, tirées sur l'avant de l'âtre, sur des tuiles noircies par l'usage. La vapeur qui s'échappait de la bouilloire embrumait l'air de la cuisine.

Bron fit la grimace devant le ton outré de son frère.

— Pourquoi pas ? rétorqua-t-elle, sarcastique. Tu es bien avec Jack !

Danny s'empourpra, l'estomac noué. Il tira nerveusement sur son col pour cacher ses meurtrissures. Ce n'était pas le sexe qui le gênait. Dans une meute au nez sensible, personne ne pouvait baiser sans que tout le monde le sache. Les odeurs restaient collées à la peau comme de la mélasse. Une morsure, en revanche, c'était plus intime, c'était une prise de possession, même si Jack savait que revendiquer un chien ne le mènerait nulle part.

— C'est différent, dit-il.

185

Bron venait de se fourrer un gros morceau dans la bouche. Les joues gonflées de viande, elle ne pouvait plus parler, aussi se contenta-t-elle de prime abord de fusiller son frère des yeux. Elle cracha sa viande à moitié mâchée dans sa main et éructa :

— Comment ça ?

— Tu es dégoûtante, protesta Danny.

— Je suis enceinte, répondit Bron. Tu n'as pas à m'insulter.

— Je ne t'insulte pas, je statue une évidence. Je t'avais dit la même chose étant enfant, quand je t'ai surprise à manger tes crottes de nez.

Danny retint un soupir. Il disait vrai, mais il s'était égaré sur un sujet sans intérêt. Il inspira un grand coup et tenta de retrouver la sagesse et la maturité qu'il avait acquises loin de la meute et des chamailleries entre frère et sœur.

Bron jeta ce qu'elle tenait dans le feu, elle arracha un autre morceau de viande et y planta ses dents blanches et pointues.

— Je voulais juste dire que… Jack est *Jack*, bredouilla Danny.

Sa sœur lui rit au nez.

— Oh, je comprends enfin pourquoi le monde humain était si impatient que tu enseignes dans leur université ! Quelle lumineuse intelligence ! Quelle faculté de déduction ! Jack est Jack, et Gregor est Gregor. Félicitations, tu as tout compris, les jumeaux du Numitor n'ont plus de secrets pour toi !

Danny haussa le ton :

— Gregor est cinglé, aboya-t-il. Il m'a sauvé la vie et j'ai voyagé en sa compagnie sans changer d'opinion : il est aussi fou qu'imprévisible. Qu'est-ce qui t'a pris de te lier à lui ?

Bron haussa les épaules et caressa son ventre rond.

— C'est arrivé par hasard, admit-elle. J'ai couché avec lui une nuit de pleine lune, ça ne devait pas aller plus loin. Quand j'ai découvert que j'étais enceinte, je me suis dit : pourquoi pas ? Je vais leur montrer à tous que je sais faire un vrai loup, pas un chien.

Ce n'était pas de la méchanceté, Bron était juste elle-même : franche et directe. Ça n'en restait pas moins un coup et Danny grimaça en le recevant.

— Au moins, tu assisteras à la fin du monde de loin, marmonna-t-il.

Bron roula des yeux.

— Ne sois pas idiot ! Je ne comptais pas élever ce gosse ! Je l'aurais laissé à Gregor. Moi, je serais partie à Glasgow ou ailleurs, j'aurais trouvé une autre meute et prouvé à tout le monde que j'étais capable de me

186

débrouiller sans ma mère. Après un bail, j'aurais fini par revenir, mais pas question de passer l'Hiver à nourrir un mioche au sein !

— Ce n'est pas *un* mioche, dit Danny. C'est *le tien*.

Bron ricana.

— De nos jours, mon petit Danny, les femmes ne restent pas à la maison, à faire le ménage et à torcher la marmaille. Elles se joignent à la meute de Fenrir et s'en vont conquérir le monde. À quoi ont servi toutes tes études coûteuses si tu n'as rien appris ?

Il la regarda sévèrement. Elle continuait à bâfrer, la mine satisfaite, comme si elle était sûre de lui avoir damné le pion. Et elle faisait du bruit en mâchant, délibérément, pour provoquer son frère.

Kath descendit l'escalier. Ses cheveux mouillés coulaient dans son dos comme le pelage d'une otarie, et une mosaïque d'ecchymoses allant du vert au bleu descendait de sa pommette jusque sous l'encolure de sa robe. Les meurtrissures fanaient déjà, comme si elles dataient de deux semaines.

— Laisse ta sœur tranquille, Danny, déclara-t-elle. Elle sait ce qu'elle fait. Si le bébé naît vivant, il sera heureux dans la meute, il s'y épanouira comme tous les enfants.

Non, pas tous, pensa Danny, *juste les bébés loups.*

Danny ravala une très ancienne aigreur, assorti du besoin grotesque de justifier une fois encore son droit d'exister malgré les codes rigides du monde des loups. C'était à Bron de décider de sa vie et du fait d'élever ou pas son enfant. Peut-être une fois le bébé dans ses bras changerait-elle d'avis. Ou pas.

Danny pensa à la tête de Nick apprenant qu'il allait devoir élever le bébé de son compagnon. C'était sûrement drôle, mais il était trop las pour apprécier l'humour de la situation.

Il se tourna vers sa mère et demanda :

— As-tu été vérifier la tombe ?

— De qui ? intervint Bron, avec curiosité.

Kath serra ses cheveux pour les essorer.

— De personne. Monte, maintenant, Bron, va prendre un bain. Tu empestes.

Bron fronça les sourcils, la mine déçue. Elle jeta sur la table son bout de viande entamé et se dirigea vers l'escalier d'un pas raide.

— D'accord, cracha-t-elle. Je vous laisse à vos petits secrets ! Moi, je vais prendre un bain et réfléchir à des problèmes de loup, la chasse, la venaison !

Kath soupira et attendit d'entendre claquer à l'étage la porte de la salle de bain, pour ajouter :

— Elle a toujours été jalouse de toi ! C'est puéril !

Danny lança à sa mère un regard dubitatif. *De lui* ? Non, sa sœur n'était pas jalouse d'un chien, elle était bien trop fière d'être un loup. Et si elle était arrogante et capricieuse, c'était parce que Kath lui avait toujours passé tous ses caprices, mais à quoi bon l'énoncer désormais ?

— Maman, as-tu…

Kath répondit sans lui laisser le temps de réitérer sa question.

— Oui, tu avais raison, il n'y a plus rien dans la tombe de Rose Blake. Que des pierres et des chiffons. Cela ne veut pas dire qu'elle est vivante. La Nature sauvage a pu la revendiquer.

— Non, trancha Danny. À ton avis, que veut-elle à Bron ?

Kath tendit la jambe et tira un tabouret de sous la table, elle s'y installa.

— Je te l'ai déjà dit, elle cherche à se venger parce que je me suis opposée à elle autrefois. Elle n'a certainement ni oublié ni pardonné.

— C'est vrai, admit Danny. Mais je ne crois pas que la vengeance soit sa motivation. Je doute même que son intérêt pour Bron ait un rapport avec toi.

Il se pencha et récupéra le bout de viande que Bron avait abandonné.

Étant enfant, il avait l'habitude de se nourrir de restes, cela lui revenait parfois. Quand le morceau fondit sur sa langue, Danny réalisa qu'il était affamé.

— Rose a-t-elle eu une fille ? demanda-t-il, la bouche pleine.

— Oui, répondit Kath avec réticence. Alice. Nous étions… amies ?

— Tu ne sembles pas très sûre de toi, maman.

Kath tendit les mains vers le feu. La lumière rendit ses doigts presque transparents, les os se dessinant en foncé. Après un moment de réflexion, Kath fit la moue, comme si elle avait un mauvais goût dans la bouche.

— J'admirais Rose, avoua-t-elle. Oui, à l'époque, je l'admirais beaucoup. Alice, elle, détestait sa mère.

— Que lui est-il arrivé ? Le sais-tu ?

Kath secoua la tête.

— Non. Un jour, elle a quitté la meute, elle est partie dans le Sud, dans les Basses-Terres. Je l'ai jugée faible. Plus tard, quand j'ai vu ce dont Rose était capable, je me suis posé des questions… Alice avait-elle découvert avant moi la vérité sur sa mère ? Avait-elle été la seule à comprendre la vraie nature de Rose ? Mais les loups n'écrivent pas, ils n'envoient pas de courrier, alors, j'ignore ce qu'est devenue Alice et ce qui lui est arrivé. Pourquoi cette question ? Serait-elle la mère de ce Nick, d'après toi ?

Danny répondit par une autre question :

— Aurait-elle laissé son enfant à Rose ?

Kath jeta un coup d'œil au plafond et pensa sans doute à sa fille qui, grosse de son futur petit-enfant, s'ébattait dans le bain.

— Non, répondit-elle avec lassitude, mais si Rose le voulait, je doute fort qu'elle lui ait donné le choix de refuser. Ne pourrait-il s'agir d'un orphelin trouvé ?

C'était une bonne question. Danny s'essuya la bouche sur le dos de sa main.

— Nick n'est ni un loup ni un chien, déclara-t-il. D'après Gregor, il n'a pas non plus une odeur humaine. Et puis…

La bile lui remonta dans la gorge quand il évoqua ses jours avec Rose et un collier autour du cou. Ce n'étaient pas *vraiment* ses souvenirs, puisqu'il était alors sous sa forme canine, mais ils n'en restaient pas moins gravés dans son crâne. En lui, le chien remua, heureux d'avoir sauvé Bron et d'être près de Kath. La vie d'un chien était infiniment plus simple que celle d'un humain, exempte de doutes corrosifs et de tiraillements complexes… Même le fantôme de Rose, sa taille exagérée et son relent « mauvais » n'inquiétaient pas son alter ego dans le confort familier de la cuisine de Kath.

— … elle l'aimait, ajouta Danny, la gorge serrée. Elle l'a tué, du moins, elle a essayé sans hésitation, mais elle l'aime autant qu'elle est capable d'aimer.

— Les bébés sont faits pour être aimés, déclara Kath. C'est instinctif. Une femme peut très bien aimer un bébé qui n'est pas de son sang.

— Même Rose ?

Kath fit la grimace.

— Sans doute pas, admit-elle. Et alors ? En quoi est-ce important ?

Parfois, le fait d'entendre la bonne question aidait un cerveau trop lent à accélérer son processus de déduction. Danny hésita. La réponse était à sa portée, il le sentait. Malheureusement, elle lui échappa encore.

— Je ne sais pas, reconnut-il. Je te rappelle qu'elle a volé trois enfants de la meute. Nous avons pu les récupérer, mais là n'est pas la question. C'est une voleuse d'enfants, une voleuse d'enfants-loups !

— C'est une louve, rétorqua sa mère, pas une tueuse en série, seuls les humains ont ce genre de tares malsaines.

189

Quittant son tabouret, elle enroula un pan de sa jupe autour de sa main et se pencha pour soulever la bouilloire brûlante. De la vapeur s'éleva du bec quand Kath remplit une tasse d'eau, puis y jeta un sachet de thé. Elle agita la bouilloire et interrogea Danny des yeux.

Il secoua la tête.

— Non, merci, maman. Pour en revenir à Rose, elle n'a plus rien d'une louve normale, c'est une prophétesse cousue dans la peau d'un cadavre, rétorqua-t-il. Elle a violé le cairn des Sannocks…

Kath sursauta et faillit lâcher sa bouilloire. Elle la rattrapa à main nue et se brûla méchamment. Elle étouffa un cri. La peau boursouflait déjà, une atroce odeur de chair carbonisée couvrit celle de la tourbe du feu. Kath remit la bouilloire sur le foyer et serra sa main contre elle, comme pour bercer la douleur.

— Elle… *quoi ?* demanda-t-elle. Se sont-ils échappés ? Les loups ou les Sannocks ?

— Non, dit Danny.

C'était peut-être un mensonge. Il avait souvent vu Nick et les yeux noirs de l'oiseau scruter les ombres de la forêt et s'attarder entre les arbres. Bien entendu, un dieu charognard voyait aussi les fantômes «normaux», mais si Rose avait réussi à échapper à sa prison, pourquoi pas les Sannocks ?

— Nous avons refermé la porte, insista-t-il pour rassurer sa mère. En tout cas, nous… l'espérons. Rose est une tueuse, elle n'est pas normale, elle est malsaine. Et sa maladie, quelle qu'elle soit, commence à infecter la Nature sauvage. Tout est devenu tellement étrange !

Kath entendit sa main et l'examina. Des cloques parsemaient sa paume et ses doigts.

Danny grimaça en regardant les dégâts. Puis il se frotta les yeux.

— Bref, voilà maintenant trois fois que Rose vole un bébé qui ne lui appartient pas. Il doit bien y avoir une explication !

Kath perça l'ampoule de sa paume, elle souffla dessus et récupéra sa tasse. Elle étudia son fils à travers la vapeur qui émergeait du rebord de la lourde porcelaine.

— La méchanceté, tout simplement, dit-elle gravement. Et c'est aux loups de gérer cette histoire, pas à un chien.

Elle voulait juste le protéger, décida Danny. Elle l'aimait, même si cela ne lui avait jamais suffi. Sur une impulsion, il se redressa et serra sa mère dans ses bras, tout en faisant attention à ses contusions.

À sa grande surprise, elle lui rendit son étreinte. Pas longtemps cependant. Quand elle se dégagea, elle le toisa avec sévérité, comme pour lui reprocher sa sensiblerie.

Danny traversa la cuisine au pas de course, il saisit son manteau et fonça vers la porte. Avant de quitter la maison, il jeta par-dessus son épaule :

— Je n'ai pas oublié la leçon que tu m'as apprise étant enfant, maman, quand on reçoit un coup, il fait le rendre au centuple. Je suis un chien, je sais, mais je suis ici chez moi.

Kath garda le silence pendant qu'il ouvrait la porte et affrontait la neige qui soufflait en rafales. Le froid lui coupa le souffle, agressa ses tympans et le saisit tout entier.

— C'est l'Hiver de loup, déclara sa mère dans son dos. Coucher avec un loup ne fait pas de toi un des nôtres.

XVI

Gregor

NICK PENCHA la tête. Son rictus se voulait ironique, il était surtout nerveux.

— Il fut un temps, annonça-t-il à Gregor, où j'aurais réclamé une ordonnance pour me soigner, démangeaisons incluses.

Il était perché sur un kayak renversé dont le froid avait craquelé la coque en fibre de verre, dans un hangar à bateaux au bord de l'eau. Le vent au dehors sifflait à travers les fissures des parois goudronnées du cabanon, les flocons de neige y pénétraient en minces filets et s'éparpillaient sur le sol. Des vagues au rythme irrégulier remontaient les graviers du rivage pour frapper à la porte.

Nick avait toujours les yeux boursouflés et injectés de sang, les cils collés et poisseux, un voile sur le regard comme de la brume sur les carreaux d'une fenêtre. Gregor lui prit le menton et força sa tête sur le côté. Il sentit contre sa paume le grognement de Nick, offensé d'être ainsi malmené. L'intérieur des oreilles était irrité, la peau humide et rouge, comme si elle avait été ébouillantée. Quand Gregor se pencha pour renifler, il reconnut l'amertume du poison des prophètes sous la sueur aigre de la veste que Nick portait.

Nick le repoussa pour introduire un doigt dans son oreille enflammée.

— C'est tout gluant, se plaignit-il. C'est répugnant. Alors, as-tu vu quelque chose ?

Gregor l'attrapa par le poignet et lui fit baisser la main.

— Ne te gratte pas.

Nick soupira. Il essuya ses doigts sur son jean, puis serra les bras autour de lui-même, les mains sous les aisselles, les épaules relevées jusqu'au menton. Malgré ses yeux de lapin russe et le tressaillement nerveux de ses genoux, il ressemblait toujours à un oiseau.

À un oiseau malade.

— C'est plus facile à dire qu'à faire, maugréa-t-il. À ton avis, ça va durer combien de temps ?

— Quelle importance ? rétorqua Gregor.

Nick eut un petit rire sans joie.

— Je ne sers à rien comme ça, souligna-t-il. Je suis redevenu humain.

— Non, rectifia Gregor, tu ne l'as jamais été.

Il s'en fichait d'ailleurs, que Nick soit humain, un oiseau ou un loup devenu bizarre sous le couteau de sa grand-mère, Gregor l'aimait. Il aimait tout chez son amant, les mains nerveuses, l'humour acéré, le nez en forme de bec, le visage austère et la façon ridicule dont les traits ciselés se plissaient parfois pour esquisser un brusque sourire ravi. Il aimait Nick et cela n'avait rien à voir avec son aptitude à se transformer en un oiseau géant ou sa capacité à déterminer les causes d'un décès en étudiant le foie du cadavre.

— Je ressemble à un humain, s'entêta Nick. Et je suis inutile.

Jack était habile avec les mots. Il savait les manipuler et inciter les foules à le suivre, à hurler son nom, à se battre pour lui. Et même à l'aimer. Gregor n'avait pas cette aisance. En général, il s'en souciait peu… sauf quand il s'irritait de constater la supériorité de son frère, bien entendu, mais avec Nick, il aurait souhaité mieux s'exprimer.

— Ne dis pas de conneries ! cracha-t-il.

Il prit le visage de Nick dans ses mains et se pencha pour l'embrasser. La légère aigreur qui s'accrochait à sa peau – humains, maladie et peur – s'effaça tandis que son odeur propre prenait le dessus, sucre et pop-corn. Ses lèvres froides se réchauffèrent sous celles de Gregor. Nick s'accrocha à son tee-shirt pour l'attirer vers lui. Quand Gregor introduisit la langue dans sa bouche, Nick gémit et son long corps mince, tout en os et muscles filiformes, ondula, aussi souple qu'une hermine.

Gregor pesa ses options. Baiser Nick le mettrait de meilleure humeur, cela marquerait aussi le fait que Nick était à lui, qu'il était *avec lui* et que la vieille garce n'avait pas réussi à le reprendre.

Il empoigna Nick aux cheveux et lui tint la tête pour approfondir son baiser. Il sentit sa queue durcir sous son jean, mais au même moment, il entendit, malgré les hurlements du vent, un bruit inquiétant : un drone approchait. Nick se figea sous lui. Son souffle un peu rapide jetait une brume argentée autour de ses lèvres.

Gregor releva la tête pour écouter. Parfois, il se pensait habitué à la perte de son loup, comme s'il avait accepté cette forme de castration. Mais quand il tentait un acte aussi simple que tendre l'oreille, il constatait vite que la plaie était encore ouverte.

— Ils te cherchent toujours, déclara-t-il. La salope tient *vraiment* à te récupérer.

Il se souleva, libérant Nick de son poids.

Nick s'accrocha à lui.

— Elle ne nous trouvera pas ici, protesta-t-il. Nous ne risquons rien.

Gregor ricana.

— Ne sois pas idiot! La neige a recouvert nos pas, c'est vrai, mais cette cabane est le seul abri à des kilomètres à la ronde. S'ils mettent vraiment le paquet, ils nous trouveront.

— C'est moi qu'ils veulent, rappela Nick. Toi, ils ne te cherchent pas. Je pourrais y aller et…

Le martyre avait une *odeur*, un relent malsain aux notes de détermination, de noble sacrifice et de peur. Gregor le reconnut d'autant mieux qu'il l'avait déjà senti chez son frère et son chien, quand l'un ou l'autre était en danger, mais aussi chez cette femme de Girvan que les monstres avaient tuée. Jusqu'à ce jour, cette odeur avait fait naître en lui un certain ressentiment : personne n'avait jamais voulu mourir pour lui! Aujourd'hui, c'était le cas et loin d'en être heureux, Gregor était à la fois furieux et nauséeux.

Il empoigna Nick et le remit debout sans ménagement. Il se pencha jusqu'à sentir la barbe de Nick contre sa mâchoire et grogna :

— Non.

Sans tenir compte du danger qui s'approchait en vrombissant, Nick insista :

— Pourquoi pas? Une fois qu'ils m'auront attrapé, ils cesseront leurs recherches. Je verrai ma grand-mère, je comprendrai peut-être ce qu'elle attend de ces hommes qu'elle garde dans cet espèce d'hôpital.

Gregor poussa un soupir et maîtrisa sa colère. Il ne voulait pas faire peur à Nick. Mais alors, comment lui faire comprendre l'absolue nécessité d'être plus prudent?

— Si ces réponses t'intéressaient tant, pourquoi t'être donné la peine de fuir?

Nick tourna la tête et lui offrit un baiser rapide, plein de tendresse.

— Parce que tu n'étais pas là. Maintenant, si. Alors, je peux…

— Non, coupa Gregor.

Il avait un goût de métal dans la bouche. La dernière fois que Rose avait eu Nick en son pouvoir, elle l'avait tué. Gregor se contrefichait du sort des humains enfermés dans leur terrier, mais jamais il ne se fierait à la mort pour lui rendre Nick une seconde fois. Il posa son front contre celui de son amant et huma son odeur sucrée avec délices.

— Toi, tu restes ici et tu guéris. Moi, je me charge de gérer ceux qui te pourchassent.

Nick s'accrocha à son bras et dénuda son poignet, exhibant les entailles que le métal des prophètes avait provoquées.

— Tu es blessé, insista-t-il, et les soldats ont la gâchette facile. Moi, je ne risque rien, s'ils envisageaient de me tuer, ils auraient déjà fait. Si je me rends, cela nous ferait gagner du temps, tu ne crois pas ?

— Non.

Gregor retira sa main et fléchit les doigts. C'était douloureux, bien sûr, mais la cicatrisation avait cependant commencé.

Nick plissa les yeux.

— Tu ne peux pas continuer à dire « non » tout le temps !

Gregor le prit par la nuque et l'attira à lui pour planter un baiser sur son front.

— Si, je peux, déclara-t-il, une fois redressé. Reste ici. Je ne laisserai pas Rose te reprendre. Si tu te rends, tu ne réussiras qu'à nous faire tuer tous les deux.

Cette fois, Nick se résigna. Il marmonna un « *d'accord* » sans conviction et recula, recroquevillé dans sa veste matelassée, le nez enfoui dans le col malgré la puanteur de son précédent propriétaire.

Gregor empoigna la poignée métallique et força pour tenter d'ouvrir la porte. En vain. L'eau du lac avait gelé sur les gonds, un givre épais s'était infiltré dans la moindre fissure. Pour parvenir à ses fins, Gregor dut y aller à coups d'épaule. La porte céda enfin avec un craquement sinistre. Malgré lui, Gregor eut un frisson. D'après son expérience, ce genre de son était souvent suivi d'un hurlement du genre : « la glace casse, fichez le camp ! » Un autre coup fut nécessaire pour lui ouvrir le passage, ses clavicules meurtries protestèrent, mais cette fois, l'impact brisa enfin le sceau gelé. La porte bougea, faisant tomber des morceaux de glace brisée un peu partout.

— Prends au moins mes bottes, insista Nick.

— Non, tu en as besoin.

— Mais si je reste là, je peux m'asseoir sur le bateau.

Gregor arracha quelques glaçons à la porte.

— Je n'ai pas besoin de tes bottes ! grogna-t-il. Elles ne feraient que me retarder.

— Comme moi, grinça Nick. Si je n'étais pas aveugle, j'aurais pu t'aider.

Gregor reconnut dans sa voix une frustration familière, la peur aussi, et la haine de soi.

— Peut-être, admit-il. Et moi, si j'avais eu mon loup, j'aurais tué Rose dans le cimetière des Sannocks et plus jamais elle ne t'aurait touché. Il ne faut jamais penser à ce qui est perdu, Nick, c'est une donnée immuable, dont il faut se détacher. Comme le froid…

Nick émit un rire rauque, presque un croassement. Il pensait peut-être avoir définitivement perdu son oiseau, mais Gregor le perçut dans ce rire aux aspérités sarcastiques. Il jeta un coup d'œil à Nick par-dessus son épaule, une question dans les yeux.

Nick haussa les épaules.

— Je ris parce que j'ai du mal à t'imaginer *encore* plus dangereux, répondit-il. Même avec un loup.

Gregor ne put s'empêcher de se rengorger devant ce compliment, même s'il savait que Nick ne pouvait réellement en juger : il ne l'avait pas connu étant loup.

— Si tu m'avais rencontré *avant*, railla-t-il, tu aurais été terrifié.

Nick pencha la tête sur le côté pour frotter sa mâchoire contre son épaule.

— Possible, admit-il. Dans les histoires de ma grand-mère, les loups avaient rarement le beau rôle, elle les décrivait comme des gloutons et des tueurs sanguinaires. Elle me conseillait de les fuir comme le Vagabond et les autres monstres.

Gregor secoua la tête.

— Elle ne devait pas nous trouver si horribles puisqu'elle a créé des monstres bien plus abominables. Nick, attention, ne bouge pas d'ici. J'en ai assez de devoir te traquer !

Il poussa la porte d'un dernier coup de pied et sortit par l'entrebâillement. Le petit loch devant le hangar était à peine visible dans les bourrasques de neige fondue, l'eau était grise et gelée, couverte d'une fine pellicule de givre sur laquelle le vent dessinait des stries.

Gregor inspira. Il faisait si froid que l'air ambiant risquait d'endommager ses poumons. À chaque expiration, une brume émanait de ses lèvres, aussi dense que de la fumée.

Nick lui lança depuis le hangar à bateaux :

— Jack a toujours son loup ! Il avait quand grand-mère l'a attrapé ! Ça ne l'a pas sauvé pour autant !

Il disait vrai. Rose avait écorché Jack pour faire avec sa peau des monstres putrides, elle avait utilisé les tatouages qui marquaient le rang du fils du Numitor à des fins maléfiques et maudites. Ni l'un ni l'autre des jumeaux – ni le loup ni son ombre – n'avait réussi à abattre la prophétesse.

— J'ai toujours été un meilleur loup, déclara Gregor, Jack est un meilleur homme, c'est ironique quand on y réfléchit. Ferme la porte derrière moi, Nick.

LE CRACHAT atteignit Gregor sur la joue, puis la salive tiède coula sur son épaule. Ensuite, la femme qu'il plaquait contre un arbre l'agonit d'insultes d'une voix gutturale. Elle avait des cils marqués de cloques, comme les paupières de Nick, de la bave sanglante sur les lèvres et la puanteur rance de sa haine palpitait dans l'air comme un battement de cœur.

— Ils t'écorcheront vif ! éructa-t-elle. Et je porterai ta peau. Tu iras crever en plein froid, les tripes à l'air, pendant que j'aurai chaud, que je deviendrai un dieu ! Je connais tous tes secrets, ils me les ont racontés sur l'oreiller ! Un jour...

Elle était totalement inutile. Comme les autres.

Gregor l'arracha à l'arbre et lui cassa le cou. Elle s'interrompit en pleine diatribe, la bouche ouverte, les yeux écarquillés. Déjà, ils devenaient vitreux et la neige se déposait sur les prunelles sans vie. Gregor déposa le cadavre au pied de l'arbre, les mains sur les genoux, les longs cheveux roux emmêlés soulevés par le vent.

Il tourna les talons. Le froid s'était encore aiguisé comme si un géant givré crachait la tempête depuis la Nature sauvage. Gregor en sentit la pression dans ses os alors qu'il s'éloignait. Ses articulations étaient enflées et rigides, comme si elles se gripperaient s'il arrêtait de marcher. Il repensa aux gens que son frère, lui, Nick et le chien avaient croisés en montant vers le Nord, nus et congelés dans des cairns creusés à même les congères.

Gregor ne pensait pas que le froid le tuerait, même sans son loup, mais il détestait l'idée de rester bloqué comme une truite dans une glacière jusqu'à ce que Surt mette le feu quelque part pour le dégeler.

Il s'arrêta net en entendant un bruit. Une radio venait de s'activer quelque part devant lui, dans le désert blanc. Il pencha la tête pour mieux

197

écouter. La radio grésilla encore, postillonnant des parasites, puis il y eut quelques mots que le vent emporta.

Enfin, une voix d'homme devint audible, bien qu'étouffée.

— Pas encore, lança l'inconnu avec une fureur rentrée. Et j'en ai ras le bol de me geler le cul à cause de ce connard ! Si je le trouve le premier, je le descends plutôt que le ramener.

Gregor n'entendit pas la sèche réponse du correspondant. En plus, le son fut vite coupé. Devant lui, une silhouette sombre qui contrastait avec tout ce blanc avançait voûtée dans la neige. Il avait une visibilité réduite, sans doute, car il heurta un obstacle, à en juger par le bruit de l'impact.

— Oh, putain ! grommela une voix lourde de frustration.

Gregor bondit vers le son. Les pattes d'un loup, dotées de larges coussinets et d'une fourrure épaisse, étaient faites pour chasser dans la neige. Les pieds humains, pas du tout, mais mieux valait tout de même des pieds nus que bottés. Gregor sentait le moindre détail du sol sous ses plantes, il adaptait son pas à la morsure d'un rocher pointu ou à un trou caché par la neige.

Sa proie était un homme trapu, une masse grise et blanche dans un monde blanc et gris. Il portait une épaisse tenue de camouflage aux teintes hivernales, ce qui lui permettait de se fondre dans le paysage. C'était plutôt réussi, mais pas de près. Bien des lièvres des neiges l'avaient appris à leurs dépens au fils des années en perdant la vie sous les crocs de Gregor.

Une sorte d'instinct fit soudain se hérisser les cheveux de l'homme sur sa nuque. Il tenta de se retourner en relevant son lourd fusil, mais déjà, Gregor l'avait plaqué. L'homme poussa un grognement surpris quand le poids de son agresseur l'écrasa dans la neige. Il pressa la gâchette et tira droit devant lui. Un hurlement retentit, quelque part dans la tempête. Un hurlement humain… qui s'interrompit très vite.

Le tir avait été si proche que Gregor en avait les oreilles qui tintaient, une douloureuse pulsation sanguine contre les os de son crâne. Il dut faire un effort sur lui-même pour occulter la douleur. Il leva le poing et visa le visage masqué, mais sa proie esquiva le coup au dernier moment. Au lieu de la pommette, Gregor fit sauter les lunettes militaires à vision nocturne. L'homme avait un front marqué de cicatrices, des yeux bruns, injectés de sang, le reste du visage était caché par la cagoule, croûtée de givre.

— Lâche-moi, connard ! éructa le soldat, enragé. Fils de pute ! Taré ! Dégage !

D'un geste preste, il frappa Gregor à la tempe de la crosse de son fusil. Le sang coula, aveuglant Gregor. Furieux contre lui-même, il grogna de frustration. Depuis des semaines, il se battait contre les monstres des prophètes, des anomalies magiques qui guérissaient presque aussi vite qu'elles étaient blessées. Et voilà qu'il se montrait négligent ? Une fois acculé, même un humain pouvait s'avérer dangereux.

Pas autant que lui, bien entendu, même sans son loup.

L'homme releva le genou, visant le bas-ventre. Le coup, bien qu'atténué par le rembourrage épais de l'habit de neige, fut néanmoins douloureux. Ensuite, l'homme se cabra pour se libérer. Agacé, Gregor poussa un juron et arracha son pistolet à sa proie. Il le jeta derrière lui, saisit l'homme par sa cagoule et lui martela le visage à coups de poing jusqu'à avoir les jointures en sang. Quand il lâcha prise, l'homme s'affaissa.

Il vivait pourtant, Gregor entendait le cœur tambouriner dans la poitrine, il sentait le poison chimique qui courait dans les veines de sa proie, associé aux relents de peur et de douleur. Il gifla le visage meurtri. L'homme gémit et tenta de tourner la tête. Parfait, il était conscient aussi.

Gregor se redressa. Il essuya son visage ensanglanté du dos de la main et se pencha pour attraper son prisonnier par le col.

— Viens ici, dit-il. Toi et moi allons avoir une petite discussion.

IL S'APPELAIT Boyd, du moins c'était le nom inscrit sur le badge cousu à l'avant de sa veste. Il s'appuyait contre l'arbre, tout frissonnant, alors que le vent le giflait de neige glacée. Le bosquet était dense, les arbres offraient une certaine protection, mais ce n'était pas suffisant. Leurs craquements sous les rafales évoquaient de l'eau noire gelée. L'odeur salée et métallique du sang flottait dans l'air et Gregor sentait les attentes de la Nature sauvage tout autour de lui. Elle s'était construite à un autre âge, plus primitif, aussi devait-Elle considérer un guerrier ensanglanté dans une clairière isolée comme un sacrifice à venir.

Gregor repoussa cette idée. Il se sentait peu enclin à servir la Nature sauvage, il Lui avait déjà assez donné, mais jamais Elle n'était rassasiée.

Gregor tuerait peut-être son prisonnier, mais ce serait pour Nick et uniquement pour lui.

La Nature sauvage attendait toujours. Pour Elle, le sang était du sang et Elle se fichait bien de la raison pour laquelle il était répandu. Gregor le savait. Pour lui, en revanche, la distinction avait son importance.

199

Il ramassa une poignée de neige immaculée et s'en nettoya le visage. Le froid raviva la douleur de l'entaille qu'il avait au-dessus du sourcil. Il insista cependant et frotta jusqu'à ôter le sang coagulé.

— Tu ne m'attaches pas? demanda Boyd d'une voix étranglée.

— Pourquoi faire? rétorqua Gregor. Je ne compte pas te garder longtemps.

Boyd eut un rire étranglé. D'une main qui tremblait un peu, il ôta le masque ensanglanté à moitié gelé sur son visage, dévoilant une peau pâle, pleine d'engelures, de cloques et d'ecchymoses si foncées qu'on aurait cru des taches de peinture. Sans doute avait-il été beau jadis, à sa façon rustique, mais plus maintenant, pas avec son nez cassé, tordu sur la gauche, et ses yeux enflés.

— Tu n'es pas un pro, déclara-t-il, sinon, tu aurais menti, pour me… me mettre à l'aise. Du coup, je crois… oui, je peux te faire confiance.

Il parlait d'une voix saccadée, le souffle court. Il était trempé, il frissonnait et son souffle créait une brume blanche dans l'air froid.

Gregor se frotta les mains pour les débarrasser de la neige sanglante qui les poissait.

— Je me fiche de ta confiance, déclara-t-il sans ambages. Si tu réponds à mes questions, tu peux m'être utile, dans le cas contraire…

Il pencha la tête pour écouter malgré la tempête. Il perçut des coups de feu sporadiques et devina que les autres soldats, sous l'effet de la colère et des bourrasques gelées qui les aveuglaient, devenaient de plus en plus nerveux.

Le regard durci, Gregor termina sa phrase :

— … j'ai d'autres options.

Boyd lécha les lèvres gercées.

— Ce n'est pas…

Il s'interrompit, comme si son cerveau tentait de fonctionner malgré le poison inoculé par les prophètes.

— Pour qui travailles-tu? demanda-t-il. Qu'est-ce que tu veux?

— Ce sont des questions stupides, rétorqua Gregor. Regarde autour de toi. Est-ce encore le monde que toi et tes pareils avez créé? Un monde où les alliés avaient une quelconque importance?

— C'est juste une tempête! protesta Boyd.

Gregor haussa les épaules. Il ne comptait pas enseigner à un étranger les dogmes des loups. Un, ce n'était pas son rôle, deux, tant qu'à mourir, mieux valait ignorer la vérité, c'était un sort plus clément.

— Il y a une vieille dans votre repaire, dit-il.

La Nature sauvage avait recraché Gregor à un endroit au milieu de nulle part que les soldats avaient réquisitionné, ils y avaient creusé un trou profond et façonné leur repaire de tunnels bétonnés. Quelque part, Gregor était un peu choqué que ces intrus aient pénétré la lande et modifié sa structure sans se faire repérer par les loups. Certes, les soldats n'étaient pas *stricto sensu* sur le territoire de la meute, marqué de son odeur, et les distances dans la Nature sauvage étaient faussées, prises dans une trame déformée autour de la tombe des Sannocks morts, mais quand même, les loups auraient dû s'en apercevoir. Peut-être les prophètes les avaient-ils délibérément aveuglés.

— Tu veux la baiser, insista Gregor.

Boyd piqua un fard, deux taches écarlates marquèrent ses joues havres, une odeur où se mêlaient culpabilité, dégoût et incompréhension émana de lui.

— N'importe quoi, mentit-il. Je ne dirai plus rien, va au diable !

— Soit tu me racontes tout ce que tu sais sur la vieille, soit tu ne m'es d'aucune utilité. Comme les autres.

Boyd fit la grimace, il dut même forcer son expression parce que ses muscles raides refusaient de bouger. Il nicha son menton dans le col rembourré de sa veste et détourna les yeux, préférant examiner les rangées d'arbres que le sourire carnassier de Gregor.

— Elle n'est pas là, répondit-il. Pas officiellement en tout cas. Mais personne ne dit rien, tout le monde agit comme si elle était toujours là. De toute façon, même quand elle est *vraiment* là, c'est rare de la voir. Elle ne parle qu'au médecin.

Gregor s'accroupit à côté de son prisonnier. Il ignora la lueur calculatrice qui brilla dans les yeux bruns et tapota du doigt le front balafré. La cicatrice était récente, la peau encore fragile. En vérité, la plaie aurait dû saigner et suppurer.

— Je sais qui t'a attaqué, déclara-t-il. C'est un oiseau noir, un corbeau de la taille d'un aigle.

Avec un rire nerveux, Boyd effleura son front de ses doigts gantés et se crispa aussitôt.

— Un aigle ? Il avait la taille d'un Labrador, putain ! J'te jure !

Un soupçon lui venant, il scruta Gregor avec plus d'attention qu'il ne lui en avait accordée jusque-là.

— C'était toi ? Tu étais avec l'oiseau et le type brun ?

201

— J'étais avec l'oiseau, mon frère était avec le chien.

— J'ai pas vu de chien

— Mais si, contredit Gregor sans s'expliquer davantage.

Boyd se frotta les yeux et n'insista pas. Il demanda plutôt :

— Qui est cette femme ? Pourquoi est-elle là ?

Il se pencha en avant, parce qu'il espérait des réponses à ses questions. Apparemment, il n'avait pas bien compris sa position. D'une main, Gregor le repoussa contre l'arbre où Boyd atterrit avec un bruit sourd.

— C'est moi qui pose les questions, grogna-t-il. Toi, tu y réponds.

Boyd soupira, l'humidité de son haleine ajouta au givre qui couvrait déjà sa barbe.

— Putain, qu'est-ce qu'il fait froid ! se plaignait-il. Je sais pas grand-chose, tu as raison. Rien n'est normal ici, la météo n'a jamais atteint ces extrêmes auparavant. En plus, les gens vont et viennent, ils… disparaissent parfois. Et puis, ils sont tous… bizarres, pas normaux, quoi ! Et il fait tellement froid. J'ai connu d'autres endroits froids, mais pas à ce point. Même mes rêves sont froids.

— Je m'en fiche.

D'une main tremblante, Boyd ouvrit sa veste. Le grincement du Velcro parut étonnamment bruyant même avec les hurlements du vent. Boyd glissa la main dans sa veste et en sortit une gourde enveloppée du même tissu de camouflage hivernal que son uniforme. Avec des doigts que les gants épais rendaient maladroits, Boyd fit sauter le capuchon et porta la gourde à ses lèvres.

— J'ai déconné, admit-il. J'aurais dû t'envoyer te faire foutre ou te laisser me tuer. Mais…

Gregor, d'un geste brutal, lui arracha la gourde des mains. Elle s'envola et heurta un arbre avant de retomber sur le sol. Un liquide ambré aux reflets verts coula sur l'écorce et tacha la neige. Boyd poussa un hululement enragé, il repoussa Gregor d'un coup de coude et se rua vers sa gourde. Il tomba à quatre pattes dans la neige, désespéré de récupérer une partie au moins de son poison. Il creusa la glace souillée et s'en mit des morceaux dans la bouche. Il suça aussi ses gants dont le tissu était taché.

Gregor l'attrapa par le col de sa veste pour l'arracher à ce désastre. Ce n'était pas que le sort de Boyd l'intéresse, mais le soldat lui serait plus utile s'il n'était pas imbibé de poison comme ses précédentes proies. Il n'avait pas encore eu le temps de le travailler au corps.

Nick était d'avis que les effets du poison étaient temporaires et qu'une fois sevrées, les victimes des prophètes étaient susceptibles de guérir sans trop de séquelles, mais c'était surtout parce qu'il *voulait* y croire. Gregor en était nettement moins sûr.

Une âme ne guérissait pas, du moins, pas très bien. Le vide que Rose avait découpé en lui quand elle lui avait arraché son loup en était la preuve.

Pour l'instant, Boyd avait assez de bon sens pour parler et Gregor tenait à le garder dans cet état d'esprit. Il le plaqua le dos contre l'arbre, et couvrit de neige et de glace le liquide nocif répandu autour d'eux.

— Ce truc n'est pas bon pour toi. Tu ne l'as pas remarqué ?

Il n'avait pu s'empêcher de poser la question, même si sa curiosité lui faisait perdre un temps précieux.

Boyd suça le givre de ses lèvres, les yeux vides.

— C'est une potion médicale, répondit-il, c'est le docteur Ewan qui nous la prépare. C'est comme la quinine, qu'il a dit, quelque chose qui y ressemble… ça aide le sang… à lutter contre le froid.

Ewan ? C'était le prophète rouquin, celui qui ne portait pas de peau volée et qui aidait Rose à épandre ses projets à travers dans le monde. Le grand-père de Nick.

— Ce docteur Ewan, insista Gregor, c'est bien celui qui parle à la vieille ?

— Elle est si belle ! se pâma Boyd, d'une voix horrifiée. Malgré ses cloques et ses brûlures, je la veux. Je ne sais même pas pourquoi elle est là. C'était censé être destiné aux… je ne le sais pas… les politiciens, les scientifiques, les cerveaux capables de remettre le monde sur pieds. Et nous, les soldats, nous étions l'équipe de sécurité.

— Vous n'êtes que des chiens de garde, cracha Gregor avec mépris.

Même avant que Rose ne plante en eux ses dents pourries, ces humains étaient formatés pour marcher au pas. Et pour tuer.

Mais Gregor avait d'autres questions plus urgentes :

— Que se passe-t-il entre la vieille et le docteur ?

D'un geste brusque et impatient, Boyd rejeta la tête en arrière. Son crâne heurta le tronc assez fort pour faire grimacer Gregor.

— Qu'est-ce que ça peut te foutre ? cria Boyd.

Il se pencha et pressa son torse sur le bras de Gregor, lui soufflant au visage une haleine infectée du poison huileux et acide qu'il venait d'ingurgiter. Gregor se hérissa en voyant ces yeux bruns fixés dans les siens, trop proches, trop directs. C'était contre le code des loups ! Gregor maîtrisa à grande peine son agressivité instinctive.

— Je te connais pas ! ajouta Boyd si ça se trouve, tu es impliqué aussi !

— Bien évidemment, reconnut Gregor. Dis-moi ce que le médecin attend de Nick ?

— De qui ?

Gregor montra les dents et gronda. Ce son guttural, qui de toute évidence ne provenait pas d'une gorge humaine, fit reculer Boyd. Il écarquilla des yeux affolés.

Gregor n'eut aucun problème à laisser sa colère filtrer dans sa voix, il n'eut qu'à évoquer Nick dans ses bras, si froid, et l'odeur aigre de la peur incrustée dans chacun de ses pores.

— Celui que tu traitais de connard, celui à cause de qui tu te gèles le cul dans la neige, celui que tu comptais descendre.

Boyd se mit à ricaner.

— Décidément ! Ce freluquet a un succès fou ! Tu veux le baiser, toi aussi ?

De la tranche de la main, Gregor le frappa sur l'arête du nez. Une fois de plus, la tête de Boyd rebondit contre le tronc, du sang éclaboussa son menton, contrastant vivement avec la peau livide.

Boyd était un soldat, il réagit. Il empoigna Gregor par le poignet et tira un coup sec, puis il lui enfonça un coude dans la poitrine, assez fort pour que le cœur tressaute sous le sternum. Gregor vit arriver le poing qui visait sa mâchoire, il l'esquiva d'un cheveu et prit un coup d'avant-bras en pleine gorge.

Il eut un haut-le-cœur, le souffle coupé, et entendit un sec claquement sous son oreille. La douleur explosa au niveau de sa nuque et descendit jusqu'au bas du dos, ses muscles s'engourdirent, un grand froid l'envahit.

À le voir ainsi affaibli, Boyd grogna de satisfaction. S'il en avait profité pour filer, peut-être serait-il allé plus loin. Pas *très* loin, mais *plus* loin. Au contraire, il poussa sa chance en se tordant pour tenter un coup de genou.

Gregor le bloqua de ses avant-bras et planta son épaule dans l'estomac de sa proie. Boyd râla, il poussa un cri rauque et frappa le dos de Gregor de ses poings.

Gregor se releva, son agresseur sur le dos, et il l'éjecta dans une congère. Boyd atterrit lourdement, il s'enonça dans la neige et haleta, à moitié asphyxié.

— Merde…

Il tenta de rouler sur le ventre afin de se relever.

— Reste tranquille, dit Gregor.

Il fit rouler son cou d'une épaule à l'autre jusqu'à faire bruyamment craquer ses articulations meurtries. Puis il avança vers Boyd.

Le soldat n'avait pas écouté sa recommandation, bien entendu, aussi Gregor, d'un pied entre les épaules, lui tint le visage enfoncé dans la neige jusqu'à sa soumission. Il releva ensuite sa proie.

Boyd le toisa, la mine maussade, tout raide, plein de ressentiment.

— Ta radio est cassée, annonça calmement Gregor. Si je t'en fournis une autre, pourrais-tu contacter ce médecin ?

Boyd cracha sur le sol. Était-ce un signe de reddition ou de frustration ? Gregor n'aurait su le dire. Il avait parfois du mal à lire le langage corporel des humains. Pour les grands traits, ça allait, c'étaient les mêmes, car le singe subsistait sous le loup, mais les subtilités l'intéressaient peu. En cas de nécessité, il se fiait en général à son sens olfactif. Dans le cas présent, c'était impossible, le poison des prophètes donnait à tous les convertis la même odeur : fièvre, colère et sueur.

— Oui, grinça Boyd entre ses dents. Je *pourrais*…

À son ton lourdement sarcastique, Gregor comprit que ce « je pourrais » ne voulait absolument pas dire « oui, je le ferais », mais il ne s'y attarda pas pour le moment.

Il prit Boyd par le bras et l'arracha à sa gangue de neige tout en réfléchissant au cadavre le plus proche – il en avait abandonné plusieurs au cours de sa chasse. Il s'agaça du temps qu'il perdait. Plus il laissait Nick tout seul, plus le corbeau avait de chance de lui causer des ennuis.

C'était même un don chez lui.

Tandis que Gregor l'entraînait dans la tempête, Boyd demanda d'une voix rauque :

— Pourquoi veux-tu leur parler ? À quoi ça te servira ?

Gregor pensa à la proposition de Rose, puis il la repoussa.

— C'est mon affaire.

XVII

Gregor

— ELLE S'APPELLAIT Harris, déclara Boyd. Katie Harris. Elle avait une fille à Londres.

Le dos courbé pour se protéger du vent violent, il regardait Gregor ouvrir la veste de la morte pour la fouiller. Gregor trouva la radio qu'il cherchait dans la doublure intérieure.

Le nom « Black » était écrit sur une bande de ruban adhésif au dos.

Sans un mot, Gregor pointa l'étiquette.

Boyd grimaça et détourna les yeux.

— D'accord, je ne connaissais pas son nom, marmonna-t-il. Et alors ? Il se peut très bien qu'elle ait eu un gosse et même toute une famille.

— Je m'en fous, déclara Gregor.

Il baissa les yeux et examina la morte. Les cheveux roux étaient gelés, les courtes mèches raidies formaient un halo autour du visage givré, le froid avait terni le brun des yeux en gris fané. Quoi qu'ait été cette femme, il ne restait plus rien d'elle.

Gregor se releva et tendit la radio vers Boyd.

— Appelle-les, dis-leur que tu veux parler au médecin.

Si quelqu'un connaissait les projets de Rose, passés, présents et *surtout* à venir, c'était sûrement Ewan. Et Gregor avait Nick comme monnaie d'échange.

Boyd récupéra la radio, il baissa son masque, toussa parce que le vent lui asséchait la gorge et pressa le bouton.

— Central, ici Alpha 4. À vous.

Il lâcha prise et attendit. Seul le silence lui répondit, enfin c'était sans compter les hurlements du vent et le grondement du tonnerre dans le lointain. Gregor sentit sa peau se hérisser sous ses vêtements en se remémorant que Jack, d'un claquement de doigts, avait réussi à faire tomber la foudre à Durham. La Nature sauvage avait déjà choisi entre eux deux, pensa-t-il avec amertume, bien avant qu'il perde son loup.

— Combien de temps vont-ils mettre ? demanda-t-il.

206

Boyd secoua la tête.

— Je sais pas, répondit-il. Assez vite. S'ils répondent en tout cas. Tout a été tellement… chaotique.

Il hésita et jeta un coup d'œil à Black, les yeux rivés sur la gourde qui dépassait de la veste de la morte. Il se lécha nerveusement, les lèvres.

De son pied, Gregor referma le rabat et cacha le poison pour éviter à Boyd la tentation,

— Essaye encore! ordonna-t-il.

Boyd toussa de plus belle, puis il obtempéra.

— Central, ici Alpha 4, répéta-t-il. À vous.

Il ne se passa rien pendant un long moment, puis la radio grésilla et une voix en émana, tellement déformée qu'elle n'était pas identifiable. Et les phrases étaient entrecoupées d'électricité statique.

– *Qu'est-ce qui… se passe? La moitié de l'équipe Alpha… retournée les mains vides. Votre… radio silencieuse. Avez-vous pu rattraper… la cible?*

Boyd leva sur Gregor un regard calculateur, manifestement écartelé entre sa rage vengeresse et son envie de vivre. Son pouce ganté tremblait sur le bouton d'appel.

Gregor exhiba ses dents en un avertissement muet.

– *Alpha quatre?* insista la voix anonyme.

Gregor se pencha en avant.

— Dis-leur que les autres ont vidé leur gourde et qu'ils sont devenus comme fous. Demande à parler au docteur.

— Ça marchera pas.

— Alors, dis ce que tu veux, je m'en tape, mais amène-moi ce fichu Ewan au bout du fil!

Devant la violence à peine contenue de sa voix, Boyd grimaça et jeta un bref coup d'œil à la morte. Il se détourna d'elle, hésita encore un instant, puis pressa le bouton.

— Oui, j'ai le mec, grinça-t-il. Mais Black est devenue dingue, putain, elle l'a flingué!

La radio grésilla un long moment.

– *Il est… mort?*

Ce n'était plus qu'un murmure, la voix d'un responsable conscient qu'il allait avoir des tas d'ennuis. Le ton était presque puéril, comme celui d'un gamin anxieux de se faire disputer.

— Black est morte, répondit Boyd. Lui, pas encore. Il est dans un sale état et je doute de pouvoir le ramener à la base. Appelez le doc Ewan. Je vais essayer d'arrêter l'hémorragie et de me mettre à l'abri en attendant que vous veniez nous chercher.

— *Je ne crois pas…*

— Central ! coupa Boyd avec hargne. Trouvez-moi un putain de médecin, je veux des conseils, merde, je sais plus quoi faire ! Si ce type meurt parce que vous perdez du temps, ça va vous coûter cher !

La menace porta.

– *D'accord. Terminé.*

La ligne fut coupée. Pendant une seconde, le silence fut presque assourdissant. Même le vent ne faisait plus que gémir, un son étouffé qui dévalait du sommet des collines. Gregor contacta la Nature sauvage, mais au lieu de trouver Son odeur familière de bruyère et de vieilles pierres, Elle empestait la froidure, les algues et le sel. Il La repoussa en fronçant les sourcils et essuya les doigts sur sa jambe, comme si l'odeur s'était incrustée à la main qu'il avait tendue.

Puis la radio se ranima.

– *Il est… blessé ? Où exactement ? Il est… conscient ? Il a beaucoup… saigné ? Où êtes-vous ? Avez-vous… des coordonnées ? Le chemin… est-il praticable ? Puis-je vous… rejoindre en motoneige ?*

Les grésillements rendaient difficile une identification formelle, mais Gregor reconnut l'accent de Glasgow. Il arracha la radio des mains de Boyd. Il grimaça de dégoût en l'approchant de son visage, car le plastique gardait la forte odeur des innombrables mains moites qui l'avaient manipulé. Gregor n'avait pas établi de plan précis. C'était une chasse, se rappela-t-il, rien de plus, les choix étaient multiples, il pouvait très bien prendre une option, puis en essayer une autre en fonction du développement des opérations.

— L'anse près du loch, répondit-il. Viens seul, Ewan, inutile de prévenir Rose si tu veux revoir ton petit-fils.

Un rire sans joie répondit à sa provocation.

– *Quand le reverrai-je au juste ? Au paradis une fois que vous nous aurez tués tous les deux ? J'ai déjà cru au bon sens d'un loup, vous savez, cela s'est très mal terminé.*

Gregor montra les dents à l'idée qu'il puisse être responsable de la mort de Nick. Les prophètes étaient des ordures, ça, il le savait déjà, mais il trouvait offensant que ces rebuts de meute, bien que d'une stupidité crasse, représentent encore un danger.

— Veux-tu que je prête serment, prophète ? railla-t-il. Tu avais juré ne jamais faire mal à Nick, pourquoi avoir pris ses yeux ?

– *C'était pour son bien !*

208

Ce genre de mensonge ne s'adressait qu'à celui qui le proférait. Les mots glissèrent des lèvres d'Ewan avec l'aisance de l'habitude. D'un rire moqueur, Gregor repoussa cette misérable excuse.

— Menteur !

Il lâcha le bouton de la radio et gratta distraitement la glace incrustée dans sa barbe. Bien qu'il ait expressément demandé à Ewan de tenir sa langue vis-à-vis de Rose, le prophète n'en ferait rien. Au contraire, il se précipiterait pour répandre ses secrets dans la vieille oreille recousue de la grand-mère de Nick. À moins qu'elle soit déjà là, postée derrière sa marionnette, les ficelles destinées à la faire bouger serrées entre ses doigts flétris.

C'était sans importance. Gregor savait déjà qu'il ne pouvait se fier à la parole d'Ewan. Si les prophètes avaient eu le sens de l'honneur, ils n'auraient pas été rejetés par leur meute et envoyés dans cette sinistre congrégation pour y être mutilés. Pourtant, Ewan gardait des traces de l'homme qu'il avait été. Assez en tout cas pour lui faire croire qu'il pouvait porter de l'intérêt à son petit-fils.

Il reprit contact.

— Sais-tu au moins ce que Rose a fait à Nick ? demanda Gregor.

Ne recevant pas de réponse, il considéra pouvoir continuer à parler :

— Je t'ai dit où j'étais. Si tu es encore capable de prendre une décision seul, je te verrai là-bas.

Il coupa la radio et la jeta sur le corps de la morte. Ensuite, il se tourna vers Boyd. Le soldat esquissa un sourire sans joie, ses lèvres gercées se fendirent, du sang tacha ses dents.

— Je vois, dit-il. Tu n'as plus besoin de moi, je présume ?

Il devait être en manque, pourtant, son visage meurtri était tout crispé, sa posture agressive. Chez un loup, ça aurait été admirable, chez un humain, c'était juste grotesque.

Gregor esquiva sans peine le coup de poing et regarda Boyd trébucher sur le cadavre et s'affaler dessus, le nez dans la neige. Il hésita...

Il avait peut-être d'autres questions.

— DES ENGELURES et un début d'hypothermie, déclara Nick.

Il fronça les sourcils en examinant les mains de Boyd, les ongles bleu pâle devenaient noirs à la cuticule. Il avait entouré les doigts abîmés de bandes de vinyle arrachées aux housses des sièges du kayak.

Boyd subissait son traitement en silence, mais il souffrait et la sueur perlait à son front.

— Il risque de perdre en partie ses extrémités, insista Nick, même avec un traitement approprié. Ce dont je suis incapable dans un hangar à bateaux. Gregor ! Il faut qu'il retourne à la base. L'infirmerie était pleine à craquer de médicaments et de matériel. Je trouve lamentable d'avoir été drogué et aveuglé, mais ils ont un autre médecin là-bas et ce soldat a de meilleures chances de s'en tirer.

Boyd éclata d'un rire amer.

— Notre équipement militaire vient des surplus de l'armée britannique, c'est de la merde ! Les bottes fondent dans le désert et nous avons des engelures en hiver. Qui es-tu, d'ailleurs ? Pourquoi tiennent-ils tant à te récupérer ?

— Ça ne te regarde pas, déclara Gregor. En plus, ils ne le récupéreront pas.

Sans même le regarder, Boyd continua :

— C'est le docteur Ewan, c'est ça ? C'est *vraiment* ton grand-père ?

Nick sursauta tellement qu'il tira un peu fort sur son pansement et Boyd étouffa un cri de douleur.

– Mon *quoi* ? croassa Nick.

Il se tourna pour regarder Gregor, une question – presque une accusation – dans ses yeux sombres.

— Qu'est-ce qu'il raconte ?

Gregor haussa les épaules.

— Tu l'as entendu.

Nick le fixa un moment, le visage figé, l'expression soigneusement composée. Puis il hocha la tête, comme s'il venait de prendre une décision. Il se leva, repoussa les mains bandées de Boyd et avança jusqu'à Gregor. Il le frappa au bras, tout raide de fureur maîtrisée.

— Va au diable ! Tu ne me traiteras pas comme ça !

Quand Nick voulut s'éloigner, Gregor l'attrapa par le poignet et l'en empêcha. Au début, sa prise fut plutôt brutale, mais il relâcha les doigts en sentant la fragilité osseuse du poignet de Nick. Même sans son loup, il faisait deux fois le poids de Nick, aussi n'oubliait-il jamais que s'il libérait la violence qui bouillonnait en lui, il pouvait sérieusement blesser son amant. Et le fait que l'articulation étroite s'adapte aussi parfaitement à sa main l'adoucit. Mais il ne comptait pas le montrer.

— Je pourrais te dire la même chose, marmonna-t-il à voix basse. Si tu recommences à me frapper, je te le ferai regretter.

Nick ne tint aucun compte de la menace. Il se pencha, presque nez à nez, jusqu'à ce que son souffle chaud effleure le visage de Gregor.

— Tu crois me faire peur ? Tu *voudrais* que j'aie peur de toi ?

Sa bouche, si proche, était une tentation. Gregor faillit grogner sa frustration de ne pouvoir y céder.

— Je veux du respect. La peur serait un succédané acceptable.

Nick se pencha et l'embrassa, tout en nouant sa main libre autour de la nuque de Gregor. Le baiser fut sec et rapide, plus pour marquer sa position que sa tendresse. Gregor ne s'en plaignit pas. Il attira Nick plus près, serra les doigts dans le tissu rembourré de la veste trop grande et mordit les lèvres renflées pressées contre les siennes.

Nick était à lui, son humain, son dieu charognard. Les prophètes l'avaient peut-être « fabriqué », les dieux l'avaient peut-être ramené à la vie, mais Gregor ne comptait pas rendre son amant ni aux uns ni aux autres. Qu'ils aillent tous se faire foutre ! Nick était tout ce qui lui restait, le seul être, à part son loup, qu'il puisse aimer sans arrière-pensée, sans que son affection soit polluée par la haine.

Avec Nick, en plus, il surpassait son frère pour la première fois, parce qu'il n'aurait pas à choisir entre la meute et son compagnon.

Le choix avait déjà été fait pour lui.

Nick soupira dans la bouche de Gregor, puis il s'écarta. La main toujours sur la nuque de Gregor, il frotta son pouce le long de la veine palpitante, une façon aussi de marquer sa possession. Pendant un moment, son regard fut doux et vague, puis la mémoire lui revint.

Il s'éclaircit la gorge et s'éloigna de Gregor.

— Alors, ne joue pas au con, dit-il. Ne me laisse pas dans le noir. J'ai déjà donné. Ma grand-mère, les prophètes… ils m'ont tous menti, ils m'ont tous caché la vérité !

Il serra sa veste autour de lui et fonça vers la porte. Il l'ouvrit à grand peine et se faufila par l'entrebâillement. Le vent lui arracha le panneau de la main et le claqua derrière lui assez fort pour déloger des morceaux de glace gelée coincés dans les poutres du cabanon.

Le désir et la colère, deux odeurs explosives, s'attardèrent après son départ, chaudes et rouges, malheureusement entremêlées des vieux fils gris de la peur. Nick avait grandi sans rien connaître du monde extérieur, terrorisé par les visions qu'il croyait nées de son imagination et qui s'étaient avérées réelles, d'une certaine façon. Parfois, il se croyait fou. Les humains, ces idiots, le croyaient fou aussi. Les secrets que sa grand-mère lui avait cachés avaient fini par lui coûter la vie.

Gregor était ulcéré que Nick l'ait mis dans le même sac que les prophètes et les ignorants. Ça lui restait coincé dans la gorge comme un morceau de viande pourrie qu'il ne parvenait pas à avaler.

Boyd s'agita sur le sol, tout en protégeant ses mains et ses doigts grossièrement bandés. Gregor n'avait pas pris la peine de le ligoter. Où irait-il?

— Il est bizarre, ce mec, jeta le soldat d'un ton désinvolte. La moindre des choses serait de vous être reconnaissant, après tout, vous êtes venu le chercher. Moi, je l'aurais laissé crever dans la neige, ce sale petit ingrat!

Il scrutait Gregor, attendant une réponse.

Gregor s'accroupit devant lui et exhiba toutes ses dents.

— Je présume que c'est ce qu'on apprend aux soldats pros? persifla-t-il. Diviser pour conquérir? Ne gaspille pas ton souffle, ce sont les miens qui ont inventé cette stratégie.

Sa voix était si dure que Boyd recula. Son odeur corporelle avait perdu toute sa complexité, il n'en restait plus que les notes grossières. Du coup, ses émotions devenaient plus difficiles à décrypter, comme pour comprendre un discours où chaque mot était un hurlement.

– Les *tiens*? C'est-à-dire? T'es pas militaire, mais tu sais te battre. T'es quoi, un branleur de Glasgow qui se vend comme mercenaire? Si t'es engagé par des sommités, tu peux flinguer qui tu veux sans jamais aller en prison, tu sais. Je l'ai déjà vu. Je te juge pas, mais qu'est-ce que tu fous dans un merdier pareil? Et qui est ce type pour que tout le monde y tienne autant? Je doute fort qu'on nous ait envoyés le chercher en plein blizzard pour son joli cul. Et c'est pareil pour toi, je présume.

Il prétendait «présumer», mais l'assurance vibrait dans sa voix.

Gregor se releva.

— Tu ne sais rien, déclara-t-il. Rien sur rien. Mais tu n'auras pas le temps d'apprendre. Si tu continues à boire ce poison, tu n'en as pas pour longtemps.

Boyd contrôla son expression, mais sa main avança vers la poche de sa veste. Il avait volé la gourde du cadavre en faisant semblant de trébucher dessus. Le geste avait été preste, Gregor n'avait rien remarqué sur le moment. Mais sur le chemin du hangar à bateaux, Boyd n'avait pu résister à une petite lampée. Là, Gregor l'avait repéré.

— Non, je...

Boyd s'interrompit en constatant que Gregor se fichait complètement de sa gourde. Il changea d'angle d'attaque.

— Peut-être, admit-il, mais là, au moins, je le sentirai pas.

Gregor se fichait du sort d'un humain, de tous les humains. Ils mouraient très facilement, après tout, comment faire pour suivre? Pourtant il hésita avant de se lancer à la poursuite de Nick.

— Meurs en étant toi-même, dit-il au bout d'un moment. Tu vivras peut-être moins longtemps, mais ta mort sera plus propre.

Boyd eut un rire dur.

— Je suis soldat, rétorqua-t-il. Si je voulais une mort propre, je serais enterré depuis longtemps.

Gregor n'ayant rien à ajouter – il avait épuisé sa dose d'altruisme –, il laissa Boyd à son poison et sortit affronter la tempête.

LE LOCH était entièrement gelé, sa surface ridée de crêtes pointues et déchiquetées, là où le froid avait figé les vagues. Une brume glacée montait du verre opaque de la surface, plus mordante d'heure en heure. Demain, la lune, cette garce frigide, ouvrirait un œil paresseux pour étudier la progression du froid, comme si la Nature sauvage se démenait pour lui offrir un spectacle.

Gregor trouva Nick perché sur un rocher au bord de l'eau, les bras calés sous les genoux. L'effet était nettement moins élégant dans cette grande veste qui l'engonçait qu'avec le long manteau noir qu'il avait arboré si longtemps. Il ressemblait toujours à un oiseau avec l'angle pointu des épaules et l'inclinaison de sa tête, mais il évoquait plus un moineau gelé qu'un corbeau.

Malgré son intention de se montrer doux et aimant, Gregor entendit des mots durs émaner de sa bouche :

— Quelle importance? cracha-t-il. Qu'est-ce que ça peut te faire qu'Ewan soit ton grand-père? Rose est ta grand-mère et tu as fini par couper les ponts avec elle !

Nick ne se retourna pas. Le vent emporta ses paroles, aussi Gregor dut-il se rapprocher pour mieux entendre.

— ... *aurait dû le laisser le boire.*

— Quoi?

D'un geste à la fois impatient et frustré, Nick se frotta les yeux, avant de lui jeter un regard par-dessus son épaule.

— Tu crois vraiment que tout est fini entre grand-mère et moi ? s'écria-t-il avec amertume. Parfois, j'en doute. Elle m'a tué, je sais, mais j'ai appris à l'aimer quand j'étais tout petit.

— Parce que tu étais un enfant, parce que tu ne connaissais qu'elle ! coupa Gregor. Parce qu'elle te serinait des fariboles. Un adulte est libre de ses choix. Regarde Jack et moi ! En tant que frères jumeaux, nous étions censés nous aimer, non ? En vérité, nous nous supportons à peine !

Nick lui rit au nez.

— Tu lui as sauvé la vie, souligna-t-il. Je ne crois pas que tu le détestes autant que tu le prétends.

— Je tiens juste à le tuer moi-même, affirma Gregor sans ambages.

Qui cherchait-il à convaincre ? Nick ou lui ? Le doute qui le saisit le troubla. S'il ne détestait pas Jack, qui était-il ? Comment justifier ce qu'il avait fait – ou ce qu'il pourrait faire – si s'opposer à son frère n'était plus une excuse en soi ? Il reconnaissait que Nick, d'une certaine façon, avait soulevé un point d'achoppement. Il haussa les épaules, s'accroupit à côté de Nick et s'appuya contre sa jambe.

— Un jour peut-être, je tolérerai l'existence de Jack, *ailleurs*, mais il n'est pas *à moi*. Toi, si, tu es tout ce que j'ai, tout ce que j'ai toujours voulu. Tant que tu es avec moi, je n'ai besoin de personne d'autre.

Nick passa la main dans les cheveux de Gregor, raides de froid. Ses doigts étaient glacés.

— Je suis avec toi, pas avec elle, souffla-t-il. Je t'ai choisi, Gregor, même si tu ne me racontes rien.

— Je n'ai pas vraiment eu le temps de te faire un rapport, grommela Gregor.

Après un temps de réflexion, il ajouta :

— En plus, c'est peut-être faux. Les prophètes sont de fieffés menteurs. Rose aussi.

— Tu crois ?

Gregor se raidit en entendant cette question. Rose aurait-elle parlé à Nick pendant son absence ? Lui aurait-elle susurré à l'oreille une proposition aussi irrésistible que celle faite à Gregor ?

— J'en suis sûr ! tonna Gregor. Et tu le sais aussi bien que moi !

Nick frissonna, puis il hocha la tête en agitant son menton pointu.

214

— Elle disait vrai pour le Vagabond, tu sais, chuchota-t-il. Je l'ai vu, dans les landes.

— Non, il n'existe pas. Ce n'est qu'une légende, une histoire effrayante qu'une vieille folle racontait à son petit-fils avant de le mettre au lit.

— Je l'ai vu, insista Nick. J'étais dans la Nature sauvage. Il était là. Ils m'ont conduit à lui.

« *Ils* ». Gregor ne demanda pas de qui il s'agissait. Il savait que Nick voyait des ombres sur la neige sans rien pour les projeter, qu'il percevait l'éclat humide d'yeux humains dans l'obscurité entre les arbres, qu'il sentait dans l'air ambiant des odeurs fanées et étrangères, peut-être les échos d'anciens chagrins ou d'anciennes colères, c'était difficile à dire.

En vérité, Gregor ne voulait pas savoir.

Et si Nick allait lui mentir ?

— La Nature sauvage est pleine d'êtres étranges, répondit-il. C'était peut-être un vieux troll que l'Hiver a réveillé, ou un berserker [15] se prenant pour un ours.

Nick secoua la tête.

— Non, s'entêta-t-il, j'ai reconnu son visage. Grand-mère avait une photo de lui accrochée au mur du couloir. C'était le même homme. Je l'ai vu. Je pense aussi qu'il me connaissait.

Gregor hésita, incertain de ce qu'il devait dire. Il doutait qu'un homme dont la photo était clouée au mur de Rose Blake ait pu savoir que Nick existait, il doutait aussi qu'un humain se soit glissé dans la Nature sauvage pour remonter jusqu'aux Hautes-Terres d'Écosse, mais son amant y croyait.

Gregor sentait la tension qui raidissait le corps mince de Nick.

— Était-il roux ? demanda-t-il.

Nick hoqueta un petit rire surpris.

— Non, répondit-il. Il avait les cheveux noirs et…

— Alors, coupa Gregor, ce n'était pas Ewan. Il est prophète et rouquin. Quant à Rose, même si elle a dit vrai une fois par hasard en ce qui concerne le Vagabond, ça ne remet pas en cause ses innombrables mensonges. Elle ment, elle a toujours menti, elle mentira toujours. Tu es bien mieux sans elle, sans Ewan aussi.

---

15 Guerrier de la mythologie nordique, il tirait sa force du loup ou de l'ours et avait des accès de fureur sacrée.

Nick se déplia de son perchoir. Il bougeait avec raideur, les articulations gelées. Une fois debout, il tendit la main à Gregor pour l'aider à se relever. Gregor n'en avait pas besoin, mais il accepta l'offre pour le plaisir de sentir les longs doigts sensibles de Nick s'emmêler avec les siens.

Une fois Gregor debout, Nick resta accroché à lui.

— Je sais, admit-il. C'est juste que… je ne tiens pas à savoir qu'un autre de mes aïeux est un monstre et que j'étais prédestiné à en devenir un, moi aussi, même avant que…

Gregor l'embrassa pour le faire taire.

Quand il releva la tête, il jeta avec feu :

— Tu étais prédestiné à me rencontrer, à devenir mien, déclara-t-il. Que tu sois un monstre, un dieu ou un humain, je m'en tape !

Nick appuya son front contre celui de Gregor.

— Pas moi, chuchota-t-il. Je comprends pourquoi tu as agi ainsi, mais il nous faut connaître les plans de grand-mère, Gregor, alors, ne me cache plus rien, s'il te plaît. Plus jamais.

Nick étant plaqué à lui, Gregor sentait le poison sur sa peau, l'odeur était bien moins intense que celle des monstres, mais l'amertume était la même. Quoi que lui aient injecté les prophètes, quoi que son grand-père lui ait fait, l'effet perdurait. Il s'était atténué, mais il n'avait pas encore disparu. Et une couche de réalité venait de s'effacer.

Gregor recula et glissa un doigt sous le menton de Nick pour lui faire relever la tête.

— Je t'ai connu humain et c'est là que j'ai décidé de te garder. C'est toi que je veux, Nick, pas l'oiseau.

— S'il t'entend, il va se vexer, gouailla Nick. Il t'adore.

— Tant mieux, déclara Gregor.

Gregor aimait bien l'oiseau. Il avait une personnalité distincte de celle de Nick, il était doté d'un humour macabre et ne respectait pas les morts. Après tout, il était normal qu'un dieu ait une vision différente du monde.

— Mais c'est de toi que j'ai besoin, ajouta Gregor.

Nick sourit avec cette douceur ridicule et inattendue qu'il s'obstinait à nier. Puis il retrouva son sérieux et posa la main sur celle de Gregor, nouant les doigts aux siens.

— Je t'aime.

Oui, bien sûr, et Gregor le savait déjà. Sinon, pourquoi Nick serait-il revenu d'entre les morts pour lui, pourquoi l'aurait-il suivi dans le Nord où il avait été si mal accueilli par les loups ? Les humains éprouvaient toujours

216

l'étrange besoin de statuer l'évidence, c'était dans leur nature, comme si un sentiment pouvait se domestiquer comme un chien.

Pourtant, Gregor aimait entendre ces mots, encore et encore. Les prophètes l'avaient-ils modifié plus encore qu'il ne le pensait ? Avaient-ils permis aux sentiments de s'insinuer dans le vide creusé en lui ?

— Bien sûr, répondit-il. Comment pourrais-tu *ne pas* m'aimer !

Nick lui lança un regard exaspéré avant de se pencher pour l'embrasser. Il se pressa contre Gregor, sa bouche était désespérée, ses lèvres froides et sa langue chaude. Il prit le visage de Gregor à deux mains et de ses longs doigts, lui caressa la mâchoire. Il marmonna quelques mots aussi, mais ils se perdirent dans leur baiser et Gregor ne les perçut pas. Il s'en fichait, il en eut le goût tendre sur la langue.

Il s'en gava et serra Nick contre lui, tordant entre ses doigts impatients le tissu de l'épaisse veste qui bruissait sous sa poigne. Il sentit le corps mince se soumettre et se laisser aller contre lui.

En temps normal, Nick n'était pas *docile*, il passait son temps à discuter, à contredire Gregor comme personne ne s'y était risqué avant lui, Jack excepté, mais dès qu'il était dans ses bras, il fondait.

Le désir pesa dans le bas-ventre Gregor, brûlant, presque douloureux. Le contraste était saisissant avec ses cuisses froides et son cul gelé. Ses reins se nouèrent de l'envie presque irrépressible de baiser Nick, de le marquer de son sceau.

Il est à moi.

Nick dut deviner ses intentions, car il marmonna contre ses lèvres :

— Nous allons congeler. Moi surtout.

Malgré cette objection, il ne recula pas.

— Je te réchaufferai, affirma Gregor.

Quittant la bouche de Nick, il lui mordilla la mâchoire et descendit jusqu'au cou, tout vibrant de passion en sentant le sang chaud pulser à la carotide. Il serra les dents, assez fort pour que Nick étouffe un petit cri. D'un coup de langue, Gregor apaisa la trace de sa morsure. De la gorge, il passa ensuite à la clavicule.

— Quoi qu'ils t'aient injecté, Nick, rappela-t-il à son amant, tu n'es pas un humain.

Avec un gémissement rauque, Nick s'accrocha à ses cheveux et tira fort, un geste que Gregor sentit jusque dans sa queue.

— Humain ou pas, protesta Nick, je n'ai aucune envie de me geler les couilles contre un arbre. En plus, tu n'as pas attaché ce soldat, il pourrait très bien sortir du hangar et filer…

— Rien à foutre, répondit Gregor.

Il avait emmené Boyd sur une impulsion, pensant que son prisonnier pouvait encore lui être utile. S'il s'enfuyait, tant pis pour lui. Gregor s'arrangerait autrement.

Il frotta son nez dans le cou renversé de Nick et proposa :

— Si tu veux, tu seras dessus.

Le gémissement qui échappa aux lèvres de Nick fut nettement plus enfiévré, cette fois. Pris par la passion, assourdi par la tempête, Gregor faillit occulter un bruit incongru qui se rapprochait…

Une motoneige !

Il releva la tête et montra les dents. Il lâcha Nick et recula avec un grognement frustré. Privé de son appui, Nick trébucha sous la violence d'une bourrasque. Gregor l'attrapa par l'épaule pour le stabiliser, puis il tourna la tête.

— Ils arrivent, annonça-t-il.

Nick courba les épaules et poussa un juron. Lui aussi était déçu, cela s'entendait à son accent de Glasgow devenu plus guttural. Il se frotta les yeux, comme si ce geste pouvait le débarrasser du poison qui l'infectait encore.

— Je n'entends rien, déclara-t-il. Combien sont-ils ? C'est mon… euh, c'est Ewan ?

Gregor tendit l'oreille. Il isola le grondement du véhicule tout-terrain et le hurlement du vent pour chercher d'autres bruits. Si les loups accompagnaient le prophète, Gregor ne le découvrirait que lorsque des crocs acérés se planteraient dans sa gorge. Les loups ne faisaient aucun bruit dans la neige. Les humains, eux, s'affairaient et parlaient. Il perçut le crépitement d'une radio et la voix déterminée d'un soldat qui n'avait pas réalisé la situation : c'était lui la proie, pas ceux qu'il traquait.

— Non, ce sont des soldats.

Puis une puanteur grasse et familière monta dans ses sinus.

— Ils ont un monstre avec eux, ajouta-t-il.

Nick frissonna, à la fois de froid et de peur.

— Je vois, grinça-t-il amèrement. Il semble que mon cher grand-père, si tant est qu'il soit vraiment de mon sang, ait lu les mêmes manuels d'éducation que grand-mère, c'est bon à savoir.

Gregor l'attrapa par la nuque et l'attira dans ses bras pour une étreinte rapide. Il appuya son visage contre les cheveux noirs emmêlés et huma avec délices l'odeur unique de Nick, cet étrange parfum sucré.

— Ne crains rien, marmonna-t-il, ce sale con ne te touchera pas. Je comptais le tuer de toute façon. Maintenant, je n'aurais même plus besoin d'inventer une excuse.

Nick eut un rire nerveux. Il s'écarta et remonta sa veste.

— Depuis quand as-tu besoin d'une excuse ? demanda-t-il avec scepticisme.

— Je n'en ai pas besoin, confirma Gregor. Je comptais juste adoucir les angles… pour toi.

Nick gloussa et se mit en marche vers le hangar à bateaux, recroquevillé dans son manteau et penché en avant pour lutter contre le vent qui tentait de le ramener au bord du lac.

– J'aurais dû le laisser boire. Ce serait plus facile.

Gregor hésita, les yeux plissés pour ne pas être aveuglé par la neige. La voix était celle de Nick, avec les voyelles avalées et le tremblement dû au froid, mais Nick était devant lui et la voix qu'il venait d'entendre provenait du lac.

Gregor ne se retourna pas pour vérifier si c'était un mort, un fantôme ou un Sannock. Il n'avait pas de temps à perdre avec ces petits jeux. Si ces êtres voulaient le hanter, qu'ils attendent leur tour.

Et quand ils verraient le sort qu'il réservait à Ewan, le prophète qui avait eu la bêtise de croire que Gregor se fiait à sa parole, sans doute les spectres cesseraient-ils d'utiliser la voix de Nick. Dans le cas contraire, Gregor se ferait un plaisir de leur arracher la gorge.

Il sourit à cette perspective et hâta le pas pour rattraper Nick.

XVIII

Nick

LA DOULEUR explosa à l'intérieur du crâne de Nick. Sa tête palpitait comme si elle allait s'ouvrir en deux. Dans ce cas, toutes ses angoisses se répandraient comme les tripes d'un ventre ouvert.

Quelque chose ne va pas.

Nick frotta son doigt sur l'arête de son nez, puis il appuya fort sur sa glabelle – l'espace entre ses sourcils. Cela ne changea rien, sauf que la pression lui fit un peu oublier le tambourinement de son cerveau. Nick en profita pour se cacher derrière une congère.

Gregor était à quelques mètres de là, derrière des buissons étiques enchevêtrés. Pourtant, Nick avait la sensation qu'ils étaient séparés par des kilomètres. Chaque fois qu'il vérifiait la position de son amant, il mettait à moment à distinguer Gregor du givre et des branches qui l'entouraient. Devant eux se tenait une petite maison solitaire, nichée au creux d'une anse, au bord d'une route. Quelques mois plus tôt, la maison avait sans doute été neuve, moderne, agréable à vivre. Le froid avait fait son œuvre, le crépi s'était détaché des murs, les grêlons avaient brisé les fenêtres.

Boyd était plaqué à la porte, les poignets attachés au creux des reins. De dos, avec son capuchon noirci de crasse baissé sur la tête, il pouvait passer pour Gregor. Pour un étranger, en tout cas. Nick, lui, était convaincu qu'il aurait su faire la différence : Boyd avait des épaules moins larges et il ne bougeait pas du tout de la même façon que Gregor.

Avec un peu de chance, Ewan avait passé moins de temps que lui à regarder Gregor.

La congère derrière laquelle ils se trouvaient, bien que couverte de neige fraîche, avait été façonnée par les propriétaires de la maison au temps où ils croyaient encore à un hiver normal, bien que sévère. Ils avaient déneigé, et encore déneigé, avant d'abandonner. Nick se souvint d'avoir entendu les gens dans les magasins déclarer : « C'est bon pour les pommes de terre, nous ne manquerons pas non plus de choux de Bruxelles cette année.» Leurs illusions n'avaient pas duré longtemps. Les légumes abandonnés pourrissaient dans les champs.

À cette évocation, l'estomac de Nick se souvint qu'il était vide et grogna. En voyant Gregor froncer les sourcils, Nick s'excusa d'un haussement d'épaules. De quand datait son dernier repas ? Ah, oui, c'était de la viande séchée pendant que Gregor et lui faisaient le tour du lac.

Mmm. La viande était croquante, savoureuse.

Sidéré, Nick reçut la vision étonnamment précise d'un repas de l'oiseau sur le cadavre gelé d'un mouton. Il pensait s'être habitué aux goûts de l'oiseau, mais apparemment, tous deux aimaient la viande.

Et alors qu'il devait attendre et ne pas faire de bruit, son estomac se contracta, pris de nausée. Avec une moue écœurée, Nick pensa que s'il vomissait, il reverrait ce qui restait du mouton. Il s'efforça donc de ravaler sa bile.

Puis il passa la main dans ses cheveux et ses doigts se coincèrent dans les mèches emmêlées et gelées. Il avait la tête emplie d'idées noires. Étaient-elles à lui, ou provenaient-elles du poison que sa grand-mère lui avait fait boire ?

Il n'avait pas permis au processus d'aller à terme, se souvint Nick. Même si cela ne l'aidait pas beaucoup à survivre aux prochaines heures.

Il changea de position et repoussa la neige qui s'accumulait déjà autour de ses pieds. Le grondement des moteurs des motoneiges ajouta une note plus profonde aux hurlements du vent, bien que la densité de l'air déforme bizarrement les sons. Nick n'aurait su dire d'où ils venaient.

— Où sont-ils ? murmura-t-il pour lui-même.

Il ne sut pas si Gregor l'avait entendu – il avait beau regretter son loup, il gardait une ouïe exceptionnelle – ou s'il cherchait juste au même moment à attirer son attention, mais quand Nick se tourna vers lui, Gregor pointa la route, puis pressa son doigt sur ses lèvres dans un ordre muet.

Nick hocha la tête et tendit l'oreille. Au début, le bruit fut noyé dans la bourrasque, mais soudain, un grondement sourd devint plus audible.

Un instant plus tard, deux motoneiges bondirent à travers les arbres et grimpèrent la colline, la neige jaillissant derrière elles en un large sillage. Il y avait deux hommes par motoneige, un lourd fusil noir en bandoulière et les mains gantées du conducteur serrées autour du guidon. Ils s'arrêtèrent brusquement devant la maison et coupèrent le moteur.

Boyd poussa un hurlement étouffé et tira sur la porte, ce qui fit craquer le panneau dans ses gonds. Il secouait aussi la tête d'un côté et de l'autre pour essayer de déloger son capuchon.

Un des nouveaux arrivants quitta sa motoneige et se précipita, les jambes raides après être resté longtemps en selle dans le froid. Il leva cependant son arme d'une main qui ne tremblait pas.

— Les mains en l'air ! ordonna-t-il. Écarte-toi de cette porte.

Deux autres soldats suivirent son exemple, leur arme braquée sur le prisonnier alors qu'ils se déployaient autour de la maison. Nick n'avait pas l'odorat d'un loup, sauf pour la charogne, mais il ne manqua pas la tension des épaules serrées, les mouvements saccadés, les doigts gantés crispés sur la gâchette quand Boyd donna un coup de botte à la porte et jura à travers son bâillon.

Le premier homme leva son arme.

— On devrait lui tirer dessus, proposa-t-il d'une voix forte.

— Ferme ta gueule !

Il restait un homme sur la motoneige. Il retira ses gants, dévoilant des manches à revers épais et des mains très pâles qu'il glissa dans sa poche en se retournant pour scruter le paysage blanc. Nick ne portait pas ses plumes, pourtant, il les sentit se hérisser autour de son cou quand l'inconnu regarda dans sa direction. Bien que les yeux soient cachés derrière des lunettes à verre fumé, il ressentit cette attention sur lui… à la fois lourde et intense. Sa migraine ne fit que s'aggraver et c'était comme si l'étranger la devinait. Était-ce là son grand…

Non ! Son cerveau bloqua cette idée, le mot accentuant sa panique. Nick changea de terme : c'était un prophète, voilà tout.

Et ledit prophète reportait son attention sur les soldats.

— Je t'ai déjà dit de… commença le soldat qui insultait ses acolytes.

Il ne put poursuivre, un coup de feu lui coupa la parole. Le prophète venait de lui mettre une balle dans la tête. Le soldat tomba dans la neige, la tête la première. Son sang éclaboussa les murs pâles du chalet.

Avec un tressaillement de surprise, un autre soldat tira droit devant lui, il toucha Boyd à l'épaule. L'impact projeta Boyd contre la porte. Il poussa un grognement et glissa le long du panneau, atterrissant à genoux.

D'instinct, Nick se redressa, il était médecin, un blessé avait besoin de soins. Il se figea en entendant Gregor grogner. Quand Nick se retourna, il reçut un ordre gestuel sans équivoque : *ne bouge pas !*

Déjà, le prophète mettait une balle dans la gorge du tireur. Le claquement sec du coup de feu fit tressaillir Nick, le sang battait fort dans ses oreilles. Après tout ce qui s'était passé, les monstres, les morts, les anomalies de la Nature sauvage, c'était un simple coup de feu qui déclenchait sa panique, sans doute le résultat du temps qu'il avait passé devant la télévision à subir la pop-culture des masses. Le souffle coupé, le front moite d'anxiété, Nick posa la main sur sa bouche pour étouffer ses halètements.

Comprenant enfin d'où – et de qui – venaient les tirs mortels, le dernier soldat se retourna. Sans même prendre la peine de demander la raison de ce massacre, il appuya sur sa gâchette et mit deux balles dans le prophète. La première le traversa et sortit dans son dos, au-dessus des côtes, l'autre perfora le ventre. Le prophète gémit, la main collée à son abdomen. Il se plia en deux.

— C'est quoi ce *bordel* ? cria le soldat d'une voix affolée.

Il fit un tour sur lui-même, son arme pointée devant lui, scrutant les ombres dans la neige. Il tira plusieurs fois au hasard, faisant éclater un bloc de glace qu'il avait pris sans doute pour une silhouette ennemie.

Nick sursautait à chaque tir, les oreilles douloureuses.

Le prophète glissa sur le côté et faillit basculer de sa motoneige. Le sang, absorbé par l'épaisseur du matériau thermique de la veste, ne coulait pas, mais son odeur chaude, salée et métallique flottait dans l'air. Même Nick la percevait.

La tête penchée vers sa poitrine, le prophète blessé marmonna quelques mots.

— Quoi ? grogna le soldat.

Il avança prudemment et poussa le prophète de son arme. Le blessé s'effondra avec un cri rauque et lâcha le fusil qu'il tenait encore.

Nick grinça des dents, mais il ne bougea pas, obéissant au regard impérieux de Gregor.

Le soldat écarta l'arme d'un coup de pied et saisit le prophète par l'épaule pour le redresser. Il ne vit pas le couteau que le blessé sortait de sa veste et avec lequel il lui trancha la gorge d'une oreille à l'autre.

Toujours accroupi derrière sa congère, Nick assista à toute la scène, les yeux écarquillés. Médicalement parlant, il devina sans peine les dégâts causés par la lame aussi fine et aiguisée qu'un scalpel : d'abord l'artère carotide, ensuite la trachée et le larynx et peut-être même la jugulaire. Du travail efficace et soigné. Professionnel. La présentation était inhabituelle, puisqu'une telle blessure résultait en général d'un combat, aussi la victime portait-elle souvent des blessures défensives. Pas cette fois. Dans toutes ses années en tant que pathologiste, Nick avait rarement rencontré un tueur capable d'ouvrir une gorge aussi habilement que le prophète.

Il fut pris de nausées en se souvenant que sa grand-mère, elle aussi, maniait exceptionnellement bien le couteau et savait comme personne découper la viande.

Le prophète garda une seconde le soldat contre lui, puis il le repoussa brutalement. L'homme recula de quelques pas, la main serrée sur sa gorge comme pour empêcher son sang de jaillir. Il esquissa le geste d'avancer vers l'autre véhicule, mais il n'y parvint pas. Ses jambes lâchèrent sous lui, il s'effondra sur le siège en plastique noir et aspergea les pneus et la neige de son sang.

Le prophète essuya son couteau sur sa manche avant de le ranger.

Il haussa la voix et cria :

— Tu aurais pu te rendre utile, mon garçon ! Je n'aime pas assassiner mes hommes !

Alors seulement, Gregor se leva. Il secoua la tête pour débarrasser ses cheveux de la neige qui les recouvrait et frotta ses manches. Il traversa les buissons qui craquèrent sous ses pas et avança vers la maison et le prophète. Après un moment d'hésitation, Nick se redressa et le suivit.

En chemin, Gregor enjamba les deux morts. Sa lèvre se retroussa en un ricanement.

— Vraiment, Ewan ? persifla-t-il. Tu préfères regarder quelqu'un d'autre faire le sale travail pour toi ? Tu étais vraiment destiné à devenir prophète.

Ewan, son grand-père. Nick testa le mot dans sa tête et frissonna.

Le prophète repoussa sa capuche, dévoilant un visage sec et osseux, des sourcils roux, des yeux enfoncés qui contrastaient avec une peau pâle pleine de taches de rousseur. Un bonnet en laine épaisse couvrait sa tête.

— Ne crois pas m'insulter, rétorqua Ewan, j'ai eu le choix. J'ai préféré être un prophète et un homme à part entière plutôt que rester un animal, une bête soumise aux caprices du vieil homme.

Il tourna alors son attention sur Nick et son visage chercha à… s'adoucir, mais il manquait d'habitude à cet exercice.

— Nicholas, déclara Ewan d'un ton plat. Tout va bien ?

Ne serait-ce que par politesse, Nick était censé répondre. Il ne le fit pas. Sa langue refusa de bouger. Il avait eu la même réaction en arrivant dans son premier foyer d'accueil accompagné par un employé des services sociaux en Ford Fiesta. Muet d'horreur et ancré dans son déni, il avait fixé ses pieds, cernés par les détritus, vieux emballages, reçus, factures... comme s'il espérait que le destin l'oublie s'il évitait de bouger.

Voilà qu'il rencontrait un autre membre de sa famille... et sa vie devenait plus catastrophique encore.

Gregor s'approcha. Il ne se positionna pas tout à fait devant lui, mais assez près pour que Nick sente la menace rassurante qui émanait de son amant.

Il déglutit en évoquant ce corps musclé et dangereux penché sur lui, peu de temps auparavant. Malgré les circonstances, une vague de chaleur glissa le long de sa colonne vertébrale. Ce n'était guère le moment de s'exciter charnellement, mais Nick trouva enfin le courage de relever le menton.

— Qui vous intéresse au juste ? demanda-t-il. Moi ou l'oiseau ?

Le prophète le fixa. Ses yeux si intenses sous une frange de cils pâles le dévisagèrent, ils s'attardèrent sur les yeux et passèrent plus vite sur le nez aquilin.

— Je n'avais pas remarqué la ressemblance quand tu dormais, déclara Ewan, mais tu as beaucoup de ta mère.

Nick tressaillit à cette remarque inattendue. Et pourtant, c'était logique : entre des grands-parents et un petit-fils, il y avait des parents.

Au moins l'un d'entre eux.

— Assez ! protesta-t-il. Je...

Il s'arrêta et prit une profonde inspiration. La bouffée d'air froid lui éclaircit les idées, même si elle aggrava la migraine qui pulsait derrière ses yeux.

— ... nous ne sommes pas à une réunion de famille ! enchaîna Nick. Je n'en ai vraiment pas besoin !

— Quoi que les loups t'aient raconté, insista Ewan, le visage grave, tu ne dois pas t'y fier. Il ne faut pas leur faire confiance.

Sa voix était douce, caressante, presque hypnotique, comme pour mieux convaincre Nick. Au contraire, il sentit ses cheveux se hérisser sur sa nuque.

— Je fais confiance à Gregor, déclara-t-il

Avec un rictus de dégoût, Ewan leva la main qu'il pressait sur son flanc et découvrit sa paume et ses doigts tachés de sang.

— Il ne faut pas faire confiance à un loup, répéta-t-il. Jamais.

Nick grimaça à la vue du sang, il détourna les yeux. Il détestait le sang frais, ça lui faisait tourner la tête. Ça avait été un vrai problème pendant sa formation médicale. Il préférait nettement les cadavres, le fait de pouvoir les étudier, les analyser, les recoudre sans avoir de sang à gérer.

— Vous guérirez, dit-il.

— D'une blessure par balle, oui, admit Ewan. Mais les loups savent infliger des plaies qui ne se referment jamais.

— Assez ! tonna Gregor.

Il passa devant Nick, comme si son corps était un rempart suffisant pour bloquer les mots du prophète.

— Ce n'est pas moi qui t'ai tiré dessus, Ewan, c'est un de tes hommes, un de ceux que tu as empoisonnés et abattus. Pourquoi ce sacrifice ? Pourquoi avais-tu besoin de ces humains ? Qu'est-ce que Rose a prévu ?

Ewan descendit de sa motoneige, laissant sur le métal des flaques de sang gelé. Il saignait toujours, d'ailleurs, et les gouttes écarlates marquaient la neige tandis qu'il s'avançait d'un pas instable, les jambes chancelantes. Était-ce à cause du sang perdu ou des bourrasques ? Il guérirait sans doute de ses blessures, mais cela prendrait du temps.

— Elle a prévu ce que nous aurions dû prévoir depuis longtemps, déclara-t-il sombrement. C'était le rôle initial des prophètes après tout, sauver le monde de la cruauté des loups.

Nick croassa un rire dans lequel il entendit le spectre de son dieu charognard.

Surpris de sa réaction, Ewan recula. Il eut le culot de paraître offensé, avant de se raidir dans une expression sinistre.

— Oui, insista-t-il avec feu, sauver le monde et obtenir enfin justice pour ma fille, ta mère que les loups ont tuée ! Maintenant, l'Hiver est venu et aucun de ses assassins ne reverra le printemps, tu as ma parole.

Un hurlement retentit dans la tempête, un son mouillé, comme s'il avait déchiré une gorge en sortant. Gregor tourna la tête pour écouter. Un autre hurlement saccadé répondit au premier, plus distant, mais assez proche tout de même pour donner à Nick envie de s'envoler.

Cette fois, il sentit son cerveau régir et *repousser* la forme étrangère. Des plumes et des orteils couverts d'écailles, le poids d'un bec en os sculpté à la place de son nez. L'ombre du corbeau flotta sur sa vision, puis disparut à nouveau.

— C'est pourquoi tu as tué les humains, déclara Gregor. Tu ne voulais pas laisser de témoins.

Ewan jeta un coup d'œil presque coupable aux cadavres.

— Ils n'étaient pas assez bien préparés. Nous avions espéré que des militaires réagiraient *mieux* au breuvage de Loki [16], mais cela prend plus de temps. Le venin ronge leurs inhibitions, mais le devoir est plus difficile à éroder. Peut-être aurions-nous dû tester les politiciens, après tout, mais il est trop tard maintenant pour changer nos plans.

Nick repoussa Gregor pour affronter le prophète, son grand-père. Sa voix trembla du poids de décennies de frustration :

— Quels plans ? cria-t-il. Qu'est-ce que veut faire grand-mère ?

Ewan le prit par la nuque, ses doigts étaient moites et chauds, ses yeux brûlaient d'un désespoir avide.

— Je te l'ai déjà dit, répondit-il. Sauver le monde, te sauver.

Nick le repoussa et retrouva son accent de Glasgow pour cracher :

— Ne me touche pas ! Quoi que fasse grand-mère, ce n'est certainement pas *pour* moi ! Oh, elle n'hésitera pas à se servir *de moi*, elle l'a déjà fait maintes et maintes fois ! Alors, si tu veux me baratiner, vérifie d'abord tes bobards avec elle. Elle te dira ceux qu'elle m'a déjà servis.

Ewan fronça les sourcils.

— Qu'est-ce que tu racontes ? Elle t'aime !

— Oui, admit Nick, peut-être. Et comme ça ne l'a pas arrêtée, j'aurais préféré qu'elle me déteste.

Gregor lui prit le bras et l'éloigna d'Ewan.

— Nous devons y aller, déclara-t-il. Tu te sens capable de conduire une motoneige ?

Nick hésita, la colère et la douleur qu'il avait si longtemps refoulées restaient coincées dans sa gorge comme une boule indélogeable. Il ne pouvait pas l'avaler.

— Il ne nous a rien dit ! protesta-t-il. Rien de vrai, en tout cas.

Gregor le poussa vers les motoneiges.

— Pas encore, admit-il. Ne t'inquiète pas. Ce n'est pas fini. Il vient avec nous.

Il empoigna Ewan par l'épaule et le jeta sur la selle sanglante de la motoneige. Bien sûr, se souvint Nick, Gregor ne savait pas conduire.

Il débarrassa la seconde motoneige du cadavre étalé dessus. La sensation du corps rigide entre ses bras était étrangement familière, presque

---

16 Père du loup Fenrir dans la mythologie nordique, dieu de la malice, de la discorde et des illusions.

réconfortante. Les morts ne le dérangeaient pas, sinon, il n'aurait pas opté pour sa spécialité médicale. En revanche, la gorge béante du soldat lui fit passer un frisson dans le dos.

C'était peut-être de la culpabilité, vu que le coupable de ce meurtre commis de sang-froid était son grand-père… Puis Nick se rendit compte que les serpents de la potion empoisonnée cherchaient à s'accrocher à lui. Même s'il ne pouvait les voir, ils les sentaient glisser, secs et froids, entre ses jointures. Par chance, les serpents n'aimaient pas le froid.

Après avoir abandonné le cadavre dans la neige, Nick s'essuya les mains sur sa veste et retourna à la motoneige. Il s'installa sur la selle, où le sang avait déjà caillé, lui collant aux fesses.

Il chercha le contact.

— Où allons-nous ?

— Contente-toi de nous suivre, répondit Gregor.

Il récupéra le fin couteau caché dans la manche d'Ewan et le pressa sous son oreille.

— On rentre chez les loups, prophète, annonça-t-il. Le Numitor tient à te parler.

Ewan éclata de rire, ce qui le fit bouger contre la pointe fichée sur sa gorge. Une goutte de sang coula.

— Le Numitor est parti ! s'exclama-t-il sombrement. Les dieux l'ont mis en laisse désormais, il apprendra peut-être l'humilité.

Il ne cachait même pas sa satisfaction à cette perspective. Il se pencha et démarra la motoneige.

Nick hésita, les mains maladroites, alors qu'il se débattait avec le guidon. Il n'avait conduit une motoneige qu'une seule fois, cet hiver, et encore, c'était au cours d'une brève leçon en débarquant sur la côte. Il n'avait rien d'un pro. De plus, il sentait qu'Ewan venait de leur révéler un indice important, mais il n'avait pas le temps de creuser la question. Peut-être avait-il perdu une partie de son cerveau en même temps que l'oiseau.

— La mort vient tous nous chercher un jour ou l'autre, déclara Gregor. Le vieil homme le savait.

— Il aurait préféré la mort, c'est certain, rétorqua Ewan.

Ah, voilà ! Avant que Nick puisse poursuivre son raisonnement, Ewan alluma le moteur et prit la pente pour descendre vers le lac. Nick commençait à les suivre quand il entendit un gémissement. Il regarda autour de lui et constata que Boyd n'était pas mort. Pas encore, en tout cas. Le soldat s'agitait près de la porte et cherchait à libérer ses mains.

Nick se leva pour appeler Gregor et Ewan, les mains en coupe autour de la bouche.

— Il est vivant ! Nous ne pouvons pas l'abandonner !

Gregor l'entendit, il se retourna et cria une réponse. Le vent emporta ses paroles avant que Nick les entende, mais peu importait. Au fond, il savait très bien ce qu'avait dit son amant.

Laisse-le.

Nick poussa un gros soupir, un ruban de vapeur blanche flotta devant ses lèvres. Il lança à Boyd un regard coupable. Les monstres de Rose n'avaient aucune raison de s'intéresser à Boyd et les prophètes le voulaient pour... *leur plan*, quel qu'il soit.

Nick ne pouvait rien pour Boyd. Docteur ou pas, il n'avait sous la main ni matériel ni médication. Et les monstres étaient sur ses talons. La vibration du moteur entre ses genoux soulignait l'urgence. Pourtant, Nick ne bougeait pas.

Laisse-le.

C'était la meilleure chose à faire, mais Nick ne pouvait s'y résoudre. Il poussa un juron et tendit la main pour couper son moteur.

Une créature faite d'ombres et d'éclats de glace jaillit alors de la tempête et lui sauta au visage. Le froid se planta en lui...

Nick tenta de hurler, mais sa gorge était pleine de gadoue. Des doigts durs et acérés s'enfoncèrent dans ses oreilles, une langue râpeuse lécha ses yeux et se glissa dans ses narines. Elle avait une odeur de terre, de cimetière et de mort. La part sombre de Nick, celle qui logeait dans le trou de son sternum la huma avec délice. C'était comme retrouver un endroit familier.

LAISSE-LE.

Cette fois, l'ordre ébranla les fondements du cerveau de Nick. Affolé devant une telle rage, il se recroquevilla dans un recoin de son crâne comme un enfant devant la colère imprévisible de sa grand-mère.

QUAND IL reprit ses esprits, il était sur la motoneige lancée à peine vitesse, les doigts serrés sur la manette des gaz, et le chalet avait disparu derrière lui dans la tempête.

Nick frissonna. L'haleine viciée de la créature s'attardait sur sa langue et son cerveau restait en partie glacé et insensible. Quant à ses doigts verrouillés sur les poignées de la motoneige, Nick n'aurait su dire si c'était la compulsion ou le froid qui raidissait ses articulations.

Devant lui, Gregor se retourna pour le surveiller. Même à travers les rafales de neige, Nick sentit l'inquiétude de son amant. Il fit l'effort de libérer une de ses mains pour signaler que tout allait bien.

Il ignorait ce qu'il s'était passé, mais il n'avait plus le choix désormais, il ne pouvait plus revenir en arrière et Boyd devrait se débrouiller seul.

Rassuré par le signe de Nick, Gregor lui indiqua par geste le chemin, tout droit, puis virage à gauche. Sans trop comprendre, Nick hocha la tête. Il suivrait Gregor.

Il sentit l'irritation poindre dans sa tête et entendit un bruissement de plumes. C'était encore vague, la tension qui nouait l'estomac de Nick se détendit enfin. L'oiseau était toujours là !

Il ignorait s'il aurait choisi cette vie, mais désormais, c'était tout ce qu'il avait. C'était aussi ce qu'il lui *fallait*... pour survivre à l'Hiver, pour garder Gregor. L'amour, c'était bien beau, mais dans un couple, Nick préférait être un partenaire à part entière qu'un fardeau inutile.

Devant lui, le monde se brouilla. Nick cligna des yeux, pensant que c'était la Nature sauvage, mais alors, il sentit une larme geler sur sa joue. Il pleurait ? Il renifla et essuya son visage sur sa manche. Ses larmes laissèrent des traces de sel et de sang sur le tissu, mais ce n'était pas le moment de s'en préoccuper.

La motoneige sur laquelle était Gregor tourna brusquement à gauche et s'engagea dans une pente vers un bosquet d'arbres. Nick hoqueta un juron et suivit son exemple. Son véhicule glissa sous lui, bascula, puis se stabilisa de justesse. Le moteur gronda son mécontentement en rebondissant sur des rochers et des nids de poule cachés sous la neige.

Nick rattrapa Gregor et Ewan dans la forêt, à côté d'un vieil if, juste après la ligne des arbres. La motoneige était plantée presque latéralement sur les racines. Nick s'arrêta en catastrophe à quelques mètres d'eux sans couper le contact. Il n'était pas pressé de retrouver le silence.

Gregor arracha Ewan à la selle et le propulsa vers Nick. Ignorant la protestation instinctive de Nick, il mit le prophète à genoux d'un coup de pied. Il tendit le couteau à Nick, poignée en avant.

— Surveille-le, dit-il. Je vais vérifier où sont nos poursuivants.

Nick récupéra le couteau à contrecœur. En principe, il saurait s'en servir, mais il trouvait quand même ce contact très différent d'un scalpel ou d'un couteau à pain.

Gregor prit Nick par la nuque et l'attira dans un baiser rapide.

— S'il arrive quelque chose, déclara-t-il, tu le tues et tu files le plus vite possible. Je te retrouverai.

Nick sourit contre ses lèvres.

— Je sais.

Gregor se redressa et partit en courant. Très vite, il disparut.

Ewan l'avait également suivi des yeux. Il cracha dans la neige du sang et de la morve.

– *Je te retrouverai*? Était-ce une promesse ou une menace?

Nick se décida enfin à couper son moteur. Le silence fut aussi oppressant qu'il l'avait craint.

— Il me trouve ou alors, c'est moi qui le trouve, déclara-t-il. C'est comme ça que ça marche.

— Pas cette fois, affirma Ewan. Il ne parviendra pas à semer les monstres. Maintenant que Rose les a mis sur sa piste, ils ne s'arrêteront plus ni pour manger ni pour boire avant d'avoir accompli leur mission. La dernière portée qu'elle a créée est particulièrement tenace!

Nick remua distraitement son épaule, il gardait le souvenir de la morsure du loup de sa grand-mère incrusté dans ses tendons et ses os, bien que l'oiseau l'ait guéri depuis longtemps.

— Et c'est ce que vous appelez le salut? railla-t-il. Je préfère geler.

Ewan lui lança un regard dur.

— Facile à dire, mon garçon. Tu ignores dans quelle voie tu t'engageras jusqu'au jour où tu fais face à un choix sans retour en arrière possible. La mort est un endroit froid et tu y passes un très long moment.

— Je sais, dit Nick. Je le sais même bien mieux que vous, bien mieux que ces soldats que vous faites mariner, afin de donner un meilleur goût à leur viande. Même si elle leur donne le choix, ils ignorent les conséquences que le «traitement» aura sur eux.

Il parlait d'une voix plate, il avait dépassé son traumatisme.

— Tu n'as rien compris à son cadeau, protesta Ewan. Les problèmes disparaîtront vite, ce n'est qu'une sorte de fièvre! Ensuite, ils…

— … seront des monstres, coupa Nick. Et c'est ce qu'elle veut. Croyez-moi, je connais bien ma grand-mère.

— Rose est une visionnaire! s'enthousiasma Ewan. Elle a dû faire des choix difficiles, mais elle y a été obligée.

— Me tuer par exemple? railla Nick. Ou tuer ma mère, votre fille…

— Non! cria Ewan. Les loups t'ont bourré la tête de mensonges, tu ne dois pas les croire! Jamais Rose n'aurait fait de mal à ta mère! Quoi que t'ait dit le fils du Numitor, je peux t'assurer que Rose a passé sa vie à te chercher. Elle ne t'aurait jamais fait de mal, voyons.

Avec un ricanement amer, Nick ouvrit la fermeture éclair de sa veste. Ignorant la morsure du froid, il souleva son tee-shirt taché de sueur. Son épaule avait guéri quand il était revenu d'entre les morts, mais il gardait d'autres cicatrices, en particulier celle qu'il avait eue tout bébé et qui s'était boursouflée plus tard, à la puberté, quand il avait eu une importante poussée de croissance.

Ewan y jeta un coup d'œil horrifié. Il chercha à détourner le regard, mais il ne le put. Et la cicatrice parlait d'elle-même.

— Grand-mère m'a déjà fait mal, déclara Nick, beaucoup de mal, elle m'a torturé quand j'étais gosse, elle m'a terrorisé. Plus tard, quand elle m'a retrouvé, elle m'a tué.

Ewan secoua la tête.

— Non, non, tu te trompes. Il doit y avoir une autre explication. Tu la connais bien mal.

Nick balança sa jambe et quitta la selle de la motoneige, tout endolori par le long trajet et le froid, même s'il en avait oublié une partie. Il baissa son tee-shirt et referma sa veste. La chaleur du vêtement s'était évaporée, Nick frissonna.

— C'est vous qui la connaissez bien mal, rétorqua-t-il. Consciemment ou non, vous refusez d'admettre qu'elle est folle et démoniaque. Moi, j'ai vécu avec elle jusqu'à ce que les services sociaux interviennent et me retirent à sa garde. Je sais qu'elle aime le whisky et qu'elle ne dort que trois heures par nuit. Je sais qu'elle m'a fouetté pour avoir mouillé mon lit à trois ans alors qu'elle m'avait délibérément terrifié en me parlant des monstres cachés dessous. Elle est ma grand-mère, je… l'aime, même si je sais que cela ne sert à rien. Et je sais quand elle ment, Ewan. Et quand elle dit la vérité.

— Qu'est-ce que…

Nick lui coupa la parole :

— Vous prétendiez que les loups avaient tué votre fille, non ? Eh bien, c'est vrai, d'une certaine façon, puisque Rose est un loup. Elle m'a dit elle-même avoir ouvert ma mère pour m'arracher à son ventre.

Le visage osseux se crispa dans une expression de déni. Ewan refusait la vérité que Nick venait de lui asséner. Le front buté, la mâchoire serrée, il secouait vivement la tête.

— Non, c'est faux, répéta-t-il. Je connais Rose. Elle commet des actes terribles par convoitise, par orgueil ou pour sauver nous tous, mais jamais elle n'aurait causé du tort à Ashley. Elle l'aimait. Peut-être ne savait-elle pas le montrer, elle était tellement loup, mais tout ce qu'elle a fait, c'était pour Ashley.

Ashley? Nick n'avait jamais su le nom de sa mère. Et si par hasard sa grand-mère le lui avait révélé jadis, il s'était perdu dans sa mémoire, encombrée d'histoires plus sombres.

— N'importe quoi! railla-t-il. Grand-mère prétendait m'aimer, aussi, quand elle m'a tué, elle a dû parler de «sacrifice indispensable», c'est moins dissonant que meurtre, non? Pourquoi agit-elle ainsi, Ewan? Après ce que vous m'avez fait, vous pourriez au moins répondre à cette question… en guise d'expiation. Pourquoi Rose agit-elle ainsi, qu'est-ce qui compte tellement plus pour elle que sa fille et son petit-fils?

Ewan ôta son bonnet de laine et le tordit entre ses doigts, le visage douloureux. Il avait des cheveux rares et roussâtres. Presque à son corps défendant, Nick se demanda si sa mère lui avait ressemblé.

— Si j'ai renoncé à tout, chuchota le prophète d'une voix hachée, si je me suis laissé arracher mon loup, c'est parce que Rose m'a dit que notre fille avait été assassinée. C'était une punition du vieil homme, disait-elle, œil pour œil, fille pour fille. Et il avait pris le bébé qu'Ashley attendait – toi – pour l'envoyer dans le Sud, loin du Mur.

Nick haussa les épaules.

— Elle a menti. Elle le fait tout le temps.

Un cri lointain les fit tressaillir tous les deux. Ewan laissa tomber son bonnet et frotta ses yeux humides.

— Je l'aimais, souffla-t-il. Elle ne m'a jamais aimé, j'en étais conscient, mais je m'en fichais. Je savais de quoi elle était capable, je savais ce qu'elle avait fait… mais je me disais qu'elle ne dépasserait jamais certaines limites.

Nick s'éloigna de la motoneige et chercha à surveiller Ewan tout en inspectant ce qui se passait au-delà des arbres.

— Si vous avez été abusé, c'est votre problème, déclara-t-il sans ambages. Maintenant, répondez-moi, je veux savoir ce qu'elle compte faire. Pourquoi est-elle revenue dans les Hautes-Terres alors qu'elle savait très bien que les loups chercheraient à l'arrêter?

Ewan le fixa, pris dans un dilemme. Ses émotions conflictuelles se voyaient sur son visage.

— Je ne te connais pas du tout. Pourquoi devrais-je te croire plutôt que la femme que je suis depuis des décennies ?

Nick haussa les épaules. Il n'avait pas de réponse à cette question.

— Peu importe. Nous finirons par le savoir, d'une façon ou d'une autre.

Tout à coup, les monstres déboulèrent dans la clairière, à peine créés et encore écarlates de la fièvre qui les avait fait naître. Des esquilles d'os cassés perçaient la peau atrophiée sous l'effet de la malédiction – ou l'infection, peu importait – qui les avait détruits pour les rebâtir tout de travers. Des plaques de Kevlar étaient grossièrement cousues à leur chair gonflée par des sutures couvertes de croûtes verdâtres et les lambeaux de leurs anciens uniformes pendaient encore des énormes épaules bosselées et des cuisses épaisses.

Gregor se tenait au milieu d'eux, déchiqueté de partout, les dents découvertes. Il pressa son avant-bras dans la gueule d'un monstre, les muscles déchirés jusqu'à l'os, et enfonça les doigts de sa main libre dans les yeux fous. Ils éclatèrent et projetèrent des postillons de glaire sanglante. La bête hurla et recula en se griffant le visage jusqu'à l'os et en arrachant d'énormes lambeaux de peau blanchâtre.

Gregor se dégagea et se jeta sur l'autre monstre. Il lui tomba dessus dans un enchevêtrement de membres auxquels la bête n'était pas encore entièrement habituée.

— Fiche le camp, Nick ! cria Gregor. Je te rattraperai sous peu.

Menteur.

Nick resserra les doigts sur son couteau et voulut se ruer en avant, une main sur son épaule l'en empêcha. Ewan serrait si fort que Nick sentit sa clavicule craquer.

Ewan ouvrit la bouche, comme s'il avait une révélation à faire. Puis il se ravisa, il jeta Nick dans la neige et se rua dans la bagarre. Il attrapa le monstre par l'oreille – comme un maître corrigeant son roquet mal éduqué – et l'arracha à Gregor.

— Assez, ordonna-t-il. Si nous voulions sa mort, nous vous l'aurions dit. Reculez, sinistres crétins !

Sa voix était dure et lourde d'autorité. Matés, les deux monstres obéirent et s'accroupirent sous un arbre, une bave épaisse dégouttant de leurs mâchoires mal articulées. Ils grondaient et se dandinaient sur leurs pattes écorchées et couvertes d'ampoules à vif, contraints de se soumettre, mais toujours animés d'une inextinguible soif de tuer. Les yeux enflés et injectés de sang restaient fixés sur Gregor.

Gregor serrait contre lui son bras déchiqueté et cherchait à récupérer son souffle.

— Tu aurais dû les laisser m'achever, railla-t-il. N'espère pas que je sois aussi stupide que toi.

Nick se redressa, les hanches et les côtes douloureuses, et tituba jusqu'à Gregor. Il tomba à genoux dans la neige et essaya de panser les plaies de son amant avec des tampons de tissu. Le sang frais lui donna le vertige et des haut-le-cœur. Luttant contre sa nausée, Nick chercha à se concentrer. Merde quoi ! Il avait réussi à gober un globe oculaire – du moins, l'oiseau l'avait fait – il n'allait pas vomir à la vue du sang.

Il se mentait à lui-même et ça ne l'aidait pas.

Le froid ralentissait l'hémorragie, mais pas assez. Même si Nick savait que Gregor était censé guérir, son cerveau reptilien refusait d'y croire. À chaque nouvelle goutte écarlate et humide qui tombait dans la neige, l'étau qui lui comprimait la poitrine se resserrait.

Gregor grinça des dents contre la douleur et lança à Nick un regard incendiaire.

— Je t'avais dit de filer !

— Oui, effectivement, convint Nick. Je ne l'ai pas fait. Et alors ? Que comptes-tu faire ?

Gregor éclata de rire.

— Un jour, tu m'obéiras.

— Peut-être… mais pas aujourd'hui.

Ewan se retourna pour les regarder, les mains posées sur la saillie osseuse des épaules déformées des monstres accroupis à ses côtés. Ainsi encadré, le prophète semblait petit et étrangement normal, un homme fatigué aux traits burinés. Pourtant, l'épaule meurtrie de Nick portait encore la trace de ses doigts de fer.

— J'aurais été un mauvais grand-père, déclara le prophète. J'étais un mauvais père et je n'ai rien appris de mes erreurs avec Ashley. Elle est morte par ma faute, quels que soient les torts du vieil homme. Et j'ai perdu toutes ces années, j'ai cru à toutes ces conneries avec les dieux, parce que j'ai refusé de l'admettre.

Pour se relever, Gregor posa la main sur l'épaule de Nick. Il serrait son bras sur son ventre pour refermer sa plaie béante.

235

— Les monstres ne sont pas seuls, annonça-t-il à Nick. Les prophètes seront là très vite.

Ewan esquissa un sourire.

— Je sais, c'est moi qui les ai amenés. Je vous ai tendu un piège.

— Oui, répondit Gregor. Ça, nous l'avions déjà compris. Et maintenant, qu'est-ce qu'on fait ?

Le silence retomba tandis qu'Ewan regardait Nick, les yeux assombris par les non-dits, puis un sourire triste apparut sur son visage.

— Je ne sais pas, admit-il. Considérez ceci comme un effort pour devenir un bon grand-père.

Nick avait les mains pleines de sang poisseux qui refroidissait déjà. Il les essuya sur son pantalon et se releva péniblement. Son cœur battant trop vite, il avait un tam-tam dans les oreilles.

— Que va-t-elle faire à présent ? demanda-t-il.

L'un des monstres leva la tête, ses narines fendues s'évasèrent soudain, il émana un son rauque de sa mâchoire brisée, les lèvres sanguinolentes crachèrent quelques mots

— … main'nant… tu… pla…

Nick sentit des plumes le gratter derrière les yeux, comme si l'oiseau irrité s'agitait et lui donnait des coups de bec. Dans l'ombre dense entre les arbres, il vit aussi le spectre brumeux d'une morte. Elle portait des gants et un pull trop grand pour elle, maculé de taches sombres coagulées sur le devant. Nick ne put distinguer son visage. D'ailleurs, il n'y tenait pas.

Les monstres la voyaient aussi, du moins, ils étaient conscients de sa présence même si leurs yeux ne la distinguaient pas. Ils grognèrent dans sa direction, leurs poils se dressèrent, leur peau écarlate se hérissa de chair de poule. Le fantôme les contourna pour se positionner derrière Ewan et approcher la bouche de son oreille.

Nick n'entendit pas ce qu'elle disait, il voulut écouter, mais l'oiseau l'en empêcha, il croassa et battit des ailes. Dieu ou pas, mais il n'était pas censé tout connaître. Nick, l'oiseau, ou les deux.

Comme s'il avait entendu le message, Ewan inclina la tête et soupira.

— Rose a fait de toi un dieu, Nick, déclara-t-il d'un ton contraint, mais seulement un petit. Elle-même est… différente. Cela ne suffira pas quand les dieux reviendront. Ils s'attendront toujours à ce que nous nous prosternions devant eux. Voilà pourquoi elle est revenue. Voilà quel sera le rôle des humains… Ils seront les dieux qui courberont l'échine devant elle et lui obéiront sans discuter. Alors, quand Odin [17] tournera les yeux vers nous et que Séléné [18] descendra enfin sur Terre, nous serons leurs égaux.

Il resserra son emprise sur monstres et jeta un coup d'œil par-dessus son épaule. Nick crut d'abord que son grand-père avait entendu la morte lui parler. Ce n'était pas le cas.

— Ils arrivent, ajouta le prophète avec urgence. Tu dois partir, Nick. Va-t'en le plus loin possible. Il est trop en tard pour arrêter Rose, mais si tu es hors de sa portée, peut-être cessera-t-elle de te poursuivre. Ashley a cru pouvoir s'échapper, il y a des années, mais elle n'est pas allée assez loin, je présume.

Le vent leur apporta des fragments de voix, des jurons, des cris et le nom d'Ewan. Avec une grimace, Gregor empoigna Nick par le bras et l'entraîna. D'instinct, sans même savoir où son amant voulait le conduire, Nick résista. Il regardait Ewan.

Il gardait en mémoire l'image atroce d'une bête effondrée dans le cairn, derrière une barrière effilochée, il avait encore les relents de sa pourriture musquée et huileuse sur la langue.

— C'était quoi cette créature morte sur la colline ? demanda-t-il. Celle que gardait le Vagabond ? Qu'est-ce que Rose veut en faire ?

Ewan plissa le front, comme s'il ne comprenait pas. Il n'eut cependant pas le temps de creuser la question, car les monstres s'agitaient en sentant les autres prophètes approcher. Ils cherchèrent à échapper à Ewan. Il resserra sa prise sur leurs épaules et les tira en arrière, le visage ruisselant de sueur malgré le froid.

— Dieu ou pas, Rose doit avoir les loups sous sa coupe, grinça-t-il, les dents serrées. Et quand elle a vu que le vieil homme refusait de plier ou de faire d'elle sa compagne, il ne lui restait plus qu'une option.

Il avait déclamé son petit discours comme s'il partageait une information vitale. Mais Nick n'y trouvait aucun sens. Cela ne signifiait rien pour lui.

— Je ne comprends pas, admit-il. Quelle option ? Que veut-elle faire ?

Peut-être Ewan aurait-il répondu… il n'en eut pas l'opportunité.

---

17 Le dieu le plus important de mythologie nordique : le dieu des morts, de la victoire et du savoir, de la magie, des prophéties, de la guerre et de la chasse, de l'éternité et de l'intemporel.

18 Déesse personnifiant la lune.

La prophétesse boitilla dans la clairière sur ses jambes tordues. Elle était à moitié transformée seulement, car la peau en lambeaux de son loup la couvrait mal. Le long museau était inachevé, la langue déchiquetée, les crocs ébréchés émergeaient d'une mâchoire humaine. Les yeux étaient différents, l'un d'ambre sombre, l'autre humain et globuleux, il filtrait à peine à travers la paupière collée.

Le regard mauvais passa d'Ewan à Gregor, tout sanguinolent.

Ailsa émit un caquètement rauque.

— Tue ce fils de pute, ordonna-t-elle. Moi, je me charge de plumer l'oiseau.

Ewan sourit.

— Tu me facilites les choses, Ailsa.

Il releva les monstres, les poings serrés sur la peau trop lâche de leurs cous déformés, et les jeta d'un grondement sur la prophétesse. Sous l'assaut simultané, elle tomba à la renverse et hurla, prise sous une masse d'os tordus et de griffes.

Ewan se tourna vers Nick et Gregor :

— Ce n'est qu'un bref répit, annonça-t-il. Filez !

Nick était figé sur place de culpabilité. Il aurait dû se ficher du sort d'Ailsa, mais il ne le pouvait. Gregor grogna d'exaspération et l'entraîna. Quand la Nature sauvage se referma autour d'eux, Nick eut un dernier aperçu de la scène qu'ils laissaient : les monstres avaient abandonné Ailsa et se retournaient contre Ewan.

Il tint bon.

Même sans assister la fin du combat, Nick savait que c'était sans importance. Au fond, cela ne changerait rien.

XIX

Jack

LE LIÈVRE, tout maigre dans son épais pelage d'hiver, traversa à bonds désespérés le champ enneigé pour se mettre à l'abri. En vérité, il cherchait surtout à échapper aux crocs de Jack. Le loup fit claquer ses mâchoires et n'attrapa qu'une touffe de poil et quelques gouttes de sang, qui déposèrent un délicieux parfum sur sa langue. Le lièvre n'en fut pas ralenti, aussi Jack continua-t-il à le poursuivre.

En plein été, avec les moutons du vieil homme dans le champ et un amant qui l'attendait, Jack aurait pu envisager de rentrer, le plaisir de la chasse portant autant sur la poursuite que sur la capture de la proie, après tout, ce n'était qu'un simple passe-temps et bien des loups s'irritaient parfois de la quasi-domestication de la meute écossaise. Jack aurait craché la fourrure souillée, oublié sa frustration en se roulant dans la bruyère et rit de Gregor qui continuait à pourchasser, les pattes sanglantes, un écureuil à la chair filandreuse. Le lièvre d'été aurait filé.

Mais là, c'était l'Hiver – l'Hiver de loup – et Jack tenait à la mise à mort. Son monde se réduisit au glissement de la neige sous ses foulées et aux coussinets des pattes arrière du lièvre qui sautaient devant lui. L'air froid lui irritait la gorge, il était comme du verre filé dans les poumons, sa poitrine haletait, le loup courait. La neige jaillissait sous ses pattes alors que la distance rétrécissait entre sa proie et lui. De plus en plus frénétique, le lièvre tenta un virage serré en pleine ligne droite. Épuisée, Ellie ralentit, abandonnant la poursuite.

Jack, lui, remua les oreilles. Malgré la bruyante raucité de son souffle, il percevait le battement affolé du cœur de sa proie qui épuisait ses dernières forces. Le lièvre vira à gauche, c'était une erreur. Jack bondit et coupa l'arc de la course. Quand il renversa l'animal dans la neige, il reçut un pied dans l'œil et gronda, mais déjà, ses crocs se refermaient sur le cou palpitant, l'os se brisa, le lièvre ne bougea plus.

Le loup releva la tête, le long corps de sa proie serré dans les mâchoires, et regarda autour de lui. Il ne vit rien, mais l'instinct le poussait à manger à l'abri. Jack lança le lièvre en l'air, puis le récupéra par le milieu, ce qui le rendait plus facile à transporter.

Alors qu'il trottinait jusqu'à un cairn, il sentit ses poils vibrer entre ses épaules, comme si un regard était fixé sur lui. Étrange, car il n'y avait rien de vivant alentour. Le monde n'était peut-être pas vide, mais ces landes, oui. Le lièvre amaigri qu'il tenait était le seul être à sang chaud que le loup ait croisé durant sa balade.

Laissant Danny dormir, Jack avait tenu à inspecter les limites de son territoire. *Son territoire*, il se faisait à peine à cette idée.

Seul comme un idiot, déclara une voix dans sa tête – qui ressemblait beaucoup à celle de Danny. Jack ricana, car son loup était d'accord, il aurait préféré avoir la meute avec lui, ses amis, ses fidèles, des ventres affamés qui auraient vu un lièvre distancer le Numitor.

L'estomac, c'était important pour un loup, la race était née affamée.

Malgré la distraction de ses divagations mentales, Jack se sentait toujours observé. Accroupi sous les pierres, il mordit à pleines dents les entrailles tièdes, savourant la viande goûteuse et l'amertume des herbes et racines dont le lièvre s'était nourri. Il avala avec gloutonnerie, faisant craquer les os entre ses crocs et cherchant la graisse jusque sous la fourrure.

Un seul lièvre n'aurait pas dû suffire à remplir un ventre de loup, mais la faim de Jack n'était pas seulement physique. Le lièvre avait dû prier le dieu des victimes pourchassées, et son désespoir fataliste ajoutait du piquant à sa viande et épaississait sa moelle. Les prophètes préféraient offrir aux dieux les produits de leurs chasses ; les loups, eux, gardaient tout. Que cette garce de lune, si elle avait faim, descende de son char de lumière nocturne, qu'elle déchire aux ronces sa robe blanche et salisse de sang sa peau grêlée. Jack n'ayant pas engendré Séléné, il ne comptait pas lui mâcher sa viande.

Quand il eut terminé son repas, il ne restait sur la neige que des taches sombres et de la fourrure déchiquetée. Jack lécha le sang gelé comme un Popsicle et croqua les glaçons entre ses dents. Le froid le poignarda derrière les yeux, jusqu'au crâne, aussi dut-il secouer la tête et faire vibrer ses oreilles pour déloger la sensation.

Le vent se glissait sous les pierres du cairn et tirait sur la fourrure du loup de ses doigts glacés. Une nouvelle tempête s'annonçait à l'horizon, le ciel sous son poids était violacé, aussi sombre qu'une meurtrissure. Ce soir, la lune serait pleine, c'était le meilleur moment pour chasser. La Nature sauvage se déchaînerait sous l'œil froid de Séléné et les prophètes essayeraient de mettre en action leurs plans tordus – quels qu'ils soient.

Apparemment, l'Hiver ne comptait pas leur offrir de répit.

Jack lécha le sang qui souillait ses babines et se leva, la fourrure alourdie de glace. Le froid si mordant que même lui, un loup, le sentait jusque dans ses os. Il se secoua et s'étira pour profiter de l'agréable sensation d'avoir l'estomac plein.

Spéculation et anticipation étaient des défauts humains. Dans sa peau de loup, Jack n'y pensait pas. Il savait que la meute écossaise survivrait et que les prophètes, malgré leurs manigances, finiraient par être vaincus. C'était dans la nature des choses.

Alors…

Voilà.

Le loup s'énervait à l'idée de perdre Danny une fois encore, mais Jack, fils et héritier du vieil homme, connaissait son devoir. Il resta songeur un moment… *voilà bien longtemps qu'il n'avait pas été en désaccord avec son loup.*

Il se secoua encore comme si déloger ses pensées était aussi facile que la neige. Puis sur une impulsion, il leva le nez vers le ciel et se mit à hurler. Dans l'étrange immobilité des éléments qui précédait la tempête, le son sauvage monta et resta suspendu dans l'air.

Un autre cri lui répondit du bas de la colline, il provenait d'un chien, mais pas de Danny. Pourtant, Jack ne tiqua pas, pour lui, ce chien, comme ses semblables, faisait partie de sa meute.

Soudain, une note discordante s'associa à son cri et à celui du chien, un gargarisme grossier, une vieille voix cassée, coupée par autres voix. Cette dissonance glottique avait des relents de pus et de maladie. Les autres voix montèrent dans les aigus, celles des amis morts grossièrement cousus à des gorges étrangères clamant la moquerie et le défi.

Les prophètes ne levaient jamais la voix contre la meute. Ils se taisaient, sauf quand il s'agissait de déclamer les dogmes. Du moins, dans le passé.

Troublée, la meute se tut. Jack attendit que la voix lointaine de Rose s'étouffe à son tour. Puis avec un ricanement méprisant, le loup remua les oreilles et s'engagea dans le sentier escarpé où il avait croisé le lièvre. La meute savait déjà que les prophètes étaient à proximité. À présent, les loups connaissaient leur position et combien il restait d'ennemis vivants.

Une fois encore, Jack sentit un regard se planter entre ses épaules. Il se figea, les poils hérissés, et un grognement rauque émana de sa gorge. Il était seul pourtant, il ne sentait que le givre, la bruyère glacée et les chênes.

Il remua les oreilles et perçut le crissement de la neige balayée par les rafales et le craquement des arbres gelés.

Le vent lui apporta les échos des voix de la meute, toutes entremêlées, et l'haleine viciée de la Nature sauvage.

Petit loup, petit loup...

C'était à peine audible, un souffle murmuré, haletant, qui s'estompa dès que Jack tenta d'écouter. Des doigts glacés, aussi durs que des os, pincèrent le bout de sa queue. Les oreilles plaquées au crâne, les dents découvertes, Jack se retourna et mordit. Ses mâchoires se refermèrent sur le vide et le froid lui congela le nez.

L'ombre... *le fantôme...* gloussa.

Petit loup s'est enfui au loin...

Les doigts froids tirèrent sur sa fourrure. Jack fit un bond et tourna sur lui-même, mais en vain. S'il ne voyait rien, il sentait en revanche des pinçons et des agaceries. Une main invisible tira sur ses lèvres humides et griffa le bout de son nez. Riant toujours de son gloussement éthéré, le spectre s'exprima d'une voix toujours aussi basse, mais plus claire. En fait, on aurait dit plusieurs voix superposées, une douzaine au moins, parfaitement accordées pour chanter :

Ton père est parti... loin... loin...

Les doigts, devenus brûlants, lui tirèrent l'oreille et le frappèrent si fort que sa peau se fendit sous l'impact.

... et bientôt ton frère partira lui aussi !

Un coup sec atteignit Jack à l'œil, la douleur le fit chanceler. Puis tout disparu, il était à nouveau seul. Le sang dégouttait sur la neige de son oreille déchirée. Par habitude, Jack fit appel à la Nature sauvage, puis il recula aussitôt, à l'étroit, terriblement compressé. C'était comme une entorse, quand l'élasticité et la souplesse avaient disparu, quand la sensibilité se transformait en douleur sous l'inflammation de l'infection.

En cas d'urgence, Jack aurait pu insister, déchirer la trame qui le bloquait et vérifier ce qui se passait, mais la tâche serait ardue et sans doute longue, car les greffons infectés le ralentiraient. Il attendrait donc, ce n'était pas une urgence, il avait d'autres priorités. La Nature sauvage tolérait mieux les désespérés que les arrogants. Même quand il s'agissait des loups.

Le poil encore hérissé de cette agression incompréhensible, Jack grogna un long moment. Il ne laissa ses babines retomber sur ses crocs découverts qu'en sentant le froid sur ses gencives. Qu'avait-il rencontré au juste ? Un simple fantôme ou un Sannock ? C'était sans importance, Jack avait ses visiteurs importuns en détestation.

Ce genre de messager ne servait à rien.

Il partit au grand galop, ses pattes dévorant la distance. La chanson des fantômes continuait à tourner en boucle dans sa tête, au rythme de ses pas. L'inquiétude coulait dans ses veines, aussi destructrice que de l'acide, libérant une colère qui l'enflammait tout entier.

Peut-être ne saurait-il jamais ce qui était arrivé à son père, mais il avait au moins une certitude : les prophètes étaient derrière sa disparition, comme ils étaient responsables de toutes les récentes catastrophes qui s'étaient abattues sur la meute. Pour commencer, Job avait déversé son fiel dans l'oreille du Numitor, poussant ce dernier à bannir son fils préféré, à le déchoir de sa position de prince héritier. Ensuite, les prophètes s'étaient débarrassés du vieil homme, ils avaient arraché à Jack ses tatouages et, délibérément ou pas, ils lui avaient rendu Danny pour mieux le lui reprendre.

Assez ! Jack ne comptait pas laisser ses ennemis tuer Gregor.

IL ARRIVA au village les pattes en sang, le souffle court, la langue entre ses lèvres. Sa fourrure était poissée de sueur des épaules à la queue. Il se transforma, enlevant son loup comme un manteau trempé, et apprécia la claque de l'air froid sur sa peau échauffée, même si son corps tout entier se hérissa de chair de poule et que ses couilles se recroquevillèrent d'horreur.

Jack regarda autour de lui.

Le calme plat.

Il s'était attendu à du sang et de la confusion dans tout le territoire, à trouver son frère mort ou mourant. Au lieu de cela, c'était le silence, rien ne bougeait, la neige recouvrait le paysage d'un blanc manteau.

Et pourtant...

Jack savait qu'il était arrivé trop tard. Le drame avait eu lieu, il le sentait au poids dans son ventre, à l'anticipation qui l'écrasait... Il s'était passé quelque chose de terrible et d'ici une seconde, il serait mis au courant.

— Lâchez-moi, vous autres ! Tout est de *ta* faute, Gregor !

C'était la voix de Danny, éraillée de douleur.

Jack s'élança d'instinct, ses pieds réagissant avant même que son cerveau ne leur en donne l'ordre. Il courut dans la neige vers l'endroit d'où était venue la voix de Danny, il courut entre les maisons et traversa le maquis derrière la ferme du vieil homme.

Il y avait là une vieille bergerie qui servait à parquer les moutons en hiver, quand la chasse était maigre et qu'il fallait nourrir les enfants. Le père de Jack affirmait que pour remplir les ventres de la meute, garder un troupeau au village était plus simple qu'aller piller le bétail et les animaux domestiques des voisins. Mais c'était l'Hiver de loup, les affamés dévoraient toutes les proies faciles qui leur tombaient sous la dent, aussi personne ne suivait-il plus les conseils de sagesse.

La bergerie était ancienne, le bois patiné par les intempéries pourrissait de-ci de-là et des planches goudronnées avaient été clouées pour combler les brèches. L'endroit aurait dû être vide.

Pourtant, on aurait dit que la moitié de la meute s'y était entassée. Les autres loups essayaient – sans y parvenir – d'écarter Danny. Il était nu, marbré de traces de coups, du sang à moitié séché couvrait sa peau et ses mains, mais cela ne l'empêchait pas de se débattre contre ceux qui le maintenaient. Il crachait sur Gregor une litanie de jurons.

Jack constata que son jumeau, lui aussi, était dans un sale état, couvert d'entailles, avec un bandage de fortune attaché autour de la jambe

En ce moment, Jack se fichait de ce qui s'était passé. L'avertissement qu'il avait reçu prit soudain une autre signification : si Gregor avait blessé Danny, il avait signé son arrêt de mort et Jack apprendrait à se passer de lui.

Il grogna, exhiba ses dents et se jeta sur son frère. D'un coup d'épaule dans l'estomac, il le renversa et bascula avec lui dans la neige.

Numitor ou pas, il ne pouvait se battre contre toute la meute. Aussi bien Jack que son loup en convenaient. Tous deux s'en contrefichaient. Si ses loups avaient blessé Danny, Jack allait les tuer, un par un. Du moins, il essayerait, putain !

Il voulut planter son poing dans le visage de Gregor, son jumeau esquiva et Jack s'éclata les jointures contre le sol gelé. Quelque part, cette bagarre dans la neige, à coups de poings et genoux, le libérait de ces années à ruminer son animosité. Il avait toujours éprouvé un grand plaisir à boxer son frère, à lui éclater la lèvre, mais pour la première fois, il appréciait aussi la simplicité de sa violence.

Pas de manigances compliquées comme chez les prophètes. Pas de schémas politiques, d'alliance réticente ou de respect rancunier. Juste un antagonisme basique, d'un côté comme de l'autre, et la satisfaction d'être dans son droit.

Gregor cracha du sang dans ses yeux et lui flanqua un coup de tête. Jack sentit son crâne sonner les cloches et des étoiles troublèrent sa vision.

Gregor en profita pour le renverser et le prendre à la gorge, les pouces enfoncés dans sa trachée. Jack s'étouffa en essayant de respirer. Il tâtonna autour de lui, trouva un caillou et resserra les doigts dessus. Il n'eut pas le temps de fracasser la tête de son frère avec.

Une main ferme arracha Gregor de Jack, mais pas avant qu'il lui envoie un dernier coup de pied. Jack grogna quand une de ses côtes fléchit sous l'impact. Une simple fêlure, pas une fracture. Il aspira l'air froid, la gorge à vif, les poumons douloureux. Et se releva pour se jeter sur Gregor et celui qui avait interrompu le combat. Toujours enragé, Jack n'était plus à même de raisonner.

Ce fut Millie qui avança devant lui, sa main indemne levée pour le retenir. L'autre restait collée à son corps, elle avait été salement amochée pendant le combat contre les monstres et les prophètes. Une odeur aigre collait à la peau de Millie, sang et douleur.

— Arrête, Jack ! dit-elle d'une voix rauque.

Puis jetant un coup d'œil par-dessus son épaule, elle corrigea :

— Arrêtez tous les deux.

Un cri surpris retentit parmi des loups qui retenaient Danny.

Millie inspira un grand coup, elle tremblait et semblait bouleversée.

— Arrêtez de vous comporter comme des idiots ! cria-t-elle. Il y a d'autres priorités, il me semble.

Derrière elle, Gregor lécha le sang de sa lèvre fendue. Il paraissait aussi contrarié que Jack de cette intervention inopportune.

— C'est lui qui a commencé ! se défendit-il.

Jack s'avança et pressa son torse contre la main de Millie. Sans la regarder, il fixait son frère, dont la mine était aussi sinistre que la sienne.

— Tu touches encore à Danny, gronda-t-il, et je te balance de la falaise.

— Essaye ! le provoqua Gregor.

Ellie avança et se plaça près de Millie. Elle croisa les yeux de Jack comme si c'était un droit acquis.

— Personne n'a touché à ton chien, déclara-t-elle. Nous tentons seulement de l'empêcher de se faire tuer.

D'instinct, même s'il voulait toujours frapper Gregor, Jack se tourna vers lui pour une confirmation. Quels que soient ses autres défauts, Gregor ne mentait jamais.

Après un silence maussade, Gregor se dégagea des loups qui le retenaient et acquiesça.

— C'est vrai, oui, déclara-t-il, ton chien aboie beaucoup, mais il n'a pas de cervelle. Il prétend se lancer seul à la poursuite des prophètes. Il ne réussira qu'à se faire tuer.

Malgré la dureté de son ton, il y avait un certain respect dans sa voix. Gregor n'avait jamais considéré la prudence comme une qualité.

James, toujours prisonnier de son chagrin, se tenait sur le côté, à l'écart des deux factions, il les toisa tous avec mépris.

— Moi, indiqua-t-il, je voulais le laisser partir. Ton chien va peut-être mordre cette vieille garce, il a de solides mâchoires. Et même s'il se fait tuer, quelle importance ? Je m'en fous, comme vous vous foutez tous du sort de mon fils. Greer était un loup pourtant, pas un chien.

Gregor lui lança un regard incendiaire.

— Je vois mal en quoi sa mort aidera ton fils à revenir ! C'est la Nature sauvage qui le détient, pas Hel [19].

James s'agita, les yeux fous. Sans doute cherchait-il sur qui déverser son venin, Gregor, Danny ou lui-même…

— Toi, Gregor, tu n'as rien à dire, tu n'es même plus un loup, d'ailleurs. Tu n'es pas non plus un prophète à ce que j'en sais. Alors, laisse tes supérieurs régler leurs affaires et mêle-toi…

Gregor le frappa à la gorge et l'impact produisit un sec craquement. Les yeux exorbités, James ravala les mots qu'il s'apprêtait à dire. Il accrocha les doigts à l'encolure de son col et chercha l'air, la bouche ouverte comme un poisson. La fracture au larynx guérirait vite, mais en attendant, l'asphyxie n'avait rien d'agréable. James tomba à genoux.

Gregor toisa du regard les loups agglutinés autour de lui.

— L'un de vous tient-il à ajouter quelque chose sur ce que je suis ou ne suis pas ? aboya-t-il.

Aucun n'eut le courage de l'affronter. Tous se soumirent, les yeux baissés et en silence.

Gregor avança vers James.

— Les prophètes m'ont arraché mon loup, c'est vrai, déclara-t-il, mais je reste le fils du vieil homme, tu n'es pas mon supérieur, tu ne le seras jamais. Je suis…

— … un emmerdeur, intervint Jack, qui avança près de son frère, pour lui marquer son soutien.

---

19 Déesse des morts dans la mythologie nordique, fille de Loki et sœur de Fenrir.

Par habitude, Gregor montra les dents. Il ne se sentait pas insulté par le qualificatif, Jack le savait, plus par le fait qu'il se soit approché.

À ses pieds, James tenait toujours sa gorge brisée, le souffle rauque. Il leva sur lui des yeux injectés de sang, assombris par une rage frénétique qui réclamait un exutoire.

Danny hurla :

— Jack ! Dis-leur de me lâcher. Ils me font mal. Aide-moi !

Il ne jurait plus, sa voix était plus stable, bien que frémissante de tension. Il était à genoux, les bras tordus derrière le dos. Un loup le tenait d'un bras autour de sa gorge. Le visage de Danny était rouge et gonflé, un bleu marquait la mâchoire, l'œil était poché.

Jack ouvrit la bouche, mais l'ordre ne quitta pas ses lèvres. Même si tout son être frémissait d'outrage de voir Danny ainsi maîtrisé, quelque chose sonnait faux.

Le calme que Danny affichait était un leurre. Durant toutes ses années dans la meute, il avait perdu d'innombrables combats, et jamais – *jamais !* – il n'avait admis avoir mal, pas même le jour où il sanglotait de douleur, les deux épaules disloquées. Jamais non plus, il n'avait réclamé de l'aide, ni à Jack ni à personne.

Pas pour lui, en tout cas.

— Danny ! Danny-dogue !

Jack traversa la meute et s'accroupit devant Danny. Il faillit effleurer le visage blessé, puis se reprit, sentant le poids des regards sur lui. Il posa donc sa main tendue sur l'épaule de Danny.

C'était une erreur, il le sut tout de suite au fond de ses tripes.

Il sentit aussi Danny se crisper sous ses doigts, mais il était trop tard pour rattraper son geste.

— Que s'est-il passé ? demanda Jack. Qui t'a mis dans cet état ?

— Moi, déclara Gregor. C'était le seul moyen pour l'arrêter avant l'arrivée des renforts.

Il ne semblait pas regretter sa brutalité, il ne s'en réjouissait pas non plus, il paraissait juste sombre. Sinon sinistre.

Danny émit un grognement de chien, les lèvres retroussées sur ses dents. Enragé, il se débattit contre les loups qui le retenaient et Jack sentit jouer les articulations martyrisées sous ses paumes. Danny cracha en direction de Gregor, des larmes coulaient sur son visage, creusant un sillon dans la crasse et le sang qui le recouvrait.

— Tu aurais dû me laisser partir ! Lâche !

Gregor gronda à son tour.

— Attention, le chien, pour cette fois, je laisse passer, mais ne tire pas trop sur la corde.

— Je t'emmerde ! rétorqua Danny.

Jack le secoua si vertement que ses dents s'entrechoquèrent.

Choqué, Danny reporta son attention sur lui.

Jack serra les doigts jusqu'à sentir l'os de Danny sous les muscles.

— Que s'est-il passé ? répéta-t-il. Je suis le Numitor, Danny, réponds.

Une seconde durant, le masque de colère glissa et Jack vit la douleur terrible qui se cachait en dessous.

— Ils ont tué ma mère, chuchota Danny. Ils ont découpé ma sœur en deux. Je n'étais pas là… ils sont venus dans la nuit et ils ont… *massacré…* ma famille.

Il parlait comme un enfant, perdu devant l'injustice du monde.

Jack regarda Ellie.

— Kath ?

Sa question était stupide, il le réalisa avant même d'entendre Danny éclater d'un rire amer. Pensait-il vraiment qu'il s'agissait d'un malentendu, que Kath faisait la sieste et que Danny avait paniqué ? Pourtant, ce massacre semblait… impossible.

En arrivant au village après sa course folle, Jack s'était attendu à du sang répandu, mais pas comme ça, pas un meurtre discret et commis de sang-froid.

Pourtant, il ne crut à la réalité du drame qu'en voyant Ellie acquiescer.

Et il s'emporta contre ses loups :

— Putain ! Lâchez-le ! Laissez-le se relever, je me charge de lui.

Les loups reculèrent, Danny s'effondra. Il avait perdu sa combativité en mettant des mots sur sa douleur. Il resta prostré, les mains sur les genoux, à regarder le sang des siens qui tachait ses doigts.

Jack le releva et le prit par les épaules.

— Danny, reprends-toi. Tu n'es pas seul, la meute est avec toi, nous allons les chasser ensemble.

Danny frissonna, puis il se crispa et serra les lèvres. De sa manche, il essuya les larmes et la morve qui maculaient son visage et acquiesça. Son expression était encore pleine de ressentiment, il avait à peine bougé le menton, mais Jack comprit qu'il n'obtiendrait rien de plus.

Il aurait voulu en dire plus, arracher à Danny la promesse de ne pas se faire tuer parce que… Jack n'en supportait pas l'idée. Déjà, la simple perspective que Danny le quitte le mettait dans tous ses états, mais là au moins, il gardait l'espoir de le retrouver un jour. Une disparition définitive ?

Non !

La terreur tomba comme une pierre dans sa gorge et coula jusqu'à son loup.

— Danny…

Les mots restèrent coincés dans sa gorge, refusant de sortir. L'aveu était trop douloureux, trop sanglant, comme si Jack était à nouveau sous le couteau de Rose. Mieux valait cacher à la meute que le Numitor était un faible.

Jack posa la main sur la nuque de Danny avec une tendresse ancienne et familière.

— Les prophètes ne nous prendront plus jamais rien !

— Tu crois ça ? cracha Danny.

Danny repoussa sa main, il se releva et s'éloigna vers la bergerie, les pieds nus, bien que cela ne semble pas le gêner.

Quand il passa devant Gregor, ce dernier le bloqua et échangea avec lui un bref regard chargé d'hostilité. Danny hocha la tête et alla s'asseoir contre le mur de la bergerie, les genoux relevés, la tête posée dessus.

— James, va lui chercher des chaussures, ordonna Jack.

Toujours à genoux, le grand loup se cabra, la lippe hautaine, le défi dans les yeux. Jack l'empoigna par le col et le releva sans douceur. Il se pencha jusqu'à humer l'odeur aigre de désespoir et de colère qui émanait du père effondré.

— Tu obéis, James, sinon, je te traiterai en inutile et je t'écorcherai moi-même, ce qui évitera du travail aux prophètes.

Il parlait avec une telle fureur que James tressaillit. Quand Jack le lâcha, il chancela et s'empourpra d'humiliation du front au col de sa chemise. Il céda enfin et baissa la tête en signe de reddition, puis il s'éloigna pour obéir à l'ordre reçu. Il veilla cependant à bousculer plusieurs loups agglutinés sur son passage avant de disparaître.

Jack n'avait plus d'excuses pour tergiverser davantage.

Il se tourna vers Gregor.

— Que s'est-il passé ?

Gregor déglutit péniblement et secoua la tête, un rictus aux lèvres.

— Je ne sais pas, admit-il, je suis arrivé après. Quand nous sommes revenus, Nick et moi, Kath était morte et Bron… ils l'ont ouverte en deux

249

pour tuer le bébé. Ils les ont laissées comme ça. Et ton chien, qui les a trouvées, n'était pas en état de tenir un discours cohérent.

Sa voix atone semblait indifférente, mais Jack connaissait son jumeau. Gregor préférait avaler la douleur tout entière plutôt que morceau par morceau.

Millie approcha. Elle ne ressemblait plus du tout à la gentille petite citadine dont elle avait longtemps tenu le rôle ni à un terrier apprivoisé. Avec son jean emprunté et son pull bien trop grand, elle faisait plutôt SDF, malgré sa coupe soignée. Elle serrait les lèvres, l'air malheureux.

— C'est de notre faute, dit-elle. Je parle des chiens.

Elle tressaillit quand un grondement menaçant retentit dans son dos. Sans même tourner la tête, Jack leva sa main pour réclamer le silence.

— Continue, Millie, ordonna-t-il.

Elle déglutit difficilement.

— C'est Tom, *mon Tom*…

La voix tressaillit en prononçant ce nom, le visage durci indiquait un amour trahi. Jack faillit éprouver un élan de pitié : Tom, le dernier chien de la meute, avec son œil crevé comme si son sort n'était pas déjà assez dur, celui qui croyait aux promesses des prophètes et à la clémence des dieux… Puis il fronça les sourcils en comprenant que Tom était impliqué dans le meurtre de deux… non, trois loups.

— Qu'est-ce qu'il a fait ?

— Il est allé chez Kath, il a demandé à lui parler. Elle s'était toujours montrée… gentille envers lui, tu sais. Après le départ de Danny, c'était Tom qui se chargeait pour elle des petits boulots, il allait en ville lui faire les courses, moi aussi d'ailleurs. Kath détestait Lochwinnoch.

— Et alors ? Quelle importance ?

Millie leva sur lui des yeux vides.

— Eh bien, ajouta-t-elle, elle lui faisait confiance. Elle lui a ouvert sa porte. J'ai vu Tom entrer chez elle, mais je ne me suis pas inquiétée, il aimait Kath, il suivait Bron comme un toutou. J'espérais même… que Tom ait enfin oublié les mensonges dont les prophètes l'avaient aveuglé. Il n'était pas *méchant*, tu sais. Il était juste… amer, il en voulait aux dieux de l'avoir fait naître chien, nous sommes *tous* dans le même cas… Nous vivons parmi les loups, nous avons tous les jours sous les yeux le sort que nous aurions pu avoir !

Ce n'était pas une excuse. Elle avait l'air déconcertée.

— Que s'est-il passé ? répéta Jack pour la énième fois.

Cette fois, Millie pressa si fort les lèvres qu'elles en devinrent blanches.

Ce fut Ellie qui répondit dans le dos de Jack :

— Il a versé du poison dans leur thé. J'ai reconnu l'odeur : c'est la potion que les prophètes donnent à leurs loups préférés.

Jack fronça les sourcils.

— Ce n'est pas destiné à tuer !

La potion aurait rendu Kath et Bron faibles et malades, peut-être même provoqué un avortement, car les grossesses lupines étaient fragiles, bien que les loups ne le soient pas.

— C'est vrai, admit Ellie. C'est un couteau qui les a tuées.

Cette fois, Jack se retourna pour la regarder. Il cacha sa grimace, parce qu'Ellie ressemblait à Kath en plus jeune, moins puissante.

Elle était comme son ombre... ou son fantôme.

— Qui d'autre a participé à ce meurtre ?

Elle ouvrit la bouche, mais le nom refusa de sortir. Elle toussota et chuchota d'une voix ténue.

— Je ne sais pas. Il y avait trop du sang, les odeurs ont été noyées.

— Tu parles ! grommela un loup dans la foule. Elle a déjà retourné sa veste une fois, elle n'est pas fiable ! Si ça se trouve, elle les a aidés !

Ellie s'empourpra, mais elle garda les yeux fixés sur Jack.

— Non, je n'ai rien fait, je le jure ! s'écria-t-elle. Je sais juste qu'il y avait une autre personne, un loup ou un prophète. Il est parti par la Nature sauvage. Je n'ai pas trahi, Numitor, et je suis prête à tuer le vrai coupable.

Jack jeta un coup d'œil à Danny, qui s'était emmêlé les doigts dans les cheveux maintenant que plus personne ne le regardait.

Il reporta ensuite son attention sur Ellie.

— Si tu mens, grinça-t-il, je te tuerai moi-même et je veillerai à ce que ton loup ne trouve jamais la Nature sauvage. Si tu dis la vérité, tu n'as aucun droit à être la première à la gorge du tueur.

Gregor avança et posa la main sur l'épaule de son jumeau.

— Si tu veux le nom du coupable, interroge Bron.

Jack tressaillit de surprise.

— Quoi ? Elle n'est pas... morte ?

— Non. Pas encore.

Sa voix s'était épaissie, comme chaque fois qu'il était bouleversé et cherchait son loup pour le cacher. Mais il n'avait plus cette option, il était seul désormais, le seul membre de la meute à connaître une solitude aussi… absolue.

Sans vraiment y penser, Jack serra la main posée sur son épaule. Les doigts de Gregor étaient froids et raides sous les siens.

Après une seconde à peine, Gregor rompit la connexion.

— Je n'ai pas besoin de pitié, grogna-t-il. Garde la tienne pour ton chien. Ou pour Bron.

XX

Jack

BRON GISAIT sur un lit de planches grossières posées à même le sol, le ventre ouvert d'une hanche à l'autre, comme une sanglante fermeture éclair. Une épaisse couche de sang crouté, qui évoquait un tablier, descendait de l'entaille jusqu'à ses cuisses, les lambeaux de sa chemise de nuit gisaient sur le sol. Elle était inconsciente, le visage cireux et collé de larmes séchées.

Qu'elle soit aussi silencieuse était un vrai choc. Bron était rarement silencieuse, même sous sa forme de loup, quand elle chassait.

Jack récupéra un jean dans le panier près de la porte et l'enfila. Les jambes trop longues lui cachaient les talons et la ceinture trop lâche glissait sur ses hanches.

Le moment ne prêtait pas à rire, pourtant, son cerveau tint à lui signaler qu'il était grotesque : il portait un pantalon et un titre – celui du Numitor – tous les deux trop grands pour lui.

Nick, le messager, le dieu charognard, le collectionneur de fantômes, s'occupait de Bron. Il avait le visage verdâtre, le front moite et ses mains tremblaient à chaque fois qu'il les sortait des tripes de la louve pour essuyer son visage sur sa manche. Jack retint un rictus sceptique, se souvenant d'avoir vu l'oiseau arracher un œil à un cadavre congelé comme si c'était une succulente confiserie.

Il ne faisait pas d'humour macabre, il constatait juste que la situation était dramatique et eux tous... ridicules.

— Il n'aime pas le sang, chuchota Gregor. Pas celui qui sort d'un vivant.

Jack comprit que son jumeau avait fait les mêmes constatations que lui, cela s'entendait dans sa voix, aussi basse soit-elle.

Il oublia vite son amusement passager quand il avança avec précaution vers la louve agonisante, craignant presque que le grincement du vieux parquet suffise à éteindre la petite étincelle de vie subsistant en elle. En examinant le corps étendu, il nota d'autres blessures : des entailles aux bras et aux pieds, des meurtrissures sur les épaules. L'odeur du sang, salée et métallique, mêlée à l'aigreur infecte du poison des prophètes était lourde dans l'air. Elle poissa la langue de Jack, s'ajoutant au goût gras du lièvre qui s'attardait dans sa bouche. Une nausée lui tordit l'estomac.

La poitrine de Bron bougeait encore, la respiration était erratique, le teint jaunissait de plus en plus, les larmes continuaient à couler sur les tempes. Ce visage ressemblait tellement à celui de Danny que Jack se troubla.

Si Bron ne cicatrisait pas, cela signifiait…

— Laisse-la tranquille, Nick, déclara-t-il, d'une voix cassée, laisse-la mourir dignement. Nous sommes des loups, nous vivons ou nous mourons, mais nous ne végétons pas, nous ne souffrons pas pendant des lustres. Il ne faut pas insister. Elle est au-delà…

Sa gorge était si sèche que parler lui était douloureux.

Nick répondit sans même le regarder :

— Taisez-vous ! Tout le monde affronte ce même choix, vous n'avez rien d'un cas particulier. La mort, je la connais bien, c'est… *c'était* mon métier. J'ai vu ce qui avait tué des gens bien meilleurs que vous. Elle a des chances de survivre, si elle y tient.

Gregor esquissa le geste de poser la main sur l'épaule de Nick, même s'il s'interrompit avant de l'arracher à sa tâche.

— Dans tes hôpitaux peut-être, dit-il. Mais ici, à même le sol d'une bergerie, avec un orage qui ne va pas tarder, quelles sont ses chances ?

Nick grogna.

— Elles existent, s'entêta-t-il. Elle va bientôt avoir de la fièvre, elle sera au moins préservée du froid.

Il jeta un coup d'œil derrière lui et ajouta :

— Vous… Hector, c'est ça ? Faites-la boire.

Hector hésita, ses yeux passant de la scène sanglante sur le sol à Jack et à Gregor. Ses mains abîmées serraient nerveusement un grand flacon brun.

— Je ne sais pas si…

Nick leva brusquement la tête et le fixa d'un regard sombre.

— *Vous* ne savez pas, c'est exact, *moi*, si. Versez ce liquide dans sa gorge.

Sans vérifier si Hector obéissait à ses instructions, Nick se pencha à nouveau sur le ventre ravagé. Il prit un drap blanc pour éponger le sang de Bron et retint un haut-le-cœur en entendant un gargouillis sous ses doigts, les lèvres serrées. Puis il brandit une aiguille que Jack avait vu Hector utiliser pour recoudre une brebis mordue par un renard.

254

Dès que l'aiguille se planta en elle, Bron tressaillit et étouffa un gémissement. Elle griffa le plancher de bois jusqu'à s'enfoncer des échardes sous les ongles.

Jack fit un bond et saisit Nick par le poignet, la peau était poisseuse de sang chaud.

— Ça suffit ! ordonna-t-il d'une voix épaisse. C'est de la torture !

— Non, c'est de la médecine, corrigea sèchement Nick. Même si parfois la différence est minime, je vous l'accorde.

Jack serra les doigts jusqu'à sentir les tendons crisser.

— Elle va mourir, déclara-t-il. Alors, laisse-la mourir proprement. Je sens sur elle le poison des prophètes. C'est une atroce façon de s'en aller.

Il tressaillit en sentant une main sur sa cheville. Il baissa les yeux, sidéré que Bron, dans son état, ait encore la force de bouger. Il se reprit vite et s'accroupit à côté d'elle. Même s'il était nul comme Numitor de la meute écossaise, il pouvait au moins assister une louve à mourir.

— Je suis là, Bron, dit-il. Tu peux partir, tu n'as pas à te battre.

— Pas… question ! grinça Bron, les dents plantées dans ses lèvres gercées. Je ne me… laisserai… pas tuer… par un chien !

Gregor aboya un rire surpris qui s'interrompit très vite. Lui aussi s'agenouilla à côté de la mourante.

— Bron, je doute que l'orgueil ait des propriétés curatives, déclara-t-il. Tu ne cicatrises plus et Nick n'est pas un vrai docteur.

Nick poussa un cri outré.

— Quoi ? *Je suis* un vrai docteur, enfoiré ! C'est juste que je préfère ouvrir un mort qu'un vivant, ça n'a rien à voir ! Je suis parfaitement compétent !

Bron déglutit et essaya de sourire, elle ne parvint qu'à grimacer. Jack fit la même chose en voyant Nick rapprocher deux morceaux d'intestin.

Sans lâcher Jack, Bron ferma les yeux.

— Tu… tu as vomi… en me voyant, haleta-t-elle.

— J'avais envisagé de tourner de l'œil, répliqua Nick, mais pour opérer, c'est plus compliqué.

Bron rouvrit les yeux et fixa le pathologiste.

— Je ne veux pas mourir, affirma-t-elle. Je veux me venger. Je ne peux pas attendre que mon frère les tue à ma place, quand même ! Donne-moi ce putain de truc à boire !

Du regard, Hector consulta Jack, qui approuva d'un signe de tête. Alors, Gregor passa le bras sous les épaules de Bron pour la relever et la soutenir, et Hector versa dans sa gorge un liquide épais et âcre. Elle déglutit, le visage crispé de dégoût. Elle finit par détourner la tête et vomit incoerciblement.

— C'est... infect !

— Que lui as-tu fait boire ? demanda Jack.

Nick releva brièvement la tête, ses yeux noirs brillaient dans son visage luisant de sueur.

— Une préparation qui fait vomir des moutons, déclara-t-il sans ambages. Je n'ai pas de charbon actif et pas le temps de préparer autre chose. Si elle meurt, ce sera de la perte de sang et de l'infection, pas de cette mixture.

Jack recula.

— Pourquoi diable lui donner un émétique ? Elle est...

Ce fut Gregor qui répondit :

— Pour lui faire expulser le poison qu'elle a dans l'estomac. C'est ce qui l'empêche de guérir, pas vrai ? Comme toi avec ton oiseau ?

Prise de nausées, Bron se recroquevilla de douleur.

— Comment me reste-t-il quelque chose dans le ventre ? gémit-elle. Ils m'ont ouverte en deux et vidée comme un poisson... Oh, putain !

Elle tourna la tête et régurgita une bile noire à l'odeur aigre. Hector lui essuya les lèvres sur la manche de son chandail, puis il lui proposa encore son flacon.

— En fait, déclara Nick d'un ton détaché, c'est du travail plutôt soigné, Plus de la médecine que de la boucherie.

Sa diction académique résonnait de façon assez étrange dans la vieille bergerie d'un autre âge, d'autant plus qu'il avait les mains plongées dans le ventre d'une femme nue étendue à même le sol.

Bron chercha la gorge de Nick, les griffes en avant. Conscient que si le médecin était agressé, ses points de suture risquaient d'être moins précis, Jack prit la sœur de Danny par les épaules et la fit se tenir tranquille.

— Ce sont des bouchers ! gronda Bron. Ils ont tué mon bébé !

Elle jeta un regard noir à Gregor et ajouta :

— *Notre* bébé, Gregor. Alors, qu'on ne m'emmerde pas en me parlant d'un travail soigné !

Du coin de l'œil, Jack vit que Nick s'était figé, l'aiguille en l'air.

Bien sûr... il ignorait que Gregor était le père du bébé à naître !

Pourquoi Gregor s'obstinait-il à faire tout de travers alors qu'à chaque fois, cela finissait par se retourner contre eux tous ?

Puis Nick se remit au travail, la mâchoire serrée, les muscles tendus sous sa peau pâle, les mains bien plus stables qu'elles ne l'avaient été auparavant. La colère était un excellent outil pour aider à se concentrer. Jack l'avait souvent constaté.

— Leur but n'était pas de tuer l'enfant, déclara Nick.

À contrecœur, il rectifia :

— Ils l'ont peut-être fait, malgré tout, mais ils n'étaient pas venus pour ça. C'était une césarienne. Regardez la cicatrice ! Ils ont sorti le bébé de l'utérus, ils l'ont même fait assez professionnellement.

Un « boum » les fit tous sursauter. Hector venait de lâcher le gros flacon. Il n'était pas cassé, mais renversé, le liquide malodorant se répandait sur le plancher vermoulu. Hector poussa un juron et se baissa pour ramasser la bouteille avant qu'elle soit vide. Quand il se redressa, son visage était crispé de chagrin.

— Pendant l'agnelage, souffla-t-il, Tom m'a aidé. Parfois, la... la naissance se passe mal et il faut ouvrir la brebis pour sortir le petit. Il était... très habile avec son couteau, il avait une main très sûre.

Bron repoussa Jack et s'assit, voûtée en deux, la main sur son ventre pour retenir ses tripes. Elle fixa Nick droit dans les yeux.

— D'après toi... ils ont volé mon bébé ? Comme si j'étais un... mouton ? Et je n'ai rien... remarqué ?

Nick prit d'autres serviettes et les pressa sur les mains de Bron pour éponger le sang.

— Vous aviez de bonnes raisons d'avoir l'esprit ailleurs, déclara-t-il.

Elle lui rit au nez. Puis elle se racla la gorge et changea de ton :

— De toute façon, il est sûrement mort, c'était bien trop tôt pour qu'il naisse.

Elle affichait le stoïcisme d'un loup, capable de simuler l'indifférence même avec le cœur arraché.

Nick hésita en jetant un coup d'œil gêné à Gregor.

— Non, il n'est pas mort.

Il reporta son attention sur Bron et détacha les linges trempés pour examiner la blessure.

— Vous non plus, d'ailleurs. Pour le moment, du moins.

Elle se jeta sur lui, les yeux fiévreux, tremblant des pieds à la tête, et serra les doigts sur son manteau sans se soucier d'y laisser des taches de sang. Aucune importance, pensa Jack, en étudiant la veste déjà crasseuse, elles se mélangeraient aux autres.

257

— Comment peux-tu être sûr que mon bébé vit ? insista Bron. Tu es certain de ce que tu dis ? Qu'est-ce que tu en sais ?

Du sang plein les doigts, Nick changea de couleur, il blêmit, une suée nauséeuse lui mouilla le front.

— Oh, *je sais*, répliqua-t-il, un peu offusqué. La mort, le meurtre, je connais, lui aussi connaît, mieux que moi encore. S'ils avaient tué le bébé, nous le saurions.

Bron le lâcha et s'affaissa. Elle faillit tomber, mais Gregor la rattrapa avant qu'elle touche le sol. Elle ne le regarda pas, elle ne le remercia pas, elle fixait toujours Nick.

— Garde-moi en vie, toubib, ordonna-t-elle avec brutalité. Même si ça fait mal, je m'en fiche. Garde-moi en vie !

— C'est ce que j'essaye de faire, marmonna Nick. Ne bougez plus, s'il vous plaît.

Il coupa les sutures qui avaient lâché, les refit et reprit son travail.

Bron serrait les dents, la respiration sifflante, les muscles agités de spasmes sous sa peau moite. Elle clignait furieusement des yeux pour empêcher ses larmes de couler.

Jack attendit un moment, puis il posa la main sur son bras pour attirer son attention.

— C'était Tom, alors ? demanda-t-il.

Un cri faillit échapper à Bron. Elle le ravala in extremis et eut un bref mouvement de tête.

— Oui, au début, il était seul. Il se prétendait désolé, il ne cessait de répéter *« je suis désolé »*, mais ça ne l'a pas empêché de continuer. Maman…

Sa voix se brisa, elle respira plusieurs fois pour contrôler son chagrin et sa douleur.

— … maman l'aimait bien, elle était gentille avec lui, c'était un chien *chien* tu vois ? Pas comme Danny. Alors, quand il est passé, elle l'a laissé entrer et il a dû mettre quelque chose dans le thé. Maman et moi sommes devenues bizarres, engourdies, faibles. Humaines. J'aurais pu le frapper, mais je ne l'ai pas fait. Maman si. Elle s'est battue, alors… Tom a laissé entrer Lachlan. Ce bâtard puant. Seule contre eux deux, affaiblie par le poison, maman a été…

Elle s'interrompit encore, elle saisit la main de Gregor et lui broya les doigts. Gregor la laissa faire. Il la regarda pleurer aussi, les larmes coulaient sur les tempes et les oreilles de Bron avant de se perdre dans ses boucles emmêlées.

— Ont-ils dit quelque chose ? insista Jack. Un indice qui nous permettrait de les retrouver ?

Le bébé était parti, arraché aux entrailles de sa mère et volé, mais Bron haletait comme une femme en gésine pendant que Nick terminait de la recoudre et humectait les points de suture sanguinolents d'une solution d'iode. Bron avait le teint gris, son hâle surnageait à la surface de sa sueur comme de l'huile sur un lac. Épuisée, elle referma ses yeux devenus vitreux.

Jack se détestait déjà pour ce qu'il allait faire. Peut-être était-il devenu un vrai Numitor après tout. Il gifla deux fois Bron, un aller-retour cuisant qui arracha à Nick un juron.

Bron ouvrit les yeux et lui jeta un regard noir.

— Enfoiré, marmonna-t-elle faiblement.

Malgré les affirmations de Nick et sa prétendue familiarité avec la mort, Jack doutait qu'elle s'en sorte. Il avait beaucoup tué au cours de sa vie. Lui aussi connaissait la mort, son odeur en particulier.

Bron sentait comme si elle était à moitié morte.

— Bron, nous avons hâte que tu guérisses, déclara-t-il avec une assurance forcée. Qu'est-ce qu'ils ont dit ?

Elle plissa les yeux et passa une langue sèche sur ses lèvres fendues.

— Tom a refusé, au début. Il n'arrêtait pas de pleurer, de dire qu'il ne voulait pas nous faire de mal. Connard ! Il s'attendait à quoi au juste ?

La bouche tremblante, elle perdit un moment la capacité de parler. Puis elle inspira un grand coup et reprit :

— Il n'a pas pu planter son couteau. Alors, c'est Lachlan qui l'a fait. Il m'a ouverte en deux. Il m'a dit… il m'a dit de ne pas m'inquiéter, parce que… parce que Rose l'avait déjà fait. J'ai cru qu'il voulait juste dire que cette garce avait tué d'autres bébés.

Gregor serra la mâchoire si fort que Jack entendit ses dents grincer. Il resserra sa prise sur les doigts de Bron.

— Pas celui-ci. Je te le promets, les prophètes n'auront pas ton bébé.

Elle montra les dents.

— Je sais ! cracha-t-elle. Si je laisse ton pote jongler avec mes tripes, ce n'est pas pour t'applaudir depuis une tribune ! Une fois guérie, j'irai récupérer le bébé. Ensuite, je vais ouvrir le bide de Lach et y fourrer un blaireau, histoire de voir comment il le prend.

Jack se pencha pour poser la main sur les yeux de Bron. Il avait vu le vieil homme appliquer cette punition à certains de ses loups. Le Numitor ne l'avait pas enseigné à ses fils, peut-être pensait-il avoir plus de temps pour parfaire leur éducation. Jack contacta la Nature sauvage et… posa la question. Connaissant Bron mieux que lui, Elle saurait ce qu'il fallait à la louve blessée.

Il goûta du sang frais sur sa langue et la morsure de la première gorgée d'eau froide après une course folle. Quand il inspira, il sentit Danny, douceur, sueur et musc, et eut un recul instinctif.

Danny était à lui.

Jack ne le partagerait pas, pas même avec la Nature sauvage.

Bron se détendit, ses muscles se relâchèrent, ses épaules aussi. Elle résista pourtant, elle ouvrit grand les yeux et saisit la main de Jack.

— Oh, dit-elle d'une petite voix. Où est Danny ? Est-ce qu'il va bien ?

La Nature sauvage échappait sans doute aux petitesses humaines, mais Jack n'en reçut pas moins une blessure d'ego. Danny n'avait pas été invoqué pour lui, ou de lui, mais pour Bron, parce qu'il avait été son frère bien avant que Jack remarque la beauté de ce grand chien dégingandé et têtu.

Aussi étonnant que cela paraisse, Jack n'était pas le nombril du monde. Danny le lui avait probablement déjà dit. Cette formule lui ressemblait.

Il reporta son attention sur la louve affaiblie.

— Il n'est pas blessé, déclara-t-il. Personne ne l'a touché.

Bron le regarda comme s'il était idiot.

— Je sais, répondit-elle. J'étais *là*.

Elle avait de plus en plus de mal à garder les yeux ouverts. Elle n'en chuchota pas moins :

— Il est idiot, mon frère, il oublie constamment qu'il est un chien. Tu l'as fait revenir. Maintenant, tu dois veiller sur lui et faire attention à ce qu'il ne se blesse pas.

Jack faillit protester : *non, il n'avait pas fait revenir Danny*. Pourtant, il ravala ses paroles. Il n'avait *pas* fait revenir Danny, du moins, il ne pensait pas l'avoir fait. Mais si Danny n'était pas venu de son plein gré, Jack n'aurait pas baissé les bras en le laissant à Durham, quand même.

— Je veillerai sur lui, déclara-t-il.

— Promis ?

— Je l'aime.

Juste après avoir prononcé cet aveu à haute voix, Jack sentit un énorme poids quitter ses épaules. Il retomba aussitôt à sa place quand Jack réalisa que ses témoins étaient déjà au courant, sauf Hector, mais c'était le genre de chien à garder un secret jusqu'à sa tombe.

— Je ne laisserai personne porter tort à Danny, insista Jack, pas même lui.

— Tu l'aimes depuis toujours, protesta Bron. Et ça n'a jamais rien changé, pas vrai? Et ça continuera éternellement. Alors, promets-moi!

L'air avait un goût de sang et de naissance, même si celle-ci avait été forcée. Chaque fois que Jack déglutissait, ce parfum lui irritait la gorge.

— Je te le jure, dit-il. Sur la mémoire de mon père. Sur Danny.

Cette fois, elle fut satisfaite de sa réponse. Elle soupira et ferma les yeux. Sa respiration se fit plus régulière, plus profonde, les lignes dures qui marquaient sa bouche s'adoucirent.

Jack la fixa pensivement.

— J'ai toujours cru qu'elle détestait son frère, souffla-t-il.

Gregor retira sa main des doigts détendus de Bron.

— Tous les frères et sœurs n'ont pas la chance d'avoir une relation aussi simple que la nôtre.

— Même maintenant? insista Jack.

Gregor hésita une seconde avant de répondre, et encore, il ne fit que grogner tout en se redressant. De sa part, c'était une concession.

Mais concernant quoi? Jack était trop fatigué pour s'en soucier. Il essuya le sang qui maculait ses mains sur le jean emprunté.

— J'aurais dû tuer Lachlan la première fois qu'il s'en est pris à Danny, déclara-t-il avec amertume. Nous n'en serions pas là.

— Papa aurait été ravi, grinça Gregor. Moi aussi.

Jack essaya de ne pas penser à combien sa vie aurait été différente s'il était parti avec Danny, toutes ces années plus tôt. Non pas que Danny l'ait demandé, mais…

Même la Nature sauvage ne permettait pas vraiment de voyager dans le temps.

— Bien, je vais devoir le faire maintenant. Ensuite, je tuerai Rose.

Nick posa le dernier bout de sparadrap sur le pansement du ventre de Bron, au niveau de la hanche, puis il se releva et chancela.

Gregor le stabilisa et lui évita de télescoper le mur.

— Plus tard, grogna-t-il. Et oui, je sais.

Après un bref échange de regards, Nick accepta la promesse d'un signe du menton.

Puis il tourna la tête pour regarder Jack.

261

— Si vous cherchez les prophètes, déclara-t-il, nous savons où les trouver. Quelques-uns d'entre eux, du moins. Ils sont là-haut dans les landes, avec le Vagabond. Grand-mère aime garder ses monstres à proximité.

LES FUNÉRAILLES d'un loup n'avaient rien de compliqué.

Un trou pour enterrer le corps et un hurlement collectif pour envoyer l'esprit du défunt jusqu'à la Nature sauvage. Les morts ne demandaient rien d'autre, les vivants non plus. La meute avait jugé le vieil homme inutilement sentimental en le voyant déposer un nom sur la tombe de la mère des jumeaux.

Danny n'était pas un loup.

Il avait vécu dans le monde humain, il aimait les humains, s'il était même presque convaincu d'être l'un d'eux. Peut-être avait-il aussi appris à gérer le deuil comme eux.

Le visage de Kath avait été lavé du sang qui le maculait, son corps enveloppé des pieds aux clavicules dans un drap blanc sur lequel le sang dessinait des fleurs pourpres. La gorge était nue, révélant une entaille assez profonde pour exposer les tendons et les os.

Danny tira un coin du drap jusqu'au menton de sa mère. Sa main, qui saignait aux jointures, hésita à toucher la peau froide du cadavre. Sinon, les doigts ne tremblaient pas.

— Que veux-tu faire? demanda Jack. Pour le corps…

— Le brûler, déclara Danny d'un ton catégorique, les dents serrées.

Jack faillit protester, il trouvait la décision brutale, surtout venant de Danny, mais il ravala ses mots.

Au même moment, Danny se retourna vers lui.

— Si nous perdons contre les prophètes… commença-t-il.

— Nous ne perdrons pas!

— Tu n'en sais rien, le contredit Danny. Tout reste possible. Si nous perdons, je ne veux pas que l'un d'eux puisse porter la peau de ma mère. Il faut brûler le corps, ce n'est plus rien, juste de la viande morte. Maman est partie.

Jack croisa les bras. Il s'était changé, il portait un jean à lui et un tee-shirt propre. Il regrettait de ne pas avoir enfilé une veste, parce que pour une fois, il avait l'impression d'en avoir besoin. Il faisait froid dans le cottage de Kath. C'était normal, bien sûr, puisqu'il n'y avait pas de feu dans la cheminée, mais ce froid-là était plus intense.

262

Il restait des taches de sang sur le sol et une étrange odeur flottait dans l'air, le liquide amniotique avait un parfum de sel et de... *pickles*?

— Tu n'as rien à dire? insista Jack. Je suis tout ouïe.

Danny secoua la tête.

— À qui, à la meute? Non, je te laisserai parler, tu connaissais maman mieux que moi, au fond. Je suis parti. Tu es resté.

— Elle ne t'en voulait pas, elle te comprenait.

Danny esquissa un sourire sans joie.

— Non, absolument pas. Mais c'est elle qui m'a élevé alors, si je suis comme je suis, c'est un peu grâce... ou à cause d'elle. Et cela non plus, elle ne l'admettait pas.

Il changea de ton pour ajouter plus fermement :

— Jack? Pourquoi perdre du temps avec les morts alors que le salaud qui a tué ma mère vit encore?

Sa colère vibrait, dure et glacée, comme si elle faisait désormais partie de lui. Jack en ressentit une sorte de malaise, même s'il comprenait la position de Danny. Oui, il avait de quoi être en colère, oui, c'était une perte de temps, oui, le temps leur était compté, mais quand même, la mise en terre d'un loup était une étape importante.

— Tu pourrais prendre le temps de faire tes adieux.

— Pourquoi? Je ne l'ai jamais fait les fois précédentes.

Danny avança vers la porte, mais Jack le rattrapa et le serra dans ses bras. Il posa la main sur sa nuque, savoura brièvement la douceur de ses boucles et dévora sa bouche dans un baiser brutal et avide.

Au début, Danny se raidit, mais très vite, il frissonna et s'appuya contre lui. Il poussa un bref sanglot que Jack but sur ses lèvres – et fit semblant de ne pas remarquer. Danny nouait ses bras autour de lui comme s'il avait peur de tomber s'il lâchait prise. Jack éprouva une nostalgie douce-amère en sentant les montures des lunettes s'incruster dans ses pommettes et ses sourcils – ça lui rappelait tant de souvenirs!

Il rompit le baiser et pressa son front contre celui de Danny, sentant son souffle rauque lui caresser la peau. Il ouvrit la bouche, sans trop savoir ce qu'il allait dire, mais Danny l'empêcha délibérément de parler en posant ses lèvres sur les siennes.

Quand il s'écarta, il effleura la joue de Jack du bout des doigts.

— Non. Ne dis rien. Ce n'est pas le moment.

Jack faillit protester : comment Danny osait-il s'exprimer ainsi alors qu'il ignorait ce que Jack allait dire ? Il se tut réalisant que Danny était sans doute mieux informé que lui.

Il parla malgré tout.

— Tu es vivant, j'en suis heureux. Kath le serait aussi. Heureusement que tu étais dans mon lit cette nuit, pas chez ta mère !

Le visage de Danny se tordit de douleur.

— Si j'avais été là, j'aurais pu les aider !

— Non, coupa Jack. Tu serais mort aussi et moi, j'aurais tué tout le monde, nous y compris. Au lieu de cela, nous les tuerons et récupérerons le bébé de Bron.

Danny frissonna, son corps tout entier trembla et ce n'était pas une réaction d'humain. S'il avait été transformé, sa fourrure canine aurait été toute hérissée, sa posture agressive et dangereuse. Même sous sa forme humaine, il parvenait à exprimer la même tension.

— J'ai du mal à y croire, admit-il. C'est trop dur. Et si nous nous trompions ?

Jack le fixa droit dans les yeux.

— Nous tuerons Lachlan, promit-il. Et Rose. Ensuite, on verra. Dis au revoir à Kath, elle va s'inquiéter pour toi.

Il frappa Danny sur l'épaule et quitta la maison.

UN BÛCHER avait été allumé dehors pour lutter contre le froid de l'Hiver de loup. Agglutinée autour, la meute attendait... du moins, ce qu'il en restait, les survivants et ceux qui n'avaient pas été subornés par les prophètes. Il manquait un bon tiers des loups qui auraient suivi le père de Jack, et parmi ses fidèles à lui, certains étaient des chiens.

Jack scruta la meute jusqu'à tomber sur le profil osseux de Nick sous sa crête de cheveux noirs. *Un oiseau, le propre petit-fils de leur pire ennemie !*

La voix de Gregor retentit à son épaule.

— Tu peux lui faire confiance.

Jack ne tiqua même pas. Malgré la trêve fragile conclue entre eux, la force de l'habitude le poussait à constamment savoir où était Gregor – et à quelle distance de sa gorge se trouvaient les crocs de son jumeau. S'il ne l'avait pas fait, Gregor s'en serait senti insulté.

— Tu n'es pas très impartial, objecta Jack. Tu l'aimes.

264

Du coin de l'œil, il nota le bref sourire de Gregor, la joie authentique qui l'illuminait malgré les circonstances. Et il se rappela combien détester son jumeau lui avait toujours paru *normal*.

— Oui, admit Gregor.

Il n'avait pas totalement perdu la raison, puisqu'il paraissait perplexe. Sans doute était-il conscient d'être ridicule.

— Mais moi, insista Gregor, l'amour ne me rend pas aveugle. Contrairement à toi.

Jack secoua la tête avec scepticisme. Danny avait des défauts, il le savait bien, mais aucun n'était comparable à ceux de Nick : être à la fois un Sannock et le rejeton d'un prophète !

— Au moment fatidique, insista Jack, crois-tu vraiment qu'il bectera les yeux de sa grand-mère ?

Il fut rassuré que Gregor prenne le temps de réfléchir avant de répondre.

— Je ne laisserai pas en arriver à cette extrémité, dit-il enfin. Je ne veux pas qu'il ait à endurer jusqu'à la fin de ses jours le remords d'avoir tué une sorcière qu'il a aimée étant enfant. Et puis, je hais suffisamment cette chienne pour mériter d'être le premier à lui arracher la gorge.

Voilà, Jack avait sa réponse, même s'il n'était pas certain de la trouver rassurante.

Les loups attendaient toujours. Certains s'étaient déjà transformés, cédant à l'appel de la Nature sauvage et de la pleine lune. Leur échine arrivait à la poitrine du plus grand membre de la meute. Le souffle fumant entre les crocs, la langue pendante, ils haletaient, impatients de partir en chasse. D'autres avaient préféré rester humains, ce qui leur permettait de mieux ruminer leur colère vengeresse et leur envie de sang. Un loup comprenait la nécessité d'anéantir une menace susceptible de nuire à la meute, mais seul un humain savourait la perspective de tuer.

Jack prit une profonde inspiration et la colère de la meute envahit sa gorge, une odeur de cannelle, chaude et irritante. Il fit un pas en avant

— Ce soir, déclara-t-il, c'est la pleine lune et pour la première fois depuis des générations, nous chasserons de nouvelles proies. Séléné est une garce infidèle, mais les prophètes sont encore pires. Ils nous ont abreuvés de mensonges qu'ils appelaient «des dogmes», ils ont pris nos petits comme si nous étions des moutons destinés à l'abattoir, ils ont empoisonné notre viande plutôt que nous affronter en combat loyal.

Ce n'était pas la *viande*, mais le *thé* qui avait été empoisonné, mais Jack jugeait que l'effet oratoire aurait été moins dramatique.

Les loups grondaient, un son rauque qui émanait du plus profond de leur poitrine, ce n'était pas tout à fait un hurlement. Pas encore.

— Nous ne voulons plus des prophètes, enchaîna Jack. Si nous les tuons tous ce soir, nous établirons de nouveaux dogmes pour les loups, des dogmes où les traîtres et les menteurs n'auront plus leur place.

L'un des loups rejeta la tête en arrière, il pointa son long nez vers le ciel et hurla son chant lupin, un long cri lugubre qui monta vers la lune. D'autres loups se joignirent à lui, quelques autres transformations eurent lieu.

— Et si nous ne réussissons *pas* à tuer les prophètes ? demanda une voix. Que va-t-il se passer, Numitor ?

Jack reconnut un des chiens, Kier, celui qu'Ellie connaissait. Tous les loups se retournèrent pour le fixer sévèrement. Sous le poids de ces regards, Kier fit un pas en arrière, puis il se reprit et toisa Jack presque avec défi.

Que va-t-il se passer, Numitor ? La question restait en suspens.

Ellie intervint, sans chercher à cacher sa nervosité :

—Kier !

Elle se tut en serrant les dents quand le chien agita la main vers elle, «*pas maintenant !*» L'ordre était immanquable, même Jack le déchiffra. Qu'avait dit Ellie la nuit dernière ? *Ce n'est pas facile d'aimer un chien.* Elle se trompait. C'était très facile. C'était de *ne pas* aimer Danny que Jack aurait trouvé difficile, sinon impossible, inimaginable.

Justement, Danny sortait de la maison de son enfance. Sans doute en avait-il terminé avec ses adieux.

Ce fut lui qui répondit à Kier :

— Si nous ne tuons pas tous les prophètes, c'est que nous serons tous morts, alors, ce qui se passera ensuite n'aura plus d'importance pour nous ! En attendant, je refuse formellement de laisser à ces sales cons le moindre trophée venant de ma famille ou de moi.

Il avança vers le feu, les flammes rouges dessinant des ombres dures sur les méplats de son doux visage. Jack, perdu dans sa contemplation, mit un moment à réaliser que Danny sur son passage bousculait les loups assemblés sans se soucier de la hiérarchie de la meute. Personne ne protesta, le choc et la surprise submergeant l'affront – du moins pour le moment. Danny mit la main dans les flammes et saisit un rondin épais, il l'arracha au brasier dans une traînée d'étincelles qui se répandit sur la fourrure ou les vêtements des loups qui l'entouraient de trop près.

Danny brandit son tison qui flamboyait de colère, même si le froid essayait de l'atténuer. Il se retourna et cria :

— Si les dieux veulent que ce soit l'Hiver des prophètes, qu'ils aillent se faire foutre ! Je préfère laisser Surt dévorer le monde plutôt qu'en laisser une bouchée à l'avidité des prophètes !

Le vent avait forci, chargé de glace et de virulence, il avait tenté d'arracher les mots sur les lèvres de Danny. En vain. Sa voix avait porté. Les loups étaient tétanisés.

Danny pivota et jeta la torche vers sa maison avec un cri de rage inarticulé. Jack surveilla le tison au cas où il atterrirait sur lui. Il recula d'un pas et bouscula Gregor.

Le tir fut un peu court, mais une bourrasque projeta le rondin à travers la porte que Danny avait laissée ouverte. Il atterrit sur le parquet et le cottage s'enflamma aussi vite que s'il était fait d'amadou et d'huile au lieu de briques et de pierre.

Après une ou deux secondes de silence stupéfait, Hector fit un pas en avant.

— Des seaux ! Il faut…

— Non, interrompit Jack durement. Laisse.

Après un coup d'œil Danny, il se tourna vers la meute. Pour la première fois depuis qu'il s'était proclamé Numitor, il connaissait son devoir, il en sentait la justesse jusque dans ses os. Il sentait aussi l'approbation de la Nature sauvage comme naguère à Durham, quand il était si sûr encore de Sa protection.

La meute devait quitter ce territoire. Définitivement.

— Laissez tout ! hurla Jack. Emmenez les enfants, les blessés, les vieux, ceux qui ne peuvent pas se battre, prenez ce qui vous semble important et partez. Allez à Lochwinnoch, ensuite, descendez vers le Sud, c'est là-bas que nous vous retrouverons – ou pas. Ici ? Qu'il ne reste que des cendres !

XXI

Danny

LA VIEILLE Pierre en brûlant gémissait comme si elle était vivante et les tuiles d'ardoise cassaient comme des os dès que les flammes les atteignaient. Le feu agrippa le mortier de ses doigts avides et les vitres se déformèrent au fur et à mesure qu'elles fondaient.

Les murs resteraient debout quand le feu serait rassasié, il fallait plus qu'un simple incendie pour éradiquer le travail des siècles, mais plus personne ne considérerait la ferme du vieil homme comme un abri sûr.

Le chalet luttait contre l'incendie, il restait de la glace collée sur le toit et les murs comme si l'Hiver s'y était retiré pour son dernier combat.

Danny regardait la maison brûler depuis le bord du lac, les flammes se reflétant étrangement dans l'eau sombre. Il cherchait aussi à s'auto-analyser. Il aurait dû éprouver... quelque chose, non? Il lui semblait que c'était son devoir. Il n'avait jamais eu sa place dans la meute, ou sur ce territoire, pourtant, c'était là qu'il avait passé l'essentiel de sa vie.

Il pensait aussi aux cendres de sa mère, mêlées aux étincelles et à la fumée qui montait, aussi noire qu'une anguille dans le ciel à la lividité orageuse.

Si Danny avait un ressenti, il n'avait pas le temps de s'y attarder. Un gouffre noir s'était ouvert au creux de ses tripes depuis qu'il était entré dans le cottage de son enfance pour tomber en plein cauchemar. Ce gouffre engloutissait tout, chagrin, colère, satisfaction. Les émotions traversaient Danny et tombaient comme une pierre dans ce vide béant.

Son cœur l'avait fait lui aussi... quand Danny avait poussé la porte pour la trouver bloquée par un bras. Celui de Bon.

Il s'était réveillé, saisi d'un mauvais pressentiment. Quelque chose n'allait pas, il le savait. Poussé par l'urgence, il avait quitté son nid de couvertures chaudes où s'attardait l'odeur musquée de Jack pour sortir dans le froid. Son poil se hérissait, un grondement inquiet émanait de sa gorge, l'instinct qui l'avait réveillé le poussait en avant et une odeur flottait dans le vent.

Pas ça.

En entrant, il avait senti quelque chose éclater, le film qui avait bloqué l'odeur salée et métallique du sang. Assommé, Danny avait d'abord vu Kath, gisant sur le sol, les yeux vides, la gorge déchirée. Elle s'était battue avant de mourir, elle avait du sang sur les doigts, des contusions aux jointures. Bron était juste à côté, recroquevillée sur le côté, dans une mare de sang rouge qui noyait la couleur des carreaux.

En temps normal, la cuisine sentait la cire d'abeille et le foyer. Là, elle sentait la viande morte. Sans que Danny se sente tomber, ses genoux atterrirent brutalement sur le sol, un gémissement inarticulé lui déchira la gorge.

Puis il vit Bron bouger, son cœur cherchait encore à battre et toute la douleur sombra dans le gouffre.

Le répit ne durerait pas.

Danny le savait.

À Durham, il avait aidé certains de ses élèves à gérer un deuil, celui d'un animal favori, en général, ou d'un grand-parent. C'était lui qui accueillait la police qui, la mine sinistre, venait annoncer une tragique nouvelle aux étudiants.

La première étape, c'était le choc, le déni – et le gouffre l'aidait *pour le moment*. Ensuite, le gouffre serait dissous et Danny devrait couler ou surnager avec les forces qui lui restaient.

Le moment n'était pas encore venu, cependant.

Danny détourna les yeux du feu et avança dans la neige jusqu'à l'endroit où les enfants et les vieux loups attendaient. Bron était couchée sur un brancard de fortune, maintenue par des draps déchirés et roulés pour former des cordes, avec des couvertures empilées sur elle. Malgré cette protection, elle tremblait et claquait des dents. Ses yeux bougeaient sous ses paupières meurtries et un gémissement rauque émanait de sa gorge.

Dans cette louve blessée à mort, Danny ne reconnaissait pas sa petite sœur hargneuse et si pénible. Elle avait toujours refusé son aide et s'ils s'en sortaient cette fois encore, elle nierait que ce soit en partie grâce à lui. Danny se pencha et posa un baiser sur le front chaud, sous les boucles collées et emmêlées. La peau avait une odeur de fièvre et de douleur.

— Je les tuerai en ton nom, Bron, promit-il. Tu seras vengée.

Puis il se tourna vers Millie.

— Si nous ne revenons pas, allez à Girvan, plus bas sur la côte. Les gens de là-bas n'aiment pas les prophètes.

Millie fronça les sourcils. Malgré son bras cassé, elle gardait le cœur d'un farouche terrier. Il faudrait plus qu'une fracture pour l'abattre.

— Nous faisons aussi partie de la meute, protesta-t-elle. S'il y a bataille, nous tenons à en être ! C'est l'Hiver de loup. C'est Ragnarok [20]. Les non-combattants, ça n'existe plus.

Danny remonta les couvertures sur les épaules de Bron, s'étonnant qu'elle ait des os si fins, qu'elle soit si petite. Constater qu'une fois dépouillée de sa personnalité si agressive, Bron devenait délicate était presque terrifiant.

— Nous nous battrons les premiers, déclara-t-il. Et si nous perdons, ce sera votre tour. Bron y veillera. Dès qu'elle sera remise, elle vous ramènera tous dans les Hautes-Terres par la peau du cou.

Millie ne rit pas, mais son visage s'adoucit brièvement.

— Je prendrai soin d'elle, promit-elle, qu'elle le veuille ou non. Danny, ne crois-tu pas que le Sannock devrait venir avec nous ? Il est docteur, non ? S'il arrive quelque chose à Bron, si elle ne guérit pas…

Danny se releva. Il aurait pu expliquer à Milly que Nick n'était pas un Sannock, du moins, pas uniquement, mais elle serait tout aussi hostile à un dieu-oiseau qu'à un revenant, alors, à quoi bon ? De toute évidence, Nick était quelqu'un de bien, même si Danny trouvait ses fréquentations contestables – ni l'oiseau ni Gregor n'étaient de compagnie agréable. Le vrai problème était que Nick restait le petit-fils de Rose et que tous ceux qui avaient eu à souffrir des prophètes ne pouvaient totalement se fier à lui. C'était compréhensible.

— Non, Millie, nous avons besoin de lui. Il sait où se trouve le repaire des prophètes. Quand Bron se réveillera, dis-lui… dis-lui que je l'aime.

Voilà qui la mettrait très en colère.

Danny salua Millie d'un petit signe de tête, puis il avança vers les chasseurs qui attendaient. La plupart s'étaient déjà transformés, leurs loups étaient massifs, énormes, gigantesques. Une poignée attendait Danny. Il ôta son pull… enfin, celui de Jack et ses bottes, tout en marchant. La neige se glissa entre ses orteils et enfonça sous ses ongles des aiguilles froides qui lui remontèrent jusqu'à la moelle des os. Tout frissonnant, Danny se baissa pour se débarrasser de son pantalon.

---

20 Fin du monde dans la mythologie nordique, comprenant un long hiver sans soleil et une grande bataille.

— C'était un bel incendie, déclara Gregor. Mais pourquoi ? Après toutes ces années, tu ne crois ni aux dieux ni aux prophéties.

— Je ne sais plus en quoi croire, déclara Danny. Moi, je voulais juste éviter de voir la fourrure de ma mère sur le dos de Rose. Le reste, c'est Jack qui l'a décidé.

Gregor secoua la tête et désigna les flammes du menton.

— Non, non, tu as appelé Surt, il est toujours là-haut, à se vautrer dans le feu. Sinon, jamais l'Hiver de loup et la Nature sauvage n'auraient accepté de brûler le village.

— Ce n'est qu'un incendie, protesta Danny.

Sauf que…

Ses doigts étaient encore poisseux de la potion dont il avait aspergé la cuisine. Il savait donc pourquoi le feu avait commencé là, impatient de goûter à l'éthanol du poison des prophètes. Les autres maisons en revanche n'auraient pas dû brûler aussi facilement. Pourtant, elles l'avaient fait.

Il frotta ses cheveux à deux mains pour écarter ses doigts de son visage, des doigts *sans la plus petite ampoule* alors que Danny avait récupéré un rondin enflammé dans le brasier.

— Ils sont allés vers le Nord quand ils sont partis, déclara-t-il. J'ai vu leurs traces avant d'être traîné ailleurs.

Le rappel de ce qui s'était passé l'aida à se reprendre. Et le gouffre de son ventre tomba dans ses talons, comme une ancre.

James, toujours sous sa forme humaine, croisa les bras.

— Nous allons chasser en suivant *un chien* ? jeta-t-il avec hauteur.

Danny ricana.

— Si tu es incapable de suivre mon rythme, rétorqua-t-il, je n'y suis pour rien. Si tu ne veux pas être à derrière moi, cours plus vite.

Les doigts durs de Jack tombèrent sur sa nuque

—Assez, Danny-dogue ! Ne le provoque pas ! Je respecte ton chagrin, mais n'en abuse pas.

James montrait les dents et même les babines. Il ouvrit la bouche…

Rien qu'au reflet vil de ses yeux, Danny savait que ce serait une vacherie. Il se raidit, prêt à répondre.

Mais Jack pointa le doigt vers le grand homme.

— C'est pareil pour toi, James, dit-il d'un ton sec. Si tu es incapable de la boucler une bonne fois pour toutes, va rejoindre les prophètes et lécher les pieds des dieux.

James hésita, comme s'il envisageait la confrontation directe. Danny s'agita dans la main de Jack posée sur lui, presque satisfait de se battre.

Mais Nick intervint :

— Ce n'est pas un chien que vous suivrez, déclara-t-il. C'est un oiseau.

Même sous sa forme humaine, il ressemblait à un corbeau, plus encore que précédemment. Danny se demanda si c'était dû à l'épuisement, parce que Nick n'était plus qu'un sac d'os au long nez aquilin.

Nick se voûta et leva les bras, ses vêtements tombèrent sur la neige, ses ailes jaillirent. Les couilles recroquevillées de froid, Danny envia l'aisance de cette transformation. Le gigantesque corbeau battit l'air de ses larges ailes noires et s'envola. L'un des plus jeunes loups se baissa, prêt à bondir. Sa fourrure pâle crépitait de tension.

La louve rousse et maigre d'Ellie le ramena à l'ordre d'une claque sur le museau. Dompté, le jeune chasseur baissa la tête et recula.

Cet oiseau n'était pas une proie. Pas ce soir.

Le corbeau poussa un croassement railleur juste avant de profiter d'une rafale pour prendre de l'altitude. Son ombre cruciforme glissa sur la neige comme une tache d'encre lorsqu'il vira sur une aile en direction du Nord.

Jack resserra ses doigts sur Danny et lui fit relever la tête. Son baiser fut bref et violent, sa bouche, si froide et pourtant si intense était un contact si familier que Danny en souffrit. Il aurait voulu se serrer contre Jack et oublier son chagrin contre son corps solide et chaud.

Mais déjà, Jack reculait

— Non, grogna-t-il. Pas maintenant. Tiens-toi bien.

Il avait raison. Danny jeta son désir refoulé et sa déception dans la fosse ouverte à ses pieds. Une fois vacant, il lui fut plus facile de bouger. Il recula pour laisser Jack se transformer.

Le loup se secoua, agita avec force sa fourrure fauve et ses énormes muscles. Il grogna d'impatience en regardant Danny.

Il était temps d'y aller.

D'un geste las, Danny ôta ses lunettes et se pencha pour les poser sur son jean. Peut-être, pensa-t-il avec un morne désespoir, allait-il éternellement rester sous sa forme de chien. Prisonnier de Rose, il avait été terrifié à l'idée de perdre son humanité, aujourd'hui, la simplicité sereine du monde canin lui paraissait… une bénédiction. Il se transforma avant que la Nature sauvage s'en charge pour lui.

Le chien se secoua du nez à la queue, pour ajuster ses muscles à son nouveau squelette. La douleur du chagrin existait toujours dans sa poitrine, comme une sourde pression qui lui comprimait le sternum. Le chien avait les muscles crispés, les oreilles couchées.

Il sentait aussi autour de lui le deuil de Danny, plus complexe, avec des notes de ressentiment et de douleur très *très* anciennes, et le sang frais qui envahissait ses sinus.

Jack lui donna un coup d'épaule, assez fort pour que le chien titube et émerge de son état de transe.

La douleur appartenait au passé. C'était atrocement dur, mais c'était déjà arrivé et plus rien ne pourrait l'effacer. Se ronger les sangs ne servirait à rien.

Gregor était le seul humain désormais. Le chien sentait le vide en lui, une odeur tenue censée s'entourer de musc et de fourrure. Mais Gregor restait un prédateur et le chien gronda en le voyant enfouir les doigts dans la fourrure de Jack.

— Cette fois, elle ne s'en sortira pas, déclara Gregor à mi-voix. Soit elle y reste, soit c'est nous.

Sa haine était jaune et amère, comme une charogne pourrissant sous un rocher.

Jack grogna son accord, avant de s'écarter de son frère.

Le soleil n'était pas encore couché, mais la lune se levait déjà dans le ciel, au ras de l'horizon, à peine visible.

Si la déesse était dans son char, une longue nuit l'attendait.

Loin devant, presque perdu dans la grisaille des éléments, l'oiseau crossa son impatience. Jack renversa la tête en arrière et répondit par un hurlement lugubre si puissant qu'il effaça le crépitement du feu et le souffle du vent. Les autres loups se joignirent à lui tout en se mettant hâtivement en formation de chasse. Gregor garda le silence, les dents serrées.

Par nature, un chien n'était pas rancunier, mais si les mauvais traitements duraient assez longtemps, il pouvait apprendre à le devenir.

Gregor avait raison. Il fallait tuer Rose et les prophètes ce soir. Dans ce cas, le chien trouvait plus intelligent de ne pas les avertir. Le chien se tut, même si l'envie de hurler continuait à le tourmenter.

Jack attendit que le silence retombe pour partir au galop derrière l'ombre de l'oiseau, la meute sur ses talons. La neige craquait sous leurs pattes. Gregor les suivit à longues foulées qui dévoraient le terrain. Pour le moment, il ne se laissait pas distancer.

Le chien resta derrière. C'était sa place dans la meute, tout en bas de l'ordre hiérarchique, le dernier à récolter les fruits de la mise à mort, même s'il courait plus vite que la plupart des loups, sur une courte distance au moins.

L'OISEAU VOLAIT et les loups le suivaient.

Le chien savait qu'ils étaient sur la bonne piste. Ni Tom ni Lachlan ne pouvaient se permettre de s'attarder dans la Nature sauvage. Elle gardait les bébés et celui qu'ils avaient volé n'avait même plus le ventre de sa mère pour le garder ancré. Alors, ils avaient traversé les landes par à-coups, à petits sauts. Tous les kilomètres et demi environ, Danny retrouvait l'odeur caractéristique du liquide amniotique sur la neige. Les gouttes de sang toujours humides malgré le temps écoulé depuis le meurtre dessinaient un chemin aussi sûrement que de miettes de pain.

Ce qui restait de Danny dans le corps du chien pensa sombrement à un sortilège, mais c'était plus probablement dû aux déformations inhérentes à la Nature sauvage. Le temps s'était écoulé plus lentement pour les assassins.

Sortilège ou pas, c'était utile.

Le plus frappant, c'était l'odeur de Tom sur la piste, avec ses immondes relents de culpabilité et de terreur, elle s'accrochait à ses pas en fines mèches grises, comme des toiles d'araignées qui collaient à la neige. Cette misérable faiblesse poussa le chien à se hérisser de colère des oreilles jusqu'au bout de la queue. La réaction était trop tardive, la punition peu adaptée au crime. Même si Tom pleurait depuis les Hautes-Terres jusqu'à John o'Groats, village à extrême Nord-est de l'Écosse, cela ne ramènerait pas Kath.

L'émotion heurta le chien comme un marteau une cloche. Il trébucha et sentit Danny prendre plus de place. Le loup devant lui, la fourrure alourdie de givre, se retourna en grondant. Le chien baissa le nez et continua sa course. Pourtant, le loup chercha à le mordre, ses dents claquèrent à quelques poils de son museau. Agacé, le chien gronda. Il acceptait d'être en queue de peloton, soit, mais il ne serait pas pour autant le souffre-douleur d'un loup aigri. La frontière était peut-être minime, mais il y tenait. Et il défendrait sa position.

Le processus était toujours le même. Ce fut le cas aujourd'hui encore. L'agression escalada rapidement, après le grognement, un coup d'épaule assez fort pour renverser le chien dans la neige, puis le calme revint avant que soient alertés les loups de haut rang. La chasse reprit au même rythme.

La Nature sauvage s'estompa autour d'eux, l'air devint incroyablement pur, comme s'il n'était jamais entré dans un poumon, la neige était parsemée de sel fondu. Devant eux, la tempête grondait et formait un mur de gris où neige et grêle s'emmêlaient en martelant le monde, l'amincissant au point de faire apparaître des temps plus ancien.

Le chien avait connu ce paysage toute sa vie, il l'avait parcouru de fond en comble sans ménager sa peine, mais à un mois d'ici, il doutait de retrouver encore le moindre de ses repères.

Devant eux, l'oiseau tomba brusquement du ciel comme une pierre. Il est mort, pensa d'abord le chien, mais alors, les grandes ailes noires se déployèrent et l'oiseau interrompit sa vrille juste avant de heurter un fourré d'ajoncs givrés.

Une seconde plus tard, un «*plop*» sourd renvoya un écho alentour. L'oiseau croassa de colère et fit un brusque écart. Une volée de plumes si noires qu'on aurait dit des ombres furent arrachées de son aile pour flotter jusqu'à la neige.

— Nick ! hurla Gregor.

Se séparant de la meute, il s'élança au galop à travers champs. Les loups rompirent la formation et hésitèrent, sans trop savoir s'il fallait suivre Gregor ou le pourchasser.

Le chien ne l'aimait pas, il ne l'avait jamais aimé, mais à l'heure actuelle, c'était un allié. Il traversa la meute compacte, esquivant corps et fourrures, et se rua derrière Gregor dans un sprint si rapide qu'aucun des loups ne put le suivre.

Le son se répéta. C'était un pistolet, réalisa le chien, ses oreilles bourdonnantes couchées à plat sur son crâne. Gregor avait déjà esquivé le tir et Danny allait beaucoup plus vite que ce que les gens attendaient d'un énorme lévrier noir. La balle suivante lui troua l'oreille, la douleur fut vive, mais il avait connu pire.

Il se jeta dans les ajoncs. Les branches pointues tentèrent de lui arracher l'échine, mais sa fourrure le protégea plutôt efficacement, après tout, c'était son rôle. Danny ignora les touffes de poils qu'il laissait accrochées aux épines et s'enfonça plus profondément.

Il trouva l'homme à plat ventre sur une vieille peau humide, son fusil appuyé sur un rocher devant lui. Une odeur âcre et sèche s'échappait de ses pores et imprégnait le costume en lambeaux qu'il portait.

— Putain de sales bêtes ! cracha-t-il.

Ses lèvres étaient sèches et fendues. Il recula et balança son arme comme une massue. Le canon frappa le chien sur la tête, le métal encore chaud lui roussit la peau près des oreilles. Ignorant la douleur, le chien planta les dents dans le bras de l'homme, déchirant tissus et duvet pour attendre la chair. Le sang coula. L'homme poussa un cri et lâcha son arme. De sa main libre, il tâtonna à sa ceinture, mais le froid rendait ses gestes maladroits.

Le chien planta les pattes dans le sol et arracha l'homme à son poste de tireur embusqué. Gregor le rejoignit et empoigna l'homme par le collet.

L'homme réussit enfin à sortir le couteau de sa ceinture, il le brandit, la lame brilla et se planta dans le bras de Gregor, l'ouvrant du coude au poignet. Son sang avait un parfum d'épices et de métal. Gregor arracha à l'homme son couteau en lui retournant la main. Les os cassèrent aussi facilement que ceux d'un poulet. L'homme poussa un affreux juron et cracha sur Gregor.

Ce n'était pas vraiment un homme, constata alors le chien, plus maintenant, en tout cas. Les os étaient lâches sous la peau, comme s'ils ne savaient plus où se mettre, les yeux secs étaient pleins de colère et de ressentiment. Il ressemblait aux citadins que Rose avait empoisonnés pour servir à ses funestes desseins, avec leurs organes tout détraqués par la boisson dont elle les avait abreuvés.

Gregor secoua sa proie comme un terrier un rat, puis il le fouilla avec brusquerie. Il trouva sur lui un autre pistolet, qu'il jeta dans la neige, et une gourde à laquelle l'homme s'accrocha de sa main cassée.

— Un membre du culte de Rose ! s'exclama Gregor avec dégoût. Ivre de la pisse des dieux !

Il laissa l'homme retomber sur le sol et vida le contenu de la gourde dans la neige. Le liquide huileux bouillonna et tacha le manteau blanc immaculé d'un film gras et irisé. L'homme ricana en exhibant ses dents ensanglantées.

— Putains de monstres ! hoqueta-t-il. Z'êtes des animaux ! Des bêtes !

Gregor haussa les épaules.

— Oui, je sais. Et alors ?

Il assomma son prisonnier et le jeta derrière lui. La meute les avait rejoints. Un par un, les loups approchèrent pour renifler le corps inerte. Gregor se jeta dans les ajoncs pour récupérer le fusil. Le chien plaqua à nouveau ses oreilles à son crâne, inquiet de ce qui allait suivre.

Le fusil jeté sur l'épaule, Gregor se retourna et scruta le ciel. L'oiseau en tombait, secoué par le vent, il atterrit lourdement dans la neige. Puis les plumes s'effacèrent comme des ombres et Nick se releva, sa peau très pâle contrastant avec ses cheveux très noirs. Il serra ses bras autour de lui-même. Il ne frissonnait même pas, c'était une habitude chez lui. Le chien fixa une cicatrice ancienne sur son ventre, comme une grosse corde en relief.

Nick pointa le menton.

— C'est là-bas, annonça-t-il. Et c'est ouvert.

— Un piège ?

Nick fronça les sourcils et pencha la tête sur le côté. Il clignait aussi des yeux, comme s'il voyait autre chose que des loups et de la neige.

— Je ne pense pas, déclara-t-il. Ils préparent… quelque chose.

Il y eut une pause pendant que Jack et Gregor échangeaient un regard, ils avaient les mêmes yeux très verts. Puis Jack agita les oreilles et Gregor hocha la tête. Ils partirent côte à côte vers le bas de la colline, ouvrant la route. Les loups les suivirent.

Le chien renifla l'homme, sans trop savoir pourquoi, puis il courut pour rattraper la queue du dernier loup.

DES FILETS alourdis de glace étaient attachés à des rochers pour cacher l'entrée du bunker, également protégée par une lourde porte métallique. Elle était ouverte, mais le courant d'air atténuait à peine la puanteur ambiante : humains confinés, agitation fébrile, corps consumés de fièvre putride. Les loups hésitèrent un moment à entrer, méfiants et nerveux, puis ils finirent par s'y risquer.

Le chien ne les suivit pas, son attention attirée par une nouvelle odeur dans l'air. Il leva le nez, étudia la neige et goûta le vent. Ce n'était rien, juste un fantôme qui lui hérissa les poils du cou. Le chien émit un sourd grognement nerveux. Devant lui, un gros loup qui exsudait le chagrin se retourna avec un grondement menaçant et un ordre implicite de rester dans le rang.

Le chien recula, les oreilles aplaties, la posture soumise, mais dès que le loup l'oublia pour écouter les instructions de Jack, le chien tourna les talons.

Des années durant, il avait chassé seul dans des rues étroites aux odeurs multiples et enivrantes, quand la nuit était bonne. Il n'était pas un loup, d'accord, mais il savait repérer les traces d'un renard dans une chèvre au curry, la pisse aigre et l'ivresse irisée de l'essence renversée. Parfois, il se fiait à son nez sans même en comprendre les raisons.

Jack était occupé avec son frère et l'oiseau. Les autres loups attendaient leur décision collective pour agir. Le chien s'écarta en silence, le ventre collé à la neige jusqu'à ce qu'il soit hors de vue. Puis il se redressa et tourna sur lui-même jusqu'à ce que son instinct lui indique la direction à suivre.

Ce n'était pas sur la route que la meute avait suivie. Le chien regarda derrière lui, il ne voyait déjà plus les autres. C'était sans importance. Le son portait plus loin et hurler ne lui demanderait pas longtemps.

La puanteur âcre de la décomposition scintillait au pied d'un arbre et les empreintes des odeurs humaines s'attardaient dans l'air comme des taches de graisse.

Quelque part au fond de son esprit, le chien sentit Danny s'inquiéter, mais lui ne se souciait pas des humains. Ce n'étaient pas eux qui l'avaient blessé.

Pas encore.

Le chien remua les oreilles pour repousser cette pensée et s'attela à la tâche d'écarter les odeurs inintéressantes. Il parvenait presque à retrouver la senteur de toile d'araignée qu'il cherchait, forte et humide comme du métal rouillé. Comme…

La connexion se fit et le chien s'arrêta net, en plein élan, planté jusqu'aux chevilles dans la neige. Un sourd grognement monta de sa gorge.

Lachlan.

Étant plus jeune, le chien avait eu d'excellentes raisons de guetter constamment la puanteur de Lachlan. Cela lui permettait en général de ne pas le croiser, surtout quand le loup sadique sentait le sang et le plaisir malsain d'avoir blessé autrui.

Le chien trembla de tout son corps alors qu'il réfléchissait à ce qu'il devait faire. Suivre la piste maintenant qu'il avait l'odeur dans le nez, ou revenir sur ses pas et tenter de convaincre la meute de le suivre ?

Retourner était plus sûr. Si les loups chassaient en bande, c'était pour de bonnes raisons. Le chien fit un pas en arrière, puis il s'arrêta. Et si les loups refusaient de le croire ? Il était un chien. Même un Sannock était plus proche de la Nature sauvage que lui. Le chien ne voyait pas trop en quoi c'était important, après tout, un nez était un nez, mais les autres n'étaient pas du même avis.

Jack saurait sans doute les convaincre, mais… le voudrait-il ?

Ce n'était pas le processus de pensée du chien, mais son alter ego humain comprenait mieux ces choses-là. Alors, il s'élança dans la neige derrière l'odeur de sang versé et de Lachlan. Le vent se leva et la Nature sauvage devint plus présente, comme une main posée sur la tête du chien pour le pousser en avant.

– *Je vous en prie...*

C'était un gémissement, la voix était étranglée et pleine de morve. Elle venait de derrière la butte, juste devant lui. Le chien remua l'oreille et essaya de savoir si la voix était bien celle de Tom.

— J'ai fait tout ce qu'on m'a dit, continua la même voix geignarde. J'ai été un bon chien, un chien obéissant. C'est ce qu'elle voulait. Elle disait que les dieux garderaient les bons chiens.

— Elle a menti ! Elle ment toujours, elle ment à tout le monde. À toi. À moi. Pour toi, cependant, les conséquences seront nettement pires.

Là, c'était bien Lachlan, même si son accent des Hautes-Terres était plus épais que d'ordinaire. Il semblait ivre, mais son élocution n'en restait pas moins parfaitement claire.

Le chien montra les dents et poussa un grognement silencieux. Il étudia aussi le terrain autour de lui. Aucun endroit pour se cacher, juste des pierres et quelques buissons de bruyère qui s'affaissaient sous le poids de la neige. Le chien rampa sur le ventre et tenta d'approcher le rebord de la butte. Le sifflement du vent masquait les bruits de son ascension, le crissement de ses pattes sur la neige. Il arriva enfin juste derrière les deux meurtriers et jeta un coup d'œil à la scène se déroulant devant lui.

Le bébé n'était pas là et apparemment l'alliance entre les deux tueurs avait pris fin.

Tom gisait sur le sol taché de sang, il était nu et blême de froid. On aurait dit un pantin désarticulé ! Ses articulations étaient déboîtées, ses bras et jambes avaient des positions anormales, ses doigts et orteils étaient gris, rigides, ses côtes et sa poitrine enfoncées, les os ressortaient difformes sous la peau cloquée.

Le chien ne reconnut pas la satisfaction vengeresse qu'il ressentait – cette émotion qui venait de Danny. Il coucha les oreilles et la repoussa. Dans son état actuel, Tom n'était plus une menace. Tant mieux. Se réjouir de ses souffrances était un sentiment humain.

Lachlan leva la tête vers le ciel.

— La garce… non, Séléné, corrigea-t-il de lui-même, sera bientôt dans son char. À ce moment-là, tu te transformeras, que cela te plaise ou non. Pourquoi résister ?

Tom se tordit dans la neige et essaya de se relever sur ses coudes cassés. Il n'aurait pas pu aller loin, mais Lachlan se pencha néanmoins, il le saisit par la cheville et tira. La jambe de Tom s'étira d'une façon inhumaine, ce qui lui arracha un hurlement.

Des larmes coulaient sur son visage. Son œil aveugle était injecté de sang. Il éructa un sanglot.

— J'ai fait tout ce qu'elle m'a demandé, pleurnicha-t-il. Je vous ai aidé à tuer Kath. J'ai tenu Bron aussi. Ni elle ni sa mère ne m'avaient jamais fait. Elles avaient même été gentilles avec moi, mais j'ai fait pour… *elle*.

— Tu les détestais pour leur gentillesse, persifla Lachlan. Et elle a apprécié ta servilité à sa juste valeur, mais maintenant, nous attendons un autre service de ta part.

— Pourquoi *moi* ?

Sa voix se brisa.

— Parce que tu as été le seul chien assez stupide pour croire à ton importance, ricana Lachlan. Et elle a besoin d'une autre peau.

Il donna à Tom un coup de botte, le toucha au flanc et fit craquer une côte de plus. Sous la force de l'impact, Tom roula sur le côté.

À ce moment-là, il vit le chien tapi sur la crête. Son visage se tordit de douleur, de haine et… d'espoir.

Il agita sa main boursouflée, le doigt pointé.

— Regardez ! Il y a un autre chien ! Prenez-le ! Prenez-le et laissez-moi partir. Elle n'en saura rien. Je ne dirai rien.

Traître un jour, traître toujours.

Le chien se redressa et dévala la pente à toute vitesse. Il dérapa sur la neige, les pierres glissèrent sous les pattes, mais il se rattrapa toujours au dernier moment avant de basculer.

Jamais il n'avait gagné un seul combat contre Lachlan. Oh, il n'avait pas non plus laissé le loup savourer ses victoires, mais cela ne l'avait pas aidé à guérir plus vite. C'était sans importance. Le passé était écrit, et l'avenir pas encore arrivé. C'était le présent qui comptait, c'était le vent qui sifflait aux oreilles du chien pendant sa course folle, c'était le hurlement qui échappa à Lachlan quand le molosse se jeta sur lui.

Le chien renversa Lachlan et lui arracha la gorge, savourant le goût de son sang. Il changea ensuite de prise et attaqua la clavicule, puis se secoua comme un terrier avec un gros rat. L'os craqua et Lachlan hurla encore.

Il parvint à saisir le chien par la peau du dos et à le jeter sur un rocher. Les côtes fracassées, le chien glissa jusqu'au sol. Quand il voulut se relever, rien ne se passa, ses pattes ne répondaient plus. La douleur irradiait de ses omoplates jusque dans son crâne.

— Bien, gronda Lachlan. C'est toi qui l'auras voulu. Je n'ai jamais supporté ta putain de fierté, je vais te la faire ravaler une bonne fois pour toutes !

Son tee-shirt était en lambeaux. Sous le coton, quelque chose n'allait pas mais le chien ne savait pas quoi.

Lachlan sortit un couteau de sa ceinture. La lame usée était couverte de sang coagulé, même la poignée en était imprégnée. Le chien reconnut pourtant le frêne du manche du vieux couteau. Il venait de la cuisine de Kath. Danny l'avait vu.

Le chien tenta à nouveau de bouger. Cette fois, ses pattes répondirent mais à peine, elles restaient engourdies. Il se releva cependant, ignorant la douleur qui le martelait avec une force renouvelée. Sa colonne vertébrale était en feu, l'agonie descendait jusqu'à ses orteils. Il pantelait aussi, la bouche pleine de sang. Était-ce le sien ou celui de Lachlan ?

— Je te préférerais humain pour cette petite leçon, déclara Lachlan, avec un sourire vicieux. J'aimerais t'entendre me supplier pour toutes les fois où tu m'as ridiculisé.

Cela faisait *beaucoup*. Malgré la douleur, le chien secoua la tête et s'accroupit. Lachlan était prévisible. Il aimait à shooter dans les côtes avant de viser la gorge.

Lachlan sourit encore, exhibant ses dents maculées de sang, puis il se rua en avant et taillada le visage du chien. La lame se planta sous la lèvre et ouvrit la joue jusqu'à l'oreille. Le chien crut aussi perdre un œil, c'était difficile à dire, tant il était aveuglé par le sang qui jaillissait de son entaille.

La brûlure était atroce, elle courait de la blessure à l'intérieur de son crâne. La dernière fois que le chien avait eu aussi mal, c'était en mettant le museau dans un nid de guêpes. Il hurla de douleur et s'accrocha au poignet de Lachlan pour l'empêcher de frapper une seconde fois. Ses crocs grincèrent contre les os et sectionnèrent les tendons. Les doigts ne purent plus tenir le couteau, il glissa dans la neige tassée par la violence du corps-à-corps.

Lachlan poussa un juron et frappa le chien à la tempe, assez fort pour que sa vision s'efface un moment. Pourtant, le chien ne déverrouilla pas ses mâchoires, il ne cessa pas de gronder. Lachlan le frappa à nouveau. Cette fois, le chien lâcha prise. Lachlan recula d'un bond, il trébucha sur Tom, qui hulula, et s'étala sur le cul dans la neige.

Une rapide transformation et Danny se redressa péniblement.

Le souffle rauque, il aspira une bouffée d'air froid et le regretta instantanément. Le vent attisait la douleur de son visage ouvert en deux. Il guérirait, se dit-il, tout en tentant de rapprocher les deux morceaux de sa joue pour cacher ses dents. Il guérirait, quel que soit le temps que cela prendrait.

Le chien chercha à ressortir quand la lune monta à l'horizon, accentuant l'appel de la Nature sauvage. Danny tremblait de la tentation de se transformer, ses os craquaient, l'avertissant que résister serait douloureux. Il avait déjà enduré ce martyre, se souvint-il, durant son premier mois à l'université, tout recroquevillé dans un coin de sa chambre alors que ses os se liquéfiaient et que sa fourrure poussait *en lui* qui tentait de rester humain. Cette fois, Danny espérait que la Nature sauvage serait plus tolérante. Elle l'avait déjà aidé contre les prophètes.

— Où est le bébé ? demanda Danny.

Lachlan se redressa, appuyé sur un coude. Son tee-shirt était déchiré à l'épaule et Danny vit le torse en partie dénudé. Il avait été… écorché, pelé, de larges bandes de peau roussâtre manquaient, elles avaient été remplacées par… Jack. On voyait sur les « greffes » de peau fine les tatouages et les signes tribaux indiquant le haut rang du fils du Numitor. Danny se souvenait de ces tatouages sur son amant alors que l'encre était encore fraîche.

Il recula, pris d'un dégoût inattendu. Lachlan s'empourpra et chercha à cacher l'immonde patchwork qu'il était devenu sous les lambeaux de ses vêtements. Il se redressa et hurla :

— Ne me regarde pas comme ça ! Jack n'est plus rien, moi, je suis devenu prince. Elle m'a donné son titre, sa force. Et ne mens pas ! Tu aurais accepté le marché si elle t'avait offert de devenir un loup.

— Toi, tu étais déjà un loup, souffla Danny.

— Je n'étais pas assez puissant, reconnut Lachlan. Je n'étais rien avant de la rencontrer. Mais depuis, je les ai tous fait plier l'échine, pas vrai ? Même ta mère.

Danny avait la bouche sèche, les lèvres aussi dures que du cuir. Sa peau était en feu, mais était-ce de la fièvre due à l'entaille de son visage ou simplement de la colère ? Il n'aurait su le dire.

— N'importe quoi ! Ma mère te méprisait ! Et je me fiche de tes minables motivations, Lachlan. Aucune excuse ne justifiera jamais que tu aies le sang de ma sœur sous tes ongles.

Lachlan regarda ses doigts et haussa les épaules.

— Je ne sais même pas à qui est ce sang, grommela-t-il.

— Qu'as-tu fait du bébé ? insista Danny.

— Je l'ai donné à Rose !

Il se jeta sur Danny, les griffes en avant. Danny esquiva les mains tendues vers lui et plongea entre les jambes de Lachlan. Une cabriole dans la neige et il se redressa. Lachlan se retourna, mais il se figea en voyant que Danny tenait un couteau.

— Ça ne te sauvera pas, ricana-t-il, le bâtard de Gregor non plus. De toute façon, ce morpion n'aurait pas vécu, il était mal fait, comme le premier, je l'ai vu tout de suite en le sortant du ventre de ta sœur.

— Ça ne répond pas à ma question, insista Danny.

— Et alors ? Je n'ai rien à te dire !

À coup de grandes bourrasques, la Nature sauvage cherchait à arracher les tatouages volés à Jack. Lachlan, la peau hérissée de chair de poule, grimaça et cracha dans la neige. Tom sentit lui aussi le vent se lever, il gémit et roula sur le côté.

Danny fit mine d'attaquer. Malgré ses fanfaronnades, Lachlan recula. Mais ce n'était pas lui que visait Danny, il se pencha sur Tom, le prit aux cheveux et lui trancha la gorge.

Danny eut un haut-le-cœur quand le sang chaud du chien jaillit sur ses doigts, mais il ravala sa nausée. Même si Tom était pathétique, il avait aidé à tuer Kath, Dany n'aurait pas dû se soucier de lui…

Et pourtant.

Tom ouvrit de grands yeux, choqués, abasourdis, il fixa Danny, il essaya aussi de parler. Une larme coula de son œil unique et se perdit dans ses cheveux.

— Je suis… désolé, croassa-t-il. C'est juste… Je voulais…

Si Danny ne se réjouissait pas de cette mort, il se fichait des regrets éprouvés par l'assassin de sa mère. Il lâcha Tom, la tête retomba lourdement et le sang continua à s'écouler dans la blancheur de la neige.

— Dis-moi Lach, où vas-tu trouver la peau que tu es censé offrir à la vieille sorcière ?

Sa voix résonnait bizarrement à cause de sa joue ouverte, la peau de son visage était tout engourdie et son crâne semblait rempli de coton. Et un de ses yeux continuait à ne pas fonctionner. Ces distractions aidaient Danny à repousser son chien qui réclamait une transformation.

Lachlan s'esclaffa.

— C'est très facile, répondit-il. Tu es là, tu feras l'affaire. Hé, tu n'as quand même pas cru que je t'épargnerais sous prétexte que nous nous sommes connus étant enfants ? Au contraire, je n'en prendrai que plus de plaisir à t'écorcher vif !

Danny retourna la pointe du couteau contre sa gorge. Son cœur battait comme un tambour lorsqu'il s'écorcha la peau.

— Où vas-tu trouver une peau ? répéta-t-il.

Lachlan rit de plus belle.

— Pour éviter que je te tue, tu offres de te tuer tout seul ? Je vois mal où est le problème !

— *Ton* problème, Lach, est que tu vas devoir retourner chez ta garce de prophétesse les mains vides, railla Danny. Moi, je n'ai plus rien à perdre.

Lachlan cessa de rire, le visage crispé de perplexité et d'incompréhension. Il se dandina d'un pied sur l'autre. Puis son expression durcit. Dès qu'il esquissa un geste, Danny enfonça le couteau, son sang coula.

Lachlan fit un bond en arrière.

— Tu vas mourir juste pour m'emmerder ? hoqueta-t-il, très offensé.

Danny sourit. C'était très douloureux et la moitié de sa bouche ne coopérait pas.

— C'est de l'espoir, répondit-il. Pourquoi ne pas mourir quand se battre ne sert plus à rien ?

Lachlan frissonna et son visage afficha une terreur mêlée d'horreur – on aurait cru qu'il se haïssait. Il se gratta la poitrine, les ongles plantés dans les tatouages de Jack.

— Quel espoir ? éructa-t-il. J'ai donné à Rose le gosse de ta sœur. Elle va s'en servir pour cette abomination qu'elle a dans le ventre. Pour que… mon fils soit fort et digne.

— Où est-elle ? demanda Danny. Au bunker ?

Il tenait tant à obtenir une réponse que sa voix se cassa.

— Plus maintenant, répondit Lachlan, l'esprit ailleurs. Elle n'a plus besoin d'eux, mais elle n'en a pas encore totalement fini avec lui. Ensuite, vous vous prosternerez tous devant lui.

La main de Danny commençait à trembler, ses doigts étaient gourds et raides. Il retira le couteau de sa gorge.

Lachlan se détendit et ricana.

— Tu as changé d'avis? Tu veux te battre une dernière fois?

— Va te faire foutre !

Danny lança le couteau, la pointe en avant. Instinctivement, Lachlan suivit des yeux sa trajectoire. Danny profita de ce moment de distraction pour se transformer. Le chien se jeta sur le loup, encore sous sa forme humaine. Lachlan tendit les mains, mais il avait mal évalué la distance, le chien passa dessous et fila.

Il avait mal, mais cela ne l'empêcha pas de courir. Ses longues foulées dévorèrent le terrain, la neige giclait sous ses coussinets. Chaque pas était une agonie qui remontait de ses pattes à ses oreilles à travers ses os et son sang paraissait trop chaud. Mais il distança Lachlan dont il entendait les cris de rage et les jurons dans le noir derrière lui.

— Cours, sauve-toi, quelle importance maintenant? hurla Lachlan, presque affolé. C'est trop tard pour le gosse ! C'est trop tard pour vous tous, bande de sales cons ! Plus rien n'arrêtera Rose et vous finirez tous à ses pieds !

XXII

Gregor

LE SANG éclaboussa les murs d'un gris administratif quand Gregor utilisa la crosse de l'arme qu'il avait volée pour marteler le crâne d'un monstre. La créature finit par s'affaisser, sa tête en forme de dôme notoirement enfoncée. Gregor ressentit l'impact jusque dans l'épaule et en éprouva une satisfaction quasiment viscérale. Tenté de continuer à faire de la bouillie du monstre, s'en écarter lui demanda un effort. Moite de sueur, la nuque trempée, il avait la bouche sèche et le souffle court.

Les faux loups des prophètes avaient une odeur si *anormale* que Gregor aurait voulu tous les éradiquer. En revanche, ils guérissaient assez efficacement quand le besoin s'en faisait sentir.

Le monstre à la finition bâclée était étalé sur le sol dans une flaque de sang et de fluides, son corps se contracta et tenta de recoller les morceaux. Gregor bloqua la nuque épaisse sous sa botte et se pencha pour empoigner les rares mèches grises. D'un coup sec, il brisa la colonne vertébrale. Cette fois, le monstre avait son compte. L'odeur âcre de la mort émanait de tous ses pores.

Gregor se redressa et retint un grognement. Sa jambe blessée le brûlait à chaque pas et l'odeur aigre de la plaie lui agressait le nez. Pire encore, il était *fatigué*. Il avait mal partout, ses muscles protestaient d'avoir trop couru, ses articulations étaient toutes raides.

Ce n'était pas nouveau. C'était sa vie sans son loup. Et, comme toute autre douleur, c'était une épreuve à endurer sans mot dire. Même avant l'incendie de la ferme du vieil homme, Gregor était déjà blessé et endolori, il tirait sur ses dernières réserves. Maintenant, il était à bout, à peine capable de continuer à se battre.

La lune affichait sa face plate et ronde dans le ciel nocturne. Gregor avait le ventre en feu, l'appel de la Nature sauvage créant une plaie purulente là où son loup lui avait été arraché.

Le chien de son frère était probablement plus utile que lui au combat. Au moins, il avait eu du temps – *toute sa vie !* – pour s'habituer à ses limitations. Gregor ferma les yeux, il inspira un grand coup et envisagea de baisser les bras. Ce serait si facile…

À peine cette idée l'avait-elle effleuré qu'elle s'effilocha comme une toile d'araignée sous les poids de ses responsabilités.

Et de la culpabilité.

Il n'avait pas connu – et donc pas aimé – le bébé que ces ordures de prophètes avaient arraché à Bron. La première fois qu'il avait engendré un bébé, il avait pris le temps d'écouter le petit cœur battre en posant l'oreille sur le ventre maternel. Au début, Gregor n'avait fait que savourer sa victoire sur Jack : il était le premier à produire une descendance. Mais très vite, cette vanité sans profondeur avait évolué vers un sentiment plus… tendre.

Il n'avait jamais trouvé facile d'aimer. Sauf avec Nick.

L'enfant de Bron l'avait interpellé différemment, il se sentait presque… piégé, comme si l'univers risquait de sombrer si Gregor laissait parler son cœur. Peu importait, l'enfant était *à lui*. C'était même la raison pour laquelle Rose avait envoyé ses laquais arracher l'embryon au ventre de sa mère. Gregor avait une dette envers l'enfant et Bron, il la payerait et rendrait son bébé à la louve.

Il cracha sur le cadavre à ses pieds et s'en éloigna en boitillant. Il ne comptait pas s'arrêter, malgré ses limitations. Ce n'était pas le bon jour pour les accepter. Gregor partit donc au pas de course vers les bruits de combat qui lui parvenait.

La situation ne s'améliorait pas.

LE BUNKER était un terrier, des boîtes en béton reliées par des tuyaux à donner des cauchemars à un plombier. Des odeurs aussi épaisses que de l'huile collaient aux murs, les sons renvoyaient des échos discordants sur les hauts plafonds, les portes ouvertes avaient laissé entrer le froid de l'Hiver, les sols couverts de givre étaient de vraies patinoires, les bouches d'aérations bloquées par la glace cliquetaient bruyamment.

Gregor faillit heurter son frère à mi-chemin dans le tunnel quand, éjecté d'une porte, l'énorme loup traversa devant lui le couloir en volant pour s'écraser sur le mur d'en face. Il grogna sous l'impact et glissa jusqu'au sol, le souffle coupé, les yeux vitreux.

Gregor s'appuya au cadre de la porte et attendit la suite, un peu pantelant encore, mais il se contrôlait.

Le monstre jaillit à son tour de l'embrasure. Il avait des pattes courtes et pataudes, des articulations épaisses, un gros crâne rond couronné d'une touffe de cheveux blancs et de longues oreilles tombantes, comme un chien. La peau sillonnée de plis épais était couverte d'écailles au niveau de la nuque et de la bosse grotesque entre les épaules. La graisse avait été arrachée et des bandes de muscles écorchés pendaient des côtes découvertes.

C'était l'un des monstres que Rose avait apporté avec elle, un vétéran endurci au combat. Il avait perdu l'élasticité anormale de sa transformation et s'était fossilisé comme un vieil os. Il était plus facile à tuer – pas *facile*, juste *plus facile* –, mais plus dangereux à combattre.

Jack se releva, les pattes chancelantes, une oreille déchirée pliée contre son crâne, du sang coagulé autour de son nez. Il baissa la tête et gonfla les épaules sous sa fourrure maculée, un sourd grondement émana de sa gorge.

Le monstre hoqueta un son qui s'étrangla à moitié dans les plis mous de sa gorge et exhiba des babines rouge sombre, comme celle d'un chimpanzé. Il n'avait pas de dents, mais de ses gencives gangrenées sortaient des esquilles d'os dentelées et pointues. Des lambeaux de viande et de cheveux y restaient accrochés.

Quand le monstre se jeta en avant, Gregor leva son fusil à deux mains et l'abattit comme une masse sur un poteau à planter dans un sol caillouteux. Le canon de l'arme était lisse, mais Jack avait déjà fendu la peau calleuse du crâne du monstre. Gregor visa l'entaille profonde et sanglante dans laquelle l'os apparaissait.

Le monstre hurla et se cabra… du moins, il essaya. Les pattes avant hyper musclées étaient si épaisses et si lourdes que les pattes arrière atrophiées n'eurent pas la force physique de les soulever.

Gregor posa le pied sur les côtes de la créature et frappa une seconde fois, fissurant les vertèbres. Les veines éclatèrent, le sang couleur rouge sombre coula. Le monstre se tordit et fixa Gregor d'un œil laiteux et purulent. Sa langue passa entre ses « dents », pendant mollement.

— … mal, dit-il tristement.

— Bien fait, répondit Gregor.

Il enfonça son canon plus profondément dans cette imposture de loup à peau humaine. Ce monstre n'aurait pas dû exister, mais il n'avait probablement pas réclamé ce sinistre rôle, il avait juste eu la malchance de tomber aux mains des prophètes. Gregor le savait, il s'en fichait. Au combat, la pitié était une entrave. Gregor n'en avait jamais. Il n'en réclamait pas non plus. De personne.

Le visage crispé de colère, le monstre tenta d'attraper Gregor, ses bras et jambes s'activant avec la frénésie du désespoir. Gregor sentit ses bottes glisser sous ces gesticulations. Derrière la masse étalée, il vit Jack se ruer à la secousse et tenter de distraire l'attention du monstre. Le loup mordit la patte avant et en arracha un morceau. Sous l'effet de la douleur, le monstre émit un étrange gargouillement de bouilloire et secoua violemment la tête. Il parvint à soulever Jack et l'envoya valdinguer contre le béton. Jack tomba durement. Libéré d'un agresseur, le monstre tourna son attention sur Gregor. Une fois encore, il chercha à le mordre, sans réussir à l'atteindre.

— Meurs ! gronda Gregor. Ça sera mieux pour tout le monde.

Son œil laiteux brillant de colère aigre, le monstre se souleva et se jeta contre le mur. Gregor, pris entre son corps et le béton, se trouva épinglé comme un insecte. Ses côtes craquèrent, prêtes à céder. La poitrine comprimée, il ne pouvait plus respirer. D'un côté, c'était aussi bien, car le monstre empestait.

Conscient d'avoir repris l'avantage, le monstre grogna de satisfaction et se pressa plus encore contre Gregor pour tenter de le broyer.

La douleur se répandit comme une flamme. Le pistolet ensanglanté glissa des doigts de Gregor et sa vision alors devint grise, son univers se rétrécit à la pression sur sa poitrine.

Il se secoua en entendant un croassement rauque. Il leva les yeux et vit Nick tomber comme une pierre du plafond. Les larges ailes noires s'ouvrirent, découvrant de belles plumes irisées, et frappèrent la tête du monstre. Avec des cris de colère, le corbeau planta ses serres dans le front bas et son bec épais s'attaqua au crâne déjà ouvert. Ainsi déchiqueté, le monstre s'écarta de Gregor et chercha à arracher l'oiseau de sa tête. Il le prit par les ailes et le jeta au sol. Nick hurla, une poignée de plumes arrachées, son sang coulait.

Gregor sauta sur le dos moite et agrippa la crinière hérissée de la nuque, aussi urticante qu'une poignée d'ortie. Il vit l'arme sous le corps de la créature, mais ne chercha pas à la récupérer. Il plongea sa main libre dans la plaie béante de la nuque, chaude et humide, avec des tissus en pleine cicatrisation qui bougeaient sous ses doigts. Il serra la colonne vertébrale du monstre, les vertèbres étaient aussi épaisses que son poing et pleines d'esquilles suite aux coups reçus. La moelle épinière était spongieuse et couverte de pustules. Gregor tira de toutes ses forces.

Après une résistance, elle céda enfin. La puanteur était telle que Gregor eut un haut-le-cœur et cracha une gorgée de bile. Il avait cru que rien ne pouvait être pire que l'odeur des monstres, il s'était trompé.

Le monstre hurla de douleur, les yeux exorbités. Il perdit sa coordination et s'écroula, ses pattes ne répondant plus. Son énorme masse sanglante agitée de spasmes, il s'étouffait.

Jack avança sur trois pattes et lui arracha la gorge.

Nick se redressa péniblement et agita ses ailes avec un croassement mécontent. L'une d'elles semblait cassée, mais la guérison serait rapide.

— Je n'avais pas besoin de ton aide, déclara Gregor.

L'oiseau tourna la tête vers lui, ses yeux noirs brillant de scepticisme. Gregor ajouta :

— Sinon, je dirais que tu as pris ton temps pour intervenir !

Nick se transforma et se releva. Il semblait indemne, pourtant, Gregor avait l'odeur de son sang dans le nez. Il le prit par les épaules et le fit se retourner. Des profondes entailles marquaient le dos des omoplates au coccyx.

Nick tourna la tête pour tenter de vérifier les dégâts.

— C'est rien, déclara-t-il. Même sans l'oiseau, j'aurais vite cicatrisé.

Gregor se sentit soulagé que Nick ne garde pas de séquelles de son acte de bravoure. Il n'avait déjà que trop de cicatrices à cause des prophètes. Il n'aurait pas dû intervenir, pensa Gregor.

Il serra rudement les épaules osseuses.

— Sois un peu plus prudent, gronda-t-il. Je t'aime tel que tu es. Je te veux tout entier.

Ce fut le regard de l'oiseau, noir et démoniaque, qui brilla dans les yeux de Nick.

— Même moi ? croassa le dieu charognard.

Ce n'était pas du corbeau dont Gregor était tombé amoureux, mais d'un médecin au nez pointu, doté de mains habiles et efficaces, et d'une obstination hors du commun. Mais sans l'oiseau, Nick serait un cadavre de plus à pourrir dans la terre d'Écosse.

— J'ai appris à te supporter, répondit-il.

Nick et l'oiseau eurent le même sourire.

Gregor lâcha son amant, il recula et essuya ses mains sur son jean, espérant atténuer en partie la puanteur qui les maculait.

— Tu as retrouvé Rose ? demanda Gregor.

En voyant le visage de Nick se marquer de rides attristées, Gregor sentit s'aggraver la tension inquiète qui ravageait son esprit. La Nature sauvage s'agitait en lui, comme pour décider dans quelle direction le pousser. Nick avait largement de quoi détester sa grand-mère, mais le cœur et la raison ne s'accordaient pas toujours.

Nick secoua la tête.

— Non, répondit-il. Je n'ai vu aucun signe d'elle. Bien sûr, la meute n'a pas fini de nettoyer le bunker, mais je doute… Cet endroit ne ressemble pas à grand-mère. C'est trop facile !

Gregor avait du mal à respirer. À chaque souffle qu'il prenait, il sentait protester les meurtrissures et les micro-fractures de sa poitrine. Ses mains restaient rouges et irritées de leur contact prolongé avec la purulence acide du monstre. « *Facile* » n'était pas le qualificatif qu'il aurait utilisé, mais il comprenait ce que Nick voulait dire.

Rose était une vieille louve écossaise pleine de vice et de traîtrise. Si elle n'avait personne à torturer, elle se compliquerait la vie juste pour ne pas perdre la main.

Le combat fini, Jack avait eu du mal à reprendre sa forme humaine. Il était encore à panteler, accroupi à côté du monstre mort, son avant-bras cassé posé sur son genou nu, les cheveux poissés du sang qui coulait d'une plaie à son cuir chevelu.

— Et les prophètes ? haleta-t-il. J'ai vu des monstres et des humains à moitié fous, mais pas un seul loup de fabrication.

Nick commença par secouer la tête, puis il se figea, les yeux fixés au-delà de l'épaule de Gregor.

Gregor sentit sa nuque se hérisser. Pourtant, il savait très bien que même s'il se retournait, il ne verrait rien.

Des coups de feu retentirent au fond du bunker. Une femme hurla de rage, puis éructa des jurons et des blasphèmes. Les grognements féroces des loups leur parvenaient déformés, les sons rebondissant sur les murs épais et le béton des hauts plafonds.

Les tripes nouées par un sentiment d'urgence, Gregor était impatient de bouger. Il avait aussi une alternative : se coucher et mourir.

— Ce n'est pas le moment de papoter ! Où est mon enfant ?

En l'entendant revendiquer sa paternité, Nick serra les dents et reporta son attention sur lui. Il déglutit son aigreur et déclara d'une voix tendue :

— Ils veulent parlementer, déclara-t-il. Ils proposent un échange.

Gregor fronça les sourcils et s'éloigna des spectres que seul Nick voyait derrière lui.

— Avec moi ? grogna-t-il. Je suis prêt à tout leur donner, sauf toi.

Nick se gratta la tête et précisa :

— Il ne s'agit pas *seulement* de toi.

Jack se redressa en s'aidant d'une main sur le mur. Même avec son loup et le battement chaud de la Nature sauvage, il surveillait son équilibre. Une de ses jambes n'était pas encore tout à fait prête à supporter son poids.

— Qu'est-ce qu'ils veulent ? demanda-t-il. Et de qui ?

Nick cligna des yeux, le regard dur de l'oiseau apparut brièvement.

— Ils veulent revenir. Il leur faut votre autorisation.

Gregor retint un grondement. C'était de toute évidence un piège, mais quelle alternative avait-il ? Il échangea un coup d'œil avec Jack et haussa un sourcil. Même s'ils tuaient tous les monstres du bunker, sans les prophètes, cela ne mettrait pas fin à la guerre et d'autres atrocités ne tarderaient pas.

— Bordel ! aboya Jack. D'accord, qu'ils viennent ! Dis-leur que le Numitor accepte.

Une brève colère crispa le visage de Nick. Un peu interloqué, Gregor se demanda ce qui se passait, puis il comprit : ce n'était pas l'expression de Nick, juste un effet miroir.

— Les mots ne suffisent pas, articula Nick. Vous devez les laisser revenir de la même façon qu'ils ont été enfermés.

— C'est mon père qui les a enfermés.

Nick grimaça et jeta un coup d'œil irrité à la forme invisible à ses côtés. Gregor eut une brève vision… *une chair molle et grasse, encore marquée de blessures anciennes*… mais il détourna les yeux. Il ne tenait pas à regarder. Les Sannocks avaient tenté de le tuer. Après avoir vu le charnier laissé par son père pour éradiquer leur race, Gregor comprenait leur rancœur. Mais les Sannocks avaient déjà tué Nick une fois, et ça, il ne l'oubliait pas. Nick avait pardonné à ses assassins, ce n'était pas le cas de Gregor, il ne se fiait pas à la trêve conclue.

— Pour eux ça ne fait aucune… différence, dit Nick. Vous êtes le Numitor, ça leur suffit. Ils veulent être libérés et le seul moyen d'y parvenir est d'utiliser un loup. N'importe lequel.

Jack recula.

— Jamais la meute n'acceptera, déclara-t-il.

— Ce n'est pas aux loups de décider, intervint Gregor.

Quand Jack se tourna vers lui, il ajouta :

292

— Tu es le Numitor pas vrai? Tu as le pouvoir de parler au nom de la meute. Si tes loups n'aiment pas tes décisions, tant pis pour eux, ils n'avaient qu'à réfléchir un peu plus avant de t'acclamer.

Il avait réussi à contrôler sa voix, mais il ne put nier le goût de bile que ses paroles lui laissaient sur la langue. Il s'était résigné à son sort, il savait que privé de son loup, jamais il ne pourrait envisager de diriger la meute, mais ça n'en restait pas moins douloureux.

Jack passa une main nerveuse dans ses boucles emmêlées et collées de sang séché.

— Je ne peux pas leur faire ça! protesta-t-il. Ils ne me pardonneraient pas. Et je serai le premier Numitor sans meute derrière moi. Non.

Nick inclina légèrement la tête.

— Si vous voulez notre aide, c'est la seule solution.

Jack cracha sur le cadavre ensanglanté du vieux monstre.

— Dans ce cas, nous nous en passerons, déclara-t-il. Les prophètes sont ici, quelque part. Nous avons déjà démoli ou brûlé tous leurs autres repaires, nous allons continuer à tuer leurs monstres, ensuite, nous les emmurerons et ils mourront de faim. Il est possible de sceller une cache dans la Nature sauvage, mon père l'a fait pour les Sannocks.

Gregor vit Nick inspirer un grand coup. Quand il expira, de la buée se forma autour de ses lèvres, comme si le froid de l'Hiver avait brusquement forci.

Sa voix aussi sonna différemment, presque un croassement :

— C'est votre dernière chance, déclara-t-il. Il n'y aura pas d'autres demandes.

Trois fois, pas plus. D'après les vieilles histoires, les Sannocks suivaient leurs rituels à la lettre, ils étaient obsédés par les chiffres et les règles. S'ils parlaient d'une *dernière* chance, ils ne reviendraient pas sur leur décision.

Aussi Gregor empêcha-t-il Jack de refuser. Et pour bien marquer le coup, il glissa un couteau émotionnel entre les côtes de son jumeau, cherchant le cœur.

— Si tu refuses, Danny te pardonnera-t-il? Que pensera-t-il de toi si tu laisses encore Rose s'enfuir après les crimes qu'elle a commis? Je te rappelle qu'elle a torturé ton chien, qu'elle a commandité le meurtre de sa mère, qu'elle a arraché le bébé du ventre de sa petite sœur et que c'est lui qui a trouvé sa famille massacrée. Si nous ne tuons pas Rose, il s'en chargera lui-même, il essayera du moins et il est probable qu'il se fera tuer.

Pour une fois, il n'éprouva aucun plaisir en voyant le visage de son frère se crisper de colère et de frustration. Jack et lui avaient passé leur vie à être rivaux, tous deux voulant succéder à leur père au rang de Numitor, être le vrai chef de la meute, pas son ombre. À la place de Jack, Gregor aurait essayé de faire le même choix.

Désormais, il n'était plus qu'un homme, il n'avait ni loup ni enfant. Il n'avait pas le droit de comprendre l'hésitation de son frère.

Jack lui lança un regard noir.

— Depuis quand t'intéresses-tu à ce que pense Danny ? aboya-t-il. Ou à ceux que j'apprécie ? Si tu tiens tellement à l'aide des Sannocks, Gregor, pourquoi ne pas courber l'échine devant eux ?

— Je le ferais, déclara Gregor.

Ce n'était peut-être pas vrai, mais la suite, si.

— Mais c'est toi le Numitor. C'est toi qu'ils veulent. P'pa se fichait de ceux qui l'aimait, Jack, nous y compris.

Jack ferma les yeux pour contrôler sa fureur. Puis il céda.

— D'accord. Fais-le, Nick, fais ce que tu dois faire et eux aussi. Prenez ce que vous voulez de moi, mais si mes loups souffrent à cause de vous, je trouverai le moyen d'éradiquer votre race bien plus efficacement que mon père l'a fait autrefois.

Pour une fois, le vent froid qui souffla autour d'eux n'avait rien à voir avec l'Hiver de loup. Il sentait le renfermé, la colère rance, la haine mainte fois ressassée. Il était si intense que le corps de Gregor se couvrit de chair de poule. Il frissonna aussi, de cette peur atavique du noir et des fantômes qui s'y cachent. C'était d'autant plus étonnant que la plupart des gens, eux, auraient eu peur de lui, Gregor.

Si les Sannocks proposaient leur aide aux loups, ce n'était pas par gentillesse. Ils devaient donc avoir des raisons qui leur étaient propres.

L'oiseau courba les épaules de Nick et claqua du bec.

— Il va vous falloir payer le prix du sang, déclara-t-il. Nous... le regrettons, mais c'est nécessaire.

Jack grimaça et jeta un coup d'œil à Gregor. Quoi qu'il ait voulu, apparemment, il l'avait obtenu.

Il serra les poings et acquiesça, la mine sinistre.

— D'accord.

Nick se transforma. Dans le confinement du tunnel, l'oiseau noir semblait encore plus grand qu'en plein air. Il battit des ailes, éclaboussant les murs gris de son sang, et le vent des Sannocks continua à souffler. Une tornade brumeuse de sang et de froid glacial dessina une longue jambe d'un côté, une aile déchiquetée de l'autre, les méplats de visages presque humains et d'autres créatures qui ne l'étaient pas du tout.

Gregor en eut la nausée. Il faillit détourner la tête, mais alors, il constata que Jack ne bougeait pas. Si son frère était capable de regarder, même parce qu'il y était obligé, Gregor le ferait aussi.

L'oiseau croassa de colère contre les Sannocks et fit claquer son bec quand ils s'approchèrent un peu trop. Ils ne reculèrent pas pour autant.

Frustré, l'oiseau fonça sur Jack et, d'un coup de bec à la précision chirurgicale, il lui transperça l'œil.

Jack glapit et recula en titubant, la main collée au visage, bien qu'il soit trop tard. Du sang et des glaires coulaient entre ses doigts.

Tétanisé, Gregor mit un moment à réagir, sans trop savoir au juste ce qui le retenait, le choc ou la magie des Sannocks ? Il se rua enfin sur Jack et le prit par le bras.

— Laisse-moi voir, ordonna-t-il.

— Dégage, siffla Jack, les dents serrées. Ne me touche pas !

Il avait tellement mal qu'il se plia en deux.

— Ne sois pas idiot !

Gregor lui baissa la main et grimaça en voyant un trou sanglant au lieu d'un œil vert, semblable aux siens. Seul avantage dans ce désastre, la coupure était nette et propre, l'œil avait sauté, mais la paupière était intacte. Elle répondait encore quand Jack clignait des yeux.

Il toisa Gregor avec un rictus sarcastique.

— Maintenant au moins, plus personne ne nous confondra plus. Ce n'est pas trop tôt !

— Ça guérira, souligna Gregor. Même si ça prend du temps.

Jack ravala un gémissement et pressa la main contre son visage, il incrusta ses doigts dans son arcade sourcilière.

— Putain que ça fait mal ! Pourquoi est-ce aussi douloureux ?

— Parce que ce n'est pas fini, croassa l'oiseau de façon inquiétante.

Il s'était posé sur le cadavre. Gregor lui jeta un coup d'œil atone. L'oiseau gonfla ses plumes et frotta son bec sur la nuque du monstre.

Gregor s'écarta de Jack juste à temps. L'orbite énucléée se remplit de glace couverte de givre gris qui ressemblait à une toile d'araignée.

Et qui sentait le Sannock.

Derrière le dos de Gregor, les Sannocks hululaient de joie, puis leur masse glacée lui tomba dessus. Il sentit… *des dents déchirer sa chair et*

briser ses os, il entendit un enfant crier comme si c'était la fin du monde,
une rouquine aux yeux de loup le fit bander alors même qu'elle l'émasculait
de son couteau...

Puis un désespoir profond lui coupa les jambes.

Dans ses bras, Jack cria et convulsa, tellement arqué en arrière qu'il paraissait impossible que sa colonne vertébrale ne casse pas. Le vent agrippa son visage et lui ouvrit les yeux afin que tous les Sannocks y pénètrent. Derrière Gregor, l'oiseau était furieux et ses croassements devenaient assourdissants. Gregor s'accrocha à son frère.

En quelques secondes, les Sannocks avaient terminé et leur vieille rancune maussade s'était répandue dans la Nature sauvage.

Gregor eut un haut-le-cœur, la bouche pleine de viande rance, mais ça n'alla pas plus loin. Il restait aussi protégé des Sannocks que de la Nature sauvage : il n'y avait pas de loup à croquer, juste une cicatrice et un trou plein d'amertume et de ressentiment. Un Sannock s'y engouffra, Gregor le sentit gratter jusque dans les cavités de ses dents, mais n'ayant rien où s'accrocher, il dut s'en aller et retourner dans la Nature sauvage. Et les loups criaient.

Jack était inerte dans ses bras. C'était étrange.

Gregor l'allongea par terre et pressa une main contre son épaule en signe de... gratitude ? Excuses ? Il ne savait pas.

— Étais-tu obligé de faire ça ?

Il avait parlé sans regarder autour de lui. Il entendit un bruissement d'ailes, comme si l'oiseau haussait les épaules.

Ce fut Nick qui répondit :

— Je ne sais pas, admit-il. Les autres le pensaient. Je parle des Sannocks et de l'oiseau.

Gregor grogna.

— Ils savent mieux que nous, je suppose.

— L'oiseau n'a pas été surpris, déclara Nick. À mon avis, il a toujours su que ça finirait comme ça.

— C'est un dieu, Nick, lui rappela Gregor. Même s'il t'aime bien, tu ne peux pas lui faire confiance.

Il gifla Jack au visage, une fois, puis deux. La poitrine contractée, Jack eut un hoquet et aspira une grande goulée d'air froid. Il s'écarta de Gregor et s'accouda pour basculer sur le côté. Il vomit un mélange de bile et de glaires. Ensuite, il s'essuya la bouche sur sa manche.

— Est-ce que tu m'aurais pardonné un jour ce que je viens de faire ? demanda-t-il.

Gregor lui serra l'épaule.

— Ce n'est certainement pas à moi qu'il te faut poser cette question, répondit-il. Je ne t'ai jamais pardonné d'être né.

Des cris d'agonie rebondissaient dans les couloirs en béton. Jack frissonna et utilisa Gregor pour se remettre sur pieds. Du dos de la main, il essuya délicatement sa joue, sous son œil crevé, mais il ne fit qu'étaler les glaires. Nick grimaça d'un air coupable et préféra se retransformer en oiseau.

— Allons-y, déclara Jack. Allons voir ce que j'ai lâché en ce monde.

XXIII

Gregor

L'OISEAU PASSA le premier, se déplaçant à petits bonds prudents qui ménageaient son aile blessée le long de salles bétonnées et désertes. Elles avaient servi à entreposer les fournitures, d'après les cartons entassés, les boîtes et les emballages qui traînaient, mais aussi de salle forte, le genre d'endroit où les humains stockaient ce qu'ils avaient de plus précieux. Gregor enjamba un cadre doré et brisé. Aux coins du tableau, des morceaux de toile restaient accrochés, couverts de peinture bariolée, sans qu'il soit possible de deviner ce que la toile avait représenté. Même si le tableau avait été intact, Gregor n'aurait pas su l'identifier, ses connaissances en art humain avoisinant le zéro pointé.

Jack, à nouveau sous sa forme de loup, le suivait. Sa fourrure sombre était maculée de sang autour des yeux.

Ils virent des cadavres, des monstres déchiquetés dont les visages déformés redevenaient dans la mort étrangement humains. Deux soldats en kevlar, encore armés de leur fusil, s'appuyaient l'un contre l'autre, morts. Ils fondaient comme une glace aux couleurs de leur uniforme.

Plus le petit groupe s'enfonçait dans le bunker, plus il faisait froid. Gregor voyait son souffle fumer devant lui et chaque respiration qu'il prenait lui comprimait la poitrine.

Il s'adressa à l'oiseau :

— Si c'était pour nous attirer dans un piège, pourquoi ne pas nous avoir tués là-haut ? Tu nous aurais épargné ce chemin épouvantable !

Le dieu charognard eut le culot de lui lancer un regard de reproche par-dessus son aile, le bec encore couvert du sang de Jack.

Il s'envola soudain et se posa sur une pile de cartons en mauvais état. Il tourna la tête et lissa son aile, arrachant quelques plumes cassées avec la même méticulosité qu'il avait mise à énucléer Jack.

Les loups arrivèrent un par un du couloir, aussi silencieux que des ombres, les dents découvertes, les épaules gonflées. Gregor comprit soudain ce qu'éprouvait une proie pourchassée en voyant la meute se refermer sur

298

elle. Un étau glacé lui serra le cœur et l'adrénaline se rua dans ses veines, mettant sur sa langue un goût acidulé. À ses côtés, Jack coucha les oreilles et grogna son déplaisir… et son malaise.

Bien que Gregor ait passé quasiment toute sa vie dans la meute, il ne reconnaissait pas les loups qui leur faisaient face. Tous avaient le regard vitreux, la fourrure couverte d'une épaisse couche de givre. Les néons du plafond découpaient leurs silhouettes sur le mur, elles étaient différentes, ce n'était plus de vrais loups, mais… d'autres créatures. L'une avait de fines cornes grises, la ramure d'un cerf, un autre plusieurs longs membres grêles qui évoquaient une araignée géante.

Le Sannock ayant pris l'apparence d'Ellie avança d'une démarche chancelante, conflictuelle, comme s'il tentait de ramper alors que son loup tenait à marcher. Gregor le *sentit* à travers la Nature sauvage, cette sombre sensation d'être au bout d'une ligne avec un hameçon dans les tripes. Il chercha à définir l'émotion du Sannock aux relents éventés et poussiéreux… pas du plaisir, mais une certaine satisfaction malgré tout. Les Sannocks se gaussaient de les voir aussi nerveux et tendus !

Quand le Sannock ouvrit la bouche, ce fut Ellie qui hurla, un cri de loup à la fois suraigu et terrible. Le Sannock dut hausser le ton pour se faire entendre :

— Autrefois, les loups étaient prêts à tout pour avoir un Sannock en eux. Vous nous avez sucé la moelle des os !

La voix était claire et nette. Pourtant, on aurait dit qu'elle venait de très loin.

— Peut-être, admit Gregor. Mais c'est le passé, inutile d'y revenir en boucle. D'après Nick, vous comptez nous aider.

La tête d'Ellie pivota pour fixer l'oiseau. Le mouvement fut si brusque que les vertèbres craquèrent.

— Nous l'avons dit, c'est exact, reconnut le Sannock. Nous avons peut-être menti.

— Non, les Sannocks ne mentent jamais, c'est impossible ! Toutes les légendes s'accordent sur ce point.

Le Sannock-loup eut un haussement d'épaules très humain. C'était d'un effet troublant.

— Les légendes servent à tromper ceux qui les écoutent et qui les croient, c'est même pour cela qu'elles ont été créées. Mensonge au pas, là n'est pas la question, nous avons prêté serment et un Sannock n'a qu'une parole. Nous pouvons vous aider. Nous *allons* vous aider. À condition de garder les peaux que nous allons prendre ce soir.

Jack gronda et fit un pas en avant. Gregor l'empêcha d'aller plus loin en refermant les doigts sur la fourrure de son cou.

— Pas celles des loups, déclara Gregor. Il n'en est pas question.

Le Sannock voulut cracher, mais sans y parvenir. Il n'était pas encore habitué au museau d'Ellie.

— Nous voulons vivre, déclara-t-il, pour apprendre à *mourir* et partir en paix. À court terme, occuper la peau d'un loup est tolérable, mais nous préférerions rester éternellement des spectres que vivre dans un corps avide et toujours affamé. Et même si nous nous abaissions à cette déchéance, il n'y a pas assez de place pour deux.

— Je veux mon enfant, insista Gregor. Nous voulons aussi la gorge de Rose. Tout le reste est à vous.

Le Sannock sourit. Sur le museau d'un loup, l'expression n'avait rien de joviale… mais ce n'était pas l'effet recherché.

— Marché conclu. Puissiez-vous vivre pour le regretter.

Gregor ricana.

— Les loups n'ont pas de temps à perdre avec les regrets, railla-t-il. Si vous tentez de nous trahir, nous veillerons à ce que les Sannocks aient toute l'éternité pour s'en repentir.

Le Sannock acquiesça.

— Suivez-nous.

Il tourna les talons et partit au galop. Le reste de la meute suivit, presque aussi silencieuse qu'avec de vrais loups. Les Sannocks trahissaient cependant leur anormalité par le côté mécanique de leur fouée et leur trop parfait alignement.

Jack s'écarta de Gregor pour les regarder partir. Puis il gémit et jeta à son frère un coup d'œil inquiet.

Gregor devina instantanément ce qui avait alerté son jumeau : Danny ne se trouvait pas dans la meute parasitée par les Sannocks.

— C'est normal, déclara Gregor, c'est un chien, pas un loup. Il ne faisait pas partie de ton marché avec les Sannocks. Et il n'est pas mort, sinon, nous serions déjà tombés sur lui. Si Rose l'a fait prisonnier, nous le délivrerons.

Jack frissonna du nez à la queue, puis il se résigna. Il n'avait pas d'autre option.

LES PROPHÈTES avaient chargé des monstres de garder leur dernier bastion. Quatre des créatures décharnées et écorchées avaient les longs membres d'un lévrier et de lourds muscles recousus qui déchiraient leur peau fine ; le cinquième était presque humain. Le visage enflé, les yeux injectés de sang, profondément enfoncés et glaireux, il se tenait droit avec un fusil dans les mains.

Le premier tir éclata, la balle effleura la meute des agresseurs à quatre pattes. Un loup noir reçut la seconde à l'épaule et son voisin, un loup fauve, trébucha, la patte brisée. Il se stabilisa et continua à courir, bien que des éclats d'os et de chair s'écoulent de sa plaie béante. Le silence était total.

Jack frissonna de fureur et se jeta dans le combat.

Les monstres décharnés chargèrent les loups-Sannocks qui les entouraient. On aurait dit des terriers géants s'attaquant à des rats. Pattes griffues, doigts épais et crocs firent des ravages parmi les loups assez malchanceux pour se mettre à leur portée.

Aucune blessure, aussi gore soit-elle, ne ralentissait les Sannocks. Ils ne prenaient même pas le temps de laisser la Nature sauvage les guérir. Ils se redressaient et revenaient au combat, plantant leurs dents dans les monstres et ralentissant leur cicatrisation. La chair infectée et flétrie séchait en plis durs, comme du vieux cuir souillé.

Jack, mêlé aux Sannocks, harcelait avec eux les monstres décharnés. Il mordit une cuisse jusqu'à l'os et arracha viande et cartilage. Il se jeta ensuite sur une oreille pour détourner l'attention du monstre qui affrontait un loup.

Gregor étudiait le combat de loin. Jack était plus vif et agile que les faux loups qui l'entouraient, comme si les Sannocks, en parasitant la meute, ralentissaient ses instincts prédateurs. Gregor eut une sombre grimace. Les Sannocks étaient peut-être leurs alliés dans cette bataille, mais ils détestaient depuis toujours les loups de la meute écossaise. Et c'était compréhensible, puisque les deux races revendiquaient le même territoire.

Un des monstres tourna la tête. Il avait de fins sourcils noirs et arqués, et des orbites déformées. Chez ces ignobles créatures, certains traits restaient parfois à leur position initiale même après leur mutation, ce qui ne faisait qu'accentuer le grotesque de leurs déformations. La tête arrivait sur lui comme un marteau-piqueur, Gregor esquiva et son pied glissa sur le sang qui maculait le sol. Il tomba lourdement et son genou se tordit. Gregor poussa un cri de douleur et de rage, puis il donna un violent coup de pied dans la gorge de son agresseur.

La trachée brisée, le monstre hurla et se cabra, les yeux aussi exorbités qu'un crapaud géant. Un Sannock lui sauta dessus et le frappa à la poitrine.

Le monstre bascula et les deux adversaires devinrent une masse informe de griffes et de fourrure.

Gregor se redressa et repartit au combat.

Le monstre presque humain avait reculé pour garder la porte. Il plissait les yeux sous ses arcades osseuses et tirait droit devant lui, sans se soucier de qui il atteignait, les loups ou les monstres, ses alliés. Gregor jura et plongea vers le sol, les oreilles sifflantes. Deux loups prirent une balle dans la tête et tombèrent comme une pierre, la brume s'effaçant de leurs yeux. Peut-être auraient-ils pu se relever, probablement pas, mais *peut-être*. Ils n'en eurent pas le temps, les monstres les déchiquetèrent.

Les deux Sannocks sortirent des cadavres dont ils abandonnèrent les fourrures comme de vieux manteaux usagés et replongèrent dans le combat. En tant que spectres, ils avaient moins d'impact, mais ils n'en asticotèrent pas moins les monstres, distrayant ainsi leur attention.

Gregor grinça des dents. Il aurait préféré voir les Sannocks mourir et les loups se relever. Lui, en tout cas, le tenta. Sa chute avait été brutale, il avait les côtes cassées et le souffle coupé. Une décharge d'adrénaline le propulsa debout. Jack ne pouvait pas se permettre de perdre trop de loups, sinon, il serait inutile. À Gregor. À la meute.

Le tireur releva son arme, il visait Jack, dont la fauve fourrure était facile à distinguer parmi celles, totalement givrées, des autres loups. Profitant de la concentration du tireur sur sa cible, Gregor inspira un grand coup, les poumons douloureux à cause du froid, et s'élança vers lui. Il bondit par-dessus un Sannock qui se trouvait sur son chemin, esquiva le vicieux coup de patte d'un des monstres et ignora le sang qui coulait sur son bras d'une profonde entaille à l'épaule.

Un autre monstre se dressa devant lui en hurlant, la peau grise et boursouflée de pustules. L'un des Sannocks désincarnés était suspendu à sa gorge, les doigts enfoncés profondément sous la peau ; l'autre avait les dents plantées dans sa poitrine. Et le monstre fixait Gregor.

Sans s'arrêter, Gregor baissa la tête et fonça droit devant lui. À la dernière seconde, il se laissa tomber à terre, sachant de sa récente expérience que la glissade était facile. Il passa entre les jambes du monstre. Ce dernier tenta de se baisser et faillit basculer. Un Sannock en profita pour trancher le cou flasque.

Quand Gregor se releva, il faisait face au canon du fusil, pointé sur lui. Le tireur le fixait de ses yeux cernés de croûtes, à quatre mètres de distance. Gregor sut que jamais, sur deux jambes humaines, il ne franchirait la distance à temps pour éviter une balle.

Il courut quand même comme un dératé. La Nature sauvage qui crépitait sous sa peau ne put le transformer, mais Elle n'en calma pas moins ses articulations douloureuses et lui donna la force inextinguible qui permettait à un loup de courir sous la lune sans jamais se fatiguer, aussi rapide que le vent. Gregor couvrit les deux tiers du terrain avant que le tireur puisse réagir. Ce qui restait insuffisant.

Gregor vit le doigt du monstre presser la gâchette, son ouïe aiguisée par la Nature sauvage perçut le sang de la créature pulser dans sa gorge, il entendit aussi le « *clic* ».

Le monde ralentit. Gregor montra les dents dans un dernier grognement de frustration. La mort, il l'acceptait, c'était l'échec qui lui restait coincé dans la gorge.

L'oiseau noir s'écrasa sur la tête du monstre, ses serres acérées plantées dans le crâne, le bec épais l'ouvrant comme une noix.

Ce bec était en fait une arme redoutable.

Le monstre poussa un hurlement et releva son arme d'un mouvement spasmodique. Il tira en même temps. Une seule balle siffla à l'oreille de Gregor, les autres se perdirent au plafond, éclaboussant la mêlée confuse d'éclats de béton. La dalle trembla.

— Nick ! cria Gregor. Va-t'en ! Vite !

L'oiseau l'entendit, il replia ses ailes noires et lâcha sa proie avec un croassement frustré. Le sang jaillit. Gregor percuta le monstre, il empoigna le fusil à pleines mains et se brûla les paumes, et il l'écrasa dans le visage grossier. Le monstre fit un pas en arrière, puis il pivota et plaqua Gregor à la porte.

Si fort que sa tête résonna comme une cloche.

Le monstre lâcha son arme et attrapa le crâne de Gregor, les doigts serrés comme un étau, les ongles plantés dans les paupières. La bouche aux lèvres déchiquetées par un excès de dents de lamproie se tordit et tenta de parler :

— T'sras comme moi… affreux… cicatrices

Il plissa les yeux, ce qui fit craquer les croûtes de son visage. La pression montait dans le crâne de Gregor, comme une brûlure qui pulsait au rythme de son cœur. Il commençait à ne plus pouvoir se concentrer au-delà de la douleur et du sang qui coulait sur son visage. Peut-être avait-il

303

gagné d'une certaine façon, puisque le monstre ne tirait plus sur la meute. Il pouvait se laisser mourir.

Non, merde ! Il eut un sursaut qui aggrava ses maux, il fit l'effort de lever les bras levés et attrapa la tête du monstre pour enfoncer les doigts dans l'entaille laissée par l'oiseau. L'os craqua et se fendit, accentuant la fracture qui existait déjà. Le crâne s'ouvrit en deux comme un œuf, du sang et de la matière grise giclèrent sur les mains de Gregor.

Le monstre poussa un hurlement de chien et fit claquer la tête de Gregor sur la porte, l'aveuglant presque, mais il n'avait pas besoin de voir pour continuer à creuser dans la cervelle du monstre. Pour empêcher une guérison rapide, il causa autant de dégâts que possible.

Les grandes mains lâchèrent enfin prise, le monstre tituba en arrière, puis s'effondra lourdement, le crâne béant, des matières immondes coulant sur le sol. Gregor s'essuya les doigts et regarda autour de lui.

Les Sannocks avaient abattu le dernier monstre décharné, Jack lui déchirait les tripes. Il était couvert de sang et seul son œil vert mettait un peu de couleur dans le magma monochrome.

Gregor s'essuya les yeux et se retourna pour tenter d'ouvrir la porte. La poignée refusa de bouger. Furieux, Gregor poussa un juron et la frappa du poing.

Nick intervint :

— Si tu as accès à la Nature sauvage, vas-y et passe de l'autre côté.

Jack, toujours en loup, grogna son désaccord.

— Il a raison, déclara Gregor, c'est dangereux. Nous demandons accès à la Nature sauvage, parfois, Elle accepte. Ensuite, nous espérons qu'Elle nous laissera sortir, mais ça arrive *quand* ça Lui chante et *où* ça Lui chante. Le problème est que Rose a déformé la trame de la Nature sauvage. Si nous y allons, nous risquons de ne plus jamais en sortir, ou d'atterrir au beau milieu d'un mur.

Soudain, James poussa un cri rauque et cassé comme s'il n'avait cessé de crier sans se faire entendre depuis que le Sannock le possédait. Sa voix n'en fut pas moins parfaitement audible :

— Les loups ! Ils ne sont qu'appétit, avidité et colère ! Vous avez la chance des bâtards et des salauds. La Nature sauvage vous accueille et c'est la seule qui le fera jamais. Les Sannocks sont vieux et sages, autrefois, Elle nous aimait. Écartez-vous.

Gregor hésita. Il n'était pas dans sa nature de respecter les Sannocks, encore moins de leur obéir, mais il était conscient d'être dans une impasse. Alors, il s'écarta.

Le Sannock de James avança vers la porte à foulées silencieuses et se dressa sur ses pattes arrière. Il posa le nez sur le verrou et chuchota. Gregor essaya d'écouter, mais un maléfice aussi collant que du goudron lui englua le cerveau. Gregor recula, choqué. Aussitôt, il sentit ses idées s'éclaircir. L'oiseau se posa sur son épaule et, en cherchant à retrouver son équilibre, il heurta Gregor à l'oreille d'une aile battante. Gregor caressa le bec dur et tiède, gravé d'ogham [21].

— Je pensais déjà détester les Sannocks, déclara-t-il. Mais les voir en peau de loup me démontre que j'en étais à peine au premier niveau.

L'oiseau coassa à son oreille. Gregor considéra qu'il s'agissait d'un assentiment.

Un cri de surprise retentit derrière la porte, des coups résonnèrent sur le panneau, assez forts pour le secouer tout entier. Gregor échangea un rapide coup d'œil avec Jack. Ils n'eurent pas à parler pour se comprendre.

Si les Sannocks leur avaient tendu un piège, ils saigneraient avant d'en tirer profit.

La porte bougea encore, un filet de sang épais coula par dessous. Puis elle s'ouvrit et un homme entra d'un pas vacillant, il avait le front marqué d'une cicatrice récente et du désespoir dans les yeux.

C'était Boyd, le soldat que Gregor avait laissé pour mort dans la neige, maintenant, sur pieds et... de leur côté ? Il tenait dans une main un lourd couteau à la lame enduite de sang.

Il lâcha le couteau et tomba à genoux

— Voilà, dit-il. J'ai fait ce que vous aviez demandé. À vous de tenir votre part du marché à présent.

Il paraissait au bout du rouleau et il sentait la mort, pas la puanteur fiévreuse des monstres, juste la mort.

Le Sannock s'exprima à travers les bruyants sanglots de James :

— Nous avons conclu un accord, déclara-t-il, nous nous y tiendrons. Mais quand tout sera fini, pas avant.

Il fit claquer ses dents grises quand Boyd tenta de protester. Conscient de n'avoir aucun recours – à qui ferait-il appel pour obtenir justice ? –, le soldat s'affaissa comme un jouet au rebut, les mains relâchées sur les genoux, paumes vers le haut.

Le Sannock le dépassa sans un regard et entra dans la salle de sécurité que Boyd était censé protéger.

---

21 Alphabet antique des monuments en pierre d'Irlande et de Grande-Bretagne.

Un prophète hargneux enveloppé dans une vieille peau desséchée en lambeaux semblait vouloir rattraper Boyd. Il parut extrêmement choqué en voyant la meute Sannock lui bloquer le passage, mais il était trop tard pour qu'il fasse demi-tour. Jack poussa Gregor et sauta sur le prophète d'un bond souple et puissant. Il heurta sa proie à l'estomac et roula avec lui sur le sol en une masse confuse de grognements et de coups de dents. Les loups-Sannocks les cernèrent, certains planant au-dessus d'eux. Le prophète déchira Jack d'un coup de griffes, mais la fourrure épaisse du loup, collée de substances diverses plus immondes les unes que les autres, le protégea. En revanche, la peau du prophète se fendit comme du skaï quand Jack planta ses crocs dans la gorge et secoua la tête en grognant.

— Non ! cria Ailsa.

Elle poussa un cri de frustration et éjecta loin d'elle un humain récemment transformé et encore fiévreux. Dans son impatience, elle fit tomber le flacon en argent qu'elle tenait et un liquide huileux – le poison des prophètes, supposa Gregor –, se déversa sur le sol. Depuis leur dernière rencontre, Ailsa avait rafistolé son loup mal taillé avec une nouvelle fourrure, grossièrement tannée à l'urine et encore assez fraîche pour puer. Des poils roux se mêlaient aux anciens, gris et noirs.

Ainsi, Ewan était mort ? Gregor ne le regrettait pas, mais par principe, il ne comptait pas laisser à Ailsa la peau du grand-père de Nick.

La prophétesse trépignait de rage.

— Vous ne devriez pas être là ! C'est trop tôt ! Nous ne sommes pas encore prêts ! Vous devriez être morts ! Pourquoi n'abandonnez-vous pas ? Pourquoi ne mourez-vous pas ?

Gregor montra les dents.

— Nous sommes des loups, répondit-il. Nous sommes aussi les fils du vieil homme. Nous mourrons un jour, c'est certain, mais nous n'abandonnerons jamais.

Le loup-Sannock avançait, les oreilles collées au crâne, les babines découvertes exhibant ses crocs. Il marchait lentement, un pas après l'autre.

Les prophètes survivants du bunker étaient agglutinés derrière Ailsa autour d'un feu à même le sol. Ils enfonçaient les mains dans les braises, leurs doigts étaient brûlés et gonflés de cloques. Une poignée de soldats alimentaient le feu avec des morceaux de chair crue et des peaux de chien roulées et salées qui répandaient une atroce odeur de poils carbonisés. Le reste des soldats étaient debout au fond de la pièce, à observer la scène, fascinés par le scintillement des flammes et la fumée noire qui montait au plafond.

Gregor jeta un coup d'œil alentour tout en faisant le décompte : dix prophètes, onze en comptant celui que Jack étranglait. Il devrait y avoir plus, malgré tous ceux déjà tués. Certains auraient-ils retrouvé la raison et tourné casaque, fuyant Rose et ses diaboliques desseins ?

Rose n'était pas là, le bébé non plus, Gregor le sentait. Sous l'âcreté de la fumée, la douceur miellée d'un nouveau-né mélangée de sel et de cuivre restait suspendue en l'air, mais diffuse. C'était la trace d'un passage, pas d'une présence.

— Où est le bébé ? demanda-t-il.

Ailsa éclata de rire et but une gorgée de potion. Elle frissonna et fit une grimace dès qu'elle en eut le goût sur la langue.

— Tu arrives trop tard, répondit-elle. Trop tard pour lui. Trop tard pour nous. C'est l'heure. Tuez-les.

Gregor se raidit.

Les prophètes retirèrent leurs mains du feu, des cordes de tendons enroulées autour des jointures. Leurs corps se mirent à crépiter et à éclater, leurs poitrines s'épaissirent et un loup en sortit. Un rauque grognement collectif déchira des cordes vocales asséchées, puis les prophètes se jetèrent sur les soldats et les massacrèrent à coups de griffes, à coups de dents.

Les humains tombaient, la gorge tranchée ou la nuque cassée. Pire encore, ils ne résistaient pas, ils s'étaient même alignés, impatients de subir le sort de leurs congénères dont le sang grésillait sur le feu.

Les Sannocks se mirent à rire, un son discordant qui se perdit dans les cris des loups.

— Trop tard, trop tard, chantaient les êtres d'un autre âge d'un ton moqueur. Tout est arrivé trop tard ce soir. Les loups, les prophètes et les dieux, tous ceux qui ne sont jamais venus quand nous les avons appelés. Trop tard, allons-nous aussi leur dire.

Ils s'élancèrent en même temps du même bond puissant, ils se jetèrent sur les prophètes et les soldats encore debout et ne firent pas de quartier. Le sang aspergea le feu en telle quantité que les flammes s'étouffèrent.

Les jumeaux du vieil homme, Gregor et Jack, un humain et un loup, reculèrent en silence et regardèrent le massacre.

Et c'était assez étrange, parce qu'après tout ce qu'ils avaient traversé pour arriver jusqu'ici, cette boucherie ne les concernait pas.

La leur restait à venir.

XXIV

Nick

L'OISEAU SENTAIT l'agitation de Nick au fond de son cerveau, mélange de culpabilité et de colère. Il ne l'avait pas prévenu de la nature du prix à payer, pas avant que l'œil ait glissé dans leur gorge.

C'était une coutume Sannock, une dette de sang que les loups devaient payer, non un simple troc. En son for intérieur, l'oiseau admettait ne pas avoir *pris plaisir* à cette énucléation, mais il avait tenu son rôle dans le marché… Et le sacrifice de Jack les avait menés à ce moment viscéral, à tout ce sang répandu sur le béton, à cette puanteur de fumée et de viande carbonisée.

Mieux valait que Nick attende. C'était plus sûr. L'oiseau tordit le cou pour positionner son bec contre son épaule et nettoyer le sang qui le maculait. Ce n'était pas encore terminé.

Les Sannocks mirent les prophètes en pièces, ne laissant d'eux qu'un amas de peaux sèches, des morceaux de viande et des débris d'os. Ils avaient payé pour cela, mais ce n'était ni leur douleur ni leur sang. Pas cette fois.

Alors que les prophètes tombaient, combattaient ou essayaient de fuir, les soldats finirent par réaliser que l'exécution qui les attendait n'était pas celle qu'ils avaient acceptée. Ils tentèrent de se reprendre. James Malloy, l'homme qui avait convoité Nick dans son lit d'hôpital, avait sur le nez des lunettes cassées et un bras à moitié arraché, qui ne tenait plus que par quelques tendons, quand il s'interposa entre Ailsa et un loup-Sannock.

Cela se passa assez mal pour lui, bien entendu.

Le loup-Sannock le renversa et lui arracha le ventre. Ensuite, il mordit à pleines dents dans les tripes exposées, sa fourrure grise éclaboussée de sang. L'oiseau cligna des yeux et une autre vision lui apparut : il vit les serpents filiformes de Loki jaillir de l'estomac de l'humain éventré. Ils se tordaient, encore translucides, mêlés à des morceaux de pain à moitié mâchés et à des flaques de bile.

Malloy ne parvenait même pas à hurler, ses poumons déchiquetés battaient comme des soufflets sans que l'oxygène y pénètre.

L'oiseau quitta son perchoir et battit des ailes pour prendre de la hauteur dans l'air froid et immobile. Il sentait la pression du sol au-dessus des tunnels, le mécontentement de la terre violée et envahie. Ce n'était pas l'ordre normal des choses. En principe, les oiseaux ne volaient pas sous terre.

Par chance, il n'était pas *uniquement* un oiseau, aussi volait-il là où bon lui semblait.

Dans le passé, un temps si lointain que l'oiseau se souvenait juste de s'en souvenir, beaucoup d'autres «créatures» venaient pour les morts. Les champs de bataille étaient très courus, chaque cadavre déclenchait une frénésie chez les charognards et tous entraient en lice pour passer le premier à table.

Plus maintenant. *Pour le moment*, du moins.

Nick frissonna à cette correction. L'oiseau n'en tint pas compte. Malloy mort et pris dans les airs restait attaché à son cadavre par la corde de ce qu'il avait été, de ce qu'il avait vu et recherché. Le répit ne durerait pas. Le venin des serpents n'avait pas œuvré assez longtemps pour ramollir les tissus et décoller les lambeaux.

Le corbeau s'envola et traversa le mort. Ses plumes hérissées par le feu du combat récupèrent quelques bribes de souvenirs… *le goût du café, un lever du soleil, la sensation de la cuisse de Nick sous sa main…* L'oiseau referma le bec pour couper court à ce qui restait.

Ce qui l'intéressait au fond, c'était les morts et les suicidés. Le soldat était un peu les deux, car il avait offert sa gorge aux prophètes bien avant que le Sannock la lui l'arrache. Quoi que la mort ait voulu garder, l'oiseau recracha ce qu'il avait pris dans le corps.

Même la Nature sauvage avait des règles. Même les dieux. Pour marcher en tant que mortel, il fallait une âme mortelle. Pour mourir, il fallait un être qui connaisse la mort… et le Sannock n'avait ni âme ni mortalité.

Pendant un moment, l'oiseau goûta l'horreur de Nick, son hésitation, son ressentiment même en réalisant la manœuvre des Sannocks, mais tout était déjà joué.

Au sol, un loup ouvrit la gueule cramoisie et vomit une créature à moitié formée de mémoire et de brume. Le Sannock se tortilla dans la viande crue, il s'enveloppa de morceaux de foie et d'intestin, il ouvrit les yeux du cadavre. Leur couleur d'origine avait disparu, les prunelles étaient dorénavant grises comme des toiles d'araignée autour d'une pupille argentée.

Le loup libéré s'éloigna d'un pas vacillant, une bave grasse accrochée à ses lèvres. Il faillit s'effondrer en faisant porter son poids sur sa patte arrière luxée. Il poussa aussi un gémissement paniqué en voyant le Sannock replier les tripes dans le ventre de Malloy et se lever. La chair fondit et se referma. Une fois debout, l'homme était plus grand, plus pâle et… différent. Des bourgeons de cornes, encore en velours, pointaient à travers ses tempes. Il se dressa sur les orteils et s'étira en faisant craquer ses os. Une fourrure dense et courte, brune comme l'écorce d'un hêtre, poussait sur ses pattes et ses pommettes. Il regarda autour de lui, il sentait le pin et le musc boisé.

Il sourit aussi, c'était terrible. Ailsa, dans sa peau volée, gronda son défi et se jeta sur lui. Le Sannock la prit par le cou, il enfonça les doigts et les ongles dans la gorge flasque, sans paraître se soucier que la prophétesse lui déchire la poitrine de ses griffes. Puis il se pencha sur elle et ouvrit la bouche comme pour chuchoter un secret à l'oreille déchiquetée. Au lieu du brame guttural d'un cerf, le Sannock émit un son rauque et profond absolument épouvantable.

Ailsa convulsa, les yeux exorbités, le souffle coupé par la prise du Sannock verrouillée sur sa gorge. Il la secoua deux fois, puis arracha le loup volé qu'elle portait. La peau partit avec un bruit de déchirure humide, les points de suture lâchèrent et Ailsa se retrouva nue, exposant sa chair rose et grasse. Le Sannock lui cassa le cou et la jeta comme un détritus avant de bramer encore. Le son résonna sur les murs, la peinture grise s'écailla et tomba.

Les prophètes encore à genoux tressaillirent, du sang coula de leurs oreilles et poissa leur fourrure. Certains tentèrent de se relever, pris de terreur.

Les Sannocks ne leur en laissèrent pas le temps. Quelques prophètes se battirent un moment, la plupart tombèrent sous la ruée de la meute.

L'oiseau s'envola pour attraper un autre mort dans son bec. Un autre Sannock prit son corps et se releva… et un autre.

Tous les prophètes finirent par tomber.

LES LOUPS étaient vautrés sur le béton taché, appuyés contre les murs. Ils haletaient, leurs langues déchirées en rubans, leurs flancs battant fort sous les fourrures ternes et fixes. Être parasité par un Sannock mort n'était pas une mince affaire !

Pas pour les vivants, en tout cas.

L'oiseau baissa la tête et lissa les plumes de ses ailes.

— Nick !

L'oiseau étendit ses ailes aussi loin qu'il le put, les muscles tendus sous ses plumes, puis les ramena contre ses flancs. Il se replia, se nicha dans une boule de douce obscurité à l'intérieur de lui-même et accepta la transformation.

Nick chancela de surprise en redevenant humain. Son corps lui semblait trop long, étranger et nu. Gregor le rattrapa par le coude pour l'aider à retrouver son équilibre. Peu à peu, Nick se reprit.

— Savais-tu ce qu'ils comptaient faire ? demanda Gregor durement.

Quand Nick ne répondit pas, Gregor lui serra l'épaule assez fort pour lui faire mal.

— Nick. Qu'ont-ils fait *au juste* ?

Ce fut le cerf-Sannock qui répondit :

— Les loups ont pris ce qui nous appartenait, ce qui était essentiel à notre survie : nos peaux, notre magie, notre chair. Alors, nous avons pris ce que les loups avaient offert aux dieux. Des corps assez vides pour être à nouveau remplis.

Une terrible rancœur se cachait dans sa voix, coincée par la formulation des mots. Nick frissonna d'une peur atavique, celle des créatures de l'ombre, cette peur qu'il avait passé la majeure partie de sa vie à essayer de nier, en prétendant que cela venait de son imagination.

Gregor tira Nick et se positionna devant lui, faisant de son corps un rempart.

— Et maintenant ? demanda-t-il. Pensiez-vous vraiment que nous allions nous croire quittes ? Notre peuple a massacré le vôtre, il vous a éradiqués de cette île. Si j'étais à votre place, je voudrais nous voir six pieds sous la bruyère !

Le cerf-Sannock exhiba des dents blanches émoussées, des dents d'herbivore, pourtant souillées de lambeaux de peau.

— Vous avez joué avec les dieux, loup. Ils se sont jetés sur la porte ouverte par vos prophètes et la leur ont claquée au nez. Votre mort ne sera que *le début* du remboursement de votre dette envers nous.

À l'arrière de sa tête, Nick sentit l'inquiétude de l'oiseau à cet avertissement menaçant. Les dieux, il le savait, ne les apprécieraient pas plus, lui et l'oiseau, que les loups l'avaient fait. En fait, l'accueil serait probablement pire, mais le mal était fait, aussi les regrets venaient-ils trop tard.

Des regrets ? pensa Nick, avec amertume. Quand avait-il eu son mot à dire quant à ses options ? L'oiseau reconnut la vérité de sa protestation avec une brève lueur d'humour noir. Tous deux tombèrent d'accord sur le fait qu'ils avaient agi pour le mieux, compte tenu des circonstances.

En vérité, Nick n'avait jamais eu le choix, même si les loups, désormais, ne l'acceptaient plus jamais. D'après lui, ils ne l'auraient pas fait non plus au départ. Nick ne regrettait rien, à condition que le sacrifice soit payant.

Il donna un coup de coude à Gregor.

— Les dieux peuvent attendre, déclara-t-il.

Puis il se tourna vers les Sannocks. C'était étrange de les voir solides et matérialisés.

— Pas le bébé, ajouta-t-il. Où est ma grand-mère ?

Le cerf-Sannock le regarda pensivement.

— Qu'avons-nous à gagner en vous la donnant ? Nous avons à nouveau des corps, des jambes et des pattes.

Pour illustrer ses propos, il tapa du pied... ou du sabot. Les Sannocks dans leurs nouveaux corps se mirent à siffler et à rire. Ils paraissaient presque ivres de cette renaissance.

Le persiflage reprit :

— Pourquoi nous battre encore pour vous ? Pourquoi prendre le risque de vous aider, alors que vous avez déjà laissé Rose vous échapper, non pas une fois mais deux ?

Cette fois, ce fut Nick qui tint Gregor par l'épaule, ce fut aussi lui qui parla le premier :

— Vous imaginez *vraiment* qu'elle va vous laisser tranquilles ? Ou qu'elle va renoncer à ses projets ?

Le Sannock roula des yeux. Nick avança d'un pas, vaguement conscient d'être nu, ses parties les plus vulnérables exposées aux éléments. Il repoussa cette panique pour plus tard.

— Rose est ma grand-mère, enchaîna-t-il, elle n'est pas du genre à pardonner, à oublier ou à baisser les bras. Jamais ! Si elle décide qu'elle ne peut ni vous soumettre ni vous contrôler, elle vous détruira sans se soucier de savoir si vous nous avez aidés ou pas.

Le Sannock lui tourna le dos. Un autre secoua la tête, il avait des yeux gris caillou et des doigts d'écorce émanaient de sa silhouette humaine. Trois voix flûtées différentes émanèrent de lui, toutes parlaient en même temps :

— Nous ne la craignons pas !

Sans tenir compte du grondement du cerf cornu, le nouveau Sannock inclina la tête et déclama :

— Nous avons le goût de la mort sur la langue depuis des siècles. Imagine un peu, petite corneille noire, la chose terrible capable de nous faire peur ! Tu devrais avoir peur aussi. Ta grand-mère s'aventure dans des eaux bien sombres.

Gregor s'écarta de Nick.

— Vous avez tué tous les prophètes et vous portez leurs humains en guise de manteaux. Alors, en échange, dites-nous où elle se trouve. Elle a volé mon enfant.

Le Sannock regarda Gregor et haussa les épaules. Il était mort depuis bien trop longtemps pour être sensible à l'empathie ou pour comprendre le désespoir et la paternité.

— Faites-en un autre, répondit-il, ou volez-en un autre. Il naît des bébés tous les jours, même en hiver. Oubliez celui-ci, il est perdu. L'eau sombre l'a pris, l'eau sombre le gardera, vous ne pourrez rien faire, le combat est perdu d'avance.

Gregor empoigna le Sannock par le gilet en Kevlar déchiré que portait le soldat avant sa mort. Sans se soucier de la colère de sa proie, il la secoua vertement.

— Je t'ai déjà dit…

Il s'interrompit, alerté par un bruit : des griffes grattaient le béton, une bête pantelante arrivait au pas de course.

Nick se retourna au moment où un grand chien gris jaillissait de la porte, les pattes tremblantes. Il titubait d'épuisement, ses côtes battaient fort, des nuages de vapeur fumaient autour de ses mâchoires et sa fourrure épaisse était poissée de sueur. Une large entaille lui ouvrait le visage en deux, les chairs étaient sanguinolentes et enflées, un œil restait fermé et les dents se voyaient à travers la plaie.

Le chien se figea une seconde, les jambes tremblantes, puis il se transforma et Danny apparut, accroupi sur le sol, les coudes repliés sous lui et la tête pendant entre les épaules. Ses boucles sombres lui cachaient le visage.

Danny pressa le dos de sa main sur sa joue et leva les yeux.

— Je sais pourquoi Rose veut le bébé, déclara-t-il d'une voix épaisse. Elle veut lui faire ce qu'elle a fait à Nick. Elle veut lui implanter un dieu, mais un grand cette fois, pas un simple corbeau.

313

Sa bouche mutilée modifiait sa diction, mais son discours n'en restait pas moins clair et audible.

Jack se transforma, il s'accroupit à côté de Danny et effleura la joue ensanglantée d'un doigt prudent.

— Danny, haleta-t-il. Que s'est-il passé ? Qui t'a fait ça, Danny-dogue ?

— Ne m'appelle pas comme ça ! grommela Danny.

La protestation était machinale, sans chaleur véritable. Puis Danny remarqua la blessure de Jack et grimaça. Il eut le même geste tendre et prudent vers l'œil crevé du loup.

— Je pourrais te poser les mêmes questions !

Jack frotta son visage contre la paume de son amant, comme s'il était un chat, pas un loup.

— Je guérirai, répondit-il. Que t'est-il arrivé, Danny ?

Un des loups épuisés se transforma soudain. Une femme apparut, étalée contre le mur, les jambes allongées devant elle, les yeux fous, la bouche baveuse. Elle cracha avec fureur :

— Bravo, Numitor ! Tu as le sens des priorités ! Tu nous vends aux prophètes, tu abandonnes le fils de James à la Nature sauvage et la seule chose qui t'intéresse, c'est le sort d'un chien ? Nous aurions dû suivre Gregor. Même castré, il est plus loup que toi !

Encore tremblante, Ellie se redressa et gifla la rebelle. D'autres loups, après une brève hésitation, se rangèrent derrière elle. Un par un, la plupart des loups de la meute marquèrent leur soutien réticent à Ellie, donc, à Jack.

Comme la louve châtiée, Nick pensait aussi que Gregor ferait un meilleur roi loup que son jumeau, mais sans doute manquait-il d'objectivité. Après tout, il aimait Gregor. De plus, son avis n'avait pas vraiment d'importance.

Il décida d'ignorer le différend et s'adressa à Danny :

— Comment grand-mère pourrait-elle faire à ce bébé ce qu'elle m'a fait ? s'étonna-t-il. Elle a vidé de leur substance ces humains qu'elle subornait pour faire de la place aux dieux ou aux Sannocks, pourquoi changer de technique et prendre un bébé ?

— Pas n'importe quel bébé, corrigea Danny, elle voulait celui de Bron, un bébé-loup.

Il tenta de se lever, mais n'y parvint pas. Il resta donc assis par terre. Ses jambes tremblaient toujours, les spasmes musculaires se voyaient sous la peau tendue.

314

Danny entama son récit :

— J'ai rattrapé Lachlan dans la tempête, mais il n'avait plus le bébé, il l'avait déjà remis à Rose. C'est lui qui m'a dit ce qu'elle comptait faire, même si, à mon avis, il n'a pas tout compris. C'est la troisième fois que Rose vole un bébé-loup, elle est obsédée par son idée fixe. Voilà pourquoi elle a revendiqué Nick bébé, voilà pourquoi elle a enlevé ta sœur, Jack !

Quelle sœur ? Furieux de ne pas être au courant, Nick jeta un regard noir à Gregor, mais ce dernier semblait aussi perplexe que lui. Parmi les loups, en revanche, beaucoup baissaient les yeux, l'air coupable.

La louve rebelle apostropha Danny :

— Comment es-tu au courant ? Tu n'es qu'un *chien* ! Personnellement, je n'en ai jamais parlé. Jamais un loup ne se serait confié à toi !

Le visage crispé de chagrin, Danny se mordit la lèvre. Il déglutit et secoua la tête :

— Tu te trompes, maman me l'a dit, elle m'a raconté que la première-née du Numitor était un chien et que Rose l'avait noyée dans le lac.

Après un bref silence stupéfait, Gregor explosa :

— Et p'pa a laissé cette garce tuer ma sœur ?

— Non, sûrement pas, protesta Jack avec feu. P'pa t'a soutenu quand tu as refusé de donner ta fille aux prophètes, il les a même envoyés se faire foutre ! Il leur a également refusé son corps après sa mort. Alors un enfant de lui, chien ou pas, jamais il ne le leur aurait donné !

Danny frotta les yeux à deux mains, sans doute pour mieux se concentrer.

— C'est vrai, déclara-t-il. Le Numitor a décidé de garder sa fille. Alors, Rose l'a prise et l'a emportée au bord du lac. Je pense que c'est là qu'elle a eu son idée : associer le bébé et le monstre du loch. Elle a échoué cette première fois, alors, elle a recommencé avec Nick. Et elle veut faire une troisième tentative avec le bébé de Bron. Les humains l'ont déçue. Même imbibés de potion, ils ne deviennent que des monstres. Il n'y a pas assez de place en eux, ils ne sont pas faits pour être des dieux. Les loups, oui. Rose a pris le bébé de Bron pour son *potentiel*, et la *place* qu'il a en lui. Elle va y mettre…

Gregor inspira brusquement, puis expira un mot.

— … Fenrir !

Il parlait avec une révérence que Nick ne lui connaissait pas. Le moment était malvenu cependant pour réclamer de plus amples explications. Nick connaissait le nom, Fenrir était un dieu loup gigantesque, mais à part ça…

315

Gregor secouait la tête de frustration sans remarquer son trouble.

— Bien sûr ! s'exclama-t-il. Voilà ce que voulait dire Ewan, Nick, voilà de *qui* il parlait ! Si Rose tient Fenrir par les couilles, tous les loups la suivront, aussi folle et monstrueuse soit-elle. Odin nous a bien baisés ! Fenrir conduira les loups dans l'Hiver et cette salope le tiendra en laisse !

Un silence consterné accueillit son annonce. On n'entendait plus que la respiration sifflante des loups et le sang qui suintait des cadavres éventrés. Les Sannocks ne bougeaient même pas. Sans doute n'étaient-ils pas encore très à l'aise dans leurs nouveaux corps pour s'y risquer.

Jack se reprit le premier, il saisit Danny par l'épaule et le secoua.

— Où est-elle ? demanda-t-il. Danny ! Lachlan t'a-t-il révélé où se trouvaient Rose et le bébé ?

Danny secoua la tête. Il avait agi prudemment, pourtant, le mouvement le fit tressaillir.

— Je ne me suis pas battu longtemps contre lui, souffla-t-il. Il est plus fort que moi. J'ai dû m'enfuir, il parlait de m'écorcher et de rapporter ma peau à Rose. Je ne m'attendais pas à trouver tout le monde… déjà mort.

Gregor jeta un regard de mépris aux Sannocks.

— Mort ou totalement inutile ! grinça-t-il. J'ai toujours pensé que vous étiez lâches à vous cacher en attendant le massacre. Apparemment, j'avais raison.

Le cerf-Sannock ouvrit la bouche et brama ce terrible bruit qui résonnait dans les os de Nick. Gregor chancela sous l'impact, il reprit son équilibre et hurla lui aussi, un cri de loup assez strident pour saper le mugissement.

Le cerf-Sannock ricana et baissa la tête. Les bois sur son front étaient plus épais, ils se ramifiaient même.

— J'ai déjà tué des loups autrefois, rétorqua-t-il. Tiens-tu vraiment à ce que je te le prouve en être encore capable ? Que le monde gèle et périsse ! Cela ne nous concerne plus, nous allons pouvoir nous reposer.

L'autre Sannock soupira et répéta « *reposer* ». Le mot passa de bouche à bouche comme une prière. C'était la première fois que Nick entendait les Sannocks exprimer une autre émotion que l'amertume, la rancœur ou la colère.

— Non, dit-il. Il n'y aura pas de repos.

L'oiseau, sentant germer son projet, s'agita, mal à l'aise. Il le piqua de son bec, cette petite douleur avertissant Nick de se montrer prudent.

D'un autre côté, l'humour noir du dieu charognard le poussa à émettre un gloussement approbateur.

Le Sannock plissa ses yeux trop noirs, le blanc autour des pupilles disparaissant dans un déversement de liquide.

— Tu es mené par un petit esprit amateur des champs de bataille, déclara-t-il. Tu arpentes le passé, les jours sombres et la tempête. Tu n'es pas un visionnaire, tu ne sais rien de l'avenir.

— Oh, dans ce cas, si, absolument, contre-attaqua Nick. Nous vous avons donné ces corps, nous pouvons vous en donner d'autres. Chaque cadavre tombé sur notre chemin sera pour vous, vous n'aurez plus à vous serrer à plusieurs dans le même corps, vous serez bien plus libres, bien plus à l'aise. Mais si ce bébé meurt, le repos vous sera à jamais interdit. Alors, aidez-nous. Vous n'avez rien à perdre. Je connais ma grand-mère, elle cherchera à vous faire payer votre intervention d'aujourd'hui, elle vous pourchassera et vous détruira. Allez-vous passer encore une éternité à vous cacher et à fuir ?

Sa voix était sèche, comme s'il avait la gorge pleine de poussière. En plus, il trouvait que sa menace aurait eu plus de mordant s'il avait été vêtu.

Le Sannock élit un rire animal, rauque et mouillé. Nick se souvint d'un manteau posé tissé d'ombres sur ses épaules. Il soupira et une partie de sa tension passa entre ses dents.

— Aidez-nous, répéta-t-il. *S'il vous plaît.*

Sa supplication arracha à Gregor un grognement dégoûté.

Le Sannock, lui, se tourna vers ses congénères avec lesquels il échangea des regards, des expressions et des signes de communication muette mis au point au fil des siècles. Après un moment, un accord parut se conclure et le cerf-Sannock reporta son attention sur Nick.

Son sourire n'avait rien d'amical.

— Pourquoi mentir, petit oiseau ? Tu sais déjà où se trouve ta grand-mère. Le corbeau aurait-il mangé ta langue ?

Tous les yeux se tournèrent vers Nick, même ceux de Gregor, verts et perçants, brillant de suspicion.

La douleur traversa Nick comme une pierre, il évoqua ces os d'oiseau que sa grand-mère lui avait enfoncés dans la gorge.

Il esquissa le geste de nier, *il ne savait pas du tout…* mais alors, il se souvint du manteau du Sannock mort sur ses épaules, du monstre sur la lande, de ce musc puant qui avait infecté sa langue, mélange d'huile rance et de charogne…

Il déglutit et déclara :

— Le Vagabond !

Gregor grimaça avec impatience et détourna les yeux, il se frotta le visage et protesta :

— Assez ! L'heure n'est pas aux vieilles légendes !

Il avait l'air si sombre, son visage était si creusé et havre sous la crasse et le sang qui le maculaient. Normal pour un père dont le bébé était aux mains d'une sorcière maléfique, supposa Nick. Sa grand-mère était horrible, jamais elle n'avait été capable d'affection. Ou d'amour, pensa Nick, en évoquant Ewan, son grand-père, et la tendresse apeurée du prophète chaque fois qu'il parlait de Rose. Et Ewan l'avait connue très longtemps.

— Pour moi, déclara Nick, les loups et le Mur d'Hadrien étaient aussi des légendes, comme le Vagabond. Je l'ai vu dans la tempête avec une créature morte sur la lande, dans un cairn. Mais… en quoi grand-mère a-t-elle besoin de lui ? Elle avait sa photo sur un mur de son couloir et je savais… *je sais* qu'elle avait peur de lui, autant qu'elle puisse avoir peur.

Il la sentait encore le pincer méchamment un peu partout, à l'oreille, sous le bras, sur les cuisses, en l'obligeant à regarder la vieille photo, encore et encore, pour qu'il n'oublie jamais ce visage. Alors, bien sûr, l'image du Vagabond était restée gravée dans son crâne. Tout comme les instructions à suivre qu'il le croisait : fuir !

De toutes les horreurs évoquées par sa grand-mère dans ses histoires, c'était la seule fois où elle lui avait ordonné de s'enfuir.

Danny grimaça, ce qui ne lui fut pas facile avec sa joue déchirée.

— C'était *avant*, souligna-t-il. Maintenant, c'est l'Hiver de loup. Rose n'a peut-être plus le même avis. Ou alors, ton… ton Vagabond a changé, c'est lui qui n'est plus… le même.

Il paraissait pensif, comme si quelque chose lui revenait. Mais quand Jack l'interrogea du regard, Danny refusa d'approfondir sa pensée. Il était livide, ce qui contrastait avec l'écarlate de la plaie infectée sur sa joue. Jack lui chuchota quelques mots à l'oreille. Danny acquiesça et se transforma en chien. Il s'étala sur le sol et haleta.

Jack se redressa.

— D'accord, déclara-t-il. Je me fiche de l'identité de ce Vagabond ou de ses éventuels changements d'humeur. Je veux juste savoir si Rose est là-bas, avec lui. Allons-nous la trouver dans ce cairn sur la lande ?

Le Sannock répondit d'un ton désinvolte :

— Il te faudrait aller vite, vraiment très vite.

318

Ils eurent encore un bref échange silencieux. Puis une femme leur fit un clin d'œil, elle avait des cheveux noirs aux pointes et presque translucides aux racines comme déteints au lavage.

— Et seulement si nous acceptions de vous aider, chantonna-t-elle.

— À quel prix ? demanda cyniquement Gregor. Un autre œil ?

— Non, rétorqua le cerf-Sannock. Cette fois, nous voulons la paix. Vous emmenez vos loups au-delà du Mur et vous oubliez notre existence, ou plutôt notre retour.

Nick n'aurait pas hésité. Il avait déjà un «*marché conclu !*» sur le bout de la langue. Étant enfant, il avait vite appris à ne pas s'attacher à un lieu, une maison ou un foyer social. Il ne cessait d'en changer ! Il était prêt à suivre Gregor où qu'il aille.

Pour les loups, bien entendu, la décision serait plus difficile à prendre. Ils considéraient depuis des siècles les Hautes-Terres d'Écosse comme leur territoire de chasse.

— Marché conclu ! lancèrent Jack et Gregor à l'unisson, leurs voix n'en faisant qu'une.

Aussi surpris l'un que l'autre, ils se regardèrent. Puis Gregor haussa les épaules et recula, cédant l'autorité à son frère. Il prit Nick par la main et noua ses doigts aux siens pendant qu'ils attendaient.

Nick sentit que c'était important… mais il était fatigué, trop fatigué pour analyser la situation ou garder rancune à Gregor pour ses doutes à son égard, aussi brefs avaient-ils été. Il s'appuya contre Gregor et posa le menton sur son épaule.

Jack s'adressa à la meute :

— Si vous me suivez, vous quitterez l'Écosse. Si vous décidez de rester, ce sera à vos risques et périls, nous ne remonterons ni pour vous défendre ni pour vous venger.

Plusieurs grognements de protestation jaillirent de la meute. Certains loups se transformèrent afin de vocaliser leurs objections. Tous n'avaient pas encore récupéré leurs forces, ils avaient les traits tirés, la peau livide et moite.

— C'est notre terre !

— Les prophéties disaient que nous passerions le Mur pour reconquérir l'île, pas que nous perdrions nos maisons et nos terres !

— Nous avons déjà tué les Sannocks une fois, nous pouvons recommencer !

— D'ailleurs, pourquoi tenter d'arrêter Rose dans ses projets ?

319

C'était James et son hurlement strident fit taire les autres. Le père éploré se redressa péniblement en prenant appui sur le mur. Des cicatrices en voie de guérison marquaient encore sa jambe, déchiquetée par Kath. Étrangement, il paraissait plus petit. Le Sannock lui avait rendu son squelette, mais il paraissait avoir digéré une bomme partie de sa masse musculaire et de sa graisse.

James enchaîna avec feu :

— Fenrir se réveille. N'est-ce pas ce que nous voulons ? N'est-ce pas ce que nous attendons depuis des siècles ? Quelle importance s'il revient trop tôt ? Quelle importance si c'est cette vieille salope mal recousue qui a fait tout le travail à notre place ? Avec Fenrir pour nous guider, nous n'aurons plus besoin d'un Numitor. Nous ne donnerons pas un brin de notre herbe verte à ces créatures immondes. En comparaison, la vie d'un nouveau-né ne compte pas ! Tous les loups perdent des enfants, certains sont envoyés dans le Sud, parce qu'ils ne sont pas jugés assez forts, pas assez bien. Nous avons tous dû faire des sacrifices, sauf les fils du vieil homme. Alors, qu'ils saignent à leur tour pour la meute. Dans ce cas, Fenrir leur permettra peut-être de courir avec nous.

À la fin de cette diatribe passionnée, quelques loups hochèrent lentement la tête pour marquer leur accord. D'autres, encore en fourrure, refusaient de regarder Jack et Gregor. Ils gardaient le visage détourné et les oreilles plaquées sur le crâne.

Gregor les toisa tous d'un regard cinglant.

— Sombres crétins ! Croyez-vous que Fenrir vous sera reconnaissant ? Qu'il préféra un changement de chaînes à du repos ? Le feriez-vous à sa place ?

— C'est toi qui affirmes que Rose est diabolique ! cracha James. Pourquoi te croirions-nous ? Peut-être veut-elle juste nous donner l'Hiver de loup qu'on nous avait promis ! Peut-être a-t-elle plus de couilles que ton frère et toi !

— Va te faire foutre, James, répondit platement Gregor. Si tu as peur d'affronter une vieille femme, au moins, admets-le.

James avança, les jambes chancelantes, mais les poings serrés. Danny s'interposa en grondant, la fourrure hérissée de fureur. Il paraissait... dangereux. James hésita, puis il cracha par terre et recula.

Sans le quitter des yeux, le chien prit position à côté de Gregor.

Jack arracha une croûte de son œil crevé et l'éjecta d'une pichenette. Il fixa ensuite James avec mépris.

— Je dirais bien que ce chien est beaucoup plus intelligent que toi, James, mais tout le monde le sait déjà. Fais ce que tu veux, choisis où que tu veux vivre, c'est ton problème et je m'en contrefous. Dis-moi juste un truc : depuis quand un loup digne de ce nom se ment-il à lui-même ? Tu sais comme moi que Rose est maléfique, elle a volé et assassiné les enfants de la meute, mutilé nos frères loups et souillé nos morts. Et tu oses prétendre que c'était *pour notre bien* ? La meute écossaise vivra ou mourra avec mon frère et moi, parce que ceux qui restent à tes côtés en gobant des bobards pareils ne sont plus des loups, juste des humains en fourrure.

Ellie avança à son tour.

— Jack, vas-tu nous demander de mourir pour la meute ou pour satisfaire un caprice de ton chien ? Il n'a pas à prendre les décisions à ta place ! Prouve que tu es notre Numitor, fais de moi ou d'une autre louve ta compagne et nous te suivrons jusqu'à la porte de Surt. Lui, ce n'est qu'un chien. Aime-le si ça t'amuse, mais n'oublie jamais qu'il ne fait pas partie de la meute. Pas vraiment.

Jack vit les autres loups hocher la tête et le fixer, pleins d'expectative, attendant de lui le geste qui les pousserait à prendre la bonne décision. Gregor aussi attendait avec impatience que son frère affirme sa position de Numitor.

Jack cracha par terre

— Je mènerai la meute comme je l'entends, déclara-t-il d'un ton très sec, Danny ne prend pas les décisions à ma place, mais il est mon compagnon, un membre à part entière de *ma* meute. Si cela ne vous plaît pas, je n'ai pas besoin de vous, je ne veux pas de vous, restez ici et pourrissez avec les prophètes !

Quel imbécile ! pensa Gregor en voyant Jack tourner le dos à la meute. Malgré sa frustration, c'était la première fois qu'il admirait son frère. Leur père les avait élevés en faisant toujours passer la meute en premier et les voilà tous les deux amoureux fous d'un compagnon… inacceptable.

Jack s'adressa au cerf-Sannock :

— Pour moi, le marché est conclu. Alors, allons-y. Que les Sannocks et les loups écossais chassent ensemble pour la première et la dernière fois.

Gregor serra très fort les doigts de Nick avant de s'écarter.

Le Sannock inclina la tête avec un regard insondable.

— Ce ne sera pas la première fois.

Il leva la main et fléchit les doigts. Quand il referma le poing, une lance s'y trouvait, couverte de glace et plantée dans le sol. Le Sannock la retira et au même moment, l'odeur de la Nature sauvage, d'une incroyable fraîcheur et d'une incroyable pureté, effaça les relents d'abattoir de la cage en béton.

La lame un peu ébréchée était en obsidienne, noire et brillante, et le manche du bois tout simple, ni orné ni enchanté, juste une très vieille arme qui appartenait à la Nature sauvage.

— Tu connais le chemin, oiseau meurtrier. Passe le premier.

Quand le Sannock leva sa lance, son bras fléchit comme si un poids très lourd était attaché à la lame ébréchée. L'air *vibra*, puis s'ouvrit en deux comme un drap déchiré. Alors, la Nature sauvage se déversa sur eux.

Cette fois, le changement ne fut pas une option. Nick et l'oiseau poussèrent ensemble un cri de douleur quand la Nature sauvage les soumit à Sa volonté et les projeta en l'air. Le dieu charognard exprima son indignation dans un croassement rauque, mais il ouvrit ses ailes et les battit avec frénésie en prenant son envol.

XXV

Jack

JACK REÇUT le coup sur la pommette, l'aile de l'oiseau lui coupa la peau. Il grimaça sous l'impact et la douleur. Il n'avait pas réalisé être aussi proche du corbeau. En fait, il ne l'avait pas vu à cause de son œil borgne. Il recula pour éviter un autre coup et se toucha distraitement la joue. Une douleur sourde et brûlante palpitait dans son orbite vide et se propageait jusque dans son crâne. Il avait le goût du sang – *le sien !* – dans la gorge.

La blessure guérirait. Si Jack vivait pour lui en donner le temps.

Le dieu charognard s'élança vers le haut plafond avec des coassements de colère. Le béton lisse du bunker des humains avait disparu, à sa place, il y avait la voûte d'une immense grotte tapissée de stalactites, de traînées de suie et de sel. L'oiseau se mit à tourner en rond.

Les murs gris et sanglants de la pièce sécurisée étaient devenus des parois rocheuses décorées de peintures primitives aux teintes ocre, faiblement éclairées par la lueur des braises du bûcher. Il y avait du sang sur le sol inégal, mais vieux et desséché. Les morts étaient restés en arrière, abandonnés sur le lieu de leur massacre. Seules les peaux que les prophètes avaient portées gisaient sur la pierre, à nouveau lustrées, épaisses et propres. Tout ce que les prophètes pensaient avoir gagné de leur traîtrise, la Nature sauvage l'avait revendiqué et récupéré.

Jack prit une profonde inspiration. L'air était aussi pur qu'à la naissance du monde. Il aurait pu tenter encore de rallier ses loups, mais un nœud d'amertume lui nouait la gorge et l'empêchait de parler. Qu'ils fassent ce qu'ils voulaient ! Jack avait consacré trop de temps à tenter de rentrer dans un moule ! Il en avait assez. Désormais, il ne suivrait plus les règles édictées par d'autres !

Le dieu charognard hurla et redescendit du plafond. Il passa si près au-dessus de leurs têtes que Jack sentit l'étrange odeur sucrée-salée des plumes qui le frôlaient. Puis l'oiseau disparut dans un passage rocheux menant sans doute à l'ouverture de la grotte.

Jack se transforma et suivit l'oiseau sous sa forme de loup, ses coussinets ne faisant aucun bruit sur le sol inégal de la caverne. Il eut du mal à faire passer ses larges épaules par la fente étroite et entendit jurer Gregor, coincé derrière lui. Très vite, Jack perdit l'oiseau de vue dans le tunnel qui ne cessait de tournicoter, mais il savait être sur la bonne piste et avancer vers la sortie, car un courant d'air frais lui chatouillait le nez.

Il escalada enfin des blocs de schiste qui bouchaient le couloir principal, les graviers pointus s'incrustant douloureusement sous ses orteils. Il émergea en pleine tempête, aveuglé par les bourrasques et le gel. Des aiguilles de glace se plantèrent dans son nez, la neige lui remplit les oreilles et le vent le gifla sans ménagement. Le froid s'infiltra dans son orbite vide et remonta jusque dans ses os.

Même un loup frissonnait face à l'Hiver!

Gregor l'empoigna par sa fourrure et le traîna de force hors de la grotte. Il resserra sa prise une fois à l'extérieur, parce que le vent redoublait de malveillance. Il s'accroupit, appuyé contre l'épaule de Jack.

Pour la première fois de sa vie, Jack apprécia la compagnie de son frère.

— Où est Nick? demanda Gregor à son oreille. Je…

L'air pénétra dans ses poumons, aussi s'arrêta-t-il de parler et se mit-il à tousser, penché en avant, sa main libre pressée contre son flanc. Quand il retrouva son souffle, il rapprocha la tête de celle de Jack et ne murmura qu'à lui sa confession :

— Si je n'arrive pas à vous suivre, ne m'attends pas. Laisse-moi.

Jack grogna, mais sans repousser son jumeau. Gregor sentait le sang et l'épuisement, et la puanteur chimique et rance de l'adrénaline dépensée en excès. Jack savait que même sans son loup, Gregor courrait jusqu'à tomber mort, mais il avait déjà largement puisé dans ses dernières réserves. Il ne lui restait plus grand-chose.

Jack agita une oreille pour signaler à Gregor qu'il l'avait entendu, qu'il était d'accord, puis il détourna la tête. Si Gregor traînait, oui, Jack partirait sans lui, mais s'il survivait, il reviendrait. Son jumeau n'avait aimé que deux fois dans sa vie, d'abord sa petite fille morte, ensuite, Nick. Gregor méritait de tenir son second bébé dans ses bras au moins une fois.

Et de reposer avec lui si l'enfant était mort.

Danny émergea à son tour de la caverne d'un pas lourd, maladroit et sans grâce. Ses pattes avant étaient tout ensanglantées. Gregor l'attrapa également par la peau du cou pour le traîner dehors.

Les Sannocks arrivèrent ensuite, ils glissèrent hors du trou en souplesse. Ils avaient de la terre dans les cheveux et des écorchures aux mains. Ils restaient étrangers, *différents*. Aucun loup ne les suivait.

Jack faillit s'écrouler. Il avait réellement cru garder quelques partisans dans sa meute, au moins les habitués de la loyauté. Mais de toute évidence, il leur en avait déjà trop demandé avec les Sannocks et son chien. L'Hiver de loup était censé voir triompher la meute écossaise, pas la mener à sa perte. Peut-être valait-il mieux que le nom de Jack ne soit jamais cité dans les dogmes : *un jour roi et le lendemain sans meute*.

Avant qu'il puisse se vautrer davantage dans l'auto-apitoiement, le chien colla contre lui son corps tout en muscles longilignes et épaules osseuses. Il posa la tête sur le cou de Jack pour le réconforter.

Alors, Jack se souvint qu'il n'était pas seul.

Il *avait* une meute. Elle était composée d'un oiseau, d'un chien et d'un frère humain, mais quelle importance ? Ils étaient siens.

— Choisis ton chemin, roi-loup, déclara le cerf-Sannock. Suis la piste, ne tiens pas compte du sang et affronte ton destin.

L'oiseau émergea de la tempête juste au-dessus d'eux. Ses ailes blanchies de givre dessinaient une dentelle sur sa noirceur de jais. Il fit claquer son bec avec des croassements impatients, vira sur une aile alourdie et se dirigea, secoué par le vent, vers la lande qui ressemblait à une mer de glace.

Le chien redressa la tête et concentra son regard sur l'oiseau, les oreilles dressées comme s'il cherchait une proie. Tout un côté de son visage était encore à vif et à moitié gelé, mais cela n'empêcha pas le gros chien gris de détaler. Il glissa sur une plaque de schiste, emporté par son élan, et disparut derrière un rebord enneigé.

Gregor se redressa, la mine maussade.

— Pas question que je me laisse humilier par un chien, déclara-t-il.

Il esquissa un sourire narquois et provocateur, une ombre de son expression d'autrefois.

— En route pour notre dernière chasse, frangin ! ajouta-t-il. Voyons qui est le meilleur de nous deux.

Il suivit Danny et glissa à son tour jusqu'au bas de la colline, quasiment sur le cul suite à un faux pas suivi d'une chute. Ses bottes plantées dans la neige pour tenter de contrôler la descente creusèrent de profonds sillons boueux dans la nappe immaculée.

Jack raidit ses muscles, prêt à bondir après Gregor, en partie par habitude, en partie par instinct. Puis il hésita en se souvenant des Sannocks. Il n'eut même pas le temps de se retourner pour vérifier, les créatures le dépassaient déjà, courant sur la piste laissée par Gregor avec un enthousiasme presque puéril. Les pierres roulaient sous leurs pieds, les feuilles de bruyère gelée cassaient.

Dans les légendes écossaises, les Sannocks étaient cités comme des êtres au destin tragique, mais jamais personne ne les avait prétendus d'un commerce agréable.

Jack se mit en route, très agacé d'être le dernier. Il ne cessa de grommeler son irritation – que personne n'écoutait. Le vent lui tirait les oreilles et la queue. Jack rattrapa un Sannock et passa entre ses jambes. Le Sannock appréciant peu ces familiarités, il bouscula brutalement Jack, qui bascula contre un rocher et fit un roulé-boulé dans la neige.

Au-dessus d'eux, l'oiseau tanguait selon les caprices du vent. Ses ailes battaient l'air pour avancer, sans grand succès

Jack commençait à se poser des questions. La Nature sauvage était-Elle du même avis que la meute restée en arrière ? Pensait-Elle que Jack devrait permettre à Fenrir de revenir envers et contre tout, sous prétexte que la fin justifiait les moyens ? Jack sentit son crâne palpiter à cette pensée, mais il la repoussa brutalement. Il n'était pas le laquais de la Nature sauvage, surtout quand Elle ne lui faisait aucun cadeau. Si Elle voulait l'arrêter pour de bon, il faudrait lui envoyer bien pire qu'une petite brise.

Peut-être ne cherchait-Elle pas à l'arrêter, finalement. Plus Jack se rapprochait de son objectif, plus la Nature sauvage se calmait. Maintenant, Elle paraissait plutôt… impatiente. Jack évoqua certains matins de son enfance : il était mal réveillé et son père lui claquait les oreilles pour l'inciter à ne pas rater le ferry qui devait le conduire à l'école, de l'autre côté du loch.

À ce souvenir, Jack retint son souffle et son cœur tambourina douloureusement contre ses côtes. Il arrivait en bas de la colline, il ne chercha pas à lutter contre son chagrin. Au contraire… le moment lui paraissait opportun de laisser la plaie se vider.

L'oiseau avait disparu, emporté par la tempête. Son ombre cruciforme continuait à glisser sur la neige, indiquant le chemin à suivre. Le chien menait la chasse à longues foulées, Jack ne voyait de lui que ses hanches minces et sa queue. Pour une fois, la course du chien n'exprimait aucune joie, aucune exaltation, juste de la détermination.

À un moment donné, le chien et le loup s'écartèrent des Sannocks et quittèrent la Nature sauvage pour retrouver le monde réel, sa neige grisâtre et son air vicié.

Jack partit au grand galop sans tenir compte du danger que présentait le sol inégal sous ses pattes. Ses poumons étaient douloureux et frigorifiés, mais ses muscles chauds s'étiraient en souplesse le long de ses os. Il sentait la pulsation de la Nature sauvage dans ses veines, piquante comme une bottée d'orties, Elle le guérissait au fur et à mesure : une foulure à la cheville due à un nid-de-poule, les vaisseaux éclatés qui faisait couler du sang dans sa gorge et sur sa langue… Grâce à Elle, Jack pouvait continuer à courir.

Il n'avait pas à s'arrêter. Il aurait même voulu ne jamais s'arrêter, c'était une idée à la fois tentante et dérangeante. Il pouvait s'abandonner à la Nature sauvage. Il entendit un hurlement lointain. Bien que déformé par le vent, on aurait cru le cri d'un loup. C'était intime et familier. Rassurant. Jack se sentait chez lui ici, il pouvait rester et oublier qu'ailleurs, le monde périssait dans le sang, le feu et la glace. La Nature sauvage avait toujours existé, Elle perdurerait. Toujours. Un loup sous Sa protection pourrait chasser, courir derrière d'innombrables proies dont la viande était si pure qu'elle était presque confite.

Un loup aurait l'éternité devant lui.

Jack aspira une bouffée d'air. La neige fondit sur sa langue et le froid vif portait le parfum de Danny. Sous les âcres relents de sueur et de poils de chien, Jack retrouvait l'odeur propre et familière de son amant. Un chien ne pouvait que passer dans la Nature sauvage. Si Jack choisissait d'y rester, il serait à jamais séparé de Danny.

Du coup, ce n'était plus du tout une option.

Une fois au fond du ravin, Jack remonta la pente escarpée d'en face et rattrapa au sommet un Danny épuisé. Il s'arrêta net, trébuchant presque, et étudia la cohorte devant lui : monstres et prophètes tentaient d'avancer dans la tempête. Le vent qui avait soufflé derrière Jack, ou sous ses pieds, avait changé de direction, il giflait désormais le visage des ennemis assemblés, blottis les uns contre les autres. Malgré cet effort, le froid s'insinuait dans les peaux volées et les transperçait jusqu'aux os. Des loups miteux à la fourrure en patchwork cheminaient péniblement au côté de monstres couverts de cloques dont les extrémités étaient déformées et noircies. Certaines fourrures étaient tellement sales, trouées et purulentes qu'il devenait difficile de distinguer les prophètes des monstres.

Rose était au milieu du groupe, la mine sinistre, le pas vacillant, elle tenait son ventre gonflé entre ses bras croisés comme si elle avait peur de le voir glisser. L'avant de son vêtement était taché de sang.

Une haute silhouette voûtée marchait à côté d'elle, enveloppée dans des peaux de chien attachées ensemble avec de la ficelle sale autour des poignets et d'un torse aussi large qu'un tonneau. Soudain, la créature trébucha dans la neige et s'écroula avec un bruit sourd. Sous l'effet de la surprise, Rose perdit la laisse qu'elle tenait entre ses doigts et poussa un juron fétide d'une voix aiguë.

Libéré, l'être à terre roula sur lui-même et s'éloigna à quatre pattes de la prophétesse. Il frappa un prophète d'une main – *ou d'une patte?* – griffue et lui arracha l'estomac. Le sang gicla sur la neige, son rouge écarlate contrastant de façon choquante avec toute cette blancheur. Le prophète… c'était une femme hurla. La créature l'écarta de son chemin et prit la fuite.

Il courait comme un ours, lourdement, de façon déhanchée, mais bien plus rapidement qu'on aurait pu le croire. Il chargeait droit devant lui dans la tempête, ses peaux bringuebalant sur son dos, sous les rafales, et révélant quelques lambeaux reconnaissables : une patte écorchée, une queue toute desséchée, une oreille encore attachée à un crâne.

Ce fut Lachlan qui rattrapa le fugitif avant qu'il disparaisse hors de vue, il le tacla et tous deux s'écroulèrent dans la neige dans un enchevêtrement de membres et de fourrures déchirées. Ils échangeaient aussi des horions, des grognements, des coups de poings et de pieds. L'homme en peau de chien fut victorieux. Quand il se redressa, il grognait d'une fureur sauvage, penché sur Lachlan. De ses babines retroussées, la bave épaisse coulait sur son prisonnier. Le favori de Rose était cloué au sol par les épaules, son pull de laine torsadée en lambeaux. La créature ouvrit la bouche…

Rose intervint et évita à Lachlan de perdre son nez. Elle saisit la laisse qui pendait au cou de la créature et la tira d'un coup sec. Comme par magie, l'homme se soumit.

Quand il se redressa, il perdit une partie des peaux mal attachées qui l'avaient recouvert et révéla des cheveux poisseux et un corps maculé de sang. Des traces de coups marquaient de larges stries rouges le dos et les cuisses. Elles ne cachaient pas les anciens tatouages rituels et l'encre bleu-noir se trouvant en dessous.

En reconnaissant ces tatouages, Jack, sous le choc, aspira une grande goulée d'air glacé, ce qui lui comprima la poitrine. Les côtes prises dans un étau, il ne sut décider si c'était de chagrin ou de stupéfaction.

Gregor, lui, s'exprima avec des mots.

— C'est p'pa, annonça-t-il platement. Putain! Qu'est-ce que cette sorcière a fait au vieil homme?

Comme s'il les avait entendus, l'être gronda et griffa sa gorge sur laquelle était serré le collier de cuir épais. Ses ongles arrachèrent les croûtes de plaies anciennes et en creusèrent de nouvelles dans la peau tachée, tavelée et irritée. Rose eut un geste plus brusque pour tirer sur la laisse, mais aussitôt après, elle grimaça avec un cri étouffé. Elle passa la main sous son manteau et se tint à nouveau le ventre.

— Regarde, Numitor, gloussa-t-elle. Le bébé veut naître et faire la connaissance de son géniteur.

Tout en parlant, elle ouvrit son manteau. Son ventre était tellement énorme qu'il paraissait prêt à se déchirer. Et Rose le frottait avec un sourire, comme si elle était une vraie mère au lieu d'une vieille folle monstrueuse capable de découper sa fille et son petit-fils pour arriver à ses fins.

Soudain, elle pressa son ventre pour forcer son occupant à bouger.

Le vieil homme gronda. Le son qu'il produisit était... *étranger*, trop profond, trop intense. C'était comme s'il émanait d'une autre créature enfouie en lui, bien plus grosse que lui et qui s'exprimait par sa bouche.

Lachlan se redressait enfin, le torse lacéré. La peau manquait par endroit, révélant sa chair à vif et ses muscles. Il frotta la neige qui lui couvrait la tête et la nuque, et regarda le vieil homme avec fureur.

— Nous devrions le tuer sans attendre! couina-t-il. Il ne fait que nous ralentir.

Jack se raidit et vérifia derrière lui. Les Sannocks étaient encore à bonne distance, de simples ombres à peine visibles dans la neige. Même s'ils les rattrapaient sous peu, son père avait-il le temps de les attendre? Peut-être pas.

Rose fixait le vieil homme.

— Je voulais le laisser le choix, dit-elle d'un ton las. Mais tu ne comprends rien, tu t'obstines à être un salopard d'emmerdeur, tant pis pour toi, tu m'obliges à prendre des mesures extrêmes.

Il était accroupi devant elle quand elle lui mit un coup de botte en plein visage, assez fort pour que la tête parte en arrière sous l'impact. Jack entendit Gregor grogner, aussi le prit-il par l'épaule pour lui conseiller de ne pas bouger, pas encore.

Rosa enroula la laisse autour de sa main et tira, forçant son prisonnier à se redresser. Il vacilla, à moitié étranglé par son collier trop serré. Cette fois, ce fut Danny qui gronda, un son bas et colérique qui émanait du plus profond de sa gorge. D'eux tous, c'était lui qui avait passé le plus de temps sous la poigne de Rose, tenu en laisse et humilié.

Jack grogna aussi pour marquer son empathie.

— Attendez, ordonna-t-il. Tous les deux !

— Depuis quand suis-je censé t'obéir ? protesta Gregor.

Il était en colère, cela s'entendait dans sa voix, mais pour une fois, ce n'était pas contre Jack.

Les Sannocks émergèrent de la tempête et les rejoignirent, leurs cheveux givrés hérissés en mèches pointues autour de leur crâne leur donnant des allures d'elfes. Ils arboraient aussi des rictus inquiétants. Quelque part, entendre la neige craquer sous leurs pieds était étrange, parce que c'était un bruit normal dans une situation ne l'étant pas du tout.

Le cerf-Sannock baissa la tête, des lames de glace formaient une couronne autour de ses bois majestueux.

— Nous arrivons trop tard, déclara-t-il. Fenrir est réveillé, le processus n'est pas réversible.

— Justement ! contre-attaqua Jack. Ne la laissons pas se réveiller.

Le rire du Sannock résonna d'un humour macabre.

— C'est déjà enclenché, insista-t-il, il n'y a plus de retour en arrière possible. Les regrets ne scellent pas une gorge tranchée et cette vieille garce n'en éprouve aucun, de toute façon. Elle est prête à s'ouvrir en deux et ce qui sortira d'elle déclenchera la fin du monde.

Jack fixa le ventre de Rose. *S'ouvrir en deux ?* Le Sannock s'était-il exprimé au sens littéral ? Rose avait serré son ventre avec des lanières de cuir séché pour tout maintenir en place, mais le travail était bâclé et du sang coulait et maculait le bandage de fortune de taches sombres et coagulées.

Quoi qu'elle porte en elle, la délivrance ne serait ni naturelle ni facile.

— Nous sommes arrivés jusqu'ici, déclara Jack. Je n'en partirai pas sans avoir fait couler le sang.

Il jeta un coup d'œil à son jumeau et s'étonna presque de le considérer comme une personne à part entière, pas son double, pas son ombre.

— Nous allons tuer Rose, ajouta-t-il. C'est tout ce qui compte pour le moment.

Il n'avait pas établi de plan d'attaque. Au vu des circonstances, c'était inutile. L'appui des Sannocks égalisait un peu les chances de leur trio contre les prophètes et les monstres. *Un peu*, mais pas assez. Peut-être réussiraient-

330

ils à tuer Rose en concentrant leurs forces sur elle, mais ils n'en sortiraient pas vivants.

Et Gregor le savait aussi. Il hocha la tête d'un air sombre, puis il leva les yeux, cherchant la forme sombre de Nick à travers les nuages denses, ce serait sans doute le seul adieu que le destin lui accorderait.

Au moins, Jack avait Danny à ses côtés, fut-ce sous sa forme de chien. Il l'attira contre lui dans une étreinte brutale et enfouit son visage dans sa fourrure rêche. En échange, il reçut un coup de langue sur l'oreille.

Jack regarda le chien dans les yeux.

— Promets-moi de ramener son bébé à Bron, dit-il.

Le chien comprit les implications de cet ordre. Il tressaillit et recula d'un pas. Son regard, plein de complexité, de chagrin et de compréhension, exprimait plus d'humanité que d'ordinaire. Danny acquiesça, un peu à contrecœur, puis il glissa la tête sous le bras de Jack et redevint un chien.

Il était temps d'agir. Jack se tourna vers les Sannocks. Il ne se fiait pas totalement à eux, bien entendu, mais vu qu'ils étaient ses seuls alliés, autant les utiliser.

— Je présume que je n'ai pas à vous donner un mode d'emploi pour combattre des loups, persifla-t-il.

Une mince Sannock au teint pâle esquissa un sourire. Ses dents presque translucides étaient assorties à ses cheveux flottants et une affreuse chose noire frétillait d'intérêt à l'orée de ses lèvres.

— Vous présumez juste, répondit-elle. Nous tuerons ces loups sans même les ajouter à votre dette.

Elle avait parlé quasiment sans ouvrir la bouche. Le son de sa voix était envoûtant.

Jack secoua la tête avec mépris.

— Vous avez déjà été payés ! Nous sommes quittes !

Le regard de la Sannock durcit, son sourire disparut. Sa voix se chargea de venin.

— Jamais !

Jack aurait pris la menace plus au sérieux s'il avait envisagé de survivre à la bataille. Comme ce n'était pas le cas, il haussa les épaules et se transforma en loup, très soulagé de retrouver un processus de pensée plus focalisé, sa fourrure et une meilleure vision de son œil. La Nature sauvage continuait à déferler autour d'eux, la tempête s'aggravait, la neige était devenue si épaisse qu'on aurait dit un rideau et d'énormes grêlons martelaient le sol avec un bruit assourdissant.

331

Jack s'élança en essayant d'éviter les plus gros projectiles, ce qui ne lui fut pas toujours possible. Il eut vite des ecchymoses un peu partout sur le dos et une oreille écorchée qui saignait. Cela guérirait…

Les Sannocks le rattrapèrent et le dépassèrent. Le premier prophète à se trouver sur leur passage mourut sans émettre un son. Les yeux écarquillés de surprise, il vit une femme souriante aux longues dents grises lui arracher la gorge d'un crochet sans même s'arrêter. Son sang se répandit sur le sol et Jack pataugea dedans sans ralentir sa foulée.

Le second prophète tomba lui aussi, mais il eut le temps de pousser un glapissement et la charge perdit l'avantage de la surprise. Jack retroussa ses babines sur ses dents en entendant les prophètes, interloqués, hurler et pousser des malédictions. Il se jeta sur une ombre informe et percuta de plein fouet un des monstres de Rose. La créature, déséquilibrée par l'impact, chancela en arrière, Jack en profita pour planter les crocs dans sa patte avant. Il grimaça de dégoût quand le sang à l'amertume empoisonnée coula dans sa gorge. Il serra les mâchoires jusqu'à atteindre l'os et l'entendit casser avec satisfaction. Il secoua alors la tête pour créer le plus de dégâts possible.

Le monstre hurla quand sa patte céda sous son poids, il bascula à la renverse et se tordit de douleur et de rage la neige. La blessure guérirait, mais pas assez vite. Jack esquiva les mâchoires qui claquaient devant lui et abandonna le monstre à son sort. Des aboiements de chiens renvoyaient des échos tout autour de la scène de bataille, les Sannocks hurlaient de surprise en refaisant connaissance avec la douleur.

Alors que Jack se relevait, il vit Gregor chanceler, harcelé par les prophètes. Un croassement furieux retentit dans le ciel au-dessus de sa tête et l'oiseau plongea à la rescousse. Il planta son bec épais dans la fourrure d'un prophète et en arracha un bon morceau, encore attaché à de la chair saignante… Gregor éclata d'un rire rauque quand l'oiseau s'envola pour boulotter sa prise. Le prophète redevint humain, il s'étouffait avec son propre sang.

Rose s'exclama d'une voix cassée et éraillée :

— Alors, te voilà enfin, Gregor ! Et tu m'as amené ton frère après tout ! Dommage qu'il soit trop tard. Je n'ai plus besoin de toi, j'ai trouvé un autre moyen. Mais rends-moi service, tue Jack et je te donnerai peut-être son loup à porter !

Jack montra les dents. Il avait passé sa vie à surveiller son frère en s'attendant à une traîtrise de sa part et Rose pensait le surprendre en lui révélant avoir fait des propositions à Gregor? Quelle folie! La méfiance mutuelle était depuis toujours la base même de leur relation. De plus, Jack savait avec certitude que, *cette fois,* Gregor ne lui avait pas tendu de piège, parce que son jumeau était encore plus fier qu'il était vicieux ou dangereux. Quoiqu'il soit prêt à faire pour récupérer son loup, pour pouvoir à nouveau défier Jack sur un pied d'égalité, jamais il n'accepterait d'aide pour parvenir à ses fins, ni de Rose ni de personne.

Et Rose venait de commettre une autre erreur. En ne pouvant résister à son envie de provoquer Jack, elle lui avait révélé sa position. Jack avança vers sa proie à travers la neige.

Il ne vit même pas venir le coup. Il le prit du côté où il était aveugle et fut projeté dans un tas de pierres dont certaines s'enfoncèrent dans ses côtes. Deux cassèrent avec un craquement sec que Jack entendit avant même d'en ressentir la douleur. Il en perdit le souffle. Il tenta de se relever, mais il ne parvenait même plus à respirer. Ses oreilles sonnaient trop…

Lachlan émergea de la tempête de neige. Du sang coulait de son ventre déchiré jusque sur ses cuisses. Il brandissait un pied-de-biche.

— J'ai appris de ton chien un truc assez intéressant, ricana-t-il. Combattre à la loyale est une vraie foutaise!

Il abattit son arme. Jack chercha à éviter le coup, mais il ne le put. Ses muscles refusèrent de coopérer.

XXVI

Jack

LE PIED-DE-BICHE l'atteignit à la jambe, la cassant net contre le sol gelé. La fracture cherchait déjà à cicatriser que Lachlan attaquait à nouveau. Jack prit une inspiration prudente, ses poumons étant encore fragiles d'avoir atterri brutalement sur la pierre, et serra les dents.

Le chien heurta Lachlan dans le dos et le propulsa en avant. Lachlan trébucha sur le corps étalé de Jack et plongea la tête la première sur le mur rocheux se trouvant derrière. Grondant de fureur, le chien se jeta sur lui et, sans le laisser se relever, il lui déchiqueta l'oreille.

Lachlan crachait du sang et se débattait à l'aveuglette pour tenter de se débarrasser de son assaillant.

Jack repoussa les pieds de Lachlan qui pesaient sur lui et hésita. Sa priorité, c'était de retrouver Rose et de l'arrêter. Si elle parvenait à réveiller Fenrir, si elle l'avait sous sa coupe – ou en laisse, comme le vieil homme –, tout était perdu. Même si Jack et ses alliés tuaient tous les prophètes et tous les monstres, ce serait la fin du monde.

Et ils mourraient tous.

Mais le chien était en danger. Et le chien, c'était Danny.

Lachlan frappait à coups de pied-de-biche par-dessus son épaule. L'extrémité crochue toucha le chien sur l'épaule et ouvrit une entaille sanglante dans la fourrure grise. Le chien gémit de douleur, mais il ne recula pas. Au contraire, il planta les crocs dans l'épaule de Lachlan et se secoua vicieusement pour arracher les tendons et déboîter l'articulation. Ce fut au tour de Lachlan de hurler de douleur. Il lâcha son pied-de-biche pour attraper le chien par la peau du dos.

Le chien, *c'était Danny*. S'il arrivait quelque chose à Danny, Jack aurait déjà tout perdu.

Il se jeta dans la mêlée et mordit à pleines dents la jambe de Lachlan, mais alors… La surprise lui donna un haut-le-cœur. Il lâcha prise et recula d'un pas.

Le sang qui coulait sur sa langue avait un goût... familier, bien que tenu. Le sang de Gregor avait ce même goût, le sien aussi – il l'avait souvent vérifié après un combat.

Avec un hurlement de rage, Lachlan arracha le chien de son épaule lacérée et le jeta violemment. Le chien heurta le sol, roula sur lui-même et se remit sur ses pattes. Il grondait toujours, sa fourrure bouclée était humide de sang et de neige.

Dans la meute, les chiens étaient en général appréciés parce qu'ils étaient faciles à vivre. Ils acceptaient de porter un collier, ils n'effrayaient pas les humains avec des dents trop longues, une faim toujours inextinguible et le rappel des anciennes légendes... sur ce qui rôdait dans le noir. Ils étaient apprivoisés, ils remuaient la queue, ils aimaient leurs maîtres malgré leurs défauts.

Le chien qui affrontait Lachlan n'était pas comme eux. Lachlan le sentit sans doute, car il grimaça et se plaqua à la paroi rocheuse et couverte de sang qui se trouvait dans son dos. Ce chien-là était celui que les humains gardaient pour les protéger parce que *lui savait* ce qui rôdait dans le noir. Ce chien-là était le fidèle compagnon qui chassait les monstres pendant que ceux qu'il aimait dormaient.

C'était le chien dont la Nature sauvage se souvenait. En fait, comprit Jack, Danny avait toujours été ce chien-là.

Lachlan pressa la main sur son cou déchiré et inhala nerveusement.

— T'es rien qu'un chien, marmonna-t-il, comme s'il cherchait à s'en convaincre. La Nature sauvage n'a pas voulu de toi quand ta mère t'a sorti...

Le chien avança, les pattes raides, et jeta à Jack un regard impatient. Sans doute cherchait-il à lui rappeler son devoir.

Jack entendit presque la voix humaine de Danny dans sa tête : *je n'ai pas besoin de toi. Vas-y !*

Jack tenait à rester avec Danny. Plus encore, il lui semblait *vital* que Danny le sache une bonne fois pour toutes. Malgré tout, il ne discuta pas, il était le Numitor et il avait des responsabilités à tenir... du moins tant qu'il n'était pas renié par la meute qui lui restait. Après, il retrouverait Danny... d'une façon ou d'une autre.

Il émit un dernier grondement, une menace sans équivoque envers Lachlan et les laissa à leur combat.

Au fur et à mesure qu'il avançait, les monstres et les Sannocks émergeaient par à-coups des murs blancs que la neige avait bâtis tout autour la scène de la bataille, tous se déchiraient à belles dents, tous étaient ensanglantés et boueux, tous disparaissaient d'une bourrasque à l'autre. Les fantômes des chiens massacrés soufflaient sur la tempête, leurs oreilles fouettées par le vent et leurs gueules sanglantes grandes ouvertes pour harceler ceux qu'ils croisaient. Malgré les hurlements sauvages du vent, Jack les entendait aussi au-dessus de lui pourchasser l'oiseau.

Il ne se donna pas la peine de chercher Gregor, certain que son frère et lui ayant le même objectif, ils ne tarderaient pas à se retrouver dans ce labyrinthe blanc.

Ce fut leur père qui les trouva le premier. Il émergea de la tempête et frappa Jack à l'épaule, le renversant comme un chiot, cul par-dessus la tête dans la neige. La scène rappelait de façon si effroyable les jeux d'autrefois entre le vieil homme et ses fils que Jack en resta un moment paralysé, le temps que son cerveau se remette à fonctionner et donne un sens à ce qui se passait.

Si son père avait eu les mêmes souvenirs que lui, il ne prit pas le temps de s'y attarder. Il empoigna à pleines mains la longue tête étroite du loup de Jack et serra comme un malade.

Une fois encore, Gregor vint à la rescousse. Par-derrière, il passa le bras autour la gorge du vieil homme et l'étrangla. La brute dut lâcher Jack pour affronter son nouvel agresseur. À moitié groggy, Jack pensa vaguement à lister les points entre son frère et lui afin de déterminer le perdant. Il ne tenait pas à mourir avec une dette de sang vis-à-vis de Gregor.

C'était stupide, mais cette petite mesquinerie familière l'aida à retrouver sa concentration. La fin du monde échapperait peut-être au contrôle des loups, l'homme que Jack aimait allait peut-être mourir sous les dents d'un loup aussi bête que lâche, leur père, loin d'être mort, avait tourné casaque en devenant un traître… c'était tellement énorme comme révélations que Jack ne savait pas où commencer. Sa rivalité avec son frère n'était plus qu'un instinct.

Ignorant la douleur sourde qui lui martelait la tête, Jack se lança à son tour dans la bataille. Il planta les dents dans le poignet de son père pour l'empêcher de frapper Gregor. Il grogna de surprise quand le vieil homme leva le bras, et Jack avec. La mâchoire du loup faillit se décrocher d'avoir tout son poids à supporter ! Et le sang de son père coulait sur sa langue, chaud et poisseux. Mais le goût avait changé, ce n'était plus le vieil homme que Jack avait connu. Il était différent… transformé. Nouveau et étranger. Cela se sentait aussi bien à son odeur qu'à sa connexion à la Nature sauvage.

Jack n'eut pas le temps de s'attarder sur cette idée, son père s'était retourné pour le propulser contre un arbre gelé. Sous l'impact, Jack grogna et libéra le bras qu'il mordait. Gregor ne laissa pas au vieil homme le temps de reprendre ses esprits, d'un coup de pied latéral au genou, il lui fit sauter la rotule avec un «*pop*» étonnamment bruyant. La jambe plia à l'envers, le vieil homme hurla un long cri inarticulé et frustré, et s'écroula sur son genou valide. La blessure ne le ralentirait pas longtemps. Son bras était déjà guéri, les épaisses déchirures musculaires déjà à peine visibles. D'une gifle, le vieil homme envoya Gregor dans la neige, à moitié assommé.

Jack s'agenouilla et força sa transformation – son loup tentait de résister, mais il tenait à être humain pour s'adresser à son père, à ce qui restait de lui en tout cas.

Il tendit la main.

— P'pa ! cria-t-il. P'pa, c'est nous. Arrête. Laisse-nous t'aider !

Le vieil homme gronda. Il ouvrit aussi la bouche et… C'était un véritable cauchemar ! Les dents humaines, cassées et ébréchées, se mêlaient à des crocs. Les yeux étaient un gouffre noir, bordés de paupières rouges et si enflées qu'elles cachaient presque le regard sous les sourcils épais. Le corps était lacéré de cicatrices boursouflées qui formaient un treillis sous la crasse, les guérisons s'entremêlant en fonction de l'urgence des plaies à soigner en premier.

Jack avait toujours la main tendue quand son père le mordit et lui arracha un morceau de chair. Le rugueux collier qu'il portait se serra autour du cou et le cuir tatoué s'enfonça dans sa peau quand il lutta pour s'en dégager.

— Il est parti, déclara Rose d'une voix instable. J'ai cru qu'en lui coupant son loup, je ferais assez de place, mais non, c'était encore trop serré. Alors, j'ai découpé l'homme aussi, un peu plus à chaque fois, pour enfoncer le dieu à la place. Ça n'est pas encore terminé… parfois, il ressort, il coule, il retourne dans son cadavre. Salopard de dieu ! Il est aussi chiant et têtu que l'homme qu'il va habiter ! Justement, je me disais qu'ils s'accorderaient. Eh bien, pas du tout, ils ont fait le contraire juste pour me contrarier.

Elle émergea de la tempête en boitant, la laisse du vieil homme serrée entre les doigts. Son ventre nu était bleu de froid et quelque chose frétillait à l'intérieur, les mouvements spasmodiques visibles sous la peau architendue.

La prophétesse plia les doigts et tapa sur l'arrière du crâne du vieil homme. Il cessa de gesticuler et se soumit.

Jack fixa d'abord le collier, puis il remonta le long de la laisse tressée et nouée à espaces réguliers. Elle était composée de lambeaux de peau séchés et entremêlés – *sa peau !* –, toute sa vie était tatouée dessus à l'encre noire et au gros sel. *Fenrir est réveillé*, avait dit le Sannock, il était également lié à la chair de son père !

Rose tira sur la laisse pour ramener à ses côtés le vieil homme, mais était-ce *encore* lui qui portait la peau de Jack ? Peu importait, de toute façon.

— Effectivement, déclara-t-elle. C'est bien ta peau, Jack. Je l'ai arrachée au torse de Lachlan. J'aurais préféré te découper une fois encore, avoir de la chair fraîche, mais ton frère m'a laissé tomber. Il a refusé ma proposition ! Il tient plus à toi qu'à son loup, apparemment.

Gregor se redressa avec un rire dur. Il effleura du regard le ventre de Rose, puis grimaça de dégoût et détourna les yeux.

— Jack n'a rien à voir dans ma décision ! se défendit-il. Tu n'as pas le pouvoir de me rendre mon loup, sale garce, je ne veux pas de ton cadeau empoisonné, une vieille peau puante et profanée, je ne veux pas devenir un monstre de plus. Mon loup était unique, il n'existe plus ! Je ne veux rien de toi, tu me fais horreur ! Tu n'es que pourriture, intérieurement et extérieurement !

La bouche cicatrisée de Rose se tordit de colère. Elle tira rageusement sur la laisse et l'enroula autour de son poignet. Le vieil homme s'étrangla et recula à contrecœur.

— Tu as signé ton destin, Gregor. J'avais pensé t'épargner pour satisfaire mon petit-fils, mais je lui trouverai un autre loup. Lachlan, peut-être, une fois que sa peau sera cicatrisée. Il est loin d'être un bon amant, mais il a le mérite de se montrer pathétiquement reconnaissant de mon attention à son égard.

Gregor montra les dents.

— Tu penses vraiment que Jack et moi allons épargner ton dernier monstre sous prétexte qu'il a été notre père ? railla-t-il. Après ce que tu lui as fait, la mort sera une miséricorde.

Gregor commença à se positionner. Jack se releva également et prit place à l'autre flanc, tout en veillant à minimiser le handicap de son côté aveugle.

Un des monstres les chargea à toute allure, ses griffes d'os profondément enfoncées dans le sol gelé. Alors qu'il ouvrait la bouche pour rugir, un Sannock s'interposa et insinua une branche cassée entre les deux mâchoires ouvertes, la pointe pressée contre le palais. D'instinct, le monstre serra les dents et le pal lui perfora le crâne. Il couina de choc et de douleur, les yeux exorbités, la bouche inondée de sang. Le Sannock le renversa dans la neige, dans un ténébreux diorama de silhouettes bizarres et de hurlements.

Rose leur jeta à peine un regard, elle gardait son attention fixée sur les jumeaux.

— Oh, flûta-t-elle d'une voix de petite fille émoustillée, faites ce que vous voulez, je m'en fiche. Que vous trahissiez votre géniteur, infâmes rejetons, ou que vous mourriez sous ses crocs, dans les deux cas, le résultat sera le même pour moi. Il me reviendra !

Elle tira sur la laisse et mit le vieil homme à genoux. Il tomba, son grondement étouffé net par le collier avant qu'il puisse s'échapper de sa gorge.

Rose se pencha et chuchota à son oreille.

— Mets-les en pièces et rapporte-moi leurs peaux. J'ai un bébé à faire naître.

Elle lâcha la laisse et fit un doigt d'honneur aux jumeaux, puis elle s'éloigna. Deux prophètes détalèrent derrière elle, l'un d'eux avait les bras déchiquetés à coups de griffes des doigts aux coudes. Des monstres couraient aussi dans la neige après eux, du givre croûté sur le dos comme une carapace. Les prophètes prirent Rose chacun par un bras et dépassèrent les monstres. Ces derniers hésitèrent, tentés de continuer le combat, mais tenus d'obéir à leurs concepteurs. Ils finirent par tourner le dos à contrecœur.

Avec un grognement, le vieil homme bondit en avant.

Jack recula. Il avait la poitrine prise dans un étau, mais sans avoir si c'était dû au froid ou au chagrin.

— P'pa, plaida-t-il. S'il te plaît. Arrête, ne fais pas ça ! Reprends-toi !

Les babines retroussées sur ses dents cassées, le vieil homme se jeta sur lui. Jack recula, oubliant son handicap, et se cogna contre un arbre qu'il n'avait pas vu. Il se baissa et échappa aux griffes visant sa tête. Elles s'enfoncèrent dans l'arbre et arrachèrent un bon morceau d'écorce.

Jack bascula à la renverse. Gregor l'attrapa par le bras pour le stabiliser. Les deux frères reculèrent ensemble, les yeux fixés sur celui qui les avait engendrés.

— Ce n'est plus notre père, déclara Gregor, d'un ton sinistre. Et si tu n'utilises pas tes crocs, frangin, tu ne sers pas à grand-chose.

Jack s'étonna de sentir sa nuque le brûler. Il y passa la main et sentit les échardes plantées à la base de son crâne. Quand il regarda ses doigts, ils étaient pleins de sang.

— Je ne veux pas jouer le jeu de Rose, se justifia-t-il. Elle nous a incités à le tuer, ça fait peut-être partie de son plan tordu.

Gregor gronda son scepticisme. Puis il bouscula Jack pour l'écarter du chemin d'un rondin que leur père jetait dans leur direction. Il passa entre eux et s'écrasa au sol dans une gerbe d'éclats de bois et de neige.

Gregor se secoua pour débarrasser ses cheveux de bouts d'écorce et d'éclats de glace.

— D'après toi, on a le choix ? railla-t-il. Pour récupérer mon bébé et abattre Rose, il faut nous débarrasser du vieil homme. Mieux vaut que nous nous en chargions plutôt qu'un des monstres.

Jack eut un rire amer.

— Tu es pour garder le meurtre en famille ?

Gregor haussa les épaules et se baissa pour récupérer un morceau du rondin explosé. Il avait dit vrai, il leur fallait tuer leur père, tous deux savaient que c'était la seule solution. Et Gregor avait raison, Jack était plus à l'aise au combat sous sa forme de loup, aussi se transforma-t-il avant même de l'avoir réellement décidé. Il en avait gros sur le cœur cependant, il aurait voulu…

Quoi ? Dire quelque chose. Quoi au juste ? Qu'il était devenu Numitor malgré le bannissement infligé par son prédécesseur à ce poste… et qu'il avait tout foiré en très peu de temps, justifiant la décision prise par son père de l'exclure de la compétition ? Ou que l'Hiver de loup n'était nullement la glorieuse épopée qu'on leur avait fait miroiter ? Ou que toute cette *injustice* était insupportable ?

C'était inutile, comprit Jack, son père le savait déjà, où qu'il soit – ou quoi qu'il reste de lui dans ce corps déchu.

Dans une explosion de fourrure fauve, le loup se jeta sur le vieil homme, il le mordit aux cuisses, arracha de larges morceaux de muscles durs et esquiva les coups sauvages qui visaient sa tête. Il n'y parvint pas à chaque fois.

Un revers l'atteignit sous la mâchoire et l'articulation cassa net avec une secousse que Jack ressentit dans tout le crâne. Quand il chancela en arrière, Gregor intervint et cassa sa branche sur les reins du vieil homme, puis il usa d'une esquille dure et pointue comme un poignard pour la glisser sous les côtes, visant le cœur.

La douleur fit chanceler le vieil homme, ses genoux plièrent. Il tenta d'arracher la branche ensanglantée plantée en lui. Gregor le prit par le poignet et tordit de tout son poids.

Jack intervint et mordit le vieil homme à l'estomac. Ses dents déchiquetèrent la peau, la graisse jaune et les muscles serrés. Le sang gicla sur son visage et imbiba sa fourrure au niveau de la gorge et du poitrail. Le vieil homme finit par se dégager d'un coup de pied en plein sternum. Le souffle coupé, Jack bascula en arrière et glissa de plusieurs mètres. Une seconde plus tard, Gregor le rejoignait, tout aussi assommé. Il atterrit lourdement sur un obstacle caché par la neige et un de ses os claqua avec bruit. Gregor étouffa un cri de douleur et un juron.

Le vieil homme rejeta sa tête en arrière et rugit de triomphe.

La grêle reprit de plus belle, martelait le sol autour d'eux. Des projectiles aussi gros que des boules de ping-pong rebondissaient sur les rochers et les arbres bosselés. Jack en reçut sur le dos et les hanches, leur impact quelque peu atténué par l'épaisseur de sa fourrure épaisse. Le vieil homme était tête nue. Il avait un sourcil fendu, le visage maculé de sang et des ecchymoses pourpres sur les épaules et les bras. Il ne paraissait pas s'en soucier. Pas plus que de la plaie ouverte sur son ventre, pourtant, les intestins sortaient des muscles déchiquetés.

Jack aspira l'air péniblement, ses poumons déjà meurtris apprécièrent peu le froid ambiant. Il repartit ensuite au combat sans même vérifier que Gregor était encore apte à le suivre. Qu'il le soit ou pas ne changeait plus rien, de toute façon. Jack n'avait pas le temps d'établir un plan B.

Sans doute la fin du combat était-elle déjà écrite.

Le vieil homme lui sauta dessus et lui arracha une oreille. Jack parvint à se libérer en plantant les dents dans l'avant-bras épais. Il serra jusqu'à sentir l'os. Le vieil homme le balança en l'air, puis le plaqua au sol, dans les grêlons dispersés. Le froid fut presque agréable.

Un pied lourd écrasa alors la queue du loup, ce qui le poussa rapidement à se relever. Il ne le put, car Gregor et leur père roulaient sur lui dans une masse furieuse et entremêlée. Les doigts enfoncés dans les plaies du vieil homme, Gregor lui envoya un violent coup de tête et lui fracassa le nez – encore !

Le sang les éclaboussa tous les deux. Avec un grondement de rage, le vieil homme planta ses dents cassées et aiguisées dans l'épaule de son fils, le déchiquetant jusqu'à l'os. Le visage blême, Gregor laissa retomber son bras inerte.

Jack s'attaqua à nouveau à la cuisse du vieil homme avec férocité. Il faillit être écrasé lorsque son père bascula sur lui. Ils luttèrent à même le sol pendant un moment, le vieil homme avait les mains dans la bouche de Jack et tentait de lui disloquer les mâchoires. Jack hurla de douleur. Juste avant que ses tendons cèdent, Gregor intervint et noua son bras indemne autour du cou du vieil homme, lui renversant la gorge en arrière, une cible facile offerte aux crocs de Jack.

La chair se déchira, le sang jaillit. Le sol en était déjà imbibé, la neige blanche était une scène d'abattoir. Le vieil homme eut un haut-le-cœur et échappa à Jack pour écraser Gregor contre un arbre. Cette diversion lui coûta un bon morceau de jambe et son tendon d'Achille.

Jack avait vu Nick après une bagarre. Le dieu oiseau qui vivait en lui l'aidait à guérir, parfois encore plus vite qu'un loup, mais pas immédiatement. L'oiseau avait obtenu un corps pour arpenter le monde humain, mais en échange, il avait perdu une partie de ses pouvoirs divins – comme du whisky coupé d'eau.

Le vieil homme avait toujours guéri rapidement, il le faisait plus vite encore avec les ossements de Fenrir dont Rose l'avait farci, mais ce n'était pas instantané. Jack et Gregor devaient donc le blesser plus vite qu'il ne pouvait cicatriser, le saigner jusqu'à ce qu'il tombe comme un cerf exsangue sur les landes.

Alors, ils pourraient le tuer.

Ensemble, tour à tour, ils mordirent et frappèrent. Ils le payèrent cher, leurs blessures étaient également nombreuses et plus lentes à guérir, mais cela ne les ralentissait pas.

Finalement, le vieil homme tomba à genoux et ne se releva pas. Il se plia en deux et souffla comme un cheval agonisant, du sang et des glaires jaillissaient de ses lèvres à chaque respiration forcée. Ses tripes étaient étalées sur ses genoux en une masse informe, ses os lui crevaient la peau en de multiples endroits.

— Fais-le, dit Gregor.

Il recula en titubant, les bras croisés sur sa poitrine pour soutenir son épaule déboîtée. Quand Jack hésita, Gregor gronda de désespoir frustré.

— Il disait que tu ne serais jamais Numitor, insista-t-il. Prouve-lui qu'il avait tort. Putain, dépêche-toi, fais-le avant qu'il se relève !

Jack serra les dents et avança en boitant sur trois pattes, prêt à faire son devoir. Le vieil homme releva la tête avec le grondement hargneux d'un chien acculé qui n'avait plus rien à perdre. Il chercha à s'écarter en rampant, se traîna dans la boue sanglante dans la direction que Rose avait prise.

Avant que Jack puisse frapper son père, Lachlan émergea de l'épais rideau de neige. Lui aussi chancelait, son visage déchiqueté était à peine reconnaissable, une de ses mains pendait comme du hachis, accrochée à un poignet enflé. Il avait sous le bras un chien qui grondait. Il le muselait de sa bonne main.

Il étudia la scène devant lui et ses yeux enflés flamboyèrent de colère sous ses paupières écarlates.

— Laissez-le partir ! hurla-t-il. Si je te vois faire un pas vers lui, Jack, je tue ton putain de chien. Ensuite, je l'écorcherai et je porterai sa peau comme les prophètes leur loup. Qu'en dis-tu ?

Incapable de parler sous sa forme de loup, Jack montra les dents. Du coin de l'œil, il surveillait le vieil homme qui s'éloignait, toujours en se traînant, mais l'essentiel de son attention restait fixé sur le cou du chien. Lachlan avait bien assuré sa prise, il suffirait d'une simple torsion pour casser l'os ou sectionner la colonne vertébrale. Comme pour ce lapin que Jack avait tué quelques jours plus tôt.

— Laisse-le partir, Lachlan, intervint Gregor. Putain, regarde autour de toi. Ouvre les yeux ! La vieille salope t'a laissé mourir ici.

Lachlan grimaça.

— Non ! Elle… elle est partie accoucher à l'abri. Nous gouvernerons le monde ensemble, elle et moi. Je me fous d'être Numitor désormais, j'ai engendré un dieu !

Le chien grogna, un bruit étranglé par l'angle anormal de son cou. Lachlan le secoua brutalement et le chien s'étouffa avec son sang, l'entaille de son visage s'était à nouveau ouverte. Il gratta le sol de ses pattes en cherchant à se libérer.

Oubliant le vieil homme, Jack fit deux pas en avant.

— Elle est aussi desséchée qu'un vieux cuir, espèce d'idiot ! cracha Gregor. Elle a enfilé une peau de jeune qui te fait renifler après elle comme si elle était en chaleur, mais ce qui sortira de ce ventre pourri ne sera certainement pas un bébé.

Lachlan s'étrangla de rire.

— Oh, si ! Le bébé est entré, je l'ai vu ! Il ressortira de la même façon !

En comprenant la portée de cet aveu, Jack oublia Danny, il baissa la tête et gémit de dégoût en imaginant la scène. Une seconde après lui, Gregor comprit également. Il rugit de chagrin et se rua vers Lachlan. Le visage en lambeaux exprima une peur panique, très compréhensible dans ces circonstances, puis Lachlan resserra les doigts sur le nez du chien. Pour éviter un geste fatal, Jack intercepta Gregor et le bouscula d'un coup d'épaule associé d'un grognement d'avertissement.

Si le sacrifice avait été encore possible, Jack aurait pu abandonner son amant à son sort tragique pour sauver le bébé de Gregor – il savait que c'était le choix que Danny aurait fait –, mais ils étaient arrivés trop tard.

Gregor essayait d'écarter Jack de son chemin.

— Ce chien est déjà mort! cracha-t-il. Aussi nul que soit Lachlan, il ne peut quand même pas rater un coup aussi simple.

Au-dessus de leurs têtes, un croassement retentit, un son criard et insistant qui fit tressaillir Lachlan. Affolé, il regarda autour de lui et ne vit… rien. Juste une ombre.

— Ta gueule, marmonna-t-il. Je n'ai rien fait. Laisse-moi tranquille. Va les attaquer!

Il agita sa main abîmée devant lui, répandant une flopée de gouttes de sang sur le rideau de neige. Elles silhouettèrent une femme, non, une jeune fille. Jack eut un bref aperçu d'un profil aussi sombre que l'eau du loch, l'expression était dure, les traits figés de colère. Puis la neige s'envola et la silhouette disparut avec elle. Jack réfléchissait, cette fille lui avait semblé familière, bien qu'il ne parvienne plus à la voir.

Lachlan, lui, le pouvait encore. Du moins, il savait qu'elle était là.

Il y eut un gémissement, un crépitement de chagrin dur et brut. Jack regarda d'abord Gregor, puis le vieil homme. Il avait cessé de ramper dans la neige et fixait l'endroit où la fille était apparue, son visage meurtri était tordu d'une intensité douloureuse, très sombre, très en colère. Pourtant, Jack reconnut enfin son père sous la bête en laquelle Rose l'avait transformé.

Gregor eut la même réaction.

—P'pa !

Le vieil homme ne les regarda ni l'un ni l'autre. Ses yeux injectés de sang se tournèrent vers Lachlan. Avec un frisson, le traître recula devant cette rage accumulée et si pesante. Le chien se débattit à coups de pied. Ses ongles laissèrent des traces rouge vif sur les jambes de Lachlan.

— Arrêtez! Je vais le tuer! Je vais tuer le chien! cria Lachlan. J'ai déjà tué sa mère!

Sa voix craqua et il détourna brusquement la tête.

Le vieil homme se redressa en grognant. Il chancela comme s'il avait un fardeau sur le dos… ou quelque chose qui tentait de le retenir.

— Non, gronda-t-il à travers ses dents cassées. Tu ne tueras plus, tu ne trahiras plus les loups! Jamais!

D'où venait cette formulation? Était-ce d'un très ancien dieu qui avait eu des siècles pour ruminer sa rancune? Peut-être… En tout cas, le vieil homme rugit et se rua en avant. Lachlan lâcha le chien, qui s'étala maladroitement dès que ses pattes heurtèrent le sol, et sortit un couteau taché de la ceinture de son jean.

Il trancha la gorge du vieil homme, puis planta sa lame dans ses intestins à travers l'entaille béante, encore et encore, à grands mouvements de coude. Le vieil homme posa les mains autour du cou de Lachlan. Il ne serra même pas. Ses doigts meurtris tremblaient et son grognement exprimait... une certaine surprise. Il tomba à la renverse dans la neige, les mains sur le ventre.

Personne ne bougea. Le plus choqué d'eux tous, c'était Lachlan. Il affichait un air presque coupable, ses mains couvertes de sang tendues devant lui. Le chien approcha du vieil homme et poussa son nez dans les doigts noueux, puis il se tourna vers Lachlan, un grondement au fond de la gorge.

Le cri d'un nouveau-né déchira le silence et s'étira inlassablement, porté par les ailes du vent. Alors, le vieil homme mourut.

Jack retint son souffle et attendit, mais il n'y eut rien d'autre. Il s'était trompé, pensa-t-il, l'esprit engourdi. La Nature sauvage ne réagissait pas *du tout* à la mort de son père. Il était parti, il ne restait de lui qu'un corps, un cadavre, de la viande.

Et Jack était le vrai Numitor désormais. Il le sentait jusque dans ses os.

XXVII

Danny

LE CHIEN grondait et fixait Lachlan pour cacher ses nausées, ses maux et son dégoût. Il avait mal… partout ! Le vieil homme avait une atroce odeur de pourriture – complètent anormale – et les bruits et odeurs de combats lui martelaient les oreilles et les sens.

Son instinct lui hurlait de fuir et de se mettre à l'abri. Il restait cependant. Pour Jack, pour le bébé de Bron.

Le chien comprenait la loyauté. Le reste, ce serait à Danny de le gérer et d'y donner un sens.

Lachlan sourit, exhibant des dents ensanglantées dans un visage qui ne parvenait pas à se reconstituer.

— C'est fait, déclara-t-il. Tu es arrivé trop tard, Jack. Fenrir est revenu, il s'est réincarné dans le sang et dans la mort. Et j'ai tué le vieil homme. Moi, Lachlan Givens ! Vous m'avez tous traité comme de la merde, comme un chien, mais c'est moi qui ai gagné !

Le chien gronda et se jeta sur lui. Lachlan tressaillit devant la menace de ses dents découvertes, mais s'il recula d'effroi, ce fut au contact glacé d'un fantôme que le chien ne voyait pas. Oh, il le *sentait*, il devinait sa présence maléfique aux crépitements électriques de sa fourrure hérissée, mais il ne voyait rien du tout.

Lachlan percevait la présence du fantôme. Il cracha sur le chien et se mit à rire en titubant dans la tempête.

Il dut hausser la voix pour se faire entendre par-dessus les rafales :

— Tu aurais dû me céder quand tu en as eu l'occasion. Bron le fera peut-être. Elle vivait encore quand je l'ai quittée. C'est une erreur que je vais devoir réparer.

Enragé, le chien lui courut derrière. Il ne put aller bien loin. Jack le bouscula d'un coup d'épaule et Gregor le saisit par la peau du cou et lui souleva les pattes avant de terre pour le fixer dans les yeux.

— Laisse-le, ordonna-t-il sèchement. Il n'a plus aucune importance. Nous devons rattraper Rose avant qu'elle tue un autre bébé, celui de Bron, putain. Mon bébé !

Le chien trembla de fureur en regardant Lachlan, la dette de sang n'était pas encore payée. Cependant, il céda, les pattes raides. Il gémit tristement en passant devant le vieil homme. Les sentiments de Danny envers le Numitor étaient assez compliqués, mais le monde du chien avait toujours été plus simple. Cela lui permettait de porter le deuil, une option dont Danny serait privé.

Quelque part dans la tempête, le vent s'empara des cris tenus du nouveau-né et vint les leur apporter. Danny y réagit d'instinct, il savait que cet enfant était de son sang, le bébé de sa sœur.

— Suis Rose, insista Gregor. Tu es assez rapide pour la rattraper. Nous serons derrière toi.

Le chien n'y tenait pas, mais Gregor avait raison. Il était meilleur à la course qu'au combat. Il tourna vers Jack des yeux nostalgiques, mais sans s'attarder. Il leva le nez et chercha la piste de Fenrir le revenant.

Il partit au grand galop. Le froid était à la fois son allié et son ennemi, il engourdissait ses plaies à vif, mais il raidissait ses articulations et l'obligeait à tirer sur ses dernières réserves en le poussant à aller vite, toujours plus vite. Le chien trébucha sur un Sannock mort dans la neige, la chair humaine déchirée révélait du lichen et des os anormalement épais. Les organes d'origine Sannock étaient déjà secs et cassants, ils s'effritaient tandis que la Nature sauvage les retirait méticuleusement du monde. Danny y accordait également de l'importance et le chien fut un moment distrait par son processus de pensée.

Une catastrophe se préparait. Le chien sentait le malaise de Danny, la progression de son raisonnement en additionnant les indices, mais il ne pouvait arriver au bout de la piste ou en comprendre la destination. C'était sans importance. Il avait une mission.

Le bébé de Bron. Et Jack. Et s'éloigner de la scène de massacre.

Agacé, le chien secoua la tête. Il laisserait Danny redevenir humain si ses pensées comptaient tellement pour lui. Sinon, qu'il laisse le chien tranquille jusqu'à ce que le bébé soit sain et sauf.

Son souhait ne fut pas excusé. L'inquiétude de Danny envahit peu à peu l'esprit du chien, malgré ses efforts pour l'ignorer. Sur la neige devant lui, une ombre grise, déformée par le vent et le clair de lune, marchait au même pas que lui.

Le chien sentit la puanteur bien avant d'arriver à l'endroit concerné, des pierres empilées sur une colline formant un cairn bas, entouré de broussailles, d'arbustes et d'ajoncs. Des peaux de chiens morts, attachées aux arbres, claquaient comme des drapeaux, les pattes écorchées clouées aux troncs gelés. La nuque du chien se hérissa quand il devina des présences spectrales sur le cairn et alentour. Des nez froids et fantomatiques ricanèrent de ses blessures, des dents mortes claquèrent à ses oreilles en silence – pourtant, il les entendit. Le chien ravala ses gémissements et serra sa queue entre ses pattes. Il avança avec plus de prudence encore.

Rose était allongée sur les pierres, ses jambes maigres ouvertes en grand, une peau couvrait ses cuisses et son aine. Elle était maculée de sang. Les quelques prophètes qui lui restaient s'étaient agglutinés autour d'elle et chantaient des prières gutturales en frottant de la graisse sur son ventre distendu et ses cuisses couvertes de tissu cicatriciel. Un cri de bébé jaillit de sous la peau souillée posée sur la prophétesse. Cette dernière pressa ses deux mains sur son ventre gonflé et poussa vers le bas.

Du sang frais coula sur la pierre et le bébé glissa dans le flot écarlate. Il atterrit dans les mains grasses que lui présentait un prophète. Il était tout petit, encore aveugle et rouge comme un lapin écorché quand le prophète le fit passer à Rose. Elle le posa sur sa poitrine. Il piailla de désespoir et détournait son petit visage fripé du mamelon sec et flétri que la prophétesse lui présentait.

Autre chose frétillait dans le ventre maintenant flasque de Rose. Il n'eut pas besoin d'encouragement pour trouver la sortie, il déchira à coup de griffes la fine membrane qui l'enveloppait. Rose grimaça de douleur et serra le bébé contre sa poitrine. Elle plongea la main dans son vieil abdomen et en sortit un embryon encore humide et inachevé, tout en os et membres aussi fins que des pattes d'araignées. L'être informe ouvrit la bouche, exhiba des dents aussi acérées que des rasoirs et poussa un sifflement de bouilloire.

Rose le secoua sans douceur et le jeta à un prophète. Puis elle se releva, le bébé de Bron serré dans un bras.

De plus en plus, le chien sentait qu'il était *vital* de comprendre l'effroyable panique de Danny dont les relents âcres l'asphyxiaient presque. Cela concernait le bébé, il le savait. Le chien avait promis, non, ils avaient tous promis à Bron de lui ramener le bébé. Ils le lui devaient bien. À Kath aussi.

Si la Nature sauvage tentait de s'y opposer, qu'Elle aille se faire foutre.

Le chien se transforma et Danny tomba face contre terre dans la neige. Il se releva d'un bond et le regretta. Le chien avait eu mal lui aussi, mais il ne s'était pas attardé à décompter ses maux. Danny, lui, ne put s'empêcher de vérifier les dégâts et de calculer le temps qu'il mettrait à guérir… s'il guérissait. Il était un chien, pas un loup. Chez lui, certaines fractures cicatrisaient à la va-comme-je-te-pousse.

Danny enleva la neige de ses yeux.

— Ça ne marchera jamais, murmura-t-il pour lui-même. Je me suis trompé. *Un nouveau-né* ne suffirait pas. *Un loup* ne suffirait pas. Et Nick est mort à cause de cet oiseau fourré en lui.

Son raisonnement restait incomplet, il avait des indices, mais il ne parvenait pas à les relier entre eux. Il devait arrêter Rose, il le savait, mais il ne s'était pas transformé en humain sans raison, pas vrai? Avait-il sincèrement cru que nu en pleine tempête et à moitié aveugle, il serait plus efficace qu'un chien? Il n'en tituba pas moins vers le sommet de la colline, ralenti par les épaisses congères sur lesquelles le chien avait glissé.

Il se souvint du goût des moutons morts sur sa langue et des longues nuits passées avec Hector pendant la saison d'agnelage. En ce domaine, les loups étaient un handicap. Les moutons préféraient fuir et se jeter d'une falaise plutôt qu'accepter leur aide pendant une mise à bas. Donc, c'était toujours les chiens qui se chargeaient de l'agnelage. Parfois, la naissance se passait mal, parfois l'agneau mourait, parfois, c'était la brebis. Il y avait une astuce pour faire accepter un agneau orphelin à une brebis ayant perdu son petit.

Il suffisait d'écorcher l'agneau mort et d'envelopper dedans le survivant. La mère ne voyait pas la différence.

Les loups avaient un meilleur odorat. Ils étaient plus intelligents que les moutons, plus intelligents que les chiens. Fenrir n'était pas comme Jack, cependant. Il n'avait jamais été humain, il n'avait jamais appris à mentir ou à ruser. Rose avait lardé Lachlan de morceaux de Jack avant de se laisser baiser, elle avait donc sur elle l'odeur de la peau que portait Fenrir. Puis elle avait écorché vif Lachlan, ce crédule arrogant, et récupéré son «cadeau» pour en faire une laisse pour le loup. À présent, elle avait le petit-fils du vieil homme, un enfant qui avait son sang et ses os pour…

Danny se maudit et s'efforça de courir plus vite. Il avait abandonné Jack et Gregor au milieu d'un massacre et il n'avait pas le temps d'attendre qu'ils le rattrapent. Il avait promis de ramener le bébé de Bron, mais il lui faudrait laisser cette tâche à un autre. Si Danny n'intervenait pas de toute urgence, le bébé ne serait bientôt plus qu'un cadavre.

S'il avait vu juste.

Avec une grimace amère, Danny admit qu'il aurait l'air franchement débile s'il s'était trompé du tout au tout. Son humiliation ne durerait pas longtemps, car il mourrait très vite après, mais quand même.

Danny ne perdit pas de temps à combattre les prophètes. Il les traversa au galop, esquivant les mains qui cherchaient à le prendre par les bras ou les cheveux. Puis Rose le vit et son visage balafré se tordit de mépris. Ce masque rafistolé par des emprunts à des cadavres était d'une beauté horrible et effrayante, mais quand Danny évoqua sa mère morte, il parvint à repousser sa fascination morbide.

Rose leva la main pour le repousser.

Il se baissa pour attraper un rocher qui avait roulé du cairn. Rond et lisse, il remplissait parfaitement sa paume. Danny se redressa et effectua un lancer fluide et parfait. Son projectile écrasa les doigts de la prophétesse et lui cassa le poignet. Ulcérée, elle l'agonit d'insultes. Il se jeta sur elle, la saisit par la mâchoire, déboîta son articulation avec un «*pop*» écœurant et renversa Rose sur l'autel de pierre.

Lâchant le rocher, il s'empara du bébé que Rose serrait contre elle et recula. Le bébé ne pleurait pas. Danny ne l'en berça pas moins et regarda autour de lui, à la recherche d'une issue.

Rose se redressa et remit sa mâchoire en place d'une main ferme.

— Encore le chien! grogna-t-elle d'une voix déformée. J'aurais dû m'y attendre. Les chiens sont aussi fidèles que stupides.

Danny sentit la peur se coincer dans sa gorge, aussi urticante qu'une brassée d'orties, mais juste derrière, montait une terrible fureur, comme une réaction allergique, une réponse physique à cette vieille sorcière maléfique. Danny ne savait trop s'il allait vomir ou faire un arrêt cardiaque. Ou s'enfuir. Il aurait voulu aussi sauter sur la prophétesse et la dépouiller de ses couches de mensonges, de tromperies, de sortilèges, de peaux volées, pour arriver jusqu'au cœur de cette garce putride et voir ce qui restait d'elle, en vérité. Peut-être retrouverait-il l'image qu'il s'était fait d'elle en écoutant Nick évoquer son enfance.

— Vous avez tué ma mère!

La vieille bouche se plissa en un sourire amer.

— Elle a fait pareil.

Danny secoua la tête.

— Si ma mère vous avait tué, vous seriez morte, dit-il platement.

Une main enflée se tendit vers lui, Danny l'esquiva. Il jeta un coup d'œil à sa propriétaire et la reconnut sous son loup mort, à ses yeux trop petits et sa bouche trop grands : c'était une fille avec laquelle il avait grandi. Elle n'avait jamais été particulièrement gentille, mais quand même, Danny se demanda ce qu'elle avait bien pu faire pour que le vieil homme l'ait envoyée chez les prophètes. Elle recula prestement dès qu'il montra les dents en grondant.

Il reporta son attention sur Rose :

— Je ne vous laisserai pas le bébé de ma sœur !

Rose se pencha en avant. Son estomac distendu plia sur son genou et se contracta. Les yeux scintillants, la prophétesse inclina la tête. Danny cacha une grimace : cette expression, ce regard... Nick les avait aussi.

— Tu es sûr que c'est lui ? susurra Rose. Est-ce *le bon* bébé ?

Sans comprendre, Danny baissa les yeux et étudia le petit paquet qu'il tenait. Le bébé de Bron n'aurait pas dû naître aussi tôt. De plus, l'embryon volé avait passé des heures étouffé dans les tripes maudites d'une sorcière. Le petit corps était enduit d'une substance jaunâtre qui ressemblait à de la graisse figée, la chair flasque avait une translucidité de méduse. Danny voyait le cœur battre à travers sa peau. Ne pas goûter au lait maternel à peine né lui manquait certainement, mais c'était quand même un bébé. L'autre...

Il releva la tête et jeta un coup d'œil à « la chose » qu'un des prophètes tenait plus ou moins par la peau du cou. Étrange, mais cela commençait à ressembler à un bébé, l'instinct ou la magie ayant poussé la créature que Rose avait produite à se métamorphoser en nouveau-né.

Un peu inquiet, Danny resserra son emprise sur le bébé qu'il portait, se demandant même si la vieille garce n'avait pas procédé à un échange de dernière minute sans qu'il le remarque.

Non.

C'était impossible.

À moins que...

Une fois encore, Danny étudia le petit visage et chercha à y découvrir des traits communs avec Bron. Il ne trouva rien. Sa petite sœur avait toujours été belle, aussi gobelin soit-elle. Peu importait, décida-t-il.

Le nouveau-né s'agita faiblement. D'un geste protecteur, Danny le serra contre sa poitrine. Cet enfant était innocent, pourquoi ne pas l'aimer sans arrière-pensée ? Ne le méritait-il pas ?

351

Un chien n'était pas censé être très intelligent, après tout, mais tous acceptaient d'accueillir un bébé avec un cœur plein d'amour, même si le petit être n'avait pas leur odeur. Qu'il s'agisse ou non de la même espèce ne comptait pas.

— Allez vous faire foutre ! jeta grossièrement Danny.

Quand il était tombé en son pouvoir, à Girvan, quand elle l'avait coincé dans sa peau de chien, il avait passé des jours à la maudire sans pouvoir parler. C'était une libération de pouvoir exprimer son opinion, de la cracher au visage à la prophétesse à haute et intelligible voix. Rien qu'en pensant à Girvan, Danny sentait encore la brûlure de son collier trop serré autour de sa gorge.

Il ajouta avec hargne :

— Si je ne peux vous arrêter, je tuerai cet enfant de mes mains plutôt que vous le laisser !

Elle lui rit au nez.

— Menteur !

Son regard passa derrière l'épaule de Danny et elle leva la voix pour se faire entendre dans la tempête :

— Tu l'as entendu ? Il parle de tuer ton fils, mon amour. S'il y parvient, tu seras à nouveau prisonnier ! Vas-tu accepter ce défi d'un misérable chien qui ne connaît pas sa place !?

Danny fut alors submergé par une odeur infecte, une véritable vague de puanteur asphyxiante. Il vomit un jet de bile aussi épaisse que du goudron au goût de poussière et de vieux musc qui colla à son nez et à ses dents. Il resserra sa prise sur le bébé avant de se retourner.

Sous les arbres, une silhouette sombre se redressa sur ses pattes, raides et instables. Les loups sauvages étaient des bêtes énormes, bien plus massives que leurs congénères atrophiés auxquels les hommes s'étaient plus ou moins habitués. Et parmi les loups sauvages, ceux d'Écosse étaient les plus gros. Une fois transformés, Jack et Gregor avaient la taille et le volume d'un poney.

Le loup qui baissa son museau croûteux de neige pour renifler l'air avait la taille d'un Clydesdale [22]. Il avait des yeux crevés à la profondeur insondable, couverts de croûtes de sang coagulé et gelé, et des babines labourées d'anciennes cicatrices blanches.

---

22 Race de chevaux de trait qui tient son nom de la vallée de la Clyde, en Écosse.

Était-ce Fenrir ?

Possible, admit Danny, bien que cette idée le fasse frémir. Il doutait d'être de taille à gérer la situation. Peut-être était-ce juste une autre créature ancienne recrachée par la Nature sauvage, un loup mort depuis longtemps et qui, comme le monstre du loch, avait perdu conscience du passage du temps et oublié ses limitations.

Danny avait passé sa vie à lutter contre des êtres vicieux bien plus puissants que lui.

Il recula.

— Elle ment ! affirma-t-il. Ce n'est pas un enfant, c'est un *changeling* [23], un sac de peau et de vieux os, un bébé déterré du sol.

Fenrir ricana, son souffle fuma dans l'air froid et créa une brume malodorante, aux relents de lait aigre et d'haleine matinale. Puis le bébé vagit faiblement et Fenrir tourna vers lui son regard aveugle tout en agitant une oreille déchirée. Danny recula plus vite. Il vit bouger un prophète et changea de position pour affronter cette nouvelle menace. Il serra les doigts sur le cou du bébé… un cou si petit, si fragile.

Il tremblait de désespoir et d'effroi.

— Ne m'approchez pas ! cria-t-il. Sinon, je le tue ! Je ne vous laisserai pas l'avoir.

Il essaya d'être ferme, de prouver à ceux qui l'écoutaient que le danger était réel. Il essaya aussi d'y croire, de se persuader qu'il était apte à « faire son devoir ». Sa mère l'aurait voulu, Bron aussi. Mais déjà Danny doutait d'aller jusqu'au bout. S'il renonçait, il espérait que sa sœur le lui pardonne… un jour.

Une seconde durant, il crut entendre la voix de Bron, un hurlement d'outrage dans le vent. Bron s'exerçait souvent à hurler, mais quelle que soit la stridence de ses productions, elle ne s'en satisfaisait jamais complètement. Sauf que ce n'était pas Bron. Si elle était sortie du loch, elle aurait fait regretter à ses agresseurs de s'en être pris à elle. Danny n'avait pas cette force, il en était conscient. Bron aussi. Alors, peut-être comprendrait-elle son accès de faiblesse.

Le prophète, en tout cas, prit la menace au sérieux. De sous sa fourrure mitée, il cracha sur Danny, tout en s'écartant.

---

23 Dans la mythologie britannique, irlandaise et scandinave, enfant des elfes, des fées ou des gobelins, qui a été échangé en secret avec un enfant humain.

Durant cet aparté, Danny avait détourné les yeux. Il ne vit donc pas arriver Fenrir qui le percuta latéralement et l'envoya valdinguer dans les airs. Danny retomba lourdement et roula sur des pierres et des bouts de bois qui s'incrustèrent dans son dos et ses reins nus. Il ne pouvait se protéger, car il s'efforçait de rester en boule pour faire de son corps un cocon au bébé qu'il tenait toujours. Sa glissade s'arrêta quand il percuta un vieil arbre, la patte gelée d'un mort chien drapée sur son épaule. Une forme se dessina dans la neige, le givre et les feuilles, la silhouette spectrale d'un gros Labrador. Sans se soucier de Danny, le chien mort montrait les dents au gros loup qui approchait et de sa gorge translucide sortait l'écho d'un ancien grondement. Fenrir lui marcha dessus et une bourrasque effaça la vision.

Danny n'avait pas le temps de paniquer ou d'avoir mal. Il se redressa et entendit le bébé renifler – il était donc vivant ! Fenrir l'entendit aussi, il grogna et ses babines se relevèrent, exhibant des dents jaunes aussi coupantes qu'une lame de hache.

Danny pressait le dos contre l'arbre dont l'écorce s'incrustait dans sa peau nue. Il regardait les dents du loup.

— C'est toi qui étais dans le vieil homme ! s'exclama-t-il.

Fenrir s'arrêta net et pencha la tête.

Encouragé, Danny continua :

— Le vieil homme me connaissait, il se fiait à moi, pas à cette vieille sorcière menteuse et manipulatrice !

Fenrir hésita, le grognement s'éteignit dans sa gorge. Déchiffrer son expression était difficile. Un, c'était un loup, deux, les cicatrices déformaient ses traits, trois, il avait eu les yeux arrachés.

Rose quitta l'autel, le ventre encore ouvert comme un sac vidé à la fin d'un voyage. Elle le bourra d'une peau de chien.

— Le vieil homme ne voulait pas de toi, loup, dit-elle méchamment. Personne n'a jamais voulu de toi, sauf moi. Et tu penses déjà à te détourner de moi, à me trahir ? *Moi* ? Moi qui t'ai accueilli dans mon ventre ? Moi qui ai saigné pour te permettre de revenir ?

Sous la virulence de l'accusation, Fenrir tressaillit comme un chien battu. Il plaqua ses oreilles sur son crâne et bondit sur Danny, les dents en avant. Danny se crut perdu. Ce fut l'oiseau noir qui le sauva en tombant du ciel comme un boulet, il heurta Fenrir à la tête, le battit fébrilement de ses larges ailes noires, lui déchira les oreilles et les joues de son bec osseux. Des morceaux de chair jaillirent, le sang s'incrusta dans les runes gravées sur le bec blanc.

Rose hurla de fureur en se levant.

— Nick ! Sale petit bâtard ingrat !

C'était le bon moment pour frapper, mais Danny doutait d'avoir encore en lui la force de combattre. Il arracha la fourrure d'or pâle clouée à l'arbre et la fit gonfler au vent.

Le labrador prit forme et se secoua avec entrain, il poussa un aboiement rauque et se jeta sur Fenrir avec la fureur d'un chien poussé à bout, ayant totalement oublié que la nature l'avait doté d'un caractère placide et amical. Rose s'égosillait, écarlate de fureur, mais aucun de ses mots ne parvenaient aux combattants, la Nature sauvage les laissait filer sur les ailes de la bourrasque. La rage d'une vieille garce aigrie ne comptait plus.

Parfois, la Nature sauvage faisait l'effort d'aider les loups en difficulté, mais au final, c'était Elle qui décidait de la façon dont le monde devrait être. Sa vision, étayée au fils des siècles, sinon des millénaires, transparaissant même dans le monde réel alors que l'Hiver couvrait le pays de neige et de glace.

La Nature sauvage considérait que les chiens devaient courir en meute, pas obéir à un loup.

Danny ressentait les émotions qui l'entouraient : la douleur éprouvée par la vieille chienne Labrador à sa mort, le souvenir d'un chiot repu collé contre son ventre. Elle ne laisserait pas ce loup s'emparer du petit paquet qui geignait dans les bras de Danny.

— Les peaux ! cria Danny. Il faut les relâcher ! Nick, aide-moi !

Il dépassa un autre prophète et arracha d'un ajonc la fourrure tachetée d'un colley. Une fois encore, le vent la prit de ses mains et lui redonna vie. Le colley s'anima avec la furieuse détermination de repousser un prédateur qui, ses gènes le lui affirmaient, comptait s'attaquer à son troupeau. L'oiseau quitta enfin Fenrir en emportant la moitié d'une oreille. Il se jeta sur un prophète, les serres en avant, et lui déchira le visage jusqu'à l'os. Ensuite, il décloua d'un vieux poteau de clôture une fourrure rouge et luisante. Le setter, une fois formé, commença par foncer dans la mauvaise direction, il rectifia vite sa trajectoire et se rua au combat si vite que la neige giclait sous ses pattes.

Il fut suivi par un épagneul, un chien de berger et même un teckel femelle ayant décidé, une fois morte, qu'elle était aussi puissante et combative qu'un Danois. Tous ces chiens, jadis animaux de compagnie choyés et paresseux, étaient devenus presque aussi sauvages que des loups.

Les prophètes avaient massacré bon nombre de chiens en chemin et jamais Rose n'avait envisagé que leurs laisses puissent être coupées. Libérés des maléfices et sortilèges qui les avaient enchaînés, les chiens se ruèrent sur Fenrir, lui mordirent les pattes et la queue. Les monstres survivants tournèrent un moment en rond autour de la mêlée furieuse, lourds et indécis, avant de disparaître dans la tempête pour se battre contre les Sannocks.

Danny arracha d'un vieux sorbier une peau bouclée, mais elle resta flasque au bout de ses doigts. Le chien auquel il appartenait était déjà parti.

Quand il se retourna, Lachlan l'attrapa par la gorge. Son visage avait cicatrisé, mais mal, il formait un masque grotesque. Une paupière tombante cachait un œil. Ce qui n'empêcha pas Lach de plaquer Danny contre l'arbre.

— Donne-moi le bébé, gronda-t-il.

En réponse, Danny lui envoya son genou dans les couilles. Lachlan n'avait vraiment rien retenu de leurs précédents affrontements ! À sa décharge, il était résistant à la douleur. Bien que plié en deux sous la force de l'impact, il ne desserra pas les doigts. Son pouce pressait si fort la trachée de Danny que le sang se mit à pulser dans les oreilles et derrière ses yeux.

Lachlan se redressa pour cracher :

— Même si tu te faisais mettre par tous les jours par tous les loups de la meute, tu ne changeras jamais. Tu es un chien, rien qu'un putain de chien de merde !

Un teckel de la taille d'un blaireau se jeta sur le mollet de Lachlan et y planta ses dents de glace. Les oreilles dressées – pour se donner de grands airs –, le chien verrouilla sa prise et se secoua tout entier. Cette fois, Lachlan éjecta Danny avec un juron et se retourna pour shooter dans son virulent agresseur.

Rose intervint :

— Va chercher le bébé, sombre crétin ! hurla-t-elle, déchaînée. Il a bien plus de valeur à mes yeux que ta misérable fierté ou tes tendons !

Lachlan la regarda avec une stupéfaction pimentée de colère et de déception. Il se raidit, le cou écarlate, les épaules contractées.

— Quoi ? éructa-t-il. Mais vous disiez… tu disais m'aimer ! Tu m'avais promis le monde et je n'ai reçu que de la merde.

Il avança jusqu'à elle, vibrant de violence refoulée. Elle l'écarta d'une gifle, un revers presque distrait qui n'en renversa pas moins Lachlan dans la neige.

Elle le dépassa sans un regard.

— J'ai menti, siffla-t-elle. Tu n'as aucune importance à mes yeux.

En la voyant venir vers lui, Danny recula. Il s'était déboîté l'épaule en heurtant le sol et il n'avait pas encore eu le temps de remettre en place son articulation. Il vérifia comment s'en sortait le bébé. Il semblait avoir froid, ses cheveux fins et rares étaient couverts de neige. Inquiet, Danny lui pinça la jambe. Il se rassura quand l'enfant protesta.

— Je vais essayer de te sauver, promit Danny à mi-voix.

Quelques chiens avaient pris conscience du danger, ils bloquaient le passage de Rose, mordaient ses jambes et tiraient sur ses peaux cousues, mais ils ne parvinrent pas à l'arrêter. Et suite à cette division des forces, il y avait moins de chiens pour distraire l'attention de Fenrir.

Danny se maudit d'être né chien, parce que Lachlan avait raison. Il s'était cru plus fort qu'il l'était, il avait fait des promesses qu'il était incapable de tenir. Maintenant, il allait en payer le prix. Il allait mourir.

Et le bébé aussi.

Et Bron, sans doute, juste pour le retrouver et lui botter le cul.

Rose l'avait rejoint. Quand il voulut se relever, elle le frappa du pied en pleine poitrine et le renversa dans la neige.

— Donne-moi ce putain de bébé ! gronda-t-elle. Quelle salope, cette Kathleen ! Elle a pondu deux sacrés emmerdeurs, que ce soit son chien ou sa louve, les deux n'ont pas cessé de chercher à me nuire. Tu es bien le fils de ta mère, aussi chiant qu'elle ! Je compte changer le monde, tout réécrire, créer un nouveau panthéon et vous vous opposez *tous* à moi, vous refusez *tous* de sacrifier un *bébé* ? Moi, j'en tuerais mille pour arriver à mes fins ! Une fois que je serai devenue la déesse suprême, les gens considéreront ces vies comme mon juste tribut.

L'oiseau tomba du ciel et se transforma. Ce fut Nick qui avança, les mains jointes, les yeux suppliants.

— Grand-mère ! Arrête ! Ne fais pas ça. Tu l'as dit toi-même, tout le monde s'oppose à tes desseins. Ne peux-tu admettre t'être trompée, ou engagée dans une mauvaise voie ?

Elle éclata d'un rire moqueur.

— Tu n'es pas le premier à me le dire ! Ta mère aussi m'a suppliée de ne pas la tuer, je l'ai fait quand même ! Si j'ai sacrifié la chair de ma chair, pourquoi devrais-je hésiter à tuer le bâtard de Gregor ?

Elle planta le talon dans la poitrine de Danny et se pencha pour lui arracher le bébé qu'il tenait. Nick la maudit et se transforma avant de s'envoler droit vers le ciel, laissant tomber derrière lui des croassements rauques et furieux.

Danny cria, outré d'une telle lâcheté, mais il ne put rien faire d'autre que regarder Rose se redresser avec le bébé. Un tout petit poing mécontent se leva, un geignement de protestation émana du ballot. Sans en tenir compte, Rose ouvrit la main et pressa sa paume sur la minuscule poitrine. Des poils de loups poussèrent entre ses jointures et jusqu'à son poignet. Les ongles de la prophétesse s'épaissirent et s'assombrirent. Elle planta ses griffes dans le bébé, faisant couler un sang rouge vif.

Quelques gouttes tombèrent sur Danny. Bien qu'écrasé sous le talon de Rose, il se souvint de ses dernières paroles : *tu es bien le fils de ta mère.* Elle avait raison.

Rose ricana.

— Tu n'es pas obligé de regarder.

Le bébé se mit à pleurer de douleur, un son strident et essoufflé.

Galvanisé, Danny se souvint de la plus importante leçon que Kath lui ait apprise étant enfant : *ce sont des loups, pas toi. Si tu peux leur faire du mal, fais-le sans hésiter.*

Il souleva la tête, malgré l'agonie de ses omoplates, et mordit Rose au tibia, sans se soucier que ses dents soient émoussées et humaines.

Rose fit un bond surpris et chancela en arrière. Elle se rattrapa et jeta à Danny un regard plein de satisfaction vicieuse.

— Tu l'auras voulu ! Tu vas regarder !

Des fourrures sanglantes et déchirées jonchaient le sommet de la colline. Quelques chiens se battaient encore contre les monstres, mais pas beaucoup. Fenrir les soulevait du sol et les secouait avec force, expulsant les spectres de leur peau.

Rose, d'un geste péremptoire, fit signe à un prophète de la rejoindre. Son sbire mit Danny debout pendant que Rose déposait le bébé sur la vieille pierre d'autel. Elle tendit la main, un autre prophète déposa dans sa paume ouverte un croc de loup, très long, très jaune et d'aspect très ancien – il était tout craquelé. Rose referma les doigts dessus et appuya la pointe contre le sternum du bébé.

Danny haleta tout en se débattant contre les mains qui le retenaient.

— J'espère que tu brûleras ! hurla-t-il. Que Surt te damnera pendant des siècles.

Rose ricana.

— Je lui ferai plier l'échine comme aux autres, tout géant du feu qu'il soit ! répliqua-t-elle avec hauteur. Je ne recevrai plus jamais d'ordres de personne !

Les Sannocks arrivèrent portés par une bourrasque, ensanglantés et le pied léger, les loups les suivaient. Jack et Gregor marchaient en tête de la meute, mais juste derrière eux, il y avait une jeune louve élancée aux oreilles pointues avec les babines retroussées et le poil hérissé de fureur.

Bron.

Épuisé au-delà des mots, Danny s'affaissa, ses muscles devenant du plomb. Il s'en fichait. Un rire hystérique lui chatouillait la gorge. Sa sœur était vivante et elle avait réussi à les rejoindre à temps avec les loups de la meute, ceux qui avaient refusé de suivre Jack. Danny aurait aimé entendre ces pleutres expliquer à Bron que Rose était certainement pleine de bonnes intentions envers les loups.

Danny pouvait baisser les bras. Jamais Bron ne laisserait Rose tuer le bébé.

XXVIII

Gregor

LES CHIENS morts avaient oublié les bonnes manières, pensa Gregor. Ils ne connaissaient plus leur place. Ils montrèrent les dents et le bousculèrent pour le dépasser dans la formation de combat. Il répondit en grondant plus fort encore et les repoussa sans ménagement. L'oiseau tournait en rond au-dessus de sa tête, assez près pour que Gregor sente parfois un frôlement d'ailes sur ses cheveux. Régulièrement, l'oiseau piquait et attaquait Rose, laissant à chaque passage de nouvelles entailles sanglantes sur le vieux visage couturé. Il lui plantait ses serres dans le crâne et arrachait des mèches de cheveux gris. Elle finit par réussir à saisir Nick par une aile.

— Tu as eu ta chance, tonna-t-elle. Tu l'as gâchée ! Je n'ai plus de petit-fils !

Elle planta le vieux croc sanglant comme un poignard dans la gorge de l'oiseau. Tout hérissé, l'oiseau s'étrangla sur un dernier croassement inarticulé. Rose éclata de rire et le jeta sur le côté, il atterrit en tas de plumes ébouriffées, encore agité de mouvements spasmodiques. Il ne parvint pas à se relever, il ne fit que s'enfouir davantage dans la neige.

Gregor sentit son cœur mourir, mais il ne pouvait abandonner le combat. Pas encore, pas alors que son fils gisait sur la pierre, la poitrine ensanglantée et le visage bleu. Pour la première fois de sa vie, Gregor apprit la douleur d'aimer deux êtres en même temps.

C'était atrocement douloureux. Il n'appréciait pas du tout.

Bron le dépassa au grand galop, elle grondait, les oreilles couchées sur le crâne, les dents découvertes. Elle l'avait rattrapé dans la neige, suivie par ce qui restait de la meute écossaise, des loups matés, honteux et silencieux.

Il n'en manquait que deux : Ellie et James. Ceux qui avaient refusé d'entendre raison, ils restaient seuls, perdus quelque part dans la Nature sauvage ou dans l'Hiver. Peut-être survivraient-ils, peut-être mourraient-ils.

Gregor brandit un mince couteau en os qu'il avait pris à un Sannock tombé au combat et ouvrit le ventre d'un prophète de l'aine à la clavicule. La fourrure disparut pour exposer une panse flasque de poisson. Bron heurta

360

de plein fouet le prophète qui hurlait. Dès qu'il tomba, elle lui arracha les tripes. Deux chiens encore vaguement visibles plantèrent leurs dents dans les chevilles et les poignets du prophète pour le retenir.

Gregor continua sa course vers l'autel. Il vit passer le loup fauve de son frère qui escaladait la colline et se dirigeait vers Fenrir. Gregor émit un feulement de frustration. La vie était injuste, c'était un combat qu'il aurait aimé mener ! Il ravala sa bile et sa rancune avec effort. Sans son loup, il ne pouvait affronter Fenrir, il se ferait tuer trop vite, cela ne servirait à rien. La fierté devait céder le pas à l'efficacité. D'ailleurs, il n'était pas venu pour flatter son ego.

Il esquiva un monstre, mais pas assez vite pour éviter le coup qui engourdit son épaule déjà déchirée, et continua sa course pendant que les chiens occupaient son agresseur.

Rose le vit arriver, elle le toisa en mépris ricanant, manifestement très satisfaite d'elle-même. Elle essuya sur sa poitrine le croc ensanglanté qui avait tué Nick et le brandit une fois encore, visant la poitrine du bébé. Bron cria, un son humain émanant de la gorge d'un loup.

Derrière la prophétesse, Danny s'écroula, entraînant le prophète qui le maintenait. Dès qu'il fut à terre, Danny projeta ses deux jambes dans le dos de Rose. Elle bascula en avant, son ventre heurta le bord sculpté de l'autel, et poussa un hurlement de rage absolue et de folie furieuse.

Bravo, Danny-dogue, pensa Gregor, presque avec affection. Ce chien n'était peut-être pas un loup, mais il n'avait jamais appris à cesser de se battre. Gregor était même certain que le jour de sa mort, Danny tenterait de cracher dans l'œil unique [24] d'Odin, histoire de marquer le coup.

Rose se redressa, la main crispée sur le ventre. Elle contourna l'autel et se pencha sur Danny, elle lui attrapa le visage de sa main libre, rouvrant les plaies que Lachlan avait laissées sur lui.

— Tu ne devrais pas vivre ! cracha-t-elle. Ta mère aurait dû te noyer à la naissance, le vieil homme aurait dû te tuer et Job aurait dû te déchirer la gorge. Je suis entourée d'incompétents ! Je dois tout faire moi-même.

Elle se mit à l'étrangler, serrant si fort que ses jointures blanchirent. Les yeux exorbités de douleur, Danny tenta de gémir, mais le son était étouffé par la paume plaquée sur sa bouche.

---

24 Dans sa quête de connaissance et de savoir, Odin sacrifia délibérément un de ses yeux comme prix du sang.

Gregor approcha de l'autel. Il vit deux bébés allongés côte à côte, totalement identiques, bien qu'un seul ait du sang sur la poitrine. Figé de surprise, il hésita.

Son premier souvenir… l'odeur de la bruyère et du sang. Sa première image… la lueur de la lune au-dessus de sa tête. Son premier concept… il aurait dû être seul et il ne l'était pas. Sa première contrariété… cet « autre » qui resterait à vie une constante irritation logée en lui, comme un grain de sable ne devenant jamais une perle.

Pour la première fois, Gregor se demanda ce que son père avait pensé en voyant ses jumeaux. Les avait-il considérés comme une malédiction ou une bénédiction ? Il les avait aimés, à sa façon, plutôt bien même, mais ses deux héritiers étaient condamnés d'avance à être des rivaux.

Les deux enfants devant lui auraient déjà de la chance s'ils survivaient. Gregor décida donc de réfléchir plus tard à… ce qu'il ressentait.

D'un geste brusque que l'expérience rendait imparable, il trancha la gorge de Rose d'une oreille à l'autre, veillant à sectionner aussi la grosse veine. Le sang gicla de la blessure jusqu'à son estomac. Gregor retira le couteau et asséna un second coup méticuleux à la base de la nuque. Il sentit la lame grincer sur l'os et pénétrer la colonne vertébrale. Il la retira et regarda le liquide rose et huileux dégouliner le long du dos.

Rose s'étouffait avec son sang. Elle tenta de parler, mais sa voix ne sortait plus de sa gorge. Elle tomba à genoux, puis roula sur le côté. Ses yeux roulaient dans leurs orbites, sauvages et bordés de blanc. Elle fit un effort pour contrôler ses blessures, elle serra la mâchoire, les muscles se contractèrent et s'agitèrent fébrilement sous sa peau…

Quand elle essaya de bouger, seul son petit doigt répondit en grattant la neige.

— Non, gargouilla-t-elle, la bouche pleine de sang. Non ! Je suis… un dieu !

Gregor contourna l'autel et s'agenouilla à côté d'elle. Il lissa les cheveux gris en arrière, découvrant le vieux visage. Du bout des doigts, il suivit le tracé des épaisses cicatrices, certaines très en relief, comme de grosses cordes fibreuses, là où la prophétesse s'était recousue. Soudain, il subit l'enchantement qui imbibait la peau volée par Rose aux Sannocks, son bas-ventre se crispa, son esprit fut envahi de désirs primaires, *luxure, reproduction, amour…*

Ainsi, même un sortilège tenait à vivre ! Même une vieille peau…

Gregor repoussa la tentation dans le gouffre qui béait au fond de son cerveau et posa la pointe du couteau d'os contre la tempe de Rose.

Le prophète qui tenait Danny le lâcha soudain et fit un pas en avant. Puis il changea d'avis, il tourna les talons et s'enfuit dans l'obscurité et la neige.

Gregor glissa sa main libre sous la tête de la prophétesse.

— Pour Nick, déclara-t-il. Et aussi pour sa mère, ta fille. Peut-être trouvera-t-elle enfin le repos.

Il planta sa lame dans le cerveau de Rose et attendit que les yeux deviennent vitreux. Même morte, il la trouvait encore désirable. C'était le genre de cadavre que les vivants gardaient dans un cercueil de verre pour pouvoir continuer à l'admirer. Même si la petite partie rationnelle de son cerveau savait que la vieille salope était affreuse, couverte de cicatrices, de rides et de greffons trop sollicités, il la trouvait belle.

Et cela n'avait aucune importance. Parce qu'elle n'était pas Nick.

Par prudence, Gregor laissa le couteau dans le cerveau de Rose.

Il se leva et alla se pencher sur Danny.

— Ça va ? demanda-t-il.

Incapable de parler, Danny se contenta de hocher la tête.

Gregor désigna les enfants étendus sur l'autel.

— Prends soin d'eux, d'accord ? Reste avec eux.

Danny se mit à genoux et grimaça.

— Jusqu'à présent, je n'ai pas été un protecteur très brillant, reconnut-il amèrement. Si j'avais été un loup…

— Non ! coupa Gregor. Ne dis pas ça ! Tu vis. Eux aussi, ça me suffit.

Confiant que Danny s'occuperait des bébés, Gregor chercha des yeux l'endroit où l'oiseau était tombé. Il finit par trouver un large cercle de plumes éparpillées dans la neige. L'oiseau gisait au milieu, trop noir pour être réel dans une flaque de sang rouge et de glace.

Les loups avaient repoussé Fenrir dans un mince bosquet d'arbres gelés et restaient à distance. Sa peau desséchée pendait, son museau était plein d'esquilles d'os et de sang. La meute n'avait pas besoin d'un autre loup… et encore moins de Gregor.

Alors, il fonça à travers ce qu'il restait de prophètes et de chiens pour rejoindre l'oiseau, il le sortit de la neige. La tête pendait le long d'un cou aussi lâche qu'une anguille, les ailes se drapèrent sur les mains de Gregor. Elles étaient encore tièdes et il le sentait contre ses doigts le lent bégaiement des deux cœurs. Le sang continuait à couler, Gregor en avait déjà plein les paumes. Il replia délicatement les ailes de l'oiseau et le souleva jusqu'à sa poitrine. Les plumes étaient si douces…

— Tu ne vas pas mourir, aboya Gregor. Pas encore. Nous avons gagné, Nick. Ça va mal, mais…

— Gregor ! cria Danny. Attention !

L'avertissement arriva trop tard.

Le coup atteignit Gregor dans le dos et l'impact lui coupa le souffle. Quand Gregor tenta de respirer, ses poumons ne se dilataient plus. Il les sentait pourtant en lui, derrière ses côtes, insensibles. Puis ses genoux heurtèrent la neige, froide et humide, et Gregor réalisa que ses jambes avaient disparu sous lui. Quelque chose de froid et de dur était planté dans son ventre.

Il baissa les yeux et vit qu'une branche gainée de givre émergeait de son nombril, pleine de sang, de chair et de tissus. Il y posa le bout des doigts et retint un gémissement d'agonie. La blessure se mit à saigner de l'intérieur.

— C'est pour Rose ! Et pour toutes les fois où tu m'as ignoré, pour toutes les fois où ton putain de frère m'a préféré un chien ! Maintenant, dégage, Gregor, crève une bonne fois pour toutes !

Gregor reconnut la voix familière, bien entendu. Lachlan hurlait juste à son oreille. Il le prit ensuite aux cheveux pour arracher son arme de fortune.

Lachlan laissa Gregor retomber dans la neige et passa devant lui pour se ruer vers Fenrir. Il tendait les bras comme cette statue de Jésus que Gregor se souvenait vaguement d'avoir vue à une réunion d'école primaire où son père l'avait entraîné.

Lachlan brandit la branche cassée encore enduite du sang de Gregor et se la planta dans le ventre, ouvrant une entaille sanglante.

— Prends-moi ! cria-t-il. Fenrir ! Mange mon loup, porte ma peau ! Fais de moi un dieu !

Il chercha à agrandir sa plaie, creusant assez profondément pour s'arracher un grognement. Fenrir l'avait entendu, il se tourna vers lui avec intérêt, les oreilles dressées. Profitant de cette inattention, Jack grogna et se jeta sur lui, lui déchirant la gorge. L'attaque n'eut pas beaucoup d'impact, Fenrir repoussa le loup fauve d'une simple mandale, comme s'il n'était qu'un terrier. Il traversa la meute sans se soucier des dents qui cherchaient à le retenir.

Lachlan lâcha sa branche en le voyant arriver.

— J'ai été loyal, Fenrir, plaida-t-il. J'ai fait *tout* ce qu'elle m'a demandé. Je mérite une récompense. Tu me *dois* bien ça !

Gregor se pencha sur l'oiseau et posa son front contre les plumes épaisses. Ses poumons restaient rebelles, aussi ne put-il humer autant qu'il le souhaitait le doux parfum familier, l'odeur de Nick, même avant l'oiseau.

Danny le releva d'une main sous son coude

— J'ai vu Lachlan trop tard, je suis désolé, s'excusa-t-il. Ça va aller ?

— Oui, sans doute.

Une fois debout, Gregor toisa sévèrement Danny.

— Je croyais t'avoir dit de rester avec les bébés !

Danny hocha la tête.

— Je l'ai fait, c'est bien pour ça que Lachlan a pu te poignarder dans le dos. Les bébés sont avec Bron. Ils ne risquent rien.

Gregor jeta un coup d'œil en direction de l'autel. Une mince louve noire était postée au-dessus des deux nourrissons, les oreilles couchées sur la tête, ses yeux d'ambre fixés sur Gregor. Il inclina la tête vers elle avant de saisir l'épaule de Danny pour s'y appuyer.

Il déposa l'oiseau sur la poitrine d'un monstre mort.

— Quand je t'ai demandé de rester avec les bébés, Danny, c'était sur le long terme, déclara-t-il. Cela ne te pose pas de problème, j'espère ? Ils sont de ton sang, Bron est ta sœur et Jack est mon jumeau. S'il est le Numitor, il lui faut des héritiers, il les aura !

Danny grimaça.

— Ces bébés ne sont ni à moi ni à Jack ! protesta-t-il. Évidemment, pour votre meute, ça calmerait peut-être les tensions, mais…

— C'est aussi ta meute, coupa Gregor. C'est Jack qui l'a dit. Viens, suis-moi.

Fenrir avait atteint Lachlan, qui tremblait et saignait devant lui. Les loups s'accrochaient encore comme des tiques à la fourrure sombre qu'ils mordaient et déchiraient pour essayer de faire tomber Fenrir. Jack s'était relevé et repartait à l'attaque. Sans se soucier d'eux, l'énorme loup baissa la tête et souffla son haleine fétide au visage de Lachlan.

Lachlan vacilla et se pissa dessus, le jet d'urine coula le long de ses jambes et souilla la neige. Sa peau devint écarlate, comme si ses muscles et sa chair cuisaient de l'intérieur. Plus le pouvoir de Fenrir le remplissait, plus Lachlan tremblait.

— Va distraire Lachlan, ordonna Gregor.

Danny soupira.

— Je n'ai jamais gagné un combat contre lui.

— Tu as toujours obtenu ce que tu voulais, contra Gregor. Et là, tu as juste à le distraire. C'est possible ?

— Je suppose, oui, admit sombrement Danny. C'est mon devoir, en tout cas. Et toi, Gregor, que comptes-tu faire ?

Gregor eut un rictus.

— Mon devoir.

Il poussa Danny vers Lachlan et avança vers Fenrir. Chaque pas était un supplice, ses organes n'étaient pas encore cicatrisés. Il n'était pas en danger de mort, pas vraiment, mais son corps avait beaucoup de blessures à guérir, une balle dans la poitrine, une épaule disloquée, des tendons à réparer…

Il ne restait plus grand-chose à Gregor.

Au cas où les morts soient à l'écoute, il jeta dans le vent :

— Dites bien à Nick que ce n'est pas fini ! Il ne doit pas mourir !

Danny se jeta sur Lachlan et s'écrasa avec lui dans la neige. Après un roulé-boulé, leur chute s'arrêta brutalement contre les racines d'un arbre. Danny profita de la stupeur de Lachlan pour lui marteler le visage de ses poings. Il se meurtrit les jointures, mais il cassa le nez de son adversaire et lui fendit les lèvres. Manifestement, son objectif était de commettre le plus de dégâts possible avant que Lachlan reprenne ses esprits. Ou que Danny s'effondre d'épuisement.

Un monstre au visage à moitié recouvert par de longs doigts de lichen qui s'enfonçaient dans ses oreilles et son nez chancela devant Gregor. Ce dernier esquiva un coup de patte en forme de maillet et recula quand un chien, ou plutôt la peau d'un grand chien noir ne contenant que des os, de la neige et du vent percuta le monstre avec un grondement de tornade et planta des dents de glace dans les bajoues flasques.

Fenrir se secoua. Un loup s'envola. Puis le loup géant épingla Jack au sol d'une énorme patte et gronda au visage ensanglanté et borgne.

Gregor fit appel à la Nature sauvage. La réponse enthousiaste qu'il reçut fit vibrer sa peau, ses os et son crâne jusqu'à la douleur. Il sentit la pression le brûler au visage alors qu'Elle le déchirait à la recherche de son loup.

Peut-être, était-ce pour le mieux, pensa Gregor, à moitié assommé. Il se demanda comment les prophètes avaient pu supporter de subir cette épreuve à chaque pleine lune quand la Nature sauvage déchiquetait leurs cicatrices fraîches à la recherche d'un loup qui n'existait pas.

Une seule fois, Gregor l'accepterait. Il le supporterait.

Il regarda autour de lui, espérant voir Nick une ultime fois, au moins une aile noire dans le ciel. Rien. Gregor supposa qu'il ne devrait pas en être surpris. Depuis sa naissance, le sort s'était obstiné à lui refuser tout ce qu'il voulait. Pourquoi changer maintenant ?

Gregor inspira un grand coup, le froid lui poignarda le poumon, puis il se jeta en avant. Il percuta Fenrir à l'épaule de tout son poids, faisant à peine grogner le vieux loup. Gregor s'accrocha à la fourrure graisseuse et entraîna Fenrir loin du combat dans la Nature sauvage. Bien entendu, il faisait partie du voyage.

Surpris de ce changement inattendu, Fenrir tituba et la neige vierge craqua sous ses pattes. Il grogna son mécontentement et tordit le cou, claquant au nez de Gregor ses dents acérées.

Gregor répondit d'un gnon sur le museau, puis il mordit la blessure que Jack avait ouverte à la gorge de Fenrir. La viande était sèche, l'âge la rendait même farineuse. Un sang aussi épais qu'une gelée coula sur la langue de Gregor, au goût d'ongles sales et de pommes pourries.

Gregor repoussa sa nausée et déglutit le morceau qu'il avait arraché. En le recevant, son estomac se contracta et chercha à le vomir.

Déjà, Fenrir les avait ramenés à leur point de départ.

Danny était accroupi dans la neige, le dos et les bras couverts de sang, les chiens morts faisaient un cercle tout autour lui. Ils grognaient en fixant Lachlan. Ce dernier avançait dans la neige, le meurtre dans les yeux. Son regard sauvage était noir de pouvoir volé. Jack, occupé à déchirer la gorge d'un monstre, cherchait avec frénésie à se libérer à temps pour rejoindre son amoureux.

Gregor saisit Fenrir par l'oreille et les ramena dans la Nature sauvage.

Encore.

Et encore.

Danny crachait du sang dans la neige.

Des branches aux formes étranges commémoraient les Sannocks tombés dans la Nature sauvage, les fagots étaient liés de bandes de tendons humains et empilés pour un feu qui ne serait peut-être jamais allumé.

Une brève vision de Nick, une main serrée sur la plaie entre ses côtes, alors qu'il arrachait un prophète en sang de sous les pattes de Bron.

Encore.

Et encore.

Le faible gémissement du fils de Gregor sur les ailes du vent, la peau bleuie de froid du nouveau-né qui se tortillait.

Les chiens morts qui couraient sur les talons du cerf-Sannock derrière le loup gris de Lachlan. Les poumons crevés, le traître s'étouffait avec son sang, plutôt qu'affronter la horde sauvage des nouveaux chasseurs lancés à ses trousses.

Encore.

Et encore.

Fenrir abandonna le premier. Il pantelait, ses flancs palpitaient, ses côtes saillaient sous sa fourrure raidie et son haleine fumait entre ses dents. Sa longue langue rouge pendait de sa bouche et sa colère montait vers Gregor avec la force fatale d'une marée.

Gregor appuya le front contre celui de Fenrir. La puanteur de la vieille viande desséchée et de la sueur âcre était bien moins agréable que le doux parfum de Nick, mais les poumons de Gregor reçurent les deux.

— Tu n'as pas besoin de courir le monde, déclara Gregor. C'est bien trop peuplé ! Ce qu'il te faut, c'est un vieux loup solitaire. Alors, prends-moi.

Sous le choc, Fenrir tenta de reculer, mais Gregor s'accrocha. Il avait dans la bouche u, goût infect dont il connaissait l'origine. En découpant son loup, les prophètes avaient laissé en lui un kyste pourri.

Pourquoi ?

La voix de Fenrir était le hurlement du vent entre les arbres, le gargarisme du sang dans une gorge où des crocs s'enfonçaient. Cette fois, Gregor recula et regarda Fenrir dans les yeux. Il sentait le sang s'accumuler dans son estomac, il sentait l'étau de douleur se resserrer sur sa poitrine, il savait que son cœur ralentissait et que la lutte allait bientôt prendre fin.

— Parce que c'est ta seule option, bordel ! cracha Gregor. Je ne te laisserai pas avoir mon fils !

Fenrir le fixa de ses yeux aveugles et attendit. Si Gregor n'avait pas été mourant, peut-être aurait-il eu davantage de patience.

Il céda et expliqua :

— Parce que c'est la dernière chose que je peux faire pour eux. La meute aura Jack, Jack aura mon fils et mon fils les aura tous pour s'occuper de lui.

Il ne restait que Nick, mais Gregor ne se sentait pas assez généreux pour espérer que son seul amour l'oublie ou ait sans lui une meilleure vie. Au moins, l'oiseau survivrait. Et Jack se sentirait tenu de prendre soin de lui, ne serait-ce que par culpabilité.

Mais ces aveux ne suffisaient pas à Fenrir. Il attendait toujours, la bave dégouttant sur ses bajoues.

Alors, Gregor renversa la tête et regarda le ciel bleu glacier.

— Je ne supporte plus de vivre de cette façon, avoua-t-il avec amertume. Je n'ai jamais été fait pour être humain.

Marché conclu.

Gregor serra les dents et attendit. Il savait désormais que Rose avait commis une erreur fatale. Elle avait tenté d'enfoncer un dieu dans une peau humaine, puis de serrer le ballot par des coutures hâtives. Il était pourtant évident qu'il y avait beaucoup plus de place dans l'autre sens.

Gregor ferma les yeux quand Fenrir planta ses dents en lui. La douleur fissura ses os et…

Il sombra dans l'obscurité rouge et brûlante d'un gouffre insondable.

ÉPILOGUE

— UN SEUL d'entre eux est un vrai bébé, déclara Bron. L'autre est une création de Rose.

Les bras posés sur les genoux, elle fixait avec suspicion les deux bébés qui se roulaient par terre. Danny était assis les jambes croisées, à même le sol. Les anciens foyers de la meute avaient tous brûlé, il n'en restait que des briques et des pierres carbonisées, et son chagrin était resté là-bas, enfoui sous les cendres de son ancienne vie.

Les survivants de la meute écossaise avaient revendiqué les maisons désertes et les rues vides de Lochwinnoch le temps de panser leurs plaies. Ils s'apprêtaient à franchir définitivement le Mur.

— Et d'après toi, ils le savent ? demanda Danny. Si ni l'un ni l'autre ne sont au courant, pourquoi ne pas l'oublier nous aussi,

Il prit un des bébés blonds aux yeux verts et lui sourit. Le petit fronça les sourcils et essaya d'attraper ses lunettes.

Bron ricana.

— C'est de ta faute, Danny ! Si tu avais mieux veillé au grain, nous ne serions pas là à nous poser ces drôles de questions ! Non mais franchement ! Comment peut-on confondre deux bébés ?

Il reposa le bébé et se frotta la mâchoire. Du bout du doigt, il suivit le tracé de la cicatrice qui montait de la commissure de sa bouche jusqu'à son œil, une corde épaisse qui s'effacerait peut-être un jour. Ou pas.

— J'étais un peu préoccupé, rétorqua-t-il.

Il se mordit la lèvre, hésita un moment, puis soupira et demanda :

— Si tu avais une certitude, Bron, serais-tu restée ?

Elle releva les yeux sans cacher sa surprise. Puis elle haussa très haut les sourcils.

— Arrête de déconner, Danny ! Tant que ce bébé se croit réel, je ne lui ôterai certainement pas ses illusions ! Et je n'ai jamais eu l'intention de rester ou d'élever ce gosse, je comptais le laisser à maman. Je ne connais rien au monde, Danny, je veux le découvrir. Tu l'as bien fait. Pourquoi pas moi ?

Danny haussa les épaules.

— Je te croyais heureuse ici, dans la meute. Moi, tout le monde savait que je partirais.

Bron se leva et attrapa son vieux sac à dos accroché au dossier de la chaise. Elle se tourna ensuite vers Danny.

— J'étais heureuse, c'est vrai. Vouloir enrichir son expérience, ce n'est pas forcément renier son passé.

Danny se redressa à son tour.

— C'est une formule bateau, railla-t-il. L'as-tu trouvée dans un *fortune cookie*?

— Non, je ne lis pas, rétorqua Bron avec hauteur. Je ne tiens pas à m'abîmer les yeux. Un bigleux dans la famille, c'est bien assez!

Ils s'étreignirent étroitement pendant un moment. Danny pressa son visage balafré contre les boucles de sa sœur et déglutit avec difficulté.

— Je t'aime, souffla-t-il. Tu le sais, j'espère?

Bron le serra plus fort encore, les doigts enfoncés dans les muscles de son dos. Puis elle le repoussa sèchement.

— Tu as passé trop de temps avec les humains, protesta-t-elle. Tu deviens de plus en plus sentimental! Nous sommes frère et sœur. Je n'ai pas à t'aimer, mais je tuerais sans hésiter tous ceux qui te feraient du mal.

— Je t'aime quand même.

Danny posa un rapide baiser sur son front.

— Pouah! C'est dégoûtant!

Sa sœur fit la grimace et s'essuya ostensiblement le front du dos de sa main. Puis elle se jeta encore sur lui et le serra si fort qu'il grogna.

Elle le libéra avec un clin d'œil.

— Je ne serai plus là pour te surveiller, déclara-t-elle. Ne fais rien de stupide, d'accord? Je te confie mon enfant et l'autre. Ne me laisse pas tomber.

— Je ferai de mon mieux, déclara Danny. Maman aurait…

Bron leva la main pour le faire taire. Elle recula en secouant la tête.

— Non, souffla-t-elle. Pas encore. Je ne peux pas.

Elle respira plusieurs fois pour contrôler son émotion, puis changea de sujet.

— Dis-moi, es-tu vraiment certain que Jack est d'accord pour prendre les enfants? Il ne s'entendait pas si bien que ça avec Gregor…

C'était une litote pour résumer une vie de conflits et de rivalité jusqu'à un ultime sacrifice trop compliqué pour l'exprimer en paroles.

Ce fut Jack qui répondit à la question restée en suspens :

— Je suis d'autant plus d'accord que ça aurait agacé Gregor, déclara-t-il. C'est notre dernier round, d'une certaine façon.

Il sortait de la cuisine, torse nu, avec un vieux jean porté bas sur les hanches. Il tenait à la main deux faisans décharnés. Il avait arpenté la Nature sauvage à la recherche de Greer, le petit garçon perdu. Il en avait profité pour rapporter leur déjeuner.

— Il aurait détesté avoir une dette envers moi, ajouta Jack, ou se dire que j'agissais ainsi pour le remercier. Il est mort pour nous sauver de la version de Fenrir que Rose ou Lachlan aurait créée. Nourrir ses enfants est le moins que je puisse faire en échange.

— *Un seul* d'entre eux est de Gregor, corrigea Bron.

Jack se pencha et présenta les faisans aux bébés. Ravis, ils tendirent leurs petites mains potelées pour jouer avec les plumes colorées des longues queues. Simultanément, ils se transformèrent, passant de gros bébés blonds et joufflus à des louveteaux pelucheux aux oreilles tombantes.

— Ils ne le sauront pas, déclara Jack. Pas tant que ça ne leur apporte rien.

Une sombre expression plissa son œil unique fixé sur les jumeaux. L'autre orbite restait vide et meurtrie. Il y avait toujours un prix à payer et la Nature sauvage n'approuvait pas les regrets stériles.

Jack suspendit les faisans près du feu et revint vers les louveteaux, il les saisit par la peau du cou et en fit passer un à Danny. Tous ensemble, ils quittèrent la maison pour accompagner Bron dans la rue.

C'était encore l'Hiver, l'Hiver de loup, même si la signification de cette formule était devenue plus floue, plus distante. La meute savait désormais que les prophètes avaient menti.

La neige crissa sous leurs pieds, le froid avait brisé le macadam des rues et creusé des fissures dans les murs des maisons. Un orage noir et crépitant s'annonçait dans les montagnes.

— Et l'oiseau ? demanda Bron. Le compagnon de Gregor ? N'allons-nous pas le consulter quant au sort des enfants ?

Elle tapota le nez d'un des louveteaux. Il se tortilla et la mordit de ses petites dents acérées.

— Non, trancha Jack d'un ton catégorique.

Danny se montra plus diplomatique.

— Personne n'a revu Nick ou l'oiseau depuis le combat. Sans Gregor, plus rien ne le retenait ici, après tout. Il n'est ni un loup ni un chien. S'il est venu, c'était juste pour suivre Gregor.

— Nous n'avons pas besoin de lui ! insista Jack, rembruni.

372

Ignora la grimace de Danny, il enchaîna :

— S'il revient, nous l'accueillerons en mémoire de Gregor, mais je préférerais ne pas garder dans la meute ceux qui me rappelleraient Rose.

Tout en parlant, il effleura sa paupière vide.

Bron pencha la tête.

— Il a aidé à récupérer mon enfant, déclara-t-elle. Rien que pour ça, je lui serai toujours reconnaissante.

Elle regarda les deux bébés puis se corrigea d'elle-même :

— Mes enfants, merde ! Ça va impressionner les gens que j'aie réussi à pondre des jumeaux, non ? Enfin, à condition qu'ils ne posent pas trop de questions.

Elle se tourna vers Danny. Cette fois, elle ne l'étreignit pas, elle se contenta de serrer très fort sa main dans les siennes.

— Fais attention à toi, petite sœur, souffla-t-il.

— Sois heureux, rétorqua-t-elle.

Elle toisa Jack avec un sourire plein de dents et ajouta :

— Je retrouverai peut-être Greer avant toi ! Je deviendrai une légende !

Jack pencha la tête pour fixer son œil unique en direction de l'horizon.

— Je te souhaite de réussir, Bron, répondit-il calmement. Je l'ai entrevu il y a quelques jours, mais il ne me connaissait pas, alors, il s'est vite caché.

Bron passa la bandoulière de son sac sur son épaule et s'éloigna sans un regard en arrière. Elle n'avait pas pris de manteau, mais les loups craignaient peu le froid.

FENRIR POSA le menton sur ses pattes et laissa la fenêtre sur la Nature sauvage se refermer d'elle-même. Il avait la poitrine douloureuse, prise dans un nœud de nouvelles émotions humaines qui refusaient d'attendre leur tour, soulagement, amour – *vive et pure lumière* –, chagrin, peur… toutes exigeaient d'être ressenties en même temps et immédiatement. Il se leva et s'étira pour s'occuper l'esprit, la neige avait collé les poils de ses aisselles et de son ventre.

L'être mort et brisé que Rose avait invoqué avait à jamais disparu. Un loup ne perdait pas de temps à ressasser ce qu'il avait été ou ce qu'il pourrait être. C'était l'humain qui lui fournissait cette ancre… cette option d'envisager un changement. Maintenant, la fourrure de Fenrir était épaisse et vermeille, réchauffée par le pâle soleil lointain, ses os avaient repris leur place sous sa peau. La dernière fois qu'il s'était penché vers le ruisseau pour boire, il avait vu son reflet : ses yeux étaient d'un vert très clair, comme l'herbe nouvelle.

De quelle couleur étaient-ils avant qu'il ait été enchaîné pour attendre l'Hiver ? Il ne s'en souvenait pas. Peut-être ne l'avait-il jamais su.

Fenrir se secoua et chercha la faim familière qui lui dévorait le ventre. C'était douloureux, mais gérable, et si intense que cela noyait tout le reste. Il allait chasser, il se gaverait de viande. Ensuite…

Une vive douleur à la queue le fit sursauter. Il tournoya sur lui-même pour vérifier ses arrières. Rien ? Il découvrit ses babines et gronda un avertissement. Mais à qui ? Il n'y avait rien. Il plaqua ses oreilles à son crâne et jeta un regard suspicieux tout autour de lui.

Un nouveau pincement le fit bondir et se retourner comme un chien courant après sa queue. La colère, Fenrir connaissait bien. Il en avait *bouillonné* pendant sa longue attente. La piqûre de l'orgueil offensé, *ça*, il découvrait.

Il grommela en fixant la neige et attendit, aux aguets, la tête à moitié tournée vers la colline rocheuse. Il évoqua une chasse récente, où il était tombé sur un faon encore doté de longues jambes dont il ne savait que faire. Fenrir l'avait laissé filer pour… une raison qu'il ne pouvait identifier. Une simple erreur peut-être.

Une ombre vacilla derrière lui. Cette fois, le loup se retourna alors que l'effronté bâtard lui pinçait la queue. Il grogna et se jeta sur l'intrus.

L'oiseau sauta en arrière, s'écartant des dents de Fenrir, puis un homme apparut, vêtu d'un long manteau noir qui tourbillonnait autour de ses longues jambes. Il était grand et osseux, avec une crête de cheveux noirs et un visage anguleux. Il avait un large sourire malicieux et il était beau, si beau ça faisait mal…

Il était là.

Fenrir se transforma. C'était la première fois depuis sa «mort», c'était pourtant facile. L'humain qu'il avait été… enfin, ce qu'il en restait… fusilla du regard l'homme au manteau sombre.

— Nick ! Sombre connard. Nous ignorions ce qui t'était arrivé !

Nick leva très haut les sourcils.

— Et moi alors ? rétorqua-t-il. Je savais ce qui t'était arrivé peut-être ? Tout le monde te croit mort.

Fenrir se gratta la nuque. Il voulait… *il voulait*.

Le souvenir de Nick étalé sous lui, de ce corps ferme à la sueur salée, de ces doux baisers, lui brûla le ventre. Il n'avait jamais connu cela. La prophétesse l'avait fait entrer dans un corps humain pour se faire baiser, mais la sensation n'avait rien à voir avec ce qu'il venait d'évoquer. C'était une copulation banale, pas cette accumulation de petits détails – chaque respiration, chaque contact aussi léger qu'une plume avec des doigts intelligents – à collectionner comme autant de trésors. Pour y repenser et les savourer.

Et pourtant...

— Je suis mort, admit-il. Lui aussi.

Il baissa les yeux et étudia son corps à la fois nouveau et familier, ses longs membres hâlés et ses hanches minces.

— Moi aussi ! lança Nick.

Il sauta de son rocher et se jeta dans les bras de Fenrir. Il prit son visage en coupe dans ses deux mains, ses doigts délicats se refermant sur la mâchoire barbue comme sur un trésor sans prix et se pencha à un souffle de sa bouche.

— Je t'ai trouvé, annonça-t-il. Et je ne partirai plus jamais.

Si par hasard Fenrir avait eu de nobles intentions, elles s'envolèrent comme de la brume. Il empoigna Nick et le serra contre lui, puis il l'embrassa avec une faim désespérée. Il avait su que Nick lui manquait – parce que cet humain avait été *essentiel* à l'homme qu'il avait été –, mais il comprenait à présent que le véritable qualificatif était « vital ».

Nick était... tout pour lui.

Il rompit le baiser et appuya son front contre celui de Nick.

— J'aime t'entendre parler comme si tu avais encore le choix, grogna-t-il.

Tout en parlant, il poussa Nick dans la neige. Il resta un moment confus en fixant les fermetures éclair et les boutons de ses vêtements, mais ses doigts se rappelèrent vite comment les activer. Nick éclata de rire et se cambra sous lui, il embrassa sa gorge, son épaule, et planta des dents pointues dans sa clavicule.

— Tu ne me quitteras plus jamais ! déclara Fenrir.

TA MOORE est d'Irlande du Nord, elle écrit des romans d'amour contemporain, de suspense et d'*urban fantasy*. De son enfance passée dans une ville balnéaire rurale, elle a gardé une nature méfiante, un amour du mystère et un sérieux sens de l'humour noir. Comme le disait toujours sa grand-mère : «*Elle peut rire même en plein malheur, celle-là*», même si c'était l'Hôpital se moquant de la Charité.

TA a étudié l'Anglais, l'Histoire et la Mythologie irlandaise à l'université, surtout parce qu'elle a toujours apprécié les bons scénarios. Elle a travaillé comme journaliste, directeur financier et dans le secteur artistique avant de céder à sa passion pour l'écriture et d'en faire son métier.

Ses priorités dans la vie sont le café, les bottes Doc Marten et les bons amis. Elle préfère éviter les araignées, la mayonnaise et les talons hauts.

Site Web : www.nevertobetold.co.uk
Facebook : www.facebook.com/TA.Moores
Twitter : @tammy_moore

Par TA Moore

Mon odieux petit ami

DÉTERRER DES OS
Rancune tanace
Peau et os

UN HIVER DE LOUP
Une chienne de vie
Chasser les corbeau
Le loup de la prophétie

Publié par Dreamspinner Press
www.dreamspinner-fr.com

TA MOORE

UNE CHIENNE
DE VIE

Un hiver de loup, tome 1

Le monde s'achève non pas dans une explosion, mais dans un déluge. Des tornades ravagent le cœur de Londres, une chaleur étouffante fait fondre le bitume à New York et des couches de permafrost de plus en plus épaisses paralysent la Russie. Au début, les hommes se mobilisent, organisent des co-voiturages et évacuent les populations, mais le temps ne fait qu'empirer.

À Durham, Danny Fennick, un professeur affable, s'est calfeutré chez lui en attendant que la tempête passe. Élevé dans les Highlands d'Écosse, il a connu des hivers plus rigoureux. Et surtout, il possède un avantage : c'est un loup-garou. Ou, plus exactement, un chien-garou. Moins impressionnant, mais tout aussi pratique.

Néanmoins, les loups-garous n'y voient pas qu'un simple hiver et franchissent le Mur du Nord pour marquer leur nouveau territoire. Parmi eux, son ex, Jack, fils du Numitor de la meute et prince héritier, et son frère, qui rêve de fratricide.

Un hiver de loup n'est pas blanc. Il est rouge comme le sang.

www.dreamspinner-fr.com

TA MOORE

CHASSER LES CORBEAUX

Un hiver de loup, tome 2

Lorsque l'hiver s'abattra, les Loups franchiront le mur et dévoreront les petits garçons dans leur lit.

Le Dr Nicholas Blake a beau avoir peur du noir, il sait que les histoires de monstres racontées par sa grand-mère pour le tourmenter durant son enfance ne sont pas réelles.

Ou du moins, il le pensait… avant de voir la mer geler, le pays être paralysé par la neige, et de trouver un homme à l'agonie, se vidant de son sang sous le regard d'une étrange femme morte. À présent, ses cauchemars empiètent sur sa vie et seul son patient imprévu semble connaître le fin mot de l'histoire.

Pour Gregor, la situation est simple : ces traîtres de prophètes l'ont mutilé et lui ont volé son frère, Jack, et il compte bien les faire payer. Sans son loup, la tâche s'avérera difficile, mais jamais il ne laisserait quelqu'un d'autre tuer son jumeau à sa place, même s'il doit quémander de l'aide auprès de son médecin très attirant, mais trop humain.

Cependant, peut-être les prophètes visent-ils un but pire que la mort, et peut-être Nick s'avère-t-il moins humain qu'il le pense ? À mesure que les cadavres s'entassent et que les vieilles histoires se réalisent, les deux hommes doivent se serrer les coudes pour sauver Jack et empêcher les prophètes de réveiller une chose plus terrible encore que l'hiver de loup.

www.dreamspinner-fr.com

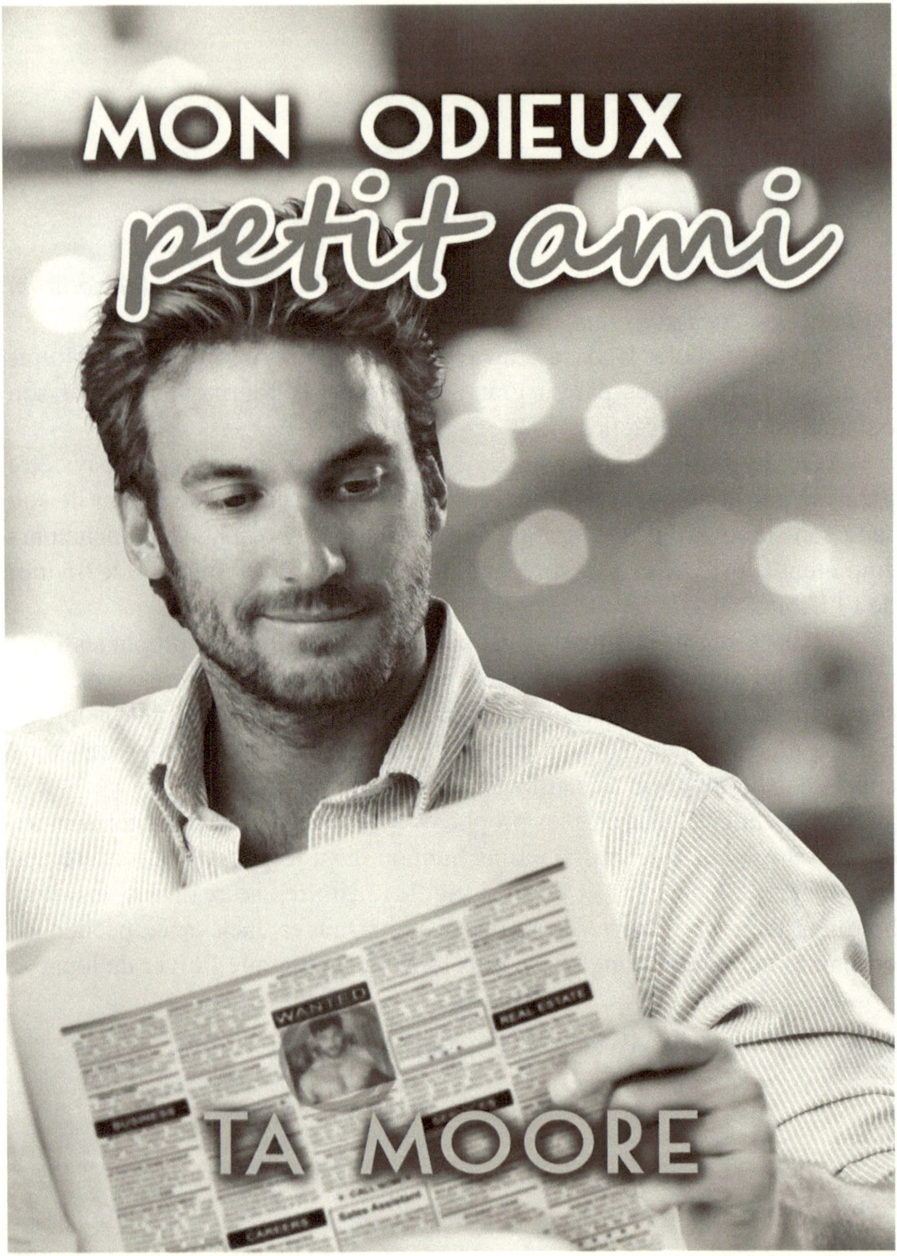
MON ODIEUX
petit ami
TA MOORE

Sa mère. Son meilleur ami. Le barman du pub local. Tout le monde a pour objectif de trouver un petit ami à Nathan Moffatt, même si c'est la dernière chose qu'il souhaite. Après avoir passé ses journées à s'assurer que ses clients ne connaissent rien d'autre que la magie du romantisme, le soir, l'organisateur de mariages du Granshire Hotel n'a qu'une envie : rentrer chez lui, regarder plusieurs épisodes de séries criminelles et manger une pizza en sous-vêtement.

Malheureusement, personne ne le croit et il doit subir les leçons de morale lui disant qu'il mourra seul. Mais un jour, il a une illumination. Il faudrait que ses proches comprennent qu'il vaut mieux qu'il reste célibataire. Il doit trouver un petit ami odieux.

Un seul homme peut tenir ce rôle.

Flynn Delaney est habitué à ce que l'île de Ceremony ne pense que du mal de lui, mais il préférerait ne pas avoir l'honneur d'occuper la place de « pire petit ami de l'île ». D'un autre côté, s'il accepte, il aura l'opportunité de sortir avec un homme sublime et de contrarier les propriétaires du Granshire Hotel. Ils seraient tous les deux gagnants.

Il n'y a qu'un un seul problème : comme Flynn se révèle être un bon petit ami, Nathan finit par se demander si quitter son canapé de temps en temps serait vraiment une si mauvaise idée.

www.dreamspinner-fr.com

RANCUNE TENACE

TA MOORE

Déterrer des os, tome 1

Cloister Witte est un homme au sombre passé. Il possède une adorable chienne, et il est toujours heureux quand il peut en parler. Par contre, après avoir grandi dans l'ombre d'un frère disparu, d'un bon à rien de père et d'un beau-père criminel, il préfère laisser le passé dans le Montana. Il est à présent officier de la brigade canine dans le département du shérif du comté de San Diego, où il paye un tribut à ses fantômes en faisant ce que personne n'a pu faire pour son frère : retrouver des personnes disparues pour les ramener chez elles.

Il excelle à résoudre les énigmes complexes. Sa chienne est encore meilleure que lui.

Cette fois, la personne disparue est un garçon de dix ans qui est entré dans les bois au milieu de la nuit et n'en est jamais revenu. Malgré l'aide hostile et distrayante du magnifique agent du FBI Javi Merlo, il devient vite évident que Drew Hartley n'a pas fait une fugue. Il a été enlevé et les preuves indiquent qu'il n'est pas la première victime du kidnappeur. Alors que les recherches s'intensifient, de vieilles rancunes et des tragédies sont ramenées à la surface. Malheureusement, à chaque nouvel indice découvert, les probabilités de retrouver Drew en vie diminuent.

www.dreamspinner-fr.com

PEAU ET OS

TA MOORE

Déterrer des os, tome 2

Cloister Witte et Bourneville, sa partenaire K-9, retrouvent les disparus et les ramènent chez eux.

Mais le travail ne s'arrête pas toujours là.

Une jeune femme, Janet Morrow, est tombée dans le coma après s'être éloignée de sa voiture lors d'un orage violent. Mais ce n'est pas parce que Cloister l'a retrouvée qu'elle est rentrée chez elle. Qu'est-ce qui l'a amenée à Plenty, en Californie ? Et qui n'avait pas envie qu'elle en reparte ?

Avec l'aide de l'agent spécial Javi Merlo, qui continue de nier ses sentiments grandissants pour l'adjoint au caractère entier, Cloister met à jour une conspiration du silence vieille de dix ans, appartenant à l'histoire de corruption régnant à Plenty.

Les vieux secrets de Janet Morrow ne sont pas les seuls à éclater au grand jour. Javi a essayé de laisser son passé derrière lui, malheureusement, certaines personnes semblent déterminées à sortir les squelettes de son placard. Sa sombre histoire avec un agent, son supérieur à Phoenix, complique non seulement l'enquête, mais aussi ses relations avec Cloister. Et depuis quand est-ce qu'il s'en soucie ?

www.dreamspinner-fr.com